U0585387

七人环

青丘 | 作品

CNS 湖南人民出版社 博集天卷 CS-BOOKY

图书在版编目（CIP）数据

七人环/青丘著.—长沙：湖南人民出版社，2013.5
ISBN 978-7-5438-9350-4

Ⅰ.①七…　Ⅱ.①青…　Ⅲ.①推理小说—中国—当代
Ⅳ.① I247.5

中国版本图书馆 CIP 数据核字（2013）第 100985 号

上架建议：文学·悬疑推理

七人环

作　　者：青　丘
出 版 人：谢清风
责任编辑：胡如虹
监　　制：蔡明菲　潘　良
策划编辑：戚小双

出版发行：湖南人民出版社［http：//www.hnppp.com］
地　　址：长沙市营盘东路 3 号
邮　　编：410005
经　　销：新华书店

印　　刷：北京京都六环印刷厂
版　　次：2013 年 6 月第 1 版
　　　　　2013 年 6 月第 1 次印刷
开　　本：787mm × 1092mm 1/16
印　　张：22.5
字　　数：330 千
书　　号：ISBN 978-7-5438-9350-4
定　　价：32.00 元

（若有质量问题，请致电质量监督电话：010-84409925）

七人环

QIRENHUAN

目　录

001

　　火车开得很颠簸，车厢里弥漫着混杂的气味。在这密不透风的铁盒子里，乘客们麻木得就像沙袋。每当穿入山洞时，就像进入一个诡异的时空，而火车的灯光则显得格外炫目。刺眼的亮和压抑的黑组成了一种怪诞的平衡，好像车厢里这点儿空间随时都会被那无尽的黑所吞噬，这些光线是唯一的保护。

　　"你要去找什么？"

　　"找书……"

　　"什么书？需要坐火车？不能去书店找吗？"

　　"一本救命的书。"

　　"救命？救谁的命？"

　　"救……"

　　话未完，只见火车穿出山洞，一片炫目的光线直射进车厢。火车发出刺耳的长鸣。我看着坐在我面前的这个人，他目光呆滞，双唇紧闭，神情极为茫然，但是我并没有听清他最后那句话。我转身看了一眼时刻表，再回头的时候，那人已经离开座位，渐渐地消失在拥挤的人流之中……

第一章

多出来的一本书

QIRENHUAN

七 人 环

　　文星路的转弯处有一栋 20 世纪 50 年代的建筑小楼，那是一座图书馆。它规模不大，内部结构还是 50 年代的风格，楼面外墙爬满了绿油油的爬山虎。这种植物吸走了大量日光和热量，因此走在小楼的过道中，不仅丝毫感觉不到夏末的酷热，反而感到阵阵凉意。

　　静是这里唯一的气氛，即使再大的人流量，这里一年四季也是静悄悄的，图书馆最基本的原则便是这点要求，但是毫无声息的另一层意义，就是格外脆弱的平衡。因为你无法知道下一秒会是什么打破静的平衡，哪怕是一根针掉落在地上，也会让你的灵魂颤动。

　　周玦收拾完报纸，抬头看了看那只老式挂钟，拍了拍正坐着吃早饭的老赵："赵师傅，我先去整理一下书架。"

　　老赵不紧不慢地抿了一口茶，乐呵呵地眯着眼："行啊，那就麻烦你了。对了，这次终于来了批新书，我估计馆长肯定是要把那些旧书给踢了，到时候出来帮个忙。"

　　周玦眼睛闪过一丝失算的神色，但是下一秒就换上了一张微笑着的脸，因为他中午还有事，本来想趁换班的时候溜出去，可惜现在没机会了。

现在这个时间，图书馆还没有开门营业，为了节约用电，馆长要求他们只开当中的那一排灯，所以早上查书标的活儿是最烦的。这天本该是老赵查书的。

周玦贼溜溜地回头看了一眼，确定没有人盯着他，这才偷偷地戴上耳机。他口袋里还有一包烟，他准备躲到最后面的窗户偷偷地抽上一根。周玦想到这点，心情稍微爽了一些，哼着小曲儿，拿着手电筒在一排排书架间来回游荡。

走了没多久，他就已经走到最里面的那排藏书区了，按照次序那里是最老的一排书架。当初馆长的意思是要扔掉那些旧书，但不知道为什么最后还是留了下来。他私下里曾问过顾老，顾老的神情有些顾忌，只是说上头不允许扔。总之，搞了半天他也不知道为什么那架子旧书就那么摆在了这里。看来，今天是要把这群老古董给踢掉了。他隐约能感觉到这些书的悲哀，当然周玦自己心里也知道，这感觉纯属扯淡。

到了这里，通道的灯光已经没了力道，再加上书架是那种暗棕色的，所以看过去除了一些模糊的轮廓外，就是黑压压的一片，而在这架子的北边就是那间只有晒书日才会打开的仓库。周玦不经常到这里来，因为这里的味道让他一直无法习惯。扑面而来的是一股说不出的腐味，这股味道不是臭，而是一种腥味，就像老棉絮的味道一样。他朝空气挥了挥手，但是一点儿作用也没有。他捂着鼻子走进去，心里想着只要走那么一圈，然后在外面的书架边把时间混掉就可以回去了。想到这里，他不由得加快了脚步。

此时，周玦突然感觉有一个人从仓库里冲了出来，速度极快。不过，他依稀感觉到那是一个女人，因为她的头发很长。那人一闪而过，他只看见了那个人背后的头像黑色的纱巾一样飘在她的身后。周玦在后面喊了一句，但是那个女人眨眼间就消失在书架之间了。

周玦没能喊住那女人，还没等他缓过神，突然又听到身后传出唰唰的响声，像有人在飞快地翻书。他猛地转过身体，发现那间封闭、狭小的仓库不知道何时被人给打开了。周玦感觉不对劲，他觉得可能是有人来偷东西，于是他加快了步伐，整个空荡荡的图书馆里，只有他急促的脚步声和呼吸声。周围的书架幽暗地竖立在仓库的门口，周玦径直穿过，突然他感觉脚被什么东西给抓住了，因为走得太快直接向前冲了过去。出于本能，周玦马上用手扶着边上的书架，一用力从书架里抽出了一本书，而他则和书一起摔倒在地上。

他还没来得及从疼痛中回过神来，就感觉好几本书噼里啪啦地直接砸到了身上。他连忙用手护住了自己的脑袋，耳机也被他扯了下来，耳机里传来细微的音乐，像某种昆虫的叫声。他刚刚爬起来，就听到门口传来顾老的声音，问他出什么事了。他慌张地拍开身上的书，对着门口喊："没事，有些书掉下来了，我放好就出来。"

顾老哦了一声。周玦快速地捡起地上的书，也不看标号就直接胡乱地塞回书架。当他捡起最后一本书想要塞进去的时候，却发现这本书怎么都塞不进去，完全没有位置给它，好像这是一本多出来的书一样。他用力地把书往里靠了靠，好不容易挤出了一条缝隙，但是根本不够塞这本书。这时，他又听到顾老的声音在门口喊道："好了没？小周快出来帮忙啊！"

周玦看了一眼书，这是一本土黄色封面的书，皮子非常旧，都有些发霉了，但是质量不错，依然很牢固。他无奈地把书搁在一个角落里，又看了一眼那书架底，发现没有任何能绊住他的东西。顾老的催促声又传来了，而且带着几分不耐烦。

周玦匆忙走出来，发现大家都在等他，他不好意思地笑着说自己不小心摔倒了。

馆长帮周玦拍了拍身上的灰，说："我们进了一批新书，小周和老赵你们两个帮顾老把馆里那些旧书给踢出来，然后把新书放上去。"

顾老嗯了一声，略有顾虑地问道："那最后一排这次动不动？"

馆长摸了半晌脑瓜儿，最后说："得！踢了！那么多堆在那里又没人看，早就该踢了。"

顾老和老赵对视了一眼，两人眼神都有一种说不出来的诡异。周玦还没看出名堂，他们就动手干活儿了。

周玦此时还在想绊倒他的到底是什么东西，他总觉得那像一个女人的手，而且这只手上还有伤口，触感非常粗糙。但是几乎在绊倒周玦的瞬间，手就凭空消失了，就像那个一闪而过的女人一样。周玦属于那种宁可信其有不可信其无的人，所以他琢磨了半天，决定日后少往那边单独行走，说不定世界上真的有"书灵"这种东西存在。

在与大家一起动手抬箱子的时候，周玦偷偷地把那本黄色封面的书也一同扔进了箱子里。顾老用马克笔做上记号，马上就可以把旧书拿去卖了，而今天上午的事情基本就算做完了。当别人都坐在自己的位置上休息等吃饭时，周玦并没有空下来，他急急忙忙地骑着自己的自行车，来到了离图书馆不远处的大学门口。

周玦其实是大学二年级的学生，但是他主修的专业很偏门，是人文社会学系，说白了就是我们现在俗称的民俗学。按照周玦自己的理解就是，当初报考新闻系没被录取，没想到反而进了一个他瞎填的系别。这让他有一种哭笑不得想去撞墙的冲动，一是好歹没落二本；二是真的觉得这个专业没前途，还不如专科出来好找活儿……

他这次是来拿新学期的新课本和课程表的。没想到他居然又迟到了，老师、同学早就走了，教室也被锁了。他发泄地捶了一下门，整理好因为匆忙赶路而散乱的头发，准备离开，这时，突然从他身后伸出了一只手，手里捏着一套书。他因为早上那一番怪异的经历显得有些神经过敏，于是连忙回头——发现身后不知何时站着一个穿着一件灰衬衫的高个子，胸口那几颗扣子压根儿没有扣，露出一个当时很流行的藏传佛教中的除魔杵挂件（周玦自己也有一个，但是他怎么都戴不出那种不羁的感觉来）。这人穿的牛仔裤也是很时髦的，看样子不像是地摊货。他的头发稍微有些长，把眼睛遮掉了点儿，不过没有染发，否则还真以为是哪个小歌星来学校表演呢。

他连忙接过书道谢。男人夹着一根烟，看了他一眼，指了指走廊上的挂钟。周玦点了点头，一脸的抱歉，道："呦嗬，这不是陈哥吗？"

周玦知道这男人是谁，他的名字叫陈昊，和周玦是一所大学的，但人家是考古系硕士。他的年龄也就比周玦大那么几岁，不过这个人据说不好相处，过去还和社会上的人打过架，据说是为了一个女人。反正搞得学校乌烟瘴气，本来够被开除的了，不过貌似他家里有些门道，最后居然连个处分都没下来就摆平了。这让所有人坚信这小子的靠山绝对很牛，很可能是校长的直系亲属。虽然这个小子那么横，但是成绩好得惊人，真的可谓是牛皮烘烘的。整个学校的人都认识他，但是没人敢去惹他，当然也没人敢去和他套近乎。

周玦接过书，陈昊把烟头掐灭了，没有搭理他，瞅了他两眼就离开了。周玦松了一口气，心想怎么是他给自己留书，过去也没什么交情啊。周玦看着陈昊的背影，抽动了几下鼻子，随便翻了几页书，再一看课程表，他就明白了：原来这次代课的不是别人，就是这个疑似流氓分子。不过，大学里讲课的不该都是博士级别的吗，怎么让一个硕士生来讲课了？周玦突然想到什么事，自言自语："不会吧……难道这小子去年的申博考核通过了？"他暗自骂了句脏话，他娘的！跳级也不可能跳得那么夸张，真的是吃书的怪物？周玦连忙收好书本，准备回图书馆。

这时，那个陈昊居然又折了回来。他手里又拿了一大摞书，不过够狠的是他居然又是单手托着走了过来。周玦头一次觉得这小子说不定真的是一打架好手，因为手够大啊……

周玦突然有了一种不祥的预感，他对那种即将发生的麻烦和额外的劳动有着天生的敏锐。周玦的母亲曾经说过，这小子精得和猴子似的。不过，他父亲很快就为他澄清了一个事实，他父亲冷笑一声："屁，他比猴子可精多了。"于是他父母总结出来：这小子是一个人物。

周玦知道他折回来是找自己有事，连忙对陈昊道谢说："陈哥啊！我急着去打工，先走一步，谢谢你给我留书了。"说完挥了下手准备往回跑，可是陈昊三步并作两步走，赶了上来，一把拉住他的肩膀。

周玦只得无奈地看着陈昊，陈昊说："你在图书馆打工对吧，替我还了，当中有三本书过期了，你想办法替我抹了。"

周玦抽着嘴角，干笑着说："过……过期了多久？"

陈昊摸着额头，略微思考一番后，回答道："不好说，可能两三年吧，也许三四年。"

周玦的舌头有些硬了，他结巴道："哥，陈哥，你知道你欠了多少钱吗？两三年哪，按一天一本两毛钱算，那得多少钱啊！"

陈昊继续摸着额头，沉默了片刻说："你是人文系的周玦吧，这学期我教你们的课，算认识下，交个朋友。"

周玦笑了，连连点头，他笑得几乎见牙不见眼了，但是心里已经问候陈昊的祖宗了。看来流言说他是个流氓，绝对不是空穴来风啊，这不是明摆着拿学分要挟自己吗？

陈昊快速把书塞给周玦，然后拍了拍他的肩膀，潇洒地扔给他一根烟，转头就走了。周玦认命地点了点头，无奈地把书一起塞进背包，心里计算着日后这笔账总会有还回来的机会，然后以最快的速度回到了图书馆。老赵捧着玻璃杯走到周玦身边，他看了看周玦的背包说："小周回学校啦？"

周玦知道老赵猜到他偷溜出去的事情，便尴尬地笑了笑说："嘿嘿，赵叔，来抽根烟。"说完从口袋里摸出那根陈昊给的烟，借花献佛地顺手递给了老赵。

老赵拿着烟在鼻子前闻了闻，确定是好烟后，笑着拍了拍周玦的肩膀："咱们都是自己人，赵叔不会说出去的。你出去透个风儿以后也要告诉我一下，否则馆长来了，那不是穿帮了？"

周玦笑嘻嘻地点头说是，说完连忙递给老赵一个打火机。他们说笑了一番后，便自己忙自己的事。很快又轮到老赵去查书架了，周玦瞟了一眼顾老，顾老正听着收音机打瞌睡呢，于是他连忙像特工一样快速坐到电脑前，从背包里拿出陈昊要退的书扫了扫。不扫不知道，一扫吓一跳，周玦发现每一本都超过了至少四年，如果借书也用信用卡制度的话，陈昊这小子估计要被所有的图书馆列入黑名单了。周玦快速关闭后台操作，飞快地把书放进要上架的书堆里，动作可谓一气呵成。周玦心想，万一被他们发现这几本书眼生，说不定会打开后台查，干脆自己上架，于是推着拖车就去上架。

他一边推，一边无聊地朝外面看了看，一只手象征性地理着书架。他的手突然碰落了一本书，捡起一看，发现就是之前那本塞不进去的旧书。

他不由得咦了一声，自言自语："不是已经踢到箱子里去了吗？怎么会又在这里？难道是有人翻出来还回来了？但是不对啊……"他对这本书产生了一种古怪的兴趣，以至心里的抗拒感完全被好奇心所覆盖。这种感觉就像是有一个陌生又熟悉的隐形人从身后把他抱住，完全控制了他的一举一动。他拿起了这本书，想要看看里面到底写了什么。这本书的名字叫作《七人环》，没有作者署名，就连出版社都没有，书的第一页有着明显被踢旧的印章。那么一本早就被踢旧了的书，怎么会又出现在新书推荐区内呢？他翻开书，书里传来了那股仓库里独有的呛人味。周玦翻了几页，感觉这是一本小说，但是作者的名字一点儿都没有透露，这让他以为这是一本私印或者盗版的书。周玦靠着书架，开始看这本奇怪的书。

这是一本关于承诺的故事，而作为读者的你也是故事里的角色，当你发现这本书的时候，你已经进入了书的世界，你会发现你的生活就是小说中的一部分。这是属于你的世界，一段寻找救赎和答案的旅途。

故事发生在1938年的冬季，地点是在南京边上一个不起眼儿的小镇上。我们的主角是林旭，他是一名军医，原属国民党某部第五师战地军医。按照军衔，他属于中尉级别。此时，林旭所在的部队在南京城外和日本人打了起来。对方是日军的主力部队，林旭的战友大多数都战死了，剩下为数不多的也被日军的火力给冲散了，而他的枪也在与一个日本士兵的肉搏中失落了，身上除了一个军医背包，什么都没了。他一路躲着日本鬼子的追兵，跌跌撞撞地躲避着那些四处乱飞的子弹。他逃进了一座外国教堂，那里过去是临时的医院救助站，但是现在除了遍地的血迹和被践踏的十字架外，其他什么都没剩下。

林旭进入教堂还不到十秒，气尚未理顺，门口就传来一阵噼噼啪啪的枪声。他捂着肩膀上的伤口，猫着腰想要躲进教堂的祈祷室里避一避。

他走到祈祷室门前正要推门而入，从里面冲出了一个男人，手里拿着把已经断了的武士刀，刀刃上都是干的血迹。他哆哆嗦嗦地指着林旭，发现林旭是中国人后，仿佛虚脱了一样倒向林旭。林旭本来就没有站稳，一个踉跄，两个人都摔倒在地上。

林旭想推开这个大汉，但他的手上不知道什么时候沾满了鲜血，他意识到这个男人受了很重的伤。就在他想要给这个男人进行止血急救的时候，外面传来了日本人的吼叫声。男人低吟了一声，下意识地想要拿起那半截儿断刀，他用尽所有的力气推开林旭，握住了那断刀。然而就在此时，从大汉的身后伸出一双手，抱住了他的腰。林旭定睛一看，原来是个女的抱住了大汉，由于她披头散发的，所以看不清脸。女人拉住了大汉，一双通红的眼睛绝望地看着林旭，神情极度惊恐。林旭第一个反应就是迅速将这两个人塞回了祈祷室。就在他关上祈祷室的门的同时，日本人一脚踢开了教堂的大门……

周玦看到这里，发现这是一本讲述抗日战争的书，也许这就是开头所谓并非虚构的缘故，这很可能是一本纪实故事。这时候他听到有人走近，于是连忙把书藏在书架的隔层中，然后假装在认真地整理书架。

见来人走远后，周玦又拿出了那本书，他决定把书带回家去看，反正这本书也不会有人来借。

忽然他发现在书的边缘居然有一个非常怪异的指纹，那个指纹是紫红色的，不像印章的痕迹，倒有些像血干了很久的样子。他用手比画了一下指纹，发现这个指纹应该是大拇指按上去的。他没管那么多，把书塞进自己的背包里，然后便开始处理陈昊的麻烦事。

下班后，周玦一回到家，书包一扔就开始拿起PSP（掌上型游戏机）玩游戏。周玦的母亲一边看着财经频道一边剥着橘子，见他回来就递给他一瓣。

　　周玦嚼着橘子含糊地吱了一声，回到房间，他突然想起那本名为《七人环》的小说，而那种被覆盖的感觉又一次袭上他的心头。按照周玦过去的习惯，这样的书最多也就是空余的时间看看，绝对不会如此念念不忘。周玦心里总觉得有什么东西在吸引着他，于是他想干脆在电脑里查查这到底是一本什么书。他在百度上输入"七人环"这三个字，就在他移动鼠标的瞬间，突然电脑啪的一声黑屏了，然而机箱的风扇并没有停止运转，音响里还放着前面播放的歌曲，但显示器不知道是怎么回事，就这么一直暗着。周玦拍了拍显示器，显示器依然是黑乎乎的。周玦突然发现显示器是黑的，但是写字台上倒映着百度网页。周玦看着有些玄乎，于是又用力拍了拍显示器。显示器突然抖了一下，接着闪出一个画面，不是什么百度网页，而是一张人的脸，像笑也像极度痛苦哭喊的样子。周玦只感觉到一股说不出的冷气从脚底蹿到脑门儿，不过那脸也就只出现了一秒，周玦连那张人脸到底是男是女都没看清。他马上想到可能是传说中的一种病毒，中毒的电脑会显示女鬼的头像。报纸上也登过这样的消息，还有人被吓晕的事例。他如此安慰自己，又连续敲了好几下，但是显示器依然没有反应，连抖动都没了。周玦最后只好强行关机，再打开的时候电脑一切正常。他不放心，又杀了一次毒，可心里满是疙瘩，于是在杀毒的同时，他拿出了背包，想要翻出那本书，看看到底有什么名堂，但翻遍了背包也没有找到那本书。

　　周玦搔着头皮想了半天，一点儿头绪也没有。无意间，周玦眼睛瞟向了对面邻居家，他发现邻居家窗台的铁栏杆上不知道什么时候多了一截儿东西。他定神一看，原来是一把断了半截儿的武士刀。

　　周玦不知为何，马上就联想到小说中那个男人手里拿的那把半截儿武士刀，怎么这会儿小说消失了，却出现了这半截儿刀呢？这到底是怎么样的一种怪诞巧合，可以从早上持续到晚上？突然他想到了那本书最开头的几句话，好像意思是现实会与小说衔接合成一体。周玦意识到自己可能惹到什么东西了，连忙冲出家门，也不管他老爸在后面喊他，直接冲到对面那幢楼，慌张地敲开了那家人的房门。开门的是一个三十几岁的男人，背着一个大包，一副要出远门的打扮，看上去非常普通。周玦这才冷静下来，一时间不知道该怎么说。他啊了半天，挤出了一句："大哥，你窗台上是不是挂着半截儿武士刀？"

　　那个男人看了周玦一眼，点了点头道："啊，对啊，我喜欢收集各种有意思的东西。那把断刀是我多年前收集到的，现在觉得没啥收藏价值了，于是就拿来固定铁窗了。咋了？"

　　周玦舒了一口气，一面找借口说自己也喜欢这些玩意儿，一面说好话想办法脱身。那个男人见周玦为人和善，便笑着说："嘿嘿，有眼力，那把断刀是真货，历史可以追溯到解放以前，是日本军官级别的佩刀。但是断了，所以也就只剩下固定窗栏的份儿了。你既然也喜欢这些，以后常来玩呀。哦，对了，我要去一趟南京，以后若有机会一定要来我这儿看看，我给你看几把完整的真家伙！"

　　周玦一面笑着退了出去，一面不好意思地告辞，回家之后心里却像是埋下了一颗种子，而那颗种子貌似已经发芽了。

　　第二天一大清早，闹钟就把蒙头大睡的周玦给吵醒了。他睡眼惺忪地看了一眼闹钟，磨叽了十分钟才爬起来，昨晚他一直都睡得不踏实，整晚都在做梦。他梦到了那本小说和那把血迹斑斑的武士刀，这两件东西不停地在他的梦里晃悠。

　　另外，他还陆陆续续地做了其他的梦，梦到了那个林旭，梦到了那座教堂，还有那个披头散发的女人……但是唯独没有梦到那个拿刀的男人。

　　等他晃晃悠悠地来到图书馆的时候，居然一眼就看到了陈昊！周玦当即决定从后门溜进去，此时陈昊在周玦心里已经是实打实的流氓了。但是陈昊眼尖，周玦还没掉过自行车的车头，陈昊就已经对着他招手了。

　　周玦只好别扭地朝他骑过去，嘴里不干不净地嘀咕："他大爷的，上一次给了我几本欠费四五年的书，这次不会让我替他还信用卡欠款吧？"

　　周玦把车横在陈昊边上，白了他一眼："陈老师，有何贵干？"

　　陈昊靠在大门口抽烟，见周玦不阴不阳的态度，嘴角一撇，抽出一根烟，笑着递给周玦道："小子行啊，不卑不亢。我看你挺顺眼，你也不用陈老师来陈老师去地叫了，我大不了你几岁，你叫我一声哥，以后我们就是自己人了。"

　　周玦哈哈大笑起来，不过碍于学分，他点了点头接过烟，但没抽也没急着叫哥，只是等着陈昊继续说来意。只见陈昊从口袋里掏出一张字条，说："你替我查查，这几本书你们馆里有吗？"

　　周玦接过字条，咧开嘴笑着说："哟，好冷门的书啊，我一时也想不起来，要不你跟我上去，我帮你用电脑查查。咱们电脑联网，即使其他图书馆的藏书也能找到。"

　　陈昊一听要进图书馆，不由得皱了下眉头。周玦见状，便明白陈昊是不好意思进图书馆，毕竟他算得上是欠书不还的典范了。周玦眯着眼睛，挑了下眉问："陈哥？怎么了？怕被认出……"

　　陈昊没有立刻回话，只是低头看着自己的影子，一副沉思的样子，仿佛在做什么重大决定似的。

　　周玦在边上看他那样，忍不住笑出了声，又说了几句没轻没重的讥笑话。但是陈昊依然没有接话，最后他仿佛打破了什么心魔一样，独自嗯了一声，拍了下周玦的自行车："停车去吧，我和你上去。还有，你笑起来真的像极了狐狸。"

　　周玦本来还笑着的脸顿时拉得和马脸一样长。

　　两人一进图书馆，顾老一眼就认出了陈昊，皱着眉头说："小兔崽子，你现在想到来还书啦？我还以为你准备赖一辈子呢。"

　　陈昊见到顾老扑哧笑了一声，原来陈昊和顾老过去就认识，周玦一时没有反应过来，便没作声。周玦想拉着陈昊往里走，但是陈昊并没有理会周玦，反而拍着周玦的肩膀对顾老说道："这不是顾大爷吗？我不是来还书的，我是来借书的。"

　　周玦被他那么一拍，就知道陈昊这是故意在整他，而接下来估计还书的事得穿帮了。周玦用肘关节狠撞了陈昊的腹部一下，不过陈昊比较敏捷，一把抓住周玦的手臂往反方向一转，像擒小鸡一样地逮着他。周玦的脸顿时扭曲了，一个劲儿地喊疼。

　　顾老没看到这些小动作，只是一脸愠然："你借？你欠着的都还没还呢！谁给你借……"顾老终于发现了一直在使眼色的周玦，周玦不自然地咳嗽了几声。顾老瞅了瞅陈昊，又看了几眼周玦，问道："小周，你认识他？"

　　周玦连忙甩掉陈昊的手，接话说："啊，是啊……事情是这样的，他是我的老师，管着我的学分……他的书，我替他还了，呵呵，还了。"

　　顾老听出话里的味道，周玦皱着眉头拉长着脸盯着他看，顾老本来就喜欢这孩子，其中还得算周玦的外貌给他加了许多分。在顾老眼里，这孩子就是有些迷糊，但是非常客气，所以也只是瞪了陈昊和周玦两眼，就不再说话了。周玦知道顾老在生闷气，便趁机低声对陈昊说："大哥，您就别戳这儿了，这里的事我替你办了，你进去看看有没有你要的书，看完就快走！"

　　说完便拉着顾老来到角落里，低声地说："顾师傅，您看这事我还真是没办法。他是我的科目老师，一个不高兴，我辛辛苦苦温习的功课就得不及格。我这也是没办法，要不这笔钱算到我头上，挂科猛于虎啊！我的顾爷爷啊！"

　　顾老叹了一口气，说："没想到他居然是你老师，不过你这样，如果被查出来那可就麻烦了。这是纪律问题！唉，不过我真得提醒你，你以后可别和他掺和在一起。"

　　周玦不解地问道："他真的是流氓？"

　　顾老反倒被问蒙了，他啊了半天才说："谁和你说他是流氓的？"

　　周玦咳嗽了一下，想掩饰自己说漏了嘴。不过，顾老只是摆了摆手让他不要打岔，继续说道："他不是什么流氓，其实这小子从穿开裆裤的时候我就认识了，他小时候住我们那块儿，而且还很出名呢。"

　　周玦嗯了一声，不动声色地继续套着顾老的话。顾老见现在没什么人就和周玦唠起嗑儿来，他说："你别看他现在这副德行，其实这小子非常聪明。我记得他上幼儿园的时候得了一场大病，病危通知都下来了，但是后来居然莫明其妙地好了，而且这小子打那以后就成了神童。"

　　周玦不屑地笑问道："怎么个神法？"

　　顾老推了下老花眼镜："这小子自打那次大病之后，就有了过目不忘的记忆能力。只要他看过的东西，不管是文字还是图案，他都可以分毫不差地记住。"

周玦怀疑地问："分毫不差？"

顾老嗯了一声："分毫不差，简直比计算机还要靠谱儿。你说这不是神童，是什么？"

周玦摸着下巴，自言自语："难道真的被我说中了，这家伙是吃书的怪胎啊……"

顾老没管周玦的嘀咕，越说越起劲儿，他说："但是五年前他就再也没有来过这里，而且，据说他也同样没有再去过任何图书馆或者书店，基本都是上网查资料了。没想到五年过去了，他居然又来了。但是这小子有些怪……"

顾老想要继续说下去，但这时陈昊已经捧着一大摞书走出来了。他把书和借书证往台子上一搁，然后对周玦说："周老弟，你以后就替我还了。"说完他又对顾老打趣道："顾老啊，你说你这里怎么就没进些像样的书呢。"

顾老被他说得气不打一处来，只得对着他摆着手赶人。周玦注意到其实陈昊进了图书馆后，就一直有一种不自在的神色，好像在躲着什么东西，虽然他极力想表现得正常，但周玦是一个非常注重细微观察的人，于是他自然猜到了这五年里不是陈昊懒得还书，而是他特意不来图书馆，至于其中的名堂就不得而知了。

周玦还在琢磨着到底是什么让陈昊不来这里，突然陈昊一手搭在他的肩膀上，笑着说："老弟，别忘了下星期一就开学了，上我的课没什么别的要求，但我注重出勤率。"说完拍了拍他的肩膀。

周玦侧过头用力抖开搭在肩膀上的那只手，陈昊嘿嘿地笑出了声，略带挑衅地拍了拍周玦的脸蛋，顺手还捏了一把，笑着和顾老打了声招呼就离开了。周玦的脸黑着，更加坚信这家伙绝对是一个流氓，这种调戏小妞的典型手法，良民是使不出来的！

顾老叹了一口气，安慰周玦："这孩子什么时候变得这么流氓了，小时候还是挺老实的。"

周玦冷笑了几声，挑着眉毛说："这小子在我们学校横着呢，基本走路我们只能看到这小子的鼻孔……算了，不说那么多了。顾老，您前面说什么不要和他多来往？"

顾老见周玦追问得那么紧，突然有些畏首畏尾起来，他支吾了半天，最后不阴不阳地说了一句："这小子有些古怪，你们年轻人也许不相信这些，但是我发现这小子身边有什么不干净的东西！而且……算了，反正你不要和他走得太近。"

周玦听到这里也略微向后仰了一下，他觉得这里说不定真的有什么古怪，而且他本来就不想和这个陈昊走得太近。周玦算得上是小狐狸类型的人，但他感觉，陈昊至少算得上是一只千年老狐狸。

谈话就那么戛然而止，顾老也不愿意多说关于陈昊的事情，也到了周玦去整理书的时候。周玦见顾老催促着自己去干活，就耸肩离开座位，但还没走几步，就听到身后的顾老说道："咦？陈昊的书没拿走，你以后遇见他带给他吧。"

周玦回去纳闷儿地翻了翻，发现那摞书中居然多出了一本黄色封面的小说。周玦拿起来一看，忍不住低声叫了出来，这是昨天自己看的那本，怎么出现在这里了？这本书莫不是自己长腿了？周玦心里有一种说不出的古怪感觉，犹豫着要不要拿那本书。顾老并不知道周玦心里想的事，以为他还在和陈昊闹别扭，在边上一边笑，一边说："人家陈昊只是和你开玩笑。这孩子我是看着长大的，他不是坏人，你别往心里去。"

　　周玦捏着这本书，根本没有把顾老的话听进去。这时候，他突然有了一种极度想要看这本书的冲动，想要知道这故事的发展，好像瘾头突然被勾了起来。他拿着书径直朝书架那边走去。

第二章

往事重提

QIRENHUAN
七 人 环

周玦来到窗边，这里光线很好。他翻开书，很快就找到了上次看到的地方。

日本人一进教堂，就看见林旭靠在祈祷室的门口，他们齐刷刷地举起了枪，就要对着林旭扫射。林旭情急之下，用日语对那些日本兵喊道："等一下！"

说完就不动声色地离开了祈祷室，他知道如果日本人一开枪，祈祷室的门窗是空心的，很有可能会打中里面的那两个人，他得为这两个老百姓争取生机，他一点点移动到了教堂的讲台。这几个日本人一听他的日语说得如此流利，一时愣住了，忘记了开枪。就在他们想要问他到底是什么人的时候，远处传来日本兵的狂笑声，当中还掺杂着几声中国人的吼叫。

林旭听出了几个零碎的词，他猜到可能是某个日本兵发现了财主的家底，在那里疯狂抢夺。这几个日本兵听到有东西可以抢，立刻对林旭失去了兴趣，奔了出去。连大气都不敢喘的林旭稍微松了一口气，他折回祈祷室，刚刚打开门，那个大汉就提着那半截儿武士刀向他砍来："去死吧！"

林旭毕竟是一名军医，受过军事训练，他一个躲闪，大汉就摔倒在地上，因为自身的伤势，大汉几乎没办法靠自己的力气站起来。林旭想去扶他，没想到身后的女人这时候居然抡起了木棍朝他的脑袋砸来。林旭左手挥臂去挡，右手拉住了女人的手腕，同时嘴里忙解释："我不是日本人，我是中国人！"

大汉趴在地上喘着粗气，骂道："不是日本鬼子怎么说日本话？"

林旭皱着眉头，突然想到身上有证明自己身份的军队通行证，连忙掏出来给他们看。这两个人对着那证件横竖看了好几遍，才把手上的东西放下。而大汉几乎同一时间像泄了气的皮球似的，瘫倒在地上，一动不动了。那个女人见大汉因为用力过猛，伤口撕裂得更加严重，惊呼着扑向了大汉："虎子哥！"

大汉满头冷汗，脸已经成了青灰色。林旭连忙从急救箱中取出纱布给他包扎。林旭知道，如果带着这么一个重伤者，逃出去的希望真的是太渺茫了。不过看到哭成了泪人儿的女人，他只好咬着牙替大汉尽量把纱布包紧。大汉被纱布勒得张着嘴疯狂呼吸，林旭擦着头上的汗说："不成，咱们还是得快走，这里不安全，鬼子再来我们就都没命了。我想办法送你们离开南京，你们往上海方向逃。"

女人一直在抽泣，也没搭理林旭，倒是那个大汉虚弱地点了点头。于是林旭和女人一人一个肩膀，把这个大汉给架了起来。

他们刚刚走出大门，就看到那批日本人又折了回来，个个手里都拿着银元和珠宝，一看到林旭几人就想开枪，但是碍于手上都是珠宝，又不舍得放下，只好叽里呱啦地一通乱喊。林旭乘机拽着大汉往边上的后门跑，随后就听到子弹打到墙壁的声音。

林旭知道绝对不能停下来，一停就是死。他和那个女人几乎是连抓带拉地拖着那个大汉，身后的枪声像爆竹一样在响，他不知道下一响会不会直接要了他的命。好在日本兵手里都拿着金银财宝，所以根本瞄不准。

林旭三人慌张地往秦淮河的方向奔去，其实林旭也不知道能不能活命。突然大汉一把拉住林旭，林旭只想快点儿把后面那群鬼子甩掉，根本不想停下来，他焦急地问了一声怎么了。大汉已经处于半昏迷状态，他艰难地伸出手指着一堆草垛："那里……"

林旭一看发现那里的确可以躲，但是有些冒险。可此时根本容不得他考虑，那个女人当机立断，抓着大汉就往草垛里钻。他们三个人尽量缩在一起，日本人发现他们突然消失了，嘴里嘀咕了几句，其中有一个日本人喊到继续回去抢银元，那群豺狼又往回跑了。

林旭看到他们走远了，这才敢长长地舒了一口气。而大汉则开始剧烈地咳嗽起来，带出了许多血。林旭一看就知道，这男的估计熬不下去了，但是他说不出丢下男人的话，而且他知道那个女人绝对不会答应。女人连忙替咳嗽的男人拍着后背。男人稍微从猛烈的咳嗽中缓过劲儿来，他朝天空看了好几眼，艰难地从胸口摸出一包油纸包裹的东西，然后哆哆嗦嗦地塞给林旭。

　　林旭不知道这是什么东西，下意识地伸手去接。那个女的猛地抓住大汉的手，连哭带吼地说不能给。林旭连忙捂住女人的嘴巴，他略微回头看了一下，确定日本兵没回来，这才松开手。他皱着眉头说："你到底要给我什么？"

　　大汉这时已经处于弥留之际，他扭曲着脸，艰难地断断续续地挤出几句不完整的话："七人……七人之约……带上它，不要被……被抓住！"

　　林旭根本听不懂他说的话，他知道这个大汉没得救了，但是现在也不能把他丢下，更不能在这里逗留。他 t 接过那包东西，而是抓起大汉的胳膊说："别说那么多了，先离开这里。"

　　林旭和那女人一人一肩膀继续拖着大汉步履蹒跚地往林子里钻。如此走了一会儿，女人见大汉再也撑不下去了，便开口道："先在这里休息一下吧。虎子哥他……走不动了……"

　　于是他们停下休息半刻。林旭眼看天一点点变暗，对女人说："我们还得再往里面钻，现在是隆冬，到了晚上如果没有火堆，不要说虎子，就连我们也撑不下去。火光如果被日本人看到，我们就暴露了，所以得再往深处走点儿，虎子兄你还能再撑吗？"

　　虎子其实已经神志不清了，和他说什么他都点头，于是他们继续前进。说来也算幸运，在林子深处，他们居然找到了一个简陋的棚子，上面铺着一些芦草，像渔夫用来晒船的地方，因为刚下过雪，芦苇秆儿上铺着一层厚厚的雪，地上的草坑也都是雪堆。环境虽然挺恶劣，不过还是可以将就一晚的。林旭让女人给他们捡了一些干树枝生火，他解开虎子绑在腹部的绷带，伤口已经开始发炎了。他摸了一下虎子的额头，果然不出他所料，发炎引起了严重的高烧，能不能熬到明天早上都不是他所能预料的了。女人不敢走远，只是在周围找了一些枯树枝。林旭用脏纱布引火，点了一小堆火后，对女人说："他的伤势太重了，如果我手上有抗生素说不定还有得救，现在我真的没有办法。你和他多说说话吧，说不定可以多熬一点儿时间。"

　　女人的眼中暗淡无光，其实她自己也知道虎子的伤势没得救了。她这种无能为力的神情让人看了觉得心疼，林旭不忍继续看下去，准备再去找一些柴火，至少可以让他们暖和一些。但是他一站起来，虎子就一把抓住了他。林旭回过头，这个叫虎子的大汉脸涨得通红，连眼睛都红了。

　　他一把把林旭拉到自己的身边，随后掏出那包东西说："这个东西你拿着！"

　　女人还想阻止，但是男人此时的身体一点儿都不像受伤濒死的样子，他红着眼睛，犹如一头被激怒了的黑熊。他拉着林旭的胳膊挣扎地撑起身体："兄弟，我跟你说，我活不成了，我其他兄弟的命得靠你了！你得答应我一件事，这事成了，我虎子就算是死了，也把你当恩人，下辈子替你做牛做马。"

　　林旭犹豫了一下，接过了那个包裹，包裹里的东西有些分量，挺沉的。然而就在林旭接过包裹的那一刹那，他感到一种寒彻骨髓的阴冷，接着他马上有一种身后被什么东西注视着的感觉。他下意识地想要把包裹塞回去，但是虎子突然抓住了林旭的手，一把将他拉到自己的面前。林旭这时发现，本来体温高得惊人的虎子，此时冷得像从冰水里捞出来的一样，嘴里还吐着血沫子。

另外，林旭还发现一些蹊跷的地方，这两个人与普通人不一样，身上有一股奇怪的味道。因为之前一直都在逃命，根本没心思注意细节。他们两人的着装非常奇怪，衣服虽然又脏又破，但是他发现他们的衣服像寿衣一样右压左衣襟，而鞋子和腰带居然都是红的，连袜子都是红的。当林旭终于注意到他们的着装的时候，才感觉事情可能不对劲，这两个人怎么穿着死人的衣服？

林旭感觉到虎子的手变得越来越冷，但力气越来越大，而女人则像害怕什么妖魔鬼怪一样缩成一团，嘴里一直念叨："来了……又来了……"

虎子开口道："带着这个东西，帮我的兄弟们一个忙，翠娘会告诉你接下去要做的事。我不行了，翠娘，你知道该怎么做。"

那个叫翠娘的女人默默地点了点头，眼泪一直在流，她看了一眼林旭，眼神中不知为什么，居然有一种可怜他的神色。

林旭问："这到底是什么东西？"

虎子没有回答，只是眼睛直勾勾地瞪着林旭。林旭觉得虎子盯的不是自己而是他背后，好像他的背后跟着什么东西……他连忙回头，林子里只是刮过一阵怪风，随后便是一声古怪的野兽叫声，林旭没有听出这到底是什么野兽。他再回头看虎子时，发现虎子在怪笑，笑得非常阴冷。那种笑容不像是一个人类的笑容，而是狐狸的笑容。那个女人看到他这个笑脸后，吓得低声叫了起来，她抖得非常厉害，但还是试了一下虎子的鼻息，随后像触电一样缩回了手。

她的眼泪像决堤一样地往下流，她一边喊着虎子的名字，一边脱着他的衣服。林旭想要打开包裹，但是翠娘一把挡住了他的手说："你疯了吗？在晚上打开这个包，它会发现我们的，你想死吗？"

林旭疑惑地问道："什么他？他是谁？"

她神经质地看了一眼虎子的尸体，然后像害怕黑夜的林子里会出现什么恶鬼一样，又看了一遍四周，说："快点儿帮我把虎子哥身上的寿衣脱下来，快！"

林旭没有搞懂，但是他被翠娘这种神经质的恐惧感染了，把包裹塞进自己军服的口袋里，然后开始脱虎子的衣服。随后翠娘把衣服扔给了林旭："快，穿上，我们不能在这里停留。"

林旭一怔，他根本不知道这两个行为古怪的人到底是干什么的。他觉得这两个人太诡异了，他警惕地问道："你们到底是什么人？"

　　翠娘拢了拢头发，然后瞥了他一眼："现在也不用瞒你了，我们是干倒斗的。"

　　林旭不明白这到底是什么意思，皱着眉头重复了一遍翠娘的话说："倒斗？"

　　翠娘不耐烦地说道："哎呀！就是盗墓的！快来不及了！虎子哥很快就会诈尸的！"

　　林旭依然没有搞懂，但是被翠娘的情绪感染，穿上了虎子的寿衣。翠娘从自己的包袱里摸出了一捆绳子，割断一半，递给林旭说："绑住他的脚，一定要绑牢了。"

　　林旭拿着绳子发呆，正在想绑还是不绑，这时他发现虎子的手臂上正在疯狂地长着黑毛，而且尸体开始散发出腥臭味儿。虽然林旭不懂这些奇门异术，但见此怪状，连忙照着这个女盗墓贼的说法去做。

　　周玦捏了捏鼻梁，当图书馆那笨重的挂钟再次响起时，他发现自己已经在这里看了很久了。他默默地合上书，回到自己的位子上。周玦想把书放进书包，但是考虑了很久，直到下班他都没有那么做。他不知道为什么，开始有些恐惧这本小说。而与此相对应的，还有对小说的探求和好奇。他知道自己是入迷了，自我保护意识和好奇心同时骚动着他的心。

　　周玦没有失去理智，他想了一个折中的法子——把书藏在他私人的柜子里，然后便回家了。因为下个星期一他就得在学校住宿了，所以周玦这次回家得拿行李去宿舍。

　　第二天一大早，周玦跟母亲打了声招呼，然后准备坐班车去学校，但是还没下楼梯，他就闻到一股烧煳了的怪味儿，随后是断断续续的呼喊声，其间还隐约混杂着念经的声音以及古怪的锣鼓声。他心里嘀咕：看来是有人死了，今天是出殡的日子。

　　果然，当他走出楼道，就见一大群袖子上套着黑布、腰上缠着白布头儿的人围成一堆，有的烧花圈，有的在那里闷头抽烟，有的则默默地哭泣。

　　周玦稍微绕了一圈，从那群人的身边走了过去，身后突然传来了更加刺耳的哭声。周玦被这种哭喊声吓得头皮一紧，他明白这是出殡的队伍要出发了，慌张地往边上靠了靠，让那些人先走，否则一直走在他们前面，等于是他带头出殡，这太晦气了。

　　周玦往花坛上靠了靠，他看到带头的是一个蛮年轻的女人，她的头上戴着白色的纸花，一套黑色的紧身衣显得身材非常不错，不过她的脸太苍白了，和苍白的脸色形成对比的则是她手上黑色的相框。她手里捧着一张遗像，相框上方黑色的花搭配着漆黑的相框，让人感觉特别压抑。相片中的人的眼神透着一股绝望的死气，但是这眼神中还游走着某些东西。突然周玦发现，这个死人他认识！

　　周玦惊恐地叫了起来，很快就引起了那些出殡者的反感，他们瞪了他一眼，而那个女人也默默地转过了头。这时候，那张照片彻底对着周玦了。周玦一看，居然就是那个收藏刀剑的男人！那个男人居然死了！周玦的心犹如坠入了冰窟，他连连倒退，最后背靠在了一棵树上。那张遗相里的男人，目光十分阴沉，完全没了昨天和周玦谈话的精神头儿，就像一个精神衰弱的男人，但是周玦可以肯定，这个男人就是昨天和他谈话的男人。

　　周玦不想再继续看着这张遗照了，他默默地低下了头，紧紧地握着拳头。他感觉到那个队伍一点点从他身边走远，哭声也越来越远。他摸着头蹲在了草丛里，一时间脑子开始混乱起来。

　　旁边一个老头儿见周玦这样，有些好奇地问他怎么了。周玦啊了半天，只能说太热了，自己有些中暑。老头儿从口袋里摸出了一瓶风油精塞给周玦，周玦连忙凑到鼻子前使劲儿闻了闻。大脑被这股风油精的味道刺激得顿时回过了神儿，他又朝太阳穴抹了些，问道："那个……那人是怎么死的？昨天……昨天不是还好好的吗？"

　　老头儿接过风油精说："啊？怎么可能呢，这家伙一年前就得了尿毒症，撑到现在算是不容易了，可怜他媳妇还那么年轻啊……"

　　周玦觉得有些莫明其妙，因为他属于那种不关心邻里交往的人，而且这里还是公寓，另外这个男人也不是他这一幢楼的。周玦说："他……他有尿毒症？"

　　老头儿又啊了一声，接着说："都一年了……熬到现在不容易了。"

　　周玦听到这句话，前面的风油精算是白擦了，他的头又疼了起来。老人看他的脸色很差，以为他中暑比较严重，想要替他叫救护车。周玦摇了摇手，然后拎着行李自顾自地往小区外走。他不甘心地回头又看了一眼那死者家的阳台，窗户上绑着的根本不是半截儿刀，而是半根自来水管。

　　周玦心中只有一个问题：昨天的男人到底是谁？

　　在车上这个问题一直困扰着周玦，周玦不是一个迟钝的人，直觉告诉他，这一切都和那本书有关，而那本书的开头就说了，小说的内容会和现实重合，周玦认为这个男人的死亡是最好的回应。周玦心里开始有些发毛，他狠狠地摸了一把头发，他确定怪事的源头，就出在那本叫《七人环》的小说上，而那本小说本身就很怪。直到现在周玦都不知道它是从哪里来的，图书馆什么时候进过一本这样的小说？

　　还没想到任何头绪，车子就到了学校门口，热闹的事物稍微冲淡了周玦的烦躁。

　　校园的北边有一排建筑，那里靠近一条臭水沟，可谓是处于冬冷夏热的特殊环境。这里生活着一批"苦逼"的男人，而周玦就是他们中的一员。

　　周玦驾轻就熟地上了三楼，然后进入 306 房间，这个房间里一共住着四个人，他是第一个到的。

　　周玦把行李扔在地上，一个翻身躺倒在床上，脑子里依然在思考那本书的事。突然房门嘭的一声开了，边上的脸盆也被掀翻了。周玦听这动静就知道是谁了，他转了一个身，用一个比较舒服的姿势拿后脑勺儿对着即将跟他打招呼的李成浩。

　　果然，李成浩放下行李就一屁股坐在了周玦的床边，用他肥大的手拍着周玦的后背：

"老二！你居然第一个来啊！"

周玦不爽地拿枕头罩住自己的头，但是太热了，没过十秒，他就拿开枕头不耐烦地说："谁允许你称呼我老二了？你再喊一声试试看！"

李成浩很胖，所以特别怕热，他用手擦着脖子上的汗说："排号的时候你就是二号啊，我叫你老二没错啊，你不是也叫我胖三吗？"

周玦猛地坐了起来，然后动了动胳膊说："冯老九还没来？"

李成浩摇着头："不知道，可能去拿登记单了吧。对了，大新闻，你知道不？"

周玦皱着眉头问道："什么？"

李成浩像说书的一样敲了一下写字台说："咱们这次主修的科目里有三门是那个陈昊来安排的，而且他是第一次带班上课。新官上任还他娘的三把火呢，哥们儿准备好千军万马过独木桥吧，估计咱们就是被挤下去的那批。"

李成浩见周玦并没有他预料的那么震惊，挑着眉头说："你早知道了？不愧是小周郎啊！小子消息够灵通的啊！"

话毕，就见另外两个人拎着旅行包进了屋子，这两个人就是这个宿舍的另外两名成员，一个是宿舍长——冯翔，还有一个长得比周玦还瘦小的，就是这里人称瘦猴的侯晓伟。

至此，306四大金刚终于在阔别一个暑假后顺利会师了。

大家都混了一年了，连各自放的屁都熟悉了，所以也就很快进入了状态。周玦终于从早上的混乱中恢复过来。老大冯翔是经济系的学生，颇有20世纪70年代的知识分子的气质，哪怕他穿着再潮的衣服，也会有那衣服是借来的感觉，所以他有一个外号叫冯老九，来源于"文革"时期对知识分子的诬蔑称呼"臭老九"。

老二就是周玦，人称"小周郎"，其实叫他周郎，除了因为姓周外，还有就是这个小子长得非常俊美，而且比较中性，此外还有一个很大的特点就是头脑比较灵活，为人处世圆滑，统筹兼顾，非常有组织能力，在这四人中起军师作用。

而老三是李成浩，人文系的，外号胖三，有"巨型人肉坦克"之称，听这形容词就知道这家伙的块头儿有多夸张了。饭量大、呼噜响、放屁臭，这是他的三大特征。

老四侯晓伟，体育系。他和这个胖子则是两个极端，瘦得和越南兵有得一拼，不过他长得倒是比越南人精神许多，眼神中有一股不服输的英气，人称"瘦猴铁拳"，在学校里是数一数二的狠角色，手底下还有好几个小弟和跟班。

众人有说有笑地聊了一番，最后话题又转回陈昊身上，特别是瘦猴和胖三这两人最感兴趣。瘦猴是因为他觉得陈昊和他是一类人——江湖中人（其实就是流氓）。而胖三则很明确地表示：这次周玦和他是难逃一死了，挂科是必然的。

周玦只是应付地点头，半个脑子依然在思考关于早上的事情。就在他们谈论的时候，瘦猴突然爆出了一个八卦，他道："哥们儿知道不？陈昊啊！他是一个人物啊！当初他貌似为了一个女人连挑了五六个人，居然还只是轻微挂彩，其他几个貌似住院了。这样的身手有机会一定要见识一下，我估计他学过截拳道！"说完还学了两声李小龙的招牌式怪叫。

胖三冷笑着说："非也，非也！你只知其一不知其二啊，你知道他是为了什么女人和那些人动手的吗？"

"什么女人？"

胖三喝了一口王老吉说："为了他的姐姐，陈什么兰！"

周玦听到这里，这才抬起头问道："他的姐姐？"

胖三见一直漠不关心的周玦也来劲儿了，舔着嘴唇更加起劲儿地说："没错！据说他姐姐是校花，长得很标致，不过后来好像发疯了，可惜啊……后来一直治病，时好时坏的。他姐姐在发病的时候被几个流氓调戏了，他教训了那几个流氓一顿，不过从那之后他的姐姐就失踪了，到现在都还没有下落。"

周玦皱着眉头说："疯了？又失踪了？"

这时候，一直在看书的冯老九插嘴道："嗯，巧的是她姐姐当初也是在边上那个图书馆打工。周玦，难道你没听你们的老前辈说起过？"

周玦心里的一块肉跳动了一下，仿佛感觉有什么事被他给遗忘了，突然他想到了什么，于是问："是不是……她姐姐是在五年前失踪的？"

胖三嗯嗯地哼了几声，挤出了一句："不知道……"

周玦不再插嘴，缩着肩膀，此时他又想看那本小说了，就像一个瘾君子一样，开始心痒难耐。他烦躁地拿出烟想要抽，冯老九快一步拿掉烟说："寝室管理员崔老头儿马上就要来检查了，等他走了再抽吧，否则味儿跑不掉。"

周玦烦躁地点了点头，心里总觉得那本书是一块石头，压了那么久，他实在忍不下去了，但是说出来又怕被人笑话，他纠结了半天，最后舔了舔嘴唇对其他三个人说："哥们儿……我跟你们说一件事，你们可别说我迷信。"

冯老九推了推眼镜架："什么事？"

周玦搔着头发："我可能……可能遇到不干净的东西了。"

其他三人顿时静下来了，他们目不转睛地看着周玦，最后胖三伸出肥手掌盖在周玦的额头上："没发烧啊……咋说糊涂话了呢……"

周玦拍开胖三的手："拿开你的猪蹄儿，你们听我说……事情真的有些诡异……"于是周玦把连日来遇到的怪事和这帮兄弟说了一遍，气氛果然肃静了。最先开口的是瘦猴，他龇着牙说："不是吧，拍电影呢兄弟？"

周玦唉了一声说："骗你，我是你孙子，这事……这事主要怪就怪在事情开始真的像书里写的那样，不正常了！早上那死人是最好的解释。"

冯老九摇着头说："这些事情虽然说起来很怪异，但是都可以用正常的理由来解释。比方说，你所说的书莫明其妙地出现又消失，很有可能是你放进书包的时候，没盖起来，别人又拿出来了，你的包又没密码锁之类的东西，要我说老赵是最有可能的人。还有你看到的女人，也许是趁你们不注意混进来看书的读者，总之怕被你发现所以跑了。另外电脑，可能是天气太热，显卡坏了。而那个死人，其实更加好解释了，你看到的不是那个死人，而是他的兄弟什么的，长得十分像。至于刀，又不是焊在栏杆上的，拿下来很容易。"

胖三也在边上点头道："没错，其实这些根本不能算是一点儿都无法解释，兄弟我看你是打工打糊涂了，算了，别干了，我介绍你去网吧当网管吧。"

周玦扶着额头，摇着头说："那么陈昊怎么解释？"

胖三乐了，他说："那小子拿你当小弟使唤呢，还怎么解释？哥们儿别怕，如果他对你还有什么非分的要求，和兄弟我说，我找人帮你出气！"

说到打架，瘦猴就起劲地直点头，好像下一秒就要冲出去一样。周玦摇了摇手说："行了，被你们那么一说，看来是我神经过敏了。得了，这事也没什么。"

经过和兄弟们的一番促膝长谈之后，周玦也觉得是自己太过敏感了，所以接下来的日子里，他再也没有谈过关于小说的事。他后来又去了几次图书馆，而那本"长脚"的小说也如他所料般又一次失踪了，找不到书让周玦的内心烦躁了好几天。如此瞎混了几天，他也不去图书馆打工了，收心在学校里学习。其实他不去图书馆打工的主要原因是想控制自己极度想要看那本书的欲望，否则他天天去那里翻箱子，别人还以为他在等情书。

这天，周玦、胖三、瘦猴三个照常去泡网吧，而冯老九则留守寝室。凌晨的时候，周玦三人才晃晃悠悠地往学校赶，路上胖三看着手机自言自语："明天就是七月半了，鬼节啊。哥们儿点支烟，来点儿火气。"

周玦用手挡住风点上火，吸了一口烟说："不是说了吗，不要在我面前提这些玩意儿了。"

胖三不客气地嘲笑道："你也太孬了吧，就因为那几件屁大点儿的事，连图书馆都不去了，还控制兄弟们的言行自由？"

周玦懒得和他说，胖三象征性地捶了一下周玦的胸口，表示自己的不满情绪。瘦猴拉住他们两个："别闹了，白天还得上课。对了，你前面说明天是七月半？不是今天吗？"

胖三啊了一声说："哎呀！搞错了！早知道哥儿几个就不通宵了，搞得现在回去赶上鬼门大开啊。"

周玦吐了一口烟说："怕你妹啊，前面还说我胆小，你自己也好不到哪里去。而且我不去图书馆有我自己的道理，你不知道那个陈昊有多烦。"

周玦刚说完，三个人不知道为什么不约而同地沉默了下去，他们觉得很奇怪，为什么会没有一个人接话，仿佛有第四个人让他们安静下来一样。

三人互看了一眼，彼此心虚地干笑了几声，便加快脚步往回走。因为没有骑自行车，三人一路步行。从网吧到学校，这段路程相当于两站公交车的路程。

走到一半，身体最虚的胖三开始有些喘气。他摸了摸后脑勺儿说："你们有没有觉得好像有人往我后脖子上吹气啊。妈的，我怎么觉得一直有人在我边上啊。"

他说完就想要回头看，瘦猴连忙拉住他说："肯定没人，你别回头，我听说如果走夜路，感觉有什么人在你后面，你绝对不能回头，否则……"

胖子摸着脖子哆嗦着问道："否则？"

瘦猴神经兮兮地瞥了他两眼，舔着嘴唇说起了那件事："据说咱们身后肩膀上有两盏灯，灭了一盏不打紧，快点儿回去睡一觉，回头早上多吃点儿阳气足的东西补补就行。但是如果两盏都灭了，那么就真的跟鬼走了……"

瘦猴越说越寒，最后自己都没胆量继续说下去。不过胖三马上就不再回头了，而是一脸"确定不？兄弟"的表情看着他。

周玦烦躁地打断他们的胡扯道："别在这个时候说这些了！快点儿走吧！"

于是他们三个人加快速度，空旷的街道上除了他们凌乱的脚步声，连虫子都不叫唤。这时候，周玦渐渐地发现了一个问题，他气喘吁吁地喊："停停停！你们干吗非得绕远路？前面转角可以直接回学校啊，非得绕到这条路上来干吗？"

瘦猴和胖三顿了一下，互相看了一眼说："我们是跟着你走啊，啊，不对啊！我们怎么会往这里走啊？"

周玦拉住他们说："等等，你说我带你们走，我明明是走在你后边的啊。"

瘦猴眼神有些复杂地看着他说："屁，你明明走在我前面啊。"

此时他们三个人都停了下来，瘦猴走在最前，而周玦和胖三则是并排。

胖三摸了摸胳膊，他抬头看着边上的建筑说："我靠！太邪门了！图书馆？"

周玦抬头一看，那幢 50 年代的三层楼建筑就那么立在他的面前，黑压压的一片好像一块巨大的墓碑。周玦呆站在图书馆门口，嘴里不知道嘀咕着什么。胖三开始有些慌了，他拉着其他两个人说："别，别看了，快走吧！七月半鬼节啊。"

就在周玦他们慌忙转头要过马路的时候，他看到图书馆的一扇窗户居然自动打开了，在窗户那里站着一个人，但是那个人只露出手臂和半个身体，脸根本看不见。深色的窗帘像一块黑色的绸布一样，开始不停地飘动，感觉像在召唤周玦他们一样。

周玦停下脚步，往回走了几步。胖三见状，一把拉住他说："怎么往回走了？"

周玦的脸像上了石膏一样僵硬，他转过来说："你们看，那儿是不是有什么东西？"

　　胖三和瘦猴被他的样子给吓坏了，他们同时抬起头看着上面，周玦发现那个人影已经不见了，不知道什么时候窗帘上多了一块布，仔细一看居然是一件衣服。就在他们三个人的目光都锁定在那窗帘上的时候，那件衣服像有感知一样，不早不晚地被风吹了一下，然后缓缓飘了下来。但当时周玦三人并没有感觉到有任何风吹过。

　　衣服缓缓飘落到他们的脚下，瘦猴是最大胆的，他蹲下身捡了起来，只看了两三秒就像见鬼一样叫了起来，连忙扔掉衣服，狠命地搓着手说："我的妈呀，这……这是寿衣啊！给死人穿的！呸呸，太晦气了！"

　　周玦脑中的一根筋仿佛被挑断了，他死死地盯着那件衣服，透过泛着妖异红晕的月光，他发现这是一件宝蓝色的寿衣，上面绣着许多"寿"字，而且非常破旧，不过的确是那种给上了年龄的死人穿的寿衣，甚至有一种这衣服像是从棺材里的尸体身上脱下来的感觉。

　　周玦动了下嘴唇，蹲下捡起衣服，这时恰巧从衣服的口袋里掉出了一件东西。周玦捡起来一看，发现是一本书，那本书有着黄色的封面，周玦紧紧地抓着那本书对两人说："又回来了……这本书就是那本《七人环》。"

　　他们三个人并没有捡起寿衣，而周玦不知道为什么，自顾自地把这本书往背包里塞。胖三马上抗议道："不行，不能带回去。这书不管是不是你说的那本邪书，它居然被包在死人衣服里，我觉得晦气，扔了吧。"

　　周玦则像梦游突然被打断一样，怅然地看着他，随后咬着嘴唇，眼神里充满了犹豫，因为这时候他对这本书有着绝对无法舍弃的心情，好似这本书是他身体的一部分。这时，瘦猴幽幽地开口说："我觉得不能扔……"

　　胖三问道："为什么？"

　　瘦猴道："你想想啊，如果真的是故事向现实过渡的话，那么周玦已经打开过了，所以就算扔了依然会发生事情，而且我们根本无法知道故事后面的内容……"

　　胖三接着瘦猴的话说："你的意思就是，如果我们不知道故事接下去的发展，就根本无法预料还有什么事会出现在现实生活中？"

　　瘦猴点了点头说："有这个可能，现在我们知道的情节，全都是周玦之前看的内容，但是他才看了多少？这本书那么厚，万一……我说的是万一后面的事情出在我们头上，那怎么办？"

　　胖三脑门儿上马上就淌下了汗水，他点着头说："瘦猴你说得太对了，反正带着也没事，如果没问题，那就只是一本普通的破书，还怕个球？"

　　周玦思索片刻，下定决心似的捏着书，塞进背包："先回去再说。"

　　周玦三人回到宿舍，冯老九已经睡下了。胖三连拉带拽地把他从床上拖下来。周玦拿出那本书放在折叠桌上，四个人八只眼就那么死死地盯着书。

冯老九从写字台边摸来眼镜低头看着这本书，喃喃道："这书好老啊，感觉有几十年了。不过，这样的封面应该是新中国成立以后的……"

说完就想去翻，周玦厉声阻止道："别碰啊！"

其他三个人用询问的眼神看着周玦，周玦发现自己失态了，支支吾吾地摸着脖子说："不……不是……我总觉得，这书太邪乎了，你们最好还是不要碰。"

冯老九扑哧一声笑了出来，他戴上眼镜，坐在周玦身边说："你太多心了，一本书能有什么邪乎？我只是想看看这书里到底写了什么。"冯老九话虽这样说，但手缩了回来。

胖三和瘦猴对看了一眼，瘦猴说："有没有这个可能，其实有人想要整你？你在图书馆得罪了什么人没有？"

周玦扶着额头讥笑着说："怎么可能，我的个性你们还不清楚吗？而且就算有人和我过不去，但是今天莫明其妙就走到图书馆，然后又莫明其妙遇到寿衣，最后从衣服里掉出这本我藏在箱子里的书，你们说，有谁那么处心积虑地来这样整我？吃饱了撑的？解释不通啊。"

周玦连珠炮一样地发问，把长时间积攒在内心里的情绪都发泄了出来。他那么一问，没有一个人能够回答，倒是引起了瘦猴的问题："那么怎么前段时间都没事？我们那么多次通宵玩游戏了啊。"

胖三说："笨！今天是什么日子？七月半鬼节啊！阴气足啊。"

最后搞了半天，这四个人又兜了回来。周玦捂着下巴盯着这本书，仿佛想要把这本书看出一个窟窿来。他盯着书看了半天，最后说："我觉得有一个人也许可以给我们答案。"

冯老九扶着眼镜架："你说的是陈昊？"

周玦终于把目光从书移到冯老九的身上，冯老九双手抱胸叹了一口气说："怎么说呢，我觉得如果非要那么说，我倒觉得那个顾老更加可疑。"

周玦摇了摇头，眼神又直勾勾地看着书，他把手缓缓地伸向书，其他的三个人都没有说话。就在周玦要翻开书的时候，瘦猴突然开口道："我有一个办法，也许可以知道这本书到底邪乎不邪乎。"

众人的目光又落在瘦猴身上，连有些失神的周玦也朝他投来询问的目光。瘦猴有些不好意思，擦着鼻子说："我们家是满族人，老家那儿有请萨满的习俗，我小时候听我姥爷说过一种方法，可以测试物品到底有没有诅咒。"

胖三好奇地问道："什么方法？"

瘦猴道："这个法子叫'太阴乾坤测'。据说是在月圆之夜，搞一个阳气最足的东西和一个阴气最足的东西，然后将这两样东西各自摆在两面镜子的前面。接着把邪物放在这两个东西中间，然后在前面放一盆水，滴入人血，看血朝哪个方向靠，就可以知道这东西到底邪乎不。"

胖三摸着他肥大的下巴说："这个说法，我也听人说过，不过那玩意儿貌似很邪乎，它是最接近自然原始崇拜的一种宗教方法，瘦猴你有把握没？"

瘦猴耸了耸肩膀说："你说呢？你以为我家在深山老林啊？我也只是听我姥爷谈过，从没亲眼看到过。"

周玦拍了下桌子说："试试看吧，的确，萨满这玩意儿可能真的对这类东西有用。胖三你忘记了？萨满最早是在史籍中出现的，《三朝北盟会编》中记载：'兀室奸滑而有才……国人号为珊蛮。珊蛮者，女真语巫妪也，以其通变如神。'萨满的本义就是通鬼神，如果这本书真的有鬼，那么一定可以被测出来。而且今天正好是七月半，月圆之夜，但是什么东西是极阳、什么东西是极阴？"

冯老九笑了笑说："我不是这方面的专家，你们不是学民俗的吗？"

胖三不想在这种关键问题上丢脸，只有硬着头皮道："我觉得吧……就是最暖和和最寒冷的东西！没错，就是这个意思。"

周玦摇着头否定道："不完全是这样的，你们想想看，太极生两仪，而化阴化阳。比方说，我们男人是属阳的，女人是属阴的……"

胖三连忙打断周玦的分析道："打住打住……你还男人和女人呢？我们这里哪里来的女人？你是女人？"

周玦瞥了他一眼说："不学无术的废柴！你想想看，我们男人是属阳的，但是任何属性都附有阴阳两种。即使我们男人身上，也有阴性的东西存在。不过这不是我要的结论，我只是提出最容易获得阴阳的两种东西，其实就是吸铁石啊！笨蛋！"

冯老九拍了下台子说："我懂了！所以那些看风水的都要用到司南或者罗盘，其实这就是最明显的，是阴阳两极！"

周玦双手交叉撑着自己的下巴说："没错，磁针是铁打成，铁五行属金，按五行相生相克的说法，金生水，而北方属水，所以北水是金之子。铁产生于磁石，磁石是受阳气的孕育而产生的，阳气属火，位于南方，因此南方相当于磁针之母，所以南宋人就说过了，指南方就是生气所在。"

冯老九接着说："而磁铁则有两极，N与S，N永远指向北极，而S则永远指向南极！S极为极阳，N极为极阴。找两根吸铁石，然后分别用N或者S朝镜子，我们就得到了最阴和最阳的东西！"

第三章

太阴乾坤测

QIRENHUAN

七　人　环

胖三有些悻悻然，觉得没有很好地发挥自己的聪慧，连反应最慢的瘦猴在听到吸铁石之后，都去自己的工具箱里拿来了两块磁铁。

周玦去厕所找出一面身份证大小的镜子："我这里有一面小镜子，你们谁还有？"

随后他们翻箱倒柜地找齐了镜子，瘦猴拿出脸盆，胖三一看连忙喊道："兄弟，只要几滴血！你以为是杀猪啊！居然拿脸盆！喏，这碗我本来备着去食堂多打点儿菜当夜宵时用的，还没用过，拿去用。"

周玦看了看手表说："OK，现在大家听我指挥！崔老头儿铁定去睡觉了，我们出去在后门那儿开始仪式，不管结果如何，谁都不要给我大声嚷嚷，否则我们明天就会被列为邪教修炼者了！"

众人认同地点着头，猫着腰溜出了宿舍。今晚是月圆之夜，但是月亮红得仿佛染了血似的，那种诡异的红光像在宣告可能会发生不祥之事。

虽然已是深夜，不过天气依然非常闷热。四个人站在宿舍后的一小块空地上，边上就是那条奇臭无比的死水沟，水面上漂浮着许多垃圾。此时月光正好经过一片薄薄的灰云，洒下一片灰白，使得水面看起来像打了一层白蜡，让人心里非常不舒服。

他们四个人把东西放在正确的位置上后，由周玦最后把书摆在那面镜子的前边。月光透过镜子折射出一种古怪的光晕。三面镜子分别对准三件不同的物品，这一切都呈现出一种古怪的平衡。

胖三搓着手低声嘀咕道："靠谱儿不？咱们现在有些太过了吧，毕竟我们都是受过高等教育的文明人啊。"

冯老九比较同意他的看法，但是同时也抱着一种猎奇的心态，心情还略有些激动。而对于瘦猴，他作为一个满族人，萨满是他们古老的宗教，几千年传承下来，他很相信也很敬畏这些，所以并没有把它当作一种游戏，而是当成一种神圣的仪式。

在这些人当中，周玦是心态最复杂但也是最安静的，自始至终他的眼睛就没有离开过那书，他等待着最后的答案。此时忽然卷起了一阵小风，这种古怪的风吹起了四周的垃圾和树叶，把水里的那股子臭味儿也吹了过来，周围莫明其妙地充斥着一股腥臭味儿，但是周玦总觉得这腥臭中还掺杂着一些其他的味道。同时那本书也被风吹得微微抖动，幅度渐渐地开始变大。大家看到这一幕都不禁倒吸了一口寒气，因为这实在不像被风吹开的，而像有一个看不见的人在那里翻阅着书籍，就连频率都是一模一样的。

周玦不禁往后退，被身后的瘦猴一把挡住，瘦猴在他耳边低声地说："快，可以开始了。"

周玦点着头，从胖三手上接过一把剃刀，他小心翼翼地蹲在书的边上，随后闭上眼割开了自己的手指头。他只感觉手指头忽然一麻，然后就是细微刺疼，并没他想象中那么疼痛。他睁开眼睛，发现自己的手指上出现了一粒豆大的血珠，他用力挤出一滴滴入清水中，随后众人都围了上去，都睁大眼睛看着水面的动静。血滴入碗中，沉入了碗底，随后像有了生命一样，开始拉成了一条直线。

冯老九情不自禁地发出一声惊叹，众人屏住呼吸看着血线的走向，发现那细长的血线渐渐地向着 S 极的方向延伸，在妖异的月光下，形成了一条鲜红的射线，没有半点儿偏差。

胖三看到这里舒了一口气说："搞了半天居然没有鬼？！"

周玦也不敢相信，那么多古怪的事情发生之后，按照太阴乾坤测的法子居然测试出并没有什么鬼怪？那么，那些事又该怎么解释。

冯老九也叹了一口气，感觉有些失望。周玦歪着头，搔着后脑勺儿对瘦猴说："会不会不准啊？居然没鬼？"

瘦猴摇了摇头说："不知道啊，不过据说这个测试很灵的。如果测出来没事，那么就真的没鬼了，是我们想的太多了。"

胖三拿起碗倒掉里面的血水说："得了，收工撤吧，戳在这里也是白搭。既然人家萨满大神都给咱们打包票了，咱们还瞎嘀咕什么？没事就是没事。我说老二，你也就别那么孬了。没事，估计那不是什么寿衣，而是一件普通的老式唐装，看把咱兄弟吓的。"

周玦傻乎乎地看着那本书，这时候，他们听到楼内传来了脚步声，瘦猴马上说："不好，崔老头儿醒了！撤啊兄弟们！"

说完还不忘拿走他的那两块吸铁石，冯老九抄起自己那面剃胡子用的镜子也跟着跑了。周玦的眼神有些复杂，但是现在的确没时间多想，拿起那本书拽着胖三也跟着跑进宿舍。

回到宿舍，四人仍然没从先前的兴奋中缓过神儿来，其实他们心中或多或少是希望有鬼的，这完全属于叶公好龙的心态，这下测出来没有鬼怪，反而让他们觉得意犹未尽。至于周玦，心里总觉得那颗种子还在，没有被拔出。

冯老九对周玦说："既然没什么危险，把书给我们也看看吧，到底里面写着什么样的故事，能把我们的老二迷得这样神神道道的。"

说完胖三一把抄过周玦手上的书说："看看呗，我倒要看看，到底是什么样的故事。"

最搞笑的是胖三居然还把故事给念了出来，一开始还抑扬顿挫的，后面就和老和尚念经没区别了，再后面他也就懒得念了。

冯老九他们一开始都听周玦说过，所以简单粗略地看一下前情提要，随后就直接看后面的了。

林旭帮着翠娘把虎子的尸体绑在树上，这个过程中，翠娘的眼泪就没有断过。林旭虽然不知道翠娘和虎子到底是什么关系，但是可以肯定翠娘心里对虎子有着那种男女之间的感情。亲手处理自己爱人的尸体，这是一种折磨。

翠娘拿出一张纸符贴在虎子的头上，她抽动着鼻子对林旭说："虎子哥的衣服现在由你来穿，这张符是可以加速尸体腐烂的咒符，只要……只要虎子哥的身体没了，他就算是尘归尘、土归土了。"

林旭没有接过衣服，他开口问道："你们到底是什么人？"

翠娘略微把额前的头发拨开，林旭这才算看清这女人的脸，她的脸很好看，非常俏艳，只是眼睛哭得有些肿，所以显得比较憔悴。她苦笑着说："什么人？呵呵，我不是说了嘛，我们是倒斗的手艺人。"

林旭皱着眉说："盗墓贼？"

翠娘瞪大眼睛说："你不要张口一个贼、闭口一个贼的，现在偷咱们国土的是日本鬼子！杀我们中国人的也是那群鬼子！"

林旭知道自己话说重了，他抬手说："对不起，我说错了，能不能告诉我，你们到底干了什么？还有这包东西是什么？"

翠娘的脾气很直，她见林旭放低姿态道歉，也就哼了一声说："你本来可以不掺和进来的，不过现在你也逃不掉，成了我们七个人中的一个。如果你死了也必须找到下一个继承者，否则我们几个兄弟都会被你害死的。"

林旭接过衣服，但想到这衣服是给死人穿的，还刚刚从一个死者的身上脱下来，就觉得十分别扭。虽然他不迷信，但毕竟是个中国人，中国人对这类事有着骨子里的忌讳。

翠娘催促他快一点儿，说："快，穿上就走，我们不能在一个地方多停留，总之到了地方，就告诉你这事。"

衣服对林旭来说太大了，他解开裤子的皮带准备系在外面当腰带。翠娘一看摇头道："不行，你必须用红腰带，否则你挨不过，邪气很快就会上身的。"

林旭笑着摇头道："我是一个相信科学的人，对鬼神抱着敬畏的心态，但是我不相信，我的信仰是科学、是民主。"

翠娘捡起地上的红腰带走到林旭面前，不管三七二十一就给他缠上，没好气地说："我管你信什么！但是如果因为你再有弟兄牺牲，我就对你不客气。"

因为姿势比较暧昧，林旭的脸不争气地开始发红，他没想到虎子一咽气，这个女人就从绵羊化身为母老虎。他叹着气自我开解："好男不和女斗，现在我们必须往上海方向走。"

翠娘又摆着手说："不成，你得跟我走。"

林旭和翠娘因为去向问题产生了分歧，他们两个人虽然一边走一边说，但始终没有离开这个林子，他们只要踮脚回头望，就可以看见虎子的尸体。

林旭停住脚步对着翠娘说："翠娘姑娘，我觉得既然我们分歧那么大，那么各走各的道，我必须去上海与总部队会合。我是……"林旭的话刚说到一半，他突然发现虎子的尸体不知道怎么回事变得像是化掉的蜡一样，尸体的脑袋已经化了一半，而他的身体还在不停地抽搐，肩膀一直在抖。如果不是确定他是一具尸体，还以为这个人急性羊痫风发作了。

林旭看到这一幕立刻想要往回跑，他以为虎子还没有死透。翠娘一把拉住他说："别过去，他现在已经尸变了！我用化尸符治住了他，你现在过去让他接触到生人的气息，不出一刻钟他就会挣脱墨绳，到时候我们都得死。"

说完就自顾自地往前走，走到大概两米开外的地方见林旭并没有跟上来，她回头对他喊道："快走啊！他身上的尸气很快就会引来那个东西，那时候就跑不了了！"

林旭对这种事根本没有概念，他没有心理准备去接受这些什么尸变啊、僵尸啊，但他还是本能地听翠娘的话跟了上来。

翠娘见他跟来，稍微舒了一口气，心想这个书呆子终于开窍了。但是还没等她那口气舒完，她双目大睁，仿佛看见什么鬼怪一般，连忙往回狂奔好几步，拽着林旭的手就往林子外跑，不时从口袋里掏出一把又一把的盐巴往后撒。

林旭还没从先前的震撼中缓过神，就感觉身后阴风大作，吹来一股非常浓烈的血腥味儿。林旭纵然是打过仗，也整天和重伤士兵在一起，闻得最多的就是血腥味儿了，但这种味道让他瞬间有一种想呕吐的冲动。那种味道就像几千人几万人的血肉腐败发酵的味道，闻到这种味道不禁让人想到地狱中的血池。

两个人直到跑出林子才停下脚，翠娘跑得几乎无法呼吸，但还是不敢回头。林旭感觉这股味道渐渐消失之后才回头看去，身后并无一物，一切都很正常，可是那种被追捕的感觉还在。他纳闷儿地问道："这到底是什么？"

翠娘抬头看着破晓的旭日，感觉周围没有一丝阳光的温暖，灰蒙蒙的浓雾包围着周围的林子。远处还能听到细微的枪声和乌鸦叫声。她从怀里掏出一个和林旭口袋里那个差不多的包裹，不住地抚摸，眼里又溢出了泪水，嘴唇不住地颤抖，仿佛在喊着虎子的名字。

她擦干眼泪对林旭说："就因为这个东西，就是因为'它'害得虎子哥也……呜……"

林旭见她又忍不住开始哭泣了，便不再搭话，抬头见天已经亮了，现在不是说这些的时候，必须找到一个安全隐蔽的地方歇脚，至少得吃点儿东西，否则再这么奔跑下去，估计连苦胆都会跑得吐出来。林旭扶着翠娘说："翠娘姑娘，现在不是说这些的时候，如果我猜得没错，我们这里应该还是南京郊区，虽然不知道这里的战况如何，但是我觉得我们还是回上海好。"

翠娘摇头道："不行，你得跟我走，替我们做一件事。"

林旭皱眉道："做什么？"

翠娘的眼睛里闪过一丝不信任和保留，她吞吞吐吐地说道："你不要管，你也感觉到了，追着我们的东西绝非善类，这样厉害的东西如果你单独一人必死无疑，你的死活本与我无关，但是现在你既然身负那个东西，就是七人之一，不可避免地要随我同行。"

林旭见彼此都不信任，也不想与她多接触，但是他又想到虎子死前那种死不瞑目的表情，那种至死都想要托付的表情，就觉得如果不同她同行，那么首先对不起的就是已经死去的虎子，而且她一个女人上路也太危险了。

林旭抱着死者为大的心态，拍着自己的药箱说："走吧，我随你去。"

东方已泛白，晨鸟的叫声把周玦从半梦半睡中吵醒。他揉着肩膀发现自己居然就那么睡着了，再看闹钟，已经是早上五点。这时候，宿舍里除了胖三那夸张的呼噜声，再也没有别的声音。原本大家昨天夜里在网吧玩游戏玩到了凌晨，随后又是那么诡异的萨满仪式，接着便是一直看那本小说，这样消耗精神，即使他们几个人年轻力壮也熬不下去了，纷纷倒头睡去。

周玦都记不得自己是什么时候睡着的，他甩着胳膊想要把小说放好，没想到原本放在那折叠桌上的小说再一次不翼而飞。周玦连忙叫醒离他最近的瘦猴，问他小说在哪儿。瘦猴揉着通红的眼睛指着胖三说："不都是他拿着在念吗？你问问他去。"

此时冯老九被他们的说话声给吵醒了，他四处找自己的眼镜，嘴里问道："几点了？今天是什么课呀，我实在顶不住了，还想再睡一会儿啊……"

周玦拍着胖三的肚子说："哎！给我起来！"

胖三哼哼了两声，吧嗒着嘴巴转了一个身，居然又睡死了。周玦使出绝招，按住胖三的口鼻，不到一分钟，这雷打不动的懒猪终于被硬生生地憋醒了。他狂躁地吼道："我靠！你小子以后再耍这一手，你信不信我晚上偷袭你啊。奶奶的，这会憋死人哪！"

周玦对这一撒手铜颇为得意，但是此时他更加关心那本小说的去向，他问道："书呢？"

胖三反问道："什么书？"他过了三秒钟，终于从睡眠中彻底醒过来，摸着脑袋说，"哦，你说那本小说啊，我放在桌子上没动啊。"

周玦回头问依然还在床上躺着的冯老九："老九，你动过没？"

冯老九因为一晚上都跟这三人耗着，所以基本处于半昏睡状态，他迷糊地说："没啊，我见胖子念着念着睡着了，我也倒头睡了。今天还有课呢，别烦我，让我再眯一会儿，就一会儿……"

周玦摸着头，这本书不是第一次莫明失踪了，莫非这本书有自己的意识？所以又回到图书馆了？不对啊，不是说没有鬼吗？周玦越想越烦躁，干脆倒头蒙头继续睡，他说："胖三，替我请假，就说我拉肚子了要请病假。"

胖三撑着腰顶着大肚子摇头说："老二，你别净想着先下手为强，在我之前提出这个要求。我告诉你今天是陈昊的课，你自己看着办，他可是盯你盯得很紧啊。"

周玦非常不痛快地扔开枕头，哀叹一声，脱掉T恤走进洗手间。身后则传来胖三的奸笑声："该不会是咱们的陈老师看上你了吧？瞧他看你的眼神，啧啧。"

周玦换好衣服，一脚踹开厕所门，对着胖三说："说真的，我有时候真的怀疑你是不是个玻璃（同性恋），就算是，也别把世界上所有的男人都划为同类。他看上我，我未必看得上他，除非他变性，不！即使他是个女的，我也敬谢不敏！"

虽说情势所逼只得去上课，不过刚刚过去二十分钟，周玦就已经昏昏欲睡，上眼皮和下眼皮打起架来。胖三那肥大的身躯给了周玦最好的掩护，即使他趴着睡也不会被发现。况且陈昊上课从来不会叫人回答问题，他只是自己说，说完就走人。他热衷的是点名，以及报一下没到的人所扣除的学分。

"好，那么接下来我来点名……对了，周玦你下课后留一下。"

周玦耸着肩膀，无奈地直摇头。坐在前边的胖三贼溜溜地回过头，笑着做着鬼脸，貌似在说，你瞧人家是盯上你了不。

当然，这点周玦是犹如喉间卡刺，无法言苦。周玦来到陈昊身边，陈昊头也不抬地指着那几本书和一张字条说："这些书看完了，你还了再去借五本，单子在这里。"

周玦垂着手没有接过书，他一脸遗憾地学着京片子味儿道："哎呀，实在不巧，我不在图书馆打工了。对不起您嘞！"

出乎周玦的意料，陈昊头猛地一抬看着他半晌："你……为什么不干？"

周玦被他突如其来的情绪变化吓了一跳，他倒退一步干笑着说："这不开学了吗，我得专心学习。"

陈昊眼睛闪过一丝试探的味道，他放低声音问道："没有其他的事情？比方说……"

周玦也压低声音，试探着反问道："比方说？"

陈昊没办法从周玦的眼神和表情中察觉到他要的神色，他略微抬起头说："没什么，我自己去还就可以，你不去……也好。"

陈昊没有察觉周玦的神色，但是他的神色没能逃过周玦的眼睛。周玦倒是想要探知他那个失踪胞姐的事情，他要确定他姐姐的发疯和失踪与这本《七人环》到底有没有关系，昨天晚上的测鬼实在是蹊跷太多，而且这本书又一次莫明失踪，说一点儿危险都没有，估计连鬼都不信。只有确定陈昊姐姐的事情之后，才能让他彻底安心。

陈昊见周玦没有马上离开，问他还有什么事吗。周玦搔着后脑勺儿故作神秘地说："我……我在图书馆看到了一本书。"

陈昊没有兴趣地嗯了一声，周玦发现还得再加料，他虚咳一声，又说道："这本书有些怪……貌似讲的是……几个盗墓贼……"

陈昊听到最后三个字时终于停下笔，他啪的一声合上书本，用眼神示意周玦跟他走。周玦其实并不想看到他的这种反应，因为他这种反应只有一个解释，那就是他知道这本书，而且十之八九他姐姐的事就是和这本书有着密切的关系。

陈昊把周玦带到地下室，那里除了破旧的课桌椅和一些破损的教学器具外什么都没有，连灯都没一盏，大白天都是伸手不见五指。陈昊刺的一声点了一根烟，微弱的火光照得他英挺的脸有些异样，在周玦看来怎么都有些不太像陈昊。

陈昊单刀直入地问道："那本书你看了？"

周玦犹豫着要不要回答，陈昊见周玦不答，猛吸了一口烟，许久才开口道："如果你没看过，那么我建议你忘记那本书，然后永远也不要去那里。"

周玦不动声色地问道："如果看了呢？"

陈昊严肃地开口道："那么就完了。"

周玦心虚地笑着说："您这话说的，我就听不懂了，看了一本书怎么就完了？"

陈昊基本已经确定周玦绝对看过那本书，他说道："那本书是一本鬼书。"

周玦的背后不知为何开始有些发冷，但是想到昨天晚上的仪式，好歹他有些心理安慰，他讥笑道："鬼书？您在说笑话啊，这世界上怎么可能有鬼呢？"

陈昊没想到周玦会那么说，这让他也有些迟疑，他开始怀疑周玦到底有没有看过那本书，毕竟现在写盗墓的书层出不穷。他断断续续地说道："这……总之，那本书的情节会影响到现实生活。"

周玦连忙问道："你也看过？"

陈昊摇着头说："如果我看过，我现在就不会在这里了。"

周玦思维一转："你姐姐看过？"

陈昊抿着嘴巴，闭上眼睛，半晌才睁开，再睁开时却问道："这本书的名字叫《七人环》对吗？"

周玦见陈昊这样严肃，无奈地放下最后的心理防线，他垂下手叹气道："没错，我看过，而且你说的那些怪事已经开始在我身上发生了。"

陈昊突然伸手抓住周玦的肩膀，周玦感到这小子的手抖得厉害。陈昊恶狠狠地看着他，仿佛要从周玦的身上看出一个窟窿，而他的目光变得越来越苦涩。陈昊断断续续地说："我姐姐……她在图书馆看过那本书，那时候她已经开始不正常，需要药物治疗。我以为她的病又犯了。她总是会在纸上写一些让人看不懂的东西，那些东西有的是地名，有的是数字，更多的是一些奇怪的几何图形。后来有一天，她的病情突然好转，说要我带她出去走走，那时候她故意招惹几个流氓，我应付流氓的时候，一转眼她就不见了，从此再也没有音信，到现在已经五年了。后来，我从她的日记里知道了关于那本书的事情。一开始她莫明其妙地得到了那本书，随后便是那种无法克制的好奇心，促使她不停地看，接着故事里的某些事影响到了她的生活，她发现这本书想要引导她去寻找某个东西以及避开一个东西。但是她的日记并不全，并且有很多都是提问式的语句，而答案并没有写在日记中。"

周玦感觉陈昊手上的力道放松了不少，说出这些像是说出了他心中最深的秘密一般。他没想到陈昊会说那么多，周玦问道："难道你就没有对你姐姐的日记产生怀疑吗？毕竟那时候她已经疯了。"

陈昊放开周玦，颓废地靠在一个破讲台边上说："一开始我也那么认为，但是我姐她在失踪前所说和所做的一系列事情并非精神失常，而是一种非常决绝的样子。"

陈昊烟吸得太猛了，他皱着眉头咳嗽起来，随后继续说："我感觉……她像是在走一条绝路。"

周玦回想着小说里的内容，但他每次都是断断续续地看，还没看到后面，所以干脆地问道："什么意思？"

陈昊脸上出现少有的失落和愧疚，他道："她有天晚上把我叫过去，她说了很多关于我们小时候的事情，她问我怎么做才能相信一个人，怎么做才能把自己的命托付给一个不相干的人。她问了我很多，但是我一个也没有回答她。现在想想，我觉得她一定很失望。"

周玦摸着有些麻木的脸颊说："太不可思议了……"

陈昊的脸色并没有因为说出这件事而变得好些，反而显得更加阴郁。他突然想到什么，问道："那么那本书呢？你看过之后，那本书现在在哪里？"

周玦想到那本书头皮就发麻，他叹着气说："又没了，那书自己像长脚了一样，又消失了。"

陈昊没有怀疑，他点着头说："姐姐日记中也说到过它会莫明消失，但是只要看过书的人就会被牵引进去，所以你还会再看到，因此我才说那是一本鬼书。"

周玦摇着头道："不会的，不会是鬼书，我们做过测试，结果那本书一点儿邪气都没有。"

陈昊像想要换一种心情似的，点燃第三根香烟，他说道："什么测试？"

周玦明白这小子的学识和他的专业，他也想在专业人士面前显摆一下，于是说："不知老师有没有听过'太阴乾坤测'？"

陈昊叼着烟看了他一眼说："小子不错，知道萨满的古老法术，这名字其实是满人入关之后取的。鄂伦春语叫'别亚扎哈特'，意思是月亮的祈祷，然后由原本的萨满教和中原本土道教相融合，自成一套测术，所以后世取名为'太阴乾坤测'，的确是可以查出附在人或者事物上的阴气。"

周玦道："我们测出来它没有阴气。"

陈昊听到这句话，默默地拿下那根香烟，舔着嘴唇说："没有？那么说，这些事都是人为的？"

周玦点头道："没错，我也是那么认为的，我现在最怀疑的就是你的姐姐。因为当初引我看到那本书的其实就是一个女人。我怀疑，你姐姐没有离开这个城市。"

陈昊脸上露出困惑的表情，许久他才开口道："这样，如果你再一次看到那本书，马上通知我，这是我的手机号码，你记得有事就打我电话。"

随后两人便分手而归，周玦开始消化和分析陈昊所说的话，但是连陈昊都相信太阴乾坤测的结果，那么只有一种可能，所有的一切都是人为的。如果不是陈昊捣鬼，最大的可能只剩下那个行踪不明的陈昊姐姐了。

一边想一边走的他就那么回到宿舍，房间里只有瘦猴一个人在。周玦放下书包直接倒在床上睡着了，直到午饭时间才被胖三推醒，于是两人便一起去吃午饭。吃饭的时候，周玦又问道："这书到底跑到哪里去了？"

胖三呼噜呼噜地吃着面条："不是和你说了吗，我没动过。"

周玦不死心地追问道："那么怎么会没了？"

胖三白着眼儿，意思是我怎么知道。周玦把陈昊告诉他的事挑了一些告诉胖三，胖三抹着油嘴说："你的意思是，这本书还是有名堂？"

周玦扒了几口饭说："不清楚，总觉得还有什么事咱们没弄明白，如果真的有事，你也拿过那本书了，你觉得这事还和你没关系吗？"

胖三这才稍微有些危机意识，他龇着牙自我安慰道："瘦猴说的那个测鬼法子连陈昊都认可了，我们还有什么好害怕的？你不要老是那么一惊一乍的。"

就在周玦他们一边说一边吃时，瘦猴猛地冲到食堂，看到胖三和周玦就连忙奔过来喊道："快！快回去！出事了！"

周玦让瘦猴别慌，胖三问："出什么事了？"

瘦猴咽了好几口口水才说道："门打不开！老九在里面！"

瘦猴因为太慌张，说的根本没有人能听懂，不过周玦感觉事情很严重，他拉着胖三赶快回到宿舍。宿舍的门从里面反锁着，隔了老远就听到冯老九变调了的叫声。

周玦转了好几下门把手，但是门纹丝未动，他拍打着门喊道："老九！出什么事了？快开门哪！"

只听到里面冯老九歇斯底里地喊道："别过来！不要过来！啊……"

随后便是一阵古怪的笑声，这种笑声像动物的叫声，然后冯老九虚弱地求饶道："我……我没看！我不知道！放过我吧！我求求你了！"

那古怪的笑声没有停下过，随后门被嘭地敲了一声。周玦害怕地往后退，接着就听到一声玻璃的破碎声，然后是女人的尖叫声："有人跳楼啦！"

三人直奔楼下，这时候底下已经围了好多人。周玦挤进人群，看见冯老九仰面摔在地上，脑后不断地在溢血，手和脚也在不停地抽搐，整张脸极度扭曲。最古怪的是他的眼珠，他的眼珠分别向两边太阳穴分开，这是人根本无法做到的。他还没有断气，嘴里、鼻子里一直都在冒血泡。

周玦三人看到老九摔得如此严重，都傻眼了，不知道谁喊了一句："救护车！出人命啦！"

周玦被这一声吼叫惊得回过神儿来，匆忙抬起头，发现他们宿舍的窗户边上出现了一个人影，但是那人影很快就消失了，而后便是一股红色的烟雾。周玦突然闻到一股说不出的腥臭味儿，这个味道让人不寒而栗。

瘦猴连忙喊道："妈的，着火了！咱们的宿舍着了！"

说完好多人都冲上去救火，这时候，瘦猴不管三七二十一撞开了大门，果然桌子上烧了起来，火势不大，很快就被扑灭。但是桌子已经被烧煳了，上面的东西都成了黑炭。

黑炭形成了一张古怪的脸，像一个绝望的人在嘲笑着什么似的。这张脸周玦觉得在哪里见到过，但却怎么也想不起来。

　　周玦傻眼地站在原地，木讷地问道："怎么回事？这是怎么回事啊？"

　　随后救护车、消防车陆续到来，消防队员把三个人推出房间，而周玦这时无意中在冯老九的书包里，赫然看见了那本诡异的小说——《七人环》。

错误的理解

QIRENHUAN

七　人　环

　　周玦下意识地迅速抄起书包里的书藏在身后，跟着老师们离开宿舍。而冯老九貌似还没当场断气儿，一群护士围在他边上，给他做紧急救护，很快就把他送上救护车载走了。

　　瘦猴看到冯老九的样子，吓得一句话也说不出。胖三结巴地说："你们前面都看到了？"

　　周玦掀开背包的一角露出书的封面说："冯老九还拿走了这本书。"

　　瘦猴烦躁地问道："啊？是他？这到底是怎么回事！"

　　周玦捏着书的手都在颤抖，他做着深呼吸，强迫自己冷静下来，说："不知道，现在唯一能帮我们的只有陈昊了。"

　　胖三和瘦猴两人同时惊讶道："为什么是他？"

　　周玦把他和陈昊在地下室里交谈的事和他们说了一遍，他们都陷入沉默，最后还是周玦先开口道："怎么样？找他，你们觉得靠谱儿吗？"

　　胖三非常无奈地点了点头，瘦猴摊手说自己没意见，于是周玦打通陈昊的手机，把事情告诉了陈昊。手机那头沉默了半晌之后，周玦才听到陈昊说："去青藤茶坊等我。"

周玦对胖三和瘦猴说："他让我们去青藤茶坊等他，你们去吗？"

瘦猴看了胖三几眼："去吧，既然你说现在只有他能帮我们，但是你确定吗？"

周玦捂着额头喃喃道："不知道，去了再说吧。"

来到茶坊，陈昊已经在那里了，他坐着低头沉思，见周玦又带了两个人来，先是怔了下，然后让他们都坐下。

周玦从背包里掏出那本书，直奔主题："就是这本。"

陈昊看着这本书调整坐姿，但是并没有用手去拿。大家保持着非常压抑的沉默，最后瘦猴实在忍不住，打破沉默道："老师，你真的能帮我们？"

陈昊捏着鼻梁摇着头说："不知道，但是我现在帮不了你们，我手头的信息太少。"

胖三实在憋不下去了，他敲着桌子抱怨道："我靠，不是说过没鬼吗？"

陈昊点上烟，习惯性地呼出一口烟："你们怎么做的测试？"

瘦猴回答道："我们就是按照阴阳两极，引太阴之能开天眼，测阴魂之气。我们手头唯一能够找到的阴阳之物只有吸铁石。"

陈昊夹着烟点头道："能想到吸铁石，算你们聪明。"

平时周玦被人夸后，必定会笑一声假装谦虚，但是此刻他根本不在乎他们说什么，不过既然陈昊点头，就说明他们测试的方式并没有出错，那么为什么会失真呢？

陈昊让瘦猴继续说下去，瘦猴舔着嘴唇把当时的情况一一都说了出来，说到最后，陈昊哦了一声，他弹了弹香烟灰，然后说："这本书其实是有邪气的，而且测试已经告诉你们了。"

周玦三人听了他的话都是丈二和尚摸不着头脑，周玦问道："不是啊，我们明明啊……哎呀……"周玦忽然明白了陈昊的话，他握着拳头，抬头翻白眼儿高声喊了出来，引来周围服务员的目光，但是他根本无法克制内心的激动。

陈昊抽着烟没有搭话，胖三和瘦猴还是没有明白，他们问道："什么明白了？我们不是都按照步骤来的吗？既然步骤没错，我们怎么会搞错？"

周玦抱着脑袋说："错了，错的不是步骤，是结果！我们把结果的意思理解错了！"

二人同时发问："什么意思？"

周玦抱着头，情绪非常不稳定。陈昊见他没办法回答，这才开口道："你们搞错了最后结果的意义。血液是被引向极阳位，但是血本身就非常排斥阴寒之物，所以当它感觉到阴气，它会自然而然地被极阳之气所牵引，就像飞鸟能感知天地间的阴阳变动，跟着阳气而迁徙的道理。"

胖三听到这话，不禁咋舌，但是还不死心地辩解道："那不对啊！既然如此，那么如果没有鬼的话，血液就会被牵引到极阴？这感觉有些说不通啊，我觉得这个测试本身就存在漏洞。"

周玦这才抬起头，像放弃般地回答道："不，如果一切正常的话，我的血会在水里散开，这是基本的物理现象啊，根本不会出现血引线啊……"

胖三和瘦猴如被醍醐灌顶，都不禁发出了惊叹声。这两个糊涂蛋明白后立刻被恐怖的阴霾所笼罩，因为他们都摸过这本书，也就是说他们都被牵扯进来了。陈昊进一步解释道："如果被引向极阴之位，说明这个东西阳气非常旺盛，反倒成了避煞的好东西，但是对人命格影响太大，大到不是命格骨重够分量，就会被克死的地步。就像有些东西除了皇帝和一些德高望重之人能持有，任何碰到这东西的人都会暴毙。为了避免这两种极端之物出现，所以就有了'太阴乾坤测'这种测术。"

陈昊说完这些解释后，没有人再提出第二个问题，他们都陷入深深的恐惧和后悔中。陈昊见此只能转移话题道："冯老九为什么要拿那本书？"

周玦摇着头，因为什么可能都想过了，就是没想明白为什么他要拿那本书。最后胖三说道："有一件事……我觉得很奇怪……"

大家把目光移向胖三，他见所有人都盯着他，显得有些窘迫，心虚地说："那是昨天晚上发生的事，你和瘦猴都开始打呼噜了，最后我也撑不下去了，冯老九倒还想继续看，他是最后一个还在看书的人。而且我半睡半醒的时候，听到他一个人在那里非常阴森地笑了一声……不过我没在意就睡过去了。"

周玦连忙说："也就是说，老九是最后还在看的人？那么……他到底发现了什么？"

陈昊此时开口道："按照这本书的规则，他这次出事也是应该在看书后才有的反应。但是他到底发现了什么呢？还有，到底是什么东西迫使他跳楼的呢？"

周玦几个人的目光注视着这本书，周玦拿起书仔细端详，但是依然没有任何发现，只是普普通通的一本旧书而已，他又烦躁地把书扔了回去。

胖三心里有些不痛快，他抱怨道："这到底是怎么一回事？我就这么莫明其妙地被扯进来了？这和我根本没关系啊，对吧瘦猴？"

瘦猴也想全身而退，他连连点头。大家都看到冯老九的惨状，心里都是一万个不愿意，而且这事的确和他们没有多大的关系，因此周玦成了他们发泄的首要目标，书是他带来的。

周玦意识到身边这两个人的怨气，他想尽量平复两人的心情，回答道："大家先别烦躁，说真的我也很无辜，我根本不知道这本书为什么会那么莫明其妙地出现。你们冤枉，我和你们不一样吗？再说这次冯老九的事不单纯，你们想想，前面我所说的很多事虽然都与现实或多或少地联系上了，但好歹不会威胁到我们的安全，可是冯老九到底做了什么事，会导致他自己出事呢？"

大家的思绪再一次被周玦拉回到冯老九身上，周玦本身对此也拿捏不准。陈昊则突然想起了一件事，他问周玦道："你记不记得你第一次看书的时候有什么古怪的地方？我指的是书。"

周玦撑着额头看着这本书说："这本书……它是一本被踢旧的书，而且还有一个很奇怪的血指纹……只要翻书就会碰到。"

周玦翻开书的角落，指着边上说道："喏，就是这个。"

陈昊抽着烟，眯着眼睛看着这个指纹，周玦自言自语："如果能够知道这个指纹是谁的就好办了，或许他会给我们一些有用的线索。"

陈昊摇头道："办不到……等等！"

他一手抓住了周玦的手腕，而周玦则保持着翻书的动作。随后陈昊指着书页中间说："你们看，这是什么图案？"

然后他让周玦把书再翻开点儿，于是书页与书页之间就形成了一个图案，上面写着"5P-3C-I3436-368742"这一串数字。陈昊激动地说道："这是我姐姐的字迹，没错，这是她写上去的！"

周玦说道："也就是说，你姐姐在上面做了记号？"

胖三问道："这是什么意思？密码？"

此时大家大眼瞪小眼地看着，都说不出一个子丑寅卯来。但周玦觉得这是一个非常有价值的突破口，而且他感觉陈昊的姐姐可能没有死。

陈昊迅速把这几个数字抄了下来，他说道："这个我会回去查，只要有新消息我就会通知你们，我觉得你们最好不要再看这本书。"

周玦道："陈老师，你的姐姐不是有很多手札和日记吗？能不能让我们看看？只给我们看关于这本书的那些就可以了。"

陈昊摇头道："没了，姐姐失踪那天把手札也带走了。日记我可以带来，不过这里面的消息不多，她只是偶尔在日记里提起而已。"

胖三撞了一下周玦，意思是陈昊说假话，而周玦一时间也没法追问。陈昊见时间不早，道别之后便走了，留下周玦三人，他们每个人脸上都流露出沉思的表情。瘦猴喃喃自语："居然把结果搞错了，不过这错误还真低级啊，如果我们当初早些察觉，或许现在就没有我们什么事了……"他说到这里觉得有些对不起周玦，便硬生生地咽下后面想要说的话。

周玦倒觉得他说得没有错，而且他也发现，瘦猴和胖三潜意识里其实已经把错归结到他的头上，虽然他们都没明说，但是无意间流露出来的神色和话语，无不是对周玦的抱怨。不过，他的心思还在思考那串密码和冯老九的事情，没有再去应付他们。突然胖三的手机响了，他接起电话后脸色瞬间凝固，眼睛暴睁，而眼角泛起了泪光。

他默默挂断电话，对二人道："老……老九死了……"

瘦猴的脑袋重重地撞在台子上。周玦只感觉下巴顿时发麻，他控制不住地颤抖着双唇，紧紧地握住双拳，浑身抖得厉害。悲伤、愤怒、恐惧等各种复杂的感情，交替盘旋在周玦即将崩溃的大脑中。

他闭着眼睛深深地吸了一口气，用所有的精神力和自制力让自己静下来。他慢慢睁开眼睛，发现胖三和瘦猴都在看他，他们的眼眶也都通红。

周玦张开嘴，苦涩地说："现在……我们没退路。如果不想死，就得先搞清楚老九到底为什么会死。他看得比我们多，我怕我们也会遇到，到那个时候……"

胖三满头冷汗，结巴着说："那……那么我们不看下去呢？会不会……"

周玦摇着头说："那本书能够自动消失又出现，你觉得还有什么做不到的？"

胖三和瘦猴的脸上都露出心虚的表情，然而冯老九为什么要偷偷地藏起来呢？他到底想要干什么？

最后他们三个人回到宿舍，而窗外从五点过后就开始下起大雨，据天气预报说明天气温会骤降。306 宿舍的灯光在这样大雨滂沱的环境下显得非常昏黄，好像随时都会熄灭一样。本来应该是四个人的宿舍，现在只剩下三个人。今天下午，冯老九的家人就把他的东西都收走了，只留下空荡荡的一张床和一套课桌椅。平时冯老九都会在那里温习功课，然后不耐烦地转过头来说他们仨太吵闹，现在这个宿舍再也折腾不起来了。周玦坐在床边，看着那本书，眼神越来越呆滞，因为他实在想不出这事的缘由。

胖三焦躁地骂道："妈的，我就不信了，老二、瘦猴，咱们就看吧！说不定下面会有提示呢！"

瘦猴整个身体趴在床上，而眼睛也是死死地盯着这本书。周玦的脸上也显露出几分放弃抵抗的神色，他叹气道："好吧，那么我们就一起看下去，这样憋着太难受了！"

于是三个人立刻围坐成一团，周玦再一次翻开书页。

林旭一路上跟着翠娘在山林里穿梭了很久，直至日近三竿，大雾才全部消散，荒芜的野林子稍微露出些许江南应有的柔和。翠娘终于把林旭带到了一个稍微有些人烟的地方。虽说是有人烟的地方，不过一走进才发现，其实那里只是一个小山村，因为战争，这里已经成了一个荒村，到处都是尸体和啃死尸的老鼠，整个山村弥漫着一股腐烂的恶臭。

翠娘一路上都不怎么说话，只是有的时候她会努一努嘴，像强忍着不哭出声，然后回头看看走过的路。林旭感觉到她无时无刻不在警惕着身后，而他也是一路无言地跟着她。翠娘看着荒村里一家废弃的茶摊说："这里吧，我去找找有什么吃的和可以带走的东西，好饿呀！"

林旭把长板凳上的灰尘擦掉，然后放下自己的医药箱。他四下打量着周遭的情况，周围十分荒凉，不远处七倒八歪地躺着一些尸体，附近的歪脖子树上吊着一个死了的女人。

翠娘找了半天，最后骂骂咧咧地走回来说："根本没吃的。"

林旭摸着自己的肚子，说实在的，他已经快两天没吃饭了，早已饥肠辘辘。突然翠娘眼睛一亮，一个箭步钻进一个枯草堆里。她居然从草堆中捡出一支步枪，最幸运的是这枪里还有子弹。翠娘看着枪像看到了烤鸡，她把枪递给林旭说："拿着，你不是当兵的吗？打些野味儿来吧。咱们别在这里待，怪吓人的，好歹捡了这个家伙，不算亏。"

林旭接过枪，上膛之后发现这枪的确能使，这让他心里多少有些踏实。他点着头说："我去那林子后面抓些野兔子什么的，不过现在是冬天，能不能打到就不知道了。"

翠娘连忙拉住他说："别，别回去！咱们不能走回头路。和我一起往前走，我再看看，实在不行，我看能不能捡到钓鱼的家伙，这里靠河，应该家家有打鱼的工具。"

翠娘一而再再而三的神神道道，让林旭的反感和疑问到达了爆发点，他冷着脸问道："你到底在怕什么？你们到底在躲什么？你不说清楚，我就不走了！"

翠娘咬着嘴唇看着林旭，林旭被她这样一盯，居然心又软下来，他叹着气直摇头。翠娘见他如此便开口说："咱们先去前边，你别让我在一群尸体边上谈这个。"

林旭听她这么一说，也觉得自己有些过分了。他不好意思地摇着头说："是我有些情绪化了，我们先往前走，估计再过去一点儿我们就可以穿过地界，那时候情况会稍微好一点儿。"

就在他们二人准备起身离去之时，林旭发现旁边的草丛里有一双眼睛死死地盯着他们。他举起步枪对着草丛喊道："什么人，快出来！"

草丛里毫无声息，翠娘躲在林旭的身后，他们两个人一点点靠近草丛，突然从草丛里猛地跳出了一只猴子，感觉像杂耍的身边跟着的，也许耍杂耍的人死了，这只猴子就在这里东躲西藏的。它很通灵性，知道林旭手上的东西很危险，噌地跳到一边，虚张声势地对着他们龇牙咧嘴，发出刺耳的叫声。

翠娘叹了一口气说："猴子啊，我还以为是鬼子呢。得了，今天就吃它吧。"

林旭没有放下枪，不过也没有开枪。这只猴子仿佛听得懂人话，它见眼前这个女人对着它直咽口水，知道是把它当盘儿菜了，发出更加刺耳的尖叫，使这个本来就阴森的荒村显得更加诡异。林旭感觉到，这座看似已经死亡的村子里还有什么活着的东西躲着，在草垛、在残砖乱瓦中窥视着他们。其实，他一直都觉得有一双眼睛阴冷地注视着他们的一举一动。

林旭没有扣扳机，他放下步枪说："这猴子好歹也是中国猴子，而且还特有灵性，咱们放了它吧，回头我去抓野兔子。"

出乎林旭的意料，翠娘并没有表示抗议。她疑神疑鬼地凑近林旭，低声说："那么咱们快走吧，我觉得这里好像有些不对劲儿。"

林旭问道："你说这村子有问题？"

翠娘蹙额说："是啊，这村子不正常，你没发现吗？死的都是女人，居然见不到一具男人的尸体。"

林旭马上抬头往四周看去，果然发现趴在地上的都是女人的尸体，连一具男人的都没有，这很不正常。历史上有过许多屠杀，有些是杀光抢光，有些则是杀光所有的男人，抢走所有能生孩子的女人，而只杀女人，这实在说不过去。

林旭疑惑道："那些男人都去哪里了？看着自己的女人被杀还不出来？不对啊。"

翠娘握紧刚才从边上捡到的柴刀，紧挨着林旭说："别说了，在这兵荒马乱的年头，发生什么怪事都不奇怪。走吧，总之这里太邪乎了。"

林旭不再多言，背上步枪，于是两人径直穿过这到处是尸体的诡异村庄，而那只古怪的猴子并没有逃走，而是一直跟着，保持着三米左右的距离，有时候发出一两声古怪的吼叫，更多的时候是沿着残垣断壁紧跟着林旭二人。在林旭看来，这猴子仿佛是躲避着阳光一样。

林旭、翠娘快速撤出了荒村，周围的景色也越来越荒芜，一路上别说野兔子，连一只飞鸟都没见过。

一路上，林旭只是跟着翠娘走，而翠娘时不时用手搭一个凉棚，看看太阳，然后思考半晌后带着林旭继续赶路。她说，他们先要到皇姑山下一个叫"旦里余"的地方，那里会有人来接头，总之他们无论如何都要活着到达那里。

他们很快来到一片水域，因为是南方，虽然是大冬天，但还是有鱼的，而且个头儿都还不小。林旭找了一根竿子，翠娘从自己的包裹里掏出一只荷包，上面别着几根绣花针，她抽出一根拗弯了，又抽出一根线，将拗弯的针系在竹竿上。林旭把蚯蚓捏碎成一团扣在针上就开始钓鱼，而翠娘则生火。冬天的鱼本来就没什么吃的，见到鱼饵也顾不得什么直接就咬上来，所以钓鱼比打野兔子来得容易。林旭草草地刮干净鱼鳞、去掉内脏，就放在火架上烤，很快香味儿就传开了。

此时两人饿得肚子都在乱叫，谁也不嫌谁没出息，鱼刚熟，还翻着白眼儿，就开吃了。囫囵吞下鱼肉，也不管鱼刺可能会卡住喉咙，真的是饿极了的样子。

吃得差不多了，林旭打了一个饱嗝，而翠娘这才意识到自己是个女的，开始秀气地一点点撕开鱼肉挑鱼刺，而不是像前面那样张着嘴巴乱吐。

林旭拿起钓竿又去钓了一些，然后处理干净内脏，用枯树叶包裹着放进箱子里。此时，那只一直跟着他们的猴子也被这鱼香勾得躲在远处抓耳挠腮。林旭扑哧笑了出来，见这只猴子真的十分有灵性，便把刚钓上来的一条大鱼扔给了猴子。

猴子试探地用手推了两下，见没有危险便大口大口地嚼起来。林旭意外地发现，这猴子的吃相和翠娘有几分相似，想到这点他便忍不住偷偷笑了起来。翠娘见他在偷笑，便扔了一根鱼骨头过去问："你笑什么？不就是和一只猴子打成一片吗？"

林旭没有笑下去，他见时间不早了，便说："不早了，咱们继续赶路吧。现在应该不会遇到鬼子了，你说的那个地方到底在哪里？"

翠娘蹲在路边，看着还在不停吃鱼的猴子，低声说道："不远了，我看你是有学问的，我问你件事……你相信这个世界上有鬼吗？"

林旭并没有马上否定，他摇着头思考片刻说："我相信这个世界有因果报应。"

翠娘愣了一下，随后咯咯地笑出声，声音听上去非常嘲讽，她说道："报应？什么是报应？人人都说我们盗墓贼不得好死，说我们缺德，你以为我们生来就想当掘墓的？"

林旭坐在她边上，翠娘说："其实我不是一开始就干这行的，我过去干的是窑姐。呵呵，没想到吧。我们这种下九流的根本没什么盼头，天天就是做着皮肉买卖，我还杀了人，把一个畜生给捅了。他就是一个变态，天天点我，用蘸着盐水的鞭子抽。我再那么下去迟早要死在他手里，还不如干脆把他给捅死。"

林旭发现翠娘的眼睛中闪出了浓浓的恨意，她眼神暗下来说："后来我就逃了出来，成了个要饭的，那日子比狗好不到哪儿去。你们当官的不知道我们这种人的活法，第二天睁眼都不知道自己能不能喘气。后来我认识了虎子哥，他见我可怜，说收我当师妹，然后教了我许多关于盗墓这行的规矩。不过，他从来不让我下斗，我只是替他望风和做饭。在别人眼里，我不是他妹子，我是他女人。其实……我也想过……"

翠娘声音越来越小，随后便不说话了。林旭知道翠娘喜欢虎子，但是虎子不知道为什么就是没要她，难道因为她过去是妓女？林旭不好说，也不好问，只有等翠娘自己往下说。

翠娘说："我们白天只是普通的山民，到了晚上，虎子哥会去白天踩好的地点下斗。有时候可以带上来一些金元宝，有时候什么都捞不着，还带了一身伤。日子虽然又苦又下贱，但还是那么过下来了。直到后来鬼子来了，我们的日子根本没法过，只有跟着大伙儿一起逃难，这事其实就是发生在逃难的路上……"

这时，本来安静的猴子突然吵闹起来，它不停地打滚、抽搐，然后居然两脚一蹬，嘴里吐出了许多血沫子。林旭大叫不好："鱼肉有毒！"

他连忙拿出自己多钓的那几条鱼，这些鱼都是很普通的鲫鱼，没什么异样，而且他们吃的要比这猴子多很多。为什么他们没有事，而这猴子一命呜呼了呢？

翠娘凑近看着猴子的死状，她咦了一声说："太奇怪了，这猴子的死状怎么那么像被……被尸毒给毒死的？"

林旭扔掉了这些鱼肉，然后过去看已经翻白眼儿的猴子，发现这猴子的嘴唇已经黑得发紫，牙龈在不停出血，而身上有一股非常奇怪的味道，不但不臭，反而还有些香甜，感觉就像大姑娘的头油味儿。

林旭见猴子转眼就死了，他转而去看猴子吃剩下的那条鱼，发现鱼肉非常正常，肉质还很有弹性，那么为什么猴子突然中尸毒死了呢？

这让翠娘和林旭心里非常恐惧，因为毕竟他们吃了那么多鱼肉，本来还意犹未尽的香味儿现在别提有多排斥了。

翠娘摇着头说："这是一只公猴子，你瞧还有鸡巴。"

林旭不知道她这个时候研究猴子的身体做什么，他没有理睬翠娘的话。翠娘接着说："林旭，你说……这会不会和那村里没男尸有什么关系？"

林旭顿时一凛，问道："你这是什么意思？"

翠娘摇着头说："我只是觉得可能有联系，又不一定。你看着我干吗？不过说真的，这猴子死得太邪了，而且我敢肯定它是中尸毒而死的，不过尸毒一般都是那些死时怨念极重的老尸，新鲜的尸体没办法聚积那么厉害的毒。"

林旭喃喃道："尸毒？"他思考片刻，从医药箱里取出一把手术刀，当场划开了猴子的肚子，顿时猴子的腹腔内散发出一股更加浓重的异味儿。林旭说："既然是中毒，我们先看它的肝脏，如果肝脏有什么色变，说明的确是中毒，而且可以根据颜色来辨别时间，这样就能够知道到底是不是鱼肉有问题。"

翠娘嗯哼着表示同意了他的看法，催促他快点儿下刀子。林旭一刀划开猴子的肝，发现肝脏并没有任何异常，非常正常。林旭抬头疑惑地看着翠娘说："不是中毒……"

说完他又看胃部，看看到底这猴子吃了什么东西，因为消化食物最少也要用三小时的时间，蛋白质甚至需要八小时，所以能从胃里看出它吃了什么。

林旭一刀剖下，本来已经闭眼的猴子突然一声怪叫，眼中闪出一道诡异的光，随后就狠狠地向林旭咬去。虽然林旭马上缩回自己的手，但是依然被猴子的爪子蹭掉了一块皮肉，鲜血直流。翠娘见已经死了的猴子居然会有此反应，马上大叫道："鬼！有鬼啊！"

林旭制止道："不是，也许是它的大脑还没完全死透，所以才会出现条件反射。你别怕。"说完他剖开了猴子的胃，胃里塞满了刚吃下去的鱼肉，并混合着一些非常恶心的白色渣子。林旭用手术刀在胃里翻搅着，突然发现里面居然有一截儿人的手指，看样子是一个女人的，因为指甲上染了红色（中国人很早就有涂指甲的习惯，青春少女会用红色的凤仙花作为染料涂在指甲上）。

林旭用刀挑出那截儿手指，发现这是一个女人的小手指，而且是最上面的一节。林旭对翠娘说："这猴子吃过人肉？"

翠娘说："这不奇怪，那里只有女人的尸体，它饿得不行，自然会吃尸体。"

他们把该查的都查了一遍，但是没什么不正常的地方。林旭包扎了一下自己的手说："走吧，可能是我们多虑了。"

翠娘勉强地点点头，跟着林旭继续走。就在他们转身离开时，突然旁边的草丛中伸出了一双长满黑毛的手在拼命地拽着猴子的尸体，把尸体本来就露出来的内脏什么的拖了一地。

林旭二话不说，举枪就是一个点射，然而那双手比林旭的反应还要快，它连忙松开手，缩回草丛里，飞快地往荒村方向逃。由于草丛非常浓密，林旭只见草丛在动，并没有见到那双手的主人，不过据草丛里的动静来看，手的主人应该是个人。

翠娘想要追那个东西，林旭一把拉住她的胳膊说："别追了，我们快点儿走，这里不正常，刚才那个应该是个人……"

翠娘愣了一下，疑惑地问："人？人能有这种爪子？"

林旭被她问蒙了，他自言自语："即使是灵长类动物也不可能那么奔跑啊……"翠娘被他的话给吓着了，没敢接着问，她拿起包袱："什么都别说了，走吧，鱼也别带了。"

翠娘把那些鱼连同猴子的内脏一脚踹进了河里，鱼肉和内脏很快就沉入河里，把本来清澈的河水搅浑了，那些细小的碎片漂浮在河面上，看着十分恶心。

林旭背上枪，拿起地上的医药箱正要走，发现翠娘死死地盯着河面，神情非常复杂，她捂着嘴道："尸体……这些鱼……天哪……它们吃尸体！"

林旭问她这些鱼怎么了，翠娘只是脸越来越白，最后哇的一声，把先前吃下去的鱼肉全部都吐了出来。这让林旭的胃部也一阵恶心，差点儿也要跟着一起吐。

翠娘伸手去拉林旭，林旭发现她的手在不停地颤抖，林旭问道："你没事吧，到底怎么了？这些鱼……"

刚说完鱼字，翠娘转头又是猛地一阵干哕，不过实在没东西可以吐了。

翠娘说："这些鱼……太恶心了。河底全都是尸体！到底谁那么缺德啊！"

林旭没听明白，翠娘指着那村说："你知道为什么那个村没有男人吗？"

林旭摇头，翠娘强忍住涌上心头的恶心感，说："其实这个村的男人女人都死了，没一个人活着，是真正的鬼村。"

林旭忍不住回头看了一眼，那个村庄在密集的树干中显得非常隐蔽，现在看上去更有一种不真实的感觉。林旭重复了一遍："鬼村？你的意思是其实男人的尸体在河里？鱼儿们吃男人的尸体？"

翠娘点头道："没错，男人的尸体的确是在河里，那些鱼吃尸体，但这不只是尸体。男人的阳气比女人要来得重，所以如果他们怨念强烈，就会变成魑。女人死亡之后怨气过盛会变成魅。它们就是地上和水里的冤魂，无法投胎。"

林旭无法理解翠娘这种支离破碎的解释，索性哦了一声，安慰道："是有些恶心，毕竟是吃死人肉的鱼，难怪你会这样。不过人死了也就是一块肉，鱼吃饵，咱们吃鱼，其实都是为了活下去而已。"

但是没想到翠娘又一次把脑袋摇成拨浪鼓，她指着那些鱼说："这些鱼吃的是男人的尸体，但是它们的魂珀是那些女人的。你看那些鱼的眼睛，这不是鱼的眼睛，分明是人的眼珠子啊。"

林旭不解地问道："你怎么知道就是那些女人的呢？不就是这眼珠子长得像人一样而已。"

翠娘骂了一句："唉！怎么就遇上你这种实木头，我不是说了吗？女人死后化魅，魅为阴鬼，是活在水里的，聚集阴气的地方便是它们的窝，所以这些鱼其实都是那些女人的冤魂，而……而男人的鬼魂则是……则是刚才的那猴子。魉为阳鬼，我敢说这里有很多猴子，这些猴子其实都不是猴子，而是魉魅啊。男人的魂珀依附在猴子的身上，类似一种傀儡。这些猴子拥有那些死人的记忆和思考能力，所以它才会一直跟着我们，还多少保留着人类的动作。"

林旭还是没有搞懂，翠娘也没心思对他普及知识，只是说道："这个村子已经被动过手脚了，不过动手脚的是不是人我就不知道了，但是男人的尸体沉入河中成为女人魂珀的饵食，女人的尸体倒在村里，成为男人魂珀的食物。这……这其实是一种邪术，这种邪术的目的是让阴气能够得到激发，就算普通的尸体放在这里，一分钟都不用就可以诈尸。这里被人设计成了聚阴池。"

林旭问："什么意思？"

翠娘还未来得及开口进一步解释，就听到四周传来了一阵阵凄厉的嘶吼，而河里的鱼开始不停噼里啪啦地打水。翠娘道："不好！快逃！那个东西又靠近了！"

说完跌跌撞撞地拉着林旭跑，林旭跑的时候瞥了一眼翠娘，发现翠娘不知道什么时候居然露出一种非常恶毒的笑容，那种笑容就像是一种报复得逞的阴笑，而且整张脸苍白得像石灰。林旭吓得甩开翠娘，翠娘被他的举动吓了一跳，林旭定睛再看翠娘，发现她并无异状，只是脸色有些苍白，但绝对不是那种鬼魅般的苍白。他揉了揉太阳穴，终于稍稍缓过神儿来，他一把拉过翠娘的手，拉着她继续赶路，而那个古怪的村子和互相以对方尸体为饵食的魉魅，渐渐地消失在树影婆娑之间，变得越来越远。但是林旭感觉到那种被窥视的阴寒一点儿也没有消失，反而越来越浓重。

第 五 章

蛾 轨

QIRENHUAN

七 人 环

周玦停止了读书，他疑惑地看着瘦猴和胖三，他们两人也是一头雾水，不过他们的眼中都闪出一种不能自拔的迷离。周玦合上书，提问道："你们说，这个翠娘是不是有些古怪？"

胖三从裤袋里抽出一包烟说："何止古怪，他娘的她就是神秘的红拂女啊。她到底是什么来路啊？"

瘦猴见这两人都不再看书，催促道："别停下，继续啊！接着看。"

周玦正欲再次翻开小说，突然手机传来一阵狼吼，吓得胖三烟灰烫到了他的脸颊，他骂道："周老二！非常时期，你可不可以换掉你这呼叫音啊，你来一段心经什么的吧，你没有……我蓝牙传给你！"

周玦抬头骂道："这个与狼共舞的音乐还不是你发我的，你他妈的就不说你自己是罪魁祸首？"

胖三憋得半天没办法回嘴，周玦一脸"我大人不计较你个小人过"的眼神对他摇了摇头。他拿起手机，发现这是一个陌生的号码，犹豫了片刻还是接起电话，电话那头非常寂静，周玦听到了脚步声，感觉有一个人从远处走了过来。周玦回头朝他两个兄弟看了一眼，后面两个人都在问，是不是陈昊打来的。

周玦心虚地喂了一声，但是那头并没有传来任何回音。渐渐地，脚步声停止了，接着传来开门和关门的声音，然后是挪动椅子的声音，仿佛有一个人坐了下去，再然后是粗重的喘气声和液体滴落在地上的声音。

周玦咽着唾液，这时手机突然传来一声关机的声音，周玦的手机一下子自动关机了。周玦吓出一身冷汗，他舔着嘴唇，硬是扯出一个笑容，看着胖三和瘦猴两人说："估……估计是没电了。"

两人切了一声，但是周玦自己心里知道，那手机的电池其实是满格的。他偷偷摸摸地又打开手机，放进口袋。

两人问道："那么，没电前你听到什么了？是不是陈昊？"

周玦扶着额头说："不知道，没人说话，那边的动静感觉是有人进了一个地方然后坐下了，接着手机就关机了。"

胖三的脑门儿上都是汗水，瘦猴则一脸茫然。就在这时，突然又传出那一声狼吼，吓得三个人同时跳起来。胖三哭丧着脸，拍着自己肥硕的脸道："老子以后再给你这些东西，我李字就倒着写。"

周玦以为还是前面那种怪声音，他没有说话，那头也没有声音，大概过了半分钟，那头才传来陈昊的声音，他老大不高兴地说道："喂，你还活着吗？不要直喘气不出声啊，小子。"

周玦一听是陈昊的声音，几乎放空了腹腔内所有的气，他叹气道："老师，你也别一句话不说行吗？你不知道人吓人会吓死人的？"

陈昊郁闷地说："到底是谁吓谁啊，好了，你告诉我，你们宿舍是在哪里？我一时想不起你们那地儿了。"

周玦道："306，你走到最后面的那排房子，边上有条臭水沟就是咱们的窝了。"

陈昊被他这形容给逗得笑出声，但是接着他又陷入沉默。周玦连喂了好几声，陈昊这才说道："你们看那本书了？"

周玦的寒毛又竖起来了，他含糊地嗯了一声，陈昊并没有说什么，只是挂断了电话。周玦隐约感到，这小子在电话里听到了什么东西。

不到五分钟，周玦他们就听到了急促的敲门声，开门一看果然是陈昊。他没有打雨伞，浑身湿透，头发贴在他的额前倒是有几分不羁的感觉。不过，很快这不羁的帅小伙的眼睛瞬间睁大，几乎眼珠子都要从他的眼眶里蹦出来了。

他一把拉住周玦的肩膀，周玦就整个人贴在他的胸前。胖三见状，喊了一句什么"朗朗乾坤，老师你怎么就当着咱们的面抢人啦"。

然而，陈昊头也不回地拽着周玦的衣领子一路跑，周玦像一只小鸡一样被他牵着。

胖三和瘦猴见状，连忙问陈昊怎么了，但陈昊只管走人，并不应答，两个人搞不清楚状况，只好也跟着一起往外跑。几人一起下楼，一头钻进大雨中，雨水疯狂地打在他们的脸上。

周玦甩开陈昊的手，抹了一把脸说："到底怎么回事？"

陈昊的眼神像见了鬼，他指着楼上宿舍的窗户说："冯翔真的死了吗？"

周玦点头，不过从陈昊的眼神中，仿佛知道了他问这话的意思。此时胖三和瘦猴也跟了上来，他们叫道："你们搞什么啊？"

周玦没有理会他们，继续问陈昊："你到底看到了什么？"

陈昊想要点烟，但是雨太大，烟点了几次都没成，他捏掉烟说："我前面打你电话，发现电话里一直有一个人在你边上默默地念叨着什么'继续看，一起上路，七人环一个都不能少'。"

周玦退了几步，身后瘦猴一把扶住了他。周玦说："那你刚才……你看到什么了？"

陈昊说："我刚才在你们宿舍里看见一个人坐在靠窗户的位置，一直盯着你们。他头上都是伤，血都滴在地板上了。"

闻言，身后的胖三没站稳，直接坐在了地上。周玦也感觉腿软头晕；胖三趴在地上，连坐的力气都仿佛被抽干了，浑身抖成一团。

陈昊看着周玦说："先到我家去吧。看来我们再不动手，接下去就没有我们动手的机会了。"

这个提议对于现在的他们来说是再合适不过，因为的确没有一个人敢再回去了。然而瘦猴站在原地没有走，雨水打在他的脸上，他抿着嘴，僵直地站在雨里说："书……书在上边。"

胖三悲鸣着喊道："你没拿？"

瘦猴愤怒地瞪着胖三，胖三心虚得不敢说话。陈昊抿着嘴巴说："这书迟早会再回到我们身边的，看过书的人都逃不掉。不用担心，现在回去太冒险了。"

于是四个人拦了一辆出租车，直奔陈昊的家。陈昊的父母都不在本市，房子也不算小，凑合着够周玦三个大男人来这里窝一晚。陈昊拿出干衣服给他们，指着洗手间说："去洗澡，否则会感冒。"

四人轮流洗了一个热水澡，之后陈昊让三人来到他的书房，他自顾自地坐在椅子上交叉着双手，跷着二郎腿道："密码我解开了。"

三人听了，为之一振。周玦干笑道："陈哥，你确定？没开玩笑？"

陈昊从写字台的一个抽屉里拿出了一沓纸，他飞快地写下那串密码：5P-3C-I3436-368742。

陈昊一边写，一边念道："五排，三层，I3436-368742……"

周玦一听马上明白了这串密码的含义。他惊呼道："四角号码！你姐其实在说一本书的位置！"

四角号码是汉语词典常用检字方法之一，用最多五个阿拉伯数字来对汉字进行归类。四角号码检字法用数字 0 到 9 表示一个汉字四角的十种笔形，有时在最后增加一位补码，其实是常用在图书馆编码管理的一种号码。通常情况下，进了新书都查新书作者的四角号码，然后再把号码写在书上，便于查找和管理。曾在图书馆工作过的周玦一听，自然立刻就明白了。

瘦猴撑着脑袋看着密码说："这密码说的难道是周玦打工的图书馆里的一本书？"

胖三接嘴道："明天去找？我们只要找到那本书，就可以找到线索了？"

陈昊扔下笔说："不需要，我知道那本书的内容，所以我也知道姐姐想要对我们说的话。"

瘦猴和胖三不解地看着他问道："你去找过了？"

陈昊摇头刚要开口，却被周玦阻止，周玦警惕地看着陈昊道："陈哥，我觉得我得先弄清楚一件事。"

陈昊哦了一声，周玦盯着纸上的密码说："我想要问的是，你掺和这件事，只是因为你姐姐的缘故？"

他话音刚落，六只眼睛同时盯着周玦。周玦不为所动，他耸着肩膀，用毛巾擦着头发，换了一种很平淡的语气说："首先，我们只知道你姐姐是失踪，这没错，但是其他的都是通过你的嘴说出来的。我相信，但是有一点即使我不说，我哥们儿也不可能不说，那就是，你到底在这件事里扮演什么角色？我们所知道的，你都知道，但是你知道的，我们只能通过你的嘴来了解。说真的，我觉得这么一件匪夷所思又危险的事情，一般人不会掺和进来。"

周玦漫不经心地说完这些话之后，胖三和瘦猴都已经站在他边上，他们三个连成一线地对着陈昊。陈昊一动不动地看着他们，眼神非常平静，甚至有些欣赏和玩味的味道。

双方都想要从对方的眼中看出什么，但是都没能够做到。最后周玦轻声地笑道："呵呵，其实我也没别的，只是觉得你是不是太关心这件事了，而凭据又太弱了点儿。"

陈昊冷笑地开口道："你以为我是另有目的？"

周玦摇着头，这次他没有笑，而是以一种很淡然的眼神看着他说："我不是以为，我是肯定。"

陈昊听到这话，居然扑哧笑了出来，他笑看着周玦，抖着肩膀说："我真的是越来越喜欢你这小子了，你真的很像我的姐姐。"

周玦歪着头说："这话怎么说？"

陈昊向后仰去，换了一只脚跷着二郎腿道："没什么，你和我姐姐一样喜欢用一些套儿来试探人，你想要试探我到底有没有什么事瞒着你们。你不信任我，所以你需要我被迫坦白。"

周玦听了他的话，眼中终于闪过一丝惊诧，虽然只是一闪而过的神色，却没能逃过陈昊的眼睛。陈昊对他微微地笑了一下，周玦知道再试探也没有意义，他尴尬地笑着说："果然是陈哥，老江湖了，看来只能和你说实话，其实我真的觉得有些奇怪，你怎么会那么关心这件事。你知道的肯定不只这些吧。你就告诉我们吧，我们心里都没底啊。"

陈昊没想到周玦的情绪会转变得那么快，被他突如其来的坦白弄得有些无措，他叹着气从书架中抽出一本笔记本，然后说："这就是我姐姐的日记，也是她留给我的唯一信息。"

周玦接过笔记本，陈昊示意他们可以看。日记的确和陈昊说的差不多，几乎都没提到关于小说的事情。周玦很快就失去耐心，他干脆翻到最后一页，那是日记的主人最后的一篇日记。

我实在没有办法继续等下去了，小说我已经看掉了三分之二，太多的内容和谜题让我觉得困惑，我很害怕。我现在是一个疯子，我分不清现实和虚幻，我不知道哪些是真的、哪些是假的，我需要有人来帮助我。

我被困住了，怎么办？两个幽灵同时向我伸出了手，我该伸向哪一方？我不能再等，我是七人之一，而其他的六个人还在等我，也许他们早就死了，但是没关系，会有接替者，就像如果我死了，也许我的小弟就是我的接替者。我得去拿那件信物，找到它……不行，不能去！去了就回不来了……去找吧，它是属于你的，有了它就有了解开一切谜团的钥匙。不行……去找吧，别犹豫了！

这段话的确很像出自一个疯子之笔，周玦感觉到一种矛盾，好像有两个灵魂，他们轮流操控着陈昊姐姐的思想，而怂恿她去的灵魂似乎占了上风，最后陈昊姐姐的确去寻找了。

陈昊看着周玦的脸，他开口道："你也会像她一样，包括你那两个同学。"

胖三抢先问道："你就那么肯定？"

陈昊转头看着他说："没错，肯定。"

胖三控制不住自己的情绪，只能一个劲儿地傻笑，他看着边上的周玦和瘦猴，说："你凭什么那么说？你到现在还没摸过那本狗屁书呢，你这不是站着说话不腰疼吗？没错，老二说得很对，我们都不相信你，我们凭什么信你？"

瘦猴没有帮腔，他只是默默地看着陈昊的眼睛，他是这几个人中最沉默也是最耿直的，他不多话，但是每一句话都是非常中肯的，他现在不说话，只是因为他在等陈昊给出的信任。

　　而周玦的心思比起他们要细密和复杂得多，他除了不信任陈昊以外，还想知道陈昊所知道的所有信息。他明白，一味地盲目信任最后只会搞砸事情，信任是在双方等价的情况下所产生的。

　　陈昊依然保持着他的坐姿，他开口道："《乞力马扎罗》，这本书就是编号13436的书。也许你们不相信，但是我的确能记住很多东西，这也是我不得不每天服用安眠药物和定期针灸才入睡的原因。我的记忆能力是你们的六十倍左右。我姐姐是五年前失踪的，所以我能够说出五年前那图书馆所有书的排序。"

　　所有人都倒吸了一口冷气，周玦嗯哼了一声，表示他早就听说了。随后陈昊接着说："根据前面的几个密码数字，我按照记忆找到了这本书，而后面的368742让我费了一些心思。我做了很多编排，但是都没有办法统合起来。后来我发现，其实这数字很简单，我姐姐不会把事物复杂化，所以按照最直接的方法去想。"

　　胖三问："什么想法？"

　　陈昊打开电脑，然后用百度搜出《乞力马扎罗》这本书，随后他说道："按照顺序来，第三个字、第六个字、第八个字、第七个字，第四十二个字，连起来的意思就是'七人约，生死会'。"

　　胖三念出这六个字，傻在那里半天："什么意思？"

　　瘦猴也默默地念着这六个字，但是周玦没有念，他似乎明白了陈昊的意思，他抬头道："还有几个人看过这本小说？"

　　陈昊满意地点着手指说："如果你是女的，也许我会爱上你。没错，至少每一次都会有七个人看过这本书，算上我姐姐、你、胖三、瘦猴、刚死掉的老九，还有两个人，两个我们不知道的人。"

　　瘦猴也被点通了，他一掌拍在台子上说："也就是说，我们是书里那所谓的七人？七人环？"

　　胖三叹了一声，坐回原来的位置说："不对啊，小说里说了，如果人死了就必须由下一个人接手，感觉像接力棒似的。那么老九挂了，谁来接手？"

　　周玦接着提问道："而且暂且按下那些我们不知道的人不提，还有一个地方让我觉得很奇怪。小说里说，林旭和翠娘都吃了鱼，为什么他们没有被毒死？反而那只被男人鬼魂附身的猴子，也就是魖，倒被毒死了。这到底说明了什么呢？"

　　胖三和瘦猴直摇头，最后这三人都把目光放回到陈昊的身上。陈昊微微笑着说："查，你们有这个勇气去查吗？"

　　三人同时说道："查？"

　　"没错，去把这件事查清楚，到底是有鬼还是有人装神弄鬼，这本书的来历，另外两个神秘读者。你们需要去查，而另外一个突破口就是这本小说本身，好了，先睡一觉吧。明天回宿舍去，你们看看那本书到底还在不在。"

　　说到睡觉，周玦意识到一个问题，那便是这里虽然宽敞，但是只有三间卧室。一间主卧室是陈昊父母的，陈昊死活不让出来。还有一间是陈昊的，他阴阳怪气地也不太情愿。最后一间是他失踪的老姐的，他们誓死不去睡。沙发睡一个，地铺打一个，还有一个就没着落了。陈昊非常无耻地想到了浴缸，瘦猴首先跳起来，说不能因为他矮小就让他睡浴缸。

　　折腾到大半夜，最后陈昊松了口，周玦跟他睡里屋。这着实引来其他两人的强烈不满，以及胖三意味深长的嘲讽。

　　时钟敲响了三次沉闷的声音，告诫众人现在再不睡，明天都得成熊猫眼。周玦跟着陈昊进了他的房间，陈昊此时已经换上一身深蓝色睡衣，他戴着一副黑框眼镜，原来他其实是近视眼，只不过平时戴隐形眼镜。此时，他的样子看上去更像周玦的同龄人，他指着屋子里的床说："你睡里面，我等会儿就来。"

　　周玦哦了一声，正要上床，陈昊一把拉住他。周玦警惕地看着他，周玦自从听了胖三那有意无意的鬼话之后，心里便对这种场面有了些疙瘩，不过他很明确自己不属于那类人，但是就不知道陈昊……

　　陈昊指着他的脚丫子说："你脱了袜子再进被窝，我可不想闻到一股臭袜子的臊臭。"

　　周玦被说得脸红了起来，的确是好几天没换袜子了……他低着头斜眼偷偷瞄着陈昊，陈昊皱着眉头问他怎么了，周玦尴尬地咳嗽了几声说："那么陈哥……内裤要换吗？"

　　其实周玦这句话三分询问、七分讽刺，一般人听到他这话都会有点儿反应。出乎周玦的意料，陈昊像被提醒了一样，哦了一声，像忘记什么事似的拍了下脑袋。他转身走向柜子，从里面拆开一条没有穿过的白色内裤，扔给周玦："差点儿把这个忘了，你换上吧，不用还我了，算我送你的。"

　　周玦被他这样一调侃，脸红得像番茄，他感觉这个人的洁癖和接人待物的风格，属于银河系的某一个遥远星球，总之离地球人差个八亿十万光年之类的。他冷笑着接过内裤，陈昊说完便出了门。周玦转身低声嘀咕道："真是龟毛，哪有送人家内裤的，真是心理变态。"

　　没想到，就在周玦准备换裤子的时候，冷不丁从身后传来一句非常冰冷的话："你他妈的说谁是变态呢？嗯？"

　　周玦一个没站稳，直接摔倒在地上，半条裤子挂在膝盖上，而陈昊饶有兴趣地看着他这般滑稽的模样。周玦觉得面子和里子都没了，想到开学到现在，陈昊给他制造的种种委屈，即使像他这样的温暾水，也有沸腾点。现在周玦沸腾了，他猛地站了起来说："说的就是你，怎么样！"

　　周玦说完这句话，就感觉后悔了。陈昊笑得更欢了，他关上房门，一点点地靠近周玦。周玦退无可退，陈昊几乎是抓小鸡似的把周玦一拎，摔到床上，随后这风波随着周玦挨了两拳之后而告终，他像小媳妇似的窝在一个角落里喘粗气，而陈昊则一闭眼就睡着了。

　　第二天早上，当陈昊打开卧室大门时，发现胖三躲在门后往卧室里不停地观望，不知道他在看什么。胖三见房门突然打开，吓了一跳，连忙闪了出去，但眼睛更加正大光明地往房里张望，见周玦还趴在床上，随后像雷达射线一样把整个床铺扫了一遍，发现的确非常凌乱——他不知道在这床上，周玦因为自己的一次胡闹导致实打实地挨了两记老拳，HP（生命值）已经成了负值。

　　胖三鬼笑了一声，然后低头哈腰，像一太监总管，一边对陈昊说早，一边往外退。

　　等到大家都洗过脸后，周玦这才从 HP 负值中缓过来，他捂着自己的腹部低声地骂道："该死的龟毛男，洁癖狂。"

　　当周玦三人回到宿舍大楼时，已经快中午十二点了，周围熙熙攘攘，学生都准备去食堂打饭，嘈杂的喧闹成了三人心中勇气的动力。胖三咽着口水说："喂，会不会还在上面？"

　　周玦低头看了下手机说："还有十五分钟到十二点，咱们十二点再上去……保险些。"

　　三人抬头看着小楼，所有的地方都非常喧闹，唯独他们的宿舍安安静静，窗户紧闭，一片漆黑。

　　三人站在楼下等到十二点的时候才犹如敢死队一样，一路直奔三楼。他们越走心里越没底，大脑越是无法思考，横冲直撞，引来众多抱怨的骂声。

　　周玦先一步来到门口，他握着把手，额头都是冷汗。胖三小声地催促道："快开门啊，还等什么？"

　　周玦的眼神非常恐惧，整个人都开始轻微颤抖，他问道："你……你昨天晚上把门关上了没？"

　　胖三点了点头，又摇了摇头，实际上他也不能确定。周玦苦笑着说："门没关，里面好像……"

　　话还没说完，门就猛地从里面被打开了。站在门口的不是别人，正是那个已经死掉的冯老九。他仿佛什么事都没发生过一样站在他们的面前，只是周玦发现跟他对上眼的那一瞬间，他的眼睛好像有些古怪的光泽在流动。

　　三个人和这个已经应该死掉的人面对面僵持了几秒钟，最后还是周玦大声吼道："鬼啊！"说完撒腿就跑，但是被冯老九一把抓住胳膊，周玦再转头，发现那两个没义气的已经冲下楼了，人影都没了。

　　他被冯老九一把拽进了房间，冯老九的脸上有些愤怒和不解："你们三个干吗？一个学期不见，见到我就像见到鬼一样？"

　　周玦的大脑早就在第一眼看到他的时候就死机了。冯老九关上房门，径直往自己的床边走去，他自言自语："你们也真是够可以的，我不是说了吗，我会晚一个月来报到。咋了？喏，我这次去新疆还给你们带了东西。"

　　说完便把一大包东西塞到周玦的手里，而周玦抖得实在太厉害，手没拿住，一包东西全都掉到地上，周玦这才反应过来，连忙说："没事，我来。"他弯下腰，发现这个冯老九不是鬼，他有脚。

　　周玦吓得背后已经湿透了，头发丝都开始滴汗。他哆哆嗦嗦地有一句没一句地和这个"老九"聊天。

　　周玦试探道："你说……你刚回来？"

　　周玦没能看见冯老九的脸，他背对着周玦自顾自地整理书架，漫不经心地说："是啊，刚回来。我不是说我要去新疆，不是还和你通过电话，让你替我和其他人说吗？"

　　周玦疑问道："通电话？什么时候？"

　　冯老九依然没有转过身，他自顾自地整理东西，说道："就是还没开学的时候啊，我打电话到你打工的地方……"

　　冯老九刚转身，就听到哐的一声关门声，周玦以最快的速度溜出了宿舍，身后传来冯老九的叫喊。他没有听，因为他现在什么都听不清了。他直接蹿出宿舍，刺眼的阳光让他感到一阵眩晕。他不知道这到底是怎么回事，他感觉一切都在反复，他不能确定任何事情。智商和情商在这种事上显得微不足道。他到底还可以相信谁？他大脑一片混乱，他扶着额头想要走出这个怪圈，挣扎地走了几步，最终却无助地倒在地上，晕死过去。原来人真的能被吓晕。

　　过去有一种昆虫，它一辈子都靠着月光来明确方向，可是它们无法辨别月光与火光的区别，当它们认为那是最安全的道路的时候，却已经走在一条死路上无法回头；本以为是正确的导航，却成了葬送自己的轨道。

　　这种昆虫的名字叫蛾。

　　所以眼睛和大脑有时候是可能导致毁灭的，有人说我不相信任何人，只相信自己。但是自己难道就那么可信？周玦现在觉得，他信不过自己。

　　当他再一次睁开眼的时候，他发现自己在学校的医务室内，手背上插着一根输液针。他觉得眼前一片模糊，所有的人都只是一个个白色的影子，而声音根本无法传到他耳朵里，最多只能听到嗡嗡的响声。

　　他闭上眼，不准备睁开，这时，他感觉有一双冰凉的手覆盖在他的额头，耳畔传来刺耳的笑声。他猛地睁开眼，而那只手瞬间消失了，仿佛从来没有人摸过他的额头，但是那种冰冷的感觉依然刺激着他的大脑和皮肤。

　　他喊出了声音，很快有人走了过来，渐渐地，他看见了周围的情景。他首先看到了陈昊，陈昊靠在他的床边冷冷地看着他，那种眼神非常冰冷，这让周玦想到那只手的温度。

周玦看着他，想了半天问道："胖三和瘦猴呢？"

陈昊想要抽烟，想了下还是放弃了，他指着门口说："不敢进来，怕你怪他们。"

周玦这才想到，这两小子抛下他跑了。他叹着气对着门口喊道："你们两个浑球儿，给我进来！"

门口果然传来了脚步声，胖三和瘦猴像犯了错的小学生一样走了进来。他们的表情很尴尬，也很滑稽。

周玦瞪了他们两人一眼，问道："他怎么活了？"

陈昊找了一张凳子坐下说："如果我告诉你，他本来就没死，你会怎么想？"

周玦感觉额头又是一阵剧烈的疼痛，不再出声。

胖三见大家都沉默了，这才说道："这个……真的是太邪门了！的确是有人跳楼了，不过那是五楼的一个哥们儿，考研失败想不开走上了绝路。"

瘦猴接着说："其实也是，我们的楼不高，三楼而已，就算真的摔下来，也不可能会死得那么难看……"

周玦觉得一切都那么荒唐，他问道："但是我们都看到了，躺在地上的的确是老九，而且陈昊也见到了他的鬼魂。那这个'老九'又是从哪里来的？"

众人语塞，又是一片沉寂。此时保健医师推门进来，看了一眼盐水瓶，开始帮周玦换输液针。周玦感觉一阵刺痛，手背上渗出了一滴黄豆大小的血珠。

等到保健医师走后，陈昊第一个发话道："其实你们有没有想过，这个冯老九才是真的。"

胖三疑问道："什么意思？"

陈昊道："也就是说，之前和你们待了一个月的那个才是假的，他……到底是什么东西呢？"

周玦被他那句什么东西揪住了心，脑袋又开始剧烈疼痛，有一种想要呕吐的冲动，这让他干哕了几声。众人担心地看着他，他摆了摆手说："没事，这个老九说过，他在开学前打过电话给图书馆，而我接过电话……"

胖三问道："你接过没？"

周玦眼睛闪过一丝不确定，他摇头道："没，我没有。"

接着没有人再接一句话，大家心里都很清楚一件事，那便是：如果不是周玦疯了，就是所有的人都疯了。因为除了疯，没有办法解释这件混乱如麻的事。

周玦感觉身体里所有的内脏都在下沉，他无力地靠在床上。此时，那个让众人都视为梦魇的"老九"走进房里。

胖三扭动着身体，硬是往比他瘦得多的瘦猴的身后挤。冯老九见大家像见鬼似的瞪着他，摸了摸下巴，眨巴了一下眼睛说："我怎么了？你们到底出了什么事？老二你到底怎么回事？刚要让你带几包葡萄干给兄弟们，你撒腿就跑，居然还晕倒了。出什么事了？"

没一个人搭他的话，冯老九的臭脾气也被引上来了，他把三包葡萄干扔到桌子上就往外走。周玦觉得这不是个办法，他扯着嗓子喊道："老……老九，你别走啊，这事，哎，你先给我回来。"

冯老九皱着眉头不情不愿地扭过头，那张脸拉得比马脸还长。周玦给胖三使了一个眼色，胖三连忙笑着对冯老九说："哎，老九，你瞧你，你又不知道咱们这里到底出了什么事，就生闷气了啊。你瞧你这牛脾气。"

冯老九看着周玦的脸色，考虑了片刻后坐在凳子上，推着眼镜，歪着头，喘粗气，一脸委屈和愤怒，这不是能装出来的，而且这种性子完全就是冯老九啊。

周玦吃不准了，而唯一比他能分析问题的陈昊一句话都不说，沉默得仿佛就没这个人似的，周玦朝他瞅了一眼，但陈昊只是盯着那几包葡萄干。周玦知道指望不上他，眼珠子一转，立刻表现出极度虚弱的样子，他对着冯老九招了招手，冯老九见他一副要立遗嘱的样子，也有些不忍，动了动肩膀，最后还是走到他边上。周玦的脸色本来就很苍白，这倒不是装的，他是吓得够呛。

周玦呼吸急促地说："老九啊，你这是不知道，咱这一个月来都遇到了些什么事啊！那绝对不是人过的日子啊。"

冯老九见他的眼睛里的确闪烁着恐惧和不安，而且不是装出来的，也就有些心虚，调整态度说："到底怎么回事？你们几个怎么就……成了这副样子？"

周玦观察着这个老九，他完全没有露出什么马脚，如果说他是一个演员，那绝对是影帝级的。这只能说明他是真的老九。那么那个死了的……是假的？

周玦搞不清楚，但是他依然没有放弃试探，他舔着嘴唇把书和那个已经死了的老九的事给他说了一遍。说到与老九有关的事情，周玦一直盯着他的眼睛，只要他有一丝的诡异神色，周玦都可以抓住，但是当周玦把事情原原本本地说完之后，老九只是有些木讷，他没有反应过来。这让周玦内心七上八下的，说完这些事，却找不到一个结尾词。

听完之后，冯老九的脸有些扭曲，他笑着说："老二，你编故事呢？准备写小说？"

但是只有他一个人在干笑，其他人的脸都是绷得死死的。冯老九这才明白其实大家还是怀疑他，谁都对他不放心。他这才恢复了严肃，说："我真的一个月没来，你们如果还怀疑，可以去新疆打听。我这里还有车票的存根。"

胖三耸着肩对着大家说："那算咋回事？老九没死？那死的那个……也是老九啊！"

冯老九摇着头，说道："你们会不会得了集体癔症啊？"

周玦和胖三对视了一眼，他们从来没想过问题会出在自己的身上，现在突然有一个人提出，他们其实都精神不正常了，而这个解释最合情合理。这让他们感到既恐惧又非常动摇。

此时瘦猴开口说道："不会，我们都很清醒。"他指着陈昊说，"如果我们三个人疯了，那么他呢？他怎么解释？"

胖三连忙接着说："是啊，如果我们疯了，他怎么说啊，他也看到了。老师，你说，你是不是也看到了。"

出乎所有人意料的是，陈昊居然说了一个"不"字。

大家都愣在那里，陈昊平静地解释说："我没有看到那个老九的尸体，那时候，我只是知道有一个人自杀了，但是我并没有亲眼看见。"

周玦马上说："你不是说，你看到了那个老九的鬼魂吗？"

陈昊没有否认，他点头说："是的，昨晚我是在你们宿舍看到还坐着一个人，但是……"他转过头看着老九继续说，"和他不一样。"

周玦还想说些话来证明自己的清醒，但是他发现无论他说什么，都是越说越混乱，这让他深刻地觉得，很可能自己真的……疯了？

这种挣扎和恐惧的神色，在胖三和瘦猴的眼里都有，难道说，他们三个人同时成了精神病？对了，周玦想到陈昊的姐姐也是这样的，最后成了精神病。她自己都不能确定什么是真、什么是假。

冯老九结巴着说："我看……你们还是不要多想比较好，那小说就让它去吧，你们这样下去……"

此时陈昊打断他的话说："但是，我可以肯定周玦他们没有疯。"

冯老九一时语塞，而这句话仿佛给了周玦一种救赎，周玦感激地看着陈昊，陈昊头一次朝他非常自然地微笑着，仿佛他自己也得到了解脱。或许当年他姐姐就那么困惑到难以自拔，而他当时选择了不相信。

周玦调整情绪，他摸着手背上的药棉说："但是，如果这个老九才是与我们认识一年的，那么那个死掉的怎么说？"

在场的所有人又一次沉默了，因为大家和那个死去的老九生活了一个月。这一个月里，假老九要装得毫无破绽，简直就是不可能完成的任务。

第 六 章

猫的警告

QIRENHUAN

七 人 环

　　有时候人就是这样，会遇到许多无法解决的问题，最简单的方法就是无视。而现在问题就摆在眼前，容不得你闭眼否认，于是周玦只能这样安慰大家和自己：这可能是人为的，我们要小心点儿，他虽然神通广大，但是依然有迹可循。日后抓到这个小子，就给我往死里打，谁不尽全力打就揍谁。

　　但是周玦几人心里都清楚，这事太玄了！

　　就这样，周玦被众人接出医务室，而这个迟来一个多月的老九也重新住进306宿舍，还是睡在那张床上，桌上依然放着那几本经济学理论书籍。周玦他们有时候会以为其实老九没死，老九真的没死！因为连周围的同学都说那个跳楼的是楼上的学生。一切都像被篡改过的剧本一样毫无痕迹。

　　现在周玦他们不得不相信自己可能真的错了。恍惚在错与对之间，很容易把自己逼成疯子，唯一的方法就是不去思考。思考带不出答案，只会牵引出更多的疑惑。

　　在这样不安又迷惑的心情下，四人居然相安无事地过了好几天，迎来了一年一度的国庆长假，大家都准备回家过长假。周玦在临走前，又开了一次节前寝室会议。他双眉紧锁，眼带愁意地说："同学们，这次放假七天，我们会有七天的时间不在一起。"

胖三抱着双臂嗯哼了一声，示意他继续。周玦说："大家都看见了，现在遇到了那么多怪事，我、胖三、瘦猴，呃……还有老九，我们万一其中有一个遇到危险，对另外的人来说是极其不安全的，但是不回家，家长那头又没法交代，所以我想咱们需要每天固定时间碰个头，至少要报下平安，你们看怎么样？"

胖三耸着肩膀表示没问题，但是瘦猴说："难啊，我不是本地人。"

周玦问道："你真的非得回老家？"

瘦猴立马露出犹豫的神情，周玦知道他的想法，因为如果不回去他就得住宿舍，而前几天冯老九表示，他要赶上那一个月落下的课，所以不会回去。如果瘦猴不回老家，就得老老实实地和这个人一起住。虽然说大家表面上都接受了这个人，但实际上谁都不愿意单独和他在一起，毕竟在他们的记忆中，他是死过一次的人——他是一个死人！

所以比起一个人回去，瘦猴更加害怕一个人留下来陪这个人。周玦很清楚他心里的不踏实，他拍着瘦猴的肩膀说："要不这样吧，你回去，然后每天保持联系怎么样？"

瘦猴思考了半晌，最后一咬牙，点头道："好，就这么决定了，你放心吧。"

于是会议到此结束，周玦心里隐隐地觉得有一点儿奇怪，为什么大家对冯老九的态度那么回避，但是冯老九一点儿也不在乎，和平时完全一样，好像对那些像刀一样的异样眼光浑然不觉。如果是过去的老九，绝对不会有这样的"好脾气"。

不管怎么说，就这样，四个人各自回家。周玦揣着不安和一种微妙的暂时解脱的心情坐上了车，不到一小时就回到了家中。

此时，他的父亲和爷爷两个人在下象棋，母亲在看肥皂剧。周玦跟他们打了一声招呼，然后进入自己的房间。刚刚放下行李，突然门外传来一声刺耳的猫叫声，他走出去一看，发现母亲的怀里不知道什么时候多了一只猫。这只猫浑身漆黑，只有两只眼睛绿得发蓝。他好奇地靠了过去，那只猫警觉地盯着他看，随后张大嘴巴，又发出一声很尖细的叫声，像女人的尖叫声一样难听。

周玦听得毛骨悚然，他觉得那只猫不喜欢他。叫声引来了母亲的注意，她转头见自己儿子回来了，很高兴，她刚才忙着看电视，没留意到周玦。她想要放下猫，但是猫似乎不愿意离开她的怀抱，撒娇一样地不肯下来。母亲指着桌子上的水果说："洗个手，吃儿点水果。"

周玦疑惑地哦了一声，他没有吃水果，而是离开大厅，回到自己的卧室。当他躺在自己的床上时发现身体无比疲倦，手臂无力地垂在床边。其实自从怪事发生以来，他的神经就像上了发条一样，现在一旦安定下来，躺在熟悉的屋子里，他的精神终于感到放松了。他转了一个身，感觉身体越来越沉，这才想到，其实他好几天都没有真正意义上地睡过一觉了。

　　外面开始淅淅沥沥地下起了小雨，这已经是这个星期第四次下雨了。周玦挣扎了几下，但是实在无法抵挡困意，随即便睡着了，还发出轻微的鼾声。突然一声急促的电话铃响起，把他从即将睡熟的状态中唤起。他一个激灵，起身接起电话。电话那头传来了胖三的声音，他说他已经到家了，一切平安。

　　周玦告诉他自己也到家了，一切也都安好。挂掉电话后，他再一次摔在床上。这一次他却无法入睡，铃声把他的睡虫惊醒了，他无聊地瞪着两只眼睛直勾勾地看着天花板，上面贴着高达的海报，海报的一角已经翘了起来，露出后面米白色的天花板。如此看了一会儿，睡虫又回来了，他闭上眼睛正要入睡，突然听到房门打开的声音。他转了一个身，发现并没有人进来，门自动地开了一条缝。

　　他太困了，不想去思考这些问题，自言自语地转过头，随后又陷入了沉睡。过了片刻，他感觉脚底板有些痒，他抖了抖脚，慢慢地感觉这种痒移动到了后背，接着是后脑勺儿。他猛地转过了身，发现那只对他并不友善的猫静悄悄地趴在他的边上，在用尾巴扫他的后背，像讨好他一样。

　　这只猫的脸非常小，所以显得眼睛格外大。眼睛里那种深潭一般的蓝绿，像要把人给吸进去一样。周玦转过身，想要去逗弄一下小猫，但是小猫像受了惊吓似的，伸出爪子就是那么一下。

　　周玦的手立马就见红了，他恼火地把那只猫轰了下去。小猫喵了一声，抖了几下尾巴，然后无声无息地一溜烟跑了。周玦看着自己的手，虎口那里出现了一道红色的口子，还流了血。他没当回事只是甩了甩手，伤口的血很快就不流了，只是略微肿了起来。

　　周玦不耐烦地下床去翻消毒药水，他可不想为逗一只猫而感染。他蘸着碘酒一点点地擦拭着虎口。他发现在伤口里有一个黑色的小点，和针尖儿差不多大小。他找出镊子挑了一下，但是没有挑出来，像有什么东西卡在肉里了。这让他心里有些发毛，他用镊子夹住这个黑点，开始慢慢往外扯，不想居然从自己的伤口里面扯出了一根长头发。他这下慌了，连忙往外拉，几次拉断后还是有黑色的头发在里面，然后继续挑。手上因此流了很多的血，这时，他整个手都开始肿痛，他撩开袖子，发现自己的手臂居然肿得和发酵馒头一样。手臂的肌肉内发出沙沙的声音，像头发在互相缠绕。

　　最让他感到恐惧的是，这种怪异的肿胀居然不断延伸。他惊恐万分地吼叫了起来，但是父母并没有听到儿子这样的吼叫声。他翻出抽屉里的一把手工刀，二话不说就割开了自己的手臂，里面果然是大把的头发像麻花一样纠结在他的骨头上，红的血肉、白的骨头、黑色的头发，这三种颜色纠缠在一起。头发不断地向内延伸，钻进他的血肉之中，像开道一样。他害怕极了，疯狂地拉扯这些古怪的头发，一把把连着自己的血肉一起扯出来，一团团头发混合着血，被他扔得到处都是，但是无论他扯得有多快，依然没有头发延伸的速度快。头发有意识地向上疯长，钻开了周玦的肌肉，很快就延伸到他的脖子。

这个时候，周玦已经陷入了癫疯，他只是想要阻止这该死的头发继续伸展。他拿起刀子猛地往脖子上扎去，顿时鲜血和头发都喷射了出来，而他则颓废地倒在血泊中，眼中充满了恐惧。

周玦看到的最后一个场景是一个蹲在角落里的背影，它发出一声凄厉的叫声，像笑也像……猫叫。

周玦猛地睁开眼睛，本能地伸手去摸自己的脖子，他的颈后都是汗水，还有一些毛糙的感觉，而他的另一只手则非常沉重，原来那只猫真的一直都趴在他的身边，它半个身体都压在了周玦的手上。周玦飞快地抽掉手臂，猫眯着眼睛叫了一声，一双蓝绿色的眸子死死地盯着周玦，随后转头悻然地离开了。周玦看着自己的手，就像在看一块腐烂的肉一样。他闭上眼睛，努力地让自己明白前面只是梦，只是一个噩梦罢了，谁没做过噩梦呢？

随后电话又响了，他接起电话，又是胖三打来的。胖三说他已经到家了，和前面所说的一模一样，周玦不耐烦地打断他的话说："你不是前面打过电话了吗？怎么又打来了？"

胖三啊了一声，沉默了一会儿之后终于憋出一句："老子刚到家，这是给你打的第一个电话啊！"

周玦扶着额头使劲地摇晃起来，然后他说："我前面做了一个噩梦，可能那是梦里的事情。没事，既然安全到家就好好休息吧。"

胖三这才安心地挂断了电话。

周玦叹着气，挂断电话，他觉得这个梦魇有些突然，于是对那只猫产生了微妙的兴趣，他准备去问母亲这只猫的来历。就在他转身离开房间的时候，原本贴在屋顶的海报突然落了下来，从上面垂下了一大把头发。头发了无声息地晃动，随后就闪电般缩回了天花板，床上只留下了那张海报，而双面胶上还粘着几根乌黑的长头发。

来到大厅，母亲一边看着电视，一边手里打着毛衣。那只黑猫在她的边上玩着毛线球，滚出了很多毛线。那些纠缠的毛线让周玦想到那个梦，又觉得手臂开始发痒了。

周玦移开视线问道："妈，这只猫是从哪里来的？"

母亲说："它自己跑到我们家门口的。就是上星期。我看它不脏又不怎么叫唤就养着了，反正也没什么不好。"

周玦道："自己跑来的？它会走楼梯？"

周玦母亲停下手上的活儿，顿了顿，显然她没想到这一点，不过随即就回答道："唉，也可能是谁扔了，然后它跑到我们家门口的，晚上下着雨，我半夜看它窝在我们门口的地毯上，第二天居然还是没走，实在挺可怜的。你不喜欢这只猫？"

周玦笑着说："怎么会，蛮可爱的。"

他低头看着依然在玩毛线的黑猫，而黑猫发现周玦正盯着它，抬起脑袋对着他喵喵地叫了两声，随后继续玩着毛线。

它像在听他们谈话，时不时地会抬头看看这对母子，随后又了无声息地继续玩毛线。

母亲让周玦给这只黑猫取个名字，周玦随便说了一句："那么就叫阿咪吧。"

母亲噘着嘴，委屈道："不能起个稍微好点儿的吗？我叫了它半天咪咪，它都不睬我。"

周玦哈哈地笑了起来，他眯着眼说："这样吧，它是上星期三晚上来咱家的吧。呃，那是夜里吧……"

没想到刚说到夜字，黑猫居然喵喵地叫了两声，像在答应周玦。周玦见它叫得起劲，又叫了一声"夜"，它晃了几下脑袋，抬头看着他。这时候他发现这只猫居然像人一样在微笑，露出"一"排白森森的牙齿，这个笑容让周玦不禁浑身颤抖。

此时，爷爷和父亲这两个棋迷终于尽兴了（很可能是饿了），停战来到大厅，见到母子两人都在逗猫，也过来凑热闹。爷爷已经是古稀之年了，有些轻度白内障，他眯着眼看着这只猫说："你们娘儿俩还真是喜欢这猫啊，不过这猫的确特别，灵气足哇！"

周玦很喜欢跟爷爷唠嗑，爷爷过去上过私塾，刚刚解放的时候还给报社写过点儿文章，算是一个老辈儿的知识分子。爷爷知道的很多东西都是周玦听都没听过的，所以他说的总有让周玦感到惊奇的地方。

老爷子摸着下巴的几撮白胡须说："这猫呀，其实分很多种，黑狗辟邪，黑猫通灵。但是黑猫中最克恶鬼的，要数玄猫！"

周玦道："玄猫？是不是……玄猫，辟邪之物。易置于南，子孙皆易，忌易动？"

老爷子咂了几下嘴，点头道："不错，不错，就是这个。这只就是古代所谓的玄猫。"

周玦疑惑地问道："不就是……黑猫吗？"

老爷子摇头道："不是啊，纯黑的猫就不是玄猫啦。你看啊，我写给你看。玄字小篆是怎么写的啊，下面是个绞丝，上面像丝绞上的系带，其实就是古代的一种染丝用的丝结。所以，它的意思其实不是纯黑色，而是黑中带赤。"

周玦瞅了两眼猫说："这只猫……的确啊，它额头这里一块像深红色，哎？还真的是玄猫啊！"

老爷子一改前面的玩笑，略微疑惑地说："嗯，但是，这玄猫只会出现在煞气极重、出现恶鬼的地方，平时你要看到它的影子都难。在咱们家……难道是来警告我们的？你们都给我小心点儿。不过这只猫最克恶鬼，有它在应该没事，把它给我养好喽。"

爷爷的话说得很平淡，家里人都把它当玩笑听，父亲更是呵呵地一笑了之，但是在周玦听来，每一句话都像在提醒他一样。他知道这只猫其实是冲着他来的，想到了那个梦，又想起为什么他还没走到它跟前，它就发出那么刺耳的叫声；为什么在老九鬼魂出现的那个晚上来到自己家，一切都像在警告什么事情即将来临。

但是有一件事，周玦认为爷爷给出了答案，那便是必须留住这只猫，因为它是最克恶鬼的玄猫，它是来给他们警告的。也许在关键的时候，它是周玦保住全家性命的法宝。

话说两头，周玦家莫明其妙地来了一只怪异的黑猫，而胖三到家的时候发现家里少了一样东西——一张旧照片，那是他以前去钱塘江游玩的时候和周玦他们四人的合影。他把它放在桌面的玻璃下。因为那时候他还没现在那么胖，所以他时不时地可以低头看看照片，寻找一下心理安慰。现在这个心理安慰莫明地消失了。

他问了母亲，却被告知没有人去过他的卧室，所以照片的不翼而飞只能杳无下文。这事胖三没有告诉周玦，他不想引起不必要的麻烦。

而另一头，瘦猴搭上带卧铺的火车往辽宁老家赶，车上熙熙攘攘。瘦猴其实胆子不小，他是几个人中最胆大沉稳的，但饶是如此，他也有些怵得慌。他打过电话给周玦和胖三，两个人虽然表面上都说没有遇见什么特别的事情，但是从语气上他可以判断，其实他们两个或多或少都发现了什么异常，只是谁都不想先捅破承认，他也只好静静地等待着他即将遇见的事情。

瘦猴的本名叫侯晓伟，他的满语名字叫阿克敦，是结实强壮的意思，但是瘦猴长得不壮实，却很强。由于他的身材过于矮小，所以很多人看到他都认为他最多只是高中生。这让他格外自卑，他很小就开始练习武术，参加过比赛，比起那些业余空手道可算是真正的高级玩家。只要谁胆敢对他的身高说三道四，他就让他变猪头。所以，他坚信没有什么物理上的东西可以伤害到他，但是他格外在意那些玄乎缥缈的事物。他信鬼神，是这几个人中最信的。

车又一次停靠站点，他隔壁铺位的人举着巨大的行李箱往外挤。那人朝瘦猴打了声招呼，消失在人流中。

安静片刻之后，又进来了一个男子，瘦高个儿，穿着一身蓝灰色的夹克衫、藏青色的西裤，看样子像一个搞文化的人，非常斯文。他手里只拿着一只绿色旅行包，比起前面那位跑单帮的哥们儿，真的是潇洒许多。

男人非常冷淡，他看也不看瘦猴，走到自己的铺位，然后从包里拿出一只杯子，又从隔层内抽出一袋茶叶走了出去。过了几分钟，他泡了一杯茶，坐回到位置上，直勾勾地看着窗户外面的景色，木讷得仿佛一座雕像。

就这样，那个男人维持着一个姿势，面对窗口，直到太阳落山，他才稍微地眨了几下眼皮，随后喝了一口早就冷掉了的茶。瘦猴并非有意要观察他人，他只是觉得他的动作和表情未免太单调了，如果不是有呼吸，还真以为是一个假人。

瘦猴看了看时间，该吃晚饭了，他自己事先买了方便面，热水一冲就可以吃。那个男人闻到了方便面的香味儿，稍微又眨了下眼，此时列车员在通道里喊着卖盒饭。男人慢慢地站起身，他走路非常慢，列车员都走很远了，他才喊住他，列车员只得倒退到他的面前。他买了一盒，付了钱，然后又非常缓慢地走到位子上，打开饭盒开始小口小口地吃饭。如果是一个女人，或许会显得非常文静，但是一个男人，那么缓慢地吃饭，给人一种非常不舒服的感觉。

瘦猴见状，直皱眉头。最后饭菜都凉了，那人喝着冷茶，吃着冷饭，一点儿也不介意。等他吃完拾掇饭盒的时候，瘦猴看了下手机，他足足吃了两个半小时。从五点半吃到七点半，人家婚宴估计也该吃完了。

这个男人拿出一块白色的手帕擦了擦嘴，瘦猴视力很好，他看到手帕上有什么殡仪馆的字样，这个男人估计是做丧葬业的。

这个迟钝缓慢的男人终于发现瘦猴一直都在偷偷地看着他，他停了下来，对上瘦猴的眼神，僵硬地扯出了一个笑容，瘦猴感到他还不如不笑来得正常点儿。

人家对你笑了，你好歹要回句话。瘦猴咳嗽一声说："大哥，你这是去哪里啊？"

那个男人本来已经缓和下来的脸，又扯出了一个非常喜感的笑容，他说："去南京。"

瘦猴愣了一下，这列车是去辽宁的，不过辽宁的铁路密集度是全国第一，所以也许他会在其他站点下去吧，瘦猴那么想着，也看向车窗外的景色。

秋天的夜已经变得有些深，天色暗得只能够看到几点模糊的亮光，也不知道是灯光还是星光。这样的漆黑之中，瘦猴透过玻璃窗看着车室里的影子，感觉像另一个空间的倒影。在那个空间里还有一个自己，也坐在火车上，呆呆地望着玻璃窗，看着在玻璃里的另一个自己。这两个是不同的人，他们有着不同的心思。

瘦猴的神经过去没有那么纤细，他正奇怪着今天是怎么了，为什么脑子里会钻出那么多古怪的联想。他自嘲地笑了笑，准备继续看杂志。

此时，那个"木头"人居然开口道："你要去哪里？"

瘦猴忙从发呆中缓过来，男人的声音非常轻微，感觉像有些感冒，或者说像从肚子里发出的腹语一样，瘦猴回头对男人说："辽宁，这列车的终点站就是了。"

男人扯出一个很不自然的微笑，瘦猴发现他还是面无表情比较好。男人笑着说："这列车的终点站是南京。"

瘦猴第一个反应就是摸车票，他怀疑自己坐错车了。他想到，前面验票的时候，他还特意问过列车员，他干笑着对男人说："这辆车是去辽宁的，你坐错了吧。要不你现在去问问列车员，或许还可以换票。"

男人没有接受瘦猴的提议，他只是直勾勾地看着车窗外面，然后便不再搭理瘦猴。瘦猴讨了个没趣儿，他低声哼了一声，也不再说话，继续看汽车杂志。

男人坐在他对面，一直都没有说一句话，瘦猴放下杂志想要上厕所。他走到过道，这时候基本上所有的人都在铺上睡了，即使没有睡觉也不会留在过道里。列车的灯开得亮堂堂的，显得一点儿也不懂得节约和环保。

瘦猴发现厕所里有人，他只能靠在旁边等，许久终于从里面走出一个老妪。老太婆看到厕所边守着一个年轻人，一脸警惕地拉着裤腰带，用充满乡音的话嘀咕了几句。瘦猴听不懂她在说什么，只是朝她的背影扔了一个白眼儿。

瘦猴心想，这老太婆在紧张什么，自己又不是没常识的变态，要袭击也是袭击美女啊。

上完厕所回来，他发现那个男人依然坐在位子上，看着窗户，维持着那个凝视远方的表情。这让瘦猴感觉这个人如果没有忧郁症，就是一个自闭症患者。

男人见他回到床铺，眼珠子才稍微转一下，像死鱼突然诈尸一样，随后又恢复前状。

此时，那个男人冷不丁说道："你知道安徽多林多山吗？"

瘦猴虽然念大学，但他是理科生，你问他牛顿定律和电力定律，或许他会告诉你公式，但是你问他人文方面的，那还不如去问周玦他们。

瘦猴坦然摇头，男人不意外，他笑着说："老人都爱去那里。"

瘦猴奇怪地问道："这话怎么解释？"

男人放松了肩膀，他靠在铺子上，颤抖着肩膀开始发出咯咯的笑声，他一边笑一边说道："那里的棺材很出名的。"

瘦猴好奇地问道："你怎么知道？"

男人停止了笑声，他道："因为我就是专门卖棺材的。"

瘦猴听到这里，不自觉地往后仰去，他觉得这个人脑子不正常，骂了一句"神经病"就到上铺去了。

男人没有继续说话，他只是依然看着窗户外面。瘦猴也依然没有睡意，他被这个卖棺材的男人影响，也看着窗户外面的景色。

瘦猴的脑子里只有黑不溜秋、黑乎乎这样的词。过了半天，瘦猴开始觉得这单一的景色有些说不出的诡异，好像有什么地方不正常。他正思索着到底什么地方出了问题，马上就发现错误的所在，这黑乎乎的窗户为什么……一直都有两个亮点？

他记得，他上厕所前所看到过的那两个亮点也在这个位置上，前面他歪着脑袋看了那么久，怎么那两个亮点一点儿都没变呢？

瘦猴感觉自己的尾椎骨有一种被冰冻了的寒意，他心虚地擦了擦窗户，发现外面的景色像一个固定的布景。瘦猴的脸瞬间就僵硬了，他意识到自己可能遇到麻烦了。

此时，他发现坐在边上的那个男人的眼睛其实不是看着景色，而是一直都盯着玻璃上的反光。瘦猴的脖子已经僵硬得无法转动，因为他发现在反光中，他的对面坐着一个形如枯槁的骷髅，这个"骷髅"一直都保持着一个坐姿，盯着窗户。最让瘦猴崩溃的是，在反光中他手里拿着一本书！他居然在看书，而且眼神非常专注，对着对面那个已经半腐烂的骷髅念着书里的内容。

瘦猴的眼睛睁到眼眶生疼，他不知道这反光到底是怎么回事，最后那个反光中的自己发现了瘦猴察觉到了他，居然猛地转过头，对他怪诞地笑了笑，这个笑容根本就不是瘦猴。瘦猴发现这个人不是自己，但是他穿着自己的衣服。反光中的那个人对瘦猴笑着挪了挪身体，像要靠近他一样。此时，瘦猴感觉身体仿佛被一个什么东西接近，而后，反光中的那个人把书摊给他看。他清楚地看到，那就是《七人环》。其他字他都没有看清，他只看清一句话：他已经不是人了。

此时，列车传来了像刮铁皮一样的刺耳声音，接着一个冰冷的声音传出："终点站南京到了，请旅客们从棺材中出来，不要遗漏物品。请旅客们……"

瘦猴终于无法忍受了，他啊的一声叫了起来，拿上背包就冲了出去。那个卖棺材的一把抓住他，他发现男人的手已经成了腐烂的白骨。在反光中，那个穿着瘦猴衣服的人表情非常悲哀，眼神里流露着无奈，但又掺杂着一些嘲讽，而那个卖棺材的人则冷笑着说："故事还没结束呢……"

瘦猴本能地一拳打在那个人的腹部，他发现他的身体里居然只有骨架子，一拳下去就听到咔嚓一声。瘦猴连忙甩开那只枯手，发疯地跑出卧铺厢。外面车厢里一个人也没有，只有白晃晃的灯光，但是车厢的摆设已经彻底变了——车厢成了木质结构，有紫红色的丝绸做衬子。这种装饰，简直就像……一具棺材的内部啊！车厢成了一具巨大的棺材！

当他意识到恐怖之时，发现从车厢的墙壁上渗出许多红色血液，一股浓稠又腥臭的味道弥漫着整个车厢。瘦猴歇斯底里地狂奔起来，这时后面响起了诡异的声响，瘦猴回头一看，发现那个上厕所的老太婆正翻着白眼，像一具僵尸一样向他跳来，在她身后，那条长长的裤腰带还拖在地上。最让他发疯的是，这个时候每个车厢里都传来骚动，本来安静的车厢都传出古怪的呜咽声，从里面爬出了好几个类似僵尸的东西，无不例外都是朝瘦猴而来的。整个车厢就像在上演中国版的《生化危机》。

瘦猴发疯地拉着车门，他要离开这里，但他忘记了这是在急速行驶的火车上，跳车等于找死。不过干等也是找死。

他不再犹豫，他宁可跳车而亡，也不想被这些怪物撕成碎片。

他闭上眼认命地跳了出去，摔倒在地上。他没办法靠自己的力气爬起来，他感觉很疼，但是没有他想象中那样疼，并不是那样粉碎般的疼痛。接着有一只冰凉的手拉住他，再接着……瘦猴睁开了眼睛。在他面前的不是阎王爷，而是一个拿着手电筒的列车员，他正用一种古怪的眼神看着他。

瘦猴用一种惊恐的眼神盯着他，他耳朵里听到的自己的声音都有些变调了。他发现这个列车员和那个卖棺材的男人声音非常相像。他听到列车员问道："小伙子，你怎么从车上跳下来啦？"

瘦猴摸了摸脖子，揉着膝盖。他发现自己居然毫发未伤，但他确实是趴在地上。列车员把他拽了起来。瘦猴揉着眼睛，他发现自己刚刚从一辆停止的列车车厢门里跳了出来。

这车……怎么停了？

瘦猴语无伦次地说了半天，他不知道这到底是怎么回事。列车员用一种怀疑的眼神打量着他。瘦猴摸着脑袋，问道："这里是哪里？"

列车员狐疑地说："上海南站，同学你该不会是想要混火车吧，你家在哪里？你的学校呢？读书了吗？出示下身份证可以吗？"

瘦猴一听，发现自己居然根本没出上海，居然根本就没回去！他两腿一软，直接跌倒在地上，列车员好心地再一次把他扶起来。

瘦猴的眼神已经没了焦点，他嘴里自言自语："没走？但是……但是我在车上都快过了一天啊！对了！现在的时间！大哥，请问现在是几月几日，几点？"

列车员用一种看白痴的眼神盯着他，他开始怀疑，这个长相不错的少年实际上是个智障。他看了看手表说出了时间，并且接通了对讲机，他得把这孩子送派出所去。

瘦猴听了时间之后，踉跄地倒退好几步，他明白了，他一天都在这列根本没有开的车里耗着。他突然想到什么，从口袋里摸出票根，递给这个列车员说："大哥，你替我看看这车票对吗？"

列车员低头一看，脸马上就黑了。他声音压得非常低，他说："这次列车，在五年前发生过一次事故，翻车了，死了很多人，貌似是去南京的。这节车厢现在已经报废了……你这票是从哪里来的？"

瘦猴低头一看，发现这张车票的时间居然是五年前！而目的地居然真的是南京！他紧紧地把票握在手里，转头朝出口飞奔而去。他现在要找到周玦他们。

出了车站，瘦猴掏出手机拨了周玦的号码。周玦刚刚入睡，其实他一晚上都没办法正常入睡，一直都是处于半清醒半迷糊的状态，他含糊地喂了一声，电话那头传来瘦猴急促的喘息声。

周玦马上意识到，遇到大麻烦了，连如此沉得住气的瘦猴都这样，他不安地问道："瘦猴？怎么了？到家了？"

瘦猴呼哧呼哧地喘着粗气，回答："到个屁家，我根本没出上海！"

然后对着手机把这事大概与周玦说了一遍，周玦越听脸越黑，他对着话筒说："你先到学校宿舍去吧。"

瘦猴骂了一句脏话，他忍住极大的恐慌和怒意说："不能去，那个老九肯定不对劲，我不去。"

周玦看着时间，都已经夜里一点半了，这个时候他想到了陈昊。他搔着后脑勺儿说：

"你先去陈昊家吧，我等下跟他打个招呼。"

　　瘦猴听他那么说，嗯了一声便挂断电话，周玦连忙拿起手机接通了陈昊的电话。

　　周玦说："喂，陈哥，是我。"

　　陈昊嗯了一声，等着他继续说。周玦把瘦猴的事情说了一遍，并表示看样子瘦猴是回不去了，希望能让瘦猴在他那里住一段时间。

　　陈昊犹豫片刻，答应了下来，接着说："你也一起来吧，有一件事我得告诉你。我等你。"

情理之外，意料之中

QIRENHUAN

七 人 环

　　周玦挂了电话，悄悄地取下衣架上的外套和背包，然后蹑手蹑脚地走到门口，父母早已酣睡，他打开门，在漆黑中寻找自己的鞋子。此时，他发现在洗手间里有一对绿色的光正盯着他看，绿色的光晕中闪烁着一种鬼魅的蓝，就像两团鬼火吸引着周玦的目光。

　　周玦停止了动作，绿色的光转眼消失在黑暗之中，连一点儿声音也没有。周玦愣了几秒，但他还是快速地关上大门。

　　秋夜已经有些凉意，一阵穿堂风刮过，周玦感到一种古怪的冷冽包围着自己，接着从他的身后传来几声猫叫。

　　周玦浑身一抖，他低头一看，发现那只黑猫不知道什么时候居然也溜了出来。它没有逃跑，而是站在周玦的身边，用尾巴钩着周玦的脚踝。周玦和黑猫对视了两眼，那只猫发出喵喵的叫声，周玦听到家里传来了母亲的咳嗽声，他慌忙抱起黑猫冲下了楼。夜晚的空气非常清冷，小区里除了抱着黑猫的周玦之外，没有半个人影。

　　当周玦按响陈昊家的门铃时，早已到达的瘦猴给他开了门。此时，陈昊穿着一件非常休闲的针织衫，他一只手撑着额头，另一只手在翻阅着什么东西，全神贯注，连周玦走到他面前他都没发现。

周玦低下头喊了一声："陈哥，我来了。"

陈昊的思路被周玦给打乱了，他捏着鼻梁，抬头看着周玦，但是没到第二秒，他就用一个喷嚏向周玦打了声招呼，接着又是第二个喷嚏，前面那副潇洒自若的样子被接二连三的喷嚏彻底粉碎了。

周玦倒是灵敏，迅速躲开。陈昊捂着鼻子对周玦说："你，你带了什么来？！"

周玦不明白他的意思，摇摇头。陈昊还想要说什么，但是他根本没办法停下喷嚏。此时站在他身边的瘦猴说道："老二，你的背包怎么在动啊，里面有什么东西？怎么是个活的？"

周玦这才恍然大悟，他迅速打开背包，把那只黑猫从里面抱了出来。黑猫显然还没明白自己身处何地，惊恐万分地抓着周玦的衣服不放。而陈昊看到黑猫的第一眼时，整张脸瞬间绿了，接着是更加夸张的喷嚏。他艰难地起身，然后一把推开周玦，自己也连退好几步——他冲进洗手间，拿出一块湿毛巾捂着鼻子出来，恶狠狠地看着周玦说："你没事带只猫来做什么？"

周玦尴尬地笑着把事情大概说了一下，陈昊非常无奈，想要骂人但是喷嚏不断，最后只能涨红着脸："把它……阿嚏！给我扔出去！"

周玦看着那只猫，猫依然没能从惊恐中恢复过来，不安地从周玦的怀里跳了下去。它似乎对陈昊很感兴趣，朝他走了过去，但陈昊畏它如虎蛇一般，连退好几步，喷嚏不断。周玦知道不能把这猫扔了，否则回家他母亲非得唠叨死他，所以就装傻充愣。只要陈昊不拿刀剁了这只猫，随便他们怎么闹。瘦猴知道周玦这种个性，所以他只装作没看到。

陈昊连忙躲开黑猫的"攻击"，他捂着鼻子指着厕所，像命令这只猫进厕所一样。但是黑猫根本就不理他，无聊地看着这个人像在看笨蛋一样。陈昊连着后退了好几步，就这样，人与猫之间纠缠了至少五分钟。在周玦看来，再这样下去可能这姓陈的就要弃屋而逃了。黑猫此时也感觉玩够了，对着周玦和瘦猴喵了一声，自顾自地进入了陈昊姐姐的房间，气势霸道得连周玦都有些讶异，敢情这里它是老大了。

陈昊想要阻止，但是又不敢上前。不过当猫离开的时候，他的喷嚏倒是停了下来。他一把抓住还在偷笑的周玦，把他往墙壁上撞，拳头噼里啪啦地招呼了上去。

周玦捂着肚子连忙求饶道："别打了。英雄，好汉，大哥！别打了！我也没办法嘛，是它自己要跟来的，它是只玄猫，能辟邪克鬼。对了，你不是说有事要告诉我吗？还是说正经事吧。"

陈昊感觉教训得差不多了，甩出最后一记左勾拳后，才放开周玦。他整理了下头发，然后若无其事地指着书房边上的位置说："你们坐着吧。我的事再等等……先听瘦猴说他到底发生了什么吧。"

瘦猴嗯了一声，坐回座位后仔仔细细地把过程说了一遍，最后他掏出那张车票说："喏，就是这张车票。"

周玦捂着嘴巴，大脑在不停地思考，但是无法理出个头绪。他只是隐约地感觉到，貌似那个神秘的力量已经开始侵蚀他们，并且引着他们踏上所谓的"旅程"。而且最关键的是，在这张车票上还有着某些更加具体的暗示，只是……他们还没发现。

周玦沉默许久，抬头对着陈昊说："你不是说也有事情要告诉我们吗，什么事？"

陈昊换了一个坐姿，叹着气："书在我这里。"

听到书这个字，周玦和瘦猴都跳了起来，他们瞪着陈昊。陈昊露出了一丝苦笑，他沮丧地说："没错，它没有放过我，而且我也看了这本书了。"

周玦皱着眉头，问道："怎么回事？"

陈昊耸着肩膀说："嗬，就在前几天，我收到了一件快递，是从南京发来的，没有署名，只有一个手机号码，我打过去是空号。我打开包裹发现里面就是那本《七人环》。我本来想马上通知你们，不过……和你们一样，我没有控制住自己的欲望，还是看了。"

周玦吸着气，"你"了半天，还是没有说出一句话，只好无奈地点着头说："都一样了，你也是七人之一了。"

陈昊的眼神暗淡了不少，脸上也没了先前那种淡定的表情。周玦以为他是害怕了，但是没想到陈昊说道："如果我成了七人之一，那么我姐姐的话就成真了，她很可能已经不在了。"

周玦想到，陈昊的姐姐写的日记的最后那篇的确说，如果她死了，陈昊将是她的代替者。但是她自己呢？她又是谁的代替者？

他揉着太阳穴说："现在可以肯定，在我们前面还有过一批人，他们……是前一任的七人环，对吗？"

陈昊闭上眼睛，尽力控制住内心的悲恸和不安，等他再睁开眼后，恢复了些许平静，他说："是的，我姐姐是上一批的七人，而他们很可能都已经不在人世了，而我们则是新的一批。其实，我们现在已经踏着他们的足迹，被某种不知名的力量牵引着，和五年前一样被动。"

瘦猴嗯了一声，他说道："我、老二、胖三、你，以及老九，我们一共五个人，还有两个不知名的人，如果集齐了七个人，那么事情会怎么样呢？"

周玦感觉背后像吹起一股冷风一般，他摸着脖子说："先不管这些，有一点是可以肯定的，咱们必须和前人有所不同！否则，完全按照前一批人的方法来办，最后的结果只是重复一次而已。只有彻底打破规律，才能抓住生机。"

陈昊同意地点头，周玦继续说道："所以，我们不单单要知道前一批的七人到底是怎么死的，还有，我们必须搞清楚这本书的来历以及防止怪事再发生。至于另外的两个人，也许他们还没有看这本书，也许他们看了。总而言之，有一点是可以肯定的，我们必须了解这本书的来历。"

此时，陈昊姐姐的房间里突然传出一丝很细微的猫叫，乍一听像极了一个女人的冷笑，随后便是什么东西被推翻了，发出噼里啪啦的声音。

陈昊连忙跑进去，看到那只黑猫趴在柜子上盯着他们看，而地上都是玻璃碎片。陈昊咬牙切齿地盯着那只猫，但是又不敢靠近，他推了一把周玦说："把那只畜生给我锁进厕所！"

周玦刚刚领教过陈昊的厉害，不想再被调教，所以只有悻然地靠近猫，然后一把揪住猫，把它从柜子上拿了下来。无意间在地上的碎片中，他发现了一张有明显的被烧过痕迹的纸片。周玦没有再管那只黑猫，而是拿起纸片，交给陈昊说："陈哥，你看这是什么？"

陈昊捏着鼻子，把注意力从黑猫的身上移到周玦的手上，他接过纸片看了几眼，随后眼中出现了疑惑，他说道："这张纸片是一张收邮凭据，但是上面邮寄的地址已经烟了。"

他自言自语地走到玻璃碎片中，小心地翻了翻，又翻出了几张未烧尽的残片。

瘦猴道："你姐姐为什么要把这些碎片放进花瓶里？如果要毁掉，干脆毁干净不是更好吗？"

陈昊直摇头，他将所发现的纸片握在手中，走回书房，把纸片摊在桌子上，然后招呼两个人过来看。

三人发现，这些残片中，除了那张收邮递的凭据之外，还有一张照片，以及几张记事本上撕下来的纸。

那张照片只有三分之一保留了下来，上面是一个柜台，最边上有博物馆的固定指示牌，从这点可以推断出照片是在博物馆拍的，是张文物照片，旁边还"幸存"了只字片语的说明文字，大概意思是说，这是一件南朝时祭祀亡者时用的礼器。因为照片被烧毁了，具体是个什么东西不太清楚。

陈昊拿出一本笔记本，快速地记录下纸片上的文字，随后拿出手机给那张残破的照片拍了图像。他来回地在房间里踱来踱去，突然对身后的周玦说："这只猫……真的是玄猫？"

周玦认真地点头，陈昊尴尬地咳嗽了下，从抽屉里摸出了一个口罩，默默无语地戴上。周玦发现他额头上的青筋都暴起来了，心中又泛起抑制不住的幸灾乐祸。

周玦咳嗽一声，开口道："虽然线索太少，但好过没有。我们可以从南京和图书馆这两头查。总之，我觉得这些没有被烧掉的线索，很可能是你姐姐留给我们的最后的信息。"

陈昊双手撑桌，俯身而视，缓慢地开口道："有几个问题，你们忽略了。"

周玦问道："什么问题？"

陈昊没有抬头看他，他的声音因为隔了一层口罩，有些发闷，他继续说道："第一，这本书并不是非常厚，按照一个具有正常阅读能力的人来说，几乎可以在一天内看完。但是从你得到这本书到现在，我们连三分之一都没看完。有一种力量促使我们断断续续地阅读完毕。这是为什么？你们想过没？"

周玦和瘦猴顿时无语，的确，他们总是断断续续地看这小说，每一次都有一种莫名的力量阻止他们一次性看完整部小说。而且，他们中没有一个人想到翻到最后一页去看故事的结果。其实周玦知道，他们不看最后结果的很大一个原因，是他们害怕故事中的场景会在他们无法预料的情况下产生变化。而另一个情况就是，这本书自己主导着看书者的进度和节奏。

周玦盯着陈昊的侧脸说："还有呢？"

"第二点，那个死去的冯老九看到了哪里，他是否看完了小说，他为什么会死？老九也许也是一个突破口，我们不能一味地选择逃避。"

周玦无奈地笑着说："不好说，现在他完全没有任何失常的表现，比我们要正常一百倍。"

陈昊盯着纸片，摇着头道："不……他其实从一开始就不正常……"

周玦疑问道："什么？"

陈昊像回忆某些特定的事情一样，眯起眼睛说："他在撒谎。"

周玦和瘦猴都有些跟不上陈昊的思路，陈昊也没有管他们是否能够理解，自顾自地说下去："他说去了新疆一个月，也就是说，他在夏天的时候还在新疆，但是他的皮肤非常白，即使防晒工作做得再好，也不可能那么白，唯一可以肯定的就是他在撒谎。他根本没有去过新疆。"

周玦仿佛被一个霹雳直接贯穿大脑，他身边的瘦猴也是嘴巴张到能塞一个大鸡蛋的程度。他们冷汗直流，周玦嘭的一声坐回椅子，他看着戴着口罩的陈昊，陈昊依然看着纸片，没有抬头。

周玦继续问道："还有呢？"

陈昊冷笑了几声，道："最后一点，也是最让人没办法理解的一点，就是这本书是通过什么来寻找七个人的。这七个人是随便挑选的，还是指定的？为什么这本书会一直都留在图书馆？也就是说，图书馆里一定有某种因素保护着这本书。"

周玦说："我们可以去问问顾老，如果有什么事情，他肯定知道。"

陈昊听到顾老的名字，微微一怔，但还是点头同意了周玦的决定。

周玦低头看着那张照片，他说："瘦猴，把胖三叫来，我们继续看这本书。"他看着陈昊又说，"既然我们有那么多疑问，继续往下看，或许会有答案。这一次我们尝试不要停顿，一直看下去，看能够看到什么程度。"

陈昊抬头看着周玦，说："现在太晚了，你们先留下来睡吧，明天再看书。我建议大家一起看，大家保持同样的进度，谁都不要多看，这样可以安全一点儿。"

此时离天亮已经没有多少时间了，虽然说去睡觉，其实大家都没有这个心思，于是三个人一人一支烟，连着抽到天亮。周玦一看天已发白了，连忙打电话给胖三。

胖三也是一宿未睡，睁着眼睛到天亮，一早听到周玦的电话，又得知瘦猴的事，几乎连吱声都显得颤抖。他越听觉得越害怕，还没听完就摔下电话，一溜烟地跑向陈昊的家，感觉有些像奔向避难所。

胖三的母亲也是一个胖子，她摇摇摆摆地从厨房里跑出来，高声埋怨这孩子怎么放假了就往外头跑。胖三并没有回头，而他的母亲在门缝中发现了一张照片。

那张照片很像胖三一直压在玻璃下的那张，但不一样的是，这张照片上多出了三个人，三个他母亲并不认识的人。他母亲有一丝纳闷儿，但还是把照片捡了起来。胖三的母亲没有注意到，那七个人的身后是一个很奇怪的地方，这地方非常荒芜，绝对不是什么旅游胜地。

胖三很快就来到了陈昊的家中，四人没多说什么，彼此对视了几眼，然后便开始一起看书。

故事继续怪诞地进行着：

林旭和翠娘最后几乎和僵尸一样是凭着本能在向前走。林旭心里很清楚，他只要把东西一送到那个地方，翠娘和那些所谓会合的人碰头，他就可以卸下肩上的担子了。想到这里，他心中居然有一丝迟疑，他不知道接下来还会不会再遇见翠娘，如果会遇见，又会是在什么样的场合遇见她，那个时候中国是不是会好起来，也许可以在春暖花开的时候，带着她逛逛秦淮河呢……

这只是一闪而过的心思，林旭没有体力做梦，他必须带着这个女人，去一个他根本没去过的地方，见一群他根本不知道底细的人。

一路上，他们总是沿着最荒芜的地方走，避开战火。他们很少吃东西，实在饿得不行，他们就会抓一些小动物。冬天的动物都像贼似的精，不过他们的运气不错，在路上他们抓到了一只类似野猪的动物，它可能落单了，反正让这两个饥肠辘辘的逃难者走了下来。

那一夜，大冬天的夜晚又开始下起了大雨。南方和北方不一样，天冷不容易下雪，但容易下雨。雨里还会夹着冰粒子，打在脸上非常疼。

林旭抹了一把脸说："不能再走了，我们找一个地方去躲一躲吧，白天再走。"

翠娘咬着牙说："不行，快到了，就差那么一点点。前面有一座破庙，我们先去那里再说。"

　　在暴风雨中又奔波了数个时辰后，翠娘带着林旭躲进了一座不知名的小庙。等钻进庙里，他们才重重地喘了一口气，紧绷的神经一松懈，他们立刻感觉到了寒冷，是那种无法忍受的冷。

　　翠娘的嘴唇已经冻得发紫，她捂着下巴，不让自己的嘴抖得太厉害。林旭马上搜刮所有可以燃烧的东西，他先点燃布料，随后劈断了一张矮凳子当柴烧。

　　翠娘的样子有些失魂，林旭感觉到，她可能感冒了。果然翠娘开始连着打喷嚏，一个接着一个，身体也抖得更加厉害。他快速地从药箱里翻出几粒感冒药，让翠娘快点儿吃下去，随后他单独给翠娘生了一堆火，然后用破布做了一幅帘子说："翠娘姑娘，你得把衣服脱了烤干，否则你会感冒，这样就没法赶路了。"

　　翠娘没有反应，林旭摇了摇她，翠娘这才意识模糊地点了点头，晃悠悠地起身，然后钻进帘子内，开始脱衣服。林旭则守在门口，他怕冷风灌进来，就把已经倒在一边的门板竖了起来。

　　外面的雨打在门板上，声音像有人用尽一切力气拍打门板。林旭感觉头开始有些涨，他知道自己也快撑到极限了。翠娘在帘子的另一面，他在这一面可以看到墙上翠娘的影子。翠娘的身材很好，虽然感觉有些瘦，但是脖子的线条非常优美。翠娘蜷缩在火堆边，像又在偷偷地哭泣。

　　林旭觉得自己有些下流，不过他觉得那是头昏脑涨的缘故。翠娘没有说话，他也没力气搭话。渐渐地，林旭觉得身体开始变沉，就像灵魂开始下降一样。

　　他首先感觉到冷，随后是身体开始变得很硬、很沉。他害怕就这样睡过去，也许会死掉，所以他拼了命地使自己集中精力——他咬着舌头，用指甲掐自己的胳膊。

　　但他还是睡着了，他进入了一个梦。这个梦里除了黑暗，只有一个地方是有光亮的。林旭朝那个莫明而又神秘的光点靠近。他发现这个光点是一支蜡烛——一支即将烧到头的蜡烛。

　　一片黑暗中，只有一支蜡烛。林旭顺手拿起来，蜡烛没有一点儿温度，仿佛火苗也是冰冷的。

　　他开始四下查看，但是火光照到的地方依然是漆黑一片，他开始拿着蜡烛往前走，不过他发现除了烛光外，什么都看不见。他睁大了眼睛，想要摸周围，他走了四五步路，感觉好像走到尽头了。他想用手去触摸，靠感知来确定。他疑惑地把手伸向黑暗，接触之后发现，他摸到的，居然是……一大把乌黑的头发！这些头发像帘子似的挂下来，把这个古怪的空间包裹住，而林旭就在这黑发的最中央。

　　此时，他手里的蜡烛嗞的一声，熄灭了。

　　头发开始抖动起来，发出簌簌的响声。林旭只能紧紧地握住手中的蜡烛，此时，他发现除了他的手以外，还有一只手覆盖在他的手上，一起握着那支熄灭的蜡烛。那只手明显不是人的手，冰冷得让林旭头皮发麻。他吓得趔趄着倒退，他这才发现，那些头发已经向他靠拢，而这只手是从那些头发中伸出来的。他立马想要去拍打那只手，那只手仿佛感觉到林旭的攻击意识，下一秒就缩回到头发中。林旭不停地转着身体，提防着黑发中的手。

在周围只剩下黑暗的情况下，林旭的额头上都是汗水，他只能通过声音来辨别。他告诉自己必须醒过来，这个梦不能再做了。头发发出刺耳的窸窣声，他感觉有一个人靠近了他。他本能地伸手去抵抗，他碰到了那个人的脸，他感觉这个人的脸上都是液体，不知道是血还是泪。因为他看不到。

接着，他又感觉到身后又有一个人靠着他，那个人从他的身后伸出了一双手，缓缓地放在林旭的眼睛上。林旭只听到一句根本不像人所发出的声音，他感觉头发开始不安地骚动，而林旭的移动范围也越来越小，最后连转身都显得非常难。他明白，头发开始包围他了。他感觉呼吸开始困难，仿佛自己要被这些头发给缠住了。

他心里开始焦急起来，他知道这是一个梦，但是这个梦什么时候才能醒过来？这才是最恐怖的，你知道这是虚幻的，却无法摆脱它。

不久林旭感觉到这些头发开始靠近自己的身体，他依然感觉到那个硬邦邦的人在身后。他开始喊叫，作为一个军人，如果不是遇到实在无法承受的恐惧的话，是不会喊叫的，哪怕是一颗子弹从他大脑里穿过。如果纪律让他不准叫，他就不会发出一个声音。但是此时，林旭觉得自己回到了当年还是一个十二岁孩子的时候，他迷路了，于是开始哭喊，他想要找到自己的哥哥，但是怎么都找不到。最后在极度恐惧和虚弱下，他看到哥哥打着灯笼，头发上都是汗水，哥哥找了他一个晚上，他想了哥哥一个晚上。

在这个世界上，他最爱的是哥哥，最不愿想起的也是这个哥哥。林旭明白自己没有做错，杀他是必需的，但是他心里又有一个声音，那个声音属于那个十二岁的孩子，长大的林旭杀了那个十二岁林旭唯一亲爱的人。这一点，林旭比谁都感觉痛苦。

林旭的噩梦就从杀了哥哥那时候开始，也许是日本人踏入中国的那个时候开始，也许是他发现哥哥叛国的时候开始，也许……是他发现他只剩下一个人的时候开始。

头发缠绕着他，他感觉无法呼吸了。背后的人就像一块棺材板一样贴着他，连着他一起裹在这层层的头发之中。

他听到身后传来一个非常熟悉而又温柔的声音："旭儿，别怕黑，灯一直都亮着……"

瞬间，林旭猛地睁开眼睛，他发现终于从这个梦里醒了过来。他感觉身体还是非常冷，手脚已经冷得发麻了。他用冰冷的手摸了下额头，发现原来感冒的是他自己。这下路更难走了。

他开始略微地咳嗽，发现呼吸非常困难，他是一个医生，他知道这个时候他需要喝水，但是哪里来的水给他喝呢？他想到了翠娘，想去看看她的情况。他对着帘子低声道：

"翠娘姑娘，你醒着吗？"

　　帘子里的翠娘没有动，只是略微点了点头。林旭不能进去，他安心地点了点头。接着，他想要拿一个水壶去外面装一些雨水烧开了喝。当他拖着疲惫的身体盛水回来，发现帘子后面已经没有翠娘的影子了。他心里一凛，连忙放下水壶冲到帘子后面，翠娘已经不见了。他焦虑地喊着翠娘的名字，外面下着瓢泼大雨，破庙里只有这两堆柴火勉强维持着温度。林旭硬撑着身体，冲到了雨中——但是屋外一片漆黑，别说是一个人了，就算是一群人他都不一定看得见。

　　就在这时，黑暗中突然传来了女人的笑声，这种声音像声嘶力竭之后的干吼，完全是喉咙里发出的颤抖声，声音时高时低，林旭无法确定这声音的来源。现在他找不到翠娘，就在他决定去追那声音的时候，突然从他身后钻出一个人影，动作之快简直令人匪夷所思。林旭反应不及，感觉身体被人往后一拽，整个人往后倒向破庙之中，翻过门槛，直接摔进去。

　　林旭感到后脑勺儿嗡的一声，几乎有几秒钟是一片空白，他艰难地爬起来，回头发现，庙里不知道什么时候多了一个同样穿着寿衣、扎着红腰带的人。这个人非常年轻，长相清秀俊俏，但是眼神透着一股冷煞。

　　林旭缓缓地爬了起来，少年只是略往后退了一步，冷眼看着林旭笨拙地站立起来。林旭扶着额头问道："你是什么人？"

　　少年眼中依然没有一丝感情流露，他微微开启嘴唇："七人之一。"

　　林旭终于咳嗽起来，他知道自己已经得了风寒。那个少年面无表情地看着他，仿佛他的生死与自己无关。林旭只得再问道："那么……你是哪个呢？我疼，我的头很疼啊。"

　　林旭坐到火堆边，打开自己的药箱，从里面拿出一粒药吞了下去。少年此时已经无声无息地坐在他的面前："我叫刘飞，人称柳子燕。"

　　林旭不知道江湖的称呼，歪着头等着他说下文，但少年对他的态度很奇怪："你不是道上的人？"

　　林旭感觉这些人说的话都是黑话，没几句听得明白。林旭把头歪得更倾斜了，这让那个少年面无表情的脸上终于出现了一丝惊讶，他说："你既然不是道上的人，虎哥怎么可能让你代替她呢？"

　　林旭无奈地叹着气，少年的脸黑了下来，他说："你是怎么认识他们的？"

　　林旭苦笑了好几声，告诉少年他是如何结识这两人，而虎子又是怎么重伤而亡的。刘飞听到虎子已经死了，不禁大骇，这是他那张秀气的脸上所能表现出的最惊讶和夸张的神情了。他握着拳头自言自语道："虎哥居然死了……我还以为你是代替翠娘的，那么说……之前的约定是真的了……"

　　刘飞没等林旭接口，直接摇头道："你这样的人根本不行，接下去的事情你做不到。

我们还是会失败的。"

闻言，林旭有些恼火，毕竟一个比自己小好几岁的黄毛小子，一直重复着自己不行，这是一种很没面子的事。

林旭粗着嗓子说："你凭什么这么说？"

刘飞蹙额看着他说："你知不知道，我们这群人是干什么的？"

林旭没好气儿道："不是倒斗的吗？"

刘飞被林旭逗乐了，眯着眼笑了起来，说："不，我是一位佛爷。"

林旭虽然不懂倒斗是什么意思，但毕竟是当兵的，自古兵贼水火两重天，所以他明白，其实刘飞这小子是一个梁上君子。

一个中级军官，一个小偷，此时面对面地坐在破庙里，外头大雨如注，而两人身上都穿着一套寿衣。

刘飞感觉到林旭对他身份的纠结，先他一步打破沉默，说道："那么虎哥的那一份在你身上了？"

林旭颔首摸着怀里的那块硬物，刘飞眼中闪现出一种怀疑以及莫名的情绪，他又问道："你打开过它吗？"

林旭心想：我一路上几乎都在逃命，别说是打开包裹，就连喘息的机会都少之又少。林旭苦笑着摇头，他们同时开口道："你是怎么卷进来的？"

话毕，两人都笑了起来，这让两人之间紧张的气氛缓和许多。刘飞无奈地耸肩道："逃难啊，那群小日本狗，说什么要屠城，于是我跟着师傅一起从北边南下。没想到到了南方，发现也不比东北强。最后师傅死了，我一人随着大溜一起逃，最后与虎哥他们在一起了。"

"那么，你们到底遇到了什么？"

刘飞像回忆一场非常可怕的噩梦一样，他扶着额头，身体略微有些颤抖，声音沙哑地说道："鬼子追来了，我们中的一些人被鬼子打死了，眼看我们也要死了，虎哥说旁边有一个坟有盗洞，我们就进了那个墓穴，之后的事情就不是你所能想象的，我们……"

林旭刚鼓起一口气，准备追问下去，就听到门外传来翠娘虚弱的呼喊声。两人连忙起身，冲到门口。一片漆黑中根本寻觅不到翠娘的身影，而此时声音也消失了，只剩下大雨哗啦啦地下。林旭试着喊了几声，声音都被大雨给吸走了，变得非常无力。

林旭身体开始发热，他艰难地向前迈出几步便向后倒去，刘飞连忙用手扶住他。这个时候他们又听见了翠娘的叫唤声，不过这一次声音是从他们身后传来的。他们回头，发现翠娘靠在破败的门栏边上，担心地看着他们。

刘飞搀扶着林旭回到破庙，他问道："翠娘，你怎么从里面出来了？"

翠娘点头道："我发现这个地方有个密道，可以通到一个小密室，小密室里有个死人。"

说完两人跟着翠娘来到庙里的内堂，这里的佛像东倒西歪、破败不堪，有一座罗汉的脑袋甚至已经落到了地上，但是那种怒目而视的神色不曾因为尘埃而消退。当林旭再回头的时候，他突然发现那个怒目罗汉的脑袋不知道为什么，翻了一个身，朝里面的方向，后脑勺儿对着林旭。

林旭疑惑地说："之前明明是面朝我的……"说完就去扳那头像。林旭发现那头像根本就不是什么罗汉，而是一个死人的脑袋，瞪着眼睛，张大着嘴巴，看样子像一直保持着被砍去脑袋时的惊恐模样。死人动了下嘴巴，发出女人被掐住喉咙时发出的声音说："快逃……"林旭吓得连退几步，撞到身后的刘飞。刘飞问他发现什么了，他指着那个头，刘飞顺势看去，不以为意地说："佛头而已，当兵的很少有你这样胆子小的。"

林旭闭上眼睛，再睁开时，发现那里的确是佛头。

刘飞不理睬林旭，跟着翠娘翻开了供台，在佛像下面是一个巨大的黑窟窿。翠娘示意他们两个捡起火把，然后和她一起进去。通道不是很长，走了十来步就到头了，他们不明白为什么翠娘的声音会从门口传来，她一定是看到尸体受惊吓后叫了出来。

尽头是一间四壁砖瓦的密室，里面没有任何摆设，只有成堆的经文和卷轴，有些已经烂成一堆了，看上去就像一堆烂布头。

那个死人如果不是翠娘事先提醒，猛然看到的话，真的会把人吓出病来。这个尸体的样子不像金身坐化而亡的高僧，感觉像是被人害死在这里的。他倒在一摊经卷之中，不知道是因为经书里的特殊材质还是什么别的原因，这具尸体居然成了防腐干尸。

除了翠娘这个倒斗新手以外，其他的两个男人都是属于看惯生死的人，并没有表现出多大的惊讶。他们把尸体翻了一个身，让他面朝天地对着他们三人，此时他们发现尸体上也穿着寿衣。

林旭仔细看了那具尸体之后，倒吸了一口冷气说："他和我们一样啊……"

刘飞忽然发现了什么，对二人喊道："你们看，这尸体嘴里好像有什么东西……"

相 片

QIRENHUAN

七 人 环

"丁零！丁零！"

就在周玦等人看到关键时刻时，果然又被人打断了进程。众人抬头，陈昊示意大家先停下，他去开门。

一开门，发现不是别人，正是冯老九。他手里拿着一个包裹，可能走楼梯有些急，显得上气不接下气。陈昊不动声色地让冯老九进屋，冯老九客气地寒暄了几句，发现周玦、胖三和瘦猴都在，便走到他们面前说："我猜你们就在这儿，打电话到周玦家，你妈说一大早就没见过你影儿。先不谈这个，我是来给你们送东西的。"

经过陈昊提醒，大家都知道这个老九是一个说谎高手，他的演技已经达到影帝级别了。所以虽然大家脸上没表现出多么排斥，但是眼神中没一个不透露出警惕来。

冯老九眼中闪过一丝怪异，但还是平淡地说："我刚收到一份快递，收件人是周玦，南京寄来的，里面有一张字条说是非常紧急的东西，所以我才跑来。"

周玦道："这太奇怪了，怎么又是南京的快递？"

冯老九从包里拿出一个快递硬纸袋儿递给周玦，周玦发现快递被拆开过，他看了一眼冯老九。冯老九承认是他拆开的，解释道："不好意思，因为那字条连着包裹，我只能先擅自拆开了。"

周玦摆着手让冯老九不用继续说下去，他拿出里面的东西，发现有一些老式的胶卷和四块包着旧报纸的板子，另外，还有一张纸片儿，上面写道："至此，信息全部送达，七人之约，勿忘。"

周玦把纸片儿递给陈昊他们，陈昊看着纸上的字迹说："这……这字迹是我姐姐的。"

周玦疑问道："难道你姐姐没有死？"

陈昊摇头道："不知道……"

胖三在一旁终于逮到一个说话的机会，他揣着一股小心劲儿问道："先不管这到底是谁写的，它说我们的信息已经全部到齐了？这是什么意思？这东西就是全部的信息？"

陈昊放下纸片儿，看了一眼冯老九，说道："你是什么时候收到这份快递的？"

冯老九说道："就是早上，我去门卫那儿拿我的参考资料，看到参考资料旁边还有这么一份快递，于是一并取了回来。"

周玦看着陈昊，陈昊不动声色地连连点头，好像接受了这种解释，不过周玦心里很清楚，这个冯老九肯定有问题，而且他肯定和《七人环》脱不了干系。

陈昊拿起胶卷看了起来，胶卷虽然比不上照片，但是可以大概看出些影子。他发现，这些照片里有人也有景物，如果不是从冯老九手里拿来，大概和那种风景合影差不多。

冯老九见大家都沉默了，开口道："如果没有什么事，那我就回去了，还有论文要写呢。"

陈昊见他要走，开口阻拦道："冯同学，我们这里有一本书，不知道你有没有兴趣一起看看？"

冯老九转身看着陈昊，在他转身的那一刹那，周玦发现冯老九的眼中闪过一丝阴险，这种感觉是过去的冯老九绝对不会有的，但实在是太不明显了，以至周玦认为那只是他的幻觉。

冯老九笑着说："我真的很赶时间，下次吧。"

陈昊没有听冯老九的话，从书桌上抄起那本《七人环》，朝冯老九扔了过去。周玦心里一紧，幸亏这本书够厚实，否则被他当印度飞饼那么一甩，估计早就成草纸了。

冯老九没想到会飞来横"书"，下意识地用手去接，表情显得非常惊讶，并且夹带着些许愤怒。

陈昊交叉十指撑着下巴，说："这本书，你不陌生吧。"

冯老九回答道："不，我第一次看见，以前只听老二他们说起过。"

陈昊意味深长地看了他一眼，转而对周玦说："我们看到哪里了？"

周玦一愣，回忆道："嗯，我们看到林旭他们遇到一个新人，然后一起进入那个密室，密室中有一个和他们穿着一样寿衣的死人。"

陈昊捂着嘴巴半天才说："大家看了那么久都没有被打断，但是到了关键的地方必然会有事情或者人来打断，使我们在某一个点上停留，接着就是怪事会按照书里的情节变异发生……"

周玦点头道："没错，如果说这是人为的话，按照概率论来说，就是一个逻辑错误。如果说有某种特定的超自然力量，那么就……"

陈昊说："假如这些东西真的是茹兰留下的，那么这么多信息全部都汇集到她的手上了。我虽然知道她有能力，但是那么多的东西不是她一个人能够完成的，一定还有人和她一起，也就是说她，那一代七人中一定还有其他的帮手。"

周玦感觉稍微抓住了陈昊话里的寓意："你的意思是……陈茹兰身边还有人，那么她为什么还是失败了？难道说，光靠我们手里的这些东西还不够？"

陈昊摇头，他眉头紧锁："只能说明一个问题，他们肯定非常接近真相了，但是还差一步，导致前功尽弃。那一步很关键！"

胖三听到这里有些坐不住了，他插嘴道："那，那不就等于我们有许多不能得知的因素了吗？"

陈昊点头，接着说："没错，但是别忘了我们是免费得到茹兰的线索的，是在她的基础上继续往下走的，所以我们占了便宜。"

周玦心领神会道："你的意思是，我们可以利用这些东西，进而模拟出陈茹兰所遇到的事情……"

陈昊打了一个响指，点头道："聪明！"

两人猛然发现思考得太过投入，周围的人正用一种非常怪异的目光注视着自己，因而他们的表情也非常尴尬，各自咳嗽着避开目光。陈昊发现，周玦的耳根有些发红。

胖三意味深长地耸着肩膀，一直不说话的瘦猴这个时候也表现出少许振奋，因为至少经过这一番分析，他们感觉自己好像比这书里的幽灵更早一步抓住了先机，他催促着大家继续回到主题。

此时，一直拿着书的冯老九已经无声无息地放下了书，瘦猴不经意地扫了一眼冯老九的身后，其实他一直都在留意冯老九的神色。他发现，那只玄猫不知道什么时候已经趴在冯老九脚边不到三步远的地方，而且动作非常怪，它翘着尾巴，匍匐在地上，身上的毛都竖了起来，但是它没有叫，而是像一只爹毛的哑巴猫一样虎视眈眈。

冯老九的眼角也死死地盯着这只猫，当他注意到瘦猴在看他时，连忙低头看着手里的那本书。不过瘦猴发现，他没有翻开那本书。

陈昊也注意到了冯老九这些细微的小动作，他微笑着说："那么，冯同学，听到现在，你是否有兴趣一起看这本书？这本书关系到你三个朋友的性命，也许也关系到你的。"

冯老九不知道因为什么缘故，沉着脸思考了很久，才抬头道："这……可以吧。"

胖三见大家各自面露思量的神色，你看看我，我看看你，但是没有一个人再说话，他说道："那么接下来，我们是不是应该接着看书了呢？别停呀。"

冯老九阻止道："我们还是先看那些胶卷吧，如果真的像陈老师所说的那样，那么我们应该先把握住我们手里已有的线索……"

胖三还没等他话说完就露出了不信任的表情，周玦此时说道："我同意老九的看法，这些胶卷来得不明不白的，我们应该先看线索。"

现有的线索，除了那本诡异的小说以外，还有一袋子不知道能不能洗出来的胶卷。这两种东西都十分诱人，有着不同性质的诱惑。

于是兵分两路，由陈昊、胖三他们去洗照片，而周玦、瘦猴和冯老九留下来看着这本书，别让它又不翼而飞。其实周玦和瘦猴要做的不光是看着这本书，还有监视冯老九的隐性任务。

周玦抱着那只猫，坐在冯老九的对面，瘦猴双手抱臂靠在柜子边。冯老九的眼神一直都在飘忽，他一会儿看看那本书，一会儿看看周玦怀里的那只猫。那只玄猫在冯老九来了之后就再也没有叫过，它警惕地看着冯老九，就像一个一级侦察兵。

周玦为了不让气氛过于凝固，假笑着道："不知道那照片里会有些什么。"

冯老九摇着头，瘦猴一直不说话，只是低头看着脚趾。冯老九说道："你们觉得，这本书会带给你们什么东西？"

周玦觉得这话一语双关，他看了冯老九一眼，冯老九非常平静，这种淡定让周玦稍微减弱了对他的忌讳，他回答道："哈哈，不知道，也许会让我们揭开某一个天大的秘密吧。"

老九笑了一声，并没有接周玦的话，过了一会儿他缓缓地站了起来，瘦猴也改变了站姿，他警惕地看着冯老九，周玦觉得瘦猴的监视太露骨了，对他摆了摆手。冯老九去厕所，关上了门，瘦猴恢复原来的姿势靠着墙，但是眼睛盯着厕所。

周玦低声对瘦猴说："瘦猴，别太露骨了，要外松内紧，别引起他的忌惮。"

瘦猴摇头道："不是，他根本不在乎我们的眼光，他回来肯定有他的目的。"

周玦明白瘦猴的意思，不过他不愿用这种方式和冯老九相处，如果他可以有选择地相信他的话，这种人在某种程度上，有轻微的斯德哥尔摩综合征。

瘦猴说归说，但还是点了点头，坐到周玦的身边。冯老九从厕所出来，看了看时钟说："他们还没回来吗？"

周玦说："不会那么快，自从数码照相机一出现，很多洗胶卷的地方都没了。"

冯老九哦了一声，然后便对此不感兴趣了。而本来睡在椅子上的玄猫这时走到了他的脚边，用尾巴死死地缠住了他的脚。

就在周玦他们不安地等待的时候，陈昊和胖三正忙着满大街地找能洗照片的地儿。正如周玦猜的那样，他们问了好多家店，在数码技术如此发达的今天，洗照片的基本都已经鸟枪换炮，成了印小名片的了。

胖三走了一个多小时，已经累得几乎拖步而行了，他向着只顾自己往前走的陈昊招了招手。陈昊非常不情愿地停下来，胖三一边说一边抹着脖子上的汗水："附近我们转得差不多了，一无所获，我看，我们要不先回去，明天再说吧。"

陈昊摇头道："不行，这信息很重要，今天一定要洗出来。"

胖三觉得这个人强迫症相当严重，但是又拗不过他。当他准备认命地继续走的时候，陈昊突然站住没有走，胖三以为他回心转意了，不过事实证明，胖三同志的每一个愿望几乎都不会实现。陈昊伸手拦了一辆出租车，随后对胖三说："这里估计真的找不到了，你跟我走，我知道哪里有。"

说着陈昊拽着胖三进了车，司机油门一踩，直奔黄浦江另一头，随后按照陈昊的指示七拐八拐地开进老城区，直到司机实在是没办法开进去了，陈昊这才下车走路。

陈昊熟门熟路地走进一个叫德兴里的弄堂，他拉开一扇满是铁锈的门，从外面钻了进去。胖三跟着他穿过一条没有路灯的小道说："你要带我去哪里？地下赌场？"

陈昊说："你没有住过这种里弄吗？我以前住在这里，知道这里有一家照相馆，现在已经不对外营业了，但那大爷还是喜欢用老式的照相机拍照，然后再洗出来。"

胖三呼哧了半天："你知道有这地儿，干吗一开始不直奔这里？"

陈昊冷笑了一声，推开了最后一扇木门，一丝阳光投射进这昏暗的房间，里面传出了老鼠的叫声。胖三马上闻到一股非常难闻的怪味儿，除了霉味儿之外还有一种药水的气味儿，混合在一起，有些像某种菜变质的味道。胖三抬头一看，发现在微弱的光线中出现了一张老头儿的脸，那脸苍白得几乎像用蜡做的，眼神阴郁而又混浊。最主要的是，他发现这个老头儿居然没有身体！

他吓得往后一退，脚被门槛给绊住了，直接一屁股坐在了地上。陈昊淡定地说："老头儿过去是专门给人拍报名照的店，当然还有给将死之人照遗像。这张照片是他给自己照的，也是他最满意的一张，所以拿来当招牌。"

胖三抖着脸上的肥肉说："把……把自己的照片放门梁上？这不是变态嘛！"

陈昊没有理睬他，而是走进屋子里，他对着黑咕隆咚的里屋喊道："殷叔，您在吗？"

话音刚落，黑暗的通道里就传来了缓慢的脚步声，接着是一声根本分辨不出男女的阴阳怪气的说话声："谁啊？"

胖三被这突如其来的声音吓得魂不附体，他瞪了陈昊一眼，陈昊则露出一种"你现在知道一开始不来的原因了吧"的笑容。胖三这才第一次感觉到，连周玦都觉得麻烦的家伙到底是一个怎么样的人物，在完全没有心理准备的情况下，胖三的心脏已经骤停了至少两次。

陈昊对着黑暗说道："是我，阿昊，来找您帮个忙。"

终于那个殷叔来到门口，他的脸居然和那张遗照上的脸一模一样。胖三张大着嘴，心脏第三次骤停。殷叔阴阴地看着胖三的脸，随后哼了一声说："这小胖子是谁？"

陈昊笑着说："是我的学生。"

胖三发现殷叔原来是一个瘸子，难怪走了那么久才走出来。他一瘸一拐地走到门口，然后在黑暗中找到了一根油得几乎发毛的拉线，将房间里的灯泡拉亮了。那是一盏四十瓦的电灯泡，灯泡上都是油腻，所以照明力度削弱了不少。

这时候胖三才发现，这里挂满了各种各样的遗照，有黑白的，有彩色的，彩色的还是那种黑白后上色的，这种最诡异，简直就像在拍鬼照。

殷叔指着角落里的一张长凳说："你们坐，我给你们倒水去。"

随后，殷叔从里屋拿来了两只搪瓷杯子，递给二人。胖三发现，这杯子里的茶叶已经不能被叫作茶叶了，武打片里的唐门毒药估计就是这种形态。他不敢喝，他斜眼看着陈昊，陈昊也不敢喝，只是做了做样子。

陈昊礼貌性地"喝"了一口茶后，对殷叔说："大爷，能不能帮我们洗一些照片，我们急着要。"

殷叔嗯了一声。陈昊从包里拿出那几卷胶卷，说："就是这些。"

殷叔抽了出来，看了看说："明天下午来取吧。"

陈昊皱眉说道："难道不能马上就弄好吗？殷叔，我们真的很急。"

殷叔看着陈昊说："这照片到底有什么问题？"

陈昊压低声音，认真地说道："它关系到我姐姐的下落。"

殷叔为之一振，问道："茹兰的下落？这事倒是大事啊。"

陈昊点头道："是，所以无论如何都请您老帮个忙，快一点儿赶出来。"

殷叔从裤袋里抽出一包"大前门"，点燃后说："成，我马上给你们洗出来。"

说完，殷叔拿着那些胶卷走进了里屋。

陈昊对胖三说："你先回去吧，告诉周玦他们，我拿到照片马上回去和他们会合。"

胖三面露难色地说："我也想呀，但是我没钱打车回去了。"

陈昊无奈地从口袋里摸出皮夹子，然后给了他一张红票子说："足够了，你回去后让他们各自回家，我那里没办法住那么多人。如果瘦猴实在没地方住，倒是可以住在我那儿。"

胖三如释重负地离开了房间，当他转身离开之后，殷叔从房间里走了出来，他的身上套着一件蓝色的工作服。他阴郁地看着陈昊，然后皱眉说："五年前的这件事，最后还是让你给碰上了。"

陈昊愣了一下，冷淡的脸上出现了一丝痛苦，他不可思议地看着殷叔，问道："你……"

殷叔的脸埋在阴暗之中，若隐若现看不出表情。陈昊没想到，他居然也知道那件事情，从殷叔的口气里，他感觉殷叔知道的事情比他想象中的还要多。

殷叔阴阳怪气地笑了几声，听上去像有人掐住老鸭子的脖子发出的呜咽。陈昊想要开口问，但是没有那么做。

殷叔笑着说："你很聪明，你姐姐一直都夸你，她不希望你出事。"

陈昊恢复了平静的心态，回答道："我也不希望她出事，不过我现在只想知道她的生死，还有想知道这件事到底是怎么回事！"

殷叔无奈地叹了一口气，说道："该来的总是要来的，你逃不了，你姐姐就是不希望你掺和这件事，所以才会拦下一切，并且在最后的时间里给你保存了这些信息，她到最后依然希望你能平安。"

陈昊苦笑道："和五年前一样，又有很多无辜的人被牵扯进来，我不知道这么做到底是对还是错。"

殷叔冷笑道："你有选择吗？是它找上你的。不过当年茹兰也说过这样的话，和你现在的处境真是一模一样。"

陈昊搔着头发，英俊的脸上现出一丝痛苦，他说道："我会保护他们的，姐姐没有做到的事情，我想我能做到。"

殷叔意味深长地看了一眼陈昊，说："你和你姐姐不同，你姐姐除了你以外，不会考虑别人的死活。这件事你一个人真的做不到！"

陈昊看着他说道："我做得到，我相信我身边的人。"

殷叔嘲笑道："那么，他们又相信你多少？"

陈昊一时语塞，无奈地摇头，他的脑海里闪过周玦那双总是笑着但非常柔和的眼睛。陈昊抬头说道："走到这一步，只能走一步算一步了。"

殷叔笑着抽烟，他搔着花白的头发说道："你姐姐也说过这句话，但是表情差太多，赌吧，殷叔我帮你。"

陈昊张着嘴，仿佛想要问许多问题，但最后只是低头，看着双手说："谢谢您，殷叔。"

　　说完殷叔一瘸一拐地进了暗房，而陈昊依然保持着那个姿势，昏暗的光线，看不清他的脸色，陈昊喃喃道："他们会相信我吗……我又能相信谁呢……"

　　弄堂里时不时地传来儿童的吵闹声和自行车清脆的铃声，这让陈昊不由得想起自己小时候跟姐姐在弄堂里玩耍的情形。那时候，姐姐经常躲在某一个黑暗处，轻声地喊着陈昊的名字，他却找不到她的身影。这五年里，他活在那本书给他带来的噩梦中，他一方面害怕陈茹兰的死亡，一方面又害怕那本书最后还是会落到自己的身上。他发现，他害怕的东西正一个个地成为事实，其实他心里比周玦他们任何一个人都要彷徨。

　　对陈昊来说，周玦的信任会让他更加不安，但是在他的心里还存在着另一种声音，他希望周玦能够完全信任自己，因为到最后他们之间一定还会出现关于相互信任这样的问题。

　　陈昊知道那一天一定会来到，但是他仍然不想让周玦对自己失望。他还记得他第一次见到这个小子是在一个暑假，那一天他路过图书馆，依然没有进去。当他抬头时，看见窗户边上靠着一个人，戴着耳机，躲在角落里打瞌睡。陈昊只能看到他的侧脸，阳光照在他的头发上，现出一种光晕，当时他穿着一身白色的短袖衬衫，感觉特别干净。他突然想到了自己失踪的姐姐，过去他经常来到这个窗口，陈茹兰直接把东西扔下去给他，为的是让他能够节约时间念书。陈茹兰作为姐姐，对陈昊有非常高的期盼，她知道她的弟弟是一个特别的存在，她希望他能够走出一条她一辈子无法达成的道路。

　　"刺……"陈昊从往事的梦境中醒来时，低头看了下手表，已经是下午五点半了，天上出现了紫色的晚霞，昏黄无力的光线投入这间亭子间里。对面的人家在煎鱼，那刺耳的声音就是从那儿来的，很快就传来一股香味儿。殷叔依然在暗房里工作，陈昊听到房间里传来水流的声音以及殷叔时不时的咳嗽声。

　　陈昊摸着有些发麻的脸颊，喊了一声殷叔，殷叔应了一声，陈昊站起身到外面去走动走动。出了门遇见了许多老邻居，大家都很惊讶能看到他，他只是说回来看看大家。大家那么久没见过陈昊，都非常兴奋。一个老婆子见到陈昊，笑得几乎合不拢嘴，硬是拉着他到家里吃了一顿便饭，其间他发现他们都知道陈茹兰的事情，并且尽量避免在他的面前谈起她。饭后闲聊的时候，他问起了关于殷叔的事。

　　话音未落，给他倒茶的大娘手微微一颤，皱着眉头说："老殷？他一年前就去他儿子那里了，听说没几个月就得癌症死了。怎么了？"

　　陈昊听了这话，拿杯子的手抖得厉害，连忙把手伸到桌子下。大娘见他神情大变，忙问他怎么了。陈昊想总不能告诉她，刚才他还让那个已经死了的人给他洗照片吧！

　　陈昊努力控制住自己的情绪问道："这事……确定吗？"

　　大娘啊了一声，说："确定啊，我们这儿还有人去参加过追悼会，不过我没去。据说那老头儿搬出去后有一段时间很古怪，后来莫明其妙地死了，死的时候嘴里还惦记着你姐姐呢，可能是看着你们长大的……"大娘发现自己居然说到了陈茹兰的事情上，连忙打住。

　　陈昊已经无法控制自己的情绪，他的呼吸越来越急促，他努力放松自己，好不容易挤出一个笑容说："阿婆，我还有急事，以后再来看你们。"大娘以为他是对陈茹兰的事感到难过，觉得自己说错话了，也没有多作挽留，尴尬地把陈昊送出门。

　　陈昊一离开，便疾步回到殷叔的屋子，但是快走到门口的时候，他的速度放慢了，他感到非常疑惑，这到底是哪里出了问题？如果殷叔真的死了，那么屋子里的又是谁呢？难道他没有死，死的是另一个人？陈昊的心脏停跳了半秒，他发现了一个问题，为什么这个情况和冯老九的那么相似呢！死了的人为什么还能活过来？这到底是怎么回事呢？又到底说明了什么呢？他踌躇了很久，最后还是走进了铁门。

　　依然是漆黑一片，依然是那个四十瓦的灯泡，但是陈昊感觉到一种没来由的鬼气。他走进里屋，桌子上还放着那两只搪瓷杯子，里面的茶水早就凉了。一阵诡异的冷风灌进屋子，陈昊猛地回头却没有看到什么异常。房间面积不大，很快他就注意到了最里屋的暗房，暗房的大门关得死死的，但是从门缝中透出了细微的红光，透着一股妖异。这说明，确有人在用那间暗房。

　　不过房间里已经没有了水流声，安静得就像是一间空屋一样。陈昊鼓足勇气喊了一声殷叔，然而屋子里没有回应。整个房间里摆满了遗像，陈昊觉得这些照片都在窥视着他。突然暗房里传来了翻抽屉的响声。

　　陈昊感觉心脏向上提了半厘米，他瞪着眼睛一步步地靠近暗房，尽量不去看周围那些让人胆战心惊的遗照。他走到门口才发现原来房门没有被关死，开着一条缝隙。陈昊轻轻一推，门就嘎吱地打开了。

　　暗红色的光晕把暗房照得和鬼屋没什么区别，陈昊正要踏进去，突然听到门口的铁门发出了刺耳的声音，好像有人拉开了那已经生锈了的大门。陈昊连忙回头，但是他看不太清外面的情况，这刺耳的声音吓得他背后冷汗直冒。

　　不过他并没有往后退，而是进入了房间。房间里的摆设非常零乱，一块黑色的幕布把房间一分为二，幕布上穿着一根绳子，上面挂满了还没洗的胶卷。

　　在房间的左边有一个水槽，他目及之处并没有发现殷叔的影子，不过这里的确像是刚刚有人使用过一样，桌子上还放着用了一半的药水瓶子。

　　最后陈昊把目光定格在黑色的幕布后面。此时，不知道从哪里吹来了一阵阴风，掀起了幕布的一角。陈昊看到，幕布后的地上好像趴着一个什么东西，但是风只吹了那么一下，根本还没来得及看清楚。

　　陈昊握着双拳，走到黑色的幕布面前，把幕布一拉，面前的景象让他倒吸一口凉气。黑色的幕布后面居然贴了好几张照片，而照片上的人无一例外都是躺在棺材里的死人，那些死人都穿着各种式样的寿衣。最让陈昊头皮发麻的是，这些死人的眼睛居然都是睁着的。在那一大堆死人的照片中，他居然找到了他姐姐陈茹兰的。陈茹兰穿着一身月白色的寿衣，直挺挺地躺在一口棺材里，眼睛睁得巨大。他被这照片吓得大脑无法思考，他一边看着这些照片，一边往后倒退。没退几步，他发现身后有一个人挡住了他。

　　他回头一看，就是殷叔。殷叔穿着一身黑色的西装，白色的衬衫领子把脖子勒得很紧，都可以看到脖子上紫红色的血管。他手里拿着一卷很长的胶卷，眼神说不出的阴冷。他看着陈昊惊恐的样子，只是冷笑了一声。幸亏陈昊心理素质不差，他只是额头冒着冷汗，没有吓得晕过去。

　　殷叔看了看里面的照片，向陈昊走近了一步，陈昊感觉他好像置身于冰箱中一样寒冷。殷叔阴阴地哼了一声，他看着陈昊说："照片洗好了。"

　　陈昊盯着殷叔，问道："殷叔其实您也看了那本书了吧，和姐姐一样，您是上一批的七人之一。"

　　殷叔凄冷地笑了一声，说道："没错，我们失败了……"

　　陈昊听到这里，心脏仿佛被什么东西往下拽似的，他知道，陈茹兰已经不大可能还活在这个世界上。殷叔看着那些躺在棺材里的人，抽出了其中一张照片递给陈昊。殷叔扯出一个怪异的笑容，说："这些照片里的人就是前一批七人环的人。"

　　陈昊低头看着那个人，感觉似乎有些眼熟，很快陈昊就想起了这个人……居然是图书馆的老赵！难道说，前一批七人环并没有死绝吗？那么，他们又是怎么会被卷进来呢？

　　陈昊想要回头追问殷叔，但是发现殷叔已经不见了，而桌子上放着一个纸袋子，就是那些胶卷洗出来的照片。他又四处张望了一番，但是怎么也找不到殷叔，他当即把那些照片以及幕布上的死人照片全都收进背包，冲出了暗房。

　　他跑到门外，最后回头看了一眼那间屋子，屋子里依然有红色的光影交错。在红色的灯光下，映出了一个人影。那个人影步履蹒跚，他靠在门边，看样子非常痛苦。陈昊踌躇了几秒，还是决定回头去看个明白。就在这个时候，屋子里传出了一声痛苦的喊声："别过来！我的任务完成了，它过来收我了……不要让它抓到你们！还有，你姐姐……啊，快走！"陈昊感觉殷叔好像死命地拽住了某个东西，而那个东西因为躲在阴影里根本看不清是什么。

　　陈昊还是冲了进去，一股腐烂的臭味儿迎面而来，这味道非常恶心。殷叔的身影已经消失了，接着陈昊发现了那张殷叔的招牌遗照——此时，照片上的他样子完全变了，原本阴郁木讷的眼神变得惊恐万分，七窍流出了黑红色的血液，他张大了嘴巴像要吼叫出来。陈昊倒吸一口凉气，他发现在照片灰蒙蒙的背景后面，渐渐地映出了一个人脸的影子，那张脸好像是在笑，但是又好像在痛苦地咆哮。

陈昊叫了几声殷叔，但无人应答，四处也找不到他的影子，而那血腥气味儿比之前还要浓重，陈昊没有办法，只得往外跑。

此时天已经有些暗了，弄堂里只有几盏闪烁不定的路灯。陈昊感觉那血腥气味儿似乎跟上了自己，仿佛像一只无形的手要捕捉他，他此时感觉身体非常沉重，但大脑特别清醒。他的脑海里映出五年来的点点滴滴，他感觉头痛欲裂，不知不觉间放慢了速度。他低头一看，发现有一个影子一直跟着他，然而回头看什么也没有，他知道自己被盯上了，他逃不掉了。他的大脑开始变得一片空白，他闭上眼睛，感觉自己慢慢地往下沉。

就在他感觉浑身都被那种腥臭的腐味儿给包围了的时候，他听到了一声尖厉的猫叫，随后他感觉身上沉重的力道慢慢地减轻了，他的神志终于又回来了。他睁眼一看，发现周玦霍然站在他的面前，他伸手拉住周玦的手臂想要寻找一个依靠。

周玦紧张地说道："怎么回事？你身后怎么会有那么重的血腥味儿？"

陈昊终于缓过来了，他松开了周玦，摆手道："先回去，玄猫救了我一条命。"

周玦问道："那照片呢？"

陈昊拍了拍背包说："在，而且还有意想不到的东西。"

周玦皱眉道："你说的意想不到的收获就是前面那怪东西？"

陈昊苦笑着摇头，反问道："你幽默了。对了，你怎么会来这里？"

周玦的眼神有些尴尬，他移开目光道："胖三放你一个人单独行动，我觉得太草率了，所以就赶过来看看，没想到真的被我猜到了。"

陈昊淡淡地笑了一声，说道："别说了，快走吧。"

回到陈昊的住处，瘦猴见两人狼狈而归，愣了一下。陈昊环视屋子问道："他们两个人离开了？"

瘦猴回答道："嗯，胖三的父母急着找他回去，胖三走后不久，老九也走了。"

陈昊嗯了一声，走到书房把照片放在桌子上说："这些照片就是我姐姐和殷叔他们给我们留下的信息。"

周玦和瘦猴低头看着那些照片，周玦很快就看到照片中的老赵，不由得失声叫了出来。他指着那张照片，抬头看着陈昊，陈昊同时也意味深长地回望着他。两人的眼神交错数秒，但是谁都没有说什么。周玦渐渐地收回目光，低头继续看其他的照片。

这些照片非常杂乱，也就是说什么东西都有，有建筑物，有报纸，还有一些看不懂的手绘图。周玦他们很快就发现在这些照片里有一个共同点，那就是这些照片或多或少都有些模糊。

周玦问道:"这说明什么,照相机坏了?"

陈昊摇头道:"那倒不一定,通常来说,模糊在急于拍照的情况下会容易发生。"

瘦猴道:"那就是说,他们在很急迫的情况下拍了这些照片?那说明什么?"

陈昊捏着鼻梁显得有些疲倦,他的脸色从老宅回来后就一直非常苍白,他看着那些照片幽幽地说道:"说明他们在和某一个东西抢时间,也许……被某一个东西追逐着。"

周玦马上想到小说中一直谈起的那个"它",不禁背后一阵阴冷,说道:"该不会就是那个东西吧……"

瘦猴的眼中也流露出恐惧。陈昊笑了笑:"你们难道没有想过考证那故事的真实性吗?"

周玦与瘦猴对视了一眼,都没反应过来。陈昊耸肩靠着座椅说:"老弟,作为你的老师,我真的有些想哭,任何民俗都有其真实性,即使是再荒诞的乡间传言。所谓无风不起浪,这本小说既然可以对现实产生那么诡异的影响,那么就绝对不会是空穴来风。我想要探究这本书的真实性,也就是说,我想要按照这本书里所说的方法找到林旭他们当年所要到达的地方。"

周玦怔了怔,问道:"你要按照小说里的情形去找那个地方?可它是小说里的情节呀,你怎么找?和作者神游?"

陈昊见周玦针锋相对,倒也来了劲儿,他笑道:"这些照片是上一批七人环留下的信息,我可以和你打赌,我姐姐绝对是按照小说里的情形去寻找故事的终点。在我看来,这很有可能就是我们这一系列类似诅咒的源头。"

周玦不以为然地嗤笑道:"你也说了,如果完全按照陈茹兰给的消息找,最多也就是走他们的老路。难道我们再挣扎一回,等着下一批冤死鬼来给我们收尸?"

陈昊抱着双臂说:"那么,周大少爷,你又有什么高见呢?"

周玦没想到陈昊会来这手,一时被他问住了,支支吾吾地比画了半天,最后泄气地说:"我现在还没有办法……"

此时,瘦猴开口说道:"我觉得我们可以从这本书的线索查起。"

陈昊和周玦都沉默了,他们不是没有想过这个问题,但是他们手头儿根本就没有关于作者的任何消息。

周玦感觉似乎抓住了一点儿陈昊的思维模式,试探地问道:"我们是不是应该先从相对简单的材料问题查起?"

陈昊点头说:"是的,这是我们现在唯一的办法,同步进行的还有三件事。我们一共要办四件事。"

周玦问道:"什么事?"

陈昊道："第一件事是分析出照片里的信息，这个你们放着，我来处理；第二件事是查出图书馆和这本书的关系，周玦这件事比较适合你去办，毕竟你在那里打过工；第三件事是调查书的材质，包括墨水、线胶等，连一个分子都不能放过，这件事交给瘦猴和胖三；第四件事……就是继续看这本书，我决定我们每天都要看一些，无论看到哪里停下都没关系，只要保持进度。我们需要等待其他两个人的出现，在这之前我们要尽量多抓住线索。"

周玦和瘦猴随即答应，他们心中都有一个声音：终于该自己出手了。

箱内的秘密

QIRENHUAN

七 人 环

　　当晚，陈昊还是把瘦猴留下住，而周玦则带着那只黑色拖油瓶猫回到家里。一到家，母亲就问他怎么一大早就不见人影。他瞎掰说，民俗课的老师在做一个专题，老师非常重视他，所以让他当助手。这种谎言周玦用脚指头就可以编得很完美。

　　周玦回到自己的房间，大脑里开始回想今天所发生的一切。照片中，他的确看到了很像老赵的人，这对他打击很大，其实当初他也怀疑过图书馆里有什么问题，不过老赵平时精明得像只老狐狸，怎么可能会和七人环有关系呢？不过，那张照片里的尸体绝对是他。还有就是那个收藏刀具的人也出现在了照片里，这说明什么？既然图书馆的事归他管，他就得铆足了劲儿去干。他躺在床上辗转反侧，准备明天以回去看望他们为由，看看能不能找到关于五年前的线索。周玦感觉到，图书馆里还有什么东西是他所不知道的。

　　就在周玦准备起来洗个澡吃饭的时候，母亲拿着可乐走了进来，说道："对了，我和你说件事。"

　　周玦拉长了脸不耐烦地问道："什么事？"

　　母亲说："我们楼上搬来了一个新邻居。"

周玦满不在乎地说："那又怎么样，下次点头问好就可以了。"

母亲撇嘴道："也对，那男的好像还带了个孩子，老是有小孩儿的哭声……"

她看儿子真的累了，便关上了房门，让他好好休息。

这个夜里，周玦他们几人都严重失眠，陈昊更是通宵分析照片，一晚上的时间，他的书房就和刑侦科办公室一个风格了。照片用绳子穿着挂在墙上，地上有许多陈昊捏成团儿的废纸，书桌上更是一片狼藉。瘦猴倒是小睡了一会儿，睡醒后，看到陈昊一个人坐在一大堆纸张和几大摞书之间闷头抽烟，本来帅气的脸上蒙上了一层灰黑的阴影。他招呼了一声，就去找胖三查关于书的事。

周玦再次来到图书馆，大家都很热情，说说笑笑地聊天胡扯。这期间，周玦非常注意老赵的言行，但老赵依然是那副样子，根本探不出虚实。

顾老说，走了周玦这样的生力军，那些体力活儿都得自己做，还真是舍不得他。周玦终于在这次话题中，成功地把事情引到了五年前。

周玦漫不经心地侃道："您老还说呢，过去没我的时候不也过来了吗？对了，那个时候有一个女生来这里干活儿，说起来还是我的学姐呢。"

顾老听到周玦扯到了陈茹兰身上，表情显得有些僵硬，但是他看周玦依然一副聊天的轻松劲儿，也没怀疑什么。

周玦继续说道："说来也巧，前几天我还听几个同学说起过这女的，听说是个大美女，不过不知道怎么回事，居然疯了，后来直接失踪了。"

老赵的脸色稍微有些变化，周玦心里已经笑出了声，看样子他是试探对了。他趁热打铁说："而且我和你们说啊，听说她是被什么不干净的东西缠上了，所以才会失踪的，很可能已经死了。貌似还和一本书有关系……"

顾老看着老赵，脸上那心虚的笑容已经荡然无存，眼神开始游移不定。而老赵的眼神也变得有些阴冷，他干笑几声说道："小周，你这都是从哪里打听到的？"

周玦耐着性子也笑了一声道："这是不是小道消息还不好说，难道二位就没有一点儿消息透露一下？好让我去打消那些'小道消息'啊。"

老赵意味深长地点着头道："那么，你怎么觉得我们会知道那本书的事情呢？"

周玦眯起眼睛看着老赵说："赵叔，我可没说过你们会知道那本书的事情哦。"

老赵一时语塞，发现自己完全被周玦给套进去了。他眼角抽搐着，勉强保持脸上的笑意。周玦知道，这两个老家伙已经差不多了。周玦的脸上此刻也显露出一份神秘，他冷笑道："赵叔、顾老，不是我没有提醒你们，我还听到一个传言，据说最近有人看到陈茹兰在图书馆附近出现过，而且……"

顾老紧张地问道："而且什么？"

周玦压低声音说："她穿着一身寿衣，披头散发，说是要回来找什么其他六个人……"

顾老听到这句话，忍不住就是一个趔趄，他扶着书架看着老赵，老赵的脸上阴晴不定，而周玦则冷冷地看着他们的表情。老赵最后缓缓地开口道："小周，有什么话就直说吧。你是不是看了什么不该看的东西？"

周玦依然面无表情地说："赵叔，你这么说我就完全听不懂了，什么是不该看的东西？"

此时，一直处于精神崩溃状态的顾老冷不丁地冒出了一句："她不可能再回来，如果她回来了，那她还算是一个人吗？"

老赵立刻厉声打断顾老的话："老顾，你胡说什么！"

顾老没有听进老赵的话，反而转过头看着周玦，眼神里流露出害怕和不放心，他说："孩子，你该不会也看了那本书吧……"

听到这句话，周玦感到背脊像被冰块砸了一样，他的口气也没有前面那么轻松了，他急促地追问道："顾老你先告诉我，什么叫她不算是一个人？"

顾老抿着嘴巴，犹豫了一下，才咧开嘴说道："如果她真的回来了，她就是个鬼，所以我问你，她是不是真的回来了。"

周玦的眼中出现了矛盾，陈茹兰明明没有回来，他那么说完全是在诈这两个老家伙，不过看样子药量下得太大了，这两个老头儿明显被唬住了。问题是箭在弦上不得不发，现在说我全是在骗你们二老的，这一切都是假的，估计周玦下一秒就会被揍成猪头，并且再也别想套出一句话来。他心虚地嗯了一声道："没错……据说真的回来了……"

周玦说完之后，老赵像绷断了最后一根控制神经，发出了野兽似的低吼，痛苦地抓着头发，弯下了身子，顾老则依然僵直地站着。周玦连忙去搀扶老赵，老赵像心脏病发作一样捂着胸口，痛苦地问道："她真的回来了？"

周玦这下真的纠结了，毕竟被人用这样的表情问话，再编谎话那就太没人性了。他的眼神很踌躇，老赵抓着周玦的肩膀，把他拉到自己的身边，在他的耳边说道："你真的看到过她？"

周玦咬着嘴唇，昧心地点了一下头，老赵手上的力道突然一松。这个时候，顾老则抓住周玦道："孩子，你看过那本书了吧？"

周玦终于老实地点了点头，顾老的眼角瞬间溢出了眼泪，他说道："顾叔我帮不了你什么，只能给你一句话，这本书本身就是一个陷阱。逃吧，逃得越远越好……"

顾老说完这句话，头也不回地往回走，留下老赵和周玦两个人。老赵已经完全没有力气了，嘴里只是喃喃地重复着"她已经回来了"……而周玦的心里则像陷入了一个阴寒的泥沼，一点点地陷落下去。周玦见试探得太过激烈，这两个老头儿完全无法承受，心里有些懊悔，还想说些什么弥补下，但是老赵摆了摆手，努力站直了身体，颤抖地想要往回走。

周玦赶紧上前一步，把老赵扶到休息室，他发现办公室里没有顾老的身影。此时的老赵像一只遇到极大危险的老猴子，眼神没有一个焦点。周玦很害怕自己以后也会变成这样——一个不知道是活还是死的怪物，每时每刻害怕着身边的一切。想到这里，他觉得有些内疚，他太草率了，至少不应该拿陈茹兰的事情来吓吓这两个人，明显他的目的没有完全达到，这两个老家伙倒是实打实地被吓破了胆，想要再问出什么肯定比之前还要难。不过，顾老最后的那句话让周玦非常害怕。"这本书本身就是一个陷阱"……这话又是什么意思呢？

他安顿好老赵，想了想，决定回到发现那本书的旧书区域走走，看看能不能找到什么蛛丝马迹。直觉告诉他，能够控制局面的时间越来越少了。

很快周玦就来到了旧书区域，这里依然是阴暗得不见一丝阳光。他记得那一次也是这样的气氛，他先是听到了脚步声，随后便是女人的身影，之后那本书就出现了……过去的事情在周玦的大脑里像放电影一样过了一遍。

就在周玦在旧书区瞎溜达的时候，旁边那个半掩着门的仓库突然由里向外被推开了。周玦还没有反应过来，就看到一只硕大的老鼠从仓库里蹿了出来，它那贼溜溜的眼睛瞄了一下周玦，马上蹿到书架子底下没影儿了。周玦确定，靠这只大老鼠的力气绝对没有办法打开大门，他咽了口口水润了下粗糙干涩的嗓子，然后朝那扇门迈开步子，他觉得脚像棉花做的一样绵软无力。

仓库里依然是堆满了废报纸和成捆成捆的旧书，在角落里，周玦还发现了很多老鼠屎，估计这里都快成那些家伙的老窝了。周玦捂着鼻子，这里翻翻、那里搜搜。

周玦注意到在一大堆旧报纸的下面有一只樟木箱子，过去他几次来到这里放旧报纸，都不曾见过有这样的箱子，如今突然出现这么一只刷得红彤彤的大木箱子，真的非常突兀。周玦把成捆的报纸从箱子上移开，箱子上没有什么花纹，感觉像 20 世纪 50 年代结婚的时候家家户户都会置办的嫁妆一样。

他发现这上面居然还上着锁，不过这种锁形同虚设。他从仓库里找到一把最小号的扁平头螺丝刀，这东西正好合适。周玦轻轻地掩上仓库的大门，这里基本没人来，他只要不弄出太大的动静，撬只小箱子绝对没人会发现。

五分钟过后，周玦把锁给弄开了，随后便迫不及待地打开了箱子，里面的东西却出乎他的意料。周玦缩回身体一屁股坐到地上，他调整了下呼吸爬了起来，又哆哆嗦嗦地朝箱子里看了一眼——

里面居然是一具骸骨，尸体应该是一个女人，她的头发很长，乌黑的发丝毫无光泽，死气沉沉地盘在灰白色的骷髅上，这样子实在是够阴森恐怖的，这种直击死亡的恐惧扼制着周玦，他连呼吸都很困难。尸体穿着一身月白色的寿衣，周玦隐约感觉到，这个女人或许就是那个神秘失踪的陈茹兰。

但是周玦马上又感到疑惑，他在这里打工不是一天两天，为什么他从来没有看见过有这样的一只箱子呢？而陈茹兰是怎么死的，到底是谁杀了她？

他安慰自己道："都烂得只剩下骨头了，不会诈尸，不会诈尸……"

周玦没想到自己居然会有这么夸张的发现，他连续倒退好几步，想着得尽快通知陈昊，他亲爱的老姐的尸体现在在一只大箱子里躺了不知道多长时间了。在他慌忙后退的时候感觉自己撞到了一个人，这个人僵硬得像是石膏做的。

周玦倒吸了一口凉气，喘了好几下，猛地回头问道："谁？！"

周玦回过头却什么都没看见，他狼狈地扫视着仓库，除了他自己的呼吸声外，根本听不见一丁点儿动静，可是先前他明明感觉到身后突然多出了一个人，而这个人连一点儿人的气息都没有，他感觉就像撞到了一具尸体。

就在他错愕惊恐之际，他突然听到仓库门被锁上的声音，他连忙往回跑去，果然不知道是谁把他给锁在了仓库里。他心想，该不会是顾老和老赵这两个人要杀他灭口吧。但是，他们干吗要杀他？

他用力地往外撞，这小破门已经非常老旧，按理说，只要三四下，门就会被撞开。但奇怪的是，周玦连续撞了十来下，撞到肩膀和胳膊疼得都没有知觉了，门居然纹丝不动。

周玦回头直勾勾地看着那只大箱子，然后掏出手机拨通了陈昊的电话。

周玦感觉自己的声音都在颤抖，他对着话筒说："陈哥，快点儿来图书馆，我可能找到你姐姐了。"说完，他朝着那口大箱子又看了一眼。

电话那边的陈昊问道："什么意思？你说我姐在图书馆？"

周玦稍微从恐慌中平静下来，咽着口水说："陈哥，我和你说，你一定要镇定点儿。我在仓库里发现了一只装着一具女尸的大木箱子，我怀疑尸体可能是你姐陈茹兰的，不过我不能确定，现在我被人反锁在仓库里，出不去了！"

陈昊沉默了几秒，周玦听到他的呼吸声越来越粗重："你确定那尸体是茹兰的吗？"

周玦扶着额头，又朝那具尸骸看了一眼，随后马上移开视线，道："不能确定，但应该是一具女尸。你快想办法先把我弄出去。"

陈昊说道："你先别着急，我马上过来，你再看看那口箱子里还有什么。"

周玦扭曲着脸说："陈哥，难度太高了，那尸骸还躺着呢，你总不会要我把尸骸翻出来吧。"

陈昊的声音有些怒意，他骂道："你就这点儿出息？让你看你就去看，尸体你怕什么？会爬出来咬死你？对了，电话别挂，保持通话状态，有什么发现马上告诉我，我正往你那边赶呢！"

周玦委屈地嘟囔着,但还是照做了。他左手拿着手机,右手伸进了箱子里,就这么一路摸了下去。他感觉那些头发非常粗糙干燥,就像被吸干水分的亚麻。在尸体的下面,周玦摸到了一只袋子,袋子很普通,就是一般的手提袋,只是表面看上去非常老旧,如果扔在外面或许没有人会去捡。

周玦快速地抽出那只袋子,就像从一只装满毒蛇的箱子里拿出什么保险箱钥匙一样。他打开手提袋,里面有一包用了一半的纸巾,一支润唇膏,除此之外还有一个纸包。周玦放下那只手提包,然后打开纸包,里面有一张光盘和一块泥板一样的东西。泥板上面的图案显得非常怪异,像道教的某一种符号,又像一张地图。周玦把这些东西重新包好,塞进了自己的背包。

他对着手机说道:"有一只女士手提袋,里面有一张光盘和一块泥板……"

陈昊的呼吸非常急促,他问道:"再找找,看看还有什么,还有……你能确定死者的身份吗?"

周玦苦笑道:"不太可能,别说我没见过陈茹兰,就算见过了,这骸骨穿着寿衣,已经是一堆白骨了,实在没办法认出来。"

陈昊的嗓音有些低沉,他说道:"不能确认吗?"

周玦重复了一遍,陈昊便让他再找找还有什么有价值的线索。

周玦想从尸体的头部下面再翻一下,当他把手再伸到那堆头发之间的时候,他居然感觉触摸到了人类的皮肤!而且这种皮肤的触感不像是死人的,而像是一个活人的。他都能感觉到皮肤的细腻和弹性。他吓得连忙缩回手,额头的冷汗顿时滑落到脖子上,他感觉他的脊椎骨像被冷冻了一样。

周玦连忙对着手机哆嗦地喊道:"陈昊!这具尸体不对劲!"

周玦发现手机那头并没有声音,低头一看发现手机关机了。他记得昨天晚上充满了电,怎么这么快就没电了?周玦不敢多想,越想心里越发毛。整个仓库只有他和那具古怪的尸骸,此时紧急安全灯突然亮了起来,整个昏暗的仓库被一种诡异的荧光绿笼罩得格外阴森。周玦再也无法控制自己暴涨的恐怖情绪,他用力地拍打着那扇仓库的大门,他压根儿没指望陈昊能在几秒内赶过来,说不定等他出现,自己已经成了另一具尸体。想到这里,周玦更加害怕,但是无论他怎么敲打仓库的大门,居然都没有人听到,按道理,这样的声音在安静的图书馆里绝对是噪声,但是此时……居然没有一个人听到他的敲门声?

周玦喘着粗气停止了这种无谓的举动,这时身后突然响起了奇怪的声音。他缓缓地回过头,发现本来全部在箱子里的骸骨居然有一半的身体爬出了箱子,头发就像黑色的帘布一样挂在箱子的外面。周玦吓得感觉心脏的某一个地方裂开了。

又有声音从那堆头发里传了出来,那声音像一个八十岁都不止的老妪在念叨着什么东西,她说:"还没有结束……他还没有出现,还没有结局……"

　　周玦靠着门板，他现在恨不得自己的身体薄得像张纸，那么便可以从门缝里溜出去。他不知道是不是自己吓得小脑抽风了，还是长时间恐怖的折磨让他的胆子变大了，他居然回问道："他是谁？"

　　那八十岁老妪的声音继续出现："七人中会出现一个鬼……他隐藏在七个人之中，当你们接近真相之时，就是他出现之日。"

　　周玦汗流浃背，他没想到这个怪物居然还能和他对话，他舔着嘴唇继续问道："七人环到底是一个怎么样的存在？"

　　尸骨发出了咔咔的响声，她说："这是一个隐藏了很久很久的秘密，秘密的关键就在那本书，看到最后就代表'它'已经找到你们了。"

　　周玦忙问："那么，有什么办法可以躲避吗？"

　　尸骨阴阴地说："书里有答案，但是这个答案并非完全正确，这本书本身就是一个错误，但它是唯一的途径。"

　　周玦无法理解她的意思，但是他隐约知道，完全按照书里的内容是非常不靠谱儿的。周玦想要继续问下去，尸体已抢先说道："这本书的关键不在于故事的发展，而在于故事背后的隐情。如果单纯地按照故事的发展来推测，最后的结果只有失败。"

　　周玦问道："失败会怎么样？"

　　尸骨再一次发出咔咔的响声，她没有说话，但是周玦知道，如果失败绝对不会比她的下场好多少。

　　他哆嗦地问道："那么，那么你……你是不是陈茹兰？"

　　周玦问完这一句话的时候，突然感觉身后有人猛撞门板，于是立马闪开了，接着就看见陈昊直冲了进来，他满头大汗，手里还拿着一把扳手。跟在陈昊后面的是馆长。

　　周玦尚未从先前的恐惧中缓过来，呆如木鸡愣在原地。

　　陈昊对着周玦的脸连拍了好几下，周玦这才闭合嘴巴，陈昊问道："尸骨呢？"

　　周玦哆哆嗦嗦地指了指那木箱子，陈昊一个箭步冲了过去，他看着里面的东西倒退了好几步，然后回头看着周玦，周玦明显还没缓过神儿来，只是本能地往后缩。陈昊对他说道："你过来看看。"

　　周玦咽着口水，他真的不想再看那东西，但是面子让他不得不硬着头皮走上前。他朝箱子里看去，发现哪儿有什么尸体，那里面只有一大堆黑色的亚麻布，而在这亚麻布中是一窝小老鼠。陈昊眼神怪异地看着周玦，而周玦此时的表情已经无法用语言形容了。馆长此时说道："陈先生，真抱歉，可能是门突然锁上了，幸好小周打电话给你，否则我们都不知道里面有人。小周，你怎么不叫呢？"

　　周玦感觉里子和面子都没了，一方面陈昊明显在怀疑他前面的话，而现在馆长基本上把他当作傻子看待了。他支支吾吾也解释不清楚，他们跟着馆长出去了。从图书馆出来后，周玦见没有外人了，连忙拉住陈昊的胳膊说："陈哥，你要相信我，我真的看到有尸骨，而且她还说话了！"

陈昊道："她说了什么？"

周玦看着陈昊的眼睛说："她说，如果我们接触到真相，会有一个背叛者冒出来，我们就失败了。失败了，我们就完了！"

陈昊心中一沉，接着问道："光盘和泥板在你这里吗？"

周玦点头，他心虚地摸着背包，确定这两件东西没有消失后，说："东西还在！我之前看到的肯定不是幻觉！"

陈昊悄悄地靠近周玦，走到他面前的时候，低下头对着周玦的耳朵说："我相信你，你看……"说完他伸出右手，手上有一根很长的头发。

周玦惊恐地抬起头，陈昊已经迅速地把头发藏进了裤袋里。他拍着周玦的肩膀说："走，回家。"

回到陈昊家，周玦依然尚有余悸，他一屁股坐在沙发上捂着自己的胸口，颤抖着说："陈哥，你真的没见过，太可怕了，这比三维立体恐怖片还真哪。"

陈昊从冰箱里拿出一罐冰啤递给他："喝吧，压压惊，说说你今天的发现吧。"

周玦一口灌下半罐啤酒，舒了一口气后直起身子对陈昊说："我可以确定顾老、老赵都是七人之一，还有就是这张光盘以及这块泥板。"说完从背包里拿出了那个纸包。

陈昊接过纸包，拿出了泥板看了看，又拿起手边的一张复印纸，上面是一些泥板图案，他说："你看这两张是不是很像？"

周玦接过复印纸，对比着泥板，两者的图案的确非常类似，但是又不尽相同。陈昊把泥板放入扫描仪，随后打印出了一张。他把两张复印纸一起放在桌子上看了一会儿，随后又翻出一大堆资料。之后，他背对着周玦说："你有没有听说过擦擦？"

周玦嗯了一声回答道："藏传佛教中的泥塔。"

陈昊道："是的，其实它是梵文音译过来的舶来语，在梵文中的意思是复制。茹兰留下的泥板拓片中有一些图案和泥板上的图案非常类似，但是图案的内容我暂时无法破解。"

周玦握着啤酒罐说："那具尸体说过，如果完全按照书上的模式来的话我们就会失败，而且七个人中会有一个人是鬼，他会害了我们所有人，我们都会完蛋。现在我们已经出现了五个人，不知道什么时候会出现第六个、第七个。那个鬼指的是不是就是老九？"

陈昊陷入了更深的思考，这个时候有人敲门。他打开门一看，原来是胖三、瘦猴和冯老九回来了，他们三个都奔波了一上午，跑得满头大汗。

胖三扯着嗓子喊了半天娘之后，一屁股坐在周玦边上，他说："陈哥，你介绍的那研究所未免太远了吧，可跑断我这双腿了。不过你放心，给我的小样，我们都是自己亲力亲为，一点儿都没让人搭手。你那哥们儿还真是够意思，不但帮我们把机器搞好，分析出材质，还谎称我们是什么……北京来的专家，这牛皮会不会吹大了点儿？对吧瘦猴？"

瘦猴眼中闪过一丝不安，点了点头。

陈昊淡然地问道："没什么，这是我让他那么应付的。查出什么材料没？"

胖三喝了一口茶，摸着嘴巴说："查出来了，纸张完全没有问题，油墨也没有问题，有问题的是它的装订。"

陈昊没有插话，胖三还是口渴，又喝了一大口。他掏出小样以及一沓报告单，继续说道："这么说吧，50年代的书本装订基本都是采用线胶，而现在基本上都是无线胶订法，这本书一看就是50年代的玩意儿，所以它采取的是线胶装订。然而你给我的小样中，我们在订装线上发现了特殊的材质。"

胖三眼珠一转，神秘地问道："你猜……是什么材质？"

周玦心急得要命，哪儿还有空和他打哈哈，倒是一旁的陈昊说道："头发？"

胖三打了一个响指，拍着大腿说道："陈哥，牛啊！你是怎么知道的？"

陈昊说道："我也是猜的。"

周玦怀疑地偷瞄了陈昊一眼，陈昊的脸马上转向他，周玦只好尴尬地搔着头发。陈昊白了他一眼说："这是有依据的，因为你在发现这本书之前，说过还曾见到一个有着很长很长头发的女人，还有，你做的噩梦以及这本书的故事里也谈到了头发。所以我想，这里面的头发一定起到了某种很关键的作用，而胖子既然说线胶中的线出现了问题，那么很有可能就是有头发一起被缠在线里面。"

周玦见陈昊这么说，也不好意思再说什么，只好尴尬地笑了几声，赔不是道："陈哥……我也没怀疑你，只是没想到你真的这么能猜嘛。"

陈昊也坏笑道："原来你还在怀疑我？我都不知道呢。"

周玦这下笑得更加窘迫，他急切地转移话题："那么，这本书的线里有人类的头发？是女人的头发吗？"

胖三点头道："肯定啊，那是50年代啊，你以为是现在？个个爷们儿搞得花枝招展的，头发比女人还飘逸，我可以肯定那是女人的头发！"

陈昊说道："我知道了，你把报告放下吧。现在我们该继续下一个内容了。"

大家都不再说话，而是盯着那本放在书桌中央的《七人环》。又要翻开新的一章了……

第十章

怪 尸

QIRENHUAN

七 人 环

　　刘飞见二人回头看着尸体，他迅速把手伸到尸体的嘴里，从里面夹出了一块东西，众人一看，发现是一块琥珀。一般的琥珀大多呈黄色或者红色，这块琥珀居然是墨黑色的，就像半透明的玛瑙。在琥珀的中央有一只形状非常古怪的虫子，说它古怪是因为这只虫子的外观看上去非常像一支很小很小的笛子，上面六个褐红色的斑点就像笛子上的孔，而身体呈现出一种类似骨质的灰白色。

　　林旭从来没有见过这样的虫子，他看着其他两个同伴。翠娘缩着脑袋直摇头，刘飞的眼神有些发直，翠娘推了推他，问他见过这种东西没。

　　刘飞结巴地说："见倒是没见过，但是我曾听我师傅提起过一种黑色的琥珀，它叫作'孟婆涎'，是一种非常罕见的玉石。你们听说过万人坑吧？就是每当古代有大战必定会生灵涂炭，那些尸体所在的地方就会出现这种类似玉的东西。这东西戾气很重，据说可以招鬼，有些茅山道士就拿它来养小鬼。不过好像这种玉石中是没有虫子的，难道它不是？或者说，是一块特别的'孟婆涎'。"

　　翠娘哼一声道："说了半天，你也不知道。那么，尸体干吗一直含着它呢？当陪葬品？莫非这其实是一块玉琀？"

刘飞搔着头问道:"什么是玉琀?"

翠娘一脸正经地说道:"就是含在死人嘴里的东西!"

刘飞迷惑地看着她,林旭无力地补充道:"玉琀就是死者口中含玉,盛行于汉代。死者所含之玉多为玉蝉,因为蝉最大的特点就是重生,所以古人借此希望死者能够得以死而重生,或者说希望他们的灵魂能够升上天界,因而玉琀是一种护尸体的法器。"

翠娘惊奇地问道:"你怎么知道这么多?"

林旭腼腆地回答道:"家父是收藏玉器的行家,耳闻目染,所以多少懂那么一点儿。"

刘飞冷笑道:"那就太怪了。含在嘴里的都是好兆头的东西,他居然把一个戾气那么重的'孟婆涎'塞在嘴里,那还升个屁天?而且那东西很容易引起尸变。"

翠娘讥讽地说:"是不是'孟婆涎'还不一定呢!你怎么知道这玩意儿就一定有戾气?既然林大哥懂玉石,你给他好生看看,或许会有什么发现。"

刘飞一想也是,于是将琥珀递给了林旭。林旭看着手心中的黑色琥珀,他还真不认识这玩意儿,仔细打量的时候,他感觉那虫子好像还是活的。这东西摸着让人有一种很不舒服的感觉,而且他还觉得有什么东西蹿到了手里。

忽然刘飞说道:"哎,你们看,这家伙也是一个盗墓贼,他这把铲是洛阳铲。"

林旭看着尸体,说:"既然是盗墓贼,也许就能解释他干吗这么穿了,我估计这身装束就是盗墓贼用来躲避所谓的邪气的。但是他为什么会死在这里?而且死得那么痛苦,给人的感觉像是想要逃走,但是没有逃掉。"

翠娘也没闲着,开始搜查四周,她走到东边那堵墙脚下的时候,似乎发现了什么,连忙叫道:"刘飞!你快过来看!"

刘飞一个箭步走了过去,翠娘指着墙上的一幅画说:"你看!这……这是不是那……"

刘飞见林旭过来,马上做了个噤声手势,翠娘便不再说话。林旭见两人好似有什么瞒着他,心里也着实不快,他朝刘飞抱拳道:"刘兄,这具尸体和我们有关系?"

刘飞冷瞥一眼道:"是有关系,不过现在还不是告诉你的时候,等到了目的地,只要我还有命在,我就从头到尾地跟你说一遍。现在你什么都别问,跟着我们就行了。翠娘你看,这幅图像谁的?"

翠娘凝神看着刘飞所指的那面墙壁,上面用刀刻了一些纵横交错的图案。翠娘惊讶地捂着自己的嘴巴,瞪着眼睛说:"这!这不是……"

刘飞自言自语:"这里居然会有这个东西……难道说这具尸体也是……"

林旭问道:"到底是怎么回事?这些图案又代表了什么意义?"

翠娘欲言又止,一脸无辜又无奈地望着林旭,林旭顿时感觉自己仿佛犯了什么大错，无奈地摇着头放弃询问。翠娘过意不去，便岔开话题说："你们看看从他身上还能搜出什么东西不？"

刘飞冷哼道："都死成僵尸了，还能有什么东西给我们发现？"

林旭倒有他自己的看法，他说："我在日本留学的时候学过一套西洋的验尸方法，他们就着第一案发现场和第二案发现场，可以根据周围环境和尸体的变化，通过一套逻辑演算推理，或多或少可以查出些什么。"

刘飞听到他去过日本，眼神立刻闪现出一丝冰冷的凶光，他冷言道："你如果不想死的话，最好少在我面前提鬼子，否则小心我对你不客气。"

翠娘打断刘飞的警告道："你别这么说，林大哥是好人，他一路上没少照顾我和虎子哥。你别不识好人心，既然林大哥有办法，就让他试试看。"

刘飞不服气地哼了一声，转过头靠着案台不再说话。林旭挽上袖子，开始检查起尸体来。干尸的指甲很长，眼珠已经完全呈现灰白色，躯体像一只虾子一样蜷曲着。林旭试图掰开尸体的双手，但无论他怎么用力，就是掰不开。从尸体的表情来看，林旭断定，这人是死于窒息——他的样子像是被什么东西给掐死的。林旭上下摸着尸体，猛然发现尸体的脖子居然非常柔软，感觉像是摸到活人的脖子。他想把寿衣的衣领扯开，寿衣非常难扯，林旭一个狠劲儿，居然把衣服扯下一大半。众人发现，这具尸体居然从头部以下都是没有腐败的肌肤，如果只看身体，还以为是某个活人或者刚死去的人。林旭忽然想到了他手中的那块琥珀，说道："这块琥珀！难道它有很强的防腐作用？太稀奇了！"

刘飞皱眉颔首道："也许真是那么回事，但是它为什么只防止了身体的腐烂，而脑袋成了干尸呢？"

林旭摇头，这个他真的不知道。他心里一直都在盘算着，翠娘这群人到底招惹了什么东西。他过去以为是什么军阀头子，后来他发现，追逐他们的东西很可能并不是人类。他们像在逃避某一种恶魔，从他们的谈话中，林旭可以断定和他们避难的那个古墓有很大关系。

林旭把注意力又转回尸体身边的东西，这里到处都是卷轴，而尸体就倒在这些卷轴中。他拿起离他最近的一卷，不料手一碰，那卷轴立刻就成了灰烬，像不愿意让他看见里面的秘密一样。林旭闻到一种非常好闻的香味儿，就像陈年的老檀香被焚烧之后的香味儿，他道："这些卷轴好香啊。"

香味儿似乎有解乏的功效，顿时让林旭本来沉重的身体轻松了不少，他惊喜地说道："这卷轴里居然有药的成分，这香味儿里有桂枝的香气。"

翠娘说道："这些东西至少也有一百多年的历史，怎么可能还会保存药香呢？"

林旭说道："这也不是不可能，过去炼丹师留下的经卷被称为无字天书，所谓有缘人得之，其实并非无字，而是这本书内的物质就是炼丹方士留下的秘方。"

翠娘瞪着眼，不解地盯着林旭瞧，林旭微笑道："呵呵，这也是理论，实际上这里并没有那么玄乎。"

一直不作声的刘飞道："如果嘎子在就好了，他好歹是一郎中的学徒，认得不少药方子。"

翠娘听到刘飞说到嘎子，眼神不免有些回避和后怕。林旭插嘴问道："你们说的嘎子是谁呢？"

刘飞的眼神开始恍惚不定，翠娘叹道："第一个死掉的小兄弟，太惨了……"

刘飞怕翠娘又说漏嘴，平淡地叙述道："嘎子命不够硬，刚出来就出事了。他过去是跟着郎中的学徒，年纪是我们之中最小的，没想到死得最快。"

林旭抚着额头道："那么，谁代替了他？"

翠娘看着刘飞，刘飞皱着眉头道："是乞儿，她是魁六爷的干女儿。"

林旭继续问道："那么，你们七个人都有谁？"

刘飞摸着头发说道："我、翠娘、虎哥、嘎子、魁六爷、毛瞎子和唱小曲儿的冯禄喜。"

林旭接着道："那么，我代替了死去的虎兄，乞儿代替了嘎子？"

刘飞点头道："没错，如果我死了，那么你们必须替我找一个代替我的人，否则我就会尸变，然后一直跟着你们，直到你们都死为止。"

林旭看着翠娘，翠娘咬着嘴唇把头歪到一边。林旭心想，原来这就是翠娘当时那个眼神的意思。不过，他对这些东西依然抱着怀疑的态度，只是想要弄清他们到底在躲什么东西。

林旭想继续低头观察尸体，然而就在他分心听刘飞、翠娘说话的时候，尸体居然不见了。林旭的大脑顿时像炸开了花一样，他指着空地，颤抖地说："尸……尸体呢？"另外两人闻言一怔，不敢相信地盯着原先躺有尸体的地上。

刘飞惊恐地向林旭身边靠去："我怎么知道！不是你说要验尸嘛！验尸可以把尸体验没了？你真他娘的是鬼子教出来的仵作啊！"

林旭抽着嘴角，不知道拿什么科学定律去解释这些。这时，翠娘指着门口道："你们看！这尸体！他……他怎么移动了？"

原本呈现着弓背姿势的尸体，现在像一只壁虎一样四肢弯曲着，趴在不远处的门口，并且以一种非常缓慢的速度往外爬，就像有一只乌龟在驮着他一样。

刘飞自言自语："他想自己爬出去？"

林旭也顾不得儒雅了，骂道："浑蛋，尸体怎么可能爬走？"

翠娘道："莫非诈尸了？"

刘飞掏出了藏在腰间的飞刀，他问道："翠娘，虎哥的家伙还在你这儿吗？"

翠娘回答道："在是在，可是我留在了外面！"

　　刘飞臭着脸道："你说，这僵尸为什么不冲着我们来？他跑外面去干吗？"

　　林旭一时也找不到头绪，突然想到什么："难道是因为这块琥珀？"他不由得又看了一眼手中的琥珀。

　　刘飞道："什么意思？"

　　林旭说道："刘兄，你不是说，这块琥珀很邪门吗？他会不会怕这个东西？"

　　刘飞说道："你的意思是说他之所以老老实实地缩在这里那么久就是因为这琥珀，而我们把它从他的嘴里抠出来，他才诈尸的？"

　　林旭不敢肯定，但他觉得这是最好的解释，否则还能是什么呢？三个人同时沉默不语，半晌后，刘飞道："它既然没有攻击我们，我们不惹它就行了。我想，现在天也已经亮了，这里也查不出什么！此地不宜久留，我们还是快走！"

　　林旭和翠娘对视了一眼，翠娘吞吞吐吐地道："那……那尸体挡着……"

　　刘飞眼神一闪，顺手甩出两支飞镖，直接把尸体的手死死地钉在地上。林旭见状大骇，那地面可都是大石板砌成的，刘飞这力道和准头儿，不难想象，如果他要杀一个人，简直犹如探囊取物一般。

　　尸体被死死地钉在地上，他的四肢抽风似的扭动着，灰黑色的指甲不停地抠着地面。挣扎了一会儿，尸体终于不再挣扎，一动不动地趴在地上。

　　刘飞并不在乎林旭吃惊的眼神，他挥了挥手说："走。"

　　翠娘看了一眼林旭，意思是让他也快点儿跟上，林旭捏着手中的琥珀，思考片刻后把那东西揣进了口袋。其实他也不知道为何要那么做，只是觉得这个东西必须带在身上。林旭跟在翠娘身后，无意间他发现，翠娘不知道怎么回事，突然低头看了一眼那尸体，随后露出了一个极为阴狠的笑容，那惨白的面容、狰狞的表情和他们离开荒村时一模一样。林旭停住了脚步，忍不住低头看了一眼那具尸体，尸体裸露的部分居然冒出了许多乳白色的水泡，并且开始呈现腐败的迹象，另外在那乳白色的水泡中钻出了许多白色的蛆虫，而尸体原本灰白色的眼球，突然翻下了两颗黑乎乎的眼珠子。林旭见这对眼睛里的瞳孔并没有放大，心想："难道这具尸体没死透？这也太离奇了！"

　　翠娘见林旭怔在原地不走，于是叫了他一声，林旭这才如梦初醒，此时翠娘又恢复了原先俏媚的脸庞，那阴冷诡异的脸仿佛只是他的一个幻觉。但是林旭一直有一种感觉，就是这所谓的"七人"和人……有什么地方不一样，他们好像不能算是人。林旭马上打断这种想法，他快步追上了那两人。

　　当他们走出密室，天空已经泛白。一晚上的暴雨使得早上雾气更加浓重。潮湿阴冷的空气中，弥漫着呛人的硝烟气息，提醒着林旭三人，他们还没有完全远离战争。活在这个世界上，有时候生存就是最大的奢望，至于怎么活根本就不是能够去思考的问题。

　　三人在这样的浓雾之中匆匆前行，无人交谈。刘飞成了代替林旭的开路先锋，翠娘走在当中，林旭垫底，一路上披星戴月，不知不觉，来到一座大山下。

刘飞指着前面一个小村庄道："翠娘，咱们的目的地就在这里？"

翠娘看着前方，微皱着细眉道："是……不过虎子哥说，我们要在这里等七人会合，接下去的事情，你等我们会合后就知道了，现在告诉你，你也不明白。"

刘飞点头道："嗯！我们进村先找个地方落脚，接着慢慢等，希望等来的不是僵尸。"

三人来到村里，这里居然还有人烟，不过也就十几个老弱妇孺，男人们或是从军，或是被杀，总之只剩下这些逃没法逃、打没法打的人。

三人都穿着寿衣，村民见到还以为是遇见了鬼，没有一家肯收留他们。三人没办法，只好找了一家没人住的破屋歇脚，一坐下，三人都觉得饥肠辘辘。

刘飞说："我去外面看看能不能打些鸟儿来吃，你们先收拾收拾。"

林旭忙道："我和你一起去。"

刘飞给了林旭一个十分轻蔑的眼神，不过他没有说话。林旭拿着枪对翠娘嘱咐了几句，便和刘飞一起出了村。

冬日里本就没什么野兽飞禽，他们晃悠了好几圈，连只鼹鼠的影子都没瞧见。林旭感冒了，走几步就会咳几声。刘飞不乐意了，停下来说："你这样咳嗽下去，兔子没抓到，鬼子反而被你引来了。"

林旭摇着手说："不会，这里离战线太远，大型装甲车无法开入，又没有什么战略意义，日本人不会没事到这里来的。"

刘飞不再说话，蹲下身体在草丛里翻了一会儿，抓出了一把土黄色的草，说："拿去煎了喝，如果有生姜就更好了。"

林旭接过草药凑在鼻子下嗅了嗅，虽然他有些鼻塞，但依然感觉到一股非常辛辣冲鼻的味道。刘飞说完便不再搭理林旭，继续找能吃的东西。

一番搜索，他们在草丛中发现了一个兔子窝，从里面捉到了一只兔子，这只兔子的个头儿不大。刘飞把兔子的腿扎了起来，叹着气说："就这个吧，总比没得吃挨饿强，爷您说是不？"

林旭见刘飞又开始把气撒到自己身上，也觉得有些憋屈，他冷笑着说："我可不是什么爷。"

刘飞翻着白眼道："得了吧，您还不是爷？您看看我这手，为了当一佛爷，拜师的时候可是从油锅里捞过铜钱的。那时我才六岁，屁大点儿的孩子，到现在我听到油炸声还会紧张呢。"

林旭知道刘飞是苦出来的人，谁也不愿意天生就当一个贼，毕竟这也不光彩。林旭温和地说道："我知道现在的中国是很困难，但我们既然是中国人，就不能逃避，总不能去当汉奸吧？那我宁可死。相信我，中国会好起来的。"

刘飞听到这话沉默了一会儿，他握着手里的兔子，看着天空中的流云："你说……中国真的会好吗？"

林旭肯定地点头，他从没有怀疑过。刘飞低下头嘿嘿地笑了起来，林旭发现他笑起来的样子非常腼腆清秀，笑着问道："别人都叫你柳上飞燕？"

刘飞傲气地点头，林旭继续问道："那你多大？"

刘飞尴尬地搔着后脑勺儿，他不太希望别人谈起他的年龄，因为这会让自己显得不可靠。他白了林旭一眼道："关你什么事？"

林旭不怒反笑道："我怎么都比你大一些，以后我就把你当弟弟。等这事结束之后你跟我走吧，一起参军，国难当头，凭你的本事一定可以有所作为。"

刘飞眼中露出了心动的神色，但是很快就暗淡了下去，他低声道："那也得等咱们都能活下去啊，唉，林旭你是个好人，怎么会被牵扯进来了呢？我……唉！"

林旭把他和虎子、翠娘相遇以及后来的事给刘飞说了一遍。

突然刘飞像听到什么不得了的事，手中的兔子一下子掉落在地上，眼中充满了恐惧，和他平常的样子完全不一样。

林旭焦急地问道："怎么回事？"

刘飞脸色惨白，惊慌失措地捡起地上的兔子说："没事，没什么。我们回去吧。"

林旭的习惯是不勉强别人，这也是为什么翠娘瞒着他那么多事，有那么多他无法理解的东西存在却依然被他们牵着鼻子走的原因。刘飞的恐慌举动让林旭感到，在他叙述的那些事情中有着什么蹊跷。

刘飞和林旭回到破屋，翠娘在起灶烧水，看样子，她想要在这里长待下去。

刘飞的眼神有些怪异，但是很快就恢复了镇定。他把兔子扔给翠娘说："我先休息下，有情况叫我。"说完他看了一眼林旭，然后靠着草垛睡起觉来。

翠娘笑呵呵地对林旭说："林大哥你也休息一下吧，我在灶头这里找到了一袋玉米，等下我整些玉米饼出来吃。"

林旭想要说什么，但还没开口就感觉胸口一闷，接着就开始剧烈地咳嗽。他想到刘飞给他的草药，便对翠娘说："我先去煎一碗药，你也喝一点儿，咱们两个人都感冒了。"

翠娘点头答应后便去收拾兔子肉。而林旭找了一个破瓦罐煎药喝。喝完药后，他觉得好多了。

在不经意地回头中，林旭突然发现刘飞正用一种极度恐惧的眼神看着他，而当刘飞发现林旭注意到自己时，脸上又流露出一种少见的迷茫，最后他低下头，避开与林旭四目相对，然后闭上了眼睛。林旭心里虽然好奇，但也没多问，他靠在墙角坐了下来，不知不觉睡着了。

等他醒来的时候已是晚上，睁眼便看到刘飞正帮着翠娘从灶头上端着一个大锅下来，翠娘见他醒了便招呼他过来。林旭走过去一看，原来是一锅兔子肉，翠娘又拿出了一些玉米饼子，三人开始吃了起来。吃饱后，林旭又喝了一碗草药，感觉浑身开始发热，手心、脑门儿都开始不停地冒汗。刘飞说效果出来了，等把这些虚汗都拔除，寒气也就被逼出身体，这伤寒便算是好了大半。

隆冬的夜里，屋外的北风像是一个肺痨患者临死前的呻吟。翠娘收拾好锅碗之后，便抱着双膝呆呆地看着火堆，嘴里唱着一首地方小曲儿，歌声非常低微，好像翠娘只是为自己而唱的一般，那声音如泣如诉。

林旭出了一身虚汗，感觉身体格外虚弱。他无力地靠在墙角，贪婪地吸收着篝火的温度。刘飞吃过东西之后，就一直低着头玩弄着他那几把匕首，好像有什么心事似的。

三人没有说话，他们在等其余的四个人。林旭虚弱地摸着胸口的那个包裹。他至今都没有机会打开它。白天是没命地赶路，晚上被禁止拆开包裹。奇怪的是，他对这个包裹好像有一种畏惧，这个包裹本身有一种魔力，让人想要远离它。

他突然想到怀里的那块东西，他感觉这个东西非常不祥，像属于阴间的器具，活人不能拿起，否则等于是拿着钥匙打开阴间大门。

林旭把手从怀里伸出来，突然破屋的大门被推开，一股冷风夹杂着冰雪肆无忌惮地冲进破屋。门外不知何时多了许多人，人影幢幢地站在门口。翠娘吓得躲在林旭的身后，而刘飞此时已经把镖捏在了手里，蓄势待发，准备放倒第一个进入大门的人……

周块捏着鼻梁放下书，他发现其他几人都已经撑不住了。大家也许因为这些连续不断的怪事，精神极度紧张，所以进行长时间的阅读会比平时累几倍。而且周块发现，越看到后面，字体会变得越来越模糊，就像短短的一小时内，从一个视力正常的人一下子成了一个高度近视者。

胖三的胖脸就那么靠在桌子上，在周块眼里像极了一只被腌制过的猪头。他放下书："我们休息十分钟再接着看吧。"

胖三摇着脑袋："这次只休息十分钟不够，给我一小时缓缓吧。"

瘦猴瞥了他一眼："一小时？你还有车回去吗？"

胖三住嘴了，因为之前他的母亲已经打了电话，对他发出了最后通牒。周块无奈叹气："这样的阅读实在太艰难了。大家也都发现，看到一个阶段之后，我们明显都出现了眩晕、视线模糊，甚至前一次休息的时候，胖三出现了严重的呕吐。这根本就不是正常的现象。"

陈昊补充道："除了自身的因素外，总会遇上凑巧的外界影响。这些事情太匪夷所思了。"

周玦合上书，陈昊随手递给他一盒风油精，周玦擦了擦太阳穴后，感觉凝神不少，不像前面那么难受了。胖三翻着白眼，拉长着脸说："陈老师，我也是你的学生啊，你怎么就知道给周玦同学端茶递风油精呢？太差别对待了吧。"

周玦被说得不好意思，捂着嘴干咳了几声，避开了众人的目光。陈昊把风油精往胖三面前一扔说："学会差别待遇是步入社会的先决条件。李成浩同学，你不觉得我是在指导你怎么提早融入社会吗？"

胖三沉着脸，郁闷地拿起风油精，瘦猴抱着手臂不停地摇头。此时，冯老九则处于一直沉默不语的状态，他不像受到书本的影响而神志模糊，反而是一种陷入深层思考的样子。冯老九这一系列难以捉摸的举动，让其他人都感觉不踏实。

陈昊说："那么，大家就先到这里，我们做一个小结吧。"

周玦同意："陈哥你来说吧。"

胖三低声唾弃道："千穿万穿马屁不穿……"

陈昊起身走向书架，他从文件档案中拿出一份资料说："茹兰的资料中有关于这琥珀的记载。她提到了这个神秘的东西。通过资料的整合，我发现这个东西很可能是在神话中被提到过的那个东西。"

众人询问道："什么东西？"

陈昊微笑着说："也许是返魂香。"

周玦摇头笑道："返魂香，你说的是起死回生的那个？"

陈昊不以为然地说道："没错，返魂香在中国和日本都有记载，据说具有'香气闻数百里，死尸在地，闻气乃活'的奇效，我们现今所知的返魂香有着去腐生肌的奇效，然而这个返魂香也许和古代那个已经不是同一个东西了。"

胖三连忙说道："但返魂香应该是一种香料啊，怎么会是琥珀呢？"

陈昊继续解释道："琥珀本身就是松脂凝固而成的，如果高温加热它是会熔化的。溶化的松脂就有香味儿，这就是松香，也叫松膏。而且据东方朔《海内十洲记》的记载，返魂香是西域月氏国进贡给汉武帝刘彻的最高贡品。它的形状大如燕卵，黑如桑葚，据说燃此香，病者闻之即起，死未足三日者，薰之即活。它的样子类似于宝石，很可能就是特殊的松香。当年，汉武帝因为思念已故的李夫人，茶饭不思，于是东方朔便用'百和之香''怀梦之草'以及返魂香让李夫人还魂，与汉武帝再续前缘。"

周玦不解道："既然有返魂香，那么那具尸体为什么还会成僵尸？他不是应该复活吗？"

陈昊道："野史记载不免有些添油加醋，现在我们只能说有这种东西，它的效果是否真的可以达到起死回生的地步，那就不得而知了。不过有一点可以肯定，它有极强的防腐效果。但是问题又来了，尸体为什么只有胸口那一处是肉身呢？所以它是不是返魂香，还不能确定。"

　　话毕，他拍了拍手，说："好了，时间已经不早，今天我们先到这里，明天再继续。"

　　胖三抬起头问："明天的任务是什么？"

　　陈昊回答说："我希望明天可以查出返魂香的相关资料，以及那些古怪图案的含义。这个东西非常关键，我觉得翠娘是故意带着林旭进入那间密室的，而翠娘和刘飞在密室中的反应也可以看出，他们一定知道了什么。"

第 十 一 章

固 魂 珀

QIRENHUAN

七 人 环

　　瘦猴继续住在陈昊家中，胖三坚持和周玦一起走。冯老九像一个被排斥的异类一样，单独回家。瘦猴心里有些过意不去，毕竟过去他与冯老九的感情最深。周玦看出了其中的难言之隐，便说大家一起回去。反正没公交了，只有打车。

　　半夜三更，出租车也特别难打。三个人足足吹了二十分钟的冷风，才拦到一辆。周玦因为本身离陈昊的住处就不远，他先下车，胖三恨不得和他换个家。在司机的催促下，胖三哭丧着脸朝周玦挥了挥手。周玦不放心地看了一眼冯老九，冯老九露出一个无所谓的笑容。周玦只能一语双关地说句："胖三、老九路上小心，回家都打电话给我报平安。"

　　他说完便关上车门往小区里走。因为回去得太晚，好几个后门都关了。他只能绕一个大圈子，从正门进去。

　　路过那幢死过人的楼房，他不自觉地抬头，发现那家人的灯居然还亮着，只是那光线是诡异的绿色。

　　周玦被这灯光照得头皮有些发麻，他心里很憷这家人。因为那次怪诞的出殡，他对这个莫名死亡的人有一种不可言喻的恐惧。

　　他马上低下头，不再看那窗户，这时，他突然发现有一个人背对着他站在他的面前。周玦倒吸一口凉气，往后退了一大步。因为他不知道为什么这个人突然出现在他的面前，他记得他前面是没有人的。这个人直挺挺地站在他的面前，浑身上下黑乎乎一片，但与周围的昏暗相比，显得明亮许多。

　　周玦面对这种突如其来的恐惧，显得有些无措。他没有采取任何行动，只是直勾勾地看着那个背影。背影过了很久才缓缓地转过头——那是一张很标致的脸孔，只是五官太苍白了，那黑色的衣服显得这张脸像是蜡做的。

　　周玦没有见过这个人，他是一个二十多岁的年轻人，头发梳理得非常整齐，乍一看，觉得他的眼睛非常大，但是仔细一瞧之后，便发现这人的眼球要比普通人大许多。被这样的眼睛盯着看，实在让人无法直视。

　　那人先开口道："你有没有看见我的猫？"

　　周玦摇头道："什么猫？"

　　那人的嘴唇非常薄，他扯出一个冷笑说："一只黑色的猫，我找它很久了。"

　　周玦心中一顿，他想到了玄猫，心想应该不会那么巧吧，笑着说："你晚上找一只黑色的猫，这难度太大了吧。"

　　男人把手指放在嘴上说："嘘，你听，是不是有猫叫？"

　　周玦被他的动作吓了一跳，他其实根本不想听什么，只是想快点儿回家。他硬着头皮说："我没有听到什么声音。太晚了，我要回家，你慢慢找吧……"

　　周玦从男人的身边穿过，他闻到男人身上有一股非常香的味道，这种香味儿非常怪，像梅花香，又像供给死人的香烛味儿。他发现这个男人依然在对着他微笑，突然男人的笑容消失了，他冷酷地看着周玦说："那只猫不会带来好运，只会跟着将要死亡的人。"

　　周玦听到这话，心情不自禁地一阵狂跳。他被这种心虚和恼怒的情绪所覆盖，低声恶狠狠地骂了句"神经病"，便快速前进。就在他要关上铁门的时候，那个男人也静悄悄地跟了进来。

　　周玦被彻底激怒了，他压着火气道："哥们儿，你不是要找猫吗，干吗跟着我！"

　　男人的眼睛眨了一下说："我找不到它，只有先回去。"

　　周玦虚张声势地哼了一声，快速地往楼上走，那个男人慢慢地跟着他。无论周玦走多快，他回头都会发现，这个男人就跟在他的后面，走得非常缓慢。周玦心中大骇，他怀疑这个人可能不是人。他拽着书包飞似的往上跑。终于到了家门口，他开始疯狂地按门铃，但是一直没有人开门。男人走到他边上，用那无神的眼睛看了他一眼。

　　周玦感觉他就像是被一只怪物给盯上了一样。他用手敲打着门板，发泄似的叫门。过了一会儿，周玦的母亲睡眼惺忪地给他开了门。他进屋后，立马把门锁得死死的。

　　母亲打着哈欠抱怨道："小兔崽子，这么晚就干脆别回来了，还得我来给你开门。"

他摸着胸口，没有搭理母亲，抬头看了一眼墙上的时钟，再过三小时天就该亮了。周玦失神地站在门口，隐约听见门缝外传出一丝丝轻微的猫叫。他不敢开门，快速走进自己的房间。母亲埋怨了几句，便又睡下了。周玦强按下心头的恐惧，正要上床睡觉，这时手机响了。

他接起手机，那头传来陈昊的声音。

陈昊低声说道："你到家了？"

周玦听到他的声音，稍微恢复了些许镇定，他道："终于活着回来了。"

陈昊闻言，忙问："你出了什么事？"

周玦道："没什么。对了，黑猫还在你家吗？"

陈昊低吟道："在，我让瘦猴去伺候它，总之这只猫和我八字不太合。"

周玦的脑子里还想着那个怪人说的话，他心虚地说道："如果，我是说如果你发现那只猫有什么不正常，就把它赶出去吧……"

陈昊道："你这是什么意思？"

周玦觉得没有必要把那怪人的事情告诉陈昊，他说道："没什么，可能是我多心了。"

陈昊没有追问，他道："和你说件事，我这两天准备去一趟南京，你愿意和我一起去吗？"

周玦一时没有明白，他问道："你去南京做什么？"

陈昊道："我进一步分析了茹兰留下来的资料，发现她在南京还留着更加重要的东西，我想去取回来，顺便查查寄出那些快递的确切地址。"

周玦看着墙上的挂历说："我们长假还剩下五天，如果我和你去，阅读那书本的进度岂不是要被拖慢？"

陈昊道："也许，但那边的信息实在太重要了。我和瘦猴商量过了，老九是一个突破口，当初我拉他进来就是希望一起观察他的举动，至少从现在看来，他已经默认自己在撒谎这件事。放下瘦猴一个人我不放心，至少让胖三一起。"

周玦听着有道理，说道："照你这么说还是让胖三和你去吧，这里我可以帮着瘦猴照应。"

周玦话说完，陈昊很久都没有回答，他以为信号出了问题，走到窗口喂了几声，陈昊终于回答道："我希望你和我去……"

周玦愣了片刻，一时想不到话接下去，只听陈昊继续说道："因为这样，我们可以顺便把南京那边的线索从头到尾地查一遍，你的分析能力比胖三好，这样我们的进度可以加快。"

周玦的口气有些复杂，故作爽快地道："行，那么什么时候去？"

陈昊松了口气："具体哪天还没定，反正不是明天就是后天，看情况而定，到时候我通知你。"

周玦回答说没问题，陈昊又交代了些事情，便让周玦去休息了。但是周玦的心底总觉得陈昊有什么话没有说，周玦不想思考得太过于自负或者偏激，只是把它当作陈昊对他的一种信任。他闭上眼睛，终于沉入了睡梦中。

陈昊挂断电话后，默默地点上一支烟。他知道，周玦已经有些察觉到他对他的异常，不过陈昊觉得现在还不是说出来的时候，毕竟连他自己都不能确定这种感觉是属于什么样的感情。

他看着电脑前的那些资料，皱眉思考，默默地说道："到底是什么样的结局呢，姐姐？"

那一晚周玦做了一个怪梦，梦里他回到了刚刚进入大学的那个时候，他一一地向室友打招呼，胖三、瘦猴、老九……接着他向第四个人打招呼。那个人坐在床铺上，周玦无论怎么问话，那个人都不回答。他一动不动地坐在床边，突然周玦发现这个人不是别人，正是他自己。他想，这个人是周玦，那么他又是谁呢？

他被这个古怪的噩梦吓醒，此时天刚蒙蒙亮，周玦浑身是汗，他使劲地撑起身体，靠在床头。这个噩梦做得非常累，周玦坐了一会儿，又想躺下继续再睡，但是无论如何都无法再入睡。他不知道这个梦代表什么，他觉得身体里面有某种他不明白的东西在蹿动。

第二天，众人又聚到了陈昊家。陈昊给四人分配了任务，周玦和胖三去查返魂香，瘦猴和冯老九去查那些古怪图案。五人约在下午两点回来碰头。

下午一点多，周玦和胖三拿着资料回来了。陈昊拿过资料看了几眼，用记号笔把重点画了出来。接着，他翻开一本像砖头一样的古籍，又在纸上补充说明了些东西。

胖三见暂时没他的活儿，趴在凳子上偷懒，他看着满屋子的A4纸、表格、照片、书籍、报纸，再看着被埋在这些东西里的陈昊，突然觉得这个人也许内部结构是钢筋做的。

胖三懒懒地打了一个哈欠，这时突然听到陈昊猛地拍了一下桌子："是它！"

胖三不理解道："你说什么？"

陈昊没有理睬他，而是继续冲入书堆，胖三想追问，被周玦拦住了。而就在这时，陈昊的手机突然响了，他烦躁地接了起来。

电话那头传来瘦猴的声音："出大事了！老九不见了。"

陈昊忙道："不是让你看着他吗？"

瘦猴懊恼地说："老九早就算计好了，他肯定不是原先的那个老九。得，现在电话里说不清楚，我先回来。你们等着我。"

挂断电话后，陈昊把冯老九跑了的事告诉了他俩。二人一听，脸上的表情顿时石化了。

陈昊说："少安毋躁，老九这次突然消失，说不定是我们的一个突破口。"

周玦问道："什么意思？"

陈昊露出一个笑容，拿出了一个小型仪器："GPS定位系统，《越狱》大家都看过吧？我早就在冯老九身上安装了追踪器。"

胖三吹着口哨道："牛啊！看来，陈老师你也一直没有相信他。"

陈昊说："我们先等瘦猴回来吧，然后就是看看老九会给我们带来其他的什么线索。"

瘦猴终于回来了，他满头大汗地冲了进来，坐都没坐下便开始说道："陈哥，用你给搞来的白条，我们进入了那个研究所的档案室，那里的确有你要的那些资料。但是他们怎么都不让我们拍照或者复印，最后只答应让我们手抄。"

陈昊理所当然地说道："那是肯定的，这些东西多是古物，如果让你们拍照，说不定就会拿去造假。这个纪律无论是什么白条都没用的。"

瘦猴理解地点头，胖三打岔问道："你们查的是什么东西，那么神秘？"

瘦猴说："陈哥给的这份资料是一种术法的演变和历史的文献，其中说到了这些术法的使用方式。"

陈昊说："他是在抄完之后才消失的？"

瘦猴说："没错，他抄的是后半段，我是前半段。我抄完之后想看他的进度，发现人已经不见了。唉！我应该让他来抄，我盯着他就可以了。"

陈昊摆手道："那么，说明我们要的这些东西都在后半段，否则他不会断然消失。"

瘦猴立刻说："对呀！我当时怎么没想到呢！那么我现在回去，把后半段抄下来！"说完便起身离开。

陈昊对胖三道："你也跟他一起去，好有个照应。"

胖三抓起背包道："好的，我们马上回来。"

等两个人风风火火地再一次出去之后，屋内又恢复了安静。周玦开口道："那只黑猫还在吗？"

陈昊愣了一下，他不明白周玦怎么突然想到那只猫，他指着陈茹兰的房间说："它一直在房间里，不肯出来。也好，我对猫狗过敏，它不出来我也可以专心调查。"

周玦犹豫片刻后，还是说道："我觉得这只猫来得太蹊跷了，它怎么早不出现、晚不出现，偏偏在我遇到那本书之后才出现，而且它好像知道七人环的什么事一样。"

陈昊放下资料，看着那扇门道："奇怪的事情不止一件，我们现在遇到的所有怪事一定有源头。现在我在等。"

周玦问道："等什么？"

陈昊看着周玦的眼睛，坚定地说："等第六个人。"

周玦眯起眼看着陈昊，他凑近陈昊，陈昊一时被他的动作吓了一跳，屏着呼吸，不知道该怎么应对。周玦淡定地说道："其实，你还有很多东西没透露给我们吧？"

陈昊装出面无表情的样子，不过周玦从他的眼神中抓到躲避的神色。他拍着陈昊的肩道："瞒者瞒不识，你现在隐藏的秘密也许将来我们都会知道，既然如此，你又何必多此一举？还是提前说出来换取大家的信任吧。"

陈昊按住压在他肩膀上的手，周玦感觉他的手很热，不由得有些心虚。陈昊说："我不说是因为如果我现在说出来，你们就会失去继续查下去的希望。我不希望你们绝望。"

周玦蹙眉问道："到底是什么样的消息？是不是……那本书中的错误？"

当他说完，明显感觉到陈昊的力道更为加重，陈昊道："顾老告诉你的？"

周玦没有回答，陈昊放开了他的手，周玦没有抽回，而是加重力道说："无论如何，我会给予你绝对的信任。我希望你也一样。"

陈昊笑着说："什么时候轮到你来和我平起平坐了？学分不要了？"

周玦愣了一下，贼笑着收回手道："呵呵，咱们都是生死与共的兄弟，学分这种东西在我们兄弟之间实在不值一提，我也不用你给我多高的分，及格万岁，莫要挂科啊……"

陈昊哈哈地笑了起来，周玦也跟着笑，两个人笑得前俯后仰，直到笑到笑不动。周玦捂着肚子说："没想到，这样白痴的笑法还真的能够减压。"

陈昊渐渐停止笑容，他看着周玦道："对了，明天我就准备去南京，你跟我去吧。"

周玦嗯了一声道："我说过，会给予你绝对的信任，这不是讲虚的。"

陈昊接着说道："哪怕背着你那几个好兄弟？"

周玦咬着嘴唇道："不，我不能背叛他们，你和他们一样都是我最信任的人。"

陈昊的眼神开始有些迷离，他低落地说："最信任的人……"

陈昊没有再说什么，继续研究着手头的资料。过了许久他道："还愣着干吗，过来帮忙。"

周玦哦了一声，便去帮着干活。之前的话题他们再也没提起过，但是在两个人的心中都埋下了一份不安和忧虑。周玦明白，他们现在的关系其实脆弱得像一张纸一样，经不起考验。

周玦选择了沉默，陈昊则选择继续隐瞒。他们之间都在刻意地维护着互相之间的关系，而原因不是能说得清、道得明的。

此刻在黑暗中，有一双绿幽幽的眼睛一直盯着他们的举动，它冷漠的眼神中透着一丝轻蔑的笑。

陈昊分配给周玦的任务是监视 GPS 定位器，周玦基本只要关注冯老九所在的地点，然后一一记录便可。而陈昊依然在做收集工作，最后他放下笔道："好了，现在我的先期工作基本都做好了，接着就等瘦猴的那份资料，以及老九带给我们的秘密这两个线索点了。"

周玦指着 GPS 道："他要出上海了！方向好像是南京那里。"

陈昊微笑道："果然没错，他就是想要先我们一步拿到那个东西。"

周玦道："什么东西？"

陈昊眯着眼说："固魂珀。"

周玦不解道："我查了那么多文献，没有关于那个东西的记载啊。"

陈昊双手抱胸看着周玦道："当然找不到，因为固魂珀这个名字是我给取的，你去文献里查得出来，那我就是鬼了。"

周玦发现又开始跟不上这个家伙的思维了，陈昊一脸不耐烦地继续解释道："当然不可能找得到，因为这个东西在文献里隐藏得很深，而且每次出现的时候都是乱世，大家只是把它看作要改朝换代的一种不祥标志。"

周玦继续问道："难道就没有人对它进行过研究？"

陈昊终于露出欣赏的表情，点头道："当然有，而且这个人还很出名，他叫郭璞。"

周玦倒吸一口凉气道："《青囊书》《葬书》的作者？"

陈昊说道："对，郭璞对术数道法研究极深，但是一生受战火所累，思想极为消极，对成仙得道特别看重。固魂珀就是出自他的《青囊书》，但是郭璞对它的记载极为隐晦，甚至连名字都没有谈，只说了大概的形态和它的功能，只字片语能保留至今也实属不易。"

周玦问道："你说这个东西有什么重要性？"

陈昊道："不知道，但是你有没有想过一个问题，就是这本小说书如果不是虚构的，那么肯定是有人活下来了，而活下来的契机会不会就是这块固魂珀呢？所以这个东西非常重要。"

周玦没有回答，只是盯着 GPS 看，他低声道："这东西一定要弄到手。"

陈昊拍着他的肩膀说："这就是为什么我急着要去南京的原因。"

果然，当瘦猴和胖三再一次回来，他们带回来的资料的确就是郭璞的《葬书》的副本手札。瘦猴先前抄录的是一些关于术数和风水的看法，对他们来说并没有用处，但是他后来抄录的一段引起了众人的兴趣，那是一段很隐晦的描写，大概的意思是这样的：

晋元帝时期，元帝单独召见郭璞，说西域上贡了一块稀世宝物，官人观之，说其为返魂香。元帝大喜。召郭璞入殿。郭璞见到这块石头便道，如果是返魂香必定有起死回生的效果，可以做一个实验。于是元帝就叫来一个太监，命他自杀。郭璞阻挡说，如果用人命，即使是稀世珍宝也会染上煞气，后来决定用一头鹿来实验。总之结果是鹿活过来了，但是怪事也发生了。郭璞上书皇帝，说这不是返魂香，它的作用与返魂香相反，总之意思就是说这个东西让皇帝藏起来，再也不可示人，否则会招来祸害。说完就走了。之后，历史记载郭璞卷入了驻守荆州的王敦谋逆事件，被杀掉了。到这里，这个名字都不曾提起的东西也随着郭璞的死亡而掩埋于黄土之下。

周玦问道："那么陈哥，你为什么要叫它固魂珀呢？"

陈昊道："根据文献，结合小说里的情节，这块东西其实起到的是封锁灵魂的作用，说得再直白点儿，这个东西貌似可以控制死人的魂珀。"

众人闻言，一时间都还没搞明白状况。此时，那只诡秘的黑猫突然跳到桌上，陈昊烦躁地挥手轰赶，想要赶紧接着说下一个话题。但是黑猫身形矫捷异常，轻盈一跳，居然落在了周玦的身边，朝周玦撒娇似的喵了一声。陈昊用眼神威胁着周玦，周玦倒也不敢袒护。

周玦看到那只猫上蹿下跳，所有的人都被这只猫搞得乱作一团。然而当他的视线接触到那猫的眼睛时，大脑中不知为何总是想起昨晚半夜找猫的男人。他发现这只猫有着和那个男人一样神秘的眼神，总觉得它在窥视着什么。

陈昊终于把自己的想法告诉众人："我准备带周玦去一趟南京，老九已经出发了，我们不能比他慢。"

胖三和瘦猴同时表现出不同的惊讶，瘦猴明显更为吃惊，他说："你们忘记了吗？当初我也想离开上海，但是根本出不去！"

陈昊说："当初你出不去的原因可能是时机未到，但是现在我们无论如何都要去一趟南京，老九不是已经出去了吗？！"

瘦猴看上去不是太服气，他咬着嘴唇最后还是嗯了一声，勉强表示同意。但是胖三跳出来道："没那么便宜！凭什么是你们两个去？把我和瘦猴两个人扔在上海等死？"

周玦没想到胖三和瘦猴对陈昊如此不信任，赶紧想要出来打圆场，却被瘦猴一把按住，看来瘦猴完全是站在胖三这边的。周玦没有立场说话，气氛一下子变得非常紧张。陈昊看着胖三道："什么叫让你们等死？"

胖三冷笑着一屁股坐在凳子上道："你们去了南京，老九去了南京，怎么就我们两个留守？万一你们说的那个什么鬼东西是关键，你们抢还来不及，会想到在上海傻等的我们？"

说完他特意看了一眼周玦，继续说道："别以为我不知道你的想法，你觉得周玦还有利用价值，毕竟这本书是他发现的，我们还不确定他是不是把所有的细节都说出来了。我和瘦猴就不一样了，完全是被牵扯进来的。本来屁都打不着的事，现在搞得我们也随时会完蛋。你以为，你这样把我们晾一边就完事了？"

陈昊的眼中明显出现了火气，双方剑拔弩张，瘦猴按着周玦肩膀的手劲也越来越重。陈昊说道："那么，你们的意思是也要跟着来？"

胖三没想到他会反问，一时接不上话，他看了一眼瘦猴，瘦猴坚决地说道："没错，要去我们四个人一起去。"

陈昊也不客气地说道："如果这次去了，反而全死在那里，你们可别后悔。"

胖三听到此言，心虚了："有那么危险吗？"

陈昊说道："那可说不准，我觉得以我们的进度，已经到了至少一半。按照茹兰留给我们的信息，我们现在是遇到危机的开头，也就是说，我们现在才真正进入危险期，前面只是潜伏的时间，接下去很可能什么事情都会爆发出来，到时候我们全部都豁出去了，就没后路可退了。"

胖三有些退缩，不过瘦猴依然坚决地道："我和你们一起去，我不相信干等能够等出什么结果，我的命我自己可以负责，不需要别人替我管。"

胖三见只有他一个人落单，拍着大腿道："我也去！别想撇下我一个人！"

周玦哎了一声，边上的黑猫也发出一声很轻微的叫声，很像女孩儿的笑声。大家看着那只猫，胖三说："把它也带上吧。"

周玦马上否决："不行，这只猫太怪了，它绝对不能去。"

胖三道："它不是玄猫嘛，能辟邪，有它在也算是一份保障，当初它不是还救过陈昊的命吗？"

周玦无奈地笑道："我也不能百分之百确定它就是玄猫，如果不是呢？而且这只猫太诡异了，它好像是专门为了这件事而出现的一样，那个怪人说它会害死人！"

陈昊和瘦猴同时问道："怪人？"

周玦见又提到这事，这才把昨晚那个怪人找猫的事情说了出来，瘦猴摇头道："感觉这个不像是人，后来你还见过他吗？"

周玦苦笑道："没有，我一早就出来了。不过我觉得，他很可能就是我妈说的那个新搬来的怪邻居。"

胖三忙打岔道："这么说，那个人可能也知道七人环的事？"

陈昊没有接话，他沉默地看着周玦。周玦知道自己该说完整关于那个人的事情，其实他知道的也不多，所以大家不由得陷入沉默中。

沉默了一会儿，陈昊突然开口道："既然那个人说这只猫很特殊，那么我们就带上这只猫，看看它到底特殊在哪里。至于那个人，如果真的与七人环有关，那么他一定会来找我们，至少会来找这只猫。"

瘦猴问道："那么，我们什么时候起程？对了，那本书要不要继续看？"

陈昊皱着眉苦笑道："本来我是打算先看书，然后安排好之后和周玦一起晚上动身，现在我们还是尽快赶往南京吧，我们得抢在老九之前得到那个东西。"

　　大家脸上都露出了失望的表情，他们自己都讶异为什么会如此想要知道后面的结果，但是又无法一次性阅读完，仿佛他们的情绪受到某种不知名因素的干扰。在接二连三的突发事件面前，周块感觉到渐渐地有一种新的力量在推动着他们，他觉得有两股力量在对抗，而他们必须争取最后的时间。

　　就这样，本来决定的行程临时变动，不过陈昊还是搞到了去南京的火车票，几个人暂时散会，各回各家把所有该带的东西都带上。除了陈昊，所有人都表现得有些激动，总觉得他们离真相越来越近了。

　　陈昊给他们两小时的准备时间，时间很紧凑，其实这些时间原本是用来阅读下一章故事的，不过陈昊决定在火车上进行。瘦猴听到火车时，脸上出现了阴郁的表情。

　　胖三一定要把那只怪猫带上，最大的问题是火车安检，一只猫怎么才能了无声息地混进火车成了他们的难题。最后鬼点子最多的周块想出了一个法子，就是把这只猫的四条腿绑起来，然后塞进一只大旅行包里，里面多放一些玩偶公仔什么的，装作是送给孩子的礼物。

　　那么大的一个包，只能由胖三来拎。于是大家快速给父母打了电话，说了好些理由才被允许。四人终于按时挤上了去南京的火车。

　　这天太阳西下的速度特别快，五点多钟就只剩下一片昏黄了。四人的表情都很复杂，落寞、不安、疑惑……各种情绪像一张妖冶的网，将四人连在了一起。

　　谁都挣脱不了。

　　就这样，他们检票、找座位、放下行李、沉默地坐在位置上，车子开始缓缓地启动，轻微地摇晃。自始至终车上没有停止过嘈杂声，只有他们四周的空气与外界仿佛是隔绝的一般，静得可怕。

　　胖三没有把藏猫的旅行包放入货架，他捧着这只包打开了一个小口，而这只黑猫仿佛明白他们的意图，并没有叫，只是抓着那些绒毛玩具发出细微声响。除了他们四个人，谁都没听到这只包内的声音。

　　车厢内不能抽烟，陈昊不习惯地摸着手指，对大家说："现在我们有三小时的时间，这段时间可以继续看书。"

　　瘦猴对火车的印象实在不好，他不自在地看着周围，好像身边的那些人都不正常。胖三对他摆着手道："别紧张，出都出来了，现在看着也蛮正常的嘛。"

　　瘦猴僵硬地点着头，不再到处看，只是盯着桌子上的饮料瓶发呆。周块的眼神一直都没有离开过陈昊，他在等着这个人下一步的行动。陈昊继续说道："大家准备好了吗？"

　　三个人互相对视着，周块干涩地回答道："可以了，继续吧。"

　　陈昊打开背包，他拿出了书放在大家的面前。火车依然在轻微地晃动，此时不知道哪个乘客把窗户打开了，可以听到外面急促的车轮声，而那本书的封面也被窗外刮来的风吹得一颤一颤的。众人你看看我，我看看你，谁都不情愿第一个打开这本书，最后周玦深吸一口气："我先来念，大家继续……"

他拿起那本书，抽出陈昊夹在昨天阅读的那页的书签，开始继续往下念。他看着一行字，清着嗓子想要开始低声读书，就在这时他突然听到了一个熟悉的声音，有人在叫他的名字。他蓦然抬头，不知道什么时候，他发现在他们的边上站着一个人。这个人正面无表情地看着他们，他毫无声息地来到他们的桌边，就像这个人一开始就在这里一样，他双手垂在两边，低头看着他们。无论火车如何颠簸，他都像站在地面上一样稳，没有丝毫晃动。周玦惊讶地发现，这个人就是那个半夜三更还在找猫的怪人！他跟过来了！

他站起来说："你怎么会在这里？"

怪人没有回答他，而是露出了一个非常隐晦的微笑，轻声道："终于找到了……"

第十二章

第六人

QIRENHUAN

七 人 环

周玦想要推开胖三去抓那个怪人，但胖三太胖了，周玦挤了半天都没有出去。就在他和胖三推搡之时，那个怪人已经无影无踪了。

周玦一脸不可思议地看着四周，他对其余三人道："你们看到了吗？"

胖三怒气冲冲地问："看到什么？"

"那个怪人啊！"

周玦说完，其余三人都沉默不语，他自己一时也说不出什么来。

陈昊看着周玦说："我们没有看见。"

周玦慢慢地滑倒在座位上，他说："也许你们没有注意到……"

陈昊拿起书："还是我先开头吧。"

周玦没有逞强，他把书递给陈昊，陈昊接过书，不放心地看了两眼周玦。周玦的眼睛依然在人堆里寻找着那个穿着黑衣的怪人。

胖三突然跳了起来，他说："猫不见了！"

陈昊放下书，胖三打开旅行袋说："猫被绑着，怎么可能跑掉？"

瘦猴说："会不会是它自己挣脱了？"

胖三哭笑不得地说："你觉得可能吗？"

周玦神神道道地问："那个怪人说，他找到了……也许是他把猫给拿走了？"

胖三翻着白眼，忍着火气问道："怎么拿？你以为我是死的啊？"

周玦还想要说下去，瘦猴挡住两人，做了一个噤声的手势，然后说："你们听！"

大家静了下来，在嘈杂的声音中，他们隐约听见在车厢最深处传来了轻微的猫叫，那声音像在嘲笑四人的迟钝。胖三拍着桌子说："靠！真的跑了，追！"

周玦一把拉住冲动的胖三，说："不对，这声音不对……猫叫怎么可能这么怪，这不像猫叫……"

瘦猴盯着车厢道："像人的笑声。"

胖三放下包，心虚地说道："到底是猫叫还是人在笑？怎么越听越瘆得慌。"

陈昊把书放入随身的背包，说："周玦说得对，有什么东西跟着一起来了。"

周玦继续说："要不要……去看看？"

陈昊站了起来，说："我去看看。"

周玦说："我和你一起去。"

胖三看了一眼瘦猴，瘦猴抱着双臂说："车子已经在开了，我们谁都走不掉，让老二他们去看看也好。"

胖三尴尬地挪着身体，小声对周玦说了声"对不起"，周玦笑着拍了拍他的肩膀。对他来说，误解可以事后再解释，活命才是当前最重要的。

周玦和陈昊走在车厢通道中，通道非常拥挤，有些地方只能侧着身体往前走。他们穿过一节又一节车厢，觉得好像每一节车厢都是一模一样的，一样的乘客、一样的乘务员，他们好像反复在同一节车厢内来回穿梭一般，就像不停地前进，不停地循环。

陈昊首先放慢速度，他回头看了一眼来路，车厢的通道延伸成一个黑点，前面也是一样的。周玦走得满头大汗，喘着粗气说："怎么办？没看到他们。"

陈昊对周玦说："不对劲，走不出去了。"

周玦回答道："先回去。"

陈昊摇头道："你没有发现吗？我们一直都在同一节车厢，回不去了。"

周玦心里开始焦急，他急促地呼吸，想要保持镇静。周围的人看上去很正常，有的拿着行李，有的在吃点心，总之和一节普通车厢没什么两样。周玦发现这一幕好像非常熟悉，但是这份熟悉感又找不到头绪。

陈昊看着周围，发出了冷笑声，他抚着额头开口道："别玩儿了，有时间搞这种花招儿，不如当面谈。"

语毕，车厢里的人顿时都停止了动作，就像时间瞬间定格了一样，没有任何声音。周玦只听到他和陈昊的喘息音，轻声问道："到底怎么回事？"

陈昊对着通道尽头说："如果你还不出现，那么就不要妨碍我们继续。玩儿这种把戏太无聊了，难道你想重演五年前的情况？"

周玦听到陈昊居然提了五年前，不解地看着陈昊。陈昊的情绪有些激动，他的样子就像在强忍着情绪，不让它失控。

但是依然毫无声音，陈昊的火气越来越大，他握着拳头看着前方。终于，几声细微的猫叫声从火车的深处传了出来，声音渐渐地清晰起来，猫叫的声音也越来越刺耳。从车厢的尽头走来了一个人，手里抱着那只充满邪气的黑猫。

男人微笑着，他的眼睛像两个黑色的窟窿。周玦看陈昊这样的反应便问道："你认识这个人？"

陈昊说："认识。"

男人开口说道："谢谢你还记得我，你比五年前更加成熟了。"

陈昊直奔主题问道："那只猫是你的？你还在调查那次的事？"

男人抚摸着黑猫，黑猫像很享受似的眯起眼睛。他走到陈昊两人面前："我本以为你会来找我，但是你选择了单干。你以为带着几个不经世事的学生，能比你姐姐走得更远吗？"

陈昊抿嘴不语，周玦有些沉不住气，他刚想要开口，男人继续说道："我说过这只猫对死亡的气息很执着，它不离开你们，代表你们离死越来越近了。孩子，你还不明白吗？"

周玦警惕地看着他，没有被这种低劣的挑衅激怒，平淡地问道："你到底是谁？"

男人的眼睛依然盯着陈昊，回答道："我？一个中国人。"

周玦被他的回答噎得无言以对，陈昊说道："他是一个神棍，专门和死人沟通，在他们那个圈子里小有名气，还精通厌胜之法。"

男人没有为这讽刺的介绍动怒，笑意反而更浓了。

周玦不可思议地看着陈昊说："啊？有那么神吗？"

陈昊说："事实上，他是茹兰的朋友。"

男人的眼睛从头到尾都没有眨一下，他笑着说："我可以感觉到你们对我的排斥，但我这次来也是茹兰的安排。她要我帮她这个忙。我答应过帮她，就不会食言。"

陈昊顿了下，情绪终于还是没有控制住，他问道："你知道茹兰的下落？"

男人摇头说："不，我不知道。"

男人顿了一下，继续说道："因为我不能确定她的生死……"

陈昊急切地问："你感觉不到她的灵魂？"

男人沉默片刻后说："不，我能够感觉到你姐姐的存在，但不是灵魂，而是一种信息的传达。"

周玦连忙道："介于生死之间？"

　　男人纠结的眉头略微舒展了一下，说："你这位小朋友和茹兰的思维方式非常相似，都是非常聪明的人，一点就通。"

　　周玦继续说："那么，你这次出现有什么目的？"

　　男人道："我要加入你们，成为第六个人。"

　　两人同时惊诧，男人不为所动。周玦最先反应过来，马上说："不行，你太可疑了，一个老九就已经把我们搞得焦头烂额，再多一个神棍，我们的麻烦只会越来越大。"

　　男人笑着说："也许用不了多久你就会发现，就是我这样一个神棍，成了你们的保命符。"

　　周玦冷哼道："就凭你？"

　　陈昊拦住周玦的挑衅，问道："给我个理由。"

　　男人收敛戏谑的表情，严肃道："就凭这个。"

　　他从口袋里掏出一张纸递给陈昊。陈昊打开一看，眼神瞬间变得动摇，他吃惊地看着男人，男人的眼中闪出一丝晦涩。周玦看到那纸上是一幅泥板的图案，这个图案和资料中反复出现的图形非常类似，但是略有不同。之后男人又打开了包，里面露出了一块泥板的一角。

　　陈昊把纸还给男人，开口说："好，你可以加入我们。"

　　周玦不解其中之意，问道："陈哥，为什么答应他？"

　　陈昊说："因为即使不答应，他依然会是七人中的一个。"

　　周玦问道："他是不是也看过书？"

　　男人抢先回答说："书我没有直接看过，但是拥有了那个东西，就代表七人的身份。"说完，他看着陈昊，"我说得对吗？"

　　陈昊没有回答他，周玦皱眉说："这就是你隐藏的秘密？那些泥板实际上还有另一层含义？"

　　陈昊没有回答他的问题，而是反问道："你的选择是什么？"

　　周玦的脸色非常难看，他握着拳头，眼神都可以喷出火来。他冷笑了几声，无奈地点头说："好，我同意他加入。"

　　周玦话刚说完，就感觉四周的事物一下子扭曲起来，还没等周玦他们从眩晕中恢复过来，场景就已经变化了。身边穿梭着行色匆匆的人，这些人手里拿着行李，墙壁上的液晶显示屏报着火车的班次和时间，现在是下午三点五十分，周玦发现他们根本还没有上火车。

　　周玦不可思议地看着周围，他一时半会儿根本找不到语言来形容。他看着依然笑容可掬的怪人，感觉就像是在看一个魔法师，甘道夫（电影《指环王》中的角色）级别的。

　　男人手里的黑猫已经不见了，取而代之的是一只黑色的手提旅行袋，他伸出手对着周玦说："你好，我叫叶炜。"

周玦象征性地握了握他的手，发现他的手冷得像一块冰。周玦干笑着说："你会法术？"

叶炜说："我祖上是木匠，对木匠厌胜之术十分在行。"

周玦没有继续问，三人上了火车，来到座位旁。胖三和瘦猴已经等在那里了，和前面的情景一样，胖三手里拿着那只藏有猫的旅行袋，瘦猴一脸的警惕。

他们对叶炜的到来非常吃惊，但是没有时间问细节，火车这次真的要开了……

叶炜是站票，所以他没有办法和周玦他们坐一起。他站在边上看着这四个人，这让周玦想到前面幻觉中他站在边上的样子，前面的幻觉和现在的情节融合在一起了。叶炜显然看出了众人的敌意，只是当作完全没看出来，我行我素地用旅行茶壶泡着茶。胖三从叶炜上火车开始至少打量了他十几次，胖三不停地向周玦使眼色，意思是你怎么把这么一个怪人给带来了。

周玦也觉得很郁闷，但是他既然选择继续相信陈昊，那么也只能哑巴吃黄连，有苦说不出。胖三对周玦非常了解，虽然他表现出很不理解，但是看到周玦的表情和眼神，大概也知道了这事他是身不由己的。

而瘦猴则不同，他对叶炜有一种说不出的排斥，当叶炜友好地和每个人握手时，只有瘦猴没有伸出手。他看叶炜的眼神不像看一个人，而像看一个鬼。

但叶炜的表现大相径庭，他似乎对瘦猴非常感兴趣，甚至厚着脸皮站在他的身边。车子开动后有些颠簸，叶炜礼貌地问了一声可否让他也一起坐。

瘦猴看到胖三和周玦那块的确挪不出空位置，只得点头，硬挤出一个位置让他坐。当叶炜坐下后，瘦猴都感觉不到边上这人的热量，就像坐在他边上的是一个没有生命的东西。他看着叶炜，叶炜笑着说："对了，还记得关于棺材的那次谈话吗？"

瘦猴听了这话，猛地站了起来，周围所有的乘客都看着他，他的眼中几乎可以喷出火。叶炜依然在笑，轻松地说道："不要误会，我不是那个怪人，但是我知道那个怪人的事情，你想要知道细节吗？"

瘦猴愣了下，他从叶炜的眼中看到戏谑的神色，于是怒气冲冲地坐了下来，只吐出两个字："不想！"

胖三对此人也怨气十足，怨气没地方发泄，只有一个劲儿地抖脚。周玦不自然的眼神早就如飞镖一般射向叶炜，陈昊见大家对此人成见颇深，而叶炜的几番举动也有挑衅之意，如果不是碍于他的面子，估计周玦等人早就翻桌子揍人了。

他本就没想过照顾叶炜，但是现在实在不适宜发生口角，便开口道："别磨蹭了，继续看吧。"

于是四人才把注意力集中到书上。

七
人
环

　　门外人影似乎并没有想要往里冲的打算，这种不安的情绪让林旭三人的精神几近崩溃。刘飞无法继续忍受，连发数支飞镖，嗖嗖几声飞出屋外，却没看见有人倒下，也没看见有人躲避，只听见几声清脆的金属落地声，飞镖居然扑空落在了地上。三人大骇，明白屋外的可能不是人。

　　翠娘拦住刘飞接下来的动作，轻声道："不对劲，那些人没有实体？是鬼？"

　　林旭的猎枪此时已经上膛，可惜连如此凌厉的飞镖都像投入空气中，他心中也很没底，现在对那些诡异之事已经大致认同了，并且以最快的速度去适应那些东西的存在。林旭对翠娘道："不行，这样对峙下去，我们很不利，敌暗我明不是个办法。我和刘飞两人先去门口看看，如果遇到危险至少可以把门关上，挡一挡，虽然消极，但总比这样傻等下去强。"

　　刘飞点头，翠娘也不好反驳，便轻声说道："小心点儿，如果不对就快点儿回来。"

　　林旭放下手里那支枪，把它给了翠娘，他向刘飞要了一把匕首，用眼神示意刘飞与他向步前进。二人同时来到门口，没有跨出栏杆就感觉阴风扑面，外面不知何时刮起了一股煞气极重的怪风，吹得树叶沙沙作响。

　　刘飞道："你看那些人影会不会只是树影？"

　　林旭眯着眼想看清黑暗中的人影，道："看不清，这些人影太逼真了，实在不像树影。我先出去看看，你掩护我。"

　　刘飞瞥了他一眼道："我掩护你难度太高了，你掩护我比较轻松，得了，我数一、二、三，我冲出去，你见情形不对就关门，外面发生什么事都不要开，明白吗？"

　　还没等林旭反对，刘飞一个箭步冲了出去。林旭被他这样大胆的行为惊得心脏骤停，他低吼一声"刘飞"，但是刘飞根本不听，他冲入黑暗中，林旭睁大眼睛看着外面。

　　刘飞犹如夜燕入林，没了声音。林旭心焦万分，最后等不住也一头冲了出去，他一出屋子就发现屋外的风大得吓人，风声凄厉万分。他四处寻不得刘飞的踪影，觉得刘飞可能凶多吉少了，又牵挂屋内翠娘的安危，正犹豫时只见刘飞一个纵身跳到他的面前。林旭被他吓了一大跳，一个趔趄差点儿撞到树干。刘飞恼火地问道："不是让你不要跟出来吗？"

　　林旭皱眉，心中牵挂倒是放下，但是难免火气上来，板着脸道："你这样太冒险了，如果你死了，我们去哪里找代替你的人？"

　　刘飞见林旭居然在教训他，便厉声道："我何时需要你个当兵的来教训，告诉你，如果不是因为当前不得不在一起，我见你第一面时就取你狗命，还轮得到你在这里说话？"

　　林旭心想，果然是没受过文化教育的粗野匪类，也不想与他多计较，压着火气问道："不谈这些，你刚才看到什么了？"

　　刘飞面露厉色道："有人不欢迎我们来这儿。"

　　林旭不解何意，刘飞带着林旭深入林间。他们看到在林子中居然有许多稻草人，而这些草人无一例外都有巧妙的机关，只要有个人滚动滚轴，这些草人就会向前并进，因为移动得非常颠簸，所以感觉像是摇摇晃晃的。

　　林旭见搞了半天，是有人故意来吓唬他们，心中的恐惧就消除了："这是什么意思？"

　　刘飞说："我冲出去的时候，就没看到有人影，也许他们只是把草人推到我们面前，就离开了。但是可以肯定这绝非鬼魅，而是有人在捣鬼。"

　　林旭笑道："捣鬼说明这里有人，有人便可以商量。等过了今晚，我们好好搜搜看，这些村民到底都去哪里了。"

　　刘飞一脸坏笑道："需要吗？一把火把这里烧个干净，看他们能憋多久！"

　　林旭忙摇头，他道："放火且不说会烧死无辜，现在是严冬，遇上大风很可能连我们一起烧死，你这个方法太蠢了。"

　　刘飞阴脸冷笑道："哟，你这口气怎么和一个酸秀才一样，那你说该怎么办？"

　　林旭朝着四周黑压压的树林看去，严肃道："现在是隆冬，天寒地冻的，四周除了我们，没有生火的迹象，也没有亮光。所以只有一个可能，他们都在地下躲着。"

　　刘飞一想也是，接着说道："他们都在地下，意味着有暗道？"

　　林旭说："这不奇怪，现在兵荒马乱的，有很多村都会挖地道，到时候可以躲避灾难。"

　　刘飞说："依你看，他们会在哪里？"

　　林旭四周看了看，说："现在太难找了，我们回去等到天亮之后看看四周的水源，可以长久待下去的地方一定要有固定的水源，否则的话有食物也会渴死。"

　　刘飞尴尬地咳嗽几声，说："别以为就你想到了，我早就知道那群鼠辈躲在地下，只不过偶尔也得看看你的本事，否则你没资格代替虎哥的位置。"

　　林旭见他提到虎子，便顺水推舟问："你说虎兄的位置是什么意思？他在你们当中担当了什么角色？"

　　刘飞看着林旭，欲言又止，最后叹气道："你如果没遇到我们就好了，不是我说什么，遇到我们，你说不定会比死还要惨。"

　　林旭问道："到底是什么意思？"

　　刘飞说："现在我只能说，我们被一个怪东西追着。当初是虎哥带着我们七个人逃出那座古墓的，算是我们的救命恩人，而且也是这次集合的带头人。后来我们发现，那个东西也追了出来，接着我们只能按照古墓里的暗示来到这里，但是下一步一定要七人集合才能知道。我这里知道的也不多。"

　　林旭赶紧问道："那么，翠娘知道得多吗？"

　　刘飞张着嘴，最后还是选择闭上，他难得地缓和了口气，有些无奈地说道："你就别问了，我知道的就这些。事已至此，已无退路，我看你还是和我们一起走吧。"

　　林旭有些无奈，刘飞给他的安慰就像隔靴搔痒一般，没有解决任何问题。不过有一点他自己揣摩出来了，那个跟着他们的东西是从某一座古墓里带出来的，并和那包裹有联系，七人无可奈何地聚头，应该就是为了追他们的那个东西。

　　刘飞催促林旭快点儿回去，他们回到破屋，翠娘抱着膝盖躲在火堆边上，见他们回来连忙站起来问道："什么东西？"

　　刘飞啐了一口唾沫道："什么东西？一群装神弄鬼的罢了，等天亮咱们再去逮他们。"

　　翠娘还是有些不放心，林旭把看到的事情和她说了一遍，并把那些人藏在地下的事情也解释了一番。

　　翠娘听完之后沉默不语，她过了很久才道："那么看来，这里至少有一个非常擅长机关的高人，否则那样逼真的人影，不是普通村民可以做出来的。"

　　林旭和刘飞听罢，感觉醍醐灌顶，他们都道："没错，肯定有这样的高人。"

　　翠娘道："也许六爷他们……被这东西给吓走了？"

　　刘飞摇头道："不会，如果单单只有冯禄喜和毛瞎子也许会被吓跑，但是魁六爷好歹也是江湖上响当当的人物，怎么会被人影吓倒？更何况他身边还有乞儿这样的狠角色在。"

　　翠娘点头同意刘飞的观点，林旭不明白其余的人到底是些什么人物，也不再费心思想他们的事，如果没有死掉总能遇见。林旭让刘飞和翠娘轮流睡觉，就这样，后半夜并没有什么怪事发生，一觉睡到了天明鸡叫之时。

　　刘飞把睡梦中的林旭喊醒。林旭发现，刘飞又抓了两只兔子，和这人在一起至少不用担心被饿死，而且刘飞的手艺不差，是个不错的厨子，至少比翠娘整的那些玩意儿好吃，只不过如果翠娘动手，刘飞是绝对不会多事的。

　　林旭笑着站起来，问道："翠娘呢？"

　　刘飞烤着兔子说："打水去了，她说她好久没洗头洗脸了，我觉得没什么嘛，大不了遇到水塘把头浸进去甩甩也就完事了。女人真麻烦。"

　　林旭对刘飞这种观点不敢苟同，他没有接话。翠娘不知道从什么地方找到了一只木盆，居然没有漏水，她打了一盆水回来，看见林旭便笑着说："林大哥醒啦，来洗把脸，这些日子都没好好地整理过，瞧我们这狼狈相。"

　　刘飞见翠娘给林旭打水，对他连半个字都没提起，不大高兴道："本来就没咋好看过，整那么多有什么用！"

　　翠娘瞪眼道："什么叫没什么好看？你个毛儿还没长齐的小子懂什么好看不好看的！"

　　刘飞怒气冲冲地抬头看着翠娘，但是明显瞪不过她，看了一会儿气势撑不住了，便举手投降道："得，姑奶奶你就是七仙女，行了吧。"

　　翠娘娇哼一声，不再搭理刘飞，刘飞阴着脸继续烤兔子。林旭从中调解："翠娘姑娘，你别误会刘兄弟的意思，他没说你的意思。"

翠娘又哼了一声，不领情道："你才和他待了多久，就帮着他说话呀，哼，算了，你们男人就是这样动不动就说女人，也不瞧瞧你们自己的模样。"

刘飞听得实在忍不住，抬头道："你要怎么样？长得像岳飞？像关老爷？"

翠娘白他一眼："至少不像你这样的，你留个辫子，别人还以为你是个大姑娘呢。"

刘飞扔掉树杈猛地站了起来，林旭见刘飞真的发飙了，连忙挡住他道："大家都少说几句，没什么大事，不要为此不高兴。"

刘飞气得脸发白，指着翠娘半天，最后只得扔下一句："好男不和女斗！爷我不打女人！"

翠娘还要再伐几句，被林旭拦了下来。就在三人你一句我一句之时，刘飞突然像看见什么，一个箭步冲了出去。

翠娘和林旭对看一眼，也跟着冲了出去。他们发现刘飞站在一个空旷处，全神贯注地注视着四周的林子。林旭问道："你看到了什么？"

刘飞一头冷汗，脸色惨白得犹如白纸。他并没有回答林旭的提问，很快他们听到了一声尖叫，接着从林子里抛出了一个东西。三人定睛一看，发现居然是一只人手。翠娘大喊道："这是毛瞎子的手！他遭难了！"

林旭道："你怎么那么确定？"

刘飞冰冷地说："毛瞎子虎口处有一块蝙蝠胎记。"

林旭看着那只手，像被某一利器瞬间切割下来一样，伤口表面非常利落，一时间也无法判断这样的伤口是怎么形成的。

翠娘肯定说："毛瞎子估计凶多吉少了！"

刘飞开口道："他们难道已经到了？那么其他人……在哪里？"

林旭说："如果毛瞎子比你早些时间到了这里，那么他现在到底是死是活不好说，我们得找到其他人的下落，也许毛瞎子只是少了只手，还不见得会死。"

翠娘捂着嘴道："你们说，这事会不会和昨晚那机关高人有关系？"

林旭看着四周，说道："你确定那个高人是个人吗？"

翠娘问道："什么意思？"

林旭指着周围说："昨天后半夜开始下雪，地上有一层薄霜。你看，这地面除了我们三个人的脚印，没有找到第四个人的，那么这只手是怎么扔来的？"

林旭自己都被这番话吓得冷汗直流，但还得故作镇定。刘飞警惕地看着四周道："既然都不是人了，干吗昨天晚上还要做出那些东西来呢？逗你玩？"

林旭不知如何回答，翠娘接着问："是啊，既然是鬼，那么为什么还要做机关？还有，你们没有发现吗？自从昨晚开始，我们就再也没看到有村民在村子里走动了，照理说这个时候总该有人出来活动的。"

听到此言，林旭和刘飞都为之一愣。按道理，现在的时间，好歹会走出几个村民来，但是这里除了偶尔听到几声野鸟的叫唤，连鸡叫声都没有听到，整个村子仿佛死了一样。大家越想越不对劲，他们都觉得这一夜间好像整个村子都换了一个样子。刘飞首先冲了出去，他踢开最近的一家农舍，之后怪叫一声。林旭赶到时，发现屋里的凳子上居然直挺挺地坐着两具尸体，七窍流出黑血，面部呈现出一种非常古怪的表情，五官几乎都要挤在一起了。在床上居然也躺着一具孩子的尸体，也是这种表情。尸体没有表现出挣扎的姿势，反而和平时生活无异。

林旭连忙上前检查尸体，得出的结论更让他瞠目结舌，他道："这些人居然是刚刚死亡的，肌肉还未僵化，非常有弹性。"

刘飞赶紧跑到下一家，踢开门，看到的同样是表情怪异、七窍流血的尸体。

林旭道："他们的样子感觉像是被毒死的，到底是谁一夜间毒死了全村的人？"

刘飞僵硬地转过头，说："你知道，我刚才看见谁了吗？"

林旭问道："谁？"

刘飞眼露恐惧道："我看到了虎哥！他对着我非常诡异地冷笑了一下，接着就消失了。"

林旭马上反驳道："不可能，我和翠娘亲眼看到虎兄断气，而且如果他真的幸免于难，那么他也不会躲着我们，而是会和我们会合。"

刘飞像回忆噩梦一样，双手抚额道："你不知道，我们遇到的是什么……"

林旭抓住刘飞的胳膊说："我当然不知道你们到底是怎么回事，你们到底有什么秘密瞒着我？我死不要紧，但是我不想最后死不瞑目。"

刘飞抬头看着林旭说："这里说话不方便，这个村太古怪，也不知道毛瞎子他们遇到了什么，呀！翠娘跑哪里去了？"

林旭一惊，他之前一心只想要追上刘飞，居然把翠娘独自留在了原处，如果真的是虎子回来了，那么翠娘岂不是凶险万分？

于是两人心中都慌了，他们连忙赶回去，破屋空空如也，翠娘已经不见踪影。林旭懊恼万分，心想自己怎么就那么大意。刘飞也不知所措，本来就不乐观的状况，现在几乎到了绝境。

就在两人完全失去希望，犹如无头苍蝇一般时，忽然听到林子中出现了窸窣的声音。二人也来不及确认，忙冲出去，心中期盼着是翠娘发出的信号。

刘飞一个箭步冲入林中，林旭也随后跟上，但是林子中仿佛死一般安静，再也没有声音传来，有的只是两人急促慌张的呼吸声。刘飞扫视着周围，林旭则注意着他们身后的动静，以防被偷袭。

突然刘飞在一旁的雪地上看到了翠娘腰上的猩红腰带，腰带上都是血，染得这腰带更加诡异。

刘飞拿起腰带说："翠娘这次恐怕是死定了。"

林旭心中恐惧与愤怒交加，但他还是冷静地对刘飞说："不，恐怕还不能确定，这些血液虽然看上去很扎眼，但是远没到致人死亡的程度，腰带也没有破损。最主要的是没有找到尸体，我们不能说她就是死了。"

刘飞苦笑道："你以为我们死了之后会是尸体吗？你当初没有看到翠娘是怎么处理虎子的尸体的？"

林旭被他反问得浑身冒寒气，他又一次想到虎子死后那些诡异的状态。刘飞没有继续说下去，只是说："再找，如果翠娘真的死了，我们没找到尸体，反而更加可怕，到时候我们除了要面对虎子，还得面对翠娘的僵尸。"

林旭见刘飞彻底绝望了，如果他再绝望，等着他们的除了死就没别的路可走了。林旭拿起腰带说："走，现在不是丧气的时候，我们得找到这个村的密道。如果我猜得没错，地道里一定有我们七人之一。不管是不是死了，至少得找到他们。"

刘飞深深地叹了口气，不过还是站起来和林旭一起走入村子。林旭边走边对刘飞说："我们在来的时候也遇到过一个怪村，据翠娘说那是一种邪术所致。这个村我觉得虽然和荒村不同，但是同样透着一股邪气。我感觉这两个村或许有联系。"

刘飞心不在焉，并没有太关注林旭的话，他说："不管是不是邪术，你要明白一点，就是七人活着的时候是同伴，但是只要一死，那就是头号威胁。"

林旭和刘飞一个一个屋子检查，但是一无所获，直到他们查到类似祠堂的一个地方。那里是一个小四合院，刘飞一脚踢向院门，发现大门居然没闩，嘎吱嘎吱地缓缓打开了。

两人对看一眼，觉得这里好像有什么地方不对劲，林旭低声说道："小心点。"

刘飞从背后掏出一把匕首掂量了下，带头进了祠堂院子。

院子并不大，分别是大厅、东厢房、西厢房和一个天井。西厢房内没有什么家具，却停着好几具朱红大棺材，而祠堂的大堂内也没有任何牌位，只有一块巨大的石头。这块石头外表看上去很普通，和周围山上的岩石没什么区别，但是石头上面篆刻着"阴军羽檄"四个大字。

林旭看着石头分析道："这应该是一份文书，羽檄是一种类似虎符的东西，但是和虎符有差别，虎符代表一个军队最高的指挥权，而羽檄则表示紧急调配，这是一块古代调配兵力的东西。"

刘飞摸着下巴琢磨了半天，突然他猛地拉住林旭的胳膊道："完了，这里是阴兵的栈道啊！"

刘飞情绪有些失控，道："根本没有什么地道，我们错了，这里是阴兵的栈道，完了。"

第十三章

停滞的过去

QIRENHUAN
七 人 环

就在周玦几人看到关键之处时，叶炜突然合上书说："先到这里吧。"

胖三拍桌怒吼："你到底在干什么，难得我们能够看得进，没有出现排斥现象。多知道点儿后续不好吗？"

叶炜没有回答。周玦看着叶炜，意味深长地笑着说："你的意思是不是，如果我们进度太快，所对应发生的怪事也会越多，反而危险。"

叶炜的眼神终于有所闪烁，道："没错。"

周玦不再有异议，因为他的确也发现，如果过多地阅读，对众人来说，除了精神上的负担，还有就是发生意外事件的频率也会加重。这一点其实周玦也有所察觉，但是他不知道陈昊为何对此没有任何阻止，他仿佛等待着所有怪事的发生，好像他在这些怪事中能等到什么。

就在大家一片沉默，各自想着自己的心事的时候，车子有规律地摇晃着，偶尔可以听到列车员叫卖的声音。此时，车上的人脸上都流露出了困乏之色，可能因为快要到晚上了，列车上的人都非常安静，大家都累了，一点儿也没有白天的喧闹。胖三别扭地开口道："这次去到底有没有危险？我和我妈说我是去旅游的，可……"

　　周玦打断他的话道："别瞎想，能有什么？只要拿到东西，我们就有办法对付这本书了，到时候大家都可以解脱了。"

　　胖三虽然不再纠结下去，但是他的眼神没有丝毫放松。瘦猴一直都握着拳头，皱着眉看着窗外，他并非害怕，主要是不想看见叶炜的脸，因为看到叶炜总会让他想起那个卖棺材的怪人，他觉得叶炜身上有那个人的影子。

　　叶炜看着一直保持沉默的陈昊说："你这一次卷进这件事，其实并不是你姐姐希望的，她希望你可以躲开。"

　　陈昊点头道："我明白她的想法，但是我不能让这事再延续下去。当年我还无能为力，但是现在不一样了。反倒是你，当年你不肯出手，现在为什么又要来？"

　　叶炜回答道："就像你说的一样，当年我无能为力，现在情况不一样了。当年如果我介入，你们只会多一个麻烦。但是现在不一样，茹兰为你们创造了机会，这个机会只有你能把握住，所以我选择帮你。"

　　陈昊冷笑着讥讽道："你对茹兰就一点儿愧疚都没有？"

　　叶炜破天荒地出现了一丝不自在和心虚的表情，虽然只有一瞬间，但是依然被陈昊抓住，他没有继续说下去。叶炜叹了口气，也不再继续话题，仿佛默认了陈昊的话。火车依然在飞速行驶，周围的景色变得单调，树木就像一个个穿着黑衣的鬼使，气氛压抑得让众人都觉得这像在送葬。

　　周玦首先从这种压抑的情绪中回过神儿来，觉得还是得继续讨论，不能浪费时间。他开口说："陈哥，你认为这次书里有什么东西透露出来？"

　　陈昊咳嗽几声，抱着双臂抬头看着周玦说："一共有四点，一是书中终于对所有的人有了提示，我们知道他们七个人的名字以及模糊的性格。这里面毛瞎子和那个冯禄喜比较弱势，其他的都是狠角色，并且有着鲜明的分工和身份特征。二是终于提到了关于那个东西的来源的一些细节，只是刘飞并没有把话说全。三是虎子的出现，这里你们也发现了一个问题，就是已经死去的人又回来的现象，我们其实也遇到过，而且不止一个。"

　　胖三插嘴道："老九！还有……殷叔他们？上一轮的七人。"

　　陈昊点头继续道："没错，所以说，在七人之中的死亡不是通常意义上的死，而是一种介于生死之间的情况，有些类似于僵尸，但是又有自己的思维。这是我的理解，如果你们有什么想法也可以补充，而最后一点就是那个祠堂，为什么刘飞会那么绝望。对了，最翠娘的失踪，也许是一个提示。"

　　胖三和瘦猴同时问道："什么提示？"

　　陈昊欲言又止，似乎有些难以启齿，周玦忐忑地说："该不会是……我们也会有人失踪吧？"

　　陈昊虽然没有说话，但是从他的眼神可以看出，他们很可能会遇到这样的麻烦，然而那么倒霉的事情会落到谁的头上？谁也不能确定，这更加让人感到不安。大家开始恐惧地对视，互相打量着四周。

　　陈昊没有停止分析，继续说："在这里出现了一个和当初荒村形式上很类似的村庄，他们唯一去过的两个稍微有人烟的地方，都是鬼村，感觉就像被世界给抛弃了，到哪里都是鬼，感觉他们就像不在人间一样，而是在一个诡异的空间内徘徊……也就是说书里那群人因为拥有了那包东西，我觉得十有八九就是我们手中的泥板，他们处于和原本世界相隔绝的一种情况，介于生与死之间的状态。这点很重要。"

　　周玦点头道："感觉他们就没有和活人接触过，而且不是在打仗吗？日本人也就一开始出现，之后再也没出现。他们真的是在南京吗？我觉得，他们像进入了异时空一样。"

　　线索越想越模糊，五人之间的气氛也越不对劲。大家都开始不安地低下头，心里感觉好像书中已经给出了很多暗示，只是他们无法得知，有一种抓不住救命稻草的恐慌感。

　　瘦猴逞强地拍着桌子，他说："既然如此，那么我们五个人同出同进，大家小心可能发生的变化，千万不能落单，防止有人失踪。"

　　胖三点头同意瘦猴的观点，周玦无奈地说："也只有那么办了，陈哥，你说书里面提到的最后那间墓室是什么？"

　　陈昊的眼神闪到了叶炜身上："这要看他们进入的是什么墓室，不过按照先前准备的那些资料，我们到手的很多资料都是来自东汉末年至南北朝时期的东西，那时是乱世，因而那个时代的东西变得更加复杂和神秘，所以也是这种符咒最为活跃的时代。"

　　周玦开玩笑道："真三国无双吗？"

　　大家听到周玦的话愣了一下，随即哈哈一笑，稍微缓解了一些前面的不安。

　　陈昊道："虽然现在情况不妙，但是我有一种感觉，我们现在依然踏着茹兰的足迹在走，也就是说，还在小说的模式内，不过很快就要跨出去了。"

　　周玦明白这句话的意思，这仿佛是一种非常怪异的三连套环游戏，现在他们是这些环中的一个，一头连接着书里的东西，而另一头连接着陈茹兰他们，只不过现在一个环似乎已经开始渐渐脱落了。

　　突然，五人中传来了一声怪叫，声音有些类似放屁。五人相视，最后胖三尴尬地说："不是，不是放屁，是我肚子在叫……"

　　瘦猴没有嘲笑胖三，反而诚恳地说："的确是饿了，还没吃晚饭呢。你们带吃的了吗？"

　　周玦说："时间太紧，没来得及买，算了，在火车上买泡面吧。"

说完周玦要站起来去买吃的，陈昊一把拉住他说："不要落单，我和你一起去。"

胖三见状也站起来说："要去一起去，留下这个神棍看行李。"

叶炜倒也不生气，拿起杯子喝了一口水说："可以，泡面我只吃康师傅的，谢谢。"

胖三一副小人得志的表情说："走，哥们儿。"

四个人气势汹汹地走向贩卖小车，乘务员被这四个人的气势吓得倒退好几步，问道："你们要买什么？"

瘦猴不耐烦地开口道："方便面。"

周玦想了下还是补充道："康师傅，红烧牛肉味儿的。"

买完之后掉头就走。他们那架势，惹得乘务员轻声骂道："神经病，买方便面搞得像黑社会收保护费一样。"

回去的路上四人顺便把面泡了，陈昊惊叹于他们泡面的熟练程度，周玦略微得意地说："练出来的，这是哥儿几个最得意的技能。"

当他们回到座位上的时候，叶炜倒是还在，他偷偷地逗着那只猫，眼睛眯成了一条缝儿。看样子他很喜欢这只猫，周玦不明白，他为什么要说这只猫会带来死亡。

叶炜没有失踪让众人舒了一口气，毕竟如果真的失踪，他们也不能放着他不管。周玦把面放在他面前说："买来了，闷一会儿再吃吧。"

叶炜客气地点了点头，礼貌地让陈昊和瘦猴坐进去。瘦猴不想坐，但是看到胖三这块头儿，只有无奈地挪了进去。他依然无法感觉到叶炜有一丝活人的气息，这是最让他排斥的。他从这个男人的身上感受到一种丧气，他讨厌这种阴森，讨厌这个男人虚伪的友善。

周玦了解瘦猴，如果不是非常时期，以瘦猴的个性根本不会去搭理这个家伙，但是现在他也没有办法，因为他们每个人之间的联系都太薄弱了，无法真正去相信谁。他至今也无法理解陈昊的真正目的。

就在周玦分心思考的时候，胖三喊道："靠，搞什么，这面坏了。"

周玦问道："你说什么？"

胖三扔了叉子，拿起面桶看了半天说："太夸张了，过期那么长时间了居然还在卖？这火车要吃死人啊。老二，你带止泻药了吗？"

周玦捧起自己的面桶，发现同样也是过期了好久，而且泡面正散发出一股酸腐味儿，心中也不免泛起一阵恶心。

周玦又拿起面看了一眼，然后说："但是泡的时候，面还是好的呀，没闻出什么味儿来。"

瘦猴接过面一看道："是够久的，那么长时间的面还在卖，真是想吃死人。"

胖三气呼呼地就想要拿着面去找人算账，他嘴里嚷嚷道："五年前的面还在卖，真够缺德的。"

陈昊听到他这话，双肩一僵，拍着台子一下子站了起来说："糟了，大家要小心！"

所有人都还没搞明白，于是陈昊补充说："这面的日期是五年前！"

大家不解地问，那代表着什么？

叶炜冷不丁地插了一句话："环开始动了。"

周玦看着陈昊，陈昊没有心思回答他们的问题，而是看着火车。他走到边上，抓着一个乘客的手说："能告诉我现在是几几年吗？"

那个人莫明其妙地说："你在说什么？现在不是 2003 年吗？脑子有病啊！"

胖三撇嘴说："毛病吧，明明是 2008 年，怎么说 2003 年，日子越过越少？"

旅客莫明其妙地看了他一眼，但是在边上的周玦从那普通旅客的眼中看到一丝怪异的神色，仿佛是在冷笑。他正在琢磨那人为什么会有这种神情时，突然瘦猴叫道："我想起来了！那张车票也是 2003 年的，五年前的票！难道我们在五年前的车子上？"

胖三还没反应过来，瘦猴一把抓住叶炜的衣领说："说！你是不是早就知道了！是不是又是你搞的鬼？"

叶炜头一次没有微笑着回答，而是冰冷地看着瘦猴的眼睛说："我说了，环动了，茹兰能够帮我们的也有这么多了，他们最后的消息就是在这火车上。陈昊，你还不懂你姐姐的安排吗？"

陈昊皱眉问道："什么意思？"

叶炜一个字一个字说道："其实当初他们七个人最后没有一个完成任务，这个方法可以为你们重现五年前的那一幕。"

陈昊无视叶炜的挖苦，反而自言自语："难道说……我们现在和五年前的茹兰他们重叠了，我们可以见到他们？"

叶炜没有回答，突然陈昊像明白了什么，一下子整个人都僵直了，他额头冒着冷汗，对着众人说："现在到哪一站了？"

周玦抬头看着时刻表说："现在估计还有四十分钟就要到南京了。"

陈昊硬是让自己冷静下来，他气喘吁吁地说："快想办法下车，这车要翻了！"

周玦一愣，没理解这话的意思，突然他想到瘦猴说过，五年前的那列车最后出了车祸，死了很多人。他一下子也僵住了，吓得都不会说话了。

瘦猴背上行李，说："跳车吧，我上次也跳过。"

胖三连忙摇头说："我不要自杀。"

周玦迫使自己冷静下来，也连忙背上行李说："不能跳，跳下去肯定死。叶炜，你该知道怎么办吧？你不是最开始就问瘦猴，关于那卖棺材的人的事情吗？"

众人齐刷刷地看着叶炜，他不慌不忙地说："也算不上知道什么，只是那卖棺材的就是当年七人之一。"

瘦猴不解地问道："但是，他没有变成你们所说的那样。"

叶炜破天荒地叹了口气，道："小朋友，难道你就不能变换一下思维吗？处于不生不死状态的，未必只有一种形式。这个人有能力把自己的执念集中在火车上，所以他把所有线索都留在了火车上，换而言之，就是所有出现在火车上的'七人'都会被牵涉。他们给了我们最后的信息。"

胖三说："那么，我们得找出那个人？"

此时，叶炜脑袋一歪，看着身边的陈昊说："你觉得呢？"

陈昊沉默到现在，众人的目光落在他的身上，这些目光中除了焦急，还有几分不信任与猜忌。陈昊看了一眼周玦，第一次没能从周玦的眼中看出些什么来，他发现周玦只是看着他，眼神却没有丝毫的感情流露。这是一种防备的眼神，陈昊心底里像是有什么东西被熄灭了。他默默地说："现在找人已经来不及了……"

陈昊让叶炜把他带来的泥板拿出来，然后从衣服口袋里掏出了三份类似的复印件，接着把东西放在桌子上。众人围着桌子看去，瘦猴和胖三认出，他们曾经花了好多时间抄录的资料中，就有很大一部分是这些图案，但是他们不知道这些东西的意义。

陈昊说："这些东西就是当年茹兰留下的最后消息，我们必须把所有的泥板集齐。"

叶炜张开嘴，想要说什么，最后只是苦涩地微微一笑，而后便继续沉默不语。陈昊指着这些图说："这图案里藏着一个'鬼'，它是一切的源头，但是现在我也不知道它是什么东西。我到处查找关于这些图案的内容，那些内容都指出这样东西和亡者有着非常深的关系，它关系到一个非常神秘的组织，那个组织只为了生与死而存在，这就是我这些天查到的信息。"

所有人的后脖子都仿佛灌进了一股冷风，不禁打着哆嗦。周玦问道："这东西有多少？"

陈昊说："我推测是七块。因为从那坟墓中出来的七个人应该是人手一块，但是现在我们算上包裹邮寄的、周玦找来的，以及叶炜带来的，一共也就六块，那么还缺一块。"

胖三想要插嘴说些什么话，突然发现瘦猴看着这些泥板出神，自言自语地说了些话，听上去好像不是汉语，自然也不是英语，倒有些像他老家的满语。

陈昊继续说："如果说车上的那个幽灵真是七人之一，他一定会被这些泥板所吸引。也许我们可以拿到最后一块。"

周玦突然明白了陈昊的言下之意，说："你的意思是，我们收集齐所有的泥板，就更加接近故事了？"

陈昊摇头道："可以这么说，现在我们到了关键的时候，我们必须找出最后一块。"

胖三心虚地问道："你就那么相信你姐？万一……"

此时，叶炜说道："不，她成功了，至少她离开了火车，因为我手里的这块就是由南京快递来的，时间是五年前。"

陈昊握着拳头说："不知道。如果她没有死，说不定会给我们一个答案，不过现在我们得想办法保命。"

叶炜没有说话，此时一直沉默的瘦猴说道："虫洞。"

瘦猴说："我们专业老师一直给我们灌输这个概念，说简单点儿就是时空扭曲。感觉是把时空的某一个螺旋点和另一个连接在一起，就像搭积木那样。"

胖三显然听得比较困难，周玦虽然明白了点儿，但毕竟他主修的科目是量子力学。所以，他对这种概念并没有具体化印象。

此时陈昊说："差不多，古话说'洞中方七日，世上已千年'。也就是说，我们现在依然是在 2008 年，但是我们周围的情况是 2003 年，于是只要接触到我们本身，便只能是 2008 年的事物。泡面就是最好的解释。"

周玦不能理解："但茹兰那群人是如何造成只有在理论上才会出现的时空扭曲呢？就爱因斯坦在世都无法做到。"

陈昊说："不是没有可能，如果有足够的所谓负质量，说不定可以办到。说到底，中国玄学中有许多秘法，但是不为世人所知。"

陈昊环视四周后又说："不过，你们有没有发现一个问题？"

周玦问道："什么问题？"

陈昊说："这个时空很不稳定，你看那边的那个人。"

周玦顺着他的眼光看去，发现远处开始变得非常模糊，坐在那模糊交接点的人就像变脸似的，样貌开始不停地扭曲，就像两个不同时空的人在不停地交替。周玦回头一看，原本坐在边上那个回答日期的旅客居然已经莫明其妙地消失了，他们边上的事物开始变得模糊。他发现好像有两列不同的火车交织在一起，不停地混淆着。

周玦说："看样子这样的空间很不稳定，瘦猴，你上次看见的那个人是什么样子的？"

瘦猴不自然地朝叶炜看了一眼，随后说："和他的感觉很像，他说他是卖棺材的，还有就是他的动作很慢！"

陈昊说："那么没错了，他靠本身的这些能量根本无法支撑起一个这样扭曲的时空，所以现在已经到他的极限了。"

胖三兴奋地说："说明我们不一定会翻车？我们可以恢复正常？"

周玦皱着眉头看着那车厢的深处，说："不，说明我们要倒霉了……"

胖三还没反应过来，就感觉整个车厢开始不稳定地摇摆，就像地震一样。周玦说："果然，现实中的时间应该是他们遇难的时间，我们被卡在 2003 年和 2008 年之间的缝隙中了。"

他话音刚落，只听一声巨响，随即车厢开始剧烈摇晃，并且开始急速倾斜。五个人还没来得及把行李背上，两边行李架上的行李开始不停地从架子上滑落下来。一切发生得太快，五人都还没有做好准备，车厢内就突然一片漆黑，接着是剧烈地震动，然后是大批行李掉落的声音。他们周围惨叫连连，一片漆黑中也分不清到底有多少人受伤了。周玦在黑暗中只能听到有孩子的哭泣声、女人的呻吟声，还有那只黑猫凄厉的叫声，也许黑猫被什么东西给压住了。叶炜快速地扔了几个背包给周玦几人，自己抓起那只猫喊道："快跑！"

周玦完全没有反应过来，只感觉在黑暗中有人拉着他直接往前面冲，接着就是轰隆隆的响声，周围好像又有大批东西掉落。他听到边上传来陈昊的低哼，周玦知道陈昊被砸到了，他心虚地问了一声："陈哥，你没事吧？"

陈昊只能勉强挤出一句："我操，谁的行李中还塞了一根钢管……"

周玦见陈昊说话还算有底气，也就不担心他会被砸死了。

就在这时，他们感到眼前突然一亮，周围又恢复到正常的列车车厢，四周也都稳稳当当地坐着旅客，而他们五个人保持着诡异的半蹲姿势。还是叶炜先反应过来，说："快！离开这里，空间还会变，就现在！"

周玦扶起可能被砸伤了的陈昊，问道："陈哥，你没事吧？先前谢谢你了。"

陈昊点头表示没有受伤，只是肩膀可能被砸到了。他瞥了周玦一眼道："有时间说这种废话，还不如用力气快逃命。"

他们猫着腰，扶着边上的凳子往另一节车厢挪动，还没走几步，就感觉灯光闪烁，场景居然又变化了。陈昊捂着肩膀说："凭记忆，尽量往没有障碍物的地方走。我们现在只有靠空间交错才能走出去！大家跟着我走。"

众人心领神会，但即使如此，依然有东西从架子上掉下来，还有椅子突然折断，每走一步都是万分危险。突然一只巨大的旅行包从架子上掉了下来，但是胖三根本来不及挡，眼瞅着就要砸在他脑袋上了。就在他缩头闭眼的时候，却感觉什么东西都没有，那个包也凭空消失了，再看看四周，依然是安静的列车，只有他们五个人趴在地上。

此时，旅客看着像看行为艺术一样望着他们，费解地指指点点，甚至有人讥笑他们是神经病。周玦不好意思地想直起腰站起来走路，但是刚站起来，他发现就从他边上摔落下一只旅行袋，擦着他的肩膀重重地摔到了地上。陈昊气喘吁吁地拉住他说："别管这些了，快往前走。"

胖三身体本来就宽，现在让他缩成一团还得拿着行李，显然是太为难他了。他喘着粗气说："到底要跑到哪里去啊？大哥给个目标吧，至少学习下曹操，望梅止渴，骗骗我这胖子也好啊。"

陈昊费劲儿地拽着周玦，防止他脑袋被行李砸到。他不耐烦地说："还曹操呢，阎王就在地下等着审咱们呢！现在就是那列车发生事故的时间点，我们运气好，卡在时间的缝隙中，现在只能尽量往车子的另一头跑。火车不可能全部翻车，我查过了，那次列车，靠近车头的车厢没事。千万别回头，否则就来不及了！被砸死就算 game over（游戏结束）了。"

众人在火车的缝隙中艰难地挪动，有的时候是正常的列车，有的时候却是惨不忍睹的人间地狱——有半边身体被压在椅子下的乘客，有在拼命挣扎的伤员。瘦猴想要去救人，叶炜一把抓住他说："他们早在五年前就死了，你能做什么？"

瘦猴愣了半天，叶炜一把把瘦猴拉到自己的身边说："快，现在不是发善心的时候，不想死就继续跑。"说完拽着瘦猴就往前冲。

慢慢地，他们掌握了规律，就是当灯亮着的时候，说明是 2008 年的列车，但是他们知道这样正常的情况最多也就持续几秒，长的也就十几秒。他们快速地奔跑，渐渐地抓住了窍门，就是每当灯开始闪烁、随后熄灭之时，便是列车发生了越轨，这个时候就是两个时空交替的瞬间，他们只能依靠记忆保证不被砸伤或掩埋。

也许是运气好，也许是冥冥之中的安排，总之五个人除了陈昊和胖三稍微擦伤以外，并没有人受伤，每次要出现危机时，都会出现时空变化，好像有人不想让他们就那么轻易地死去。就这样，他们一口气冲出了那节出事的车厢，但没想到的是车厢的另一头一片黑暗，没有丝毫灯光。所有人都傻了眼，根本不清楚这里到底是什么地方。

整个车厢只有沉重的呼吸声，没有一个人再提问，所有人都精疲力竭。黑暗中看不见任何人，周玦下意识地想要确认同伴，然而当他们进入这个车厢后，就再也没有看到回头的路。他焦急地左顾右盼，但是不敢发出一丝声音，连呼吸都要格外小心。他感觉四周充满了威胁，他不能贸然出声，不能让那个未知的危险得知自己的位置，可是又不能一直这样下去。

黑暗中一直传来非常清晰的敲击声，像是什么东西在不停地敲击着地面，除此之外便再也没有其他声音。其他人也都不敢贸然出声，他们就这样听着那古怪的敲击声不知过了多久，突然敲击声停止了，所有人的心脏都在那一刹那骤停，接着整个空间又回到一片死寂，再也没有别的声音。

周玦内心非常恐惧，他觉得这地方黑得有些不正常，好像是自己看不见东西了，而不是四周没有光。他立马打消了这种疯狂的想法，如果瞎了他就彻底完了。他鼓足最后的勇气，低声喊了一声："陈……陈昊……你在不在？"

黑暗中没有回应，周玦有些慌神儿了，连忙喊道："胖三？瘦猴？叶炜？你们在不在？"

依然是毫无声息。

　　周玦死死盯着黑暗，大脑里突然想起陈昊最后的分析——五个人中很可能有一个人会失踪，他知道是自己中标了。他不知道自己该怎么办，只能本能地往后退，连退数步之后，他发现不知道怎么回事，自己居然真的走了出来，然而一口气还没松，他发现回到了火车车厢，只不过依然是五年前的那个，只是现在那恐怖的越轨已经结束，现场几乎没有完好的椅子，列车内所有的陈设差不多都被压得变了形，在那一大堆东西下面还能看到女人的头发，或者苍白的四肢，它们一动也不动，就像塑料做的模型。

　　周玦不敢仔细看，他怕看到死人的脸。毕竟不是什么仵作、法医，面对尸体，周玦有着和普通人一样的恐惧和排斥。

　　他小心地往前走，心中抱着一个侥幸心理，也许再通过一节车厢，他就会回到五年后，那个时候陈昊他们都在。

　　不过，现在他必须孤军奋战，至少目前没人可以拉他一把。

　　出乎意料的是，他居然走出了车厢，外面是一块荒地，此时他一个背包也没有，没食物没水，如果突然蹿出一只野兽，他连防身的东西都没一件。

　　周玦在纠结是否要走出这列火车，他本能地认为，走出去说不定就再也走不回来了，到时候可能永远和陈昊他们失散，他会消失在现实生活中。就在他退缩地想要转身的时候，突然身后被人猛地推了一把，周玦本来就没站稳，便一下子从火车上摔了下去。他艰难地爬了起来，扭动着双手，可能筋骨受了伤，疼得脑门儿直冒冷汗。

　　他很想知道到底是谁故意推他下车，扭头看向车厢，可车子内依旧死寂，他愣在了原地。这回他真的急了，头一次像一个无助的孩子一样四处张望。车厢内连一丝生气都没有，就像一个被摔破的巨大罐头。周玦感觉哪儿都有危险，真可谓是进退两难。就在他的大脑慢慢被这样的寂静麻木时，突然他听到不远处的林子里传出了沙沙的响声，像是摩擦塑料袋发出的声响。他被这种不安的骚动所吸引，心中很矛盾，又不自觉地踏出了第一步，朝那片林子里走去。

　　他踩着斜坡上的石子爬出了铁路，跌跌撞撞地往前走去。现在只是秋天，但他感觉非常冷。他抬头看着天空，灰蒙蒙的，几乎要掉下灰来，突然他想到了《寂静岭》那款游戏。到现在，他都无法理解游戏里面的人到底是死还是活，就像他现在也开始怀疑自己的生死一样。

　　林子的深处刮来一阵阵寒风，就像对面有一台鼓风机连续吹出来似的。他裹紧身上的外套，头发被吹得非常凌乱。他觉得这季节像是寒冬，而不是秋季。周玦终于走到了怪声的发源地，他咬着牙，拨开那些枯黄的杂草，看到里面堆了许多东西，有铁锹，有绳子，甚至有炸药。

　　在这些东西的边上，还有好几只旅行包。他顺手打开了一只旅行包，发现里面有食用罐头和一些纸。他认出纸上的内容和莫名寄到陈昊家的资料一模一样，细细一看，他还发现在这些东西中有一张完整的图纸，这是资料中所没有的。那是一张地图，上面有汉字、数字，还有少许英文字母。这些东西组成了一组类似解码暗号的信息，但是他没有办法看明白。于是，周玦很聪明且很实际地选择把这份地图直接揣进怀里。就在他害怕有人会发现他的时候，突然听到一声激烈的叫声，接着便是争吵声。

周玦以为他的行为被人发现了，又不知道那些人的身份，慌张中选择躲在了一个隐蔽角落里。他手里没有反抗的武器，大脑里构思要怎么进行周旋和抵抗。声音越来越清晰，周玦听到吵闹声中居然有他熟悉的声音，那是老赵和顾老，他们的声音非常激动，其中偶尔会传来几句女人的声音，女人的声音非常冷漠，甚至可以用冰冷来形容，完全不带一丝感情。

"你到底想怎么样？我们给你资料，给你方便，你最后就是耍我们？你从头到尾就没准备说！"

"我会说，只是不是现在，现在那个东西还在。"

"你不是说，那个东西已经不能威胁我们了吗？那火车怎么还会翻？还有，你到底还有什么事情藏着掖着？"

"我们一路下来，遇到的怪事一次比一次要命，虽然你说没事了，但是那个东西在你手上，你到底有没有考虑过我们的感受？茹兰……"

"老顾，不要说了，我们走。反正只要保管好那本书，我们就可以继续活下去。没必要为了她再冒险，命是我们的，让这个疯子自己去折腾吧。"

"哎，建国，你和我们走吗？留下会没命的。你还真的相信有那个墓？"

"不，我留下，我是看着她长大的，我信她。"

"殷叔，你也走吧……接下来的事情也许真的不是我能够控制的。"

"丫头，不必说了，走吧，把东西带上。"

"殷叔，你走吧……"

"别再说了，走，小叶已经死了，老高不知道还活没？我再不拉你一把，你一个女人走不下去。"

"殷叔，你还是走吧，再不走，就没有机会了。"

"是啊，我们走吧，现在不走就没命了！我们犯不着啊。"

"老顾，别管了，再不走就迟了！"

"哎！你们两个……哎！"

"丫头，他们真的走了，我们该怎么办？"

"我们已经很接近了，那个琥珀应该还在那个墓里面。如果按照原先的计划，我们可以完成仪式，那么也许我们就可以解脱了，但是现在我们只有两个人……而他还在等我们，如果我们赶不过去就什么都来不及了，那个时候，顾老和老赵还有高伟都可能会马上又被盯上。"

"那么丫头，你想怎么办？"

"赌一次，但是如果输了……殷叔你不要怪我，我必须再制造一个机会，甚至为此我可能会赔上你们所有人，包括我自己在内。"

"丫头，你不用说，我都知道，就说该怎么办吧。"

"殷叔……好，这么说吧，当初为了躲避那个东西，我们选择了和书中人一样的做法，那就是仿造死亡，那个东西和死亡有着独特的联系。我们尝试过穿寿衣，但是依然没有作用。我发现所谓的死亡恐惧，和每个时代的变更有着很大关系。解放前基本都是土葬，死者身着寿衣入殓，其间很长时间停留在灵堂棺材内，所以那个时候的人对寿衣远比现代人来得忌讳。因此我选择了遗照，它是和现代死亡密不可分的媒介。我让你给我们每个人都拍摄下死亡的遗照，这些照片果然真的起到了作用。但是我觉得问题不是出在形式上。书中的人对于现代思维并不了解，所以他们认为穿着寿衣是躲避邪气，其实并不是这样的。"

"那又是什么问题？"

"是对死亡的恐惧思维。"

"那个东西只有在我们思维达到一定恐惧时才会停止行动，他要我们一直生活在死的恐惧里。也就是说，只要我们精神一放松，或者说认为自己安全了，它就会出现。我打个比方，就是当你极度困乏的时候，就有东西不让你睡着，你只能勉强地维持着清醒，这样很痛苦……"

"明白了，这就是为什么我们穿寿衣不行，而看到自己的遗照就会奏效。因为寿衣对咱们来说其实已经没什么作用了，但是死亡照片让咱们想到自己死后的模样，所以我们就害怕了，我们就怕死了！"

"对。"

"那丫头你准备怎么做？"

"我要破解这个环，如果失败我会转而改变这个环的规律，给那个东西制造最大的阻力，然后留下所有可以留下的线索。首先就是要改变它这种对死亡恐惧的追加模式，还有就是……"

周玦无法听到最后的声音，陈茹兰没有说出后面的话，接着他听到一些稀疏的脚步声越走越远。他冲了出去，看到远远的两个模糊的人影，他看到其中一个人影忽然回头，朝他做了一个很古怪的动作，像是制止周玦的前进，又像是要指引他看什么东西。接着那人转过了头，用手指着远处的一个山头，然后又指了指地下，她伸出两根手指。

再一晃眼，那两个人便消失在野林子中。周玦看着他们离开的小道，用力裹紧身上单薄的秋衣。他觉得，陈茹兰最后遇到的一定是非常可怕的东西，他突然感觉非常寒冷，空气似乎一下子降到了冰点，他觉得身后有一个东西在盯着他，就像当初他第一次看那本书的时候一样。

　　现在他一个人在这个不知名的空间内，他不知道该怎么办。他想过回到火车，但是他觉得那个充满妖异的车厢说不定会再一次发生什么变化，还有那些恐怖的尸体。

　　周玦再一次看了下周围的情景，把那些散落在地上的纸张全都捡了起来，接着在这些纸张中发现了一块用黄绸布包起来的东西。周玦拿在手上，正想要打开包裹的时候，突然感觉自己的脖子被什么东西给摸了一下，顿时背后一片阴寒，他听到身后好像有什么东西在低语。

　　那是一种很古怪的语调，像一种很古老的乡音。周玦不明白，他拽紧了手中的绸布，猛地回头，发现身后什么都没有，只是原本静止不动的树枝哗哗作响。周玦看着自己的影子，渐渐意识到必须得离开这里。他把有用的东西都整理到了一个包里，背上包朝行道的小路走去。总之，他现在待在原地也无济于事，还不如走出去看看。

　　越是安静，恐怖的感觉就越是厚重，他走得越久，反而越是感觉没有希望。周玦抬头看着灰蒙蒙的天空，仿佛感觉有雪落在了脸上，他摸着脸却什么都没感觉到。

　　他一直在走，不知道穿过了多少条岔路，每隔两米会看到一盏路灯，灰白色的灯杆像是一根巨大的蜡烛戳在路边。天空没有月亮，路灯暗暗地泛着灰白的光，分不清是灯光还是天上那灰白色本身的光源。路边有许多杂草，偶尔还可以看到一两间废弃的农舍，里面没有人，斑驳的窗户靠着一颗已经锈掉的螺丝苦苦支撑着，风一吹便发出嘎吱嘎吱的响声。周玦没有停下来进屋子休息，他宁可继续走，住在那样的地方和在一个坟头边野营是一个感觉。

　　他花了将近一小时，走出了荒凉的林子，看到了公路。但是空旷的公路上没有一辆车。他感觉走得越久，环境变得越暗，天空中那灰白色的光已经无法穿透黑色的乌云了。他有些踌躇，心想也许该往回走，但是双脚并没有停下，理智让他不能放弃。

　　周玦嘴里嘟囔道："累死了，再走下去腿就报废了。"

　　周围还是那些单调的东西，车辆行驶的标志、路灯、废弃的茅屋。温度越来越低，周玦忍不住吸了吸鼻子。他搓了搓手，勉强提起精神，他心里清楚，必须继续赶路。

　　又过了很久，也许是一小时，也许是两小时，直到走得他都无法思考，也感觉不到周遭的变化，最后终于感觉到远处好像有什么东西发出了微弱的光亮。他顿了一下，稍微收敛了思绪和精神，在公路左边不远处，果真有些微弱的黄褐色光点。这个光线和目前的气氛实在太不协调了，像是一种警告。他这次真的考虑要不要停住了，走到现在连一个人都没有，公路上连一辆车都没有驶过，居然冷不丁地就出现了光亮，这确实让人觉得很可疑。但是，往回走又能怎么样？躲进那个连风都挡不住的破屋？还是回到那个塞满死人的车厢？往亮光处走也许他会见到陈茹兰他们，只是那个时候的他们还是人吗？他皱着眉头，咬牙道："我就不信这个邪了……"

他给自己打足了气，继续往前走。他发现来到了一个小集市，这里像普通南方村镇的街道一样，青灰色的房屋，黑压压的瓦片，大块大块的青石板路，坑坑洼洼，十分不好走。

人不多，稀稀疏疏的几个行人在街道上走着，这些人看都不看周玦。周玦和那些人擦身而过，也没有主动去询问，他觉得这些人很眼熟，好像在哪里见过，只是回想起来却都不认识。事实上，他们的确不曾相识，那种莫明其妙的熟悉感让周玦心里发冷。

他不知道为什么会从野林子走到这样的小村子，其实这种村子在公路边也很平常，在南方的郊区处处可见，住着一些打散工或者维修公路的农民工，还有一些当地的农民。在村子的后面一般都是农田，种着一些时令蔬菜。只是，周玦此刻觉得这个村子怎么都显得有些突兀。

突然，他听到村子的一间屋子里出现了哭喊声，哭喊得声嘶力竭，而且声音也有些熟悉，他总觉得这里的人真的好像在哪里看到过。他想要走过去看个究竟，突然有人一把拉住了他的胳膊，他回头发现居然是陈昊。

周玦讶异地问道："你怎么在这里？"

陈昊说："跟我来。"

第
十
四
章

另一个答案

QIRENHUAN
七　人　环

　　周玦不明白自己身在何处，四周寒风冷冽，几乎把一切都蒙上了青灰。周玦大脑里闪过的第一个问题是：他是不是真的陈昊？

　　陈昊见他还没有缓过神儿来，便一把抓住他的手臂："别发呆，快跟我走。"

　　说罢便拽着周玦往一条小巷赶，当他触碰到陈昊的一瞬间，只感觉大脑连着脊椎的地方一阵刺痛，好像什么东西被拉断了。他抚着额头看着陈昊的背影，很快，他被陈昊带到了小镇的深处。周玦忽然闻到从身后传来了一股烧焦的味道，四周的颜色顿时呈现出一种古怪的红。

　　周玦纳闷儿地问道："他们在烧什么？"

　　陈昊没有松开周玦的手，道："有人死了，在跨火。"

　　果然在转弯处的一块空地上，有一群绑着白腰带的人，一个个像跳绳一样从火上越过。这是一种古怪的仪式，周玦数了一下人数，一共是七个人……

　　周玦感觉到一种不安定的恐惧，他盯着陈昊的肩膀，陈昊的手心传来了热量，周玦握紧他的手道："陈哥，这里是哪里？"

　　周玦握着陈昊的手，而陈昊依然背对着周玦，边走边说："不知道。也许是南京附近的某个小镇，总之我们是中途下车了。"

周玦想要放开陈昊的手，但是因为那份温度而迟疑了，他继续追问道："你们是怎么到这里的？"

周玦等着陈昊的回答，他觉得陈昊手心传来的热量越来越少，好像那只是他心中的错觉。周玦试探地问："陈哥？你怎么不说话？"

陈昊依然没有转过头，两个人的影子被昏暗的路灯拉得有些扭曲，许久，陈昊才开口道："你见到她了？"

周玦一时间没有反应过来他指的是谁，陈昊缓缓地转过了脸，眼神变得非常冰冷。周玦心中隐约升起一股寒意，他连忙甩开陈昊的手，后退了好几步，警惕地问："什么？"

陈昊皱着眉说："茹兰，她在这里应该留下了最后的信息，她……还活着吗？"

周玦警惕地看着陈昊说："不知道，我没看到她……"

陈昊苦笑着摇头："也许没机会了，她应该已经不在了……"

陈昊拍着周玦的肩膀说："走吧，胖三、瘦猴他们都在等，放心，我没问题。你遇到的事，叶炜可以给你解释。"

周玦见陈昊看穿了自己的心思，心中顿时像失去了某一种拉力，直接落到了深处。他无奈地说："我没见到陈茹兰，但是我听到了她和顾老及老赵的谈话。顾老和老赵最后抛下了她和殷叔。"

陈昊的眼中终于又燃起了希望，他说："她说了什么？"

周玦说："她说她如果失败就给我们创造新的机会。我敢肯定她那么做了。你看……"

说完，他想要从包里拿出那个黄绸布包着的东西，但被陈昊拦住了。

他摇了摇头，喃喃道："失败了吗……哪里出错了呢……"

周玦看着陈昊的眼睛，陈昊稍微恢复了正常，他看着一旁注视着自己的周玦说："你不信任我。"

周玦犹豫了片刻但还是点头，陈昊苦笑着说："但我信你。"

周玦为难地说："我不知道该怎么说，信和不信不是口头上的承诺。我周玦虽然不是把信用和承诺看得多重的人，但是我只要在安全的情况下，绝对不想做出违背良心的事。我不想伤了我身边任何人的心，陈哥我不想伤你的心，但是……"

陈昊问道："但是什么？"

周玦说："但是陈哥，我很怕死，我不会拿我的命来开玩笑，所以如果我发现有人拿我的命来赌的话，我绝对不会让他那么干。陈哥，我希望你不要像你姐姐一样对待我们这些人。我们不想拿命来换什么机会，保命是我们的目的。我没有那么高的觉悟，我会选择和老赵他们一样的做法，自己选择活路，可我不想背叛你。我……"

　　陈昊点上一支烟，烟味儿和远处传来的浓烟混成一种腐臭，那些人还在跳，好像永远都跨不完似的。周玦看着陈昊的眼睛，而陈昊也只是静静地看着地，如此两人沉默了一会儿，陈昊最后只是淡淡地说了一句："我明白。"

　　说完他苦笑着说："走吧，他们还在等我们，先吃点儿东西，你饿坏了吧。"

　　周玦点点头，把还想要说的话吞回肚子里。他和陈昊并肩转进了一个小巷，推开一扇木门，里面有一个简陋的小院子，上面写着"清河岸招待所"。

　　这其实就是由一座三层楼的民居改成的小招待所，在吧台上坐着一个中年妇女，她看了一眼陈昊，便继续看着电视剧。

　　他们进了房间，发现胖三和瘦猴他们在吃盒饭。温暖的空气和食物的香气顿时让周玦的大脑得以软化。胖三见到周玦，马上放下饭盒说："总算把你等来了，你没事吧？"

　　周玦见他们都在，心里的一块石头也落了下来，说："没事，就是脑子稀里糊涂的，还没搞清楚状况。"

　　瘦猴递给周玦一瓶矿泉水："先吃点儿东西，这事要问那个人。"

　　瘦猴依然非常讨厌叶炜，一直称呼他为"那个人"，也一直避免和他直接交谈。此时，叶炜坐在床上看着窗户，看着屋外的树杈，见瘦猴提到了他，便转过头对着周玦笑了笑。那只诡异的黑猫窝在他的身边，慵懒地梳理着自己的毛发，它的样子好像一点儿都不在乎。周玦进来的时候，感觉那只诡异的猫瞪了他一眼。周玦看着瘦猴说："都出来了，怎么回事？"

　　瘦猴道："叶炜带我们出来的，我看过挂历，现在是2008年，我们至少安全回来了。"

　　胖三冷笑道："亏他厉害，走的时候什么都不带，只带了那只该死的猫。不过，他倒是救了瘦猴一命，算这小子有点儿人性。"

　　叶炜依然没有下床，他的样子看上去非常疲倦，眼中还有一丝类似陈昊的那种悲哀，他对周玦说道："你拿到东西了？"

　　周玦摸着背包，看了一眼陈昊，对叶炜说："你到底在搞什么名堂？"

　　叶炜指着盒饭说："你先吃点儿东西，估计你也累坏了。"

　　胖三递给他一份炒河粉说："哎，是啊，最倒霉的是我们有一部分行李没保住，有些资料没了。不过陈哥说他记得，可以人工恢复。"

　　周玦把包递给陈昊："你再看看，这些有用吗。"

　　陈昊看了看这些资料，然后对他们说："这里面有我们没有的资料，还有……等等，这是……"他摸到了那个包裹，所有人都凑了上来。叶炜看到那个东西，脸色一下子变得铁青，急忙道："从没见过这么重的煞气，千万别打开！"

　　说完，他从口袋里拿出一张黄色的咒符包在包裹表面，没过几秒，咒符就自己燃烧了起来。陈昊不由得抛下包裹，咚的一声，包裹摔到了地上。那只猫惨叫了一声，钻到床底，只露出脑袋死盯着那包东西，嘴里发出嘶嘶的声音。

咒符烧完，那包东西却完好无损。叶炜倒吸一口凉气，说："就是这个东西……叶珽之所以能这么长时间地保留意识，完全是因为这个东西的存在。"

陈昊默默地把包裹藏在口袋里，周玦想要阻止，叶炜拦住直摇头。

陈昊低声说："现在所有的泥板都拿到手了……"

周玦吃了几口河粉，终于感觉到自己体内有了些热量。此时，招待所的老板娘拿来了一次性的洗漱用品。她冷漠地看了他们几眼，放下东西离开了。周玦注意到，她的头上戴着一朵白花。周玦见到的村民几乎都是披麻戴孝，仿佛整个村子都在举行葬礼，一股说不出的阴冷弥漫着这座小镇。

胖三说："没想到我们居然跑出来了，出来的时候，我们回头看了你一眼，发现你居然朝反方向跑，真有你的，怎么叫你都不回头。"

周玦没明白当时他们都遇到了什么状况，但肯定和他的是两个不同的版本，他让胖三继续说。胖三喝了一口水，说道："这事还真够刺激的，我们跑着跑着居然跑出来了，回头一看发现车厢居然已经四十五度倾斜，就像看惊悚片似的。我恨不得长出翅膀飞出去，但是你居然往出事儿那节跑，我们喊不住你，后面的事你就得问陈昊和神棍了。"

叶炜此时终于从床上站了起来，一站起来便不住地咳嗽，剧烈的咳嗽使他的身体像一只虾一样弓了起来。黑猫喵地叫了一声，立刻从他的身边闪开，跳到了周玦的身边，朝着他又喵喵地叫了几声。瘦猴实在看不下去，过去递了一杯茶。叶炜喝了一口，这才停止了可怕的咳嗽。众人发现，他的手心中居然有一摊血。他拿出纸巾擦了擦，微笑着说："不要紧，不是什么肺痨。"

周玦问道："到底是怎么回事？"

叶炜重新坐了下去，眼神有些迷离，说："我唯一的弟弟，叫叶珽，我们很像，但是他死了。"说完，他看着瘦猴说，"你在火车上看到的那个卖棺材的人就是他，他也是七人之一，他给你们保留了最后一个关卡。这个小子，他本来可以不用掺和进来的……"

叶炜淡淡地诉说着五年前的事，也透露了一些他家族的事情。叶家过去是木匠界的好手，在江南一带一直都给别人做木匠活儿，最擅长的是做棺材，祖祖辈辈以开棺材铺为生，自然懂得了许多别人忌讳的秘术。他们擅长厌胜之术，那是一种在古老木匠行业中流传的神秘法术，据说来源于鲁班所创的鲁班书，叶炜、叶珽兄弟是至今少数还能运用厌胜的木匠。

叶珽和陈茹兰是高中同学。叶珽高中毕业后，没有再读大学，而是开始了家族的生意，倒卖木材，也做棺材什么的，两人一直保持联系。有一段时间，叶珽曾经追求过陈茹兰，不过陈茹兰的态度不冷不热。陈茹兰弄来了那本书后，叶珽便自告奋勇地表示愿意帮助她。陈茹兰也的确需要他的帮忙，但是叶斑发现事情越来越超出他的能力范围，于是他开始求助于叶炜。但是陈茹兰没有让叶炜直接参与进来，叶炜只能在边上给弟弟一些帮助。这样的帮助和后来的发展越来越没完没了，直到最后叶斑和陈茹兰同时失踪。

叶炜继续说道："我也是第一次感觉到恐怖，我接触的死亡远比你们中的任何一个人都要多，死对我来说只是一个必然的结果。我祖祖辈辈靠这个吃饭，即使是自己人，死后也就是给一具好点儿的棺材罢了。叶斑的这件事让我感觉到一种冲动，我第一次对一件事有了那么重的兴趣。虽然我知道叶斑最后肯定是死了，但他是怎么死的，我一直非常好奇，呵呵。当然，当年陈茹兰想过要我参与，但是我最后又拒绝了。直到最近一段时间，我收到了来自南京的邮件，以及……一张叶斑死亡的照片。"

周玦皱眉道："又是照片……"

叶炜道："是的，他死亡的照片，邮件中有以上材料。我拿到照片的那一瞬间便感觉到叶斑的气息，以及……非常浓重的死气。我马上知道我被选中了，这让我第一次感觉到害怕，真是令人兴奋啊……有能让我感觉到害怕的东西啊。"

说完，他朝黑猫招了招手，黑猫像得到了召唤，一个跳跃就回到了叶炜的怀里。

瘦猴忍不住扔出了一句："变态。"

叶炜停下动作，微微蹙眉道："抱歉，我只是想表达这件事对我的影响很大，而且是它选中了我，能够有那么深安排的人，真是不简单。"

周玦继续追问道："会是陈茹兰吗？"

叶炜听到"陈茹兰"这三个字的时候，总是会下意识地停顿一下。这个女人对他来说，好像有着特别的意义。他否定地说："不太可能，时间上不够。陈茹兰就算再聪明、再谨慎，她也只是一个人，而且……我感觉，安排这一切的已经不是一个人，他的布局之深似乎已经超越了时空的界限……"

陈昊突然一下子站了起来，来回走了好几趟，大家从没有见过这样手足无措的陈昊，他失去了以往一贯的淡定，突然一屁股坐了下去："果然没错。"

胖三焦急地问道："啥意思？"

陈昊抚着额头笑了起来，说："茹兰留给我们两条消息。第一条消息就是我们在上海所得到的资料，这些其实都是前期的准备；而第二条消息就是周玦你带来的，它太关键了，里面有相当多关于坟墓的信息内容，茹兰帮我们引开了老九的监视！这两条消息结合起来才是她真正的线索啊！而重点应该就是那包裹里的东西。"

周玦愣了一下，大脑一下被什么东西放大了一样，他大声地说："陈茹兰知道这个老九的存在，而且给我们一套事先设计好的资料，让老九自己先去，然后在火车中途，通过叶斑的帮助，把最真实的消息留在了那个空间？"

陈昊激动地点头，他声音都在颤抖，说："没错，但是茹兰并不知道老九不正常，她只知道我们中有一个人会出卖我们。"

陈昊打开那件类似地图的东西说:"这是一张复合地图,上面有两条线路。一条是故事中林旭所走的路,另外一条则是陌生的道路,它的起点就是我们这里!这个村子!如果没猜错的话,这个村子就是当年他们遇到机关的那个村子。实在太巧了!"

大家围着图纸看,周玦说:"这是通往哪里的?"

陈昊说:"还不知道,但是我发现了几个特点:第一是这条路线有一段路和故事中林旭所走的是重复的,我推断,那条路很可能就是虎子他们避难的那座古墓。而第二段就有些看不懂了,我暂时无法破解。"

胖三说:"你姐姐太牛了,这她也能搞得到?会不会有诈啊。"

瘦猴说:"重点是,固魂珀是在那个古墓吗?我们有必要去一次原先他们避难的那座古墓吗?去拿到固魂珀?"

陈昊停顿了好几秒才说:"对,固魂珀的作用肯定很重要,但是我们现在还不知道,它到底有什么实质性的作用。"

周玦说:"你的意思是,我们要按照虎子当年的路线回到他们所说的那座古墓?太冒险了吧。"

胖三也赶忙说:"是啊,太危险了!他们几个都是牛皮烘烘的人物,最后也挂了又挂。我们更不用说了,太不着边了。"

瘦猴摇头道:"不一定,我们的确有必要去一次,因为老九肯定是去了那里。而且那个老九已经不能算是一个人了,鬼知道他是怎么过去的。"

陈昊抿着嘴没有说话,看着周玦。此时,周玦再一次成了做决定的人,他越来越觉得自己的分析能力已经无法驾驭这样的局面,犹豫地说:"你们觉得呢?"

瘦猴说:"去。"

胖三犹豫不决,就是不肯发话。

此时,一直没插话的叶炜说:"我同意去。"

胖三见状说:"真的去?好吧,那就豁出去了。不过到底靠谱儿吗?"

叶炜讥讽道:"怕什么?你至少还能安稳地吃一顿饭,不是吗?"

胖三起身就要冲上去,被瘦猴一把按住。瘦猴抬头看着叶炜,说:"如果我发现你在利用我们,我第一个不放过你。"

叶炜不再微笑,眼神也一下子没有了戏谑的神色,他冷言道:"我的目的就是查清楚这事,纠正一个错误。"

周玦站起来说:"就这么决定了,咱们按照这条线路走。陈哥,你安排后续吧。"

陈昊点头,在纸上写了几个字,把那张路线图藏在口袋里,然后说:"我们先住一晚,我已经联系到南京的朋友,届时我会让他给我们准备我们需要的东西。"

　　住了一夜，几个人都不敢睡，只能轮流守夜。陈昊一整晚都没有睡，他不停地写、不停地抽烟，几乎把自己所有的脑细胞都用在这里面了。周玦守最后一班，他起来看到陈昊的时候，他的身边都是烟，嘴里还叼着一支烟，看着窗口，身边已经堆积了数量非常夸张的纸。

　　周玦给他倒了一杯茶，向他要了一支烟，然后坐在了他的边上。陈昊的眼睛里都是血丝，他时不时地抽上几口烟，并没有和身边的周玦说一句话。

　　周玦默默地在他边上抽烟，看着堆积在陈昊身边的资料，发现他花了一个晚上的时间，已经把所有可能遇到的事情做了一个分析，还根据自己带来的资料做了补充。也就是说，他至少为他们提前计算了百分之十可能出现的意外，他的表情看上去很疲倦。

　　周玦过意不去地轻声说："陈哥，你去睡会儿吧，天快亮了。"

　　陈昊撚灭烟头，喝了一口茶说："不累。"

　　周玦搔着头发说："我白天和你说的事，你别放在心上。"

　　陈昊嗯了一声，道："没事，你说的都是心里话，这些就够了。"

　　周玦不知道该怎么继续说下去，两个人又陷入了沉默。过了一会儿，陈昊首先打破沉默，说："有一件事我得告诉你，但是你先不要告诉其他人，这会坏事。"

　　周玦道："什么事？"

　　陈昊转过身看着周玦的眼睛，周玦被他看得心里发毛，陈昊的脸色很白，白得很吓人。周玦心虚地笑道："到底什么事？"

　　陈昊说："上一代的人没有全部死光，有一个人或者说一个鬼混到了现在，很可能他会引导我们走进圈套。"

　　周玦说："老九？"

　　陈昊继续说："不是，因为按照现在的计算，茹兰并没有出错，那么她失败的原因是什么，肯定有一个地方是她没有想到的，所以她失败了，而这个因素到最后她都没来得及告诉我们。我发现，原先的那些照片中还少了一个人，也就是说只有六个人。还有一个人到现在还没有任何消息，最古怪的是茹兰没有提及这个人，他到底起到了什么作用呢？"

　　周玦说："的确，在箱子中的那具女尸说过，第七个人出现就意味着我们失败了。"

　　陈昊说："差不多是这个意思，但是这个东西到底是什么？是一个人，还是一个事物？还是什么东西？我不好猜测，现在我们手头儿的资料都是根据茹兰的线索来的。我觉得，还有一个神秘的力量在牵制着我们。"

　　周玦无法继续想象下去，他不安地看着睡着的同伴说："你的意思，还有一个人在我们的背后？那就是我们还不知道的第七个人？"

　　陈昊重新点上一支烟，说："不知道，但是如果真的是这样，我们就实在太危险了。

也许就在我们快要成功的最后一刻，这个人很可能会出现，会破坏我们。"

周玦显得非常局促，不自然地看着手上的资料，说："那么，你有什么办法？"

陈昊说："暂时还没有办法，但我可以肯定这个人不是老九。"

周玦纳闷儿道："为什么？"

陈昊说："因为老九暴露得太快了，他几乎是一开始就被我们认定为不'正常'了。但是按照茹兰的指示，故事中的内容多少会影射到我们的生活中，小说中七个人都出现了，但是茹兰指示的故事中一直没有出现那个第七人。这是故事中和现实中的差别，而这个差别我可以断定就是关键。"

周玦没有再提问，而是在消化着陈昊的话，每一次和陈昊单独谈话，他总觉得会是某一件事的开端。他知道陈昊心里藏着太多的事，他对自己太过苛刻，把自己当超人，实际上他也只是一个普通人。周玦想到这里，心里就发酸，慢慢地开口道："陈哥，我觉得有些事你可以说出来，不用一个人背，也许我能够帮你，真的，我是挺愿意相信你的，毕竟……"

周玦发现陈昊低着头，并没有在听他的话，周玦轻声叫了他的名字，陈昊低着头发出了均匀的呼吸声，也许因为太累了，他靠着周玦的肩膀居然不知不觉地睡了。

周玦叹着气，拿过还叼在陈昊嘴里的香烟，默默地抽了起来。他低声对睡着了的陈昊说道："睡吧，陈哥。"

第二天，当瘦猴起床的时候，发现大家都睡熟了，也许真的太累，没有一个人坚持守夜到最后。

他叫醒了周玦，周玦一脸抱歉地说自己太累了没熬住，瘦猴也没往心里去，反正也没出事。两人陆续叫醒了其他人，此时叶炜从外面进来，手里拿着一袋馒头，依然是挂着非常不讨人喜欢的笑容。

他微笑着说："大家都太累了，最后是我守夜。这镇上有好几个早点铺子，不过很奇怪，好像家家户户都在举行葬礼一样，每户人家门口都有一摊纸钱灰，还挂着白灯笼，好像在阴阳相隔的中间一样。"

陈昊嘴里默念着，突然意识到什么，马上冲下楼。那个中年妇女还在磨豆腐，她的脸色和她磨的豆汁一样苍白。众人围了上去，她根本没有抬头看任何人，只是磨豆腐。陈昊问："大婶，问你个事！"

中年妇女的声音听上去非常轻微，像从牙缝儿里挤出来的一样，她说："什么事啊？"

陈昊问道："这个村叫什么名字？"

中年妇女回答道："叫迎宾镇。"

陈昊的脸色开始泛白，此时门口突然传来了呼喊声，像出殡的队伍，噼里啪啦的爆竹声随即响起。

女人看也不看他们五人，收拾完豆腐，就往里屋走。

周玦拦住那个女人，女人停住脚步，周玦继续问道："大婶，这里为什么死那么多人？"

女人愣了一下，看着面前的这些年轻人，开口道："这里没死人，不要触霉头。"

胖三指着外面的葬礼说："不是死人？那么这是嫁闺女？拿花圈当礼花？"

女人瞪了他一眼，接着说："怎么说话的？这是这里的规矩，每年都会有，我们每一家人都要举办一次葬礼，然后把假人放在棺材里，抬到那边的祠堂。"

陈昊问道："有什么缘由吗？为什么要那么做？"

女人摇头说："我是嫁过来的，不太清楚。如果你要问，从这儿走到底，那里是办丧事的地方，死了人都往那里抬。反正我们每家人都得办一次，否则第二年还真的会死人。不和你们说了，我得准备豆腐饭呢。"

周玦几人走出院子，果然家家户户像过年似的，把屋子都搞成了灵堂，狭窄的通道内摆满了花圈，到处都弥漫着烧纸钱的烟味儿。大家的脸上看不出一点儿悲伤，就像清明节扫墓一样正常。

陈昊拍着周玦的肩膀说："去打听下再说。"

叶炜饶有兴趣地捏了捏边上的花圈，仿佛那是一朵真的鲜花，他摘下一朵大大方方地递给了瘦猴。瘦猴顿时像被电击了似的拍开他的手，几乎被气得说不出话，他憋了半天才吼出："你，你这个变态！死人的东西给我做什么？"

周玦见瘦猴快要爆发了，立马拉住瘦猴的手说："叶炜的意思好像是要我们融入这里，也扮演送葬者。"

叶炜好像完全无视瘦猴的怒视，微笑着说："是的，你看周围的气氛，我们还是入乡随俗的比较好。"

瘦猴厌恶地看着他说："我才不干，我爸妈还在，戴这玩意儿不是咒他们死吗？"

叶炜耸着肩膀，表示随便你怎么想。五个人就这样横穿整个小镇，走了很长一段路，终于在一片荒林中发现了一个大院儿。从院子里伸出的树枝构成了天然的帐篷，阳光稀疏地透过这些纵横交错的枝杈，洒在路上。越往里光线就越弱，直到最后感觉仿佛已经无法判断到底是不是白昼了，而那荧白色的灯笼就挂在通道的尽头。

这个院子有那么一丝深宅府邸的味道，周围没有任何树木，到处都是石碑和杂草，边上杂乱地堆着许多棺材，棺材已经褪色了。这些棺材里没有尸体，里面塞了很多石头，石头上有用墨汁涂画出人的五官。大门两边明晃晃地挂着两盏白纸糊的灯笼，显得阴阳怪气。

胖三盯着这场景看了半天，对其他人说："你们觉得这里真的能住人？我怎么觉得像武打片里的义庄啊。"

走到大门口，他们发现院子非常大，但是四周荒凉得要命，连一户人家也没有，只有他们来的那条路静静地躺在远处。

周玦捺着性子敲门道："有人没？开开门。"

门内没有回应，周玦只能调整语气接着说："有人没？"

依然毫无声音。

胖三拍着周玦的肩膀，意思是没人就硬闯。周玦犹豫片刻，胖三哎呀一声，把周玦拉到边上，他招呼瘦猴使出全力推门，但是大门纹丝不动。两个人推到手都在抖了，大门还是没有被推开半毫米。

胖三捏了捏手心，指着边上的石碑说："真牢！铁将军把门，沿着墙爬进去。"

周玦点了点头，瘦猴第一个冲了上去，他手脚非常灵活，一下子就爬上了墙。他看着下面说："下面好暗，都看不清底下有什么。"

周玦说："不行就先出来，我觉得这里太诡异了。"

瘦猴摇了摇头，心一横直接跳到了院子里，随后便发出了一声惨叫。

胖三着急地喊道："瘦猴，你怎么了？"

周玦看了一眼胖三，二话没说也跟着爬了上去。的确，因为背光的关系，下面是一片模糊。他闭着眼往下一跳，感觉好像掉进了什么里面，但是没摔疼，下面有柔软的垫子。再一看发现这里堆满了棺材，他躺在了棺材里，顿时慌了，手脚并用折腾了很久，终于从棺材里爬了出来。瘦猴此时也是极其狼狈，对着周玦压着嗓子喊道："棺材里真的有尸体！"

周玦回头一看，发现的确有一堆白骨裹着层层寿衣躺在里面，骨头非常脆，经周玦那么一压，直接把胸骨压折了，他顿时尖叫了一声。这时，陈昊也从墙上跳到了另一具棺材内。

陈昊自然也是一惊，不过幸好没有喊出声。他爬出棺材马上对外面的人说："你们小心，下面都是棺材，里面有尸体。"

接着叶炜也跳了进来，他跳入棺材的时候脸上完全没有表情，仿佛里面的尸体对他来说只是塑料做的假人。他看着棺材说："外面的都是石头人，但里面的都是真的尸体，这……"

大家等着胖三这个重磅炸弹从天而降，但是等了很久，也不见胖三跳下来。周玦以为胖三被陈昊的话吓到了，不敢跳，他对着墙外低声道："胖三，别怕，就是死人，没有其他异常，尸体也已经化为白骨了。"

墙外还是没有回答。

瘦猴也急道："胖三，别磨蹭，快跳过来，我们没时间了。"

依然没有人回答，周玦心中升起了一股不祥的预感，胖三难道已经不在外面了？他只能再喊道："胖三，你还在吗？"

瘦猴大叫不好，他看着叶炜说："你最后跳下来的时候，发现什么异常了吗？"

叶炜抬头看着墙说："不知道。我没关心身后的事。"

周玦一把抓住又想要冲过去揍人的瘦猴，冷着脸说："叶炜，你最好搞清楚，现在大家在一根绳上，要死一个也跑不掉，不要以为自己有多牛。其实你也只是一个人而已，同伴的死活对我们来说比什么都重要。"

叶炜眼中闪过一丝蔑视，但是很快又微笑着说："我明白。"

陈昊看着四周说："这里是后院，而且也没办法爬出去，我们先查查看，有什么线索。"

瘦猴马上说："胖三怎么办？"

周玦坚持说："不管了，先找胖三，不能让他出事。咱们先出去，大不了以后再探查，胖三是我们的兄弟，我们不能不管他。"

这时，叶炜阴森森地邪笑了一声，他指着周围说："我们还出得去吗？"

瘦猴一脸愠怒道："你什么意思？"

叶炜指着墙说："你没发现这里没有大门吗？"

周玦心下一惊，顺着他指的方向看去，发现不是没有大门，而是大门被一座巨大的石碑顶着。

陈昊打开手机照着四周说："先去看看，明明是白天，为什么这里会那么暗呢？像晚上似的。"

周玦抬头看着天空，发现这里的确非常昏暗，天空呈现出一种非常不祥的暗灰色。周围的一切仿佛都在阴影中延伸着，尸体、棺材杂乱地堆弃着，像垃圾一样。

这里的棺材数量非常惊人，尸体大多数都已经化为白骨，有少许还有那么些皮肉。尸体男女老少都有，棺材没有被盖上，尸体就这样暴露在外，上面已经积了许多灰尘。不过人死了也没什么感觉，只是周玦几人看得实在心里发怵，生怕从其中一具棺材里跳出一具僵尸。

最后的线索

QIRENHUAN

七　人　环

　　他们艰难地跨过这些棺材，终于来到门口。石碑上已经长满青苔，上面依稀可以看见雕琢过的纹理，只是实在太模糊，看起来太费劲儿。

　　石头的材质非常坚固，双手摸上去冰冷刺骨，站在它的边上能感觉得到石头所散发的寒气。

　　瘦猴说："这块石头不知道是什么质地，怎么寒气那么重，这些尸体围着它还能安息吗？"

　　叶炜说："这种石碑的样子很像挡在陵墓大门之前的自来石，是一种用来顶住大门的防盗机关。"

　　陈昊用手摸着石碑的表面，突然像摸到什么东西似的睁大了眼睛，对周玦说："把打火机给我。"

　　周玦打着打火机，微弱的光线照在石碑上。陈昊拍了拍石碑上的灰尘，说："你们觉不觉得这个图案很熟悉？"

　　周玦瞪着眼睛，尽最大的能力从这稀疏模糊的抽象图案中寻找相似之处，但是怎么都无法对号入座。

　　陈昊说："这上面的图案和我们泥板中的一个图案很类似，好像可以连接……叶炜，你手里的那块泥板，和我们拥有的其实也是连在一起的，可以组成一个更大的图案。这个石碑上是另外一块。"

　　打火机的火光非常微弱，石碑上的图案根本无法辨认。周玦无法确认到底是不是，但陈昊只要一有空儿就会对着那几块泥板发呆，这些泥板犹如进入扫描仪一般，进入他的大脑处理器。

　　陈昊闭上眼睛，用双手抚摸着石碑，眼皮不停地跳，他想最大限度地记住这些图案。闭上眼之后，他的大脑里就显示出双手触碰的那些石刻痕迹，这些痕迹在他的大脑中构成了一组具体的图形。当这个图案越详细、越清晰时，陈昊却觉得身体越沉重，他的脑子里不停地回想着姐姐的身影，好像除了那图案，还有其他什么信息一起涌入了他的脑子。他不知道那是什么，但是这已经超过了他所能接受的范围，他感觉里面有什么东西在引导他，又有一种东西在排斥他。

　　"小昊……小心……"

　　他突然睁开眼睛，大脑中最后呈现的样子是一个陌生的女人。这个女人不是他的姐姐，她披头散发的样子非常落魄，那声音是陈茹兰的。那个女人的眼神非常冰冷，墨黑的眼眸中投射出一种说不出的古怪。

　　"陈哥？"

　　陈昊摇了摇头，闭上眼睛，想要把最后一块泥板的图案记住。当他再把手放在石碑上的时候，突然感觉像摸到了人类的皮肤。他睁开眼睛，第一眼看到的居然是那个女人的脸：苍白的脸颊，凌乱的头发，毫无生气的眼睛直勾勾地盯着他。那个女人不知什么时候，就这么出现在他的面前。

　　他倒吸了一口凉气，周玦连忙扶住他的胳膊："怎么回事？"

　　陈昊定睛再去，发现石碑依然只是石碑，根本没有人。但是，那双阴狠的眼睛他绝对不会看错，而双手的触感更加不会搞错，他刚才触碰着的是一张女人的脸。

　　叶炜幽幽地问道："记住了吗？"

　　陈昊点了点头，他的眼神非常迷惑。周玦追问道："陈哥，你是不是感觉到什么东西了？"

　　陈昊揉着太阳穴，他看着石碑说："都记住了。"

　　瘦猴说："奇怪，为什么这块石头会戳在门口？如果按照那家伙说的这石头原本是戳在墓道门口用来顶着大门的，那么我们岂不是等于在一个墓穴里？"

　　瘦猴话刚说完，陈昊立刻如醍醐灌顶，他说："这里其实仿照了古代陵墓的格局，我们进入了一座开放式的小墓。"

　　周玦看着四周说："那么这些尸体，其实就是充当了过去的陪葬者？如果是这样……"他转身看着大院面前的那间大屋，继续说，"这就是主墓室？边上这些就是享堂？"

叶炜看着石碑说："我们翻墙进入了这个小型的'墓室'，就没那么容易走出去。我感觉到这个地方和外界是隔绝的，这是一种非常厉害的法术，连我都没有见过。使用这个法术的人道行相当了得，在我之上！果然这次我来对了！也许胖三现在还在外面干等着咱们，而我们已经出不去了，真正危险的是我们四个。"

叶炜刚说完这句话，他们明显感觉到从高墙的外面吹来了一阵风。这个时候，他们才注意到这里的一切都静得可怕，仿佛一切都是静止的，没有丝毫生气。

陈昊看着四周，腐朽的棺材，古怪的石碑，和古墓格局一样的大院，这一切都显得非常刻意，有人刻意安排了这一切，等的也许就是他们几人的到来，特别是石碑上那个图案——关于泥板的秘密。

陈昊看着四周的环境，不再疑惑。他坚定地迈开步子，首先朝大院的正屋走去，他的表情好像是终于下定了决心，表情非常决绝。周玦和瘦猴对看一眼，此时叶炜已经跟着陈昊走了过去，瘦猴不安地说："你相信他们？"

周玦苦笑道："现在还有其他办法吗？"

瘦猴无奈地摇着头，也跟着叶炜走了过去。周玦回头看着那块石碑，叹了一口气。就在他也准备跟上众人的时候，他发现石碑上那些纹理突然变得清晰起来，仿佛是特意让他看明白似的。周玦看到上面刻着一个古怪的字，这个字既不是篆体，也不是楷体，这个字……就像突然出现在石碑上似的，犹如幽灵般浮现了上来。周玦在心中默默地把这个字的样子记住，然后跟着陈昊他们一起进入大厅。

大厅的大门象征性地掩着，陈昊用力一推，大门就嘎吱一声，应声而开。大门上掉落了大量灰尘。大厅布置得完全像一个灵堂，正中有一具枣红色的棺材，漆得如滴血似的，和外面那些陈旧的棺材根本没法比。棺材只合上了一半，周围有纸扎的假人，这些假人已经连眼睛鼻子都分辨不出了，只是象征性地倒在边上。边上还有很多箱子，里面好像堆放了许多纸做的陪葬品。在棺材的前面是一张供桌，上面有一块灵牌，四周是烂得几乎不能碰的白布。陈昊没有继续前进，他停住了脚步，眼睛盯着牌位，嘴巴不由得微微动了动，像是在说什么，但是即使离他最近的周玦也没听清楚。周玦缓缓地走了过去，拿起牌位，上面赫然写着：翠娘之位。

四个人同时念出那名字，心中都不禁大吃一惊。翠娘本来只是出现在故事中的人物，没想到居然真有此人，而且还和这诡异的大院有联系。难道翠娘最后死在了这里？那么，是谁给她立的灵位？

众人心中的疑问一节节攀升，周玦说："难道是林旭给她立的灵牌？不对，林旭不会什么法术，这个诡异的墓室空间不是他弄得出的。"

瘦猴说:"你们忘记了吗? 翠娘最后是失踪了,也许是他们七人之一所为吧。"

叶炜没有说话,他终于不再假笑,而是全神贯注地看着四周的布置。陈昊一直没有说话,他的眼睛死死地盯着那具棺材,仿佛要将棺材看出一个洞来。

四人的呼吸越来越沉重,他们缓缓走到棺材边上,棺材里果然躺着一具女尸。周玦看到那尸体时,眼珠子都要凸出来了,他啊了半天,抓着头发说:"真有尸体!"

瘦猴疑惑地看着那具尸体,问道:"这就是……翠娘?"

陈昊抿着嘴什么都没有说,他一下子把棺材移开,颤抖地掀开女尸月白色的寿衣,发现那尸体的骨头上有一截钢筋。陈昊的脸色顿时苍白得像个死人。

瘦猴说:"不对……那个时候的人就打钢筋了? 翠娘是民国时期的吧?"

周玦感觉到什么,他轻声问道:"这……也许不是翠娘……"

此时,陈昊干涩地开口说话,他的声音简直不像他自己的,沙哑得让人听着难受。他回答:"她是茹兰,我姐姐陈茹兰。"

周玦看着躺在棺材中的女尸,尸骸缩得非常小,感觉很不真实。周玦看着陈昊,而陈昊只是看着那具尸体,他低头摸了摸尸体的头发,周玦没办法看清他的表情,但是陈昊的手抖得非常厉害。

瘦猴想要说什么,周玦拉住他,对他摇了摇头,意思是现在一句话也别说。

陈昊梳理完尸骸的头发,回头看着众人说:"现在茹兰能帮我们的就是这些了,这是她留给我们最后的谜团。"

周玦看着棺材,想要说些安慰的话。陈昊明白他的意思,摆手道:"我没事,这事其实早就注定了,五年前她就死了,只是我一直不想承认罢了。"

周玦最后开口道:"先出去再说,陈哥,别伤心了。"

陈昊愕然地看着周玦,他摸着额头,苦涩地笑着说:"好吧,既然已经到了这一地步,我告诉你们关于这本书的真实来历。但是有一点你们要明白,我也是通过调查之后才得出现在的结论的……"

陈昊坐在棺材边上,从口袋里摸出一包烟,但是没有打火机,他沮丧地双手抱拳托着下巴。他凝视着四周,好像这里他并不陌生,棺材里的是他一直在寻找的姐姐,这里是他姐姐的坟墓。

他开始叙述陈茹兰的过去,而这些事情,其实就是陈昊藏起来的那本日记中隐去的内容和陈昊五年来调查的结果。这一切陈昊终于肯娓娓道来,平静中透着一丝哀伤。

陈茹兰作为一个女人算是非常完美的那种类型,能力很强,她是大学探险队里唯一的女生。 本来一切都很平静,但是五年前的一个晚上,陈茹兰无意间得到了一本书和一块泥板,她对那块泥板的热衷程度远远大过那本书。因为陈茹兰发现,在这块泥板上有着许多纵横交错的图形,在图形的周围还有许多文字,而这些图形不像文字,只能说它们是类似咒文一样的图案。这种图案陈茹兰是第一次看到，但是总觉得在哪里也见过类似的图案。

经过研究，她肯定这东西距今至少有一千七百多年了，应该是魏晋南北朝时期的文物。泥板只是一个局部的图案，也就是说，还有其他图案，这只是那完整图案的一小部分，仅仅依靠一块，根本没有办法查出什么像样的线索。

她隐约地发现，这块泥板藏着一个非常久远的秘密，这样的诱惑她没办法也没有理由放弃。她把目光聚集到那本书上，她认为这本书中所出现的那个神秘包裹就是那块泥板，而整本书等于是告诉她这泥板的来历。随后的一个月里，陈茹兰除了上学，便是不停研究这本书内所能引申出来的一切。

终于她发现，这种泥板其实应该有七块，每一块泥板都可以成为单个的图案，图案应该是失传已久的一种汉代符箓。众所周知，道教是中国本土宗教，其演变过程非常复杂，起源历史更加无法给出准确的时间定义。在早期的道教派系中，已知的只有"符箓派"和"丹鼎派"。直到东汉后期，才出现了道教真正意义上的理论经书：《太平经》与《周易参同契》。到了魏晋时期，道教得到了很大的发展，而老庄之道也开始成为道教的另一个重要源头，并且成为统治阶级天人合一、皇权神授的一个重要依附。到了唐朝，道教进入鼎盛时期。

同样，符箓作为道教最早的派系之一，也经过极为复杂的演变过程，其中有许多秘术只是通过同族单传来延续。战乱、瘟疫，任何一场灾难都能导致许多神秘符箓失传，即使现今也只留下四种符箓的形式，这四种形式分别是：复文、云篆、灵符、符图。而这些其实都是最浅层次的形式。这块泥板就是符图的一个旁支，即使他们找到了其中的几块泥板，也无法得知整个符箓的信息。甚至就是得到全部，每一种拼接也可以有不同的图案出现，这样就会形成另一种含义的符箓。这就像七巧板一样，具有各种可能性。

此外，这块泥板距今已有两千年，最早也许可以追溯到东汉后期。在现今已知的线索中，只有晋元帝陵墓中出土过类似的符箓，不过图案完全不一样。专家学者都认为，在晋元帝陵墓中的那幅符箓，极可能出自道学术数大师郭璞之手。而它的含义一直无法被现今世人揭破，好像那是一个古代的图形密码，可能现今已经没有任何人能够解答这个密码了。

陈茹兰不可能解读这种符箓密码，但是在这整个过程中，陈茹兰都觉得好像在哪里看到过类似的东西，但是她怎么都想不起来。

当她继续看书的时候，她发现现实中的事物受到了那本书的影响，而它会随时随地消失，当它再出现的时候，一定会有怪事发生。她一开始还会借助外界力量，但是到后来，连警察都建议她去鉴定一下精神问题，她和外界的正常联系便被这本书以及泥板彻底断绝了。

　　接下来的日子里，陈茹兰也不敢再说关于泥板、七人环的事情，因为周围的人已经用一种异样的眼光看着她了。她只能继续在图书馆里打工，然后上学，变得不愿意和别人多说话，因为她不能确定她接触的那些人、那些事是不是真实存在的。她很害怕她一觉醒来，她自己也会消失。

　　就这样又过了好几个月，情况越来越恶化。她开始无法自拔，她怀疑身边所有的人，即使在崩溃边缘，她也没有放弃研究那块泥板。她开始真正意义上地去调查这些事情，并且尝试了一切方法，但是她发现自己开始有些不正常了。她的大脑里开始出现一些不属于自己的记忆，这些记忆好像和书里的内容是吻合的。这些记忆可以帮助她运用故事中那些神秘莫测的阵法，但是这些记忆有时候十分模糊，好像都是一种臆想。

　　在看书的过程中，陈茹兰发现这本书并不是虚构的，里面记载的许多东西看上去荒诞无稽，但是都有出处，而她一直被一种莫名的情绪所吸引，她有一种深陷泥潭而难以自拔的感觉。她瞒着家人和同学，开始独自调查关于这本书和泥板的来历，但疑问太多，而她只有一个人，所以她迫切需要一个帮手。

　　她第一个想到了自己的弟弟，不过她下一秒就打消了这个念头。她隐约觉得这件事非常危险，她已经无法自拔了，她不能害了自己的弟弟。接下去的事情太过诡异，她根本没有选择队友的机会，先是老赵莫明其妙地看了这本书，随后是顾老，接着是热爱收藏刀具的高知友、邻居殷叔、自己送上门来的叶珽……

　　陈茹兰在每一次看书的过程中都放入自己的假设和实验，很快她就知道故事中那个神秘古墓的路线是真的，只是被作者故意模糊化了。只有找到那条真实的线路，才能明白他们到底在故事开始前遇到了什么，这才是一切的源头。

　　陈昊说到此处便不再说下去，他抬头看着周玦说："我想要到那座古墓去。"

　　周玦沉默了许久，并没有接陈昊的话。此时瘦猴开口道："你所说的这一切我觉得都没有什么值得隐瞒的，你为什么不一开始就说出来呢？"

　　陈昊捂着额头干笑道："大家还记得那个叫嘎子的郎中学徒吧，他是七人中第一个死的，他的接替者是乞儿。乞儿的本名叫作陈婧，乞儿是她的小名。如果排辈分，她应该是我和茹兰的姨奶，是我们奶奶的同胞姐姐。所以，我们陈家和七人环根本就脱不了干系。"

　　众人不敢相信，他们同时看向陈昊。而陈昊只是苦笑，他继续说："你们别这样看着我，这件事茹兰也是在最后才知道的。因为乞儿，也就是陈婧在很早以前就死了，而我奶奶之后嫁到了外地，几乎和家里断了联系。之后，她在乞儿的老家居然找到了其余六块泥板，之后的事情，就是茹兰带着上一批的人来到南京寻找那座古墓了。"

　　陈昊顿了一下，叹气说："其实茹兰在最开始发病的那段时间，我们家人都没注意，以为她学习压力大，就把她送回老家静养。老家的人都很照顾她，她在那里就把自己关在老宅里，也不出门。我觉得，这冥冥之中真的有必然的安排，茹兰在老家找到了许多信息，这就是为什么茹兰会知道那么多后续的事情。"

陈昊正要继续说下去，身后突然爆发出一声非常夸张的巨响。他们回头一看，不知何时，那块坚如磐石的自来石居然开始不安地晃动，从门外涌入一阵刺骨的寒风。

叶炜的脸色开始变得不安，他说："阵法被人从外围破坏了，我们得想办法趁这个时候出去，否则阵法被扭曲，我们就永远出不去，只能在这里当陪葬了！"

陈昊撑起身体跳了起来，他朝棺材内的尸骸看了最后一眼，没有更多的语言。他从自己的脖子上，把那个降魔杵轻轻地放入了棺材内。他跑到门口，恢复了原本的神色，边走边骂道："这个阵是按照奇门遁甲中八门生之术演变而来的，我过去一直不明白，为什么茹兰在资料中会混杂着奇门遁甲的术理，看来这就是开启这地方的口诀了。你们几个跟上！"

周玦看着四周开始山摇地动，焦急地问道："你会奇门遁甲？"

陈昊瞥了周玦一眼没有回答，他指着东面的那间房说："三为生气五为死，胜在三兮衰在五。能识游三避五时，造化真机须记取。那里是休门，可避死劫。"

说完带头往那里赶，叶炜轻笑一声，但是很快就跟上了陈昊。瘦猴拉着周玦说："快，还戳这儿干什么？等着当人柱吗？这里要塌了。"

周玦拉着瘦猴说："你有没有觉得，咱们的陈老师的脸终于开始不再苦大仇深了？"

瘦猴用胳膊挡着头顶，像看白痴似的说："他本来就不是什么文艺青年！快走！"

周玦叹了口气，跟上陈昊的背影快速离开了灵堂。

陈昊带他们走进了一个耳室，里面除了大量破损的棺材板，其他什么都没有。瘦猴看着这些，不禁着急地说："糟了，没路了！"

叶炜看着门口说："你们听，屋外是什么声音？"

四人竖着耳朵，果然听到外面有奇怪的声音，感觉好像是女人的呻吟声，仔细听却像是喊陈昊的名字。陈昊听到那个声音，整个人条件反射似的想往回走，但是还没迈开一步，他就退了回来。他闭上眼，睁开眼睛第一眼就是看周玦，而周玦被他看得心中像是有什么东西突然被抽走了一般，有一种说不出的疼痛。陈昊冷静地说："天蓬若到天英上，须知即是反吟宫。八门反复皆如此，生在生兮死在死……"说完，他一个箭步冲到房间的东面，那里堆满了棺材板。他粗暴地把那些竖着的木板往边上拖，接着一块竖着的朱红棺材板出现在众人面前。陈昊用力地将它往左边移，棺材板却像被钉在墙上似的，并没有移动。他看着身后说："还愣着干吗？快帮忙！"

周玦第一个反应过来，他连忙奔向棺材板，与陈昊一起使力推着棺材板。他刚用力推，就发现这棺材板并不是横在墙上的，而是卡在了墙壁地下的一个凹槽内。这和日式拉门是一个构造，只是不知道被什么东西给顶住了，所以推起来非常费力。

周玦连忙说："这是一个机关，快，瘦猴搭把手！把棺材稍微抬起来点儿。"

瘦猴哪儿还用他说，早就在另一头闷头拉了。只有叶炜依然站在门口，他闭着眼站在他们的身后，嘴里默念着什么东西，额头上渗出了豆大的汗珠。

瘦猴想要喊他一起帮忙，陈昊阻止道："别喊，那小子在替我们抵挡门外的主儿。还真得有他这样的人才，否则我们就倒霉了。"

此时，门口女人的声音变得越来越凄厉，随即简直就像野兽的咆哮，完全听不出是人的声音。陈昊咬着嘴唇，像做了很痛苦的决定，他嘴里喃喃道："姐，接下去的路我来走……你就放心地走吧……"

渐渐地，外面的号叫变成了呜咽，最后消失在屋外，毫无声息。但是就在声音彻底消失的那一瞬间，突然从门口透出一股浓烈的血腥味儿，那味道简直没法用语言形容，反正这四个人估计以后再也不想吃毛血旺了。那股味道就像一座血库里的血存放了几千年发酵挥发的味道，臭已经不能形容它，只能勉强称其为顶级恶臭。

叶炜的身体开始颤抖，整个人好像随时随地会失去支撑点似的。他显然没想到外面会突然渗入这样的血气，嘴里开始发出了类似干哕的声音。

终于棺材板开始慢慢地移动了，就像一扇破旧的门被打开似的，发出咔咔的响声。就在三个人闷头推棺材板之时，棺材板的后面赫然出现了一个身穿白衣的女人，她闭着眼睛直挺挺地站在众人的面前，惨白的脸上没有一丝血色，就像一具死尸一样，笔挺地立在四个人的面前。

瘦猴眼都直了，忍不住大叫道："我靠！僵尸啊！"

众人被面前的一幕吓了一跳，都不自觉地往后退。陈昊拉住他们说："不是！不是僵尸，你们看，这是一幅画！瘦猴，你别鬼叫，叶炜会分心的！"

叶炜低哼一声，继续默念咒语。

周玦屏着呼吸再看那女子，他实在想不出为什么要在棺材板后画这么一个女人。从女人的着装来看应该是一个古代人，但是单从毫无装饰的白色单衣来分辨到底是哪个朝代的还真是非常困难。女人闭着眼，看上去非常安然。她披在胸前的头发又黑又长，这样的头发让周玦心中陡然升起一股非常熟悉的感觉，这样的头发……对了！就是第一次遇到那本书，图书馆里那一闪而过的女人！对，就是她！

周玦连忙说："我见过这个女人！"

陈昊看着周玦说："在哪里？"

周玦盯着那幅画说："图书馆，虽然只是背影，但我敢肯定是她，这头发，对！就是因为这个女人，我才会遇到那本书。她化成灰我都记得，就是她把书留给我的。"

瘦猴盯着那幅画也看得出了神，他低声说："你们说，这个女人是谁？陈茹兰？"

陈昊摇头说："她不是茹兰，只是……她很像一个人。"

其他人问道："谁？"

周玦说道："翠娘？"

瘦猴点点头，周玦舔着嘴唇说："你想，这坟墓一开始应该不是为陈茹兰建造的，上面的灵牌写的是翠娘的名字，而在故事中翠娘生死未卜。小说中说，翠娘是失踪了，并且流了大量的血。如果她死在这里，很有可能也就葬在这里。倘若这样的假设成立，那么翠娘身上肯定有着什么秘密，否则为什么陈茹兰会选择这里作为她最后的归处。也就是说，陈茹兰在最后查到的应该是关于翠娘的问题，这是陈茹兰留给我们最后的线索。"

周玦的话刚说完，陈昊补充道："还有一种可能，不是茹兰查到这里，而是某种力量引着茹兰来到这里。茹兰是怎么死的？还有，就是如果这个墓室过去真的是葬翠娘的，那么翠娘的尸体呢？她的尸体去哪里了？"

陈昊话毕，周玦只感觉浑身透着一阵没来由的寒气，那图像给人的感觉也变得更加鬼气阴森。

瘦猴结巴地说："的……的确。你们还记得在故事中，林旭两次看到翠娘出现了异状，她好像会变脸。难道那次进入墓室，他出了什么事？难道……难道她是鬼？"

突然，叶炜看着墙壁低声喊道："不好！来了！"众人发现，原本还是美若天仙的画像，突然开始起了皱褶，就像突然老化似的，那皮肤也开始慢慢地剥落。本来雪白的墙壁后开始渗出黑红色的血，三个人吓得同时往后退了好几步。

陈昊回头看了一眼叶炜，叶炜明显已经坚持不住了。他们四周的墙壁都开始有黑红色的血渗出，那血腥味儿更加浓烈刺鼻。陈昊急忙拿起一根木棍对着墙壁就是一通狠砸，女人的脸瞬间被砸出一个窟窿，本来还是幅美女画，现在就是一面破墙。

陈昊对叶炜说："再坚持三分钟。"

叶炜艰难地点着头，他的嘴里已经溢出了血。墙壁非常薄，很快就被陈昊砸出了一个洞。陈昊对周玦和瘦猴说："快，进去！"

周玦此时也不想用自己的性命做什么好奇宝宝，虽然满腹疑问，但也二话不说钻了进去。

陈昊随即一矮身，也跟了进去，瘦猴看着叶炜道："喂！快进来。"

叶炜终于睁开眼睛，瘦猴看到他的眼睛几乎吓得咬到自己的舌头，此时叶炜的眼睛通红得就像要滴出血来。叶炜伸手想要过去，瘦猴发现，他好像看不见了。

瘦猴哎了一声，从洞里冲出去一把拉住叶炜的手。他发现叶炜手上青筋暴起，手上的热度简直不是一个正常人能达到的，整个人好像随时随地都有可能爆血管。

他吓得下意识地想要甩掉叶炜的手，但还是没有那么做，而是一把拉住叶炜说："你没事吧？你不会脑出血挂了吧！"

叶炜闭上眼睛，轻描淡写地说："没事，过段时间就会恢复。快走！泥板中的东西激活了那个家伙，把我逼到这个程度，我还是头一次遇到。"说完拉着瘦猴往洞里钻。瘦猴心中无语，这小子耍帅是不是从来不分时段和场合？都这样了还头一次，死也是只有一次，没人有第二次。洞里非常窄，四个人只能猫着腰走。叶炜说："血咒对它根本没用，那东西好像本身就是靠血来维持的。"

叶炜渐渐地恢复了正常人的体温，说："它是一种非常古怪的东西，它不是恶鬼也不是冤孽，而是一种……活着的东西，它有灵魂。"

陈昊闻言，自言自语："活着的东西，不是恶灵，固魂珀，还有……血咒……"

周玦说："你想到了什么？"

陈昊眼神闪过一丝犹豫。周玦瞪着眼，表示都这时候了你还藏着掖着等什么？！陈昊对周玦无奈地说："我不是不想说，我只是不确定，我不能把不确定的东西说出来，让你们误入歧途。反正，大概可以确定的就是在乞儿的遗书中，提到过一件事，最后他们七个人不是被什么恶鬼所害，而是被人给出卖了。"

瘦猴说："也就是说，这七个人最后的失败原因不是因为什么恶鬼，而是因为人？"

陈昊的眼光闪烁了一下，周玦突然明白了些什么，心中像被针扎了一下似的。也许陈昊对他或者其他人都有所怀疑，只是碍于情面不好明说。大家都不说话了，这种不信任的情绪就像一床恼人的帐子，把他们都给包裹在里面了。

周玦心情复杂地瞟了陈昊一眼，随即尽量表现得并不在意陈昊的反应，继续推论道："难道说，书里面要告诉我们的除了那个什么力量之外，还要告诉我们，是谁最后出卖了他们？这本书一开始就说了，这是一个关于救赎和寻找答案的旅途。也就是说，书一开始就告诉我们，这本书里面存在着两个秘密？"

陈昊点了点头："应该没错，作者应该是最后活下来的人中的一个，否则他不可能写下这些。但是，到底是谁出卖了他们，他却没说，只是最后得出了一个推论，每一代的七人中都会出现一个背叛者，而那个神秘力量，就是依附在这个背叛者的身上，所以才会出现所谓的七人中有一个是鬼这样的暗示。而茹兰就是通过那封家书和看到的小说内容双管齐下才来到这里的，线索到这里就彻底断了。我觉得，乞儿和茹兰她们的线索都不完整，最关键的地方都被人为地砍掉了。"

叶炜继续说："从陈茹兰的状态来看，她是从叶莛那里学到了将灵魂保存在一个空间的方法，就像我们在火车上遇到的情况差不多。她不停给我们留下线索，并且为了防止所谓的背叛者，而采取了真假两套版本。真的很难想象，这个女人是在什么的情况下做的这些准备。"

陈昊痛苦看着三人："必死的情况下，茹兰知道自己肯定会死的。"

叶炜没有继续说下去。周玦抚着额头，想要理清思路，但是陈昊催促道："快走，先离开这里。"

　　周玦当然知道逃命才是正道，先把那些烦躁的思虑诸在脑后。陈昊领着众人往暗道深处走，这里是过去战争时期所挖的防空洞，不过已经废弃多年。叶炜因为浑身发烫，几乎没办法自己前行，瘦猴一直艰难地扶着他，叶炜很干脆地把重量都压在了瘦猴的肩上。瘦猴一边心里问候着叶炜的家人，一边还得摸着墙壁赶路。虽然瘦猴非常不喜欢这个人，对他是一万个不信任，但是此时如果扔下他，就不是瘦猴的作风了。他架着叶炜跟在最后面，时不时地回头看着后面的情况。

　　叶炜笑着说："不用看了，当你看到的时候就绝对逃不掉了。"

　　瘦猴低声问道："你知道那是什么？"

　　叶炜神秘地笑着说："我凭什么告诉你？"

　　瘦猴冷着脸不再搭理叶炜，拽着他往前赶。

　　陈昊带着他们走了二十来分钟，地道内根本看不到任何光线，只能通过摸着边缘来找路。陈昊说，这条路只有一个出口，所以只要按照这个方向走绝对出得去，因为这是八门化生中唯一的生门。

　　不过，这里的空气质量实在不太好，大家都感觉呼吸非常困难，并且那种恐怖的感觉丝毫没有减少，好像鞭打着他们，使他们根本无法慢下来喘一口气。直到最后，四个人几乎都以为要窒息在甬道中时，走在最前头的陈昊看到前头出现了一点儿刺眼的白光。四人顿时来了劲儿，兴奋地加快脚步。当他们钻出洞的时候，发现面前是一片野林子。

　　就在众人以为自己又一次搞穿越的时候，从林子的深处传来了几声熟悉的猫叫，随后林子里发出了窸窸窣窣的声音。那只黑猫突然从林子里蹿了出来，直奔叶炜，随后探出了那个周玦、瘦猴二人熟悉得不能再熟悉的胖脑袋。最滑稽的是，这胖脑袋上插满了树枝，脸上都是树枝的划痕。如果不是情况真的很紧张，所有人当场都会笑瘫。

　　瘦猴大叫道："胖三！你怎么会在这里？"

　　胖三见地道里出来的是周玦几人，大大地松了一口气说："吓死我了！你们几个傻大胆儿太鲁莽了，怎么说跳就跳？也不打探下再行动，害得我倒霉成这模样。"

　　周玦说："我没想那么多，是我欠考虑了。先不说这个，你怎么会在这里？"

　　胖三噘着嘴，一脸委屈，后怕地说："这只猫呗，它忽然跑了，总不能弄丢它，它一直往这里蹿。"

　　陈昊看着四周，插嘴道："这里好像离那个村不是很远，这个地方和故事里林旭他们来的地方很像。"

　　胖三点头说："没错，应该就是这里。"

　　周玦抚着额头，他们这一路上，正常的事情遇得不多，就鬼事最多！现在怕这个还有什么意义?

陈昊看着众人，接着又说："好像我们现在和故事中的人物保持同步了。"

周玦愣了一下，瘦猴马上说："我们的外挂消失了？难道是陈茹兰的牵引力到此结束的原因？"

说完，他回头看着叶炜，想要得到这个专业神棍的解释。

专业神棍反倒嘲讽地看着瘦猴，说："这是很自然的情况，叶珽和陈茹兰在我们到来之前保存的信息就是他们最后的存在。我们得知所有的消息之后，他们就彻底死亡了，于是那个东西，也就是刚才的那种恐怖血气就会把所有矛头转向我们，现在轮到我们了。"

叶炜的语调非常冷淡，好像死的那个只不过是一个外人，而非自己的亲弟弟。

第 十 六章

生死幻想

QIRENHUAN
七 人 环

　　胖子忍不住冷笑说："不对吧，您老刚入伙没多久，可能不知道咱的情况。顾老和老赵也是七人中的两个。他们不是也活着吗？"

　　叶炜并没有直接回答，而是看着陈昊。陈昊无奈地摸着下巴说："的确是这样，但是事情会那么简单吗？还有，你忽略了一个人，这个人也许可以解释顾老他们两个人的秘密。如果这个假设成立，也能把先前那些散落的线索连成一线。"

　　胖三问道："谁啊？"

　　陈昊说："你们的好兄弟，老九。"

　　说到老九，周玦几个人的眼中都闪过复杂的神色。对于老九，也许对周玦几人来说，恐惧感更加深刻，毕竟那是和自己生活了那么长时间的同学。三个人一下子都泄了气。

　　周玦虚脱地问道："你的意思是，顾老、老赵和老九的情况有什么联系？还是说，他们其实都是一类情况？老师，我智慧有限，请您用九年义务教育级别的语言给咱们解释，高深的就不必了。"

　　陈昊朝他点头，停顿了片刻，好像真的在考虑怎么组织语言。他咳嗽几声说：

"如果我猜得没错，老九和老赵、顾老都是死过一次的人。而至于老九为什么会死，同学们都清楚吧？"

周玦心中一阵抽动，他看着胖三和瘦猴，胖三还真像小学生一样举手嚷道："因为他被那血气袭击了？"

陈昊点头说："如果这样的话，看完这本书，那个东西就会发现我们。对了，周玦，你还记得你第一次看到那个藏刀的男人吗？"

周玦点了点头，突然恍然意识到什么，说："你的意思是说……"

陈昊勉强地笑着说："没错，那些人应该都像老九一样，死过一次但是又活了……因为在茹兰的日记中和你看到的那些片段中，这个姓高的很可能就是那个藏刀人，而他应该也挂了。此外，这些人唯一的区别就是对外界的影响，两个是死而复生，而另外两个则是传出病逝的消息。从某种意义上来说，他们都尽可能地伪装成了普通人或者普通的死人。没人会怀疑这样的设定。"

胖三吓得咬着拇指说："靠，技术型诈尸？理由是什么？"

陈昊继续说道："你先别插话，让我继续说。段叔曾经说过，他的任务完成了，所以他们来收他了。而现在的情况看来，顾老和老赵的任务就是保护那本《七人环》，并且让它找到下一批'七人'。藏刀者存在的意义，就是告知新一批'七人'他们已经进局了，而叶蜓的作用是发送信息，茹兰也是通过这样的死亡模式给我们提供了各种信息。至于老九……我现在还不知道。"

周玦努力回忆老九跳楼之前的情景，很多细节已经变得模糊了，但是他记得非常关键的一点，就是那句"我没看，我不知道，放过我吧"。他又想到故事中的情节，他说："陈哥，我想到了一个可能性，这书和这泥板其实都会被那些血气吸引的。"

"怎么解释？"

周玦继续说："你们想，老九是最后还在看书的人，而我们在寝室门口听到老九的最后一句话是'我没看，我不知道，放过我'，也就是说，他在向人求饶。那么那个东西呢？你们还记得刚冲进房间时，闻到的那股血腥味和那个模糊的人影子吗？那股味道和我们先前闻到的味道非常相似，或者说，其实我们几乎每次遇到危险的时候，那股味道都会隐约出现。我想，那就是书中人一直躲避的危险。他们也在躲避这玩意儿。而他们躲避的时候并没有所谓的《七人环》这本书，有的只是泥板，所以我觉得，这本书是泥板的延伸产物。"

周玦说到这里时，停了下来，大家都沉入了自己的回忆中，从众人的脸上，周玦明白大家都有这样的感觉。

瘦猴说："还记得故事中，翠娘是如何处理虎子的尸体吗？"

周玦道："毁尸灭迹。"

胖三不相信地说："怎么可能,难道说活着的都是僵尸了?"

陈昊摇头否定道："虽然很荒唐,但我们的线索应该是正确的。他们两个人的死亡肯定和最后他们的失败有联系,否则我们根本不可能会来到这里。最好的证明就是我们找到了过去林旭和茹兰他们的路线。我们现在就在这个村里,而茹兰能够躲到现在估计和叶莚有关系,这两个人都是异数。她要在这样的情况下,保留各种可以保留的线索,给我们最大的线索。她是许多推力中唯一确定对我们有益的。而其他的线索,我还不能确定,毕竟这本书给人的感觉不单单是邪气,还有一种说不出的感觉……"

一直沉默扮演听众的叶炜此时说道："在我们族内是有一个传说,说的是南朝宋前废帝刘子业之死,民间传说他是被鬼刀所杀。刘子业这个人是个实打实的心理变态,荒淫无度、乱杀大臣、淫乱后宫,到了完全丧失人伦的地步。有一天晚上,他做梦梦到了一个女人,心中起了淫心,刚要扑上去,就看见那女人满身血污,脸色煞白,指着他鼻子骂他罪恶滔天,活不长了。第二天早上,他还真就看到有一个宫女长得和梦中的女鬼一模一样,还冷冷地瞪了他一眼。他就命人把宫女斩首了,宫女临刑前根本不挣扎,好像一切都和自己没关系似的。当天晚上刘子业又做了一个梦,依然是那个女人,依然是怒喝他活不成了,居然还把自己的脑袋扔向他。刘子业看着地上的脑袋对着自己冷笑,和早上的那个宫人一模一样,顿时吓得魂不附体,一下子就醒了,于是匆匆忙忙带着一大批祭祀巫师去华林园的竹林堂。

"史料记载的段子是,刘子业在那个时候被湘东王刘彧秘密联合的主衣寿寂之、内监王道隆、学官令李道儿、直阁将军柳光世等诛杀。不过……因为本族的先人就是当年参与那次杀鬼祭祀的巫师之一,所以我们这里流传着关于当年刘子业被杀的一则秘闻。

"因为年代实在太久远,所以现在我们能够看明白的也就其中三分之一的内容。大意是说,当时刘子业于巳时带领男女巫师五十人、彩女三百人,行至华林园竹林堂。刘子业向天空射三箭,而后众巫师纷纷射箭。就在刘子业认为女鬼已经被杀死了,准备带领众人起驾回宫之时,在他的宫女队伍中突然冲出一个女人,这个女人拉住刘子业的胳膊不让他走。刘子业当即就用手中的箭刺杀宫女,宫女浑身血污,但是依然不放手。突然他意识到,这个女人就是昨天被他杀了头的宫女。刘子业大惊失色,大喊遇到女鬼,快来救驾。随后寿寂之等人便赶到,刘子业错过了逃命时间,连拉弓都来不及,直接被冲上来的人给一刀毙命了。

"而我的先祖看到那个女人一直拉着刘子业,直到刘子业断气为止,女人哈哈大笑。但是后续如何,由于当时过于混乱,先祖只顾着保命,也没看见女尸最后怎么样了。这只是隐藏在我们祖记内的一件秘事而已。

"然而先祖认为已经死过一次的人,的确可以复活,并且周围的人会忘记他死过的事实,而这个人会以一种半人半鬼的身份继续存活。而唯一知道他是否死亡的人,只有那些参与什么仪式的祭祀和与其死亡有直接关系的人。别人到死都不会知道这个人到底是不是已经死过。"

叶炜补充说:"我觉得生死错乱只是一个形式,目的是引每一批的七人都沿着他们指定的路线走而已。运用这种方法有一个非常大的好处,就是无论周围情势怎么改变,对他们来说都没有影响,因为周围的事物早就和他们隔绝了。"

胖三捂着脸,尽量不让自己抽搐道:"你说的有些道理,如果不是当事人,根本不知道他们已经死了还是活着。照那么说,我们……"

陈昊连忙打断他的胡思乱想:"没什么我们,如果死了,第一个知道的就是我们自己,你的记忆中有没有自己已经断气了的回忆?没有吧?我们最多只是不知道别人是否真的死了而已……算了,不谈这个。反正那本书是上一批《七人环》与我们的第一个接触点,现在的问题是,那些死而复生的人到底算是什么样的存在?如果我们解开了谜团,他们会怎么样?我们得小心,但是不能被迷惑。我觉得,这其中有太多隐藏线索。"

叶炜突然来了精神:"的确,陈茹兰是因为通过叶莛的帮助,才能保持这样的状态,并且给予我们这些暗示和线索。而你们很幸运地有我,所以即使死亡,我也会让你们真正地死去。大家记得把遗言写一份留给我,我替你们搞一个比叶莛还要牛的线索中转站。"

瘦猴忍不住往他脑后拍了下去,不过叶炜灵敏度太高,瘦猴这样闪电般的攻击也只是扫过他的发梢。瘦猴怒骂道:"你他妈的不要张口闭口就是遗书,遗书你妹!我们的目的是保命,摆脱这种变态的境况,而不是找你来给我们找自杀地点的!"

叶炜叹着气正要反驳,瘦猴瞪了他一眼之后,叶炜倒真的不说了。

胖三看到这情景,悄悄地拉着周玦的袖子,在他耳边嘀咕道:"这两人现在很熟嘛,瘦猴这架势我,也只在咱们几个人身上看到过。过去他看不顺眼的时候,不是直接抽就是干脆无视吗?"

周玦抿着嘴想了半天,说:"估计是混熟了吧……你没发现叶炜也不像先前那么 ET(外星人)了吗?"

瘦猴听到两人的嘀咕,瞪了他们一眼:"那么怎么办?接下去怎么做啊?"

五个人再一次回到沉默,树林里萧瑟的秋意包裹着四周。那只黑猫静静地躺在叶炜的怀里,它的眼神似笑非笑地看着五人,但是一声都没叫。

周玦看着天色说:"先回去,我们不能在这里过夜,否则太危险了。"

陈昊看着手表说:"没错,我们没时间了。现在是下午六点二十分。我们赶快回去,我事先打电话通知我在南京的接头人,他会带来我需要的东西。"

于是五人开始往回走,回到那家小招待所的时候,正巧遇到老板娘全家都在门口烧东西。

她见几个人灰头土脸地回来,皱着眉头问:"你们怎么搞成这样了?"

这时，招待所门口突然响起了车喇叭声。陈昊说："人来了。"

大家精神为之一振，纷纷掐了烟头冲了出去。门口停着一辆破旧的金杯面包车，车牌几乎已经被磨得看不清楚了，玻璃上面一层灰，车皮掉漆掉得简直就像得了牛皮癣。总之，这样的破车还敢在路上跑，那驾驶员也是一种搏命的豪赌。他们一出来，驾驶员就不再按那破喇叭，让他们吃惊的是，从车上居然跳下来一个非常年轻的美女。

几个人流着哈喇子盯着她，而胖三最夸张，简直把身体扭成了一根麻花，靠在周玦边上不停地暗送秋波。美女只是微微地皱着眉头，直到陈昊从大门走出来，她才终于展现了第一个灿烂的笑容。那一刻，胖三的内心是五味杂陈。他咬着嘴唇，看着美女几乎是飞扑到陈昊边上，而陈昊英俊的脸上出现了一种退缩的神色。

美女噘着嘴："不是说坐火车吗？怎么在这个鸟不生蛋兔子不拉屎的地方。要不是我有 GPS，还真的找不着路呢。"

陈昊平淡地说："遇到了麻烦，所以没办法到南京，只能找你们来这里。怎么是你？李放呢？"

美女叹着气说："他下地去了，刚挖到一个小型墓葬群，做抢救措施呢。"

陈昊说："我要的东西带来了吗？还有，你们所怎么还是这辆破车？你也敢开？"

美女白了陈昊一眼："陈大帅哥，如果不是这辆破车，我还不一定借得出来。你要的东西早就给你备好了，就在后备厢里。我帮你拿下来，你点点。"

说完就卷着袖子往回走。胖三见状，一个虎步冲上去，拉住美女的手，说："嗨，咱们那么多大老爷们儿，还需要您这么一个美女干粗活？这不是寒碜我们几个不是男人嘛。"

接着二话不说直奔车厢，但是脑袋刚伸进去，就听到胖三一声杀猪似的惨叫。吓得其他人脖子缩短了一截。只见胖三猛地从车厢内蹿了出来，此刻从车厢内下来一个人，看到这个人的出现，就连陈昊都停住了动作。瘦猴大吃一惊，而周玦倒吸一口冷气。众人万万没有想到，站在他们面前的，居然是那个该死却没死的冯老九！

冯老九的样子非常凄惨，他的额头上缠着纱布，脸上也有伤口，可能是因为伤口的缘故，没戴眼镜，脸肿得像猪头，整个样子显得非常落魄。如果不是相处那么久，压根儿不会看出来他就是老九。

美女看着众人的反应，有些搞不清状况，就说："怎么了？"

陈昊说："你们怎么会走在一起？"

美女用拇指指了指冯老九，毫不在意地说："半路上捡来的，他说他要去南京，一身的伤。我说他该去医院。但是他不听，我想干脆先带他回南京，然后扔给警察处理。你们认识？"

胖三捂着手腕，吐了口水说："呸，鬼才信。"

周玦伸手阻止胖三继续说下去，他看着冯老九。冯老九同样有些吃惊地看着众人，眼睛瞟到叶炜的时候，他皱起了眉头。

周玦试探性地问道："老九，你怎么弄成这样？"

冯老九快速地扫视了所有人一遍，心虚地说："你们怎么在这里？"

周玦一口气没憋住，差点儿岔了气，他无力地说："我还想要问你呢，你怎么弄成这样？"

冯老九捂着胳膊，低下头低声说："没什么，别管我……"

众人更加糊涂，冯老九此时的表情没有一丝诡异，反而让人觉得非常凄凉。

一时间，周玦几个人的心一下子软化了不少，本来已经把他当怪物了，但是想着毕竟是自己的同学室友，真到了这个地步，谁都无法真的狠下心不管。四个人只是傻站在原地看着冯老九。瘦猴最先反应过来，同情地说："你这是何苦，为什么？"

冯老九依然保持沉默，别过头朝车子走去，丝毫没有想要沟通的意思。

周玦咬着牙瞪着老九，他捏着拳头压制自己的怒气。周玦深呼吸了一下："老九，你先别走，我有话对你说。不管你是人还是鬼，我们现在都不在乎了，现在我依然把你当我们的老九，你那个二流的谎言咱们就不追究了。但是现在我们几个都到了最后关头，你就别再拿你兄弟几个的命，耍帅玩沉默了吧？你到底在瞎折腾什么！"

瘦猴向前跨了一步拉住周玦，周玦越说越激动，几乎要冲过去给老九两拳，让他清醒下。老九停住脚步，转过头看着众人，眼神非常痛苦，神色暗淡得几乎没有任何生气。周玦看着老九，在等他的回答，也许这是最后一次信任，而周玦似乎已经做好彻底放弃老九的心理准备。在彻底伤心那一刻后，居然有一种狠劲从心底油然而生。他马上止住这个冲动，安慰自己这是因为潜意识里没有把这个老九当作活人。他这个想法让自己的心仿佛被划了一刀似的疼，因为实在没有办法了，他现在唯一能让老九动摇的只有这份友情。这份兄弟之间的感情是周玦三人与老九之间唯一的羁绊，也是唯一的筹码。

冯老九抿着嘴看着他，看了足足有两分钟，看得周玦心里越来越没底，几乎到了无法控制情绪的地步。老九缓慢地开口，沙哑地说："我不知道怎么说，但是如果你们还相信我，老二你带着胖三和瘦猴快点儿离开，接下来的事情我来处理，也许……你们会有活下去的机会。至少你们可以像顾老和老赵那样……至少……"

胖三没有周玦这样的忍功，他在边上急得吼道："什么那样，那样还能算活着吗？老九！冯翔！你他妈的到这个时候，还有什么不能说的！你到底是怎么了？"

冯老九同样也失控地对着他吼道："你们什么都不知道！为什么要继续！陈茹兰的事情你们还没看到吗？这是不归路！要找死吗？我就是最好的例子！"

胖三被他吼得愣住了，冯老九抖着双肩猛烈地咳嗽，扯动了伤口，他捂着自己的肩膀闭上眼睛。过了一会儿，他睁开眼看着三个朋友，颓丧地说："兄弟，还记得去年我离校整整半个月吗？"

胖三点了点头。冯老九犹豫了很久，停顿了很久，最后还是决定继续说下去："我爷爷走了，这事你们也知道，那时你们还安慰我，我很感激。我爸妈死得早，我是爷爷一手带大的，他走了我很伤心。但是我慢慢发现，爷爷的死没那么简单，爷爷在最后的一段时间里显得非常害怕。我本来以为他是因为痛，渐渐我发现，他好像是害怕房间里的某个东西。他一直盯着窗户看，好像外面有什么东西要进来一样，我只要一离开，他就会发出痛苦的呜咽。此外，他很排斥看到任何与丧事有关的东西，我尽量避免让他看到寿鞋寿衣，但那些东西还是在准备，毕竟不能让爷爷走的时候连衣服、鞋子都没有。那个时候，我忙得焦头烂额，根本没心思琢磨这些，直到最后爷爷咽气了……"

说着冯老九的眼睛红了起来，周玦三个人都默默地低下了头。冯老九用手背擦了擦眼睛，继续说："就在我又怕又伤心的时候，已经咽气的爷爷突然睁开了眼睛。他已经混浊的眼球转了个圈，盯着我，随后露出了一个非常奇怪的微笑。我从来没遇到过这样的事，吓得连话都说不出来。后来我发现，爷爷其实不是在看我，而是在看我身后的某样东西。他说了一句：'你来啦……'这才闭上眼睛。我回过头看，什么都没发现。之后我帮爷爷穿上寿衣，胆战心惊地看着他被送到火葬场。你们大概还不知道，我爷爷也是七人环之一吧？他就是里面的冯禄喜。其实这七人环之事，以前就曾听我爷爷说过，所以当老二你拿出那本书时，我无法控制自己的好奇心，于是就看了，因为我爷爷并没说七人环后来的结局。其实你们猜得没错，我死过一次，虽然我依然活着，却像和这个世界隔了层东西一样。现在后悔都来不及，但是我没得选啊。"

冯老九说完，没有一个人出声，最后周玦说："于是，你遇到了书里的那个东西，到底是什么东西？你又是怎么复活的？"

冯老九摇着头颓废地说："你们不能想象，这个东西……它不是人，但是却是活的。我不知道怎么形容。总之，我触碰到他……他是有实体的！此外，我的确死了，我也记得我感觉自己的身体越来越冷，已经没了疼痛感。就在我弥留的时候，我的眼睛已经看不见医生和护士，但是不知道为什么能看到几个怪人站在我的床边。他们个子都非常高，我看不清他们的样子，他们身上有非常浓的血气，他们在我身边不停地摇晃，嘴里念着非常古怪的话。这些话不像汉语，也不是外文。我听不懂，但是我感觉到，大脑里有些东西一闪而过，然后就是一阵剧烈的疼痛。后来，我居然又能感觉到疼痛了！我以为是鬼差来带我走了，我心想也好，又可以和爷爷在一起了。我闭上眼睛，但是脑海中浮现出很多没有脸皮的人脸，它们滴着血看着我。我摸着自己的脸，发现我的脸上也都是血，我和他们一样了……我吓得浑身发抖，我不知道其他人死亡的时候是什么样的，但绝对不会是我这样的。我努力地抬起自己的手，想要抓什么东西，我感觉我抓到了一个人的手，这个人的手冷得像是块冰。他握住了我的手，力气大得简直不像人类，我感觉我的整个身体被他吊了起来。但是我怎么都无法睁开眼睛，而脑海里依然感到那些没有脸皮的人死死地盯着我。我感觉有人靠近了我，他的气息像冰窟似的。我感觉一阵寒气直接钻入我的耳朵，进入我的大脑，把我所有的脑细胞都冻住了。我吓得忘记了思考，只能接受他的思想。我听到非常低沉而且根本分不清男女的声音——七人局，生死会，血骨殁，永无竭，锁魂计，法无章，心鬼嗔，景纯怨。

"念完这句话，我感觉抓在我手上的力道一下子消失了，我整个人摔在了床上。而那些没有脸皮的人则一个一个从我床边消失。后来的事情我想你们也猜到了，我又活了，但不是在医院，是在自己的房间。空空荡荡的房间里只有我自己。我从床上跳下来，发现房间里根本没有其他人，然而爷爷灵堂上的蜡烛被点燃了。爷爷走了那么久，我已经很久没有点蜡烛了。最怪异的是，我爷爷的遗像不知道被谁斜立在了供台上。我看到爷爷的遗像第一眼时，就感觉爷爷的遗像好像活了，他照片里的眼神阴森地盯着房间的一角，那个角落就是他死前一直看着的地方。我们家是老房子，他盯着的是一扇老虎窗，从窗户可以看到房子外面的屋顶。我突然想到，爷爷死之前一直盯着那扇窗户看，在最后咽气的时候，他也是对着那个窗户说的那句话。我想也没想，直接爬了上去，屋顶的瓦片非常脆弱，我一踩就踩出一个洞，差点儿从上面滚下来。这时，我发现在屋顶的瓦片中居然有一只铁盒，那只锈迹斑斑的铁盒子好像在瓦片里放了很久。就在我拿到盒子的那一刹那，屋子内爷爷的遗像突然掉落在了地上，玻璃碎了一地。我一回头，本来亮着的蜡烛突然一下子熄灭了，屋子里一片漆黑。屋内又响起了那首怪诗，但声音是爷爷的！

"我捧着盒子爬下来后，打开盒子一看，发现里面居然是爷爷留下的手稿，还有几张老照片。我开始明白这个噩梦其实是真的……我死了。爷爷的死，我的死，还有其他人的死亡其实都是因为那本书，而我的爷爷肯定也知道那本书的来历。我不能被怀疑，我得继续下去，也许我还有活下去的机会……但我不能让你们插手，但是又无法一个人完成。所以，我抽出一部分照片和无法理解的东西混在那份快递里，送到周玦你的手里，我想要借助陈昊的手来调查这件事。"

冯老九的声音越来越弱，他又沉默了下去，就在周玦想要说什么的时候，他又开口道："所以你们现在回头还有一线生机，因为它没抓到你们，这是陈茹兰给你们的机会，而我必须走下去，因为这是我活着的唯一目的，我没有回头路了。你们明白吗？！"

说完，冯老九从裤子口袋里掏出了一块墨黑色的椭圆形石头，里面隐约间可以看到一截灰白的虫子。

众人吃惊地喊道："固魂珀！"

冯老九看到他们的反应，干笑道："呵呵，这是它的名字？它是我唯一的王牌。"

此时，一直站在边上的陈昊说："你是怎么得到的？"

冯老九没有回答，而是把东西又塞回自己的裤袋，其他人恨不得把那裤袋看穿一个洞。

胖三不依不饶地问道："你现在到底什么意思？要我们离开？你撒谎在前，现在却又要我们相信你，等着你来解救我们？你觉得我们是白痴吗？"

冯老九冷哼道："当然要瞒着你们，否则难道我直接说我死过一次，但是我回来了？你们会接受我吗？而那个姓陈的又凭什么帮我？他的姐姐也不明不白地卷入这件事情中，我信不过他。"

周玦虚弱地道："所以你撒谎，编了一个不怎么样的谎言。"

冯老九捏着拳头，轻声说道："对不起，但我没办法……"

胖三捏着手腕，他看着两边，问道："你的意思是，你一个人单枪匹马地去虎子和翠娘去过的那座古墓探秘？"

冯老九摇头道："不是，那座坟只是那个故事的开端，而林旭他们最后进入的那座古墓才是悲剧的开始，因为一切秘密都在那里结束。这首诗很重要，我发现这事和一个神秘的组织有关系，最早可以追溯到东汉末年，以后各个朝代均有牵扯。"

周玦说："你到底知道什么？"

冯老九没有继续回答周玦的话，而是看着陈昊说："你相信他？"

陈昊把目光放在周玦身上，眼神虽然很淡，但是透着一股无奈和一种微弱的期待。

周玦看着陈昊说："我相信他，他没有理由欺骗我。"

冯老九冷笑几声说："算了，不说这些。书在你们这里吗？"

胖三警惕地问："你想干吗？"

冯老九说："给我。"

胖三道："凭什么？"

冯老九想要接着说，但是突然顾忌到什么停了下来。此时，陈昊才开口道："你是不是已经知道那个墓的位置，还有泥板的意义，以及……"

冯老九打断陈昊的话，说："现在我什么都不会说，还不到时候。"

陈昊微微一笑道："嗨，那么我们做一个交易吧，我们用身上所有的泥板和那本书来和你合作。我们现在是六个人，还没有到达七这个死亡数字。你不觉得单凭你一个人根本做不到吗？而且，你这几个兄弟也不可能真的摆脱这本书的诅咒，你难道希望他们像你的爷爷那样死去？"

冯老九抿着嘴看着陈昊。此时，美女打破沉默道："咳咳，我说，各位，你们在说什么？"

冯老九低下头，陈昊回头看着美女说："小郭，你先回去吧。车子可以留给我们吗？"

美女瞪着大眼，高声叫道："你要我一个人走回去？你知道这里多荒僻吗？"

陈昊说："那么车子你开走，把东西留下。"

美女冷哼一声，不高兴道："我为什么要听你的？你是我领导？"

美女还想要说什么，此时手机突然响了，她接通手机，点头说了几句之后对陈昊说：

"你想走还不行，有一个人想见你。"

陈昊问道："谁？"

美女斜眼看他："老头儿要见你。"

陈昊皱着眉："你们告诉他了？"

美女说："瞒得住吗？当初你放弃跟老头儿一起研究金石学，他差点儿没气成脑梗，现在你送上门来，他会放过你？"

陈昊乏力地叹了口气，接过手机，电话那头是一个非常沉稳的声音，陈昊难得口气谦和地说："马老师，我是陈昊。"

胖三见陈昊走到角落里打电话，而表情好像非常为难。他走到美女身边说："这位马老师何许人也？能让咱们的陈老师、陈博士露出这样憋屈的表情。"

美女不太喜欢胖三，她看了他一眼没有回答。胖三自知没趣，但是又不想放弃，于是继续对这美女死缠烂打。而周玦则把所有的注意力都放在了冯老九的身上，冯老九身上有伤，他选择坐在了一块石头上，脸色非常苍白，呼吸也非常沉重。

周玦递给他一瓶矿泉水："先休息下，好歹兄弟几个都还在，不管怎么样我们还是把你当兄弟。"

冯老九凄凉地笑着说："我何尝不是呢……"

周玦说："我有时在想，欺骗就欺骗吧，反正谁能真的一辈子不说谎话呢，我们都是活在谎言之中的。只是……待人的感情是真的吧，人毕竟是靠感情支持下去的动物。"

冯老九没有回答，拧开瓶盖喝了一口，他擦着嘴巴说："这就是你明明怀疑陈昊他们，但是依然愿意和他们在一起的原因？你不觉得太意气用事了吗？"

这次换作周玦苦笑道："不单单是这个理由，呵呵，我觉得陈昊不会伤害我。"

冯老九笑着摇头，但是没有反驳，他只是默默地喝水，时而低头看着自己的影子。周玦也没有再说什么，只是安静地站在边上。

此时陈昊终于回到他们身边，美女双手抱臂幸灾乐祸地看着他，周玦问道："怎么回事？"

陈昊虚脱地说："老头儿要见咱们，去吗？"

周玦纳闷儿说："搞什么？见他有什么意义？"

陈昊抓了抓头发，说："好处是他可以给我们解答一些我无法解答的学术问题，他的岁数是我的三倍，这三倍的岁数不是白活的；此外就是我们需要修整一下。"说完他看了一眼冯老九，继续说，"至于坏处，显而易见，我们必须去南京，而且可能把麻烦带到南京。当中也许会发生变数。"

周玦看着冯老九依然沉浸在自己的情绪中，仿佛没有听陈昊的话，这时胖三说："靠谱儿吗？"

叶炜这时开口说："他能替我们破解泥板之谜吗？那么他的价值呢？"说完指着冯老九。

冯老九这才抬起头，他非常藐视地看了一眼叶炜，便不再理睬。一直在边上保持沉默的瘦猴回答道："他的价值就是我们的兄弟，在我眼里，他的命比你的重要。"

冯老九看着瘦猴，原来前面他和周玦之间的谈话他都在听，只是没有插嘴而已。胖三用力地点头道："没错，比起你，老九和我们关系铁多了，虽然……"

叶炜眼神复杂地看着瘦猴说："既然如此，我不发表意见了，看你们的。"

周玦说："那么我们去，现在我们根本理不出头绪，去看看也好，而老九已经拿到固魂珀了。老九，合作吗？等你一句话。"

冯老九看着周玦，周玦的眼神没有丝毫的动摇，他认真地说："是兄弟的，就要你一句话。"

冯老九低着头看着自己的影子，他拧开矿泉水的瓶盖，喝完最后一口水，把瓶子扔向远处，说："行，我答应和你们一起干。"

胖三舒了一口气。周玦咧开嘴角笑出声来道："这就对了嘛。"瘦猴重重地拍了冯老九的肩膀，冯老九也跟着苦笑起来。

此时只有陈昊注意到，那只黑猫的眼睛里闪过一丝阴绿的光，露出了森白的牙齿盯着冯老九。

几个人坐上破金杯，车子在发动了第三次引擎之后终于启动了，这引起了众人的一片欢呼。美女挑着眉毛，知道这帮小子在嘲笑她，冷笑一声，猛踩离合器，随后金杯犹如一匹脱缰的"破"马，直接冲了出去。众人还没合上的嘴再一次张大，这次不是嘲笑而是惊呼。接着，金杯变身为路虎。

车子以难以想象的速度驶入南京市区，接着停在南京大学边上一栋不起眼的房子边。火辣美女跳下车，拉开车门。众人的脸色都像蒙了一层灰，本来就精疲力竭的精神被这美女的车技折磨得濒临崩溃。

此时从楼里走出了一个壮汉，亚洲人能够长成欧洲人的体格和非洲人的霸气，实属难得。这样的壮汉居然还戴着一副反差非常大的金丝框眼镜，光看脑袋是儒雅的，光看身体是健壮的，合在一起看是怪异的。

在这样的金刚壮汉身边还有一个老头儿，他的头有些微秃，银白的头发衬得脸色非常黝黑，穿着一身咖啡色的老式夹克衫，一看就知道是常年往返于研究所和古迹的研究者。他一看到陈昊众人，马上迎了上去，拉住陈昊的手说："你小子总算知道来看看我，怎么了？偷偷和李放说有什么用，哎，你说你不和我学金石学没关系，怎么现在连搭理我这老头儿都嫌弃了？"

陈昊呵呵地干笑，说："我这不是觉得学术上更适合民俗学的研究，再说，您不是已经有李放和郭梅两位得意门生了嘛。"

老教授摆了摆手说："哎，他们两个还需要更多的实践和理论的累积，金石学需要掌握的知识不但要全面广泛，还必须有深度。这点就很难啊……"

陈昊低着头看着自己的脚，美女拿出了手机，只有四眼金刚还非常认真地听着老头儿的唠叨。老头儿见没人搭话，咳嗽了一下调节气氛说："得了，不谈这些，还是说说你要李放帮你准备这些东西是做什么用的？你知道，找到古墓第一时间是报告当地的文化部门，你擅自去挖掘就是盗墓，那可是犯法的。"

陈昊说："不，我们没有找到也没有挖掘，甚至无法确定是否有那样的地方存在。我们只是想请老师你替我们看看，但是由于某种原因我无法让你们参与。因为这件事……和茹兰有关系。"

老教授的脸一下子沉了下去，他压低声音说："你得到茹兰的消息了？她……"

陈昊说："还没确定，但是有线索了，所以希望老师您能帮忙。"

周玦闻言眼中闪过一丝异光，但是马上就恢复了正常，他庆幸没有人察觉。他看了看别人，发现其实大家都无意揭破陈昊的谎言。

老教授的眼神暗淡下去，他喃喃道："哎，她是一个人才，阿昊啊，这事虽然不该由我老头儿说，但是茹兰这事太怪了。你干不了，还是找警察吧，实在不行，我出面替你去说说，再做最后的努力，也许茹兰还有希望。"

陈昊本来因为确认茹兰死亡而非常痛苦，老教授这些话虽然出于善意，但是提及陈茹兰，陈昊的脸色明显有了变化。他低头不语，不想在这事上做解释。

老教授见陈昊不再出声，知道自己可能提起了他的伤心事："这事先放下，我看你们先稍微休息一下，我有一个重要的会议要开，结束后晚上我在饭店订一桌，略尽地主之谊。然后，你再和我好好地说，要我怎么帮。"

说完，四眼金刚就扶着老头儿钻进了破金杯，他也坐进驾驶座发动汽车开走了。

火辣美女见老头儿终于走了，这才放下手机笑着说："哎，你看李放那委屈的样子，肯定被老头儿给骂惨了。好了，我先去给你们准备房间，跟我来吧。"

于是，众人提着行李跟着美女来到大学边上的一家小宾馆。陈昊和周玦一间房，胖三理所当然找瘦猴，于是两个最诡异的人物被硬塞在了一起。没想到，冯老九居然表示，如果没有办法和其他人合住，他就单独住一间，比起当初周玦几人提防他这个活死人的时候还要排斥叶炜。叶炜只是对此冷笑一声，便自顾自地走进客房整理行李。

瘦猴见叶炜离开之后，问冯老九说："为什么你对他有那么大的敌意？"

冯老九皱眉说："他的身上有一股很阴冷的气息。"

瘦猴点头道："这倒是，这个人给人一种非常阴森的感觉。"

冯老九眉头皱得更深："但那只猫的气息更加阴。"

瘦猴不解地看着冯老九，冯老九说："我也不清楚，只是他的参与太可疑了，为什么他会有那块泥板？他和陈昊有什么关系？"

瘦猴说："不太清楚，不过你其实是不相信陈昊吧？"

冯老九看着瘦猴的眼睛："我爷爷遗书里的东西虽然没法和乞儿相比，但是他说到最关键的一件事就是，在这件事上其实有一个很大的骗局！"

瘦猴问："那么谁背叛了你爷爷？"

冯老九摇头道："不知道，我爷爷没有说明到底是谁，好像他很惧怕说出这个人的名字，这个人也许是一个鬼。总之，爷爷说他们出了那个避难的坟之后就有人不是人了，但是没有说到底是谁。我想，这本书的力量残留至今，那个人或者说那个东西肯定还在。你懂了吗？"

瘦猴听到这句话，连发丝都透着寒气。他咬着牙说："你又是怎么弄到那固魂珀的？"

冯老九下意识地摸了摸口袋，马上放下手，他呆呆地站在那里说："我爷爷活着回来之后，他知道总有一天会有人想起固魂珀，而这个东西至关重要，于是他最后选择把那个东西又放回当年他们避难时的那座坟墓。我按照爷爷的笔记，去的那里。"

瘦猴说："那是什么坟墓？"

冯老九说："应该是一座古代贵族的坟墓，我不是研究这方面的。"

瘦猴说："这得交给陈昊研究，咱们都是外行。"

冯老九没有搭话，瘦猴知道冯老九的心思，说："你看，说不定在起点也能够找到有价值的东西。我不是周玦，不会说话。但我觉得你没得选择。"

冯老九看着瘦猴，瘦猴坚定地看着他，他只是在陈述事实。从瘦猴的眼中，冯老九依然看到或多或少的忌讳，冯老九知道这没办法，毕竟他应该是一个死人。

最后，冯老九一个人住在宾馆最里面的那个房间。等安排妥当之后他收到陈昊的群发短信：晚饭后，看书。

冯老九手里握着固魂珀，最后他像做了最后的决定一般闭上了眼睛。此时，他周围开始弥漫起浓烈的血气，在苍白的墙壁上倒映出一个人影，这个人影充满了血气，像要把冯老九给包住似的。那种气息冯老九每天晚上都会感受到，就像在感受一个仪式。腐败的血气充斥着他的身体，他感觉自己浑身都散发着这股臭气，但是又闻不出，就像一个吸毒的人会感觉浑身被蚂蚁啃噬，但是身上没有虫子。这一切都是他大脑的反应，在他的大脑深处充斥着这股血气。房间的门突然被人推开，周玦看着冯老九说："老九……"

冯老九猛地抬头，慌张地把固魂珀放入口袋说："什么事？"

周玦没有动，他戒备地凝视着那面墙壁，冯老九在身后重复了一遍："什么事？"

周玦回过神来说："去吃晚饭了。"

冯老九站起来向他走过去，周玦下意识地往后退了一步，但很快停住脚步，他伸手拍了拍冯老九的肩膀："走吧，大家都等着呢。"

第十七章

金 石 学

QIRENHUAN

七 人 环

　　周玦关上房门，出乎冯老九意料的是，周玦没有追问他。他知道这是周玦表达的善意，无论是真心还是有意为之，这都符合周玦的作风。冯老九苦涩地微微一笑，跟着他走出宾馆。

　　到了饭店，没有想到老教授已经入座，四眼金刚在边上，美女妖娆地跑过去叫服务员点菜。周玦的不二定律又一次被打破了，在他的印象中，教授都是含蓄的、儒雅的，都是埋头耕耘的学者，但是这老头儿的作风完全类似于一个土得掉渣的乡镇承包商。

　　马老头儿拉着陈昊的手让他挨边坐，陈昊快速地在周玦耳边问道："你酒量好吗？"

　　周玦没明白怎么回事，就被陈昊拉着一起坐到了马老头儿的边上。接着大家挨个儿坐。

　　老头儿开口道："孩子们，你们是陈昊的学生，论辈分你们是我的徒孙啊。好，好，你们中如果有谁对金石学有兴趣，可以来找我。这门学问需要后继有人啊！"

　　大家缩着肩膀看着老头儿侃侃而谈，在酒菜都上完之后，服务员认真地替大家打开啤酒。马老头儿终于不再像传销人员似的游说众人，而是不满地对着服务员说："啤酒？那不是漱口水吗，上白的。"

周玦脸色一白，恐慌地看着陈昊，陈昊狡黠地微微一笑。此时壮汉开口道："老师，陈昊晚上还要找您研究问题，您看……"

马老头儿盯着那"双沟大曲"四个字看了半天之后不舍地说："来黄的吧，小姐，开五瓶'金色年华'。嗯，有要事，先悠着点儿，这漱口水给我撤了，这怎么能喝得下去。"

听到此言，胖三刚喝到一半的茶直接喷了出来，不过马老头儿没看到，他赶紧擦着嘴，给坐在马老头儿边上的周玦递了一个眼色。

而周玦的手心已经开始冒汗了，他酒量只停留在啤酒阶段，现在直接跳入黄酒，那真的有可能直接喝趴下。

马老头儿仿佛已经进入最佳状态，他抹了把嘴先给自己的满上，一饮而尽后，清了清嗓子来了句："我干杯，诸位随意，但是陈昊必须喝。"

陈昊倒是豪迈，举起酒就要一口闷，突然他像想起什么来，对马老头儿说："马老师，我突然想给你看一个铭文，这个文字我从来没接触过，不知道你能不能帮忙看看。"

马老爷子感兴趣地哦了一声，随后陈昊递上一张 A4 纸，他说："就是这几个字。"

马老爷子放下酒杯，陈昊马上便把杯子给推开。周玦此时瞪着大眼看着陈昊的表现，才明白什么叫作浑然天成的狡猾，老头儿马上被这几个字吸引了过去。周玦看了一眼，发现陈昊并没有把所有泥板中的内容给写出来，有些地方是断裂的。所以，周玦估计其他的字，他已或多或少从陈茹兰和自己日常积累的知识中得出了结论，而这些是他无法确定的，他需要一个权威帮他确认，又不能把所有的东西给他，更不能把原件拿出来。但是周玦没想到，他居然用那么重要的东西当挡酒的借口，这也不得不说这老头儿酒劲猛于虎。

马老头儿也不自觉地推开酒杯，他表情肃穆地说："这东西……你从哪里弄到的？"

陈昊面不改色地说："一个老人的手里，原件已经不在了，人也死了，就留下这个东西，是一个文物贩子想要做仿品来套我话的，我自然不会给他，也就没有联系了。但是，我对这几个字非常好奇，才想要请教老师。"

周玦惊奇地看着陈昊编谎话，他觉得这个借口非常完美。但是马老头儿说："不要骗我了，这几个字茹兰给我看过，我至今也只能解读出一个字来。"说完，他指着其中一个看上去像钩子的字说，"这个字无法真正准确地翻译成现代语言，因为古代的意义和现代的已经差别太多了。按照我的经验，我只能说它大概读蟚，是一种虫子。古代认为寒蟚可以吸收阴气，是一种黑色的小虫子。在古代，有一段时间它被代为蝉的别称，实际上它是一种鬼虫，死而不僵。它在历史文献中若隐若现，但是只要这个字一出现，马上就会有灾难，而后就会把它给隐藏起来，直到下一次出现，简直就像一个幽灵。"

众人一听，各个不由得露出了吃惊的表情，只有陈昊一直很安静地听着。此时，周玦才明白陈昊是在套马老头儿的话，他根本不在乎谎言是否会被揭穿，他要的只是确认。

马老头儿把纸张放在边上说："因为茹兰的失踪，我便开始对这个字集中归类，只要出现过这种字的年代我都会标类。在我已知的文献记载内，发现这个字最早出现在楚汉之时，也就是秦朝末期，而最活跃的时期是东汉末年黄巾起义的时候。接下去便无法看见，但是不能说没有出现，只能说被极端地隐藏了。而能做到这一点的……"

陈昊托着下巴说："只有中央集权，也就是皇帝把这个字掩藏了。"

马老头儿敲了下桌子说："没错，这个字只有皇帝才能拥有，现在我基本上可以断定这个东西源自秦末，盛于东汉，自晋代后没落。但这只是一个狭义的断定这个字被运用的时间，而它之前延伸的意义会更加长。"

马老爷子合上 A4 纸，推给陈昊说："小陈，你老实告诉我，你和茹兰到底遇到了什么事情。当年茹兰死活不肯告诉我，最后一声不吭地走了，现在你也是这样。到底是什么把你们姐弟和这些危险联系起来？你可别走茹兰的老路啊，实在不行就放弃吧，没什么东西比自己的命重要啊。"

陈昊说："您放心，我不会冒险的，我只是对姐姐留下来的东西感到好奇而已。您能再多说一些关于蛰的事情吗？"

马老爷子见陈昊如此决绝，和当年的陈茹兰一模一样，即使心急也没有办法，只能继续说道："蛰单单作为一只虫子其实意义不大，最多就是一种极为罕见的秋蝉。但是蛰还有一个意思，就是在过去有一族人，或者用现在的话来说称为组织更加确切，那就是蛰族。那就是非常……危险了。"

马老爷子终于说到了关键，陈昊问道："方士？"

马老爷子说："没错，他们传说是一群被秦始皇逼着炼丹的方士，但是天下哪儿有什么长生不死药，所以他们必须做出起死回生的假象，即使……只有短暂的几秒。至少要让皇帝亲眼看到已经死去的东西又活了……于是蛰族早期的那些方士以研究死而复生之法为主，现在很多诈尸和降头术都是从那个时期开始延续的。"

陈昊继续问道："马老师，这些方士和蛰族有什么关系？"

马老爷子拿起筷子，若有所思地说："有啊，那些方士中有一些是苗疆过来的。他们精通蛊术，他们需要有足够的'奇迹'来证明自己的存在价值。于是这些方士找到了一种虫子，可以让死物在短时间内复活。按照现在的科学解释，也许就是极端地激活细胞再生。但是时间非常短，最多只能持续一个时辰。"

胖三插话道："这不是和老谋子那个《古今大战秦俑情》的剧情很相似吗？把死掉的东西调包，皇帝智商普遍不高，还真的就认为这是长生不老药。"

马老爷子笑着摇头道："怎么可能调包，那是欺君之罪。要知道，这种事情只要被秦始皇发现一次，那么他们的族人就会被全灭，所以在秦始皇面前耍这种迟早要穿帮的伎俩，那是找死。我看，秦始皇是知道的，但他认为这只是半成品，至少没有失败。"

陈昊说："所以秦始皇便让这一批方士继续研究，而这些方士使用的方式就是利用那些虫子？而这就是蛊族的原型？"

马老爷子笑着说："没错，蛊族就是在那个时期登上历史舞台的，但是他们只在角落里阴暗地研究着这种类似僵尸复活的行为。关键在于，在整个蛊族的变迁过程中，有过许多次浩劫和变更。再最后一次浩劫中，仅存下来的蛊族人被诛杀殆尽。而能把这些神秘得像鬼魅般的方士剿灭，也只有一种人可以办到。"

陈昊说："依然是最高统治者，皇帝。"

马老爷子满意地点了点头，陈昊的眼睛中却闪着让人发寒的冰冷，沉默了很久之后，他才舒出一口气说："谢谢老师，接下去就交给我们处理吧，还请你把装备借我，算是看在茹兰的情面上。"

马老爷子叹着气说："哎，我能说什么，这些东西其实也不是我的。如果我出面借你装备，那么必定要和学校联系，这些东西是茹兰留给你的。当年她以性命相逼，非要我替你们保存这套装备，你说怎么有那么倔的丫头呢？算了，但我还是要再多说一次，这个肯定不简单，如果不行就撤，千万不要冒险啊。"

陈昊默默地喝了一口酒，他点着头说："我知道。"

郭梅觉得气氛太过压抑，她笑着说："先吃饭吧，吃完就早点儿休息，大家都累了。"

马老头儿也许因为陈茹兰的关系，没有了先前的兴高采烈，他只是默默地端起酒杯，抿了一口。这样的饭局令人非常不快，不过周玦等人并不在乎这些，周玦努力地催促着自己消化陈昊与马老头儿的对话，以便从中得到一些有利的推理。他隐约地觉得，这个蛊族可能就是一系列事件的源头，但是正如马老爷子所说的，蛊族在整个变迁中变数太多，但那种组织是任何一个皇帝都想要保留下来的长生不老术研究者。他们为什么最后反而会被最大的靠山给灭了呢？皇帝在里面起了什么作用，而那个坟的墓主人又是什么样的角色？

最主要的是，这一切又和小说有什么关系？

周玦端起酒杯，他一边喝着酒一边思考，突然他的酒杯被碰了一下，他抬头看着陈昊，陈昊拿起酒杯在他面前晃了一下，随后喝了一口。周玦这才意识到，陈昊是在敬他酒，他拿起酒杯也象征性地喝了一口，这是他第一次与陈昊喝酒。其实严格来说，他和陈昊的接触并不深，如果不是因为《七人环》这本书，或许他会想尽一切办法躲开这个臭流氓。但是现在周玦忽然发现，他对陈昊的戒心已经放下了很多，至少他不太会去考虑陈昊所说的话是否会对自己构成威胁。

而这一点就连周玦自己都觉得非常不可思议，也许信任这种东西，是建立在感情的联系之中。

　　这顿饭在这样复杂的气氛下结束了，马老头儿甚至喝着喝着眼泪也流了出来，他说他没拦住茹兰，也没帮上什么忙。他其实可以帮的，但是他怕事。他知道，这有危险又违反纪律，而现在他依然没法帮上忙。

　　说到最后老头儿语无伦次，就连一些不该说的学术内幕都抖了出来，听得胖三一愣一愣的，连周玦都觉得学人之间的相处原来那么复杂。

　　之后四眼金刚送已经烂醉的马老头儿回家，郭梅留下来结账收发票。而陈昊几个人便起身回宾馆，他们需要继续汇总，并且决定接下去的路到底怎么走。

　　他们刚刚走出饭店，郭梅突然拦住了几人。

　　郭梅说："这事真的不能捎我一个？"

　　陈昊决绝地道："不能。这事真不是什么能不能再带一个人的问题，如果你不想让你茹兰姐的心血白费就不要管我们，谢谢你替我们打点一切，但是我们真的不能让你插手。"

　　郭梅嘟着嘴看着边上，显然用陈茹兰压还真的压得住这辣妹。她终于说："唉，好吧。"

　　说完陈昊众人就离开了，胖三在边上小声对周玦说："你说这丫头真的会死心？"

　　周玦说："不知道，但是的确不能张扬，而且说出去也没人会信。我敢说，那老头儿如果真的知道我们的全部事情，说不定他会让我们全部去做精神鉴定，他现在最多怀疑我们是冒险接触什么古墓之类的。如果告诉他是超自然，他估计还会再喝两瓶二锅头'醒醒酒'。"

　　胖三继续说："那么，他说的对我们有多大帮助？"

　　周玦摇着头说："不好说，他说的只是其中的一个字，而且还是他后来的解释。"

　　此时瘦猴和冯老九也凑了过来，周玦说："这事估计和皇帝脱不了干系，所以说不定我们接下去就搞大了。"

　　胖三听出了话里的含义，他兴奋道："难道接下去，我们要秘探皇陵？"

　　周玦还没开口，走在前头的陈昊已经抢先说："不是我打击你们，你们要去哪座皇陵？这里基本上叫得上名字的贵胄陵寝都发掘了，还密探皇陵呢。"

　　几个人马上闭嘴，但是陈昊话锋一转说："我们估计得先去林旭他们过去避难的那个坟墓。"

　　说完众人的眼神齐刷刷地看向冯老九，冯老九被他们瞪得吓了一跳，不过他冷冷地说："没用的，那个坟已经毁了。"

　　陈昊意味深长地哦了一声，连周玦都觉得老九这话说得有些没谱。当年用来当避难防空洞的，怎么会说毁就毁呢？又不是豆腐渣工程。

　　冯老九指着自己的伤口说："里面现在装满了油，再进去哪怕只要一丝微弱的火光，都会爆炸，到时候里面的人一个也逃不出来。你们连进都进不去。信不信随便你。"

　　此时瘦猴忽然拍了拍冯老九的肩膀，然后指着身后。原来，已经付了钱的郭梅并没有离开，而是一直跟在他们身后，也不知道听到多少。老九马上不再说下去了。

陈昊皱着眉头看着郭梅，郭梅见所有人的眼神都充满了嫌弃和警惕，实在待不下去，哼了一声，越过陈昊身边就往前走了。

陈昊无奈地摇头，周玦看着手机说："回宾馆再说，这里人多眼杂。"

回到宾馆，周玦插上门。胖三泡了一壶袋泡茶给大伙儿解酒，一帮男人像搞什么非法聚赌似的围着一张床，床的中间摆放着所有与《七人环》有关的一切，有些被布包得严严实实的，有些只是一些 A4 复印纸。而那本黄色封面的老书则是最扎眼的存在，一切都是因这本书而起。

冯老九坐在角落里，他没有将固魂珀放在这些东西里面，从这点上来说，他依然选择对陈昊有所保留。

陈昊点上一支烟，他说："现在有很多东西大家都已经知道了，但这并不是谜底。而我们手头的这些差不多已经可以勾勒出一个大概，等待我们的只是选择。到底后面的路怎么走，有两个墓给咱选，一个就是最开始那避难的坟，另一个就是最后翠娘带我们进入的神秘墓穴。这两个坟都是凶险万分，说不定进去一次之后就没机会再出来了。"

他说完话，没有人接话，就连周玦也只是沉默地低着头，每个人的脸上都流露出思考和谨慎的表情。毕竟，命这东西不是脑门儿一发热就可以豁出去的，他们还年轻，都怕死。

只有一个人除外，老九看着众人说："为什么你们不继续看书？看林旭他们当时的情况，也许会有关于那座古墓的细节。"

众人顿了顿，好像都没有想过这件事一样，陈昊说："现在故事已经看得差不多了，而且现在茹兰给予的提示和帮助已经结束了。如果要看书，我想听听大家的意见。"

胖三明白陈昊的意思，他别扭地说："这倒也是，看这书等于是和鬼在交流，现在咱们的外挂没了，就现今这装备，是不是会全灭啊。"

冯老九用鼻音哼了一声说："现在考虑这些还有什么意义？被牵扯进来就没有退路。来了就别想脱身。"

周玦看情况又僵了，他连忙说道："的确，没退路了。还是继续看吧，但是我在看之前，想要知道几个关键的地方，至少不能糊里糊涂地跟着看。别忘了，我们从一开始就试图改变书内所引导的结局。"

胖三和瘦猴跟着点头，陈昊斜眼看了一下一直都在逗猫的叶炜，他说："你想要知道什么？"

周玦握着拳头说："好吧，那么我就把我对这件事的想法和大家说说。大家不要受我影响，因为这些只是我个人的看法，猜测多于推理。"

胖三打断周玦的话说："老二，别婆妈了，你就说下去。"

周玦见胖三这样说，舒缓了表情，他发现就连陈昊也对他笑了笑，他说道："首先是关于这本书，在书中翠娘的两次变脸让人觉得很蹊跷。此外就是她提示的死亡恐惧信号，这代表着什么？马老头儿对蛊族的解释，让我觉得他们就是一群研究死尸的怪人，说，直接一点儿就是专门研究死人的，这些和他们有什么关系，难道当年翠娘他们进入坟墓启动了蛊族的秘密，现在的这一切包括《七人环》这本书，都是蛊族的后遗症？也就是说，在虎子他们进入古墓之前并没有《七人环》这本书，这一切都要从虎子和翠娘进入之后，才有这本书。也就是说，作者应该是活下来的那些人中的一个，而林旭可能性最大。冯禄喜我们已经知道了，他就是冯老九的爷爷，而乞儿则是陈家人。那么进入的还有魁六爷和刘飞，他们两个人到底怎么了？还有一点就是所谓'七人相互代替'的事，如果说他们必须保持七人的话，那么势必还有一个人进来了。他又是谁？如果不是的话，又怎么解释？所以，他们最后要进入的那个神秘墓穴仿佛更加令人值得深探，到底哪一个才是我们要的答案，还是两个都是或者两个都不是？而关于在故事中的七人，我总觉得他们自身就非常怪异，他们一开始对林旭的刻意隐瞒是为了什么，而我们前面所见的翠娘坟到底是怎么回事？这些问题，我觉得都是我们必须搞明白的。"

冯老九点点头道："没错，我爷爷也说，当初的七个人中有人已经不是人了。"

陈昊依然没有表示什么，他只是盯着那本书闷头抽烟。

周玦继续说："如果是这样的话，翠娘就是最大的问题所在，但是翠娘最后到底怎么了？是死是活？原本是翠娘的坟墓最后成了陈茹兰埋骨之地，而又是谁给翠娘弄了这古怪的坟墓呢？这都说不过去啊。"

大家没有接话，实际上，大家都等着陈昊能够解释这些。陈昊掐灭了烟头，看着周玦说："翠娘最后肯定是死了，因为出来的人只有林旭、乞儿和冯禄喜，其他两个人也没了消息，如果他们还在，那么他们肯定也有信息留下来，但是显然没有。而最后翠娘死在哪里我不知道，这个真的不好说。至于为什么茹兰最后会死在阴兵村里，我虽然不知道细节，但是依照她的个性，只要有一丝希望她就会努力不放弃。一定有什么事情让她彻底绝望。但是……是什么呢？最后为什么会失败？"

周玦突然明白了陈昊隐藏在话中的含意，他说："她选错了？所以离成功只差一步，A和B中，她选择了错误的那个。"

冯老九突然站起来说："我知道了，陈茹兰进了那个坟！她进了我去的那个！所以失败了。"

陈昊弄没有冯老九那么吃惊，他从口袋里掏出香烟又点了一支："我知道，那个坟的信息我们也收到了。但是为什么说进入那个坟墓会失败？"陈昊抬头看着周玦说，"你还记得茹兰在日记中写到的那个墓穴吧？她当时看到的就是虎子和翠娘刚刚逃出来的情景。"

周玦点点头，陈昊继续说："她去了那个坟墓……再也没有回来过……"

冯老九的眼中闪烁着什么，他说道："的确，那个坟墓有人进去过的痕迹，但是很奇怪，他们没有走到最后……"

陈昊愣了一下，他问："什么意思？"

冯老九说："在我之前有一批人进去过，因为在墓道内有现代食物的包装纸，但是往前走，就没有他们的痕迹了，仿佛他们忽然消失了一样。"

陈昊看着冯老九说："你能详细说一下那个坟墓吗？"

冯老九盯着陈昊，两个人互相看着对方眼睛内的自己，最后冯老九低下头颓废地说："我进去是为了拿那个东西……"

冯老九顿了一下，接着才缓缓地说："当时我得到了有关琥珀的文献，发现爷爷留给我的线索指的就是这个东西，而这个东西在文献中一直若隐若现。最后我在档案室的机密文件中，发现了一份关于清末义和团运动时期的秘史，刑部上奏朝廷的奏折中提到过它，也就是说，这鬼珀在清代最后出现过一次，并且引起了很大的风波，惊动了当时的慈禧太后。庚子事变爆发期间，义和团首领之一林黑儿宣称找到了可以抵挡洋人火炮枪械的神药，令人刀枪不入。本是要劝阻义和团纠集民兵的刑部主事刚毅，看到真有身中洋枪却依然不死的拳团异士，所以便'力言拳民可恃'。但是，在这整个风波之后，一个叫乔三七的人得到了固魂珀。而他得到这个东西之后便消失踪影，最后一次出现是在鸡笼山，鸡笼山就是今天的南京城境内，所以我猜测，林旭他们遇到的那具怪尸就是乔三七。"

瘦猴问道："乔三七是什么人，那么神通广大？"

陈昊说："乔三七虽然名不见经传，但他的师父是大名鼎鼎的南派盗墓祖师焦思。其能力可真是不可小觑。"

冯老九继续说："这个我不知道，我只是认为这个文献提到过让死人复活的线索，我联系到自己的情况，觉得陈昊口中的固魂珀也许是我爷爷留下的最后的也是唯一的希望。我必须拿到它，于是我按照爷爷留下的线索找到了那座坟墓。那座坟墓非常隐蔽，又没有立碑。外观看上去只是一个普通的山丘，四周非常荒芜。我并没有什么考古挖掘的经验，我只能按照爷爷几十年前的印象摸索。古怪的是我居然一挖就挖到了墓门，连我自己都觉得太巧了……"

此时，叶炜怀里的黑猫发出了一声刺耳的尖叫，这声音简直就像打磨金属似的，听得令人牙都发酸。老九眯着眼睛盯着那只猫，那只猫像有灵性似的盯着他看。周玦打破这种了僵持，问道："那么……你最后进去了，里面是什么样子？你又是怎么弄到固魂珀的？"

冯老九收回目光继续说："我觉得一切都简单得出乎我的意料。我很顺利地就找到了盗洞，沿着洞穴的路径，我爬到了一间墓室。虽然我不是考古系的学生，但是这个墓室里面并没有棺椁，所以我断定这只是一个耳室。我四下打量着，发现这间耳室内的东西非常单一，只有少数的陪葬器皿，没什么值钱的随葬品。但是壁画非常精美，而且壁画中出现了很多凤凰的图案，以及许多古怪的文字图案。经过马教授的解释，我觉得这些文字应该是蜑族方士使用的符箓。"

陈昊点头说："在古代，只有皇室女性才能享用凤凰这样的纹饰图腾。这座墓的主人或许是一位公主或者皇后，而且与蜑族的关系肯定非常密切。"

冯老九说："如果是公主，她的随葬品又显得太少了，这很矛盾。墓道内非常安静，我几乎可以听到自己的心跳声。墓道的入口按照北斗七星分别立了七根铜柱，这些柱子非常牢固，上面没有任何纹饰，但是每根铜柱都有一块手掌大小的凹槽……"

陈昊抽烟的动作停了下来，就连一直在逗猫的叶炜也眯起了眼睛，众人仿佛都想到了一样东西，就是那书中神秘的泥板。难道这些泥板原本就是在这七根铜柱内的？他们拿走了泥板后，开启了这座神秘古墓的诅咒？

冯老九明白他们的想法，继续说："后来我的手电筒不知道为什么突然暗了，在黑暗的墓道里面，眼睛起不了什么作用，我只能感觉到一阵阵风吹过。这风太蹊跷了，随后我在风里闻到了一股血腥味，虽然很淡，但是那股味道我很熟悉……"说完他抬头看了一眼周玦，周玦明白，他指的是在房间内他看到的那个人影。

周玦只是朝他点着头，示意他继续说下去，他相信他说的话。

冯老九说："此时我闻到这股气味，只有两种感觉：一种是本能的害怕，另外一种则是无法言语的感觉，我只能说我想要融入这种气味中去……我朝着那股古怪的味道走，走在没有一丝光亮的甬道，而这样的气味成了我唯一的牵引。我不知道为什么自己居然觉得非常踏实。在我的记忆中，我是一直前行，没有转弯。虽然我不懂考古，但是走那么久居然还没有走到头，实在有些怪了，这座墓从构造上来说应该不是很大，但是我感觉我笔直走了很久。我开始慢慢拉回意识，我伸手摸着墙壁，甬道的墙壁越来越光滑，仿佛是摸在大理石面上。石壁和石壁之间毫无凹凸，简直就像一块完整的石头。不知道过了多久，我突然摸到一个凸起，那是一个类似门把手的东西，是一个手拉环，然而上面有许多凹凸的齿轮。我下意识地去拉，结果那东西像自动的一样，只那么轻轻一拉，它就往外弹了出来，我的胳膊就是在这个时候被石门给撞伤的，当时我半条胳膊一下子就没了知觉。随后我只感觉耳边吹过一阵风，门又瞬间合上了。应该说，我是幸运的，因为当时我只是伸手那么轻轻一拉，如果我整个人贴着站在石门前，也许那一瞬间我就已经被那石门的反冲击力给撞死了。我忍着疼痛继续试探，原来这是一道暗门。石门的设计非常巧妙，只要门环机关上的力道一消失，这道石门便自动又'弹'回去，简直就像橡皮筋原理一样。我第二次非常小心地拉开石环，奇怪的是里面空间非常狭小，人根本无法钻进去，只允许我伸进去一只手。于是我只能伸手进去摸，突然感觉摸到了一个类似铃铛的东西，我听到有铃铛的响声。"

陈昊倒吸一口气："你摸到的是棺椁！"

冯老九说："你怎么知道？"

陈昊说："还记得茹兰在日记中写到在那个墓穴内听到铃铛的声音吗？我一直奇怪为什么是铃铛，后来我才意识到，那是一具棺材！在古代贵族的坟墓中，在棺椁的各个角落分别挂铃铛，据说可以召回墓主人的灵魂，铃铛有招魂的作用。而每当铃铛响动，就表示灵魂离开了尸体。"

周玦说："如果这样，那么就表示陈茹兰看到的那一幕……那个墓主人的灵魂已经……"

冯老九没有让周玦把话说下去，他说道："没那么简单，我发现里面根本没有主墓室，棺椁停放在一个非常深的通道内。手根本无法伸进去，只能摸到最外头的棺椁。没有主墓室，棺材被镶嵌在墓道内，外头的石头坚固得像铁一样，还有那种会瞬间弹开的石门。"

瘦猴问："你爷爷不是又进去过一次吗？难道没有在信里提起墓主棺椁的详情？"

冯老九说："不，没有说……所以当我摸到棺椁的时候也吓了一跳，我只能顺着我能够摸到的地方，寻找爷爷留下的固魂珀。"

陈昊说："这样的设计的确很厉害，它的防盗方式很巧妙。首先是石门如果开启不得法，有可能会撞死盗墓者，其次是即使破解了石门的奥秘，你也只能够摸到棺椁的外围，根本无法接触到棺材。这样的技法是东晋之后，南北朝时期的防盗手段。通道内的暗室实际上是整个墓穴的龙穴所在。而在所谓的主墓室内葬的只是衣冠而已，很多人因此就把这种误认为是衣冠冢，实际上墓主和我们后人玩了一个意识转化的把戏。"

周玦感叹道："不但用尽奇淫巧术，在心理上也在和后人博弈，这个坟墓的规格可见不一般。"

冯老九摸着手臂说："本来以为毫无希望，但是不知道怎么回事，从那暗道的深处传来了石头滚落的声音，非常清脆。就在我漫无目的乱摸一通的时候，我居然摸到了固魂珀，它从棺椁暗道的深处滚出来了。可是只允许我一只手伸入的空间里怎么会有那么深的通道，棺材到底是什么样的，我都无法知道。"

胖三听得不禁额头冒出了冷汗，众人的脸上无不是惊恐与匪夷所思。冯老九面部极其扭曲地叙述下去："我当时吓得差点儿把那道石门机关给放开，但我还是把固魂珀拿了出来，而我万万没有想到，在我拿起那东西的时候，有一只手覆盖在我的手上！那是一个女人的手！"

陈昊说："你怎么知道是女人的手？"

冯老九的脸上出现了不好意思的表情，他尴尬地说："因为那只手非常光滑柔软，虽然冷得像块冰，但我想应该是女人的手。"

胖三嗯哼了一声，冯老九假声咳嗽着继续说："我当时可没有什么邪念，只是吓得赶紧抽回手，让弹门瞬间合上。我蹲在甬道里，手里捏着固魂珀，吓得迈不开步子，但是……"

陈昊的脸色和冯老九一样惨白，他说："你是不是感觉到那个女的也在甬道里？"

冯老九点着头说："没错……手的方向是一样的，就像同样有一个人和我一样蹲在甬道里，她也在探手去摸里面的棺椁，于是我的手碰到了她的手。但是我没有感觉有第二个人在甬道里，我顿时觉得这座墓处处都透着鬼气，这里的墓主人仿佛本身就是一个幽灵，而这所谓的陵寝只是为了镇守她而已。我想东西到手，还是赶快退出来。可我手上没有照明的工具，只能一步一步往后退，可是没退几步我就滑倒了，地面上不知道什么时候渗出了许多油，根本没有办法走。我试图撑起来又滑倒。我感觉墙壁上通道里都是油，整个甬道里充斥着一股非常恶心油腻的味道。我不知道是我触动了什么机关，还是因为那只手的缘故……总之，我没有办法走动了，只能在那堆油里挣扎。此时在甬道里响起了铃铛声，非常多的铃铛一起响动，风也越来越大。就在这时，我突然听到轰隆一声，随后从甬道的深处猛地蹿出了火舌，整个甬道被点着了。"

胖三忍不住插话道："那你是怎么出来的？"

冯老九叹口气说："我……我怎么出来的……"说着，他拉开自己衣服领子说，"我当时直接晕过去了，再醒时，发现自己在盗洞入口的地方，我身上都是伤口，狼狈至极，但是没有死。不过或者对我来说，死和没死没有什么区别。我发现固魂珀就牢牢地攥在我手里，此时我再回头……那里已经烧了起来，油被点燃了。整个墓室的温度非常高，而在墓道的深处我隐约听到铃铛的声音，但又像是女人的尖叫声。"

冯老九顿了一下，继续说："我想陈茹兰应该没有进入这个密室，就像我前面所说的，最后我只在墓道里看到有现代的消耗品，再进去就没有发现了。此外，如果五年前陈茹兰进入甬道并引起大火，那么至少会有尸骸，但是进入主墓穴的甬道非常狭小，我并没有发现类似的尸骨。所以，我觉得陈茹兰没有进入甬道。"

周玦托着下巴问："那么她既然没有进入，又怎么会死亡呢？"

瘦猴此时开口说："有件事我们该弄清楚。"

众人把目光聚集在瘦猴的身上，瘦猴说："这个坟墓的主人到底是谁？"

冯老九一时语塞，他沉默了很久才道："我也思考过这个问题，但是我手头的信息太少，我只能说墓主人应该是一个女人，而且地位非常高。我爷爷文化程度有限，能够让我顺利找到固魂珀已经是极限了。此外，就是那七根柱子很奇怪。"

陈昊说："女性，皇室成员，东晋南朝时期，葬于南京附近……应该属于宋齐梁陈中的一朝。目前是这样的一个范围。"

瘦猴说："你们看，接下去要不要继续看书？再看一次？"

叶炜停止逗猫，第一次抬头看着众人，陈昊不露痕迹地瞥了他一眼。叶炜笑了笑。

开口道:"我也觉得继续看比较好吧。我们现在的情况比最初已经好很多了,不过别忘记一件事,我们离第七人的出现也就只差一个人。"说完他意味深长地扫视了所有人一遍,而黑猫像有灵性似的摇着尾巴。

陈昊拿起《七人环》,停顿着看了两秒,还是打开了书。众人凑了过来,一起继续看下去——

七人之约

QIRENHUAN

七 人 环

　　林旭莫名地看着刘飞，刘飞却全然不理会林旭的不解，他抓着头发不安地看着四周说："不行，咱们现在还走不得。妈的！居然在这里遇到阴兵借道，现在只有赌咱们的命了。难怪见不到六爷，他们肯定是躲起来了。"

　　林旭对这里的一切都不理解，他现在最担心的还是翠娘的生死，而其他的那几个所谓的七人成员，一个也没出现。

　　刘飞回过头说："林旭，有一件事我觉得我不能再瞒你，接下去也许我们都会没命的。如果你有机会活着出去记得一定要照我说的做，把这一切都记下来，你识字，你得记下我们遇到的事情，别让我们死得不明不白。"

　　林旭冷静地盯着刘飞看，刘飞收回目光，他说："其实我们七个人之所以会成这样，完全是因为咱们手里的泥板，也就是虎子临终时给你的那包东西。这个东西就是一个鬼，拿了就脱不了手。"

　　林旭不自觉地把手摸向口袋，刘飞抓住了他的手说："不要碰它！在没有会合七个人之前绝对不要再碰这泥板，这只会让那鬼东西找上你。我们七个人其实就是背负这七块泥板逃出那座坟墓的。那七块本来都是镶嵌在那座废弃古墓的铜柱上，但是嘎子动了贼心，他拿起了其中的一块泥板，随后其余的六块像是有感应似的掉在了地上，最巧合的是我们正好有七个人。"

林旭问："那么，你们为什么非要分头行动来这里会合？"

刘飞说："因为我们七个人要一起逃出日本鬼的火力圈目标太大，很难逃出来。此外，我们这一身行头也是虎子提示的，他是一个盗墓贼，知道怎么隐藏自己身上的阳气。还有就是，我们发现在极度恐惧死亡的时候，那鬼魂仿佛会'看不见'我们，很邪门的。"

林旭艰难地消化着刘飞这些难懂的话，这些事情都无法用逻辑去解释。唯一可以肯定的就是，这一切都和坟墓中那七块泥板有关系。林旭看着外头阴冷的天空，有些虚脱地说："那么，你们把泥板带出来的目的是什么？"

刘飞捏着拳头说："这事情要从古墓里说起。本来我们都没有想到事情会变得那么糟，我们这群人个个都是穷得连饭都吃不上，无意中进入了这座古墓，但是进去之后发现那座古墓里处处透着古怪。虎子说，这个古墓是古代一个贵族女人的坟。可我们走了很久依然没有看到值钱的东西，怪事倒是发生了，先是嘎子突然间像得了癔症似的说我们人数不对，我们有八个人……"

刘飞的思绪回到了在神秘坟墓的时候，他开始向林旭叙说着他们这一切怪事的源头。但是他说得实在太混乱，林旭在脑子想象着他们当时的遭遇：

他们一开始都没有把嘎子的话当一回事，走着走着突然发现这个小子居然不见了，大家都知道这人胆子小，肯定自己偷偷留在墓道外了。

他们也没多想，越走越深，而这个墓道仿佛没有尽头，除了火把能够照到的地方，其他都是一片漆黑。虎子指着最近的壁画说："你们看，这幅画很奇怪！"

因为古墓保存良好，所以壁画上的颜色还非常鲜艳，壁画勾画出一组组事件的片段，一个人站在一堆骷髅上，周围都是裸体的女人，摆出各种淫乱的姿势。随后就是几个身穿道袍的人拜见一个女人，接着这个女人倒在了地上，从她身体里钻出了一股烟雾，而后就是这个女人指着那个原本站在骷髅上的人。

这壁画非常大，覆盖了整个通道，细节非常之多，周围画满了飞禽走兽、云纹峰峦。虎子引着众人越走越深，大家都把注意力放在叙事性很强的壁画上，但是，此时不知何处吹来一阵阴风，火把被吹得忽明忽暗，随时都有可能熄灭，接着就响起了铃铛声。

虎子安抚众人说："大家别慌，可能墓主人的灵魂还在，我们拿了她的东西。大家把手头的泥板集中起来放在这里，然后磕头退回去吧，这里的东西估计拿不得。"

说完他首先照做，恭敬地磕了三个响头，众人陆续照做，但是他们手头还缺少嘎子那块，只能在缺少一块的情况下把泥板放在那儿。然而铃声非但没有消失，反而越来越大。墓穴上面那时都是日本兵，想出去也出不了。其中胆子较小的冯禄喜吓得转头就想逃，但是他一回头，就发现原先已经消失的嘎子，不知怎么又出现在了他们身后，吓得他趔趄了一下。

嘎子像没有看见他们似的，只是失魂地往前走，好像被铃铛的声音吸引了。众人看到此景都呆若木鸡，就在嘎子从虎子身边茫然走过的时候，毛瞎子拉着虎子说："虎爷，嘎子这可了不得，我听他走路的声音，已经没有了生人的硬气，有魂没魄似的。而这铃声更是古怪，我们还是先退到明堂再说吧。"

毛瞎子算是这群人中见识比较深的，虽然叫他瞎子，其实他并不瞎，只是过去为了混饭就装瞎子给人算命卜卦，起起伏伏地混到现在。虎子一把拉住嘎子，嘎子像突然从梦中惊醒似的看着虎子，他惨白着脸，可怜兮兮地看着虎子说："虎爷，这里有鬼啊！咱们退出去吧。"

虎子说："怎么出去？上头都是日本鬼，上去也是死，下面好歹是咱们中国的鬼，你想待哪里？自己选吧！"

嘎子没了声音，支支吾吾地缩在角落里。刘飞对虎子说："虎爷，你瞧这壁画上的东西越来越古怪了。"

果然在通道的另一边画着非常怪诞的东西：首幅画是一群穿着长袍的男人围着一个女人，女人躺在当中，但眼睛是睁着的，随后一幅画是女人闭上了眼睛，而那些穿长袍的男人则都消失不见了，剩下的就只有那七根柱子以及当中的泥板。但是在壁画中多出来一幅非常古怪的画面，就是每一根铜柱的上方都有一对眼睛。

虎子看着壁画说："不好，这个坟墓可能是古代那些方士设的，他们善于奇淫巧术。我身上有朱砂混合的水，这水可以辟邪，你们拿去涂在腰带上，然后将衣襟反压，这样可以盖掉身上的阳气。"

于是众人把腰带都染成了红色，反压衣襟。

虎子见大家都照做之后，恭恭敬敬地对魁六爷说："六爷，接下去咱们只能在这个坟墓里多待上一个时辰了，鬼子不可能一直守在这里。你说会有人来接应我们？"

魁六爷说："没错，我干女儿会下来，她来了就说明鬼子撤了。"

毛瞎子此时突然止住二人的对话，说："你们听，好像有什么声音？"

两人住了口，果真从幽深的墓道内听到了类似人的脚步声，渐渐地，脚步声清晰了起来。翠娘吓得躲在虎子的背后，而刘飞则是紧捏着飞镖。众人内心都极度恐慌，谁都没想到，在墓道的深处居然会有人。

此时魁六爷拿出手枪，他是众人中唯一有枪械的人，虎子挡住魁六爷的枪说："六爷，别用枪，怕误伤自家兄弟。"

魁六爷收回枪，只说了一句："怎么办？"

虎子说："不怕，我们有七个人，听对面的脚步声只有一个人，我倒要看看到底是什么三头六臂的货。"

就这样，声音越来越近，但是一直没有出现人影，只是那铃铛声时而伴着脚步声响几下。冯禄喜是一个唱戏的，没办法承受这样的沉默和恐慌，不安地想要回头跑，却被身边的刘飞一把抓了回来，刚想叫出声音，就感觉刘飞的刀子已经抵在自己的脖子前，硬生生把声音吞了回去。

毛瞎子低声说道："来了。"

终于有一个黑色的人影走入了他们的视线范围之内，众人一看顿时无不惊骇，这个人不是别人，正是嘎子。只是这个嘎子满脸是血，他捂着肚子向他们拖着步子走过来，痛苦的样子极其骇人。

翠娘尖叫着喊道："怎么会有两个嘎子？"

毛瞎子也没想到会是这样，他没有什么武功，只能向魁六爷的身边靠，而刚要出手投飞刀的刘飞也没了主意。虎子见状，脸色白得犹如白蜡，躲在角落里的嘎子则躲在暗处瑟瑟发抖，不敢发出一丝声音来。在另一头的嘎子此刻突然喷了一口血出来，然后扑倒在地，他的身后插着一根铜矛，死状凄惨万分。众人见状，纷纷往后退。

另一个嘎子则抱着头说："他是鬼，他是鬼啊！我说有八个人，你们不相信啊！"

但是，此时所有的人都对这个嘎子抱有怀疑，毕竟死去的嘎子才有可能是真的，因为一个鬼怎么会死？虎子的眼中闪过杀意，嘎子见状，连忙走向他们想要解释。魁六爷此时喝道："别过来。"说完，他掏出枪指着那个倒在地上的嘎子说，"怎么解释？"

嘎子浑身抖成一团，哭诉道："拿走那瓦疙瘩的时候我就觉得不对劲了，我感觉我们这里还有人，对，这里就是一个鬼墓。我不想往前走，反正守在明堂也不会有人来，于是我就选择留在那七根柱子那儿。不想七根柱子开始不停地发出怪声，而且伴随着女人的哭声。我心中害怕觉得这头也不安生，便急着跟上你们。然而就在这时，突然响起了一阵诡异的铃铛声，我顿时失了魂，脑子里不知为什么总是重复着一句话，'七人局，生死会，血骨殁，永无竭，锁魂计，法无章，心鬼嗔，景纯怨。'虎爷！我没骗你们哪，我真的是嘎子啊！地上的那个才是鬼啊！"

毛瞎子摸着山羊胡子说："七人局……我们正好是七个人……这也太巧合了吧。"

虎子询问魁六爷道："六爷，您是老江湖，您看怎么办？"

魁六爷问了句："能确定吗？"

虎子摇头说："不能。但……"

他话还没说完，魁六爷枪声一响，只见嘎子向后一仰颓然倒地，不再动弹了。魁六爷收起手枪，用脖子示意虎子这下事情就解决了。

毛瞎子当年当过小军阀的军师，对此见怪不怪，他像想到什么似的，突然说道："不好，快摸摸他身上有没有那泥板。那首诗里的七人局应该指的就是那七块泥板，这个东西咱们不能丢，就指望它能送咱们安全出去。"

刘飞闻言，一个箭步冲到那个被刺死的嘎子身边，但是摸了半天都没有找到那块泥板。他意外地发现这具尸体有问题，因为刚死没多久的尸体不会如此僵硬，而这具尸体仿佛木头做的一样。此时，魁六爷也走到被打死的嘎子尸体旁边摸了起来，不想在他的腰带里找到了那块泥板。

魁六爷一惊，连忙对刘飞喊道："不好！打错人了，快退！"

说时迟那时快，刘飞凌空往后一退。然而就在此时，那具尸体突然像被什么东西拖走似的，一下子消失在黑暗的甬道里。

刘飞踉跄地倒退两步，他说："他身上没有泥板……"

魁六爷盯着嘎子的尸体看了一眼说："对不住了，兄弟。"

毛瞎子说："我们得保管好自己身上的泥板，这是证明我们自己的唯一方法。"

毛瞎子叹了口气说："对，以后我们只认泥板，不认人了。否则难保不会被墓里的鬼东西混进来，到时候大家被它一起害死。如果哪个死了就把他身上的带上，或者再找一个人代替，总之我们最好保持这个人数。"

毛瞎子的话刚说完，墓室的深处那铃铛又是一阵乱响，扰得众人心中没了底气。虎子看着周围的壁画说："奇怪，这个墓道内的壁画内容没有任何说到有关古代贵族生活的，怎么竟是一些古怪的方士。最奇怪的是，这里居然出现了凤凰的图腾，说明这里埋葬的应该是一个地位极高的女性，应该是个公主，可是墓道的规格又小得出奇，这也太他妈的怪了！"

魁六爷看着壁画中的两个字说："这是什么字？妈的，这里没个东西是能让人看懂的。"

虎子拿起火把凑近一看说："这是行书，介于楷书和草书之间，是流行于东汉、两晋时代的一种字体。这两个字是年号，泰始年……"

毛瞎子说："哎呀，这是刘彧的年号啊，原来这是南朝刘宋时代的一个坟墓呀，刘彧可是出了名的怪，难怪透着股淫邪之气啊。"

这时，翠娘偷偷拉着虎子的衣角说："虎哥，你听，好像有流水的声音。"

虎子说："怎么会有水声？这里离水源有些距离，就风水而论应该没有地下河。怎么会有水声？"

翠娘还想要说什么，虎子示意她不要再说以免扰乱众人的心神。魁六爷指着壁画说："你们看，这最后的壁画怎么画着两座坟墓啊？"

虎子连忙继续看壁画，发现在这些深奥的壁画最后果真是两座坟墓，一座和他们现在待着的坟墓非常类似，而另一座则是在一个水底的倒影，但是两座坟墓中有一条连接的路，这路像云纹，但仔细一看发现都是一些古怪的符号。而且在这当中有一块参天的石壁，石壁下面是一个巨形八卦阵，跟他们现在待着的类似的坟墓地下还有一个倒影，而那些宽袍大袖之人都往那水底游去。画面非常生动，所以不难理解其中的含义。

翠娘突然极其恐惧地拉着虎子的手，虎子有些烦，但毕竟是自己师妹，于是强压着怒气问："又怎么了？"

翠娘指着尽头说："真的有水声！你们听！"

话音刚落，甬道深处不知从何而来的滔滔大水，一下子冲向虎子六人，连同嘎子的尸体一起冲了出去。奇怪的是水势有两种，一种是由墓道深处冲来的，而另一种则是从明堂而来。两股水形成了漩涡，把他们全部卷了起来。就在这时，已死的嘎子突然动了起来，他的动作非常怪异，像一只水獭似的往墓室的深处游去。这些人当中数刘飞识水性，他一把抓住嘎子的脚踝，但是他发现嘎子的力气大到令人匪夷所思的地步，在失重的情况下，依然把刘飞一脚蹬出去，幸好虎子挡住了刘飞。很快众人肺中的空气即将用完，眼看着就都要窒息了，刘飞只觉得头脑一阵混乱，吐出最后一口气，以为自己就这样挂了。

当他再醒来之时，发现自己又回到了七根柱子的明堂，身边还躺着那几个人。此时，虎子和魁六爷都醒了过来，而嘎子的尸体依然躺在他们身边，尸体就像在水里泡了很久似的，不停地往外冒水，尸体的嘴里也不停地流出水来，额头上还有魁六爷打的那个枪眼。

虎子踉踉跄跄地爬了起来，他爬到翠娘身边，发现翠娘也慢慢苏醒。众人都像死里逃生一般狼狈。没有人说得出话。

毛瞎子躺在地上连声哀叫，好像撞到要害了。而冯禄喜早就吓得没了主意，瘫坐在地上，抖如筛糠，不过好像没有受什么伤。

刘飞还好，捂着手臂看着嘎子的尸体，生怕他又跳起来。虎子说："都怪我，带你们来这怪地方。唉！"

魁六爷说："没你的事，大家都在逃命，不进来早就死了。还扯什么？"

众人沉默下来，毛瞎子说："虎爷，我在军阀那边混饭吃的时候，听说有一种找替死鬼的说法，就是鬼的阴魂附着在物件上，只要拿到它的人就必须完成死鬼的心愿。你瞧……这会不会也是？"

虎子坐在地上，他沉思着说："有可能，但是要我们做什么？难道是最后的那个坟墓？那个在湖里面的坟墓？"

嘎子的尸体此时不知怎么回事，开始发出那种犹如干哕的声音，黑水不停地从他的嘴里吐出来，其中的内脏像烂棉絮似的被吐了出来。翠娘见到此状，立刻吐了起来。

就在众人都不知该如何是好之时，突然从盗洞上头跳入一个娇小的身影，动作非常敏捷。魁六爷一看，就对着女孩使了一个眼色，女孩一瞬间就朝他们靠了过来。

虎子说："对了，嘎子的泥板还在他身上。"

　　毛瞎子看着女孩说："我们本来是七个人，但是嘎子死得如此古怪，我认为这是他身上的泥板造成的。你们回想壁画中飞入那座坟墓的仙人，正好也是七个人，他们每人的胸口处都挂着那块类似泥板的牌子。我认为那泥板就是进入那个古墓的通行证。"

　　虎子点头认同道："没错，他要我们去找的应该就是那座坟墓，但是那座坟墓在哪里？"

　　毛瞎子无奈摇头，女孩没有插话，只是安静地听着他们说话。魁六爷对女孩说："乞儿，把那具尸体身上的泥板拿出来。"

　　乞儿看着那具尸体，眉头都没有皱，直接把手伸入尸体腰带，随后拉出泥板，手上全都是血水和碎肉。

　　乞儿拿到那泥板的一瞬间，就往后倒退了好几步，嘎子的尸体开始快速分解。乞儿看着魁六爷，魁六爷没有说话。虎子倒是说道："哦。我明白了，也许要让前一个人安心死去，必须有人继承他的泥板，现在乞儿成了我们中的一个……我们无论如何都要凑齐七人之数，找到那座水中坟墓。"

　　乞儿只是默默地藏好泥板，说："我带了绳子，到时候大家上去。接下去干爹有何打算？"

　　魁六爷转头对虎子说："那个坟墓，你可以确定在哪里吗？"

　　所有人都被眼前这个既简单又棘手的问题给难住了。魁六爷毕竟是老江湖，他挨个儿看了所有人一眼，但是没有一个人能够给出有用的线索或者提示。他这才笑着说："既然你们都没有办法，那么我看还是放下此事，现在日本鬼子还在上头，我们躲枪子还来不及，哪里还有闲工夫去找什么水底的坟墓？"

　　此言一出，几乎在场的人都动摇了，唯独毛瞎子摇头道："六爷此言差矣，如果说这坟墓里果真有什么幺蛾子的诅咒，那么我们几个都可能有麻烦，而嘎子的死也许就是一个警告啊。"

　　魁六爷盯着这个瘦老头儿，毕竟毛瞎子在江湖上还算有点儿名声，此外他说的话也的确在理，所以魁六爷本来想要暂时脱身的心思也动摇了。

　　此时原本安静的冯禄喜一下子跳了起来，众人本来就嫌弃这个人胆小坏事，看他此时一惊一乍，更加不耐烦。魁六爷恶狠狠地瞪着冯禄喜，问他又出什么事了。

　　冯禄喜吓得指着地上的嘎子尸体说："动，动了！"

　　刘飞闻言第一时间飞镖出手，但是飞镖钉入尸体就像钉在烂肉里似的。虎子阻止刘飞的进一步动作，他谨慎地靠近尸体，而尸体一动不动地躺在地上，还在不停地涌出黑水和肉块。

　　这样的一具尸体实在无法多看，就在众人迫不及待地移开目光的一瞬间，尸体一下子抖了起来，速度极快，但与其说抖，不如说是一摊怪肉在不停地蠕动。翠娘惊叫一声，实在无法忍受这恶心的场面，当场就吐了起来。那堆肉像有知觉似的散了开来。所有人都生怕这肉沾到自己，但是那些肉块就像有意识似的朝墓室的深处蠕动，那场面简直恶心到了让人无法直视的地步，连魁六爷这样的老江湖也看得心惊肉跳。那堆活肉就这样分解着，消失在墓道的深处，而在场的所有人没有一个敢触碰。

情况如此，也就不用毛瞎子再做什么分析了。如果不想死后像嘎子这样变成肉末，那么他们就必须搞明白这到底是怎么回事。

嘎子的衣服里居然还有一个东西，那个东西像一块白玉，估计是嘎子在没有跟上他们之时，顺道摸了这墓室里的冥器。可是这座坟墓内空空如也，先前他们挨个儿看都没有找到什么冥器，而这块白玉现在如此扎眼地出现在嘎子的衣服内，到底是他偷偷拿的，还是突然出现的，或者是在那古怪的大水之后才有的？这一切就像被安排好的一样，仿佛有一只看不见的手在推动他们，引导着他们进入一个更加恐怖怪诞的局面。

虎子小心翼翼地想要拿白玉，但被毛瞎子拦住。毛瞎子龇牙说："嘎子死得怪，这玉来得更怪。我看这东西太邪，还是不碰为妙。"

虎子摇头道："不对，这是上等的白玉，而且上面透着一股温润之感，如果是阴玉或者死玉，那必然色质清冷。在我看来，这块玉倒是有几分灵气，像德高望重之人所用。"

他从那堆残破的衣服里抽出了那块白玉，发现居然是一块笏板。毛瞎子见虎子没有什么异状，这才壮着胆子凑近看。他啧啧称奇道："这东西出现在这座坟墓里不简单啊，白玉笏板是王侯将相才有资格拿的。这……"

虎子捏开沾在笏板上的污渍，发现在这块白玉笏板上还刻着一些字，但是因年代久远，外加这里是由半文盲或者全文盲组成的逃亡队伍，所以很多字都看不懂，唯一能够派上用场的毛瞎子也只在那里直摇头，表示不知道这到底是个什么东西。

突然，毛瞎子摇了一半的脑袋停住了，他看着笏板，眼神简直发亮了，他握住虎子的手臂，指着笏板上的字说："郭景纯！这个东西是郭璞的笏板哪！"

虎子虽然不知道什么帝王将相，但郭璞这个人他是不能不认识的，因为这个人就是大名鼎鼎的《葬书》的作者。

毛瞎子纳闷儿道："郭璞和这墓室会有何瓜葛？如果说这座墓是泰始年间的，那么就是南朝的墓，而郭璞则是东晋的人……"

刘飞道："会不会是这墓室主人的随葬品？我记得曾有人说，古代人特别喜欢收藏文人的东西，然后和自己葬在一起。"

毛瞎子还是摇头道："但是出现得太突然了，为什么非得搁在嘎子的衣服里？出现的时机也怪，难道是这个墓主给我们的暗示？还是这事和郭璞有关系？"

翠娘壮着胆子凑近一看："你们看，上面有字。"

在笏板上果真还有一行小字，虽然看不清，但是大概明白，这个东西就是那个大名鼎鼎的郭景纯所有，而这上面唯独有一首诗被毛瞎子看明白了。

> 正乱离方妝，逝将命驾别。
>
> 潜波怨青阳，临谷虞匪歇。
>
> 遗音犹暗换，儿孙复禁绝。
>
> 长使冥路远，阴阳双孽结。

毛瞎子捂着下巴上没几根的胡须，摇头晃脑地解释了一通。

虎子握紧笏板，激动地说："看来只有走一遭郭璞墓才能知道真相。小弟虽不才，却的确知道郭璞坟墓在哪个地方。真是祖师爷保佑啊！"

毛瞎子拱手道："虎兄，现在大难已至，何言其他？当务之急就是找到那座坟墓。如果我猜得没错，在郭璞墓中必定会有保命之法。那句'遗音犹暗换，儿孙复禁绝'应该就是郭璞留给后人的暗示。看来这次我们只能险中求活了。"

虎子却面露难色，他摇头道："毛师爷有所不知，郭璞的坟墓传说是在玄武湖中，其中的奇淫巧术可谓登峰造极。他一生风水造诣之高，可谓后人无可望其项背。而今……"

魁六爷对此不屑一顾道："管他什么造诣，既然这是可以走一遭的买卖，那么就没得选。现在的问题是，我们怎么才能安稳地走到你所说的那座坟墓，我们现在到底该如何走下一步。"

虎子看着在场的所有人，叹了口气说："按照本门秘法，只要进入坟墓者就是半个死人，阴阳殊途，心中必须每时每刻记住自己已死。身穿寿衣可以隐藏自己的阳气，也可暗示自己已经死了，而红色腰带可保存人的三昧真火不灭。此外就是泥板，诸位兄弟来自四海五湖，这泥板正巧是七块，说明这是老天注定，我们现在就结拜为异姓兄妹，每人带上一块，每人背负一份责任；同伴的性命就是自己的性命。此外，这泥板到底有多少煞气，现在我也不知道，所以也不敢一个人背负多块，以防煞气积聚，冲了自身的三昧真火。"

说完，他有意看了一眼冯禄喜和那个叫乞儿的姑娘。众人心中也明白，他这一手是为了防止有人逃走，而拿着所有泥板的人就成了冤死鬼。人人有份，任何人都不可有贪生怕死。扔下同伴的想法。这就是七人之约，至死无休。虎子是想防止他们有任何抛下其他人单独逃命的念头。

毛瞎子听着连连点头，最后说道："虎兄不愧为北派高人，既然这样，那么我们先把衣服的衣襟反压，然后再出去吧。"

而一直沉默的魁六爷没有急于表态，反而破天荒地问了身边的那个女孩："乞儿，你看这事可行吗？"

乞儿冷静地扫视了在场的所有人，面无表情地开口道："不成。"

虎子被那轻描淡写的一句话给震得说不出话，几乎所有人都不把这个小丫头当回事，但是都碍着魁六爷这个太岁无法发话反驳。乞儿一边说一边反压着自己的衣襟说："我们不能一起走，否则目标太大。现在上头的日本人非常多，一群人一起走还没走出五十里，就可能被日本人一锅端了。"

毛瞎子这才重新打量起这个不起眼的丫头，大家都一味地想着如何躲避这古墓中的鬼煞，却忘记上头还有那么多日本鬼。如果一不小心，还没让鬼给闷了，就先吃了鬼子的枪子儿。要死也不能死在日本鬼的手里，这是这些人的底线。这样的心思和胆魄的确值得魁六爷如此器重，于是虎子认同道："乞儿姑娘说得没错，我看我们就这样，我带着翠娘走，魁六爷带着乞儿和毛师爷，至于刘飞就请你留心照应下冯禄喜。我们在皇姑山下集合。我当初发丘时，曾探得郭璞真身乃藏于一处地下城内，那里有阴阳双道，还有一个玄武湖。我们先在地面上碰头，到时诸位看我的手段，我会带各位兄弟一探郭璞水墓。"

乞儿面无表情地整理完衣服，便摆了摆手中的枪，点了点头。虎子又教了他们几招辟邪之术，并大致说了路线。大家互相道别，各自上了路。

刘飞在进入南京城中时和冯禄喜分开，但是他也留了一个心眼儿，警告冯禄喜如果不来会合，无论到天涯海角都会逮到他，如果冯本人死了也必须在死前找人把东西带来，否则到时候是人让他做鬼，是鬼让他魂飞魄散。这一段威胁，吓得冯禄喜连连点头。

林旭听到此处，才明白他们遇到的已经不是什么小鬼附身、女鬼寻仇之类的事情了。一路上，他的所见所闻都可以用匪夷所思来解释，甚至还牵扯到晋代阴阳玄学大家郭璞。而那首诗的寓意似乎又非常深奥，并非毛瞎子等人能够揣摩其含意的。对于这一切，他根本没有任何概念，至少现在他依然不相信会如此玄乎。

刘飞说完整个过程之后，看着林旭说："我一直怀疑，我们逃出来的时候已经有人不是人了……我们中有一个是鬼，那个坟墓里的鬼。我不能相信他们。"

林旭说："你的意思是说，你们出来的时候有一个人就已经死了，乃是借尸还魂？"

刘飞点头，他说："我在被那古怪大水冲击之后，有很长一段时间是昏迷的，我一直怀疑翠娘其实已经不是人了。"

林旭没来由地生出一股寒意，大脑里马上闪现出翠娘变脸的那些镜头，以及她带他走过的那怪异无比的荒村和破庙。但是，他依然不愿意相信，说："不管怎么说，我们要先找到其他人，我们手里只有两块泥板。"

刘飞还想说什么，但是最后又忍了回去，就在这时，祠堂的深处响起了磨盘转动的声音。两人愕然回头，发现原来不是磨盘，而是那块写着"阴军羽檄"的大石头动了。

在石头的背面居然有两个人在吃力地推着，由于石头太重，只能非常缓慢地转动，并且发出刺耳的摩擦声。

　　刘飞抽出飞刀，示意林旭掩护，两个人对视了一眼便有了默契，朝大石前进，结果绕过石头一看，发现石头背后居然是走散的冯禄喜和魁六爷。这两个人铁青着脸，脸色和神色与那帮已经死去的村民一模一样。他们两个就像木偶，丝毫没有知觉。

　　就在刘飞要叫这二人之时，突然一只手捂住了他的嘴巴，他很难想象居然有人可以毫无声息地靠近他身后，并且对他下手。刘飞马上意识，此人的能耐可能在他之上，他握紧了手上的飞刀，在千钧一发之际，却听到身后发出一个极其轻微却冷静的声音：

　　"别动，不要出声。"

　　是乞儿的声音。

　　与此同时，林旭也被翠娘给拦住了……

第十九章

两座坟墓

QIRENHUAN

七 人 环

周玦放下书，他们已经坚持了很久，而且非常不容易的是，他们居然都安然无恙。看到现在一点儿怪事也没有发生，但是他们每时每刻都觉得下一秒怪事就会发生，下一秒说不定又进入了什么古怪的空间，或者出现某个不可思议的东西。

周玦擦了擦冷汗，放下书说："居然没有事？"

胖三虚脱地呼了一口气，道："善哉善哉，没事还不好？继续啊。"

而陈昊摆手道："不对，这个故事哪里出了问题。"

周玦果真没有继续下去。陈昊说："他们为什么会做那个选择？"

所有人都不明白陈昊为什么会如此问，过去虽然遇到了许多匪夷所思的事情，但是他都以一种极其冷静的心态面对这一切，仿佛这一切他都猜到了，而这一次他开始有些慌神了。

周玦也被他的紧张情绪感染了，不安地问道："怎么回事？哪里出错了？"

那个只会逗猫、什么都不干的动物保护主义者叶炜幽幽地开口道："就我分析，现在我们把所有的问题都对准了郭璞墓，但是他们最后如果进入了郭璞墓，那么为什么还会受到影响？更重要的还是……"

　　周玦皱眉，他明白叶炜的意思，如果说书内所有的矛头都指向了郭璞墓，那么为什么陈茹兰还要去那个公主坟？按照陈茹兰一贯的作风和能力，她如果没有明确的目标，是绝对不会放弃郭璞墓这个大头儿，反而再回去找公主坟的。陈茹兰一定是有什么原因，才选择进入公主坟的。

　　回想故事的内容，整个故事都是在讲述林旭遇到那群盗墓贼之后所引发的事情，而现在他们已经可以肯定，这个故事不是虚构的。冯老九和陈昊都是那些盗墓贼的后人，再有侥幸的想法那就是蠢得没谱儿了。而陈茹兰，这个聪明的女人，很可能是想进入公主坟拿到那块固魂珀后，再转道进入郭璞墓，但是她为什么没有成功呢？

　　一直不说话的冯老九开口道："书还得继续看下去，陈茹兰有没有看完这本书，我不知道，但是她没有走到我走的地方，也没有拿走固魂珀。"

　　瘦猴说："那首诗是什么意思？"

　　在这些人中，瘦猴是唯一的理科生，所以那首诗在他看来等于天书。

　　周玦刚想翻译，胖三倒是起了兴头，毕竟他也是文科生。他精神抖擞地咳嗽一声，说："这其实是一首五言，郭璞那时代的文人都善于写类似的诗句，主要是受建安风骨的影响，多为五言形式。汉乐府民歌的韵味在于苍凉之感……"

　　瘦猴道："说重点。"

　　陈昊瞥了一眼说："这首诗的大致意思是说，郭璞觉得现在是世道最乱的时候，但是他要死了。他是第一个提出水底葬墓的人，所以后面'潜波怨青阳，临谷虞匪歜'，就指出了自己坟墓的位置，和文中玄武湖郭璞墓相吻合，并透露对后来之事的预料和不放心。他在死前预见了这一切，于是在自己的坟墓内保存了解救子孙后代的方法，而最后一句'长使冥路远，阴阳双孽结'……也就是说，只要找到郭璞墓穴内的解除方法，就可以让阴阳两种冤孽了结。我个人的理解是，郭璞的坟墓在水里，故而为阴，而公主坟则是在陆地，所以我认为是阳，只要带着泥板进入郭璞坟墓，他就会有办法给你解决危机，从而结束这两个坟墓的孽债。"

　　瘦猴恍然大悟，他点着头说："难怪你们说怪，的确。这是秃子头上的虱子，明摆着的事，应该进入郭璞墓啊。"

　　周玦说："对，陈茹兰估计是死在了公主坟内，她一定遇到了变数。"

　　胖三突然说道："很简单啊，你们想复杂了！"

　　周玦说："什么意思？"

　　胖三有些激动地说："他们一定是在公主坟内遇到了什么机关，然后全被灭了。"

　　周玦皱着眉头说："有可能。她给了那么多信息，而最后给我们的提示是在阴兵村那个祠堂内……"

　　陈昊突然说："是顺序，泥板的顺序，挂在那七魂壁上的泥板有顺序。茹兰知道泥板是按照一定顺序排放的，所以她必须知道最初的顺序。而她最终的目的应该还是郭璞墓，只是没能走到……"

周玦见陈昊又黯然下去，马上引开话题，他问冯老九："你看到泥板的顺序了吗？"

冯老九摇头说："我压根儿没有看明白那个东西是什么意思。我只知道七根铜柱浑然一体，但上面的坑的确是有高有低的。"

瘦猴说："那我们也只能再回去？"

胖三心虚说："但是陈茹兰最后就是在那里挂了的呀。还去？不是说都是油吗？"

周玦却说："未必，我觉得那个火烧得有些蹊跷，你们还记得小说前面说他们遇到大水，随后也回到了七星铜柱那里吗？"

冯老九有些兴奋道："那么就是说我遇到的，说不定是某一个古代的阵法？"

周玦尴尬地笑了笑："不知道……"

突然宾馆的电话响了，众人都被铃声吓了一跳。陈昊接过电话说了几句，他愣了一下，随后挂掉了电话。他看着其他人说："马老爷子要见我们，他说他有重要的事要告诉我们。"

周玦说："他不是该说的都说了吗？还有什么可说的？"

陈昊略有犹豫地说："去了再说吧。"

马老爷子属于那种要学问不要命的，一大把年纪了还那么较真儿。除了自己的家以外，他在大学边上还租了一间房，破是破了点儿，不过只要能让他睡觉就可以了。

一群人进去才发现，这个破屋子简直就像废品回收站，到处都是书，而且基本都是旧书，此外还有一大堆瓶瓶罐罐外加旧板子。

老头儿的业余爱好简直就是回收废品。陈昊扯着嗓子在门口喊了两声，房间里传来了马老爷子的声音。陈昊带着一帮人进了屋子。马老爷子眼神阴暗不定地说："你们和郭璞有什么关系？"

老头儿的表情太过认真严肃，倒是本来该反问的几个人面面相觑，都没搞清楚状况。陈昊警惕地问道："我不明白您的意思。"

这下倒是老头儿反而有些语塞，他思考了片刻，好像在组织语言，但是眉头越皱越紧。他像下了很大的决心似的，叹了一口气道："收手吧，再下去不是你们能够接触的范围。"

周玦问道："蛊族？"

老头儿又是长时间的沉默，他摇头道："不是……"

陈昊微微一笑道："是那块固定魂珀的琥珀吧。"

马老爷子抬头看着陈昊，道："你管它叫这个名字……人活着很不容易，所以更多的人希望能够平淡地过完这辈子。这样的想法合情合理，但是如果有一个机会，让你真的能接触到那个不可能实现的可能，你会怎么做？"

陈昊看着马老爷子，没有回话。马老爷子表情有些复杂，继续说："会试图实现它吧……这就是蛊族赖以传承的动力。蛊族没有所谓的家族概念，一切想要继续研究他们的人都是他们的族人，他们靠着意念传承后世。"

陈昊淡然地说："但是制造了怪物……"

马老爷子点了点头说："是的，怪物，最后的结果是越接近那个可能，就越像怪物。也许对于一个人来说，突破生死就已经是一个完全的怪物了。"

说完这句话，马老爷子站了起来，看着他们说："所以蛊族一直以来都只是在研究怎么把人变成怪物而已，这种人不人鬼不鬼的存在本身就是一个错误。"

马老爷子把目光停留在陈昊身上："不管你们出于什么原因，但是我要告诉你们，古往今来任何试图挖掘蛊族秘密的人，最后都没有下文，接踵而至的必然是一些诡异的事情。那种浓烈的丧气……"

马老爷子闭上眼睛，极其害怕似的抿紧双唇。周玦还不死心，避重就轻地问道："马教授，那郭璞又是怎么回事？您为什么找我们来问郭璞的事？"

陈昊冷冷地瞥了一眼郭梅，郭梅马上避开了他的目光。

马老爷子摆手道："你们不要怪郭梅，如果不是她告诉我，也许你们会越陷越深。"

陈昊说："你以为我们也是为了不死之术才来的？"

马老爷子顿了顿，说："难道不是吗？五年前，陈茹兰就是为了这个而来的。"

周玦发现他们和马老爷子的理解有偏差，可能马老爷子误会了，把他们当作了蛊族传人，是为了要郭璞墓里的法术才去的。马老爷子看了看周玦，又看了看陈昊，像要从他们脸上看出什么，最后他迷茫地摇了摇头说："你姐姐要郭璞墓的有关文献，那个时候我并不知道蛊族的存在，这五年间，我通过对各类资料的收集以及推测，得出了这个结论。最后，我在郭璞的家谱中发现郭璞也曾加入蛊族，但最终成也景纯，败也景纯。文献中说，他发现了上贡给晋元帝的贡品中有一块神物，据说类似于当年出现于汉武帝时期的返魂香。通过此物，郭璞学会了蛊族那极为复杂的法术，其中有使阴阳互换之法，利用男尸身上的阳煞和女尸身上的阴煞为起阵，最后使得已死之人复活。但整个过程极为繁复，并且非常危险，若稍有差池，就会万劫不复，除施法者将永远被禁锢外，那个复活之人也将无法瞑目。郭璞作为唯一知晓秘术的人，只把这个方法的要领告知其子，而后也许再无法出现像郭璞这样有如此神通的方士，最终这个法术便掩埋于历史。后来便是清末义和团起义，那个神物仿佛预知天下将会大乱，居然再现人寰。无奈又是一番腥风血雨，所有接触过的人没有一个有好下场，死的死，失踪的失踪，即使幸存之人也疯疯癫癫，极为凄惨。"

说到这里，马老爷子停顿了很久，其间没有人插嘴，只有沉重的呼吸声。所有人都知道马老爷子说的都是真的，而且与他们现在掌握的线索完全吻合。

马老爷子看他们都没有说话，各有心思地低着头，便叹了一口气道："当初我没有阻止茹兰，是因为我不知道这事原来这样可怕，虽然你问了陈茹兰的事情，但我觉得你最多也就只是查查，以你的能力应该还不至于接触到如此机密的东西，蜚族不是一般人可以查到的，即使查到蜚族也未必能够查到郭璞。所以我并不想说太多，我怕你反而会陷进去。但是没想到，你居然还是查到了……"

马老爷子说着说着，倒是像在表扬陈昊的专业学术能力。陈昊舒了一口气，看了一眼周玦，随后说："老师，我们绝对不是什么蜚族后裔，我们对死而复生没有兴趣，我们现在所做的调查都是为了我姐。至少……作为她的弟弟，我不想让她就这样不明不白地人间蒸发。"

马老爷子见陈昊如此保证，也不好意思多说什么，只是再三重复说明蜚族危险万分，只要接触的人就不会有好下场。陈昊虚心点头："既然如此，那么我们先走了。老师您放心吧，我们真的没有想过继承什么蜚族衣钵，我们只是为茹兰、为我们自己而来。"

马老爷子还想再说些什么，但是陈昊和周玦几人已经往屋外走去。陈昊走之前又看了一眼郭梅，郭梅不好意思地对他笑了笑，但陈昊面无表情地转过了头。

马老爷子突然叫了一声陈昊的名字，陈昊回头，马老爷子眼神痛苦地看着他，仿佛不忍他离去。陈昊恭敬地鞠躬，离开了马老爷子的房间。

出了房间，胖三就说："老二，你差点儿就把咱们的老底给抖出去了，还好陈哥精明啊。"

周玦白了他一眼说："是我大意了，但是我觉得马教授真的没有恶意。"

冯老九冷冷说道："谁知道呢，这年头人人都戴着一副面具，面具下的真心实意也许连自己都不清楚。"

周玦说："哎，至少我们从另一面得知我们手头这些线索都是对的，路子对了就是一个好的开头。"

瘦猴却忧心忡忡道："但是我们并不知道郭璞墓的地址，我们手头没有线索。照这情况，马教授肯定不会告诉我们。"

陈昊点着一支烟，猛抽了一口说："郭璞墓的文献记载非常杂乱。据史料记载，郭璞被杀害于武昌南岗，也有说他被葬于镇江。不过说真的，他作为风水大师，点穴之术已经是顶尖中的顶尖，给别人搞个坟都要慎重，给自己估计更加夸张。我觉得只有我们想不到的，没他办不到的。"

胖三叹气道："只有再去求马老头儿了？听口气，他好像知道点儿线索？总觉得这老头儿欲言又止啊。"

　　陈昊点头道："没错，因为他是全国最顶尖的金石研究专家，许多机密文件他都可以看，此外还会接触到许多未被解密的文字和线索。"

　　陈昊突然回头看了一眼公寓，周玦问他怎么了，他摇头说："我好像听到老爷子又在叫我……"

　　走在最后的瘦猴说："没啊，我没听到。陈哥，你累了。"

　　陈昊抚着额头点了点头，周玦拍了拍他的肩膀说："没事，先回去吧。明天我们求求看，说不定有转机。"

　　陈昊拍了拍周玦的手，周玦看着陈昊的样子，回想他前面说陈茹兰的事情时的表情，觉得这个人的感情太压抑，总是把所有的事情都埋在自己的心里，直到那些事情让他的心脏破裂。周玦暗暗握紧拍着陈昊肩膀的手，觉得也许这哥们儿到极限了，而他最需要的就是自己的全部信任。周玦扪心自问，给得了吗？他发现，自己居然没有办法回答。

　　周玦觉得陈昊之所以如此拼命，唯一可以解释的理由就是陈茹兰，他开始拿自己和陈茹兰做起了比较，之后顿了顿，突然不安起来，他为什么会这样想？这样做太蠢了。他面无表情地跟在陈昊身后，他看着陈昊的背影，心里开始逐渐烦躁起来。

　　此时，他突然发现叶炜一直饶有兴趣地盯着他看，周玦顿时有些窘迫。叶炜依然淡然地微笑，轻声说道："有意思，丧气……"

　　周玦蹙眉问道："什么意思？"

　　叶炜没有回答，而是超过周玦往前走。瘦猴厌恶地看着叶炜的后背，他说："这个人简直就是个僵尸，怎么都觉得不像活人。"

　　周玦点点头，他心里也是那么想的。自从有了这个神棍，连半死人冯老九都显得更加像个正常人了。瘦猴刚说完这句，就发现冯老九阴森森地从他身边走过，冯老九的身上总是隐隐地传出一股腥臭。周玦和瘦猴对视了一眼，尴尬地咳嗽一声，便加快了脚步。

　　再一次回到宾馆，天色已经微微发白，再过一个多小时就要天亮了，大家毫无睡意。周玦把所有的一切都在自己的大脑里面来回地过滤，每一次都会感到无力和烦躁，想再看《七人环》也没有那精力了。老九第一个表示要回房间去。

　　接着，叶炜笑了笑说："如果没有别的事，我也去睡一会儿了。"

　　陈昊说："现在大家都累了，不如先睡一会儿吧，休息一下，让我也有时间考虑怎么和马老爷子说。"

　　胖三看着手表，说："成，我也实在吃不消了，这样折腾，我估计最后不是被吓疯就是被逼疯了。"

　　瘦猴瞥了他一眼，打断他的抱怨说："现在说这话没意思，你越说越累，还不如什么都别想，反正过一天是过，过两天也是过。"

周玦同意地点头道："没错，现在最关键的就是保持清醒和体力，越是混乱，我们就越难看清。"

说完，胖三和瘦猴不约而同地叹了气，谁都知道这话说说简单，大家都是普通人，又不是特种兵，哪里来的这样好的心理素质，于是众人无精打采地回到自己房间。周玦跟着陈昊刚要进屋子，突然感觉好像宾馆最里边的那个房间的门被打开了，但是里面并没有走出人来，也没有任何动静，就像突然自动打开似的。

周玦抚着额头快速走进房间关上房门。陈昊问他怎么了，他摇了摇头说："没事，我好像也开始神经过敏了。"

陈昊揉着太阳穴："我们这些人遇到的事情不知道到底是真的还是假的，我现在终于理解茹兰之前为什么会那样不安了。她一个人扛着所有的不安和怀疑。"

周玦看着陈昊，自从白天他对马老爷子说了陈茹兰之后，他就变得非常压抑。也许从某种意义上来说，陈昊还是无法接受陈茹兰已经死了的事实，他希望这些都是假的，是他的幻想。

周玦又何尝不是这样想的，也许第二天早上醒来他发现他就在宿舍里，冯老九在死记硬背他的经济学，胖三还在呼呼大睡，瘦猴趴在地上做着第一百二十五个俯卧撑。他擦着额头上的汗笑着对他们说，做了一个很真实的噩梦，梦里面有一本非常诡异的书。他们可以嘲笑他，这一切都是笑谈中的虚幻。

可是，每一次半梦半醒之后，周玦都失望地发现，他们依然在噩梦里，他依然没有摆脱，而他的伙伴们也都在噩梦中挣扎。到底哪个才是真的，哪个才是幻觉呢？

最可怕的不是噩梦，而是无法清醒的噩梦，让人永远无法醒过来，永远残喘在噩梦的边缘。

陈昊还是坐在窗台边上抽烟，周玦翻着身，想要睡那么一会儿，困意却无法压过那些千头万绪。

就在这时，门外突然响起了一阵急促的敲门声。陈昊一个翻身下床打开门，一开门发现居然是宾馆的服务员和两个戴大盖帽的警察。那两个警察表情非常严肃，看不出为什么而来。周玦也跟了过去。其中一个年龄稍大的警察看了两人一眼问道："你们认识马筹建吗？"

陈昊道："认识，他是我的老师。"

警察又扫了一眼边上的周玦说："有群众看见你们从马筹建的家里出来。你们去他家做什么？"

陈昊回答道："是马教授叫我们几个人去的，问了一些关于郭璞墓的疑点问题。我们几个人也在研究。"

警察怀疑地问道："研究？"

陈昊拿出自己的证件说："我是一名民俗老师，这是我的学生。我带着他们来南京实地考察六朝古都在建安时期的民俗，所以昨天特地来和我的恩师打声招呼，顺便请教了一些民俗和历史上的问题。"

警察看着证件，又看了看陈昊二人，点点头说："马筹建死了，我们希望你们跟我回警察局接受调查。"

陈昊猛然瞪着警察，警察依然面无表情地说："他在死之前留下了一封遗书，上面有你和一个叫作陈茹兰的人的名字。"

陈昊抿嘴看着警察，开口道："老师……怎么死的？"

警察说："据初步推测是自杀。他在自己家的门栏上吊死了，而据小区监控的回放来看，你们是最后一批见过马筹建的人。"

陈昊握着拳头，强忍着翻江倒海的情绪，继续问："那封遗书呢？"

警察面露难色地说："目前这份遗书被我们警方妥善保存着，但是我们不明白那些文字的含义，这封遗书写得非常奇怪。"

周玦看了陈昊一眼，陈昊依然铁青着脸，说："那么，我能看一下吗？"

两个警察对看一眼，老警察思索片刻说："可以，请和我们回警局吧。我们还有一些问题想要问你。"

出来之后，周玦才发现原来胖三和瘦猴他们也都被盘问过，估计大家都很有默契地一口咬定是陈昊带队来学习的，所以并没有穿帮。而且据年轻的警察说，验尸报告表明死亡时间是在他们回到宾馆之后的一小时内，所以他们有充分的不在场证据。虽然他们够可疑，但是一帮子人风尘仆仆地从上海到南京，就为了谋杀一个老头儿，这也太有创意了。

陈昊突然想到什么，便回头问那位老警察："那么除了我们之外，还有其他人去过吗？"

警察顿了顿，他说："没有，根据小区摄像头拍摄的情况，你们是昨晚唯一去过马筹建家中并走出来的人，除了你们没有人进出过。"

周玦心中咯噔一下，像有一块冰块砸在心头。如果按照警察所给的消息，那么昨晚在马教授身边的郭梅又怎么解释？但是出于谨慎，周玦只是看了陈昊一眼，不过这个细微的举动被这老警察给抓住了。他问道："有什么问题吗？"

陈昊说："当时在场的还有老师的另一个学生，叫郭梅。"

年轻的警察打开笔记本，把这个线索记了下来，随后说："好的，如果你们还有什么线索回想起来，请马上告诉我，也许这对查清马教授的死有帮助。"

六人被带进警局，陈昊要求看看马教授的遗体，警察允许了。不过因为人数太多，所以最后大家商量了一下，就让陈昊和周玦两人跟警察去看遗体，其他的在警局接待室等着。

周玦的心态有些微妙，毕竟去看一个不算太熟的人的尸体总会让人觉得有些寒意，而且这个人还死得不明不白。

周玦反复调整着心态，此时那位年轻的警察已经带着他们进了电梯，来到了地下一层。超乎周玦的想象的是，这里的照明非常充足，过道非常整洁，惨白的墙壁和乳白色的大理石地板被同样的白色灯光照得发亮，就像整个通道都在发光似的。

小警察带着两人径直走入太平间的登记处。那里有一个小窗口，里面坐着一个神情有些阴郁的老头儿，他看着小警察点了点头，随后小警察让周玦和陈昊分别签字。老头儿这才缓慢地站起身，带着二人来到一扇铁门前。这扇铁皮门比起前面的过道显得有些老旧，上面还有黄色的锈斑。老头儿拉开铁门后，带着三个人进入。一进去，周玦就感觉一股刺骨的寒气从前方向他袭来，仿佛这里拒绝生人的进入。

老头儿拿着登记簿看着靠墙壁的一排柜子，上面卡槽内写有死者的名字。他嗯哼一声，打开其中一个抽屉，顿时马教授的遗体就呈现在周玦和陈昊的眼前。尸体经过冷冻已经苍白得像白纸一般，白色的冷气隐约围绕在尸体的四周。在马教授的脖子处有一道很深的勒痕，尸体上盖着一块白布，把马教授的整个身体都遮盖起来。此时的教授就像一个假人模型，一点儿真实感都没有。

陈昊一直看着马教授的遗体，没有移开目光，只是对警察说："可以让我看看身体的部分吗？"

"可以。"老头儿说完便掀开塑料袋，遗体的肚子上有一条非常骇人的刀痕。老头儿解释道，"因为死者死因蹊跷，所以我给他做了解剖，看看有没有用药的迹象。"

陈昊点点头，随后说："可以了，我们能再看看遗书吗？"

小警察说："可以，也希望你们能提供线索。"

老头儿突然开口道："死者长期服用镇定类药物，应该是患有某些致幻的精神疾病。"

陈昊停下脚步，问道："幻觉？"

老头儿说："没错，他在死之前服用了大量镇定药物，剂量之大实在有些夸张。"

周玦看着陈昊，陈昊动了动嘴唇，但是听不清他在说什么。老头儿有些不耐烦地催促着两人可以走了。小警察说："我先带你们去看那封遗书，也许你们可以看明白。"

就在他们走出大门之后，老头儿突然咦了一声，自言自语："奇怪了，尸体脚上的便笺跑到哪里去了？哪个兔崽子那么不小心，万一把尸体搞错了，怎么向上头交代？"

小警察讨好地说："哟，您老这里可没人敢乱来，可能推进去的时候不小心弄掉了吧。"

老头儿瞥了他一眼说："牌子是我挂的，尸体是我推进去的。你说呢？"

小警察尴尬地闭上嘴，转过头对周玦二人说："先走吧，去老陈那里拿遗书。"

三人离开太平间往电梯的方向走，周玦隐约听到那老头儿一个人在太平间里自言自语："牌子怎么会掉呢？那绳子可是有辟邪的作用呀……怎么会掉呢？"

周玦猛然回头，老头儿已经跟着他们一起出来了。

回到接待室，老警察已经从证物处取来了遗书，其他人都在等陈昊他们回来。小警察凑近老警察低语了几句，老警察先是愣了一下，随后略带疑惑地看着他们说："这就是遗书，你看看。"

陈昊拿起装在塑封袋里的遗书，发现字很少，居然还是用篆体写的。在这些字中，陈昊发现了好几个怪异的蛰字。此外，在这份遗书中还有非常古怪的一张手绘图，上面线条非常繁复，由许多线勾勒出一个类似牡丹花的形状，仔细看却并不是单纯意义上的花朵。

胖三啧啧地说："有点儿像地形图啊。"

周玦撞了一下胖三，意思不要声张，身后都是警察。陈昊没有理睬他们，拿起遗书默默地念叨着什么，仿佛周围的一切都和他没有关系。

小警察开口道："这封遗书在法律上没有意义，可马教授死的时候，眼睛还死死地盯着遗书，所以我们想这封遗书非常重要，但是我们完全无法明白它的含义。"

冯老九说："这封遗书我们可以拿走吗？"

老警察摇头："不行，因为马教授是非自然死亡，而且其中还存在很多疑点，那个叫郭梅的女人，我们还没有查过。"

陈昊把遗书还给警察："无妨，我们会积极配合警方的调查。"

六人走出警局，已经是晌午了。阳光打在众人的脸上，让他们觉得异常刺眼，而心里冷似冰窖。大家都知道，马教授的死一定与七人环有关，不，准确地说，他的死是因为牵涉到郭璞墓，但是为什么他会在这节骨眼儿上突然挂了呢？

周玦见陈昊又习惯性地摸着口袋找烟，就递给他一根，问道："陈哥，你记住了吗？"

陈昊接过香烟："嗯，老师的遗书其实是一个地图谜语，上面的篆字其实是对那个谜面的注释，但是我们现在没有条件破解，我只能说，也许这就是郭璞墓的正确位置。"

胖三纠结地说："你说这到底是怎么回事？老爷子昨天晚上还喝了五瓶黄酒，怎么可能说自杀就自杀，又不是神经病。"

瘦猴按捺不住地说："郭梅去哪儿了？她到底是什么人？"

陈昊回道："她是马教授的学生，算是茹兰的师妹吧，和我没有什么深交。其实，这一次我一直以为会是李放来接我们，我也不知道为什么最后会是郭梅出面。"

周玦摸着鼻子说："现在马教授死了，郭梅失踪，只有一个人可以问出个名堂了。得，去找李放吧。"

胖三不以为然地说："找得到吗？我说这一男一女都不正常，连那个马教授都怪得很。你们忘记我们来南京本来的目的了吗？现在搞得像无头苍蝇似的在南京乱飞。"

冯老九不自然地咳嗽了一声，移开了目光。胖三倒是不在乎，估计是大白天他胆子大了起来，他说："一开始这本书就他妈的够怪了，好死不死找到老二，老二好死不死又给咱们看……"

周玦一听马上纠正道："错了，是你们硬要看的，什么叫我给你们看的？我一开始就说这书来路奇怪。"

瘦猴转移了两人的争执："其实这件事的确一直都不是按照我们的计划来的，本来我们以为这书就是一本鬼书，却没想到扯出什么蛮族，居然还和郭璞有关系。但是话说回来，这到底和这本书有什么关系？真他妈的折腾人。"

周玦被问得直挑眉毛，这问题就算给他十张嘴也没办法回答。他只能泄气地叹了口气说："不知道！"

瘦猴倒是还算镇定，说："我一直都觉得我们总是被人牵着鼻子走，好像我们只能接受那些给我们的线索。"

周玦和胖三听着听着也沉下心来，冷静之后，周玦低头自语道："我们每一次都是按照准备好的路线走，这个路线……不是陈茹兰给我们指出的吗？"

瘦猴说："但是她失败了。我奇怪的是，以这个女人的能力为什么会失败。"

周玦看着瘦猴，瘦猴一脸严肃地看着他，随后看了一眼在场的人说："我觉得好像陈茹兰给我们的线索不纯，我不知道怎么解释这种感觉，就觉得好像……"

周玦接着他的话说："好像这些线索中掺杂着其他的东西。"

瘦猴重重地点头，周玦不再说话，还没等他回过神，胖三就激动地指着马路对面。周玦定睛一看，发现那位四眼金刚兄从马路对面跑了过来。胖三捂着拳头："说曹操曹操就到，很好，省得我再费工夫，瘦猴上。"

周玦连忙拉住胖三说："上个屁，你以为是瘦猴对金刚的世纪大对决吗？好好问，总能问出点儿东西的。"

第

二

十

章

蛰 族

QIRENHUAN

七 人 环

　　李放一路小跑地朝他们跑来，看他的眼眶像刚刚大哭过，而且袖口还别着黑布。
他说："你们已经来啦？"

　　陈昊点了点头："嗯，早上刚知道，教授怎么会无缘无故死了呢？"

　　李放刚想开口，突然意识到什么，便低声说："这，先上车再说……"

　　李放这样一说，大家的情绪都被提了起来，神经质地互相点头。李放带着众人
来到破金杯车里，关上车门他才开口道："教授留了一句话给我，如果他出事了，就
让我告诉你或者茹兰姐，你们要往老的地方找，新的不管用。"

　　周玦紧张地问道："下面呢？"

　　李放摊摊手说："没了……"

　　本来大家伸着脖子听，他这话讲完之后，所有人都像乌龟似的把伸长的脖子缩
了回去，只有陈昊一个人若有所思地皱着眉头。自从听到马教授死了之后，他就变
得非常沉默，嘴里不停地念叨着什么，别人说话他也不太爱搭腔。

　　胖三说："没了？这不清不楚的一句话就是他的遗言？好歹那封遗书还有一张看
不懂的地形图，老头儿为什么不能直白一点儿？做学问的人怎么都这么不干脆呢？"

周玦听到此处，拍着胖三的脑袋说："人家马教授没有义务给你说明，你以为是游戏里的NPC（非玩家控制角色）？人死为大，尊重点儿！"

胖三意识到自己说得太过分了，摸着脖子说："这不是没办法嘛！我们再耗下去，估计连死的权利都没有了，你说我能不急吗？"

瘦猴皱着眉头说："他会不会也复活？像冯老九一样？他会不会就是第七人？"

胖三听着点了点头说："我看有可能，咱们要不去看看尸体？应该有权利守尸吧。"

叶炜说："你们说那么多没有意义的事，还不如开始解教授留下的线索，而且你不觉得，他说得那么隐晦是另有其意吗？"

周玦其实也想到这一点，按照普通人的思路，遗书和遗言是写得越明确越好，生怕别人看不懂，误解了其初衷。马教授的遗书却非常隐晦，出现这种情况，一般只有一种可能，那就是写遗书的人不想让人那么容易地知道遗书的真正含义。

周玦看着叶炜，叶炜若有所思地低着头，现在大家都低着头在想马老爷子留下的这两个谜。

最后是陈昊打破了沉默，他问李放："你最近有没有发现老师有什么奇怪的地方？"

大家才发现前面这些话都被李放听进去了，不过李放对马教授的死也是一百个想不透，而且好像他对七人环的事情并不了解，目前他最大的疑问依然围绕着教授之死这件事。他皱眉说："是啊，你说老师好好的，怎么会自杀？昨晚我见老师喝多了，便送他回家。他回到房间就坐在写字台前一言不发，我还以为是喝醉了没力气闹腾。没想到我一走……"

陈昊说："郭梅没有和你一起送老师回家？"

李放愣了一下，他听到郭梅两个字之后便沉默了下来，他说："没有，是我一个人送老师回去的。小梅这个师妹，我还真的不知道怎么说……"

周玦警惕地问道："什么意思？"

李放顾忌地看着众人，最后把眼神放在陈昊身上，他说："我说出来，你们不能嘲笑我那么多年书白念了。"

直到所有人都绷着张脸、慎重点头之后，李放才眼神闪烁地说："唉，不知道你们相不相信中邪这种说法……"

胖三咽了一口唾沫，重复道："中邪？"

李放连忙解释道："你们不要误会，我也是读了那么多年书的人，但是发生在郭梅和老师身上的事情，我思前想后只有这一种说法才能解释啊。"

他见所有人的脸色都非常严肃，也没有丝毫嘲讽之意，就大着胆子说下去："事情还得从五年前茹兰带着一群陌生人来说起。一开始老师还很高兴，但是最后说得越来越激烈，简直就像吵架一样。后来茹兰带着那群人走了，走之前就留下一句话，如果陈昊再来，请老教授看在你们姐弟二人同是他学生的情分上，一定要帮你，否则你们姐弟都会出事。之后老师就一直把自己关在房间内，等第二天老师从房间里走出来时，便放下手头研究多年的宋代金石学，重点放在了东晋南北朝时期的研究上，最后的半年则把重点放在对郭璞的研究上。而后老师就变得非常害怕独处，他虽然没有说什么，但是我总觉得他好像在躲着什么东西。也就是这个时候，郭梅也变得奇怪了，本来这个丫头非常伶俐，老师没有女儿，便把她当作女儿来看。有一次我看到郭梅在扔一袋垃圾，正好我也在扔，我发现她的垃圾里面居然有一颗血淋淋的猫头，猫肯定死了有些日子了，猫眼附近已经钻出了好几条蛆。她只是说被玻璃砸死的，但过了几天，我在垃圾堆里又看到了死猫。我问郭梅，郭梅说她不知道。后来死猫倒是没再看见了，我也把这事给忘了。只是没想到，有一次我在郭梅宿舍边上发现了一只纸箱子，里面居然都是死猫，有些死猫已经腐烂得一塌糊涂。"

李放像提起肚子里所有的气，说："这还不是最诡异的，自从郭梅不断杀猫，我还发现，她到了晚上会一个人在研究室里面自言自语。我没敢出声，走近一听，发现从郭梅的嘴里发出了两个人的声音，一个是她本来的声音，另一个声音是一个非常沙哑的老头儿的声音。这声音绝对不是她能发出的，她好像在和那个声音对话……"

李放如释重负地吐了口气，周夬干涩地说："所以，你说郭梅被鬼附身了？"

李放点了点头："否则怎么解释？还能怎么解释老师的死？"

出乎意料的是，一直不发言的叶炜突然开口道："难道郭梅在复制当年蛊族的复活之术？"

陈昊道："得找到郭梅。李放，这事你就不要再管了，专心处理老师的后事吧。老师的学术就靠你了。"

李放认真地说："是啊，谁想到会是这样呢。老师一辈子研究金石学，我跟他学习了那么长时间，虽然我的资质比不上你和茹兰，但是我想，我会尽我的能力去钻研这门学问。至于……至于茹兰这头的事，我看你们能放下就放下吧。老师已经……这事太可怕了。"

陈昊拍了拍李放的肩膀，没再说什么便下了车。众人和李放告别之后，心中的疑团不减反增，陈昊疲惫地抚着额头。突然他的手机传来短消息，上面写道："欲知详情，速来江宁。"是一个陌生号码，陈昊打过去却显示手机已经关机。

叶炜低声笑道："看来，有人比我们更急啊。"

瘦猴侧目："这是什么意思？"

叶炜没有回答问题，而是笑着看着瘦猴说："你为什么那么在意我说的话？莫不是看上了我？"

瘦猴闻言犹如吞了只苍蝇般恶心："你是不是自我感觉太好了？"

叶炜忍不住笑出了声，他看着陈昊，而陈昊的表情看不出任何变化。陈昊随手拦了一辆出租车："去江宁。"

六人坐不下一辆车，于是喊了两辆出租，这直接乐坏了两个司机。冯老九居然还要坚持回去拿上所有的行李，于是司机们乐呵呵地把这帮少爷从南京市区一路拉到江宁区。而所有人仿佛都不在乎这点儿跑路钱似的，这一下午等于是南京郊区半日游。

六个人下了车，当然付钱的时候各自脸上终于出现了或多或少心疼的表情。到了江宁，他们才发现心太急了，偌大的一个区，连到底在哪个地点碰面都没问清楚就跑来了。

两个司机也莫明地看着六个人，这六个人不像来旅游的，他们疑惑地问："几位小哥，你们来江宁干什么？旅游还是出差？"

周玦看了一眼一直面无表情的陈昊，只得假笑道："我们是来旅游的，这里有人过来接应。师傅，你们可以走了。"

司机爽快地摆手道别，还留了手机号码给他们，意思是，如果要回去可以叫他们来送，估计把这六个都当成上海来的凯子了。

胖三看着陌生的环境，一下午的时间都折腾在路上了，眼看着太阳就像一个橘子似的往西落，一天就又要这么莫明其妙地过去了，心里有些不爽。周玦瞄着手表，时间已经是下午四点半了，耽搁的时间太长了。他看着大家疲倦的样子说："今天估计又耽搁了，先找个地方过夜吧。"

没想到话音刚落，就听到陈昊的手机又响了起来。他打开，发现又是一条陌生短消息，上面写道："马上来麒麟镇。"

胖三摸着胳膊说："太惊悚了吧，咱们刚到江宁就马上发消息，简直就像……"

胖三没有说下去，但是大家都明白他的意思，简直就像有一双眼睛一直都跟着他们似的。瘦猴看着四周说："也不知道这麒麟镇往哪里走，陈哥你看怎么办？"

陈昊冷眼看着马路对面："去麒麟镇。"

胖三和瘦猴又拦下一辆面包车直奔麒麟镇，但是他们又犯了同一个错误，依然没有明确的时间和地点，就连人物也不明。这要怎么等？坐在面包车上，六个人都沉默下来。司机以为这帮人没钱坐车，准备轰人下车，这时陈昊发话了，让司机顺着麒麟镇的一条开城路，直奔宋武帝刘裕初宁陵神道石刻的地方。

就在众人纳闷之际，陈昊又收到一则消息，上面只有两个字：聪明。

周玦心中百思不得其解，陈昊收到那则消息反而松了一口气，他看着周玦勉强笑道："我也是猜的。据《六朝事迹编类》等文献记载，东晋南朝许多遗迹都分布在江宁和南京周边，也就是鸡笼山、云台山等周围，而在江宁如果有和南朝有联系的，最著名也最容易找的就得数这个初宁陵神道了。而这个消息明显是冲着我们来的，我们的目的是为了找到郭璞墓，他总不见得会约我们在一茶座聊聊吧。"

众人不禁也跟着松了一口气，但是叶炜没有笑，他幽幽地说："我们的决定和猜测他可以在下一秒就得知，真厉害啊。"

冯老九说："是很可怕，但是我们没时间怕。而且如果他真的是第七个人，那么我们就要做好更可怕的打算。"

车厢内的气氛又一次降至冰点，大家不再对话，好像只要一说出口就会被对方得知，这种窥视仿佛是从自己的身体、自己的大脑深处来的，他们每个人都觉得自己心里住着一个鬼，而这个鬼则控制着他们每一个人的思想行为。

鬼，由心生。

等到了初宁陵神道的时候，天色已经暗得差不多了，西边只留下了一丝红晕。而这里又算不上是闹市区，他们下车之后，司机立马踩着油门一路往回跑。六个人站在石刻前显得非常恍惚，昏暗的光线照在这神道前独立的石麒麟上，显得有几分狰狞。四周杂草丛生，除了石麒麟周围有防护隔栏外，只有一块说明指示牌。和大众意义上的皇陵神道大相径庭的是，这里已经没有了皇家神道的霸气，经过时间的洗涤冲刷，除了这石麒麟还能看出几分傲气外，一切都显得格外肃穆萧条。

这不大的豆腐块儿似的地方，除了陈昊他们六人外，再无他人。众人你看看我、我看看你，心中都有一个问题：人呢？

瘦猴看着四周说："没人？都已经这么晚了，不会是先走了吧。"

周玦摇头："不可能，他能够算到我们何时到江宁，怎么会算不到我们何时到麒麟镇？"

胖三似乎想起了什么，哆嗦地说："你们还记得……警察说，在摄像头里没有看到郭梅吗？"

他顿了一下，继续说下去："我以前看过一个鬼片，说的是一个女人死了，然后为了报仇就化作女鬼去杀人，所有人都没办法看到她……但她一直都在……"

说到这里，所有的人都看着胖三。胖三越说越觉得害怕，说："会不会……她已经来了？"

胖三说完这话，所有人都神经质地看着四周，觉得那尊石麒麟更显阴森。叶炜低声道："听。"

叶炜背包中的那只黑猫也探出了脑袋，朝街道最深处破天荒地嘶哑地叫了一声，大家都被这一声凄厉的叫声吓得不知所措。随后，从街道的深处传来了隐约的笑声，但是非常轻微，几乎就像细微的风声。如此过了好几分钟，但一直没有什么人走出来。

周玦看着四周，下意识地靠近人群，好像他们中真的有一些看不见的人，他咽下口水说："不会真的是鬼吧？"

冯老九也低声附和道："莫非真的是第七个人？"

所有人都屏住呼吸，这时空气中突然传来一阵阵古怪的气味，那种气味他们非常熟悉。冯老九惊呼："是那个东西，快逃啊！"

话音刚落，这诡异的神道突然刮起强劲的旋风，风大得几乎让所有人都睁不开眼，呼啸的风声中只能听到黑猫凄厉的嘶叫，但是很快连猫叫声都听不清了。

陈昊生怕众人因为惊慌而走散，他想要拉住离他最近的周玦，一伸手却发现他抓的是一只冰冷的胳膊。

众人发现，不知何时，那个俏丽的郭梅居然已经站在他们当中，但他们居然谁都没有看见她是怎么来的。

就在此时，旋风骤停，四周又恢复了寂静，先前的一切好像都是幻觉。

陈昊这才发现，自己先前拉的人竟然是郭梅！郭梅笑吟吟地对大家说："你们终于来了。"

所有人都大吃一惊，不知道这个女人还算不算是一个人。她笑得越美丽，众人越是胆寒。

最先反应过来的是叶炜，他警惕地看着郭梅，而郭梅眼神中也露出了一丝迟疑。两个人互看一眼，好像都在疑惑什么，但是郭梅很快就又变回那笑吟吟的样子，轻笑道："我在这里等候多时了。本来是马老师在这儿等你们的，不过……他来不了。"

陈昊下意识地松开了她的手，问："老师是你杀的？"

郭梅眼中闪过一丝惊惧，喉咙里咕噜一声，好像有什么东西要从那里裂开了。她说："不是我。"说完，她的眼神忽然有些后怕。

陈昊继续追问说："那他是怎么死的？"

郭梅有些怨恨地说："他是被你姐逼死的！你以为老师最后的日子是怎么熬过来的！五年了，他就那么过了五年，李放那呆子不知道，但是我知道。老师为了陈茹兰，一直都在查蛊族的事情，研究蛊族的人没有一个有好下场！他知道越多，也就越危险，但是他没有放手，查查停停地就这样过了五年，过的根本不是人过的日子！一开始我不知道蛊族到底是什么东西，但是老师一个人无法研究，好几次我发现他的资料中混杂了许多关于方士的法术，这些东西晦涩难懂，不是一般人能够解读的。我见他一天到晚愁眉苦脸，也就帮着他一起整理资料，起初老师很反对，不过最后老师实在无法独自完成，也就让我一起参与研究。我们发现蛊族中藏着许多知识和秘法，对我们这样的人来说，那就是宝藏，是一种无形的诱惑。"

陈昊语气坚定地说："老师不可能动心。"

郭梅抖着肩膀，忍不住笑了起来，她说："只能说你还不了解他，他当然动心了，越是接触这些，就越无法置之不理。我也是，不过老师注重的只是理论知识和它的文献意义，而我则对其所可能产生的作用着了迷，我开始了自己的研究工作和实验。"

叶炜冷笑道："你不会蠢到仅凭手上的文献就开始修炼那些诡异的法术吧，你根本不行。"

郭梅神经质地摆着手，激动地说："怎么不行！帮助老师调查蛊族的过程中，我收集了许多资料，这些资料都是封档的。我研究之后，发现真的可以做到一些匪夷所思的事情，就像刚才的大风！你们也看到了，这就是我的成果。我还可以做更多匪夷所思的事情，就像古代的崂山道士一样。"

周玦说："也就是说，昨天晚上你的确在老师家中？"

郭梅见有人终于问到此事，这才有些得意地说："不，我根本没去，我只是事先在老师房间的书桌上放了一面镜子。这一招是镜术，是古代方士幻术中的一种，你们看到的只是我的倒影，而唯一的破绽是我没有影子，也无法说话。"

叶炜认同地点头道："的确可以办到，特别是在晚上有月亮的时候，镜术可以发挥最大的作用，让幻影更加清晰，不触碰根本不会发现是影像。"

郭梅略有深意地看着叶炜，而叶炜对她的探视并不在意，继续说道："你都是通过蛊族留的那些资料窥得这些法术，但是单凭此不可能成功。你……碰到了什么东西？"

郭梅吃惊地看着他，她忽然有些犹豫，开始欲盖弥彰地说："我就是通过这些保密的第一手资料炼成的，也许是我运气好，也许这是天意。"

叶炜冷笑着摇头，不再说什么。陈昊继续追问："老师是怎么死的？"

郭梅不耐烦地说："我说过了，我不知道。"

周玦有些迷惑了，难道说，郭梅不知道七人环的意义？那么，她叫他们几个人来又是为了什么？还妄想着入伙？

周玦问道："那你为什么要我们到这里来？"

郭梅第一次从头打量着周玦，好像对周玦有一种莫明的敌视。她瞥了他一眼说："老师在你们来了之后就给我打了一个电话，说如果他出事了，就要我把你们带到这里来，还有一句话要告诉你，要往老的地方找，新的没有用。"

胖三看着周玦说："又是这句话……到底什么意思？"周玦立马制止胖三的提问。

郭梅见他们表情异样，马上说："怎么了？"

周玦说："我们觉得听不懂，没明白。"

郭梅笑了笑说："当然，你们当然没办法解读蛊族的秘密。好了，话我带到了，你们想要知道郭璞墓的正确方位吗？带我一个，我也要加入你们。"

陈昊坚决地说："不可以。"

郭梅瞪着眼睛不服气地说："为什么？我的能力可以给你们提供很大的帮助，还有，我对蛊族和郭璞的了解比你们任何一个人都要清楚，还是说，你觉得在你眼里只有你姐姐才是完美的？"

陈昊听到郭梅再一次提到陈茹兰，猛地回头，看着郭梅说："我说了，你不可以跟来。"

瘦猴拉着周玦的胳膊，在他耳边悄悄地说："这听上去有点儿暗潮汹涌啊，不过这个女人的确对蛊族很有研究，比四眼金刚有用处。"

胖三连忙打断道："你傻逼啊，这个女人可能已经干掉了一个老头儿，她要干掉我们很容易，你找死？"

瘦猴恍然大悟地点头，但周玦没有和他们一样的心思，他只是觉得郭梅好像哪里不正常了，跟第一次看到她的有些不一样。还有，她身上总是发出那种类似布匹撕裂的声音，难道是土豆吃多了放屁？这姑娘还真是有屁就放，好不避讳啊。

就在周玦胡思乱想的时候，冯老九忽然撞了一下周玦，然后用眼神示意郭梅的脖子。周玦朝她的脖子看去，发现她脖子的右侧好像有什么东西在动，但是看不清楚。

冯老九低声对周玦说："这个女人和我身上有同样的味道……"

周玦疑惑地看着冯老九，郭梅还在纠缠陈昊，对他们并没有在意。周玦给胖三、瘦猴打了手势，于是他们三个悄悄地绕到了郭梅的身后。郭梅没有注意到这三个小子的动作，她把所有的注意力都放在陈昊身上，死缠烂打地要入伙。

周玦挪到了她的右侧，他瞪着眼睛倒吸一口冷气，实在不敢相信郭梅的脖子后侧居然有一只没有眼帘的眼睛。当他看到那眼睛的一瞬间，眼睛像马上感觉到什么似的，一下子转了转眼珠。而郭梅像触电似的捂着脖子，痛苦地皱着眉头，难受得直喊疼。

渐渐地，她的声音低了下去，默默地垂下了头和双手。胖三惊呼道："她脖子上居然有眼睛，太恶心了。"

突然郭梅的声音变了，变成了一个沙哑老头儿的笑声。陈昊与叶炜大骇，他们分别对周围人喊道："快退开！"

一个粗老的声音说道："你们既然不肯，那么就和那个老头儿一起上路吧。"

陈昊连忙上前把周玦拉到身后，说："别靠前了，她不对劲儿。"

周玦哪儿还用得着他提醒，早就退到了陈昊的身边。

郭梅再抬起头的时候，所有人都被吓了一跳。郭梅的脸上出现了许多皱褶，再仔细一看，上面根本不是什么皱纹，而是眼睛，她的脸皮和脖子上出现了许多眼睛，不停地眨着，乍一看，就像皮肤裂出了无数条裂纹。

郭梅恐惧地抓着脸，她发现连她自己的手上也都是眼睛。她害怕地摇着头，眼神恐惧地看着陈昊。陈昊警惕地拉着周玦往后退。

叶炜也默默地往后退，他靠近陈昊悄悄地说："她的身体里是蛊虫，好像还有什么东西。这女人早就死了，现在被那些虫子给控制了。"

郭梅全身开始发生巨变，裸露在外的皮肤都长满了眼睛，并且发出了喳喳的声音。

"郭梅"的嘴里发出嘶哑苍老的声音："郭公之墓岂是尔等小儿进得去的？蛊族之秘

你们又懂什么！"说完又特别朝叶炜和陈昊看了一眼，"郭梅"身上的那些眼睛也在一瞬间分别看着这两个人。

二人不由得都后退了一步。叶炜手里的那只黑猫一下子跳了下来，龇牙咧嘴地对着"郭梅"嘶叫，而"郭梅"看了看猫只是冷笑了一声，而所谓极其辟邪的玄猫居然就那么后退了。陈昊问道："你是谁？"

"郭梅"说："我是谁你们不用知道，我叫你们来，是因为你们背后的那些东西。"

她话刚毕，阴风骤起，比先前那阵更加阴寒，好像在回应着这个怪物的召唤。周玦此时仿佛感觉到在四周的树林里隐约散发出一种熟悉的腥味儿，而"郭梅"依然没有动作，但是紧闭的双唇告诉众人，"郭梅"体内的那个东西非常在乎这些。她身上的眼睛快速地眨动，发出令人毛骨悚然的喳喳声。

周玦用余光扫视着身后，他发现那树林里的风声简直可以用鬼哭狼嚎来形容，让人听得心像落在冰窟里似的。他还发现那黑乎乎的树林里好像溢出了什么东西，回头一看便吃惊地喊道："头发，林子里长出了许多头发！"

那些黑色的头发像有生命似的，疯狂地朝他们所在的方向蔓延，越来越多，乍一看，像一片黑色的潮水。

"郭梅"看着这些头发，发出了刺耳的笑声，然后朝林子里走去。走了几步，她又回过头冷冷地瞥了陈昊他们一眼，说："你们注定是要成为蛊族的祭品，何必挣扎呢？这是一份殊荣，你们中就有人很清楚。"

六个人互相对视，他们不知道这句话到底什么意思，难道说他们中有人出了问题？真的存在叛徒？

周玦不安地看了一眼陈昊，陈昊的嘴角划过一丝笑容："你走不掉了，老师把你放出来，就是要把你带走。"

"郭梅"没有动，她忽然明白了什么，停下了脚步，身上所有的眼睛都在不停地转动着，发出瘆人的喳喳声。

周玦站在陈昊的身后，问："什么意思？"

陈昊没有回答。周玦此时发现，林子里的那股血腥味道并没有靠近，而那黑色的头发也没有进一步蔓延。突然，那尊石麒麟开始不安地晃动起来，就像感受到什么东西在靠近似的，四周就像即将要被打破的玻璃罩子一样脆弱不安。

陈昊看着石麒麟顿了顿，随后说："这就是老师的安排。"

周玦不敢大意，眼睛不停地扫视四周，对陈昊说："怎么了？"

忽然愣在原地的"郭梅"痛苦地咕噜了几声，像有什么东西在她的喉咙里不停地攒动。然后，她皮肤上的眼睛开始流出血泪，像身上有无数道小口子在流血似的。她再也站不住，一下子倒在地上。

胖三恐惧地想要朝身边的人靠近，结果发现身边的冯老九非常痛苦地蹲下了身体，整个人都在不停地颤抖，整张脸变得惨白，身上散发出浓烈的丧气，那种只有在人刚死不久才会散发出的味道。

陈昊依然不为所动，看着四周的动向，冷静地关注着这一切。周玦被陈昊这样的举动感染，渐渐地镇定下来，他发现除了"郭梅"和冯老九外，其他人虽然害怕，但是都没有什么异样，难道说因为他们都是活人的缘故？

陈昊看着石麒麟，随后让所有人都靠近那个麒麟，而"郭梅"似乎想要往林子里爬，但是一点儿力气都没有。

她嘴里痛苦地喃喃道："救我，陈……救我……"

陈昊摇着头，他说："没得救了，你早就死了……"

"郭梅"还在拼命往前爬，她掐着自己的脖子，说："我知道……郭璞墓在龙……在龙……那个女人的坟墓……有诈……"

就在这时，石麒麟的肚子里猛地发出一声巨响，就像打雷似的。陈昊在此刻隐约听到一个熟悉的叹息声，随后那鬼魅的头发也在瞬间消失了，四周又恢复到先前的寂静。此时地上趴着两个人，一个冯老九，一个郭梅。

他们不停地抽搐着，好像还没有从前面的痛苦中缓过神来。周玦伸手把冯老九给拽了起来。冯老九痛苦地闭着眼睛，连话都没法说全，只是不停地重复着七人环的那首诗。

至于郭梅就更惨了，众人发现从郭梅皮肤上的那些眼睛里钻出了密密麻麻的虫子，那是一种透明的虫子，长满了触须，样子像透明的小型蜘蛛。这些虫子仿佛受到前面那血气的召唤，继续朝树林爬去。

叶炜大声喊："别让那些蜇虫爬过去！"

说完，他开始疯狂地踩着那些虫子，但是虫子数量太多，怎么踩都踩不完。而郭梅已经不动了，就像一个人皮袋子似的。

叶炜赶紧对陈昊说："烧死它们，不能让它们和那血气混合，否则它们会实体化，到时候我们就倒霉了。"

闻言，瘦猴和胖三连忙拿出打火机，把身边能点燃的东西都点起火来。

陈昊听到那声叹息像中了邪似的愣住了，直到周玦激动地拉着他的手，这才回过神来。他看着石麒麟，又看着倒在地上的"郭梅"说："拿石麒麟周围的土盖在'郭梅'的身上，把她和那些虫子围成一圈！快！"

大家听到他的话先是愣了一下，随后所有人都开始用手刨土，很快就将"郭梅"给埋了，并在她四周撒满了土。果然，那些虫子接触到那些泥土之后就开始僵化萎缩。大家见之有效，便刨得更猛，简直就像是五台超级人肉挖土机，没过多久，那些虫子和"郭梅"差不多都给埋得看不见影子了。

　　而这几个人也累得几乎趴在地上喘粗气，周玦话都说不清楚，颤颤悠悠地指着那土堆说："那……那虫子居然怕这土？"

　　陈昊翻着白眼说："虽然我是你老师，有义务……但是……但是先让我喘口气……"

　　过了五分钟，陈昊才扶着栏杆站了起来，用手摸着裤子说："我记得我在带你们出来之前的那次课，说的就是关于墓道和神道，你们这帮兔崽子上课都在听什么？"

　　周玦见他又端出老师的架子来，便缩着脖子不敢贸然吭声，小媳妇似的看着他，轻声说："那个时候我纠结《七人环》的问题，事出有因，又不是真的不认真听课。您看我哪次缺席过……"

　　陈昊拍着周玦的背，打断他的托词说："别装了，这事很简单。因为自古以来墓道的神兽石像都是极其辟邪的，陵墓中的神道古称'蓦路'，有隧道之意，其实说白了就是皇帝老儿要升天就要从这条路过，周围这些石刻都是用来镇鬼的，他一路上走得战战兢兢，你还不找几个给力的戳路边？这石麒麟在这里风风雨雨戳了那么久，墓碑都没了，现在它还屹立不倒，可想其耐性。此物最为辟邪，估计已经可以和泰山石敢当较劲儿了。而这些土在其周围，无疑也有着非常强的辟邪作用，效果不会比朱砂差多少，所以就让你们把她给埋了。我想，老师肯定是事先已经知道了郭梅的异状，但是他又不忍下决心，毕竟已经没了茹兰，他不想再失去郭梅。不过我们出现了，他知道有些事情是注定的，他让郭梅带我们来这里，是要逼着郭梅体内的那个东西出来，而那股邪气会激发神道守护神兽的正气。"

　　胖三擦着额头上的汗说："不愧是老师的老师，真他妈的能折腾人，搞那么复杂。"

　　周玦有些心虚道："她还不知道生死呢，我们埋了她那是要负法律责任的，不会被我们弄死了吧。"

　　叶炜站起来靠近土堆，胖三一把拉住他："你还想去给她松松土？"

　　叶炜没有理睬胖三，甩开手朝土堆走。陈昊冷冷地在身后说道："别看了，你要的东西她给不了你。"

　　叶炜微微一笑，回头道："我想要的只是那陵墓的正确位置。"

　　陈昊笑着说："那你问我就可以了，刨尸没意义。"

　　所有人都立马跳了起来，陈昊还看着那堆土说："老师遗书的谜底，我知道了。"

　　叶炜停了下来，依然笑着说："你是怎么知道的？"

　　陈昊抬头看了看石麒麟，又低头看了看那土堆，然后叹着气说："石麒麟可以控制邪气入侵，但是没有办法逼出郭梅体内的蛊虫，而老师特意叫郭梅带我们来这里，肯定不只是因为这石麒麟。"

　　周玦看着陈昊，忽然有点儿明白了。他激动地说："这里有东西？"

　　陈昊对着周玦微微笑道："没错，这里有一件可以逼退蛊虫的东西。"

瘦猴激动地问："什么东西？"

陈昊摇头说："不知道，找找看吧。"

就在陈昊说有东西的时候，胖三已经迫不及待地翻过栏杆查看。瘦猴和周玦对视了一眼，也立马翻了进去。陈昊这句话给他们这些已经濒临崩溃的人带来了极大的刺激。

瘦猴忽然喊道："靠，我找到了！"

瘦猴一个纵身从栏杆内跃了出来，手里拿了一只被报纸包起来的盒子。所有人都围了上去。陈昊接过包裹，打来发现里面是一个"泸州老窖"的壳子，陈昊黑着脸说："老师家里就这种盒子多……"

陈昊拆开盒子，发现里面居然是一块长方形的白玉。他的手都开始颤抖，声音变调地喊道："是……是玉笏板！"

他缓缓地拿起笏板，上面果然有一段小字。陈昊念道："正乱离方煞，逝将命驾别。潜波怨青阳，临谷虞匪歇。遗音犹暗换，儿孙复禁绝。长使冥路远，阴阳双孽结。"

周玦看着那块温润的白玉板，心里像有什么东西被连起来了，他喃喃道："郭璞的笏板，现实和故事连在一起了！"

此时，冯老九终于缓过神来，喘着粗气也想靠近陈昊，看看他手中的白玉笏板。瘦猴架着他胳膊说："这么说来，我们终于和那本书同步了？"

陈昊肯定地说："没错，茹兰提供的线索以及马老师给出的信息都到手了。"

周玦说："可是，马老师是怎么得到这个的？难道说，他也是上一代的七人？"

陈昊把笏板包好，说："这我不知道，但是老师在茹兰失踪后的五年里，做了大量工作，以他的能力很可能已经非常接近蛊族的核心了，这也是为什么在我们出现之后，那个怪物急于要杀掉马老师，他本来可以给我们提供更多的线索的。"

冯老九说："现在我们手里除了笏板，就只有那书和遗言了……陈老师，你说你能够解答了？"

陈昊说："是，因为既然马老师防着郭梅，最后还引她来此，那么他肯定不会透露太多关于我们要知道的事情。从郭梅一心想要跟我们合伙来看，她不知道七人环的真正意义。"

胖三追问道："那些眼睛不是说，我们是什么祭品吗？他还在等我们身后的东西，这些怎么解释啊？陈哥我可跟你说啊，你不能害我们啊，害我没事，你不能害周玦啊，周玦可……"

周玦连忙拦住他的胡言乱语，白了一眼道："说什么呢，你直接说你怕死不就得了。"

瘦猴插嘴道："这话虽然有些无理取闹，不过胖三说的有他的道理。我们知道的东西太少，陈哥知道的事情太多，这种情况换谁都觉得不靠谱儿。"

周玦见瘦猴都那么说，又想到马教授、郭梅的死状如此骇人，心里顿时没了底气。毕竟自己的命只有一条，能豁出去不要的还是少数人，他一言不发地看着陈昊。

陈昊眼神暗淡，刚想开口，冯老九突然开口道："先离开这里，那个东西……还在……"

所有人恢复了警惕，看着四周的状况，周玦说："可她怎么办？报警？"

胖三吞吐道："不是啊，土是咱们埋的，我们算谋杀吗？"

瘦猴说："可她是被附身的，和我们没关系，咱们又没杀她……"

周玦试探地说："把土拨开……看看还有气儿吗？"

胖三连忙阻止："还看什么看……这女人还能叫人吗？整个一千眼夜叉啊……"

冯老九说："要不这样吧，我看这里也荒，咱们先找地方住一晚，等明天白天再来看？"

众人你看看我、我看看你，谁都拿不定主意，搞得真的像失手杀了人似的慌张。

周玦看着土堆下决心说："咱们隔着土，拿根什么东西戳戳她，看看有什么反应，没反应明天再说。"

问题又来了，谁都不肯碰那土，就连素有大胆之称的瘦猴此时也直摇头，说："别别，我有密集恐惧症，你让我打架没问题，你让我碰这个我可不敢……"

胖三抢先说："冯老九，我看要不你去？"

冯老九摇头道："不干，万一那东西到我身体里来怎么办？你们也把我给埋了？"

胖三转头看着周玦，周玦立马看着叶炜说："叶炜你牛逼，你去看看吧。咱们现在是一个生命共同体，要有集体意识，勇敢点儿！"

叶炜瞪着他那牛眼看着周玦，随后冯老九、胖三、瘦猴全部刷刷地看着他，好像这成了他分内的事，不，是认定了他的角色就是个顶炸药包的。

叶炜的眼中第一次出现了委屈的神情，显然他也不愿意碰那土。周玦拍着叶炜的肩膀说："哥们儿，你去看看，没事就退回来。这是你立功的机会。组织上相信你！"

此时瘦猴已经不知道从哪里给他搞来了一根树杈子，递火炬似的塞到叶炜的手里。叶炜看着那堆土，皱着眉头说："我最讨厌脏东西了。"

瘦猴拍了拍他的肩说："我们这里没人不讨厌，您是大人物，是外援，有手段，这种难度的事情只有靠你了……"

瘦猴涨红着脸说完这些话，不过出乎所有人意料，这个木偶人叶炜似乎非常喜欢听别人的赞美。他挑着眉毛，看着瘦猴手里的树杈点了点头，好像也认为这里就他有能耐了。

叶炜接过树杈，慢慢地靠近那堆泥土，从口袋里摸出了一包粉末，他一边念念有词一边绕着土堆转了三圈，然后就用树杈扒了起来。

他没扒几下，就扒到了郭梅的脑袋。

叶炜转头看着众人，询问下一步该怎么做，就在这时，郭梅的脑袋好像动了一下。

瘦猴道："好像动了一下……"

周玦吞着口水说："眼，眼花了吧……"

忽然郭梅的身上又发出了那种难听的喳喳声。大家内心都极其恐惧，生怕她又发生什么变异，连忙倒退到石麒麟的边上，蹲下来就开始刨土。而叶炜不知道是傻眼了还是在观察，手里拿着那根树杈子站直了没有动。

叶炜突然伸手，想要再动动郭梅的脑袋，这时郭梅忽然用手挡住了自己的头。她缓缓地站了起来，骨头发出了刺耳的嘎吱声。郭梅没有办法站直，她的头发像草似的盖着她的脑袋，脑袋上还有血迹。一刹那，他们都觉得是在看 3D 版的《生化危机》。

郭梅嘴里嘟囔着什么站了起来，转了一个身背对着他们。所有人都不知道她会怎么样，忽然她伸出双手想要抓什么东西，随后便朝路对面走，像在追逐什么似的，却无法抓住，两只手只能在空中无意义地挥舞，简直像疯子一样。

她一边号叫，一边追逐，忽然又停止了动作，整个人僵直不动地看着远处。又是一阵怪风吹过，众人只看见她哗的一声，整个人瞬间沙化似的化为灰烬，消失在风中……一点儿痕迹都没有留下。

在场的所有人都瞠目结舌地看着对面，愣着不知道该怎么解释这个状况。叶炜扔掉手中的树杈，回过头对他们平静地说："现在没有麻烦了。"

但是没有人回答。过了很久，周玦才僵硬地转过头，问道："她，她挥发了？"

冯老九捂着自己的胳膊说："先离开这里吧……"

第二十一章

芙蓉地图

QIRENHUAN

七　人　环

　　等他们找到旅馆时已经是深夜了，摆在他们面前的东西越来越多，而现在他们的时间却不多了。如果无法找到正确的前进方向，那么他们很可能会浪费陈茹兰和马教授用生命留下的线索。晚饭也没人想吃，郭梅那状况令人实在无法产生食欲。

　　总之，大家的情绪再一次跌入低谷。

　　陈昊想要翻开《七人环》，但是一直都保持沉默的叶炜这一次阻止了他。他说："先告诉我们郭璞墓的正确地点，也许我们能在看完这本书之前，找到解救的方法。"

　　陈昊说："现在我没办法告诉你，必须等到明天。"

　　叶炜说："你在拖时间？"

　　陈昊没有回答，他看着周玦几人说："现在我们手里的线索已经足够了，但是我们还没有办法理清整个脉络，比方说这块笏板，也许茹兰就没得到它。"

　　胖三说："也就是说，我们像玩游戏似的，得到了辅助 BUFF（系统对游戏职业属性进行增强），所以我们比陈茹兰的属性更高级了？"

　　陈昊点头道："可以这么说，但是也不绝对，得到的东西越多不代表越好。就像这本书，如果没有这本书，我们中的任何一个人都不会被牵扯进来。所以，我不知道我们现在到底处于整个谜团的什么阶段，盲人摸象而已。"

瘦猴说："陈哥，我的分析能力没有你们那么强，但是我一直有一个疑惑。"

陈昊问道："什么疑惑？"

瘦猴看着周玦，周玦示意他直说，他咬着嘴唇想了一下，说："我总觉得《七人环》这本书的出现和郭璞墓的链条当中有什么东西断了……"

瘦猴见大家都没理解他的话，生怕自己无法表达清楚，吸着气一股脑儿地说下去："你们不觉得奇怪吗？如果郭梅被附身，她身体内的那个怪物非常想要得到我们身后的东西，但是他好像又不知道七人环的存在。如果按照常理，他还不如继续跟着我们，反正七人环必须继续下去。他的做法好像太傻了点儿，就那么给灭了，给人的感觉就是他不知道有七人环。我不知道你们听明白了吗？……"

陈昊点头继续解释道："我明白，你的意思就是说，他只知道有蛊族秘术，却不知道有七人环。这是一个断口问题，七人环背后的秘密必定是蛊族秘术的集大成者。所以，那个怪物很可能只是感受到了那种强大的力量，却不知道七人环的实质是什么，这个问题现在我也无法解释太清楚。不过有一点可以得到肯定，在这本书之前，七人环之说不存在，一切都是从那批逃难者进入公主坟后才开始的。"

瘦猴泄了气似的靠着椅子，周玦拍了拍他的背表示不要心急。陈昊说："虽然不知道怎么解释，但是瘦猴说得没错。郭璞墓中会有我们所需要的答案，但是一切连环事件的开头一定是在公主坟，因为故事开头就说了，这是一次关于赎罪的旅程，而公主坟是开头，郭璞墓也许是结束。"

瘦猴问道："为什么？"

陈昊说："感觉。"

周玦觉得有些绕，他抚着额头说："等等，你的意思是，虎子他们闯入了公主坟，所以遭到了诅咒，而诅咒的解除方式在郭璞墓？"

陈昊说："对，就是这个逻辑关系。"

周玦顺着陈昊的意思说下去："也就是说，当初陈茹兰进入公主坟之前一直认为，公主坟才是关键，她最后得出的结论是解除方法在另一个墓里面，那个墓是郭璞墓，而她还没有出来就死在了公主坟内，于是她把所有的矛头都指向了郭璞墓。"

陈昊点着头，刚要摸出香烟动作就停止了，他猛地抬头看着周玦，激动地说："你再说一遍。"

周玦先是一愣，马上说："于是她把所有的矛头都指向了郭璞墓！"

陈昊拍着腿站了起来，说："错了！"

周玦郁闷地问道："哪里说错了？"

陈昊说："不是你说错，你说对了。没错，茹兰是要把所有的矛头都指向郭璞墓，但是她并没有告诉我们另一件很重要的事情，那就是公主坟是错误的！她从来没有说过是错的。我们差一点儿把这个地方给遗漏了，茹兰也就是在这个节骨眼儿上出了差错。"

他的话说完了，所有人都没了声音，呆滞地看着他。他说："公主坟也是解除诅咒的方向之一！茹兰没走错。"

周玦皱着眉说："陈茹兰的确给了我们很多线索，却没有说过公主坟是错误的。难道这两个坟墓都可以？随便我们选择？"

陈昊摇头说："不，如果都可以，茹兰就不会失败，她的意思是两个坟都是必需。你想，如果说只进入郭璞墓，那么翠娘她们应该成功，毕竟有刘飞、乞儿这样的高手在，而他们失败了。第二批茹兰她们进入了公主坟，但是也失败了。于是茹兰给的最后提示就是：两个墓必须同时进入！"

此时一直在边上喝茶的叶炜开口道："阴阳双生墓，有意思，两座墓必须同时进入才能真正接近真相。"

瘦猴问道："什么是阴阳双生墓？"

叶炜非常喜欢解答关于瘦猴的问题，他挑着眉毛说："还记得在书里面翠娘说的那个荒村吗？"

瘦猴认真地点了点头，叶炜指着桌子对面的热水瓶，瘦猴一边听一边老老实实地给他泡上茶说："然后呢？"

叶炜吹开茶叶说："这个方法可以起到一个循环的作用，使得那个村子的戾气不会消散。大家都知道厉鬼靠的就是死前的那一口怨气，如果怨气散了，厉鬼自然会消失，而保持灵魂不灭的方法就是让他们永远充满怨恨。这个方法就是保持怨气的一种，它其实是从崂山道术中阴阳回气之术演变而来。阴阳其实是两种推动力，阳气有着刚强的冲击力，但是它没有目的，所以很快就会消失。而阴气则不同，它虽然虚弱，却有着非常强的持久力，并且有一定的引导作用。所以运用阴气来引导阳气的作用，再由阳气来充实阴气的力道，这两种力量相辅相成，使得需要保存的一种气场永不消散，这就是阴阳互动之力。那个荒村被人动过手脚，人的尸体中存在的阴阳两种力道被利用，然后使得死尸的怨气得以保存。"

周玦紧接着问道："荒村存在的作用是什么？谁干的？"

叶炜转头看着周玦笑道："如果这种戾气不是为了对付人，那么就是对付鬼了。怨气可以激发死人体内的灵魂，使得尸体还魂。"

周玦越听越混乱，他皱着眉头说："什么意思啊？"

叶炜叹了一口气，然后喝了口茶说："还记得书中翠娘的两次变脸吗？第一次就是在那个荒村之中。"

周玦听到这一点不禁倒吸一口气；好像意识到一个被他忽略了的关键，他问道：

"那……摆阵的人……是谁？"

叶炜摇头道："这我就不知道了，但是这个人的能力可能在我和陈昊之上，甚至我们两个加起来都没有他厉害。"

瘦猴的脾气是一根筋，所以他依然死缠着最初的那个问题追问："那么，那个阴阳双生墓到底是什么意思呢？"

叶炜说："就是这两个墓是共同的，它们分别代表着一阴、一阳，互相转换着各自的地气，然后达到两个墓共同存在，并且可以最大限度保证墓主人的安宁。在西汉时期，这样的墓是得道飞仙的一种手段，多出于双修同门的方士。"

周玦说："但是那两个墓的年代不一样啊。"

叶炜有些不耐烦，微微皱眉道："没有必要同时建成，只要改造一下，就可以办到了。而且，郭璞墓的地气之强肯定足以带动那个公主坟的地气运作和墓室内阵法的启动，可以说公主坟也许是借着郭璞的力量来维持自己的坟墓阵术。这属于流氓行为吧……"

周玦觉得头疼，他捏着鼻梁。叶炜没得到想象中的反应，心里也有些郁闷，便放下茶杯去喂猫了。黑猫朝他们眨了眨眼，张开嘴巴叫了一声，但是没有人理睬这只遇鬼会退缩的玄猫，显然它现在的地位没过去那么高了。

剩下的人要么坐着发呆，要么来回跺脚。

胖三实在按捺不住说："陈哥，你也给个说法吧。现在怎么办？"

陈昊看着那本书，没有抬头。他说道："现在不能着急，沉住气才有机会。"

周玦问："你在等什么？"

陈昊抬头看着他，因为过度疲劳，他的眼睛几乎布满了血丝，原本帅气的脸也显得有些憔悴，他说："重叠。"

说完了这两个字，他继续低头看着那些资料，仿佛在这些资料中陷入一种静止的状态，好像没有人能够进入他的世界。

周玦随即倒在床上，抬头看着天花板，许久他听到陈昊低声说："冯老九，你可以告诉我，你在公主坟的附近有没有发现什么湖或者池子？"

冯老九低头思索一番道："好像没有……对了，虽然没有湖水，但是那周围的很多村子的名字都和水有关，什么北湖村、临池镇什么的，我估计在古代那附近曾有河水。"

陈昊点了点头，轻声说道："看来的确是这样的。"

他靠着床板说："叶炜说得没错，其实就是利用阴阳双生互存的两座墓，我们必须同时进去，否则就会像冯老九那样无法进入真正的墓室。"

胖三拍着手说："那么地图呢？你不是说，你知道地方了吗？"

陈昊没有回答，闭上了眼睛。胖三喘着粗气，拼命地给瘦猴使眼色，嘴里小声骂道："什么玩意儿！"

瘦猴也有些坐不住，说："既然这样，那么我和胖三先去睡觉了，明天再说吧。老九你……"

冯老九看着瘦猴说："我知道，我和叶炜一个房间。"

两人如释重负，点头离开。冯老九看了一眼陈昊，没有像胖三两人那样愤愤不平，反而平静得出奇，拍了拍周玦的肩膀也离开了。

房间里只剩下周玦和陈昊。周玦为了尽量不打扰陈昊的思考，转了一个身，然后睡了。半梦半醒中，他好像听到了陈昊的声音。周玦猛地睁开眼，小心翼翼地跟了出去，但是小小的旅馆走廊里已经找不到陈昊了。

灯光不足的通道内隐约可以听到陈昊的脚步声，却怎么也找不到他的身影。就在周玦内心疑惑准备回去的时候，他忽然发现叶炜不知何时出现在他身后，那双无神的眼睛也不知道是看着他还是看着走廊。叶炜这么无声无息地站在自己身后，把周玦吓得差点儿咬到自己的舌头。他骂道："我靠，你干吗？"

叶炜摇了摇头说："我有话要和你说。"

周玦对这个人的戒心比对冯老九的都大，总觉得他身上透着一股死气。他警惕地问道："什么事？明天不能说吗？"

叶炜说："是关于陈茹兰的事情。"

周玦顿了顿，用下巴示意着角落说："去那儿说吧。"

叶炜侧身走到了边上，在黑暗的角落里几乎看不见他的身体，只现出那张苍白的脸，黑色的眼珠子像两个大洞似的注视着周玦。

周玦被他盯得发毛，开口问道："什么事？"

叶炜说："我直说了吧，陈茹兰没有那么简单。她当年几乎已经搜集到了所有的线索，而且她肯定也看到了小说中关于郭璞的内容。但她还是进入公主坟，现在却特地把所有的线索放在郭璞墓中。你不觉得这非常矛盾吗？"

周玦说："你这是什么意思？"

叶炜说："我们都想着陈茹兰失败了，死了，如果她成功了呢？"

周玦被他问得浑身发毛，陈茹兰成功了？这是什么意思？他重复地问道："她成功了？"

叶炜点头道："我说也许有可能。你也看到郭梅的状况了，她只是被蛊虫附身，就已经有了这样的能耐。如果陈茹兰得到了最后的秘密，那么她很可能就已经不是她了，那么她提供的线索又有多少可信度呢？"

周玦被他问得毫无招架能力，开始低头思考，自言自语："那本书为什么会出现在图书馆……为什么会找到我，还有那个长长的女人……"

他抬头看着叶炜，叶炜的眼神依然空洞深邃，但是周玦感觉他也在看着他，他说："你的意思是，陈茹兰是主谋？"

叶炜说："有可能，她也许在拿到《七人环》之后的确辛苦地想要破解，但是后来她很可能被附身了，就像郭梅一样。"

周玦捂着头说："等等，你的意思是，我们现在的线索不靠谱？"

叶炜摇头道："我只是觉得，你们必须保留一些筹码，不能事事都依赖陈昊。陈昊是陈茹兰的胞弟，她也许不会对他做出什么事情，也有可能陈昊早就知道了这点……"

周玦打断了叶炜的话，说："不，陈昊肯定不知道，他绝对是站在咱们这边的，而且如果没有他，我们走不到现在。你……"

叶炜笑了笑，眼神却毫无笑意地说："没事，既然你那么相信他，那么我也无话可说，但是我要提醒你，你觉得你的兄弟们相信他吗？瘦猴相信吗？胖三相信吗？"

周玦被问得喘不过气来，此时叶炜转过了头，边走边说："如果你想通了就告诉我，我会告诉你如何给自己留一个保命的机会。"

周玦捏着拳头回到房间的时候，陈昊已经回来了，他抬头看着周玦。周玦尽量控制自己的表情，说："我见你不在，就去外头找你。"

陈昊点了点头说："我去买烟了。"

对话一停止，周玦就陷入那种无法控制的动摇和压抑之中，于是就抬头继续问："那，那地图和遗言你解出来了？"

陈昊掏出一包烟，说："嗯，今天太晚了，明天我会告诉你们。"

周玦发现陈昊看着他的眼神，简直像一把刀子似的刺穿了他的心。周玦心虚地点了点头，然后钻进了被窝，这时陈昊开口道："我听到了。"

周玦肩膀僵硬得无法转动，他说："听到什么？"

陈昊吐了一个烟圈说："叶炜和你说的那些。"

周玦认命地掀开被子，坐了起来，发现陈昊坐在他的床边，并没有回到自己的床上去。他们对视着，在那一刻，周玦觉得自己的确动摇了，或许对于他来说，毫无保留地信任一个人简直就是不可能做到的事情，但是他又不得不一再重复地坚定自己的决心，多么可笑却又无奈的自我催眠。

周玦带着哭腔，无奈地说："陈哥，我想相信你。可我……"

陈昊回到自己的床上躺了下去，关掉床头灯。黑暗中，周玦听到陈昊轻声说："算了，以后你就会知道，我是值得信任的，睡吧。"

周玦干涩地回答道："嗯，知道了。"

第二天，周玦还在呼呼大睡，胖三进来把他给推醒。周玦见旁边的陈昊不见了，于是开口问道："陈昊呢？"

胖三说："哦，一大早就出去了，他说他要买一点儿东西，回来后再告诉我们关于地图的事，瘦猴跟他去买了。"

　　吃过早饭，瘦猴拿着一大捆东西和陈昊回来了。周玦和陈昊对上眼的那一刹那，双方都移开了目光。陈昊清了清嗓子说："现在我可以告诉你们这地图的秘密了。"

　　他环视所有人，最后把目光放在了叶炜的身上，叶炜尴尬地笑了笑。他说："其实这张地图是由五张不同的地图重叠而成的，在古代，这样的地图有一个名字，叫作芙蓉地图。"

　　瘦猴问道："芙蓉地图？"

　　陈昊喝了一口水，随后拿出一支水笔和一些打印纸。他首先在一张纸上绘出了一些线条，众人发现他是在画地图，随后是第二张、第三张……

　　他把画好的五张纸摊开放在众人面前说："这就是那封遗书上所显示的五张不同的地图。"

　　周玦拿起地图，看完这张再看那一张，想要从记忆中寻找那图的样子，不过最后放弃道："还真的不知道这东西什么意思。如果是这样，那么哪一张才是真的地图呢？不会都是真的吧？"

　　陈昊说："不，只有一张是真的，芙蓉地图是西汉时期张骞发明的一种保密地图。那时候，匈奴和月氏有世仇，而西汉则想联合月氏夹击匈奴，便派人出使西域。张骞领命，但是生怕地图被匈奴毁了，所以费尽心思地绘制了这样一幅芙蓉地图。芙蓉地图其实就是由几种不同的地图构成的一种图案，可以当作装饰品刺绣在衣服或者马鞍上，这样就不会被人发现。老师的地图就是这样的芙蓉地图，而且他已经告诉我们哪幅地图才是真的了。"

　　周玦忽然想到那句遗言，瞪着眼说："老地图，要找最老的那幅地图！"

　　陈昊微微一笑，说："没错，就是那句'要往老的找，新的不管用'。这五幅地图中，唯有一幅是真正的地图。"

　　胖三说："要死，这五幅地图在我看来都是老地图啊，反正和现在的地图不一样，这要怎么办啊？"

　　瘦猴说："我们这里也没有图书馆、档案馆，否则还可以查一查，比对一下说不定可以找到。"

　　冯老九说道："来不及，这一来一回又得耽搁了。"

　　此时，陈昊打破众人的牢骚道："不用查了，我知道哪一张最老。"

　　众人齐刷刷地看着陈昊，陈昊被看得有些不好意思，便低头看着打印纸说："这张是真的。"

　　胖三拿起来看了又看，说："哥们儿……靠谱吗？这可不是瞎猜的时候啊。"

　　陈昊白了他一眼，说："我什么时候瞎猜过！我把这些地图都回想了一遍，与过去我看过的那些地图一一比对，山脉、地势，以及河流。虽然地图都是老的，但是每个朝代对山脉和河流的命名以及流向都会不一样，从中我可以推测出这张是五代的地图，也是最靠近郭璞那个年代的地图，而其他的分别是元代、北宋以及明代的两张地图。所以我可以肯定那张是真的。"

瘦猴张着嘴说："不是吧……你居然背出来了？"

陈昊捂着鼻梁说："我也费了不少力气，所以昨天晚上我还没有办法回答你们，这实在需要一段时间，而我们没时间再去调查地图的出处了。"

众人沉默片刻，霎时爆发出欢呼声，激动地拍着陈昊的背。陈昊只是微笑着看着周玦，周玦从兴奋中回过神，有些不好意思地说："那么，我们算是找到这两座墓的正确位置了，接下来我们怎么安排？"

陈昊把地图拿起来对着光照了照，说："地图虽然出来了，但是无法与现代地图对照，怎么去我们都不知道。还有，就是上面这个地方是什么意思？"

众人把目光投向陈昊所指的最边上那个黑色的三角，陈昊在边上用简体中文做了标注——阴阳道。

周玦问道："这是什么意思？"

陈昊说："我不是很清楚，我只是把老师的文字给翻译出来。不过你们看，这黑色的三角好像只有一半，它还有一半在哪里？我想，这不是完整的地图。"

胖三忍不住叹息道："搞了半天，这不是完整的地图啊……那要我们怎么办啊？"

周玦忍着内心的失落，盯着陈昊手里的地图看了半天。忽然，他想起了昨天叶炜说的阴阳双生墓的概念，说："别着急，要不咱们继续看书？书里也许有暗示。"

瘦猴说："的确，如果再不看书，我们可能又无法和书里的进度保持统一了。"

胖三赶紧说："那还等什么？你们不觉得难受吗？再不看我就要抓狂了。"

周玦把目光投向陈昊，陈昊点了点头，默默地打开了那本书——

林旭回头看着翠娘，翠娘身上都是血迹，也不知道有没有受伤。林旭正想开口，翠娘马上用手堵住了他的嘴，直摇头，好像他们都不能说话似的。

就在此时，林旭又听到一声巨响，犹如山石崩裂。翠娘马上捂住自己的耳朵，原本在推石头的冯禄喜和魁六爷也站直了没再动，垂着手像没了生命的僵尸一般。

林旭抬头看着天空，天上正飘着小雪，他们几人都不敢轻举妄动，只能在冰雪中观察着四周的动静。那一声巨响后再也没有其他的异状，翠娘死死地盯着那块刻有"阴军羽檄"的石头，那块石头不知道此时为什么在没有人力推动下居然开始自动转动，就像石磨似的发出滚轮的声音。

忽然，林旭他们觉得脚下开始微微晃动，此时翠娘再也忍不住，皱眉开口道："快躲开！"

她话音刚落，林旭发现一旁的林子里猛地蹿出一个东西，一下子就扑到了翠娘后背上。翠娘一个踉跄，连忙用手去够背后，但是因为太慌张，所以根本使不上力气。林旭赶紧上来帮忙，愕然发现翠娘的背上居然趴着一个已经死去的村民，就是那些原先还躺在村子里的尸体。那死去的村民就像婴儿似的抱着翠娘的后背，居然还在微笑，这样的笑容令人看得毛骨悚然。还没等林旭思量出它们怎么会自己移动，乞儿已把翠娘背后的尸体给硬掀了下来。尸体硬邦邦地倒在地上，根本难以想象刚才那样迅速移动的样子。

乞儿动了动下巴，示意大家快走。刘飞指着还戳在石头边的那两个人，意思是他们怎么办。乞儿眼中闪过一丝犹豫，她没办法扔下魁六爷不管，但就因为那片刻的犹豫，那块原本还在移动的石头忽然不动了，随即他们感觉地面忽然下陷。几个人连同边上的尸体和冯禄喜、魁六爷二人通通掉落到缝隙内，连思考的时间都没有。

不过幸好刘飞和乞儿在最关键的时候打出了各自的流星锤，可惜只有刘飞击中了，乞儿无奈只能用自己的流星锤钩住刘飞的锁链。刘飞还没来得及骂，林旭一把就拽住了他的肩膀，还捎带着翠娘，他一个人顿时吃下四个人的全部重量，连骂娘的力气都没办法使。

林旭连忙喊道："刘飞不要松手！"

刘飞龇着牙憋着一股怨气瞪着林旭，但事已至此，他也不好多说。林旭看着深不见底的洞穴，魁六爷和冯禄喜已经不见了，也不知他们的生死。他关心地看着下面的两个女人，不过她们都不是什么小家碧玉的女子，除了稍微有些惊慌外，其他还算安好。但是这样的锁链能支撑多久，刘飞自己心里都没底，他调整姿势，靠着自身的肌肉和平衡感努力使自己的重心向上。他对着林旭喊道："你不要把所有的力气都压在我身上，我会拉不住的！"

林旭低头看了看翠娘，也很想尝试抓住锁链，但是他只要一动，下面的翠娘很可能就会掉下去，只好无奈地说："不能动，下面翠娘有危险！"

刘飞脑门儿上都是汗水，身体不停地往下滑，他低声骂道："妈的，我坚持不了多久，你们看看边上有什么可以借力的吗？"

乞儿却阻止他们说："刘飞别说话，你听？"

刘飞屏住呼吸竖起耳朵，本来就练就了一身的本事，所以很快他就听到下面有微弱的呼叫声，听上去像冯禄喜的叫喊。刘飞瞪大眼睛："他居然没死，那么下面估计不是太深。"

乞儿朝下面看了看，随后说："我先跳下去看看，你不要下来，保护好翠姐姐。"

刘飞还没来得及阻止，乞儿一个"燕子穿月"就跳了下去。众人紧张地往下张望，不久便听到乞儿说："刘飞跳下来吧，下面有支撑的东西！"

刘飞听罢便朝林旭和翠娘点头道："那么我们下去吧。"三人点头，同时纵身一跃，跳入了洞穴。原来以为深不可测的洞穴并没有想象中那么深，出乎所有人意料的是，下面非常空旷，是一块很大的平地，所以说话都有回音。

翠娘问林旭："林大哥，有火折子吗？咱照个亮儿先看看。"

林旭摸出火折子，打出了一点儿微弱的光。他发现这里居然是一个地下村庄，通过光线可以模糊地看到四周的房屋，但是没有树木，只有石头。

乞儿焦急地朝他们喊道："快过来，干爹受伤了！"

三人连忙朝乞儿的声音跑去，发现冯禄喜缩在两块石头之中唉声叹气，不过看样子没什么大碍。而魁六爷则非常不妙，他栽在一块尖锐的大石头上，右肩已经一片血迹。也亏着魁六爷一身硬气，如此疼痛居然一直硬生生地憋住，没叫出一声来。

乞儿着急地从自己的袋子里拿出药粉给魁六爷服用，但是没有绷带。林旭马上说："我这里有救助用的药品，先给六爷止血。"

魁六爷痛苦地抬头看了林旭一眼，点了点头示意让他来包扎。林旭小心翼翼地脱下魁六爷的衣服，他的伤势比他想象的还要严重，这样的伤在平时都可能要人命，现在……林旭不敢多想，赶紧低头给魁六爷包扎，尽量把绷带绑结实。魁六爷舒出一口气，笑道："没想到我魁老六杀了那么多人，今天会死在这个鸟不拉屎的地方。哈哈，妈的，报应啊！"

乞儿忍着眼泪说："干爹，你不会有事的，我会救你出去的。"

魁六爷摆了摆手，撑起身体，看着四周，但是已经没有人能够代替他继续走下去了。他说："毛瞎子的板子在哪里？"

乞儿说："在我这里，我身上带着两块。"

魁六爷摸出自己的那一块，那一瞬间，四周忽然刮起一阵阴风，寂静的地下村庄仿佛冥府般毫无生气，透着阵阵寒意。他们明显感觉到，这黑暗的深处还有什么东西在注视着他们。

魁六爷迅速把泥板塞回衣服内，抬头看着四周问道："这是什么地方？"

乞儿摇了摇头说："乞儿不知，不过应该是那个村的下面。而且这里很奇怪，到处都是石头，石头上还刻着东西，但是我看不懂。"

魁六爷忽然感觉胸口一闷，咳嗽道："咳咳，毛瞎子如果还在，也许知道这里搞的是什么名堂，可惜……"

乞儿咬着嘴唇低下头。魁六爷看着林旭说："这位兄弟是谁？"

林旭抱拳道："我是一名军医，叫林旭，受虎兄之托，要我把身上的一包东西带到此处。"

魁六爷眼神一黯，说："虎子……他……"

林旭低下头，翠娘忍不住暗自哭泣起来。刘飞见状便说："林旭代替虎哥加入我们，但是现在我们之中已经有人身带两块板子，这……"

魁六爷忍住伤痛，让乞儿扶他站了起来，充血的眼睛像狼一样环视四周，说："可能是虎子猜测有误，也可能是因为他不想让我们任何一个人独自逃命甩掉同伴吧。这里透着古怪，像村子，却没有一丝人气。"

乞儿微微蹙眉，但是没有说话。林旭发现她神色异常，便问道："乞儿姑娘，你有什么要说的吗？"

乞儿说："我只是觉得身后跟着我的东西更加明显了，好像原本才一个，现在有两个。"

刘飞说："莫非是你身上有两块板子的缘故？"

乞儿摇头看着魁六爷，魁六爷捂着伤口有些无奈，说："但是现在虎子也不在了，这郭璞墓到底在什么地方我们也不知道，连稍微有点儿门道的毛瞎子也死了，现在我们算是山穷水尽了！"

此时翠娘开口道："我知道。"

魁六爷打量着翠娘，而翠娘冷着一张脸显得十分镇定，不像冲动说出来的话。她此刻的眼神显得非常陌生，和原先那倔强善良的姑娘有所不同。

翠娘淡淡地说："虎哥说了，如果他出了什么事，就由我来带着诸位去郭璞墓，其间，我的话就是他的话，各位要听从我的安排。"

刘飞不服气地问："那你前些时候干吗不告诉我们？"

翠娘叹气着摇头道："虎哥说了，一定要等我们所有人都到了这里才能说，否则我们就没有办法去。"

刘飞和林旭搀扶着魁六爷，翠娘蹲坐在地上，说："虎子哥也说过有这么一个地方，他说，这里正好是公主坟和郭璞墓交界之处……这里的人现在都已经成了鬼。"

林旭看着翠娘，忽然觉得她像变了一个人似的。她哀怨地看着林旭，林旭被看得心头一紧，好像什么东西被抽走了似的。

乞儿也看出了翠娘的异样，便试探地问道："翠姐姐，那么这里到底是哪里？"

翠娘说："这里是阴阳道。"

刘飞问："什么是阴阳道？"

翠娘说："这里原本是一次地牛翻身所产生的裂缝，后来有一个高人在地底修建了这么一个村子，这个村子里住着两种人：一种是没有呼吸的人，和死人无异，他们不需要空气；一种是方士，各个身怀绝技。平时这条裂缝都是封闭的，只有在祭祀的时候他们才出来，所以上面的活人都把他们当作阴兵，而那些方士则成了当地人口中的鬼神。"

刘飞问："奇怪了，那你前面怎么还装作不知道似的，跟着我们一惊一乍。"

翠娘面无表情地说："虎子哥说了，一定要等你们到齐后，我才能说。"

翠娘站了起来，看着四周，继续说："这里原本是方士修炼之处，与世隔绝，乃是一方人间桃花源，可惜……最后还是被朝廷发现，这里的半死人通通都被抓了上去，而在这里研究修炼的方士被全数杀死，秘籍丹方都被付之一炬。方士被杀之时曾发下毒咒，要那些当时告密的村民每年都为他们祭祀焚香，犹如自家亲人被戮一般，若是忘却便年年死人，直到化为死村为止。其实也算不得毒咒，只是对于死的一种怨恨。"

魁六爷说："那么你的意思是说，虎子原本就知道有这个地方，而且要带我们来的就是这里？"

翠娘转过头看着他，点头道："没错，虎子哥要带你们来的就是这里，而现在我们都到齐了。"

刘飞冷哼一声道："到齐个屁，你的虎子哥和毛瞎子不都死了吗？这算哪门子的到齐？"

翠娘的眼睛依然毫无波澜，说："只要我们把七星铜柱上的泥板都带齐了就可以了，没有那些泥板，我们就没办法开启郭璞墓中最后的机关。"

刘飞还想和她争，但是被乞儿拦住，她凑近刘飞说："刘飞，不对劲儿，这个翠姐姐太古怪了……"

刘飞一怔，看着翠娘。翠娘沿着石头来回地走，像在找什么东西。一旁不出声的冯禄喜忽然大喊大叫道："鬼！有鬼！"

乞儿警惕地看着四周，忽然意识到什么，低声说："不好，之前和我们一起摔下来的尸体不见了！"

冯禄喜失控似的冲向翠娘，一把掐住翠娘的脖子，念道："你是鬼！你是鬼！"

翠娘毕竟是一个女人，她痛苦地朝林旭伸出手求救。林旭见状一个箭步冲了上去，一拳打翻了冯禄喜。冯禄喜还想再冲上来，却被刘飞制住。冯禄喜红了眼，指着翠娘说："她是鬼，是鬼……我早就该发现了！"

刘飞拉住冯禄喜，冯禄喜回过头看着刘飞说："你不相信我？我告诉你，在那座坟里的翠娘其实已经死了，她怎么又回来了？她根本就是被那个墓主人附身了！"

翠娘依然冷着脸，看着冯禄喜，说："如果你们不相信我，那么郭璞墓你们是万万找不到的。"

冯禄喜还要喊，此时魁六爷大吼："别吵了！翠娘姑娘，既然你说你知道，那么就麻烦你带路，并且告诉我们到底是怎么回事。"

翠娘点了点头，说："我知道的。"

冯禄喜痛苦地抓着头发蹲下身子，刘飞无奈地拍了拍他的肩膀示意他淡定。此时林旭拽住翠娘的胳膊，皱着眉头看着翠娘。翠娘依然面无表情，但是在对上眼的那一刹那，林旭看到翠娘眼中有一丝痛苦和无奈，这种苦楚就像最初她不得不亲手处理虎子的尸体那样。

林旭放开翠娘的胳膊，说："我们走吧，我们相信你。"

翠娘僵硬地扯出了一个笑容，这是她来到这个地下村庄后的第一个表情。

乞儿扶着魁六爷说："我们得小心那个尸体。"

乞儿给林旭使了一个眼色，然后用手势表示，就是从那具尸体扑过来之后，翠娘就开始像变了一个人似的。

　　林旭点了点头。刘飞突然问道："对了，乞儿，你们是怎么找到翠娘的？"

　　乞儿说："说来话长，总之我们这次不但损失了毛瞎子，干爹都……直到来找你们的翠娘，才知道原来你们也已经到了。"

　　翠娘摇了摇手示意他们不要说话，众人屏住呼吸，在微弱的光线下，他们好像听到村子的深处有孩子的哭声。

　　刘飞悄悄地说："怎么可能还有孩子？"

　　翠娘听着哭声，动了动嘴巴，像在喃喃地说着什么，却并没有发出声音。林旭注意到翠娘居然哭了。她流着泪听着那哭声，随后她回过头对众人说："先离开这里吧，这个地方就让它永远地留在地下。至于那些飞尸其实都是一些被阴阳双生之气所激活的死尸，只要这种双生之气一消失，那些尸体就可以安息了。"

　　乞儿说："翠姐姐，你不是说他们是受到诅咒的吗？"

　　翠娘点了点头说："是，所以他们还是得继续祭拜，这里流的血实在太多了……"

　　她像下定决心似的继续说："好了，我们先去这地下村子的祠堂，先祭拜这里的主人，否则我们无法离开此地。"

　　冯禄喜恶狠狠地说："那里不能去！这女人不能信啊！"

　　刘飞嚷道："那怎么办？我们没其他路可走啊，你带我们去郭璞墓吗？"

　　冯禄喜沮丧地摇头，说："难道你就不怕她害了我们吗？她和当初那个小娘子是一个人吗？你们的脑袋都被驴给踢了？"

　　刘飞飞起一脚直接踹了过去，冯禄喜被踹得翻了一个跟头，疼得直咳嗽。刘飞冷着脸说："我告诉你，你去不去无所谓，不去就把板子交出来，既然只要有板子就成，那么你是死是活老子管不着！"

　　冯禄喜恶狠狠地看着他，林旭见状举手阻止刘飞道："好了，我们先离开再说。"

　　地下村庄周围除了石头外，还可以看到一些瓦罐碎片，这里保持着一种静止的状态。翠娘似乎非常熟悉这里，领着大家一路向前。

　　林旭发现这里的房屋非常古老，比明清还早，有些地方还有两汉时期莲花子母纹的青砖。房屋基本都是黄泥砌的墙，很多房子都已无屋顶，很可能当初只是茅草，历经岁月变迁现在早已腐化成灰。然而房屋布局却非常整齐，如果复原，说不定真的就像桃花源了。

　　穿过一排排规整的房屋之后，他们感到迎面吹来一阵阴风，风中夹杂着一种类似陈醋的酸味，前面不知道有什么。翠娘示意他们不要停下来，继续往前走。

　　走到尽头，他们来到一处像钟乳洞穴的地方，隐约还能听到水滴的声音。在洞的深处有一处用青白玉和石头堆成的方形祭坛，比起先前经过的那些房屋，它显得讲究许多，只是损坏十分严重，巨大的青石板祭台裂成了三大块，而石头做的屋顶也几乎塌了一半。祭坛的对面有一面巨大的天然石壁，其中还有闪闪发亮的云母矿石，显得非常梦幻。在他们面前则是一大片黑色的沙滩，也不知道这些沙子从哪里来的，和这里的地质非常不同，显得非常突兀。

刘飞指着那石壁说："看，上面有画！"

乞儿举起火把，照亮了石壁，上面的确可以隐约地看到用赭石画的图腾，画的是天上仙人的朝拜图，几乎包罗万象。在图中，人类只是非常小的一部分，几乎和那些动物是同一等级的，壁画过分地夸大了仙界的地位，而人和畜生似乎没有区别。

翠娘朝岩壁跪了下来，慎重地磕了三个响头，然后对着其他人说："跪下。"

林旭等人微微犹豫了一下，还是照做了。林旭低头下跪的那一刻，发现地上的泥沙有些奇怪，于是伸手弄了一点儿在手中，下意识地揉了一下，赫然发现这些泥沙居然是昆虫的尸体，一揉就碎成了粉。

乞儿也发现了这沙子的异样，皱着眉但还是跪了下去，一跪下就感觉那下面好像还有些虫子没有死，似乎膝盖上还爬了好几只。她正想弄下来，翠娘摇了摇头说："别管它们，它们只是普通的蝗蝉。"

乞儿忍着膝盖的痒麻咬着牙没有动，刘飞等人看连乞儿这样的女子都如此硬气，也硬着头皮跪在满是虫子的沙地上，朝那沙地狠狠地磕了三个响头。磕完头，他看着冯禄喜说："轮到你了。"

冯禄喜嘴里骂着脏话，但是也照做了。虽然虫子非常密集，乍一看令人头皮发痒，但是正如翠娘所言，它们不咬人，只是在膝盖上爬来爬去，轻轻地掸一下就落到地上。众人都舒了一口气，乞儿扶着魁六爷让他也跪下，但是魁六爷没有动，而是看着那些虫子脸色惨白地低语道："莫不是天意……"

"干爹，你说什么？"

魁六爷摇着头说："没什么，只是想到了过去的事情。"

乞儿笑道："干爹，没事的，大风大浪咱们都过去了，等出去了，我继续和你打鬼子。"

魁六爷眼神迷离地摸着乞儿的头，说："你长得越来越像你娘了。"然而正当魁六爷也要跪下的时候，那些虫子忽然像受到惊吓似的全部散开，众人还没有反应过来，那些虫子又极快地聚集起来朝魁六爷爬去。魁六爷虽然身负重伤，但此刻乃性命攸关，他憋着一股气，凌空跳了出去，但是由于伤疼，他再也不能第二次使出那样的功夫。

乞儿眼见魁六爷大难临头，拿起火把就要烧虫子，却被翠娘一把拉住。乞儿眼露杀意，冷喝道："放手！"

翠娘也有些动气，提高声音说："不能杀这里的虫子，否则我们进不去！"

乞儿看着对自己有救命之恩的魁六爷危在旦夕，顾不得那么多，凶狠地说道："如果干爹死了，那么我要你们一起陪葬！"

翠娘拉住乞儿的手，乞儿顺势拔出匕首，白光一闪，翠娘的手臂顿时被割出一道血淋淋的口子，但是翠娘依然没有放手。乞儿本不想杀她，但是此时眼看魁六爷退无可退，她一狠心就直接朝翠娘刺去。此时魁六爷大喝："乞儿住手！"

乞儿急火攻心，魁六爷说："翠娘，你能带他们进郭璞墓吗？回答我！"

翠娘愣了一下，点着头说："能！但是我们绝对不能伤害这里的虫子，我真的不知道为什么它们会攻击你！"

魁六爷捂着伤口哈哈大笑，朝乞儿抛出了一块坠子，说："报应，报应啊！当年我杀阿秀时，她就说我会被万虫噬心，哈哈哈，报应啊！"

乞儿接过玉佩顿时面色惨白，匕首掉落在地上，看着魁六爷倒退了好几步。魁六爷一边大笑一边痛苦地看着乞儿。乞儿惨白着脸说不出一句话，只是眼泪落了下来。那些虫子像潮水似的淹没了魁六爷，他慢慢地倒了下去，拼了最后一口气说："乞儿……对不住……"随后便再也没了声音。

虫子依然聚集在那里，没有退去，反而越来越多，很快就成了个小山丘，再之后小山丘慢慢缩小。

乞儿捏着手里的玉佩喃喃道："阿秀……是我阿妈啊……"

翠娘倒在她的身边，再无力气站起来。刘飞问道："这到底是怎么回事？翠娘，你不是说不会有事的吗？六爷怎么会这样？"

翠娘没有力气回答他，只是双手撑地倒在地上说："报应吗……"

乞儿捏紧玉佩，然后把玉佩挂在脖子上放入衣内说："翠娘，继续赶路吧……"

翠娘抬头看着乞儿的脸，哀伤地说道："你不叫我翠姐姐了……我们不再是姐妹了吗？"

乞儿低头捏着拳头，低声说："我没有姐姐，也没有干爹。"

林旭扶起翠娘，说："乞儿你别伤心，现在我们先想办法出去，以后的事情以后再说吧。"

乞儿没有再说话，一声不响地收回自己的匕首，最后看了一眼那土堆，然后冷静地问道："我阿妈和这些虫子有什么联系吗？"

翠娘答道："不知道。但是蛊族人脉非常广，分支更加多，很大一批融入苗疆，成为苗族蛊族，所以他们不是依靠门派或者家族来延续的。只要拥有蛊虫并运用此道修炼的都是蛊族，但是非常隐蔽，这也是蛊族僵而不死的道理。"

乞儿点头道："我阿妈的确是苗人，难道她是蛊族人？"

第二十二章

林 旭

QIRENHUAN
七 人 环

翠娘点头，说："能让我看看你的玉佩吗？"

乞儿拿出玉佩，翠娘拿到那玉佩便眼前一亮，随后看了许久，说："乞儿，戴着它，也许它能救你一命。"

翠娘握紧乞儿的手，手上的力道又加重几分："如果活着出去，一定要把这事给记下来。乞儿，你不一样，你本就冰雪聪明，绝对要活下去。"

乞儿握紧了手里的玉佩，重重地点了点头。翠娘回过头看着那块巨大的石壁，眼神坚定地说："无论是死是活，我们都要去那里，也许我们都会死。但是只要有人活着出去，就不能忘了这些人，无论是已经死了的，还是还活着的。不能忘记他们……"

说完，翠娘做出了一个让所有人都惊愕的举动，她居然抓起一把蛊虫就往嘴里塞，皱着眉含着泪地把那些活虫子给吞了下去，吃完之后还不住地恶心，但她硬是用手捂住不让自己吐出来。所有人看着她的举动都惊讶万分，一时间谁都说不出话。林旭无法置信地问道："翠娘！你这是做什么？！"

翠娘摆了摆手说："我们中有一个人必须吃下那些虫子，让自己成为这些虫子的宿体，否则通过神道时会被大量蛊虫淹没。"

林旭断断续续地问："你吃了……你吃了会怎么样？"

翠娘惨笑着摇头，但是没有说话。随后她指着那块满是壁画的石壁说："这石壁其实是中空的，它的后面有一条路，这条路就是通往郭璞墓的神道，我们必须从那里进去。但是我们不能点灯，否则火光的热量会引来更多的虫子，我们必须摸黑爬石壁。"

林旭抬头看着巨大的石壁，虽然上面的确还有些坑坑洼洼的石头可以搭把手，但是这难度非常高，更何况还是在没有光线的情况下，这几乎等于是赌命，掉下去就是粉身碎骨。

乞儿解开辫子，把玉佩用头绳挂在胸口，贴着内衣放着，随后把匕首挂在腰间，抬头看着石壁说："行，爬得过去。"

此时冯禄喜面露难色说："各位都是武林高手，可小的我手无缚鸡之力，难道要我也和各位一样飞檐走壁？几位大爷姑奶奶，你们可不能扔下我在这个……这个地方呀！"

林旭看着岩壁，说道："也不一定非得所有人都爬上去，我看石壁在一半的地方有一个深凹的地方，而且下面的石头比较多，所以好爬。我们这里有六爷留下的绳子，到时候可以把冯禄喜给吊上来。"

刘飞连连叹息道："这小子真他妈的是个累赘，怎么就你活着呢？"

冯禄喜被刘飞说得脸色一阵白一阵红，却又无言以对。林旭打断道："既然我们几个都落难了，而且还发誓成为异姓兄弟，那么大家都是手足，无论是哪个我们都不能扔下。"

刘飞觉得自己失言，但又不愿意低头服软，便甩掉林旭搭在肩膀上的手，哼了一声，却把扔在地上的绳子背到了肩上。

林旭苦笑着摇头，回头看着翠娘。翠娘的脸色因为吞了虫子变得非常惨白，林旭心中不忍，但也无计可施。他低声对着翠娘说："可以了，咱们走吧。"

陈昊看到此处，手不禁有些颤抖，心想，难道姐姐和自己注定了会被卷进来？众人的表情也都非常复杂，瘦猴关切地问道："陈哥，那块玉佩还在吗？"

陈昊说："没有，如果留下来，我家人一定会说，但是从来没有见过那个东西。"

胖三着急地说："别打岔，继续看下去呀！"

叶炜猜测道："那块玉佩可能已经不在了。"

胖三见这小子又在说丧气话，连忙反问道："你怎么知道？又说这种狗屁话！"

叶炜没有搭理他。此时，陈昊接着叶炜的话说："因为既然乞儿活着出来了，玉佩也许已经发挥了它的作用，这样的东西用过一次也许就不能再用了。"

胖三失望地瘫坐在椅子上。周玦说："不过我们差不多已经知道那个阴阳道在什么地方了。可那块玉的作用是什么？"

瘦猴说："我们继续看下去，说不定就会知道更多的信息。"

陈昊说："你们还记得吗？茹兰在日记中说，有两个鬼魂在纠缠她。"

周玦说："也就是说有两种力量牵制着我们，一种是要我们继续看书，就像那种无法克制的欲望，继续看下去，直到故事最后的真相；而第二种则是那些会无端出现的障碍，就像在提醒我们不能再看了……"

瘦猴痴痴地问道："哪种才是……要救我们的？"

此时突然响起急促的敲门声，几人犹如惊弓之鸟。陈昊小心翼翼地打开门，从门外僵直地伸进一只手，众人倒吸一口凉气，定睛一看发现那只手有些熟悉，再仔细一看发现这只手臂上的手表更加熟悉。随后门口传来一个熟悉的声音。

门外人说道："陈昊，是我，别关门夹我的手啊……"

陈昊这才稍微松了一口气，他打开门，门外果然是李放这小子。李放见到众人脸色诡异，说道："你们怎么了？"

陈昊稳了稳情绪，平淡地回答道："没什么。你来做什么？"

李放说："哦，我想了一晚上，觉得还是应该把这东西给你，这是我在整理老师遗物的时候发现的，不知道你们有没有用。"他疑惑地看着窗户，又看了看他们，不过没人准备回答他的疑问。他尴尬地咳嗽几声，从包内取出一只月饼铁盒子。他打开盒子，里面装着许多封信。

大家拿起来发现，这些信寄出的地点只有一个，不是别的，就是那个古怪的"迎宾镇"。众人顿时警惕起来，因为大家都知道，那里就是地图上神秘的阴阳道所在地。

李放说："这些东西是我在老师的床底发现的，因为这个地方正好是你当初要我来接你的地址，我总觉得好像这事和你们有关系，我想了一晚上决定还是把它交给你们。"

陈昊没有说话，打开其中一封信，发现落款居然是林旭。陈昊和叶炜两个人都不由得发出了一声低呼，谁都没想到，这本书的主角——也许也是作者的林旭，居然会写信给马教授。而且这些信的日期居然可以追溯到"文革"之前，陆陆续续到现在依然有信，甚至还有新年贺卡什么的。也就是说，马教授也许早就认识林旭。那他为什么还要在陈茹兰面前装作什么都不知道，事后才联系？

重重隐瞒又是为了什么？

陈昊看了一下信的内容，里面都是一些琐事，丝毫没有提到七人之事，偶尔还有关于金石学的讨论。如果不是最后那个署名，谁都不会想到这和七人环有什么关系。

此时，周玦说了一个至关重要的问题，他开口道："林旭说不定还活着，他还在……迎宾镇！"

胖三激动地说："找到他，也许就可以知道怎么破解诅咒了。既然书都可能是他写的，那么咱们也许可以不用去什么郭璞墓，也不用管是不是什么阴阳双生墓了。"

　　陈昊把信放回盒子内，对李放说："这个盒子就先给我们吧。"

　　李放好像还有什么话要说，但最后只是点了点头，他走出房门，回头问道："小梅……她……"

　　周玦众人眼神一暗，陈昊淡淡地说："我们也没有遇到她。"

　　李放像松了一口气，点了点头说："我知道了，你们……要小心。"说完就走了。

　　叶炜微微笑道："你为什么不告诉他，郭梅已经死了？"

　　陈昊没有看他，只是把盒子塞进背包，随后对众人说："大家准备一下，我们必须再回迎宾镇，大家最好多做些准备。按照书中所说，那个古怪的地下村庄就在那个祠堂的下面。也许这一次就是我们最后的机会了。"

　　周玦见大家一副痛苦的表情，连忙说："也许我们还可以找到林旭，他或许会知道保命的方法。总之在没找到林旭之前，我们都有希望。"

　　虽然这话没什么力道，但好歹也算是安慰。在李放的帮助下，他们终于拿到一批陈昊预定的装备。等一切妥当，众人饱餐一顿之后，便再一次向迎宾镇出发。但是，众人此时的心情比第一次出发更加沉重。

　　陈昊没有让李放送他们，而是包了一辆面包车，也许他不希望李放的介入给他们带来什么变数，或者怕李放又惹到什么麻烦。不过，自从陆续发生死亡事件，陈昊已经不再多说话，他沉默得就像一块顽石，承受着所有的压力和不安，同时还得找到那一线生机。周玦有时候想，如果没有陈昊，他又能走多远？

　　坐在车内，无人交谈，就连平时最活跃的胖三此刻也没有说话。如果是平时，周玦肯定会带头嘲笑胖三装深沉，但此刻谁都没了开玩笑的心思。冯老九自麒麟镇回来，就不停地咳嗽，脸色也越来越苍白。瘦猴问他怎么了，他也不说，只是这剧烈的咳嗽让人听着无法安心。冯老九眼里的生气越来越少，很少会转动眼珠，有时候只是呆呆地坐着，仿佛也不再听他们的讨论。

　　唯一还在微笑的只有叶炜，他抱着那只黑猫，就像旅行似的看着窗外。叶炜忽然叫了一声周玦，指着窗外说："你们看，那就是那次车出轨的地方。这是不是天意？"

　　周玦顺着他指的方向望去，那里的确就是他一个人落单逃出来的地方，还有那块空地。他们仿佛是踏着前者用性命换来的道路前进的一群人，而如果他们全部失败了……那么，他们又能留下什么呢？

　　还是那条路，只是当初他是走的，而现在是坐车，原本单一得令人发疯的景色，周玦居然开始有些留恋。此时，陈昊依然没有闲下来，他拿着那张古老的地图和电子地图不停地比对，用计算机计算着什么。这一路上，陈昊是这支队伍的灵魂，就像当年的陈茹兰，或者更早之前的虎子、林旭。每一次的七人环都有这样的人物，在遇到危机的时候，众人都习惯性地依靠强者。

那么，强者会依靠什么？

陈昊放下地图，捏着鼻梁说："我算过了，迎宾镇的位置非常巧妙，从风水来看，它正好在公主坟起势的起点，也就是说，公主坟的龙脉起势源于此处。"

周玦说："所以，那里的地下村落也是郭璞坟墓的神道……"

陈昊点着头说："没错，它的位置正好在郭璞墓和公主坟正中的位置，就是因为有这个地方，才能形成所谓的阴阳双生墓的风水构造。"

胖三转头问叶炜："你上次说必须同时进入？靠谱吗？怎么说？"

叶炜继续逗猫，眯着眼说："很简单，只要两座坟墓同时都有人进入，那么双生墓的阴阳双气就会被破坏，原本那些用来防备盗墓贼的机关也会因为这个原因停止开启。比方说林旭和冯老九都遇到的那些幻觉……"

冯老九听到他那么说，激动地抖着肩膀说："绝对不会是幻觉，这都是真的。"

叶炜也不与他争辩，只是说："至于怎么进入、进入之后怎么办，这就要看陈昊的了。我如果什么都知道，也就没兴趣来这儿了。"

陈昊看着叶炜，而叶炜此时眼神中的笑意已经荡然无存，留下的只是一种毫无波澜的镇定。陈昊说："先找到林旭再说。"

叶炜再次微微一笑，淡淡地说了句："到了。"

司机果然停下车，指着前面的小路说："小朋友们，这里就是入口，前面实在太难走了，你们就在这里下吧，零头我就不要了。"

众人背上背包下了车，这个地方虽然来过一次，但是总觉得好像从来没来过一样，也许是这里的气氛实在太丧气。几个人追寻着记忆找到了那家招待所。此时招待所门口依然放着许多纸花圈，门口还有一堆刚刚烧过的纸钱灰。

老板娘见他们又回来了也是一阵纳闷儿，不过还是跑上去招呼道："怎么又回来了？火车晚点了？"

陈昊开门见山地问道："我们这次来是找人的，请问你知道一个叫林旭的人吗？"

老板娘连忙低下头往回走，问："你们找他做什么？"

几人相互对视着，知道这老板娘肯定知道什么。周玦跟了上去，问道："老板娘，不瞒你说，我们知道这个村子的来历，你当初告诉我们的事情多半也掺着些假话……"

老板娘这才抬头看着眼前这群年轻人，又看了看他们的装备，想了很久才叹气道："我把你们带到棺材铺老头儿那里吧，这里他说的话才算数。"

老板娘解开围裙，和老板交头接耳地说了一通。男人立马就摇头，但是看得出这男人怕老婆，老板娘一瞪眼老板就没话说了，只是依然皱着眉，看口形像在说不行。老板娘不管男人，走出来说："我带你们去，你们就直接找他，别再回来找我们了。我是嫁过来的，没想到会遇到这么倒霉的事。可惜我娘家太远，要回去也没办法，你们可别害了我们家。"

周玦连连说好，不过眼神一直瞟向房间里那个坐立不安的男人。他见周玦在看他，吓得连忙躲进里屋，好像他们是什么妖怪。

老板娘一咬牙，带着周玦几人走出招待所，沿着那坑坑洼洼的青石板路一路向前。这地方本来就萧条，而这路的边上连一户人家都没有，所以更显荒凉。在路上还能看到被踩烂的纸花和纸扎人，旁边的泥土里还插着许多香烛，因为天色已经有点儿暗下去，秋风一起，这条路还真有一些幽冥鬼道的感觉。

女人好像很害怕，指着那路的右边说："屋子门口有一棵枯柳树的就是林阿公的家，你们去找他吧，我还得回去做饭。不过，我可丑话说前面，你们别来我们家了，我们不做你们的生意。"

说完，她掉头就走了。周玦看到前面的房子的确有些闪烁的灯光，说："我们走吧。"

越走近那屋子，那单一的声音就越清晰，像在磨刀。等几人推门进入，发现不大的院子里摆满了棺材，而那种单调的声音不是磨刀而是在刨木。一个只穿着简单的汗衫和裤衩的精瘦的老头儿那么晚了还在做棺材。

周玦开口问道："请问，是棺材铺老板吗？"

老头儿没有停下手上的活儿，也不搭理这几个人。周玦想再试探一下，没想到叶炜抢先一步开口道："还是该问，你是林旭吗？"

老头儿终于停止刨木头，抬起头看了眼前的人许久，随后又恢复原先单一的动作。叶炜还想继续说，这一次被陈昊拦阻下来，他走到老头儿的边上，一直沉默地看着他的动作。所有人都憋着气等着他说些什么，但是陈昊一句话也没有说，只是静静地看着老头儿那粗糙的双手。

老头儿咧了咧嘴，擦了一把脖子上的汗，指着边上的棺材板说："坐吧。"

瘦猴纠结道："叫我们坐棺材上？这……"

老头儿摇头笑道："棺材只有放了尸体之后才是棺材，在那之前只是一堆木头。坐吧。"

陈昊第一个坐了上去，老头儿看着他，点了点头说："你让我想起了一个人。"

陈昊看着他说："乞儿是吗？"

老头儿擦着汗，没有回答他。周玦有些耐不住了，问道："阿公，您真的是林旭吗？《七人环》是不是你写的？这事很重要！"

老头儿丝毫没有回答他的意思，而是干脆回到屋子里，留下那群人大眼瞪小眼。胖三骂道："什么玩意儿，装神弄鬼的！到底是不是他啊？"

冯老九说："不能确定，不过看样子，老头儿肯定知道很多事情，否则他也不会一个人待在这里做棺材做了那么久。"

叶炜说："如果他不是呢？"

周玦皱眉问道："那他会是谁？"

话音刚落，老头儿从房间里又走了出来。他拿了几只碗和茶壶，给他们每人冲了一杯茶："先喝一口茶，年轻人，这路很难走吧。"

周玦听出老头儿这话是一语双关，但是又不知道怎么回答更好。此时，陈昊大方地接过茶碗，认真地回答道："再难走也得走，没有回头路了。"

老头儿嘿嘿一笑，自己喝了一口，又看了他们每人一眼后说："像……真像……就像当年的我们……"

陈昊说："您就是林旭吧。"

老头儿闭上眼，终于点了点头，当他再睁开眼的时候，眼里多了几分沧桑。他说："我一直都在等人来找我……完成那个约定……"

大家见他终于承认了，心中说不出的激动，舔着嘴唇就想问，不过还是陈昊先开口道："难道之前没有人来找过你？"

林旭摇了摇头说："没有……你们是头一回来找我的人。"

陈昊皱着眉头说："你没有听过陈茹兰这个名字？在五年前，应该还有一批人来过这里。"

林旭说："没有。"

陈昊眼神暗淡着低下了头，周玦见状连忙说："那么，您是怎么认识马教授的？我们是通过你写给马教授的那些信找到这儿的。"

林旭皱着眉说："老马啊……我和老马是多年的交情，抗战后我没有离开大陆，而是回到了这个地方。'文革'时期我受到了批斗，日子过得很不容易，都靠老马暗中接济我。"

周玦说："那么，《七人环》是您写的吗？"

林旭喝了一口茶，没有看周玦，而是朝祠堂的方向看，说道："是啊……这是我答应翠娘和刘飞的事。他们死了，我最后没能保护他们，但我答应过他们，如果活着出来，一定会记下这些事情……"

瘦猴若有所思地说："所以你才写了那本书，但是那本书为什么会那么诡异呢？这有什么用意？"

林旭顿了顿，摇头道："这本书只是叙述了我遇到翠娘他们之后发生的事情，还有我答应翠娘将她的头发编入书内。后来因为'文革'的关系，我不能把书留在身边，于是就把它藏在了上海的一座图书馆内，但是等我再去的时候，书已经不见了。"

陈昊说："你写它做什么？"

林旭说："指引，指引那些能够真正解放可怜灵魂的人。这是我和翠娘最后的约定。"

他又看着陈昊说，"乞儿最后保管那些板子，她选择了最危险的那份担当，我们这些男人都不能和她比啊。"

胖三实在憋不住，捧着茶碗走到林旭面前说："大爷，林大爷！你写的故事有没有鬼，难道你会不知道？还有那个什么七人之局，什么七个人中有一个鬼？难道你会不知道？大爷，你到底是不是老糊涂了？"

林旭有些被搞蒙了，歪着头看着众人说："和人数没有关系，只要接触到了公主坟的泥板就会被盯上。"

所有人听到此话，都不禁站了起来，他们看着林旭，林旭也被他们的举动吓了一跳。陈昊自言自语："没有……人数限制……"

陈昊看着林旭，像要从这个精瘦的老头儿眼里看到一丝虚假，但是老头儿的眼神平静得像镜子一样。陈昊颓然地坐了下来，说："人数不是关键……那么什么才是关键呢？"

林旭喝了一口水说："那些泥板才是关键，如果虎子他们当年没有取下这些泥板，也许后来的事情都不会发生。"

周玦仿佛抓到了什么救命稻草似的问道："为什么那么说？"

林旭解释道："因为七人之所以会这样，完全是因为拿下泥板后惊动了恶灵，所以才会有后来的一系列事情。那个墓主人其实并非恶灵，她只是想要摆脱这一切罢了，和我们并没有区别。泥板上那些图案的作用是重新连接蜚族的仪式，蜚族人对死亡有着巨大的恐惧，同时他们又仿佛可以控制死亡，但最后还是得尘归尘、土归土，再复活的生灵其实最渴望的还是被安详地解脱。所以郭璞最后的仪式便是镇魂，使得那些因为法术而无法安息的灵魂得到真正的安宁，因此那些恶鬼无法直接对你们产生威胁，只能通过其他媒介，比如幻觉……"

冯老九抚着额头说："也就是说，我在宿舍里看到的恶鬼其实是幻觉？"

林旭叹气道："真中有假，假中也是有真的，那些鬼魂就是真的，他们存在于那些泥板中，却又无法摆脱那些泥板。"

林旭抬头看着天空说："写完故事之后，我找到在印刷厂工作的朋友，亲自定做了一本，又把翠娘的头发掺在装订线内，这也是她最后的遗愿……"

周玦回想起第一次见到的那长发女子的背影，那些头发的纠缠仿佛在引导他前进，现在看来也许那就是翠娘，不，或许是那墓主人和翠娘共同的执念，他们都想得到解脱，比那些活着的人更加渴望真正的解脱。那么，陈茹兰是否也是那样的？这三个女子和这件事的纠缠就像那缠在一起的发丝一样难解。但是，阻力是什么？那书里还有一种抗拒的阻力又是什么？那泥板中的恶鬼吗？还是其他的？

周玦忍不住问道："但是我们看了那本书之后就遇到了各种诡异的事情，简直就走了你们当年的老路，而且我们也拿到了所有的泥板，你所说的那些鬼魂我们也感受到了，那种恐怖的血气……但是，但是我们觉得，你的故事里还有很多无法解释的东西。"

林旭摇头道："当初逃出来的只有我、乞儿、冯禄喜，我们三人分别守着三份不同的东西。乞儿是那些板子，她之后便销声匿迹；然后是冯禄喜，但是他表示不想再牵扯这件事了，所以他把鬼珀又扔回了公主坟，并且留下了一些信息作为对我们的交代；而我则把翠娘埋在蛊族的祠堂内，留下了她的头发，开始写那本小说。"

众人无语，他们没想到事情会是这样，但是他们必须进入郭璞墓和公主坟，这是肯定的。

周玦好奇地问道："那么她，那个墓主人到底是谁？"

林旭抬起头，皱着眉头极其悲哀地看着周玦说："一个可怜的女人……一个原本是极端高贵的女人，而现在她只是想要解脱罢了……就那么简单的一个心愿都完成不了啊。"

陈昊说："为什么那么说？"

林旭说："那女子也是一个可怜人，她被安置在那座坟墓内，其实本身就是一个永世不得超生的折磨，镇住那七个鬼魂是她永世的任务……她一直都在坟墓内。直到虎子他们进入坟墓……"

叶炜插嘴道："的确如此，这样的待遇根本不会是什么皇亲国戚，这件事是一种永世折磨，到底谁那么倒霉呢？"

林旭说："那个地方的地气其实根本不适合埋葬女性。可以说如果哪个家族把自家的女人埋在那里，那么那家人不出三代便会家破人亡，全族皆灭，完全就是一个死局。另外，我们在那个公主坟中找到了泰始的年号，那是南朝宋明帝的年号，依我看来，这古墓中埋葬的一定是和那个刘或有着某种关系的女性。这个皇帝其实也是发动政变得来的皇位，一开始倒也算是勤政爱民，可惜后来就非常荒诞了，最后导致灭国之祸。在他的身上发生了什么变故不得而知，但是他杀了所有的蛊族和蛊族的方士。"

陈昊说："既然如此，那么那个女性肯定不会是南陈刘氏的直系，甚至同族都不可能，她和刘氏皇族应该没有血缘关系。如果是这样，那么我可以大胆猜测，她的作用其实就是用自己来压制那些泥板中的恶鬼。"

林旭赞同地点头说："我也是那么想的，不过那女人能够被封为公主肯定也是有她的道理，但被钉死在那种风水墓地，成了七个魂珀的看守，这……我也是百思不得其解啊。"

叶炜笑着说："七人环，环环相扣，也许这就是您写这小说的含意吧。"

林旭说："是啊，七人环的含意其实并非人数，而是那七块泥板所引发的这些事情都是一环接着一环，其中一个环节出错，那么其他的即使能够继续也无法成功。我们当初就是以为已经解开了谜团，却发现其实我们依然在绕圈子，那一环我们始终无法解开。"

陈昊皱眉道："也就是说，我们手头这些看似已经非常丰富的线索依然非常薄弱，只要我们错了一个环节，就会失败。"

林旭没有回答，用沉默回复了陈昊的问题。这给大家的内心又压上一块大石头。

胖三不死心地问道："不是啊，大爷您不是还活着吗？您是怎么做到的？您应该是成功了呀？"

林旭低下头，但是他的手开始微微地颤抖，缓缓说道："不，我失败了，我自己都不明白我现在到底是活着还是死了。其实在进入郭璞墓之后，我们就发现好像什么地方出错了，翠娘和刘飞在最后也……我觉得有一种强烈的念头逼着我去写《七人环》这本书，我活下去的理由，仿佛就是为了把这件事记下去，让有缘人真正了结这持续了几代人的宿命。这也是我给这小说起名的另外一个原因，也许有些自私，但是我真心希望这七人引出的连环谜团总有一天能够解开。"

周玦低头沉思道："您是在不自觉的情况下写下这本书的，并且使用了翠娘的头发……这……"

陈昊此时开口道："我们调查了所有可以得到的消息，发现公主坟是后来造的，为的就是吸引郭璞墓的地气，形成双生墓，这样的秘术是把阴阳五行学发挥到极致的一种设计，只有同时进入才能不至于触动内部的机关。"

林旭沉思道："原来如此……但我只去过郭璞墓，至于公主坟也只是从翠娘等人口中得知，而且貌似他们都对此有所隐瞒，甚至到最后依然给我留下许多谜团。他们要我进入是为了完成最后郭璞的仪式，那个仪式就是完成郭璞坟墓中七星铜柱的布局。但是我们失败了！"

陈昊又说出另外一个难点："还有一个关键问题，就是怎么完成最后的镇魂仪式，是不是只要我们完成仪式，那些所谓的幽灵就可以安息？还是有其他必须做的前提条件？至于您说的恶鬼无法直接伤害我们，这一点我也发现了，每一次我们到了关键时刻，那些血气就会更加翻腾，但是它们始终没有真正地接触过我们。"

林旭抬头看着陈昊，说："你……就是乞儿的后人？"

陈昊点头说是，林旭又把他从头看了一遍，重重点头道："应该是的，翠娘进入郭璞墓就是为了完成最后的仪式，但是仪式失败了。本来我也想不通，但是你们既然说了双生墓，我就明白了。原因是我们没有同时进入，而是认为只要去郭璞墓便能得救……而在那里，我记得最清楚的是有一根巨大的七星铜柱。我想，也许它和公主坟里所谓放置泥板的地方有同样的图案，公主坟估计也有一根那样的七星铜柱。"

瘦猴此时忍不住插嘴道："但是怎么才能同时进入呢？"

众人都不再说话，周玦脸色难看地说："看样子……我们只能分两批进了……"

胖三马上跳了起来："什么？分开？不行！"

瘦猴连忙说道："没错，如果分开我们说不定就没办法互相照应了，毕竟是两个地方。"

胖三看了一眼瘦猴，接着说："两个地方，怎么做到同步？再说了，我们现在能怎么相信他说的话，他失败了！带着我们再送一次死？"

周玦有些听不下去，站起来说："那么你想怎么办？你有什么更好的办法，你说出来！"

胖三不服气地说："我只是不想我们糊里糊涂被人牵着鼻子走，我们像无头苍蝇似的在南京转圈，搞了半天什么都没折腾出来，倒是死了那么多人。老子可不想成为下一个！"

冯老九看着胖三说："但他是唯一活着的人，我们不相信他，还能怎么样？"

胖三一时语塞，但是很快就回应道："你是那么说，那么我选择和这个老头儿一组，我要去郭璞墓，至少他是唯一活着的。那个什么狗屁公主坟老子可不去！都两批人失败了……"

瘦猴想要说什么，却咬着牙没说。周玦看着所有人的表情，此时他也无法表态，他也在挣扎。

冯老九看着众人的脸，冷笑一声，故作轻松道："我倒是可以去公主坟，反正我也去过。"

胖三被他那么一说，好像下不了台。他尴尬地说道："这不是唯一的解决方法，还有方法的。咱们再合计合计吧。"

周玦看着胖三如此说，也接着说："我们再想想吧。也许还有其他方法。"

此时叶炜哈哈大笑道："说到底，你们几个人都不肯放弃希望大一点儿的那个方向，为什么不拉下脸来说大实话呢？你们真是又可笑又可怜。"

瘦猴红着脖子说道："既然那么超然，你去公主坟得了，你不是很牛吗？"

叶炜脸上带着笑意，眼神却非常阴沉地说："你去哪里，我就去哪里！怎么样？"

瘦猴仿佛被说中内心最不堪的一点，没有办法继续说下去，因为在他心里，他也的确不希望放弃生存概率大的那个方向。谁不想活下去？

林旭重重地叹气，收起杯子说："等你们想好了，来找我吧。我这把老骨头活到今天已经是捡来的，你们还年轻，再想想吧……"

他这句话算是减轻了众人心中的些许罪恶感。胖三一屁股坐在棺材上，哭丧着脸说："是啊，我们明明不该遇到这种事的，现在居然要去那种鬼地方……"

叶炜继续摸着黑猫："既然已经走到这一步了，再回头有什么用？或者你们也想重蹈陈茹兰她们那批人的覆辙？"说完叶炜意味深长地看了陈昊一眼。陈昊依然不发表意见，只是脸色苍白得吓人，他抬头看了一眼叶炜，很快就移开了目光，仿佛叶炜说的话已经对他无法产生任何影响了。

周玦无力地坐在棺材上说："这样吧，我们抽签吧，让老天爷做决定。"

他刚说完，屋外突然传来了哭喊声，这声音听上去像有人在哭丧。瘦猴说："不是又开始了吧……"

周玦问："什么开始？"

瘦猴说："这个村子不是要准备假葬礼吗？不会……"

瘦猴没有继续说下去，屋外那吵闹的哭喊声和锣鼓的敲打声越来越清晰。门外依然是灰蒙蒙的一片，那凄厉的哭丧越来越近。

周玦的额头开始微微冒汗，干笑道："哭得还挺真的……像死人了。"

渐渐地，那灰色的远处映出了几个白点，恍恍惚惚地往棺材铺靠近，声音也越来越响了。接着，一个满脸皱纹犹如蜡质面具的人脸从门里露了出来。众人吓了一跳，再定眼一看，发现是一个普通的老头儿，比林旭稍微年轻一些。等他进入之后，陆陆续续又进来了一批人，这些人无一例外都是披麻戴孝。

他看到周玦等人先是一愣，还没等他反应过来，林旭就从房里走了出来，指着边上的棺材说："就是这个了。"

老头儿说："这里怎么有外面的人？"

林旭说："他们不是外人，是来找我的。"说完，他回头和陈昊解释道，"现在是要去祠堂祭祀的时辰，你们要么回避一下，要么直接和我一起走，到了那里，你们再做决定是要下去还是怎么样。"

老头儿略有顾虑，但是貌似林旭说的话在他们那里非常有分量，说完后没有人提出异议。

陈昊看着周玦，周玦点了点头，其他人也没有反对。他们默默地背上行李，准备跟着林旭他们一起"送葬"。

老头儿递给林旭一件白麻罩衫："老哥，开始吧。"

林旭胡乱地套上老头儿递过来的白麻罩衫，从边上的隔板上拿了一个形状古怪的扳手，喊道："起棺。"

几个中年男人合力把棺材抬了起来，那些女人又开始扯着嗓子哭，仔细听才发现其实她们是在唱一种很古怪的歌，用的是当地的方言，乍听上去和哭丧没区别，但是声音确实有节奏和韵律，不过被她们唱得实在是不堪入耳。

林旭走在最前头，那个老人则走在棺材的边上，负责护着棺材不让它摇晃。而女人一边哭一边撒纸钱。跟着女人的还有两个男人，他们一个敲锣一个吹唢呐，和着女人的哭唱不时地打着节奏。周玦发现，全村性的祭祀大礼居然只有这么几个人参加，而其他的村民没有露脸。

　　周玦几个人跟在最后，显得非常格格不入。因为前面的争执，他们也没有什么交谈，每一个人都在思考着自己心中的问题，偶尔会看看别人，发现别人也是一脸心事的模样，内心便会变得更加不安和焦虑。

　　他们走出了小巷子，此时整个村都门户紧闭，只是在门口堆满了花圈和供品，送葬的队伍并没有停留。林旭从口袋里掏出一只瓷碗，朝地面狠砸了下去，接着老头儿便对着村里喊道："落地开花，长命百岁啊。"

　　村子里依然死一般的安静，而送葬的队伍则继续前进。

　　他们走得很慢，中途还会休息一下，因为一是棺材很重，二是那些人也不年轻了。此时女人们也喊得口干舌燥，她们轮流喝茶，其中一个年纪比较大的女人对周玦他们的到来非常好奇，便问道："小伙子，你们怎么会来这里？"

　　周玦也不知道该怎么说，女人见他欲言又止，就更加好奇，说："还装神秘呢，别以为我不知道，是不是来这里探查什么民俗？当初也有人来过呢，对咱们村这事忒感兴趣。咱们村从很久以前就开始这么干了，知道缘由的老一辈现在就只剩下林大爷和王伯了。"

　　周玦见这个女人好像特别想夸耀自己一番，心想说不定可以问问，于是就问道："那么，你知道这歌的意思吗？"

　　女人说："哎哟，你说这词老一辈都会念，但是什么意思还真不懂。好像是说一个女的死了想要回家，但是山隔着山、水隔着水，就是没法回家。所以一路上就那么唱啊唱，也不知道最后有没有回去。虽然不知道什么意思，不过现在能唱的人也不多了，我也是我家那口子的老太太教的，每跑一次丧能挣不少钱，村里人对我客气着呢。"

　　周玦一听，总觉得这歌和那公主坟中的女鬼说不定有着莫明的联系。周玦的脑海里不断地浮现出一个模糊不清的女子的身影，她就像一缕烟一样难以捉摸，隐隐约约地浮现在众人的身后，却又是那么模糊虚弱。

　　周玦问道："那么，你们为什么非得一直延续这样的风俗呢？"

　　女人说："这个嘛……听老人说，原来这里地下还有一个石头城，咱们人死了之后就到石头城里面继续过日子，有时候还可以和阳间的家人见面。后来被朝廷知道了，这批原先已经死了的人又被杀了一次，而且石头城也没了。接着咱们这里就开始闹瘟疫，很多虫子都出来了，每年都得死好几十个人，眼看村子就不行了。那些毕竟也是咱们的老祖宗，还是见不得咱们就那么死绝了，就托梦说每年在这个时候一定要送一次葬，原先那石头城上头也造了咱们的祠堂。反正年年都那么干，咱也就那么干下来喽，之后的确就太平了不少呢。"

　　女人说完话就开始继续唱，换另外一个女人来喝茶休息，不过她和那女人相反，对周玦几人丝毫没有好感，反而警惕地盯着周玦几个人，喝茶的时候也躲得远远的。

　　此时居然开始下起小雨来，雨势不大，但是非常密，不一会儿大家身上都被打湿了，视线也开始有些模糊。大家掏出了手电筒，在光照着的地方，雨就像一根根白色的丝线一样连绵不断。

　　林旭又是一声吆喝，看样子又得赶路了。

　　那个不说话的女人最后喝干了茶，继续扯着嗓子喊，走得比之前更快更急，很快就到了那片野林子。就在他们即将走入林子之时，一只山猫忽然从里面蹿了出来，停在了众人之前。那个叫王伯的老头儿说："下雨遇山猫，这不吉利……老哥你看……"

　　林旭抬手让队伍停下来，那只野猫也不叫唤也不跑开，只是死死地盯着那具棺材。

　　周玦发现叶炜背包里的那只黑猫貌似也有了动静，只是被叶炜死死地压住出不来罢了。

　　林旭说："你们打开棺材看看。"

　　王伯说："半路开棺不是好兆头啊。"

　　林旭说："没事，我这里有几根红绳子，大家绑着，现在不是午时，看看还不打紧。"

　　王伯让村民放下棺材，棺材并没有钉钉，两个男人使劲一推棺材就打开了。棺材里面摆放了大红绸子做的棉被和寿枕，还有一把梳子和一面面朝下的镜子，其他就什么也没有了。王伯放心地说："没事……都正常着呢，把那只野猫赶了快上路吧。"

　　林旭用树枝赶走了山猫，山猫就像幽灵似的一下子又蹿了出去。众人心里虽然都不踏实，但是也不敢多说话，急匆匆地绑好棺材就继续走。进了林子，原先那雨基本都被树叶给挡住了，但是雨气在四周形成了一种白雾。忽然从林子的深处传来了铃铛的声音，非常轻微，几乎都听不见。陈昊抓住周玦的胳膊说："小心一点儿。"

　　周玦点着头，他们不再走在最后，而是走到了棺材边上。

　　就在他们快要到达祠堂的时候，其中那个不说话的女人突然指着自己的嗓子，声音像被切割机割断了似的说："大爷……我，我唱不出来了……"

　　林旭让她张开嘴，说："嘿，舌头有点儿红，估计是下雨有点儿着凉了。李嫂你就别唱了，等我们回去，份子还是会给你的。"

　　女人好像很痛苦，点了点头便乖乖地跟着那两个敲锣打鼓的男人。那个噪舌的女人也不敢再唱，林旭也没有勉强她们。这支队伍就像再也没了声音，众人走在野林子内，只有那铃铛的声音时隐时现。周玦感到好像有什么东西在注视着他们，他匆忙一瞥，仿佛看到在林子深处有个人影在晃动着。

　　但是他没有吱声，只是默默地跟着队伍。众人越走越不安，好像棺材也越来越沉重，几个抬棺材的男人都不停地喘息，仿佛那棺材是铁做的。

　　就在此时，瘦猴忽然停住脚步，伸手指着棺材下面说："你们看，棺材怎么在滴血？"

　　他话刚说完，棺材就开始剧烈地摇晃起来。抬棺材的人吓得连忙扔下棺材就往回跑。

两个女人则哭着抱作一团。林旭睁大眼睛，一个箭步冲了上去，朝棺材板猛地一拍，棺材还真的就不再摇晃了。

王伯吓得连忙问道："这到底是怎么回事？"

林旭说："可能是惊灵了，记得几年前，咱们不也遇到过这事吗？"

王伯说："该不会是和那几个年轻人有关系吧？"

林旭没有回答，指着胖三几人道："你们帮我把棺材再打开看看。"

胖三指着自己说："我？"

林旭不以为意道："你块头最大，不是你，难道还是你边上那小个子？"

说完这话，胖三没跳起来，瘦猴却一下子蹦了起来。他撸起袖子指着棺材说："抬哪边？"

林旭说："把棺材板整个掀开，我得看看里面到底出什么事了。"

瘦猴给周玦使了一个眼色，两人一起把棺材板整个给翻了过来。棺材里面还是那几样东西，但是胖三指着那棺材板大喊大叫。

棺材板上居然结满了像石头一样的灰白色的东西，再仔细一看，这些东西好像是白骨。

周玦和瘦猴把棺材板扔掉，吃惊地看到，在红褐色的棺材板里面结着很多的白骨。它们被紧紧地吸在棺材板的内侧，而那血迹则是白骨分泌出来的液体。

周玦只觉得一阵恶心，厌恶地问道："这是怎么回事？怎么那么恶心啊……"

此时，林旭和王伯已经吓得连话都说不出来了，林旭的脸上满是冷汗，而王伯也抖作一团，指着那棺材板说："这，这不是……"

他话音刚落，就听见从祠堂那里传来了熟悉的敲锣打鼓的声音，那诡异的丧歌从林子的深处传了出来。两个女人听到歌声哇的一声，吓得瘫坐在地上。而王伯拽着林旭喊道："那东西又来了，快，快跑！鬼葬又开始了！"

林旭却站着没动，王伯见状干脆甩开林旭的手，转头就跑。两个女人见他跑了，也踉跄地跟着一起跑。周玦不知道是怎么回事，他发现，林旭的眼睛死盯着那林子的深处，嘴里默默地念叨着什么。他只听清楚一句："终于又来了……"

周玦问怎么了，林旭没有说，脱掉身上的白麻衣，猛地往林子深处狂奔。众人霎时傻了眼，直到陈昊也跟着跑进去，才抬脚跟了过去。

地 下 城

　　周玦跟着众人猛地扎进了林子，没跑多久就后悔不该那么鲁莽了，一进林子他就再也没找到其他人。当他想要往后退的时候，他猛然发现那古怪的哭声又在身后响了起来，无奈他只能继续奔跑寻找其他的人。

　　越往里走，他就觉得越冷，温度已经远远低于秋季该有的温度，简直就像隆冬。渐渐地，他感觉脸上有了些许冰冷的碎末，再抬头，墨蓝色的天空已经飘起了雪。整个林子除了夜风，再没有其他声音了。

　　周玦头一回麻木到已经毫无感觉的程度，大脑再也无法思考什么，只能本能地行走。他的双眼已经没了神，行尸走肉一般地往林子的深处走，毫无知觉地在野林子里游荡。

　　冷，周玦唯一能感觉到的只有冷。他走在林子里，虽然依然到处是枯树，但是和第一次来的时候完全不一样，他不知道为什么会这样。忽然，林子里又传来一阵清脆的铃声，在这万籁俱寂的空间中，铃声刺激着周玦的大脑皮层。

　　周玦朝铃声响起的方向走，他再一次听到了丧歌，不过比那些村妇唱得要好听许多。那歌声如泣如诉，虽然也是在哭，但是哭得令人心碎。

周珙在林子的深处看到了一抹白影，之后渐渐看清了那白影子是一个女人，一个穿着白纱单衣的女人，黑色的长发犹如瀑布一般随着夜风飘散。周珙觉得这个女人很熟悉，好像很久以前见到过。女人抬头看着他，她那种勾魂的魅惑，给人一种清澈如水的感觉，乌黑的双眸深邃得犹如深渊，白皙的脸上都是泪痕，这样的女子美得像幻觉一般。那个女人看着周珙继续唱，但是周珙完全听不懂，那是古老的语言。

周珙对这个女人没有恐惧和排斥，反而有一种心疼，他想靠近女人，把她抱在怀里。

忽然，他听到身后传来一声："小子！"

周珙蓦然回头，发现林旭站在他的身后，但周珙的注意力还是放在那个女人的身上。那女子依然非常痛苦，泪水又从她洁白的脸颊上滑落下来，周珙觉得心底有什么东西被这滴泪水打碎了。女人的脸开始变得模糊，越来越迷离。

周珙的眼神依然非常迷茫，他只是看着前方，仿佛那女子的身影随时都会消失似的。他不能开口，只是向着那白影伸出双手，想要触碰那女子。林旭见状，马上把他的手拉了回来。

此时，在他身后的叶炜说道："他被迷住心窍了。"

瘦猴问道："那怎么办？"

叶炜说："问林旭吧，他知道怎么做。"

林旭从腰间取下一只老式军用水壶，然后放了一点儿黄色粉末："这是雄黄，给他灌下去。"

瘦猴接过酒，看了几眼，林旭说："别担心，这个酒管用。"

一口烈酒下去，周珙感觉那女子的歌声变弱了，听上去像风声。他闭上眼睛，流下了眼泪。周珙的大脑里终于有了除了冷以外的感觉，他觉得自己的身体不再像刚才那么轻飘飘的。渐渐的，他发现白色的影子不见了，取而代之的是众人苍白的脸。他的大脑还没反应过来，只是觉得头很疼。他捂着喉咙嘶哑地问："这是哪里？你们怎么都在？"

林旭说："这里我也很少来，应该离祠堂不远了。"

胖三叹气道："没法子，我们冲进来之后那声音就消失了，之后就看到你这样了。"

周珙抚着额头看着众人，忽然意识到好像少了一个人，他点着人数，发现陈昊不见了，便急忙问："陈昊呢？"

叶炜摇头道："我们没有发现他的踪影。"

周珙心里开始发慌，急着说："那继续找，他肯定跑不远。"

叶炜说："我们找过了，但就是找不到他。也许……已经……"

周珙捂着额头摇头道："不可能，先点一堆火吧这个地方太大，他看到火光就会找到我们，我们不能扔下他。"

林旭说："这里不能点火，否则会引来那些在地底下的东西，它们对热量很敏感。"

叶炜问道："什么东西？"

林旭说："虫子。"

周玦越发觉得不安，他万万没有想到陈昊居然会失踪，他是这支队伍的主心骨，他不在了，他们怎么办？

冯老九看看四周说："也许他还在附近，我们可以再找一下。"

胖三急忙说："不能分散，否则我们又会走散，咱们冒不起这个险。"

周玦皱着眉说："但是，陈昊……"

林旭插嘴道："虽然不想插话，不过我得说，现在是进入阴阳道最好的时机。"

叶炜抬头看着天空，笑道："太阴之卦吗？有意思。"

瘦猴问道："什么意思？"

叶炜指着天上的月亮说："今天是满月，如果现在进入的话就是我们阳气最弱之时，但是阴阳之道在于老阴转阳，极阴之时就是少阳之始，是个阴中有阳的卦局，这个卦象对我们来说是最安全也是最好的，反而比老阳之时来得划算，因为老阳便是转阴之时。所谓易道，其实就是一种变道，任何事物都在转变，万事变之有道，现在正好是我们的极阴之时，如果进去则开了阳变之局，便是我们的生门。"

说完，他背起行囊，看着众人："千载难逢，怎么样，进还是不进？"

林旭没有动，他看着周玦，而其他人也盯着周玦。出乎所有人意料的是，一向冷静理智的周玦居然闭上眼，笑着说道："你们进去吧，我再等等……"

叶炜冷笑道："那你会失去选择权。而且，选择单独留下和自杀有什么区别？你想和陈昊一起送死吗？"

周玦握着拳头，尽量让自己看上去冷静："但是别忘了，我们中只有陈昊记住了所有泥板的顺序，如果没有他，我们就算进去了又能怎么样？"

他话音刚落，叶炜便哈哈大笑起来，侧目看着周玦："你别忘了，我也看过所有的泥板，你觉得只有你的陈哥才记得住那些泥板吗？我告诉你，那祠堂中石碑上的顺序，我也记住了。"

周玦还想说什么，却被冯老九按住肩膀。冯老九说："老二你想清楚，留下你一个人，你做得到吗？"

瘦猴急忙开口道："不行，老二必须跟着进来。"

冯老九说："那么，你愿意留下吗？"

瘦猴刚要开口，周玦抢先说道："我一个人留下就可以了。"

他刚刚说完这话，周玦感觉周围突然刮起了一阵古怪的风，仿佛是一声叹息，他的脑海里又出现了那绝美的女子。

胖三把眉头皱到了极限，捏着周玦的衣领说："你他妈的难道要为了陈昊一个人，放弃我们大家？你大脑是不是还没清醒？"

叶炜此时故作轻松道："我们必须分两批进入，如果你真的不来，那么到时候就由你进入公主坟，这样倒是解决了我们一个大麻烦。"

周玦瞪了叶炜一眼，那么说简直等于要牺牲自己。的确，他们最终还是得面对如何抉择的局面，但是……

周玦也冷笑道："别忘了，我们两头都得成功才能真正得到解脱，就算我真的进入公主坟，可我失败了，你觉得你们这样做有什么意义？"

这句话原本周玦不想说，但是此时他绝对不能让这些人放弃自己和陈昊。他得为自己、为陈昊争取更多的生路和机会。

叶炜看着周玦，眼神阴郁却无话可说，这句话仿佛是一支箭直接刺入每个人的心口，大家都想要更多的活命机会，谁都不想放弃生存的权利，哪怕是朋友、家人，甚至是挚爱，那也必须以自己的存活为根本。

活下去，才能谈其他的。

周玦看着所有人的脸，第一次觉得人与人之间的联系就是如此残酷。他想到陈昊曾经说的那些话和他那种悲哀又不忍的眼神，终于明白了陈昊为什么会那么悲伤，因为不想被背叛、不想被放弃。

周玦握紧双手，低着头继续说："必须等，我不能放下他。到时候，我会选择进入公主坟，你们放心。前提是找到陈昊，否则我什么也不答应。"

瘦猴红着眼说："你为了一个陈昊，值得那么做吗？"

周玦低头看着自己的影子，然后猛然抬头说："这是我答应他的，我要给出我的信任，所以在这个时候，我更不能放弃他。"

冯老九说："就算死，你也不后悔？"

周玦没办法回答这个问题，他咬着嘴唇说："不会的，我们不会有事的……一定……"

就在此刻，谁都没有想到，一直站立不动的瘦猴忽然猛地一拳打在周玦的腹部。瘦猴本来就是练家子，那一拳下去周玦就感觉内脏都快被掏空了。他无力地跪在地上，还没来得及站起来，瘦猴又朝他的后背猛劈一掌。这下周玦再也没有意识了。

瘦猴抱住失去意识的周玦对林旭说："我们下去吧，到时候再分配。我选择和周玦一组，如果他真的要去公主坟，那么我也去那里。"

胖三质问道："你什么意思？"

瘦猴说："我不能眼睁睁看着周玦往死路上走，而且我也不相信陈昊真的出事了。"

此时，林旭赞赏地对着瘦猴点了点头，开口说："你是好样的，不过，我个人认为也许陈昊已经进去了。"

众人一愣，冯老九说："这是什么意思？"

林旭说："我跟过来的时候就发现这不是什么鬼葬，和当年不一样，五年前的那一次远比这次厉害。鬼葬其实就是因为人为的关系惊动了地下城的幽灵，它们被激活的话，绝对不是现在这样的平静，否则你也不会只是中邪。这是幻术，而幻术的目的，我想应该是撇开村民吧。来的路上，我总觉得好像已经有人先我们一步进入了阴阳道。我想如果是这样的话，也许陈昊已看出了名堂，他可能以为我们已经进去了，所以去那里追我们了。"

听到幻术一词，瘦猴猛地抬头看着叶炜，低声威胁道："虽然一开始我们就没有相信过你，但是如果让我知道你在玩阴的，我一定会杀了你。"

叶炜淡漠地回答道："杀了我？你觉得你做得到吗？别忘了，现在除了陈昊，只有我能连接所有的泥板。你们现在杀了我，陈昊万一也没找到，你们要怎么办？"

瘦猴咬着牙瞪着叶炜，胖三知道现在绝对不是和叶炜闹翻的时候，叶炜说的也确是事实。他只能站起来打马虎眼道："先进去吧，也许还能找到陈昊。瘦猴，我来背老二，你替我看着点儿路。"

胖三特意把瘦猴挡在身后，他怕万一瘦猴的脾气上来说不定真的先把叶炜揍个半死。

瘦猴低声骂了一句，便把周玦挂在胖三的背上，打开手电，跟着林旭向着祠堂的方向前进。冯老九背上周玦的行李，朝前头看了一眼，像对着空气开口一般："你也来了……"

树林中又响起了一阵似有若无的铃声。

林旭带着他们走的路并非原先他们进入祠堂的道路，这里比上次的更加荒芜。胖三警觉地问道："这和上次来的不一样？"

林旭说："祠堂非常大，分为东西两堂。本来如果只是要祭祀的话，我们就会去东堂，那里离村子也近，就是门面上做做文章。'文革'以后西堂几乎没有人来，但这里才是当初最早修建祠堂的位置。"

这里依然毫无生气，凌乱的棺材堆放在外头，杂草丛生，那些灰白色的石头像真的尸体一样被放在棺材里。石头上的油漆有的已经褪色，却像有生命般盯着他们看。

林旭说："这祠堂自从我们逃出来之后，我就把它给封了，但是我留了暗道。"他走到一个棺材的边上，那口棺材的红漆已经脱落，但是木质极好。林旭用力掀开棺材底部的隔板，冯老九发现林旭在掀开木板的一刹那，像看到了什么东西，双臂抖了一下，但是马上就恢复了常态，对身后的人说："跟上。"

瘦猴从背包中掏出手电筒，替胖三照路。棺材下是一条暗道，非常狭小，只能容一人出入，比上一次他们逃出来的那条还要狭小。

路程非常远，仿佛会通到地心。不知走了多久，他们渐渐地听到了流水的声音，而且温度明显升高。林旭走在前头，忽然站立不动了，瘦猴警惕地问道："怎么了？"

林旭回头看着叶炜说："你带着的那只猫呢？"

叶炜轻笑一声说："我也不知道跑哪儿去了，也许和陈昊在一起吧。"

林旭转头盯着叶炜，指着前面的路说："你们看。"

冯老九和瘦猴朝手电筒照着的地方看去，地上有类似猫足的痕迹，但是走到前面一些就消失了。瘦猴艰难地说道："前面没有脚印……也没有猫往回走的印子……"

胖三冷汗直冒，心虚地说："这只猫走到这里就消失了？"

他马上看着叶炜，说："到底怎么回事？"

叶炜看脚印的眼神令人发毛，他完全不像在对其他人说话，声音轻微得像低叹一般，说："它进去了……"

叶炜这样的表现让在场的所有人都无法忍受，但是胖三背着周玦，所以无法挪动，瘦猴则在他的身后，即使想揍他也够不着。叶炜根本无视他们几个人，对林旭说："继续走吧，老伯。"

林旭把目光放在他身上看了几秒，他没有说话，继续领着众人朝前走。那种潮湿闷热的感觉让人越来越难受，空气闷热得让人几乎无法呼吸。胖三因为背着周玦，无法擦汗，一边喘气一边问道："还有多久才能到？"

林旭拿着手电走在最前头，说："就在前面，到时候你们就会看到了。"

林旭带头没走多久，终于从那狭窄的通道内钻出了头。映入眼帘的居然是一道巨大的瀑布，流水声震耳欲聋，犹如一条地下银龙般令人不敢直视。

没想到，这个村子的底下居然有如此大的地下溶洞。最令人惊奇的是，在这溶洞内竟然有如此壮观的瀑布。

瀑布的水流非常急，四周也因为瀑布的缘故满是水雾，就像在水和云之间一般。

胖三忍不住说道："仙境……这一定是仙境啊。"

连最不动声色的叶炜也不禁惊叹道："这……这怎么可能做到！"

林旭眯着眼看着那巨大的瀑布说："这原本就是我书中所写的水晶石壁，因为上一次进入郭璞墓触动机关，引起了一系列格局变化，这里现在已经和书中描述的原貌完全不一样了。"

叶炜睁着原本就大到夸张的眼，盯着四周看，说道："夺天工之造化，夺天工之造化，这样的布局……太不可思议了，五行之局居然可以做到这个程度。"

胖三敲了敲冯老九说："他怎么了？脑抽了？"

冯老九摇了摇头说："估计没看过瀑布，太惊讶了。"

此时原本昏迷的周玦也因为潮湿以及巨大的声音而苏醒，他睁开眼睛，映入眼帘的就是这夸张的场面，下一秒差点儿又晕过去。

胖三见周玦醒了，便连忙放下来，甩着手臂。周玦还没缓过神，一屁股坐在了石头上，捂着脑袋默不作声。

瘦猴说："抱歉，但是我们真的不能把你一个人放在那儿。"

胖三也连忙说："是啊，林老伯也说了，也许陈昊已经进来了。"

周玦这才缓过神，看着四周，无奈地叹息道："下一步怎么做？"

林旭说："郭璞墓最根本的就是阴阳和五行，当初我们对此并没有太在意，所以以金局入墓，失败之后金生水，这里就成了水局。"

周玦抚着额头问道："金局？"

林旭说："没错，原先那巨大石壁其实是一块天然岩矿，属金。失败之后，从郭璞墓内大量涌出地下水，这里就成了瀑布。"

叶炜接话道："奇怪的是，那么大的瀑布居然没有把这里淹没。而是由八条分支把水引入其他的地脉。"

林旭说："是的，所以这里就是阴阳道，布局则是因五行八卦所设。郭璞改造了地势，却不影响地面。这样的本事，几千年都没有一个人能够办得到。"

瘦猴不太明白，听得有些脱节。叶炜看了他一眼，叹气道："也就是说，一般大家都是利用地势来布置风水局，而造地势基本上是不可能办到的。人定胜天这句话本身就不符合天道，还是一句话，道法自然，就是在于顺应自然。如果逆天而行，我只能遭天谴。郭璞在造局，从某种程度来说，这也是一种逆天之举。"

瘦猴点了点头，说："那么大的瀑布，我们怎么爬上去呢？"

叶炜说完这些，等着瘦猴崇拜的眼神，可惜瘦猴听完之后直接把脑袋转向林旭问了这个问题，显然对他的解释完全没有兴趣。叶炜感到非常挫败，皱着眉说道："喂，小子，好歹对给你解释的人表示一下谢意，这是礼貌吧。"

瘦猴转过头去反问道："我问你了吗？"

叶炜抽着嘴角，胖三暗暗地伸出大拇指，对瘦猴做了一个手势。叶炜当作没看到，他把目光投向林旭。林旭抬头看着这银龙般的瀑布，要爬上去根本就不可能。

他说："这局是会变的，现在是水局，我们得想办法由五行入手。水生木，我们得等这里变成木局。"

周玦抓着头发，想要帮着一起想，但是陈昊不在，他那点儿功夫也就比胖三略强一点儿，根本比不上叶炜和林旭。他看着水发呆，忽然感觉被人拍了一下，背包不知道为什么落在了地上，从背包内滑出一本笔记本，那是陈昊当初布置给他们的作业，讲的就是五行八卦。他忽然想到了什么，一下子站了起来，看着这瀑布说："当初陈哥上课的时候也谈到过五行之说。记得课上他说，隋代萧吉曾在《五行大义·论相生》里说过：'木生火者，木性温暖，火伏其中，钻灼而出，故木生火；火生土者，火热故能焚木，木焚而成灰，灰即土也，故火生土；土生金者，金居石依山，津润而生，聚土成山，山必长石，故土生金；金生水者，少阴之气，润燥流津，销金亦为水。所以山石而从润，故金生水；水生木者，因水润而能生，故水生木也。'这就是五行相生的道理。他说这是最基本的道理，也是根据古人五行不离阴阳，阴阳不离五行，所以五行和阴阳必须同时看待，不能分开。如果说水是阴，木则属阳性，那么就是阴生阳，也就是我们前面说过的由极阴转阳，只要熬过破晓，就是老阴转少阳之时。也许这就是契机？"

叶炜在他说话的时候，不停地转动手指，有些吃惊地看着周玦说："没错，到那时便是水生木的时刻，我们得等。你是怎么想到的？"

胖三兴奋地捶着周玦的背说："哥们儿牛啊，果然是小周郎，居然能想到那么深的东西。"

周玦不好意思地摸着脑袋，笑着说："也是笔记本上记着的东西提醒了我，如果不是陈哥……"

他说到陈昊的时候，众人都不再说话。周玦也停了下来，换了一个口气说："至少我们现在有了大概的眉目，那么等时辰吧。"

叶炜抿着嘴看着周玦，但是他背着双手，依然在不停地摆弄着手指。冯老九注意到他这个细节，却没有说。叶炜的表情产生了微妙的变化，嘴角微微地扬了起来，仿佛想通了什么事情。

他说："既然如此，我们现在就先选择到底谁进入郭璞墓、谁进入公主坟吧。"

胖三跳起来说道："你急什么，现在不是在等时间吗。"

叶炜说："别忘了，老阴转阳之时就在那一刻。到时候容不得一点儿变数，谁都不知道这变数会是什么。"

冯老九站起来说道："我同意叶炜的说法，现在是时候决定了。"

胖三坚持说道："我要和林旭在一块儿，进郭璞墓。"

瘦猴说："我说过我和周玦在一起，他去哪儿我就去哪儿。"

周玦低着头说："我以前答应要去公主坟……"

叶炜笑道："很好，我也去公主坟。"

众人睁大着眼睛看着叶炜，谁都没想到他会那么说。

瘦猴皱眉道："你又在耍什么花招？"

叶炜说："既然你们都做了选择，那么我也做出我的选择，难道这非常不合理吗？"

胖三开始有些动摇，觉得好像又有些不靠谱儿，说："等等，你先说说理由，为什么你选择公主坟？"

叶炜依然微笑道："没有理由，只是我想选那个。"

冯老九此时看着众人说："我也选择进入公主坟。"

胖三有些吃不准了，说："啊？你也选？你们到底搞什么名堂，我搞不懂了……不，我也选公主坟！"

　　周玦抚着头额说："怎么回事……你不要哪里选的人多就往哪里走好吗？你以为是选择大卖场吗？"

　　胖三一下子被说得无言以对，"我"了半天，最后说："那么冯老九，你为什么要选择公主坟？什么意思？"

　　冯老九的眼神有些涣散，像回想起什么东西似的说："当初进来的时候我就觉得还会去那里，那里仿佛有什么东西在等着我。"

　　胖三问道："什么东西？"

　　冯老九有些不好意思，低声摸着鼻子说："一个女人……"

　　胖三做着鬼脸说："一个女鬼更加确切吧。"

　　冯老九没有理会他的讽刺，说："我选那里。"

　　林旭此时有些无奈，插话道："就我和这个小胖子？那恐怕不行啊……这样吧，让周小哥陪着我们吧。"

　　周玦愣了一下，但还是点了点头。

　　瘦猴爽快地说："好，那么我们就去郭璞坟。"

　　没想到，叶炜这时开口道："瘦猴得跟着我。"

　　瘦猴愤怒地看着他说："凭什么？"

　　叶炜看着瘦猴："因为你的生辰八字正好和我相合。"

　　胖三听到这句话，一口气没憋住，直接喷了出来，连周玦的脸都在抽笑。

　　瘦猴大脑中忽然想到了古代男女结婚要对八字帖的情节，甚至出现了媒婆的脸，但是他马上就甩掉那夸张的想法，脸扭成一团，恶狠狠地叫道："你想被我打成残废吗？"

　　叶炜一脸严肃地说："我说的都是事实，你属于极阴的八字，而我则是极阳，你和我必须在一起。"

　　胖三抽着肩膀，扭曲着五官，挤出一句话："这算是求婚吗？"

　　叶炜继续说："本来我没想到这次能遇到你这样的存在，你的生辰其实非常适合炼鬼童……"

　　叶炜还没说完，瘦猴的拳头就已经招呼上去了，叶炜整个身体差不多都飞了出去。瘦猴还想再补一拳，但是被冯老九和周玦给拉住了，他只能红着眼说："炼你妹！你小子再敢说一句这种狗屁话，老子现在就废了你。妈的……气死我了！你们放开我！"

　　叶炜捂着下巴，鼻子已经流血了。他一边擦着鼻血，一边站起来说："我又没说要拿你炼鬼童，你都那么大了，怎么炼啊？我不缺鬼童。你和叶延的八字是一样的，我只想说，有你这样的体质和我一起进入公主坟，我可以完成我们叶家秘术。只要你配合，我可以保住一个生门，你懂吗？"

瘦猴听完此言才稍微平复了怒气，对着抱住他的两人说："放手。"

两人立刻放手，生怕放慢了，拳头就会招呼到自己身上来。瘦猴喘着气指着叶炜说："你能保证？"

叶炜捂着鼻子说："否则我干吗要你和我在一起？你又不是我老婆。"

瘦猴听到那句话，猛地一脚，周玦和冯老九连忙又上去拉住他。不过这次叶炜学乖了，第一时间拿包挡住了自己的要害，否则那一脚估计真的让他娶不了老婆。

瘦猴暴怒："放开我！"

周玦满头大汗说："你不能这样，瘦猴你听我说，现在不是失控的时候，你得冷静，你必须冷静。你他妈的别踩我脚啊。"

冯老九抓住瘦猴的胳膊："是啊，瘦猴你听句劝吧！哎哟，我的眼镜……"

瘦猴怒目瞪着两人说："我知道，放开我，我不会揍他。"

周玦和冯老九对视一眼，小心翼翼地放开手，但是身体依然贴着瘦猴。瘦猴用肩膀挤开两人，抹了一把脸，气喘如牛道："好，我跟你一起。妈的，如果你再耍滑头，我马上把你揍成残废。"

叶炜捂着鼻子，表情非常平淡，但是观察力极强的周玦从这小子的眼中发现了一丝害怕的神色。

叶炜后退几步，周玦皱着眉拉着瘦猴说："别冲动，我们还得靠他。"

叶炜刚刚放松肢体，接着周玦就面无表情地说："出去，给我往死里打。"

叶炜一个趔趄，瘦猴看了他一眼，一把抓住他的衣领说："你给我记住，我和你一组，我的目的是监视你，你要是有什么鬼动作，我第一时间削你。"

叶炜握住瘦猴的手，冷冷地笑道："很快，我会让你来求我。"

瘦猴像甩掉脏东西似的甩开叶炜的手，胖三却在此时冷不丁地喊了一声，周玦问道："怎么了？"

胖三神经质地向他靠了过去，说："这水怎么会莫明其妙地有涟漪呢？"

周玦说："那么大的水势，有震动很正常吧。"

胖三连忙摆手道："不是那边的，这里的水洼不该有水波吧……"

众人顺着胖三的视线看去，但那水洼平静如镜面，周玦几人回头，满怀疑问地看着胖三。胖三咬着指甲说："我听到身后好像有铃声，回头发现那水洼居然有涟漪，而且照出了一只人脚的影子……我们没有其他人哪……"

周玦警惕地问道："什么人的影子？"

胖三想要开口，但是话到嘴边又转了一圈，表情尴尬地说："我也没怎么看清。"

林旭猛然抬头说："怎么可能？"

胖三说："就是没看清所以才不知道，而且那么一下就晃过去了，也许只是水纹。"

　　林旭环视四周，又看了看这些年轻人，最后叹气道："不管怎么说，我们必须等到天亮，才能进入古墓。"

　　此言一出，所有人都沉默了。周玦看着四周说："这地方很大，上面感觉好像更加空旷，但是水没有淹没这里，而是分成了好几个区域……真是奇观啊。"

　　瘦猴说："照你这么一说，我也觉得好像在哪儿见过呀。"

　　胖三说："像不像前段时间咱们去旅游的八卦村啊？"

　　周玦点了点头："的确，这个瀑布所在的大池便是当中的太极，而四周的水渠分别把周围划分成了好几个区域。如果真的是按照八卦来的，那么这里应该有八个区域，我们只是在其中的一个区域而已。还有一个问题就是，虽然我们打着手电，但这里的光线不是很充足，那些黑暗的地方有什么？其他的区域分别有什么东西？"

　　叶炜挑着眉毛说："可以去看看。"

　　瘦猴警惕地看着他，叶炜歪过头笑道："你不想看吗？"

　　瘦猴像征询意见似的看着周玦，周玦则看了看林旭。林旭皱眉道："那次出来之后，我便没有再来过，生怕触动机关又改变了这里的地貌，所以我也并不清楚。"

　　冯老九说："看吧，反正现在离天亮还有很长一段时间，看看能不能有意外的发现。"

　　胖三努着嘴说："你的好奇心太大了……"

　　冯老九没有说话，但是其他人看来也都同意了，纷纷拿起背包。周玦在弯腰的一瞬感觉好像听到了一声轻笑，随后便是那似有若无的铃声。

　　他连忙抬起头，但是什么都没有。

　　丁零……就在他失神的时候，其他人都已经往前走了，冯老九朝他喊道："老二，跟上。"

　　周玦摸着胸口，他觉得心头被刺了一下，之后就若有所思地朝众人走去。

　　丁零……又是一声铃铛声，此时其他人也停住了脚步。

　　胖三说："你们听，就是那个声音，不像幻觉吧。"

　　瘦猴看着东边的深暗处说："声音是从那边传来的，好像深处还有些什么东西啊。"

　　周玦背上包，用手电照了一下，随后说："走，上那边看看。"

　　林旭领头，带着众人往岩洞的深处走去，一边用手电照着周围，一边对他们说："过了太久了……不太记得那些村庄遗址的地点，但应该是这个方向，东边是那些古村落的遗址。"

　　周玦眯着眼说："也就是说，那里就是地下村？"

　　林旭说："没错，绕过地下村我们就会到达沙地，那里就是过去祭祀的地方，也是翠娘带我们进入的地点。"

　　冯老九说道："那我们也去那里，这道瀑布其实就是一个大水柱，四面都有。如果所谓的木局只发生在其中一个面上，我们就只能干等了吗？"

林旭说："不会，因为这是一个整体，不会单独在一个面上出现木门。"

叶炜也点头说道："没错，郭璞即使修改了山水的格局，也只是利用五行八卦的相生相克之法，但是对于太极必定是遵循的。对于古人，太极的意义太重大了，乃一切变理的不变。"

周玦说："那么我们就按照翠娘的路线继续吧，至少他们是顺利通关的。不过我在想，那个所谓的木局到底是什么样子的。"

叶炜一边走一边看着四周说："所谓五行无非相生相克的道理，一种属性可以生出另外一种属性，但必然也会克制住另外一种，所谓一阴一阳之道。我们在进入木阵的同时，必须小心，它也有可能生成金门。"

周玦点了点头，果然在前面不远处，林旭的手电照到了一些黑压压的框架，感觉像是茅屋，非常破旧。等走近之后才发现，这些屋子都有严重损坏的情况。

有些屋子的墙壁上还有刀砍和火烧的痕迹，而时间的推移让原本的茅草屋顶早已腐烂殆尽，只剩下残破的墙壁和散落在四周的房梁骨架，这更加像一具被洗劫了的遗骸。周玦等人在这死一般寂静的遗迹中穿梭，看着那些触目惊心的残垣断瓦，仿佛可以想象出当时这里遭到了多么惨的镇压。而今，这样的屋子像鬼魅一般寂静。

冯老九摸着土墙说："这里看上去真的很惨哪。"

周玦低声说："嗯！但是没有一具遗骸。也许是因为时间太久了。"

林旭打断他们的话说："不要在这里说这种话，那些死灵并没有安息，听到你们这些话会更加不安生。"

周玦忽然发现在一块破瓦边有一块较为完整的石碑，上面的蟠龙已经被磨没了一大半，下面一些模糊的文字却还保留着。林旭擦了擦石壁上的泥土，叶炜凑近一看说："这是一块祭祀的石碑，作用就是在祭祀的时候拿出来祭拜。"

林旭点头道："的确，你们看上面还有类似淋血的痕迹，应该是当时把牲口杀死并把血淋在石碑上的，也算是一种血祭了。"

叶炜继续说："上面有些碑文，貌似说了蜇族的制度以及分类。第一类，也是最底层的就是尸人，他们的作用和试验品一样，所以没有多大的能力，知道的事情也极少。第二类是普通的方士，还有一些下蛊的巫师，他们只能制造普通的尸人，和僵尸差不多，此外也就是略懂运用蜇虫而已。最高等的是所谓的宗师，他们可以起死回生，而他们所复活的尸体自然也就更加珍贵，但是他们很少复活尸体。就拿郭璞来说，他可以算是蜇族百年难得一见的大宗师，但是他一生从未复活过一具尸体，甚至找到可以活化尸体的鬼珀之时，也是采取封锁消息，但是这里说到了关于鬼珀的一个秘密。"

冯老九随着叶炜漠然的阐述，呼吸越来越急促。他问："什么秘密？"

叶炜回过头来看着他说："他发现，通过鬼珀复活的尸体，可以不老不死，而且拥有神秘的力量，也就是说，复活的尸体犹如鬼神一般，也就是所谓的尸解成仙。"

冯老九攥紧了握着胸口的手，问道："成了神仙？"

叶炜摇头道："不，还是鬼，而且相当可怜。因为被复活的尸体每一天都会重复经历一次死亡时所受的痛苦，而这份痛苦是让他再次复活的动力。怨气可想而知……所以是鬼啊。"

冯老九捂着自己的脖子，继续问道："那……有什么办法可以安息？"

林旭看着石碑若有所思，喃喃道："他们是蛊族的尸人，其实就是已经死了的尸体再用蛊术复活，却没有办法成为人类。而大宗师运用泥板中的方法来施法，可以让复活的尸人再次长眠，这也是我们要做的事情。泥板中的图案就是秘法的顺序。"

周玦听到此处，忽然说道："那么，那泥板中的恶鬼其实就是……"

林旭看着周玦，点头道："没错，那七个就是蛊族的最后一批大宗师。蛊族覆灭很有可能就是这最后七个人发生了某些事情，而且牵扯了当时的中央集权，也就是刘彧，最后这群人落得个悉数灭亡的下场。而那位公主……也是因为那次浩劫受到了牵连，但是看样子皇帝对她还是非常重礼仪的，否则不会以公主的规格为之下葬。"

林旭和周玦对视很久，林旭说："你们也许还有怀疑，这也难怪，但这是命中注定的。一开始我也不相信命，但是翠娘她们让我相信了。"

周玦想了一下，还是说："有件事，我想我该告诉你，我们在翠娘的棺材中没有发现她的尸体，而是另外一个女人的。"

林旭一下子僵在了那里，流着冷汗说："你说什么？你们去过翠娘的坟墓？"

周玦点头道："没错，我们在祠堂中发现了翠娘的棺椁和灵牌，但里面的尸体是陈昊的姐姐陈茹兰的。她是我们上一批的七人之一，我们之所以能够走到现在这一步，完全都是靠着她留下的资料。"

林旭睁大眼睛，捏着拳头说："翠娘的尸体不见了？怎么可能！"他看着周围，喃喃道，"翠娘，怎么会这样呢？"

周玦继续说："我们也是一点儿线索都没有，但是冯老九也复活了，所以我想翠娘会不会也死而复生呢？"

林旭皱着眉摇头道："翠娘死得非常彻底，她不会有复生的机会，如果说真的是她活过来了，那……"

他看着周玦等人说："那她就不再是翠娘啦，而是那个公主坟的墓主人。"但是他很快就继续摇头道，"但是这不可能……"

冯老九说："对了，现在那本书在哪里？"

周玦顿了顿，说："一直在陈昊的身上。"

瘦猴忽然指着前方的屋子说："你们看那边的屋子。"

瘦猴指着一面土墙边一栋非常突兀的房子，这房子和四周的断壁残垣显得格格不入，因为它太新了，简直不像古代的。那栋屋子的屋顶非常大，简直就像石器时代半坡氏族的那种房屋。但是这屋子制造得非常坚固，青砖黛瓦，非常气派。

叶炜说："嗯……奇怪，这个房子有点不对劲儿。"

胖三感觉到了危险，便停滞不前道："什么意思？"

叶炜指着房子说："其他的房子都是按照阳宅所造，唯独这栋是按照阴宅风水来建造的，用的是水门法，是给死人住的风水局，聚阴至极啊。你们看，这屋子的构造像不像一个巨大的夯土堆呢？"

他看了众人一眼："一般活人住里面，不出一年就会死。"

他话音刚落便听到屋内传来了非常清晰的铃铛声，声音像侵入众人大脑一般。胖三咽着口水说："还……还是别进去吧，谁知道里面有什么，我们不要节外生枝啊。"

林旭说："奇怪，当初我们并没有看到有这栋屋子，而且这房子居然毫无损坏。虽然已经那么长时间了，但是依然很新，根本不像一千多年前的建筑。"

周玦低语自问道："谁……住在里面呢？"

这时，铃铛声又响起了，仿佛在回答周玦的问题。

冯老九带头向前走去，铃声越来越响，也越来越急促。众人看着冯老九推开那扇门，推门后，那铃声便消失了。

冯老九推门的一瞬间，仿佛看到了那屋子的原貌，淡绿色的帘子，燃着沉香的香炉，墙上挂着一幅墨梅，清冷却又惬意，而在纱帘的后面仿佛有一个人。她抬起头撩开了纱帘，含笑道："你来了……"

但眨眼的瞬间，大家看到的是一千多年后这屋子的场景，没有什么淡绿色的纱帘，香炉摆在灰黑色的案桌上，已经腐朽不堪，唯独墙上的墨梅仿佛千年未变一样。冯老九又想起那个撩帘的女人，那一句"你来了"的声音。她在喊谁？

胖三看着四周说："这屋子要比其他的都来得豪华，你看那香炉，再看看这摆设，还有白玉的花瓶。我靠……活着回去就发大了！"

叶炜阴冷地插话道："如果不要命的话你就拿吧，这里的东西都极其聚阴，阴气比坟墓还重，带走这里的东西和带阎王爷的催命符没区别。"

胖三连忙缩回手。叶炜说："这个屋子的主人地位应该非常高，但是……她会是大宗师吗？"

林旭摇头道："应该不会，这个村子里住着的都是尸人，宗主不会住在这里，应该是地位很高的尸人。"

瘦猴打量着屋子，忽然指着屋子边上的四角说："你们看，这屋子的四个角落都有铜铃，难怪会响。"

果然在房屋的四周有四只非常巨大的铜铃，上面分别刻画了四神兽，以及蛊族的秘符，图案和泥板上的图案非常相似。

叶炜默默地看着四周，忽然停住："铜铃，水门局……这里面好像有名堂。"

周玦问道："有什么问题吗？"

叶炜摇了摇头说："不知道为什么，我觉得这样的摆设和设计不会是偶然的。"

瘦猴朝铜铃走去，说："靠，难怪那么远都可以听到这声音，那么大个儿的铜铃，估计我一个人也就能扛得动一个吧。"

胖三说："这铃声倒是蛮清脆的哦，没想到东西那么粗犷啊，貌似还是青铜的吧？"

冯老九进入屋子之后便显得非常激动，他走到铜铃边上，看着上面的纹理说："我在公主坟看到过这铜铃，我知道这是哪里了！"

他看了看周围的环境又说："墓道内的壁画讲过这里，壁画中画有墓主人生前的情景，其中就有好几处出现过铜铃。"

周玦皱着眉，紧张地问："什么意思？"

冯老九抚摸着铜铃说："这间屋子的主人就是公主坟的墓主人，她原来也是一个尸人。"

他刚说完，原本一直闷声不响的叶炜低吟起来，惊慌失措地说："水门局，对，我怎么忘记了？我们快走，快离开这里！"

说完拉着瘦猴就往外奔，但是还没挪脚，就听到四面的铜铃发出了急促的响声，刺耳得令人头皮发麻。

叶炜一抬头，发现在漆黑的房梁上发出了嘶嘶的声音："完了……"

此时，林旭和周玦众人靠了过来，问："怎么回事？"

叶炜惊慌地看着屋顶，说："铜铃放在这里其实就是为了……"

他还没说完，整栋房子忽然都开始剧烈摇晃，那白玉花瓶晃了没几下就在地上摔碎了，下一秒屋顶就开始不停地落下木头。

瘦猴一把拉住已经发呆的冯老九，冯老九指着那幅墨梅图说道："你们看！"

瘦猴拉着冯老九避开了一根木桩子，喊道："没空看，没空啊，快逃命啊！"

周玦大喊："你看到什么就说出来，不要让我们看啦，看了就没命了！"

冯老九说："这幅画里的梅花开了！"

木桩如箭雨似的往下落，众人东躲西藏，却几乎没有躲藏的地方。冯老九像着魔似的盯着那幅墨梅。

周玦惊恐地回头，发现那幅墨梅的梅花居然真的开了，再仔细一看发现那不是什么梅花，而是爬满了蛊虫而已。冯老九默默地说着什么，像在和那幅画对话。

木桩不停地往下掉，很快他们连躲闪的空间都没有了，只听到胖三发出一声惨叫。

周珙愕然回头，胖三抱着手臂不停地喘着粗气。下一秒木桩就砸到了周珙的肩膀上，他感觉就像被榔头狠砸了一下，疼得他都睁不开眼。

周珙捂着肩膀说："冲出去啊。"

但是只要他们一往门口移动，木桩就掉得更多，仿佛有意要把他们困在屋内似的。

胖三带着哭腔说："怎么办？"

瘦猴也急得满头大汗，他说："妈的，不管了，就那么几步路，冲出去，拼了。"

就在此时，周珙忽然听到了一个再熟悉不过的声音。

"别动！你们都站住不要移动！"

周珙猛然回头，发现门口站着一个人，居然是失踪的陈昊。

他一个人站在屋子外头，看着被困在屋内的人，目光却非常冷冽。他盯着房子里的铜铃说："不要再动了，再移动掉得更多。"

周珙看到陈昊的一瞬间，他几乎要叫了出来，谁都没有想到陈昊会在这个时候出现，并且身上没有受伤。周珙松了一口气，至少知道这家伙还平安，但是很快他就得为自己担心了。

陈昊看着那铃铛，对这里面的六个人说："你们全部都向东边移动，要小心，只要铃声一响，你们就站住不要动！"

按照陈昊的话去做，屋顶上那些古怪的木桩果然就不再掉落，而那铃声只是微微地摇晃，发出微弱的响声。最后，连他们沉重的呼吸声都比铃声来得响。

陈昊为了让众人慢慢静下心，极其缓慢地说："你们慢慢来，注意着四周的动静。这栋屋子是木门阵，只要不触动机关就不会有事，到了那个方向的尽头，只要再沿着墙边往我这里走就可以了。"

叶炜拦住众人，死死地盯着陈昊："你是怎么知道这个局的？"

第二十四章

分道扬镳

QIRENHUAN

七 人 环

陈昊冷笑道："只有你一个人知道吗？"

叶炜没有继续问下去，按照陈昊的方法慢慢地朝门口移动。等所有人都安全出来之后，房屋中的铃铛才恢复原状，静静地悬挂在屋子的四角。铃铛一静止下来，那些木桩便马上又升了上去。

陈昊说："不只是这里，只要任何一个出现铜铃的地方就代表着机关，但是其他地方到底有什么样的机关，我就不清楚了，大家小心铃声吧。"

周玦捂着肩膀说："我还记得书里面，林老你写过关于机关草人的事……莫非那些所谓的人影也是这种机关？"

林旭因为年纪太大，这样的一系列动作让他有些吃不消。他坐在地上喘着气，没有力气继续解答，只是稍微地点头表示周玦说得没错。

此时周玦发现，陈昊看人的眼神有些古怪，好像透着某种隐晦的含义。不知道为什么，他一直把左手藏在身后。瘦猴要问陈昊的去向，被周玦拦了下来，他朝他摇了摇头，表示现在什么都不要说。

陈昊看了一眼蹲在地上的林旭，伸手扶起他："林老，你要和我们一起进去吗？

也许这次没有出来的机会了。"

林旭低头看着自己的双手，说："我不能对不起翠娘……"

陈昊下意识地摸了摸手臂，然后问道："你为什么要把翠娘的头发编入书中呢？"

林旭的眼神暗了下去，说："翠娘说过如果她死了，那么就用她的头发做一件信物，我想来想去，只有写书最能让这事流传下去，只要有这本书在，这些人就不会白死。"

周玦插嘴道："但是看着书里的情景，翠娘其实早就不正常了。你不是说过，她复活的话就是那个公主坟的墓主人吗？"

林旭低下头，说："是，但那也是翠娘的想法。那么多年过去了，我们需要一个答案。只要告诉我们，我们到底是活着，还是……"林旭没有继续说下去，紧握的手抖得厉害。

陈昊环视着大家，最后把目光定格在叶炜身上，说："那你呢？"

叶炜想都没想就说："我和你一样。"

陈昊看着他说："我希望大家都能够活着出去。"

叶炜愣了一下，依然面无表情地说道："你觉得可能吗？"

陈昊点了点头，说："我们已经走到了这一步，至少我们都还活着。你不也还活着吗？"

叶炜看了陈昊很久，点了点头，最后说："嗬，也对，那么就由我来负责阴阳墓中的公主坟吧。只要你相信我，我会负责那一头的事。"

此时，瘦猴说道："那么陈哥，你会去郭璞墓吗？"

陈昊低下头，眉头微微一舒，浅笑地说："是，我会带你们去。"

周玦忽然发现陈昊说话的时候，仿佛声音里有了重音，一个女人的声音从他的身后传过来，却被他的话音所遮掩，分不清到底有没有，其他人并没有发现这点。周玦看着陈昊的脸，发现陈昊正好也抬头看着他。陈昊继续说道："我们必须找到墓中铜壁，然后同时按照泥板中的图案来完成仪式，而且一定要同步，错开一秒就代表失败，只要有一丝错误，我们这些人都会送命。你们……清楚吗？"

叶炜看了一眼陈昊，说道："你还是不相信我的能力，我说过，在关键时刻我会救你们的命。"

陈昊也笑了一下，看着周玦说："现在应该说我们才对，别忘了阴阳同道是蛊族的根本信条。"

周玦点点头，表示他同意这个观点，不过他还是不放心，他觉得这次出现的陈昊好像有什么地方不太对劲儿。周玦非常在意他的左手，他的左手里到底有什么？为什么他要藏着？

陈昊发现周玦正在打量自己，他的眼神暗了下去，但是依然朝着周玦伸出右手，说：

"接下去，大家把所有的泥板都集中起来。叶炜你拿走你需要的那三块，其余的四块我负责带走。"

叶炜坦然一笑："你果然知道，我也看明白了那石壁上的符号。"

陈昊说："别浪费时间了，就按照最后的线索来吧。"

叶炜选出其中的三块，胡乱塞在背包最底层，陈昊则把其他的收拾起来也放进了背包。陈昊看了所有人一眼，并向周玦伸出手："好了，接下去就上路吧，只要你们相信我。"

周玦迟疑了片刻，但是就在他迟疑的时候，陈昊颓然地放下了手。周玦像要挽回什么一样，拉住陈昊垂下的手，说："陈哥，我相信。"

陈昊只是淡淡地笑着说："很好。"

就在周玦和陈昊两人说话时，胖三拉着瘦猴悄声说道："瘦猴，你千万要小心，我觉得这次不简单。你要小心叶炜这小子。"

瘦猴认真地点了点头，胖三又说道："还有，你也要小心冯老九，他还瞒着我们什么事，和我们不是一条心。他们肯定有自己的打算，到了万不得已的时候，你就想办法自己逃出来。我在这里做了一系列记号，在门口留了一份行李，到时候你想办法逃出来，这里的东西可以让你爬上去。"

瘦猴看着胖三，胖三拍了拍他的肩膀说："兄弟我太了解你了，你这个人认死理，但关键时刻自己的命要紧啊。这头，我和周玦在一起还算有个照应，但我实在放心不下你啊。"

瘦猴说："我会的。你也是，周玦也是，你们都不能挂。"

胖三加重了手的力道，但是他不能再说下去了。周玦朝他们这里看来，胖三朝他尴尬地笑了笑，但此时的他也无能为力，只能苦涩地点头。三个同伴最后的眼神互通居然是以这种气氛结束，周玦的心里有说不出的苦楚。

冯老九伸手看了一下手表，说："时间快到了，却没有任何动静。我们理解错了？"

陈昊看着冯老九说："不，没有错。"

陈昊抬头看着漆黑一片的上空，说："时间已经到了。"

4：00 阴阳道

就在众人准备做最后的道别时，天空忽然下起了倾盆大雨，冰冷的雨打在众人身上，刺骨的寒。陈昊摸了把脸上的雨水，说："木门就要出现了，大家注意四周的动静。"

众人还在诧异这雨是从哪里来的，这黑漆漆的空间除了像被冰水冲刷的寒冷之外，就没有什么了。

众人发现随着大雨磅礴，水开始不停地暴涨，原本只是小渠的地方一下子宽了许多，水流开始变得非常湍急。由于视线原因，大家只能从听觉上判断水势到底有多大。众人被逼得躲在地势较高的地方，但是以这样的水势，估计不到半小时这里就会被淹了，到时候这里将成为一片汪洋。

胖三说："这……这就是木门？怎么都是水啊……是要淹死我们吗？这雨从哪里来的呀？"

陈昊嘴里念念有词，似乎是在和什么口诀比对。

瘦猴神经兮兮地制止胖三说话，说："你们听，是不是有人在哭？"

瘦猴这话刚刚说完，站在最边上的胖三听到一个似有若无的声音，听上去像女人的哭声。

他连忙说道："的确好像有人在哭，会不会是那只猫搞的鬼啊？"

冯老九说："那只猫不是消失了吗？对了陈哥，我想问一下，你之前到底去哪里了？"

陈昊的反应让人有些发毛，他冷冷地注视着水的深处说："我一直都跟在你们的后面。"

所有人都被他这话给吓傻了，冯老九说："陈哥，这玩笑不好玩！"

陈昊回过头，面无表情地说："我干吗要开玩笑，周玦包里那本笔记本可不是莫明掉出来的。"

周玦想起那提醒了他的笔记本，说："但是我们看不见你。"

陈昊说："是的，你们看不见我。"

胖三不动声色地把周玦拉回来，说："这陈昊不会是什么鬼怪变的吧？"

周玦打断了胖三的话，说："如果他是鬼，他就不会救我们了。陈哥，你说进入木局需要那本书，这到底是为什么？"

陈昊看着周玦说："书中有翠娘的头发，而那本书在我身上。它让你们看不见我，而我又在铃阁出现的时候现身，都是受到这本书的影响，它就像有灵魂一样。"

当大家再一次谈到那本书的时候，顿时有一种莫名的恐惧感，那种被无形的压力所驱赶和无力解脱的彷徨仿佛又回到了他们身上。胖三说："我们连作者都找到了，林老不是说人数不是关键吗……那本书对我们不是没有威胁了吗？"

陈昊说："的确没有威胁，人数也不是关键，林老说过关键是泥板。大家不要忘记我们身上的泥板所吸引的鬼魂、那些恐怖的血气，但它们不是书里的鬼魂。"

周玦说："而且林老也说，他写这本书的时候不受自己的控制，那本书里的鬼魂，翠娘的头发……莫非？"

林旭失神地替他说道："没错，其实这就是翠娘的怨念。"

冯老九颤抖着声音说道："翠娘的头发？但那应该是……"

陈昊说："茹兰一直说书里有两个鬼，两个不同的鬼，一个鬼想要阻止她进入书里描绘世界，另外一个则极力要她追究这件事。"

周玦焦急地问："那其中一个鬼就是翠娘？翠娘不是最后死了吗？"

陈昊摇头道："不对，翠娘在第一次进入公主坟时就死了，在那个阴阳互换的荒村时，她就渐渐成了那个墓主人，也就是说，在小说一开始，她就是一个鬼。林旭认识的那个翠娘其实就是那个墓主人本人，她需要有人帮助她进入郭璞墓。"

说完，他抬头看着众人，说："翠娘一开始就是被那个墓主人附身的尸人，她吸引着众人来到阴阳道，最后也要用自己的方式进入郭璞墓。但是她肯定不知道，要同时进入两座坟墓才能完成仪式。所以她注定失败。"

林旭捏着拳头低下头，点了点头没有说话，仿佛承认在这点上他隐瞒了众人。陈昊继续说："所以人数的确不是关键，关键在于我们现在身上拥有所有的泥板，以及组合泥板的方式……"

就在陈昊想要继续说下去的时候，他忽然倒吸一口气，刚到嘴边的话戛然而止。他捂住自己的脖子痛苦地想要回头，却怎么也转不过去。此时，周玦听到从陈昊的身后传来一个似有若无的喘息声，陈昊痛苦地在地上打滚。

陈昊痛苦地捂着自己的脖子，艰难地说："把，把包给拿走……"

胖三没有拿住，周玦愣了一下，之后又一个箭步冲了过去。当他想把书包从陈昊的后背拿开的时候，他在书包和陈昊后背的缝隙处看到了一大把头发。就在那一瞬间，他感觉那团漆黑的头发里好像有人的眼睛，那双眼睛死死地盯着他。

他把背包一下子从陈昊的背上拿开，就在背包脱离陈昊后背的一刹那，头发就消失了，仿佛一切都是幻觉。

陈昊蜷缩在地上不停地喘着粗气，而背包安安静静地躺在地上。这时，突然从瀑布那头传来一阵阵令人毛骨悚然的哭声。

哭声越来越响，就像凄厉的嘶吼一般。

稍微恢复意识的陈昊艰难地爬了起来，一把抄起掉在地上的书，死死地拽在手里。众人都不敢靠近他。

陈昊看着那瀑布说："林老，这才是真正的鬼葬吧。"

那些疯狂的哭声像巨大的吸引力一样，想要把他们所有人都招过去。陈昊把书塞进包内，叶炜却拦住陈昊说："你到底知道了什么？那本书的秘密到底是什么？"

陈昊看了一眼叶炜，又看了一眼周玦，说："你还记得陈茹兰曾经说过，七人环最大的作用是让所有看书的人感受到死亡的恐惧吗？当我们越是恐惧死亡，我们就越安全。相反，如果我们觉得事情解决了，那么危险则正在入侵。我们一直都犯了一个错误。"

陈昊顿了一下，说："为什么死亡的恐惧反而可以降低书对我们现实的影响？你们有没有想过原因？"

他捏着那本书，喘着粗气说："这本书的作用第一是把我们卷进来，随后就是给出提示。而第二个作用，也是最关键的作用，就是对抗那些泥板中的恶鬼。它不停地提醒接触到泥板的人即将遇到的危机。墓主人一直都在提醒我们，而我们一直认为它是一切恐怖的源头。"

陈昊顿了一下又说："所以，林老才说泥板才是关键。因为真正会对我们产生威胁的是那些泥板的鬼魂，它们无时无刻不在重复着那些恐怖的仪式，它们会吞噬所有和蜇族有关系的人和物。但是他忽略了一件事，那就是正是这本书给我们提供了直到现在的所有保护，它不停地通过故事告诉我们泥板的秘密，茹兰也发现了这一点……所以她一直都在给出提示，但是在她即将成功的时候，却失败了。她所提供的消息也就到那个点戛然而止了。"

周玦急着追问道："为什么啊，她为什么会失败？"

陈昊的眼神非常痛苦："不知道……"

此时，站在最边上的胖三指着河流说："你们看，那是什么东西啊？"

众人朝胖三所指的方向看去，发现原本的瀑布居然消失了，而石壁上爬满了扭曲的尸体。周玦说："我在河底看到过这些尸体，它们……它们怎么会这样？"

那恐怖的哭声就是从石壁上传来的，陈昊看着那爬满尸体的石壁说："我们得上路了。"

瘦猴看着高壁说："我们该不会是要从那些尸体上爬过去吧，万一掉下来就死定了。"

叶炜不屑一顾地说："有搭把手的地方就不错了，当初翠娘她们可是徒手攀爬的。"

林旭说道："的确，别看很陡峭，但是上面的石头非常牢固，如果真要爬还是爬得上去的。只是大水冲刷之后，这儿太湿了……"

周玦说："为什么那石壁中会有哭声？"

4∶20 阴阳道

陈昊眯着眼睛看着那些纵横交错的尸体："不，这不是尸体，这是树。"

胖三用手搭了个凉棚。"怎么可能呢？树长那样？"

叶炜放下手说："黄泉木……"

陈昊检查完行李，说："没错，当年神话传说中，斩木断天道中就说到使用木阶梯可以通达天界，天帝下令斩断所有神木，断了凡人与上天的联系。但地府的通道没有被斩断，而尸木则是通往地府的阶梯，所以它又叫黄泉木。一般只有在亚热带湿润季风气候条件下才会生长，因为它需要非常充足的水汽。养分需求量也非常大，只在大量腐尸存在的地方生长。在湘西境内，据说还有人看到过这种稀有的树种。"

陈昊看着周玦说："那些声音就是这种树开始发芽所产生的，树是中空的。这就是水门化木门。"

渐渐地，雨势越来越小，而在那恐怖的哭喊声中，黄泉木产生了诡异的变化。它开始膨胀，就像充了气似的，一块块灰白色物体铺满了全部石壁。

瘦猴说："真他妈的恶心，简直就像一大块牛皮癣。"

冯老九说："这样根本爬不上去，我们肯定会摔死的。"

叶炜看着那些尸块，眼中充满兴奋地说："开始了。"

他话音刚落，从那些膨胀的石块中居然慢慢地探出许多紫绿色的藤蔓，藤蔓攀爬的速度之快简直令人叹为观止。而在藤蔓疯长的同时，枝头也开出了一个个花骨朵儿，左边全部都是白色，右边则是黑色，就像一道由黑白两色的花铺成的巨大花壁。

冯老九说："这是什么意思？"

林旭惊叹道："这……引路花？"

陈昊说："是时候了，必须爬上去，等花都开了就会有花粉飘出来，那是有毒的。"

说完他就开始准备工具。他扔给每人一套攀爬工具和绳索："叶炜，记住时辰。"

后者笑了笑："你可别拖后腿。"

但是陈昊并没有说笑，他捏着装备没有放手："答应我，要带他们活着出来。"

叶炜接过工具，眼神中出现了一丝犹豫，这丝犹豫让陈昊加强了手的力道。陈昊说："至少瘦猴他们有活下去的权利。"

叶炜回头看了看闷头整理装备的瘦猴，接过工具，并没有给陈昊任何承诺。陈昊大声喊道："叶炜！"

叶炜抬起头，只是默默地说："我知道。"

周玦拿着绳索，最后看了一眼冯老九和瘦猴。冯老九的眼中充满了兴奋，仿佛不在乎自己的生死，只是为了能够接近真相而兴奋。周玦的心像被锥子刺过一样疼，他知道老九已经不正常了，但是他依然希望他们还有重逢的一天。

胖三拍了一把周玦："走吧，再不走就没时间了。"

周玦强忍住心中的期望，喊道："老九！瘦猴！你们要活着出去！"

瘦猴低着头，重重地点了点头。周玦发现他居然流泪了，这个总是一脸坚毅，仿佛天不怕地不怕的瘦猴哭了。瘦猴快速地用手背抹了一把脸，抽着鼻子说："老二、胖三，你们也要活着回来！"

说完，他头也不回地转身就走了。

当众人各自朝不同位置前进的时候，冯老九终于放下了所有的伪装，眼神中透着一种平静和悲哀，只是淡淡地说道："朋友们，永别了……"

花开得很缓慢，但是那花朵深处的黄泉木非常骇人，仿佛在这些花朵的下面就是真的尸体，这些诡异的花朵仿佛就开在尸体上。两组人分头向着石壁左右两边开爬，最艰难的还要算林旭和胖三。瘦猴的名字果然不是白叫的，噌噌噌几下就找到了感觉，爬得比猴子还利索，他甚至还有体力来拉其他人一把。他们的进度明显要比陈昊快许多。

在这个过程中，众人一句话也没有说，渐渐地，两组人马距离越拉越远。等爬到中间的时候，他们发现雨已经停了，爬起来更加容易。

两队人马沿着那些黄泉木上的花朵，以丫形向石壁的左右两边分开。

周玦爬到一半已经气喘吁吁，他忽然想到了一个非常重要的问题，便问道："我们怎么做到和瘦猴他们同步？"

陈昊看着四周的花色说："时辰。在祠堂的石碑上有时间的标示。我和叶炜都知道在什么时辰进行。"

周玦问道："什么时候？"

陈昊看着手表说："现在是四点四十分，属于寅时，我们还有七个多小时的时间，必须在正午十二点的时候成功，否则一切都白费了。"

周玦咬着牙，看着满是紫绿色藤蔓的石壁，问道："失败了会怎么样？"

陈昊低着头，看着自己的手臂说："我也不知道。"

周玦没有继续问，抓紧手上的绳索，那些藤蔓把他的手划得满是血痕。周玦握紧双拳拼命地往上爬，只要有一线希望，也要活下去。

爬在上头的胖三忽然停了下来，周玦差一点儿撞上他，问道："你怎么了，继续爬啊。"

胖三开口问道："陈哥，下面真的是木头，不是尸体吗？"

陈昊说："是，茹兰在资料中给出的那些植物照片就是这个，我也有所耳闻。"

胖三的脸抽了一下，说："但是我之前感觉那木头好像动了一下，不，不是指膨胀什么的，而是它就那么抖了一下！我觉得下面有一个活的东西在爬。"

陈昊回头看了看，那些古怪的花越来越密集，在灰色的尸木上显得像葬礼一样苍白，看样子没多久就会全部开放。

陈昊说："不管了，快爬吧。等花开了咱们就麻烦了！花粉会让人产生幻觉！"

周玦回头看了看落在队伍最后面的林旭，喊道："林大爷，你行吗？我们时间不多了！"

林旭没有回答，而是把所有的力气都用在攀爬上。他忽然怪叫一声，整个人都悬空倒挂在石壁上，只能拼命地拉住绳子，对众人说："有东西抓着我！"他摇摇欲坠地靠着一只手拉住绳子，几乎随时都可能掉下去。

陈昊转过头，发现在藤蔓中居然有一双手。陈昊猛拉林旭的胳膊，那手便又缩回了藤蔓中。林旭喘着粗气说："那手！下面有东西！"

陈昊看着越来越密集的红花说："别管那么多，快爬。"

陈昊把林旭往上推，并催促众人继续爬，不要回头。他再次朝那蔓藤看去的时候，一双手猛地又从那藤蔓中伸出。陈昊看着它，在心里暗暗地说道："还没到时候，还没到……还不能……"

那只手仿佛有了感应，默默地缩回到那群杂乱的藤蔓中。错综复杂的藤蔓发出了窸窣的声音，陈昊忽然感到手上一阵钻心的疼，他捂着自己的手臂，尽量不让人看出来。

就在众人继续往上攀爬的同时，那蛊族废城也开始弥漫起一股血红色的浓雾。在那血红色的烟雾中，蛊族的古村落开始坍塌，从地底传来了令人心痒的吱吱声。忽然，原来的村落轰然陷入地下，整个村落成了一个巨大的坑，接着，就像喷泉一般，从地下涌出了大量蛊虫。那些虫子和红色的雾气相融合，不停地向石壁蔓延开来，那古怪的铃铛声像丧钟一般不停地响起。

叶炜回头看着底下，苍白的脸上露出了一分焦虑，眼神非常不安。瘦猴问怎么了，他只是看着石壁说："继续，必须爬上去，我们没有退路了。"

冯老九捂着胸口说："那些东西……跟来了……它们会要了我们的命……"

他们这队人马相比于陈昊这队来说显得要迅速许多，很快就已经爬到三分之二的位置。而到了这里，石头非常干燥，花也显得很零乱，几乎看不到那种灰白色的黄泉木。但干燥的石头反而比那种湿滑的藤蔓好爬许多。

正当三人即将爬到顶峰之时，他们发现从石壁的右侧滚过来一块巨大的石头。叶炜快速地移开身体，那石头沿着石壁一路滚了下去。叶炜看着四周说："那石头的材质不像这石壁上的，应该是汉白玉。"

说完他慢慢地靠近右侧，叶炜扯开藤蔓，发现居然有一扇石门。他看着隧道的边缘说："这就对了，这才是公主坟真正的通道，当初翠娘他们逃难进入的只是盗洞而已。"

通道并没有他们想象中那么巨大，只是比普通房门略大一些，门边有被撬开的痕迹。叶炜摸着边缘说："这门本来是用兽皮封住的，看来陈茹兰果然选择了这里。"

通道的大门由一整块汉白玉雕刻而成，上面有许多错综复杂的纹理和图案。叶炜用衣袖擦去门上的灰尘，一边抚摸着门，一边说："这里非常清楚地写了这个墓主人的名字和她的封号，边上的凤凰图腾也象征了她皇族的地位，她的确是一位公主。"

瘦猴说："她是谁？"

叶炜摸着刻着的名字说："圣武敬德公主，不过这个谥号是她死后追封的。她活着的时候是敬德公主，从名字来看，她应该就是蛊族的大宗主作法复活的尸人。"

叶炜尝试推了推那扇石门，但是石门纹丝不动。

瘦猴推开他说："我来！"

任凭瘦猴使出吃奶的力气，那门也有没移动分毫。瘦猴面子上挂不住，整个人贴在门上，用尽全力又推又拉，但是一点儿用也没有。

瘦猴猛然跳开，说："不对，门里面有动静！"

冯老九也贴着门听了听，里面果然传来了嘶嘶的呼吸声。他说："不可能，除了五年前那批人，应该没有人再进去过。"

瘦猴说："就算进去过，在里面到现在不吃不喝的，还能叫人吗？"

冯老九摇头道："但是你们忘记了，书里面的确还有一个人是留在公主坟的。"

叶炜顿了顿，说："第一个死掉的郎中？"

瘦猴贴着门说："好像没声音了……难道走远了？"

他又试着推了几下，瘦猴终于没好气地说："叶炜，这门怎么打开？"

叶炜双手抱胸，打量着瘦猴，以一种蔑视的方式摇了摇头后，看着四周的轮廓说："看到那个凹槽了吗？这种机关在墓道中非常常见。"

瘦猴点头，叶炜继续说："找四根棍子同时插入这四个凹槽内，然后推门应该可以打开。"

瘦猴红着脸瞪了他一眼，从背包里拿出一根登山棍，把它断成四截，递给叶炜。叶炜看着棍子，眼角抽搐了一下。冯老九在边上说道："当初他揍你绝对是手下留情的，否则你现在和这棍子没区别。"

叶炜额头有些冒汗，转头对这两人说："首先我得提醒你们，从现在开始必须全部听我的指挥，一步错，步步错，大家一起完蛋。懂了吗？"

瘦猴不屑地哼了一声，叶炜随即说："既然你们没有意见，那么我们就继续走。不过我要告诉你们，我们必须在正午时分把泥板拼完，过了这个时间，五行就会产生移动，我们就算失败了。到时候逃都来不及。"

冯老九说："但是我们无法进入公主坟最深处，还没走到估计就会被冲出来。"

叶炜冷笑道："那是因为你不懂。"

冯老九捂着胸口，眼中满是恨意地看着叶炜。叶炜笑着说："如果你知道墓室的机关，那还会走冤枉路吗？"

冯老九警惕地看着他说："难道你知道？"

叶炜歪了歪嘴，说："我想陈昊其实也知道，可以说他其实知道所有内容，但是又不肯说。这个人到底打什么主意，我到现在也看不透。"

冯老九问道："那么，你为什么要进入公主坟？你大可以选择郭璞墓。"

叶炜看着边上的瘦猴，说："我要纠正错误。"

说完他就把棍子塞入四个凹槽内，然后嘱咐瘦猴和冯老九："你们按住，千万不要放开。在门没有被推开之前放手，这门是会反弹回来的，到时候我们三个都会直接被门砸死。"

叶炜缓慢地推石门，那石门发出了刺耳的响声，瘦猴二人感觉这凹槽越来越深。

叶炜谨慎地推着大门，忽然听到咔嚓一声，石门整个往边上弹开了。门里面是漆黑一片，从通道内传出阵阵阴风，风中仿佛还掺杂着其他古怪的声音，瘦猴他们却无法分辨。

叶炜呼了一口气说："好了，照明，我们要进去了。"

5：25 阴阳道

就在叶炜他们即将进入公主坟时，陈昊他们却遇到了大麻烦，因为林旭年龄实在太大，速度根本比不上年轻人，他们渐渐地被黄泉木上的花包围了，那些花开始散发出一股类似鲜血的味道。四周的空气因为水汽越来越冷，越来越干，天空中居然开始飘起雪花。

陈昊拉住绳子说："大家小心，都戴上口罩，这花粉会让人没力气的。"

周玦看着上面，说："大家撑住啊……"

众人心虚地点了点头，互相照应着给对方戴上简易防毒口罩。陈昊说："继续吧。"

周玦点了点头，咬着牙继续拼命往上爬，陈昊留在最后垫底。他们毕竟不是专业的攀岩运动员，这么高的距离已经让他们透支了太多的体力，而越往上爬雪就越大，成块的雪砸在众人的脸上，简直让人睁不开眼睛。他们没有找到入口，放眼望去所有能看到的只有那大片的白，已经分不清到底是花还是雪了。

胖三喘着气，挂在登山绳上，喘着气说："不行了……没力气了。"

周玦看着众人说："大家要挺住啊。"

陈昊把绳子固定好，抬头看着上面说："我们没有退路，只有往上。这里只有一条路。"

胖三看着上头说："华山……华山一条道，但我实在没力气爬了。"

林旭翻了翻白眼，挂在绳子上，呼吸的声音和拉风箱似的。周玦觉得这老家伙估计再折腾几下，就真要挂在这里了。

陈昊说："你们有没有发现，这里非常干燥。"

周玦捏了捏边上的雪末子说："这……不是雪吗？"

陈昊说："不对，黄泉木只有在非常潮湿的情况下才会生长，现在那么干燥怎么可能会有花，我们错了。"

周玦捏着绳子说："问题是现在都是雪，我们根本分不清啊。"

胖三点着头，说："真的，再爬下去我肯定要精神崩溃到跳下去，这简直比死还难受啊。"

陈昊拉紧保险绳，说："会找到的。"

林旭翻了个身，他的头发和眉毛上都是雪，眯着眼看着四周喊道："雪太大啦，我看不清方向。不过我记得当初我们并没有爬到头，翠娘在中间带我们进到一个像山洞一样的地方，翠娘说那是登仙洞，让郭璞的灵魂羽化的通道。"

周玦说："那么大的雪，怎么知道哪儿有通道啊？"

林旭忽然抖了一下，他的绳子居然不知道为什么断了，整个人就要往下摔，而离他最近的周玦几乎也要被他拉着往下掉。周玦拉住绳子，但是林旭实在没有这个力气，他整个人往下掉，直到被扣在周玦身上的安全绳拉住，整个人就悬空挂在半空。

周玦喊了几声，但是林旭已经没有了知觉。陈昊连忙固定住最后一根保险栓，并朝下面缓慢地移动。胖三面色惨白地说："不对啊，这绳子是专业登山的，连刀子都不一定能割得断，怎么会说断就断了呢？"

周玦顺势往石壁上看去，石壁上那半截绳子明显是被扯断的，但是要有多大的力气，才能把专业登山绳给扯断？

周玦对胖三说："都把保险栓插好了。"

胖三抖着下巴，不停地呜咽着。周玦无奈地看了他一眼，也慢慢向下移动。此时，陈昊已经给林旭重新安装好绳索。看样子在掉下去的过程中，这个老头儿碰到了胸腔，每吸一口气，他就会疼得弓起身体。陈昊从口袋里拿出一板药片，给林旭喂了几粒。他说："止疼药，先休息一下。"

周玦看着这白皑皑的一片，恐惧地说："陈哥，这里还有一个人，一定还有。那绳子根本不可能会断啊。"

陈昊抓住周玦，摇了摇他的肩膀，说："冷静一点儿，现在不能慌，我们必须找到那个登仙洞。"

周玦抓着绳子，看着林旭，林旭的脸和死人没有区别。周玦问道："找得到吗？我们能找到吗？我们会死在这里的……"

陈昊喊道："相信我！"

周玦看着陈昊的眼睛，木讷地点了点头。陈昊抹去脸上的雪，看着周围说："还有机会，不会错的。"

他话刚刚说完，仿佛是要讽刺他一般，胖三发出一声撕心裂肺的惨叫，随后他也从上面滚了下来。陈昊连忙拉住绳子，拉了一段时间就发现拉不动了。他说："好像人在，没掉下去。但是……"

周玦吓得额头一层冷汗，连声音都变了。他问："胖三，胖三不会有事吧？"

陈昊说："你们等在这里，我往下看看。"

周玦抓着绳子，悬挂在半空中，双脚没有办法站稳的感觉真令人崩溃。他抓着绳子恐惧地看着上面，仿佛上面的绳子随时都会断。他神经质地点了点头。

陈昊不放心地看了他一眼，抹了一把他脸上的雪，温柔地说："不会有事的。"

说完他就解开保险栓，滑了下去。周玦在陈昊下去的一瞬间，再也控制不住自己的情绪，开始呜咽着缩起身体。

忽然，边上的林旭抓着周玦的手臂说："你……你也跟过去看看吧。不要管我了。"

周玦看着林旭苍白的脸，擦了一把汗，颤抖地说："不行，不能丢下你，是我们找你来的。"

林旭抓住周玦的手，咽着唾液说："你去，之前我看到那藤里面的不是什么尸体，而是翠娘……"

周玦愣了一下，他看着林旭，林旭的眼珠非常混浊。他吸着气，努力地保持清醒说："当初我背着翠娘的尸体爬出这座古墓的时候，就觉得我背出来的已经不是翠娘了。我也不知道她是什么，反正她可以控制别人。就像写那本书，对，陈昊说得没错。写那本书的时候我根本不受自己控制，但是我不能说，说出来谁会相信呢？我一定要来这里，那是因为刘飞……刘飞他还在里面。"

周玦愣了一下，看着林旭，林旭抓住他的手腕，说："我可能……可能进不去了，但是你一定要小心，小心翠娘！她不是原先那个翠娘了。还有，还有陈昊那个孩子，他……他也不对了，你要小心他。还记得你们当初见到我，那小胖子问我，第七个人出现会不会把你们都杀掉，我回答的是人数不是问题。"

周玦点了点头，说："没错，那个时候你说过，重点是泥板。"

林旭痛苦地笑出了声，点头道："没错，没错，泥板……泥板里那七个鬼非常厉害，但是，七人环也许的确是一个诅咒啊……"

周玦被搞晕了头，他抚着额头说："你到底想要说什么，你不是说人数无所谓吗？我们……"

他忽然停住了，略显干涩地说："算上你，我们的确正好是七个人。"

林旭捂着胸口，说："因为七人环的诅咒并不在于人数，而是每一次参与的人中都会有一个人是鬼。那本书是翠娘要我写的，书里面有两个灵魂，一个是那墓主人，而另一个则是翠娘本身。"

周玦看着林旭，林旭忽然瞪大了眼睛，说："走吧！快走！你一定要跟过去。"林旭猛地推了一把周玦，周玦顺势就滑了下去。就在这一瞬间，保险绳起到了作用，他被吊在石壁上，惯性让他朝石壁猛砸了过去，他连忙用手肘保护自己，但即便如此，他还是疼得倒吸一口气。

不过这样剧烈的疼痛，倒让他感觉好像清醒了不少，大脑没有了先前那种恐怖、麻木的感觉。他奋力抓住石头，哪怕被石头磨破了手掌，他依然没有放手，直到身体掌握重心，紧紧地贴在墙壁上。他抬头看着上方，但是除了雪就再也没有任何动静，他不知道林旭会怎么样，他现在根本没有时间思考，只能慢慢地往下移动。

当他不停地往下降的时候，一只手忽然伸了出来。陈昊一把搂过周玦的腰，周玦顺势被拉进那些藤蔓之中，而里面居然是一个深邃的洞穴。

陈昊说："误打误撞，这里就是郭璞墓的入口，登仙洞。"

陈昊话语刚落，周玦就感觉身后忽然有什么东西落了下去，他猛地回头，但是已经来不及看了，只有那根被拉断的登山绳不停地来回晃动。

周玦瞪大眼睛没说话，陈昊看着绳子也没有说话。两个人互相看了一眼，都从对方的眼中看到一丝怀疑和阴影。

七魂同道

QIRENHUAN

七 人 环

7：17 公主坟

　　瘦猴三人进入了墓穴，这条墓道单调得几乎没有任何装饰，就连壁画都没有一幅。狭窄的通道内什么都没有，静止的空间里，仿佛连时间都是停止的。

　　瘦猴说："这个地方真的是皇亲国戚的坟墓吗？怎么感觉像东北的地窖啊。"他说一句话，就会产生古怪的回音，就好像这坟墓内有一个人用古怪的音调重复着他的话一样。

　　冯老九说："的确和我当初进入的地方不一样，也没有火油……我们不会走错了吧？"

　　瘦猴回头想要问叶炜，却发现叶炜不见了，他连忙拉住冯老九说道："靠，那死鱼眼不见了！"

　　忽然从身后传来叶炜那非常沉闷的声音，他淡漠地说："你叫谁死鱼眼呢？"

　　瘦猴看着身后，却没有看见叶炜，便问道："你在哪里？"

　　"低头。"

　　瘦猴顺势看去，发现叶炜的半个身体被卡在地面上，但他依然是一副事不关己的模样。

　　瘦猴和冯老九连忙回头，想要把叶炜拉起来，叶炜却阻止道："别靠近。"

　　冯老九拉住瘦猴，叶炜继续平淡地说："你们往回走就会触动机关，到时候我就会被铡成两半。"

　　瘦猴看着他问道："那怎么办？"

　　叶炜抬头看着四周，说："你们往前走一米，不要靠近。"

　　瘦猴和冯老九往后退去，叶炜吸了一口气，随后他两只手并没有撑住两侧，而是艰难地撑着身后，一点一点地往上。等出来之后，他才喘着粗气招呼瘦猴和冯老九道："你们过来吧，我有东西给你们看。"

　　瘦猴他们往回走，咔嚓一声响，那原来的缝隙便不见了。冯老九和瘦猴看着地面，额头已经布满了冷汗。叶炜的反应倒是不大，他掏出了一根带子说："你们看。"

　　冯老九看着带子说："这是手表的表带，而且看上去还很高级。"

　　叶炜甩了甩表带，淡然地说："卡西欧的手表带，你们从这里面得到什么提示？"

　　瘦猴和冯老九低下头，瘦猴说："这样的手表带不太会是女孩子用的，也不太可能是老人用的，而且殷叔也不太像会有高档手表的人……"

　　冯老九说："而老赵和顾老在前面就已经折返了，他们也不像会用这种高档手表的人。"他看着其他两个人说，"你们别怀疑我。"

　　瘦猴皱着眉头："现在我们依然知道陈茹兰他们队伍中只有六个人，会不会是那第七个人的？"

　　冯老九说："不知道，但可能性不大，因为这里出现的第七人除非是过去参与过的，否则在这鸡不生蛋的地方，怎么会突然变出一个人来？"

　　瘦猴点头道："那么他们就六个人，两个死了，两个跑路了，还有两个进来了，陈茹兰和殷叔最后进入了墓室。但问题是，这表带不是他们会用的东西，还有第三个人也来了？"

　　冯老九说："没错，不过陈茹兰没有走到最后。"他忽然抬起头看着两人说，"还是说，其实最后没有进入古墓的反倒是我？"

　　叶炜这个时候才开口："陈茹兰和那个老头儿是按照这条路线往里走的，你们仔细看，这里有用修正液做的记号。"他指着墙壁边上的一处白色痕迹说，"的确有三个人进来了。你看，陈茹兰用了三个字和一个箭头来表示他们的人数以及方向。"

　　瘦猴说："第三个人到底是谁？"

　　从黑暗深邃的甬道内忽然传来了类似人急促奔跑的脚步声，那声音非常清晰。他们停止讨论，睁大眼睛盯着甬道深处，但是当那脚步声越来越近的时候，声音又消失了。

接着，他们感觉在甬道的深处好像滑过几个人影，但是速度之快让他们来不及数清到底有几个。

瘦猴咽着口水说："妈呀，真的有人啊！"

叶炜把表带藏进口袋："继续走，快八点了。"

当他们往深处移动时，那原本的机关忽然开启了，随后在青石板的地面上露出了一双穿着黑色厚底布鞋的脚，那双脚踏出的脚印又小又深。

当叶炜三人走出甬道，进入享堂之后，他们终于感到一丝皇家坟墓的气派，因为空间终于不像之前那么狭窄了。

在这个大堂内，周围有许多浮雕，各种造型的雕像，有些雕像面目狰狞，一千多年以来，它们静静地守在这个享堂的两边。叶炜说："这是典型的南朝墓室布局，南朝时期的石刻随葬品相当辉煌，很多东西都是用石头做的，而且意义非凡。"

冯老九看着四周说："但是这里太荒凉了，给我的感觉不太像墓室。"

叶炜停住脚步说："不，不是因为荒凉，而是因为这位敬德公主并非真正的公主，而造这个墓也并非真是为了给她安葬。"

瘦猴说："快，找找，看看陈茹兰是不是在这里也留下了记号。"

叶炜拿着手电筒，缓慢地照着四周的石壁，壁画渐渐映入三人眼中，画中没有任何关于生活场景的描绘，而是许多非常血腥恐怖图案的组合，有点儿像玛雅祭祀的浮雕，其中有很多场景是一个位高者端坐着，而底下则是各种惨不忍睹的大屠杀。

就在瘦猴和叶炜研究浮雕的内容时，冯老九却痛苦地蹲在了地上。瘦猴连忙把他拉了起来，冯老九咬着牙握住瘦猴的手，瘦猴问他怎么了，他看着那条通道说："有东西……靠近了。"

瘦猴紧张地问道："什么东西？"

冯老九拉住瘦猴的手说："不知道，可能是那些东西……"

叶炜看着那通道，睁着那双毫无光泽的眼睛说："它们和地下的蛊虫实体化了，现在我们没退路了，往回走会比死还惨。"

冯老九艰难地站直身体，说："它们……到底想要干什么？"

叶炜说："吞噬我们。"

瘦猴说："你撑得住吗？"

冯老九苦笑道："撑不住也要撑。"

叶炜快速地移动着手电筒，像要把所有的浮雕都看一遍一样，最后他把手电定格在其中的一幅壁画上。他说："她就是因为这个才被封为公主的。"

冯老九和瘦猴顺着光线望去，那石壁上刻了一幅非常恐怖的画。一个无头女人拿着头颅朝一个看上去身居高位的男人砸了过去，男人显然非常害怕，而在女人的身后仿佛可以看到七只眼睛。

　　叶炜说："就因为这件事，她才会被宋明帝刘彧封为公主。刘彧在即位之后彻底扭曲了原本的个性，变得极其残暴，甚至将生死与共的弟弟也杀了，简直就像疯了一样，有人说他被恶鬼附身了。"

　　瘦猴看着那幅画，觉得四周的温度降低了许多，他说："那么这座坟墓的主人就是那个无头女人？她和刘彧有什么关系？"

　　叶炜看着壁画，指着最后一幅说："她是那个出现在刘子业梦中的女鬼，帮助刘彧扫除了最大的阻碍，刘彧才能登基称帝。可以说，刘彧称帝是得到了蛮族的支持，而最后他疯狂地杀掉功臣，其中包括所有的亲族兄弟，连和自己同甘共苦的刘休仁也没逃脱厄运。"

　　瘦猴看着壁画中那个身居高位者惊恐万分，他的身体被无数鬼魂缠着，无头女鬼一刀砍死了他。画面定格在女子挥刀的刹那，那种死气和阴沉透过石壁清冷的反光映照出来。瘦猴摸着脖子，仿佛感觉背后站着一个无头的女人，手持巨刀，冷漠无语地站在他的身后。他不自觉地回头，觉得那些石雕后面好像有什么东西影影绰绰的，便拿着手电悄悄地走了过去。

　　叶炜没有发现瘦猴的举动，而是全神贯注一幅接一幅看着那些浮雕。老九却一声不吭地盯着叶炜看，眼神充满了古怪。

　　他冷笑着问道："看了这样的壁画，你就知道那么多？"

　　叶炜停下动作："你忘记了，我说过我们祖上有关于那件事情的记载，所以我知道这个公主的来历。"

　　冯老九谨慎地试探道："你们和蛮族是什么关系？"

　　叶炜转过头，那黑色的眼珠盯着老九看了很久。叶炜开口说道："没什么关系。"

　　两人僵持之时，边上的瘦猴对他们喊道："你们快点儿过来，这里好像有问题。"

7：35　登仙洞

　　陈昊那批人终于到达了所谓的登仙洞。洞外风雪疯狂肆虐，洞里面的气氛也可谓是降至冰点。

　　周玦最先撇开目光，看着胖三说："他怎么样了？"

　　陈昊说："估计掉下来的时候撞晕了，我检查过，没什么大问题。"

　　陈昊看着上面："林旭呢？"

　　周玦的眼神一暗："他要我跟下来，但是他自己……"

陈昊仿佛明白了周玦的意思，摆了摆手说："我们不能等，必须进入，否则时间来不及。我们可以在这里给他留下记号。"说完拿起装备就要进入。

周玦拉住陈昊，喊道："陈哥。"

陈昊转过头，周玦挣扎着说："你没有事情瞒着我吧？"

陈昊略微皱了皱眉，说："你为什么会这样说？"

周玦说："我被林旭推下来之前，你还记得那原本翠娘的棺材中躺着的是你姐姐的尸体，那么翠娘的尸体……"

陈昊略抖了一下肩膀，但是很快就说："不要多想，我们没有时间思考那些旁枝末节的事情。"

周玦感觉到他的敷衍和隐瞒，五脏翻腾。他放开了陈昊的手，握紧双拳，最后低声问道："我们能活着出去吗？"

陈昊停住脚步："我不知道，但是我希望能。"

周玦盯着他的背影看了很久，陈昊又道："我们没有退路了。"

此时胖三发出了痛苦的呻吟，他艰难地撑起身体问道："这是哪里？老二？"

周玦说："登仙洞。"

胖三捂着后脑勺儿说："哎哟，前面有东西在扯我的绳子，没几下绳子就断了……"

胖三不安地看着周玦，周玦说："我知道，我看到有一个怪东西从上面往下爬，所以我们现在只能继续走，得甩掉它。"

周玦想了一下。"陈哥，那本《七人环》还在你那里吗？"

陈昊说："在。"

周玦说："这本书不是可以提醒我们危险的吗？我们干脆继续看吧。"

陈昊的眼神有些犹豫，说："现在不行。"

周玦问道："为什么？"

胖三给周玦递了一个眼色，告诉他这事要问到底。陈昊摸着自己的手臂，说："这本书已经打不开了。"

胖三说："你前面不是还拿出来过吗？怎么现在就打不开了呢？还是你前面说的那些话有什么问题？"

陈昊看着周玦，周玦又想起了林旭的话，他不知道该不该表态，仿佛现在表态就是一种抉择。陈昊从他的眼中看到了犹豫，只能苦笑着摇头，随后撩起袖子。周玦发现陈昊的手臂上都是头发，那些黑色的头发缠满了他的整只胳膊，而那些发梢已经扎进了他的手臂的毛孔内。周玦回想起做的那个梦，他简直无法想象陈昊居然在这样的情况下还没有崩溃。

胖三讶异地看着那手臂，结巴地说："这，这是怎么回事啊？"

陈昊说："你还记得你在图书馆仓库内看到的那根头发吗？我拿到之后，它就钻到我的手里了。自从我们进入林子，我就发现书里的头发开始渗入我的手臂，如果我扯断它或者打开书本，那些头发就会发疯似的缠住我，像不让我看书一样。如果你们非要打开，我的手臂可能就废了。如果头发进入我的体内，那么我的命也就没了。"

周玦看着那条狰狞的手臂问："那你怎么办？"

陈昊把袖子放下来，说："只要我们完成泥板的仪式——这是一切的源头，所有的死人都可以安息了，这些发头自然也就消失了。"

说完他打开手电筒。洞内还残存着一些古怪的工具和卷轴，卷轴一碰就碎了。

他们沿洞走了一圈都没有发现有什么入口，仿佛只是一个普通的山洞。

胖三颓然地说："我们搞错了，这里不是登仙洞……只是一个普通的山洞而已。哎，浪费时间啊。"

陈昊说："不会，这石壁浑然天成，不会有任何不需要的东西存在，而且我还发现，花到这里就不再往上生长了。"

周玦看着四周坑坑洼洼的岩壁，说："但是的确没有门啊。"

陈昊把手电筒递给周玦，双手摸着石壁说："不会，郭璞为自己制造的坟墓肯定非常复杂，肯定也是按照五行八卦来的。"

就在三个人都集中精神寻找通道之时，周玦发现那洞口的上方居然倒挂着一张人脸，但是那张脸惨白，只有五个黑色的洞，扭曲得看不清长相。当它和周玦对眼的一瞬间，那张惨白的脸上忽然出现了另一张面孔，这张面孔周玦仿佛在哪里见过，但又说不出，接着那张面孔就消失了。

周玦忽然想到，那张面孔好像就是当初他在电脑屏幕中看到的那张扭曲的人脸，但到底是不是，他一下子又没法确定。

陈昊拍了一下周玦的肩膀，说："你看这些东西堆放的位置。"

周玦回过神，看着陈昊所指的地方，发现在北面的角落里放着一杆铁秤。

陈昊指着四个角落说："铁秤、圆规、直尺、石锤……四方位。哼，原来搞这个名堂。"

胖三说："我懂了，这里是过去建墓工人的山洞，他们在这里休息。"

陈昊白了他一眼："回去后我这门课你就甭想过了。"胖三犹如吞了一只苍蝇，周玦则移开目光。陈昊也没心思和他们饶舌，他说，"四方天帝啊，同学们，这四样东西分别是木神句芒手中的规、金神蓐收手中的尺、火神祝融的秤、水神玄冥手中的锤。"

陈昊看着四个方位，补充道："但是它们的位置错了。"

周玦马上理解了他的意思："只要把这四样东西放回原来的位置，我们就可以进去了？"

陈昊肯定地说："没错，一定是这样的，这里只有这四样东西最突兀。"

就在三人认为终于找到头绪的时候，从石壁下方传来了吵闹的铃声，那铃声凌乱得令人头皮发麻。而暴风雪更加猖狂，那原本平息了的鬼哭声再次响起，而且比刚才更加疯狂，简直就像野兽在嘶吼。

周玦和胖三小心翼翼地探出脑袋往下看，在灰白色的石壁上，居然排着队走着七个人。那七个人都穿着黑袍，头上戴着一项非常古怪的帽子，整张脸都被从帽檐儿处垂下来的黑布所掩盖，看不清五官。这诡异的七个人直挺挺地像在平地上行走一样走在岩壁上，彻底摆脱了地心引力。他们越靠近，血气就越重。血气会激发人对死亡的所有恐惧，人只要闻到那股味道，就会失去所有的抵抗意识，只想着逃。

胖三惊恐地喊道："陈昊，快来看啊，那是什么东西？"

陈昊朝石壁下方看去，倒吸一口冷气，连忙拉着两人说："快，快，我们动作要快。"

说完陈昊飞快地抓起边上的东西，最后他们才发现，这些东西原来都是连在一根链子上的。

陈昊看着周玦说："快，背上行李，带上所有的东西，如果被它们抓到会比死还惨。"

那混乱的铃声越来越近，陈昊拉住周玦的胳膊说："快帮我移动位置。东方天帝，太昊，把圆规放在东面；西方天帝，少昊，把尺子放在西方。"

此时他们已经听到了沉闷的脚步声，陈昊额头上的汗已经流了下来，他咬着牙看着其他两个位置："北方天帝，颛顼，锤子；南方天帝，炎帝，秤。"

此时，周玦已经迅速按照陈昊的要求一步一步把四种工具放在各自的位置，但是令人意想不到的是，那四样东西放回原位之后，丝毫没有产生变化。

那凌乱的铃声和越来越近的血气让周玦三人慌乱不已。胖三颤抖地躲在石壁的角落里，仿佛已经闭上眼睛在等死了。周玦也觉得再这样下去，连站直的力气都没了。他无力地靠在石壁边，绝望地看着洞口。

陈昊还在看着四周的东西，周玦脸色惨白地盯着他，陈昊忽然抬头看着山洞上方，说："对了！中间天帝，黄帝！"

说完他就冲到了山洞的正中央，朝地面狠砸了一下，接着地面发出了恐怖的响声，链条被某种力量牵引，开始转动。地下出现了一个洞，深不见底，从里面传来了隆隆的水声。七个人中的第一个已经到了洞口，血气瞬间使这个山洞像一个万人坑一样充满戾气。

陈昊看了一眼洞口，把剩下的全部登山绳都扔了下去，吼道："快跳下去，不要犹豫啊。"

三人疯狂地跳了下去，也不管下面有什么。跳入通道后，他们唯一的感觉就是一种逃出生天的侥幸。

他们滑入洞底，地上的水淹没到他们的胸口。水冰冷刺骨，至少他们都没受伤。他们发疯似的往前奔跑着，水溅湿了三人的头发。他们靠在通道的一个角落里，惊恐地抬头看着上面的洞口，只有沉重的呼吸声。这样过了至少有十分钟，他们发现，那些怪物并没有探出脑袋或者往下跳。

周玦冷得牙齿打战，问道："他们为什么没下来？"

陈昊摇了摇头，说："不确定，这个通道是由五方天帝阵护持的，那些东西没那么容易进来。"

胖三哆嗦着说："那么，他们被关在上头了？"

陈昊说："没那么简单，这七个鬼魂和郭璞有着千丝万缕的联系，现在他们只是暂时没法进来而已。看来，郭璞冥冥中已经算到有这么一天了。我们得快走！"

手电筒的光线照射在水波中，显得非常诡异。陈昊说："我们没了林旭的带路，现在只有靠自己了，叶炜那头也是一样。"

7：18 公主坟

此时公主坟墓道内，叶炜和冯老九听到瘦猴的叫唤，往那头看去，他们发现瘦猴蹲在地上不停地扒灰。

两个人马上围了过去。瘦猴说："你们看，这里有东西。"

他们发现瘦猴找到了一部手机，上面还挂着一个粉晶吊坠。冯老九说："这手机像女人用的，难道是陈茹兰的？"

瘦猴沮丧地说："肯定没有电了，打不开的。"

冯老九接过手机，按了开机键，没想到手机居然开了。那突兀的开机声音把三人吓了一跳，冯老九差点儿把手机扔到地上。

手机的电池居然满格。

瘦猴咽下口水，说："怎么可能呢？这都五年了。"

打开手机，发现没有任何通话记录，就连短信也是空的。

冯老九幽幽地说道："里面没短信，难道陈茹兰都删了？"

叶炜拿过手机，说："先别管，把手机带上。我们得继续找路，这里只不过是享堂，我们的路还长着呢。"

冯老九捏着手机，盯着叶炜说："这手机我建议让瘦猴拿着。"

叶炜看了冯老九一眼，冯老九从叶炜的手里抽出手机交给瘦猴，瘦猴拿着手机，又看了看两个人。叶炜笑了笑说："没问题，我们走吧。"

等叶炜转头后，冯老九悄悄地在瘦猴耳边说了一句："这手机里面有录音。"

瘦猴看着冯老九，冯老九摇了摇头，意思是让他不要出声。瘦猴捏着手机，冰凉的触感刺激着他的大脑皮层，他点了点头。

越往里走，墓室便越空旷，原先那种狭小感顿然全失，继而有一种无尽的寂寥。三个人只能听到自己的脚步声，而浮雕到了这里也已经全部消失了。这是一个更大的空间，脚步声产生了非常空灵的回响。

瘦猴说："走到现在，我们还算顺利。"

叶炜一边笑一边回头："那是因为我们还没进入古墓的主体。"

他话音刚落，手电筒微弱的光线缓缓地照到了一扇大门，大门上有一片非常触目惊心的深红色痕迹，边上有一部坏了的照相机，照相机已经被砸得粉碎。红色痕迹的旁边有一个记号"2"，而在"2"的后面跟着两个字：危险。

最后一个"险"字并没有写完，看样子写的时候非常匆忙。叶炜说："看来在这里他们死了一个人。难道说，打开这扇门会触动机关？"

此时，他们听到那扇门内又响起了古怪的声音，里面好像有痛苦的哭声，声音非常模糊。

瘦猴觉得衣领上都是冷汗，他说："里面有活人？"

冯老九拉住瘦猴的手说："不可能的。"

叶炜摩擦着门口的痕迹，说："这是血，干了很久了。但是这里没有尸体。"

忽然，那扇门被重重地捶了一下，他们都明显感觉到那扇门的震动，门里的确有人！

瘦猴刚想要推门，通道内忽然响起了那熟悉又诡异的铃声，接着冯老九倒吸一口冷气，尖叫道："它们来了……它们来了！"

叶炜睁着那双眼睛看着通道，瘦猴发现叶炜的眼角居然流下血来。叶炜低头看着瘦猴，瘦猴的大脑瞬间无法思考任何问题，而此时门内的敲打声越来越响。

叶炜虚弱地轻声说道："开门……不能被它们抓到。"

冯老九像失控了一样吼叫着，他的身体开始膨胀，嘴里开始冒出黑烟。他痛苦地捂着自己的嘴，却毫无作用。

瘦猴颤抖着将双手伸向那个门闩，缓慢地打开了那扇门。同时，在享堂入口的边缘，出现了诡异的七人的影子。

黑色的衣袍、古怪的帽子以及遮盖住整张脸的黑布……

玄 武 湖
QIRENHUAN
七 人 环

8：00 郭璞墓道

　　就在瘦猴三人同样遇到那批怪人的时候，周玦三人为了尽快摆脱身后的追兵，奋力向着墓道前进，他们不敢回头。但这条路是一个斜坡，越往下走，水就越深，到最后这三人基本就等于是狗刨了。身上的装备压得他们前进非常吃力，简直就像拖着一节节火车的水牛。

　　胖三捂着自己的后脑勺儿说："我怎么觉得这地方不像墓道啊。"

　　周玦拉着他说："听，有动静！"

　　三个人停止扑腾，他们发现对面好像传来了划船的声音，非常有节奏。

　　胖三说："地狱摆渡人？"

　　陈昊看着身后，远处的水上好像又有什么东西漂了过来，仔细一看竟然是一大片血污，又臭又腥。陈昊说："继续往前，后面那些怪东西还在。"

　　这句话把三人一下子又拉回到逃命的现实中来，他们游了半个多小时，依然见不到头，也没有什么岔路，比下水道还像下水道。大家都已经筋疲力尽，刚刚攀岩，现在游泳，周玦觉得自己在参加铁人三项，却又没办法停下来，因为依然能够听到那毛骨悚然的铃声，他们知道后面那些东西已经跟过来了。

就在他们速度越来越慢的时候，游在最前面的陈昊忽然停住了动作，说："郭璞果然把自己的坟墓建在水中，看来传说郭璞墓建于水中是没错的。这才是真正的玄武湖，地下玄武湖。书中虎子说的地方——对应了。"

周玦抬头，发现这条通道果然只是一条小水道，尽头必是一个巨大的湖。湖水所形成的潮声响彻耳畔，是一个巨大的内陆湖。周玦心里估计，这水力都可以发电了。

胖三张着嘴说："这……这里？"

周玦马上抬头看了看天空，但是依然没有日照。他说："这是地下湖，这里怎么可能有那么大的地下湖？"

陈昊说："有可能，郭璞一生的造诣说白了其实就体现在'水'这个字上。风水风水，风生而水起，风是为了让水起来而作用的，就是讲究一个生气。你看这里充满了一种运动的张力，而那么丰富的水源也对整座坟墓起到了保护作用。他用这些水供应整座坟墓所需要的生气，包括公主坟内的机关、我们前面见过的石壁瀑布以及大雨。只要有这湖在，那么这两个墓穴就是活的。"

周玦拿着手电筒四处照，说："都是水，根本没有坟墓啊。"

胖三说："莫不是在下边？"

周玦摇了摇头，看了看手表说："看这水都不知道多深，如果墓真的在底下，我们没有潜水设备，最多几米也就算是极限了，再下去那就等着自爆了。"

胖三说："但是这四周也没有什么像坟墓的地方，只有水下有可能。完了，我们准备不够充分，根本不可能下去啊。"虽然话是那么说，但是他依然不死心地从边上找了一块石头，说完就往前砸去。只听石头扑通一声，那情景就像是《西游记》中猪八戒往流沙河里扔石头。

陈昊只是静静地看着湖水，没有参与两人的对话。他忽然咦了一声，然后自说自话地往水中央游去。胖三和周玦对看一眼，也跟了上去。胖三本来就不擅长游泳，加上体力透支，最后几乎是周玦拉着他往前进。而陈昊忽然停在半路上，看了看前面，又回头瞧了瞧。

他忽然说道："你们有没有感觉，这里的水势不一样？"

周玦突然明白了他的意思，说道："一开始这水势是从东往西流的，但是到这里就觉得好像是朝相反的方向，这是怎么回事？也是郭璞的法术吗？"

陈昊摇头道："不，水流受到地心引力的作用，会往较低的地方流动。也就是说，在水流方向相反的交接点上有一道分水岭，地下湖床高低不平导致了水流的变化。"

说完，陈昊在这块区域里来回游了不知道几圈，就像抓鱼似的。忽然，他停在一个点上说："就是这里，你们到我这来。"

周玦拉着没力气的胖三往陈昊那儿游，这时他才发现不对劲儿，陈昊并没有随着水波不停地浮动，而是直挺挺地站在水里。周玦忽然明白了陈昊前面说的是什么意思，连忙拉着胖三游到陈昊身边，发现在这块区域内居然有一片陆地，他们可以踩在上面。

陈昊说："这估计就是郭璞墓地宫的夯土层最高点，而且看样子规模还很大。整座地宫让这地下湖的水流产生变化，简直就像一个碗扣在下边一样。现在已经八点四十五分了，我们没有多少时间可以磨蹭了。"

说完他就从背包里取出一捆东西，周玦定睛一看，差点儿没从那土堆上摔到湖里去。他问道："你哪里来的炸药啊？"

陈昊一边搭雷管，一边瞥了他一眼说："如果不是为了炸药，我会去找郭梅她们？什么装备我都搞得到，但是炸药我没那么高的手段，单凭我自己是弄不到的。别废话，快帮忙。不帮忙就闪一边给我休息去。"

周玦真的非常老实地往边上闪开，陈昊递雷管的手就那么停顿在那儿。他看着周玦，周玦不好意思地笑了笑说："我以为，你真的是让我去休息呢。"

陈昊默默地收回手里的雷管，瞪了他一眼，便不再说什么。

胖三此时终于缓过劲儿来，看着陈昊手里的东西，担心地说："上炸药？万一塌了怎么办？这水肯定得把墓室给淹没啦。"

陈昊说："不会那么简单，如果用炸药就可以废了郭璞墓，那么他的《葬书》就他妈的白写了。"

胖三纠结道："万一完了呢？"

陈昊愣了一下："那么就让我们用命赔他吧。"

说完，他吸了一口气，将整个身体都探入水中，很快他又上来对着另外两个人说："躲开。"

三个人朝湖边散开，就听到一声闷响，随后水流中出现了一个水涡，但是很快就消失了，水依然非常有规律地摆动着。这个坟墓果然就像青铜圣斗士打教皇，毫无反应。

三个人对视一眼，他们发现水底已经炸开了一个缸口大小的口子，但是坟墓并没有受到丝毫的影响，或者说那个口子就像画上去的，丝毫没影响到整体的构造。

周玦不禁感叹道："牛逼啊……"

陈昊说："你们先不要跟来，等我下去看看再说。"说完他便一头钻了进去，过了足足五分钟，才听到他说，"下来吧。"

周玦和胖三看了看，胖三说："那个，我体形比较尴尬，要不然我先下，你推推我？"

周玦翻着白眼回答道："你知道的话以后就少吃点儿吧，可不要变成一个人肉塞子卡在这口子上，不过这倒的确防水。"

　　胖三无奈地唉了一声，吸了一口气，涨红着脸拼命地往里面挤，终于挤了进去。

　　随后，周玦把行李先扔了进去，刚要进入，就发现水面上好像泛起了水泡。他被这动静吸引住了，瞬间觉得水底下好像有什么东西在晃动。他对着洞内喊道："你们等等我，我看到水底下有东西。"

　　说完他就一下子跃入水中，发现靠近地宫的水非常混浊，加上手中的手电也不是什么狼眼，能见度非常低。他忽然发现水底下好像有什么活的东西一下子游了过去，速度非常快，看样子像一个人，至少周玦看到了一双人脚。但是他还没来得及再仔细看下去，就一把被人从后面拽了上去，他抬头发现是陈昊。陈昊一脸怒意："你在干吗？我们已经没时间了，你还有心思玩憋气游戏？"

　　周玦抹了一把脸说："不是，下面有一个人，我怀疑不只我们三个人进来了。"

　　陈昊看着水面，眼神略有闪烁，他伸手摸了摸背包，说道："不管了，先进去，在里面，我也发现了一个大秘密。"

　　三人钻入洞口，周玦这才明白为什么这个顶不会塌，因为其实这里有许多水槽，还有非常夸张的水管，分别把底部的水引导出来，而且水管还起到了固定的作用。

　　周玦感叹道："这到底是怎么做成的？在水底造这个玩意儿太牛逼了。"

　　陈昊说："水底墓其实在中国不算罕见，湖水明显是人工引导的，我估计是先造坟墓，等郭璞一挂他们就凿开水渠，灌入地下水，算是第一层防盗措施吧。"

　　陈昊拿手电指着前面说："你们看，前面有路，边上有通道，还有火把可以照明呢。郭璞所做的这一切仿佛是希望有人能进来，他好像在等着有人进来。"

　　说完，他指着前方十步远的距离，周玦定睛一看，说道："这也有一个硬炸出来的洞！"

　　陈昊拿着手电一照，说："没错，我发现这个洞没有我们炸得那么大，火药威力没我们那么强，但是他们打得比我们专业，我估计就是翠娘他们那批人。看来我们走对了。"

　　说完他就走到那个洞里观察四周，说："你看，这些水管排出了大量湖水，所以才会形成我们前面看到的石壁瀑布，我想再过不久，石壁瀑布又会形成了。"

　　胖三喘着气说："你说的大秘密就是这个？"

　　陈昊摇了摇头："在书里面，最后进入古墓的是林旭、翠娘、刘飞、冯禄喜和乞儿，一共五个人。但是你们看，"他指着水槽下面说，"这墙壁上都有照明用的火把，他们和我们现代人不一样。那时手电筒还没有普及，他们一定会拿那些火把，如果说少拿一支，可以解释为这个人双手提着东西没办法拿，而现在有人多拿了一支火把。"

　　胖三道："也许是备用呢？"

　　陈昊说："可能性不大，因为这东西的体积太大了。也不好拿，反而造成负担。"

周玦看着边上成排的火把说："还有一种可能，一共有六个人进入了。"

胖三说："靠，那个人故事里没有出现过，那小说里为什么没说？"

周玦懊恼地说："唉，可惜林旭不在，否则我们可以直接向他求证。"

陈昊咧了咧嘴，露出了一个非常不自然的笑容，但是他很快又恢复了原本严肃的表情。周玦问他怎么了，陈昊捂着下颌说："如果说真的瞒着是有六个人进来，那个一直没出现的人物就是关键。还有，就是这些人当初为什么要刻意隐瞒林旭呢？到底最后林旭有什么不知道的内容？我觉得第一次进入公主坟肯定遇到了什么，那原先的七个人其实很关键。"

周玦和胖三沉默地摇头，陈昊说："我们继续沿着他们的足迹往前走，就可以知道他们到底遇到了什么。"

陈昊捏了捏火把："不要浪费电池，我们用这个也可以照明。"

这里与其说是地宫通道，不如说像极了自来水厂。有非常多的水槽，加上陈昊炸开的洞和几十年前翠娘他们那批人所造成的爆破，也只灌了一半的水槽。也就是说，再来两次估计这里就会有危险，因为水管没有足够的速度疏通水量，这些水槽无法储蓄如此多的湖水，当水槽溢满了，那么这里就会崩塌。

胖三说："看来，风水大师也有失算的地方，你看也就够让后来人进来四次，再搞两次这地方就完蛋了。"

陈昊哼哼冷笑一声："不会，我看过了，我们只是在夯土层最外围的防水保护区内，只要这里一塌，我们就根本找不到真正的地宫入口，那么郭璞墓就成为一堆废墟所包裹的核心，那除非是国家组织来挖，否则根本不可能找到入口。说白了我们还没到地宫呢，所以我才说咱们得抓紧时间了。"

周玦心虚道："万一我们正好是第五批，现在面对的就是一堆废墟呢？"

陈昊说："可以那么说，而且这湖水也不是随便就能改变方向的，利用它的潮汐作用可以让这两座坟墓之间产生互动，所以所谓的五行之局就是通过湖水的运动结合这里的地貌所产生的变化。"

胖三自言自语："原来没有那么神哪，我还以为真的是如有神助呢？"

陈昊说："那也不一定真的没鬼，总之继续走吧。现在看来《七人环》这本书对我们来说是一个提示，同时也是一个误导。"

周玦拿起边上的火把说："两个鬼对吧，好了，我们走吧。"

就在三人进入古墓隧道之后，那原先波澜不惊的湖面开始泛起水泡，就像开水一样不停地翻滚。忽然铃声乍起，鬼哭声随着那七个人的到来响彻整个湖面，但是那七个怪人赶到这湖面之后，他们并没有前进。带头的那个人一个躬身跪在了水面上，而他的身体仿佛浮在水面一般，接着所有人全部跪倒在湖面上。铃铛声骤停，随即是死一般的平静。慢慢的，从这七个人的身体内不停地溢出血污，他们身下的湖水也渐渐地被浸染成深红色。而那七人也融化为血水，向着郭璞墓延伸而去。

7：30　公主坟

公主坟内，瘦猴颤抖着拉开门闩，他的手抖得太厉害，几乎拉不开那门闩。冯老九忽然号叫一声，猛然抽开门闩，一下子推开了大门，整个人都翻了进去，随即便是痛苦地在地上打滚。而门内则一片黑暗，虽然没有什么怪物冲出来，但是也看不出到底有没有危险。瘦猴看着缓缓朝他们走来的那些怪物，一咬牙拉住叶炜的胳膊，和他一起冲进了门内。

瘦猴用尽全力关上了门，整个人就往下滑了下去，他恐惧地朝着身后说："靠，门闩在外面，里头锁不住啊。"

叶炜捂着眼睛，抓住瘦猴的胳膊把他拉起来说："那快跑，只要离开他们，我就看得见了。"

瘦猴看着滚在地上的冯老九和一脸血痕的叶炜，绝望地说："快走，往里跑。"说完拽着冯老九就往里狂奔，叶炜郁闷地骂道："我看不见，你也不扶着我？"

瘦猴说："你没看到我没第三只手吗？别说了，你拉住我，我带你们往前跑。别废话了，快逃命吧。"

三个人连拉带拽，几乎是逃难一般地往里乱窜，也不知道跑了多少路，瘦猴只是感觉他一直往前，没有看到任何岔路，而叶炜终于喊道："停下，我可以看见了。"

瘦猴因为负担太重，几乎是蹲在地上喘气："这，这是怎么回事？"

叶炜说："幸好他们是血气所凝结的，所以行动迟缓，否则如果来个什么猴子、豹子，现在我们就已经挺尸了。"

瘦猴踉跄地站了起来，抓住叶炜的衣领说："说，你到底知道多少？老子不是周玦那小子，我的耐心现在已经到了头了。你知道那么多一定有名堂，你不是说，你的家族知道关于这个公主的底细吗？"

叶炜并没有甩开瘦猴的手，反而握住，他的手冷得像没有体温一样。瘦猴看着他，强装气势道："你想干吗？"

叶炜说："如果你想要活到最后，最好不要惹我，你根本不知道你自己的处境。别忘了我才能够救你，但是我只能救你。那个公主一开始就是蛊族的人，他们选中了刘彧成为新一代的皇帝。但是最后刘彧过河拆桥，把他们给灭了。事情就那么简单。"说完他看了一眼趴在边上的冯老九，冯老九毫不在乎，只是死死地盯着墓道的深处。

瘦猴本来冷静下来的情绪一下子又被他点燃了，他一拳就把叶炜打飞了出去。叶炜又一次摇摇晃晃地站了起来，表情有些异样，空洞的眼眶内流露出一种苦涩。他苦笑道："在这些人当中，我唯一觉得犹豫的就是你，你如果能够给予我像你的那些兄弟一样的信任和付出，也许……"

就在此时，叶炜捂着胸口蹲了下去。瘦猴以为他有心脏病，记得当初他也的确像肺痨一样地咳嗽，瘦猴担心地问道："你没事吧，你有心脏病啊？你早说，我也会拉你一把的。"

叶炜马上抓住他的胳膊，瘦猴感觉到他的手抖得厉害。叶炜看着瘦猴的眼神非常痛苦，瘦猴心一软，蹲下身想要把叶炜扶起来。没想到，叶炜一把抓住瘦猴，张嘴就封住了瘦猴的嘴唇。瘦猴的大脑轰的一声，一时间连本能的飞毛腿都忘记了。他瞪着眼睛望着叶炜，叶炜的眼神渐渐地从涣散痛苦转为那种毫无波澜的漠然。瘦猴终于挥起一拳又把叶炜揍飞过去，他气得扑上去还要揍。冯老九拉住瘦猴说："不要坏事，我们要靠他完成仪式。"

瘦猴气得浑身都在颤抖，吼道："出，出去我就宰了你！你等着买棺材吧，死变态。"

冯老九艰难地站了起来，捂着自己的胸口猛烈地咳嗽："别和他废话了，快走……"

瘦猴闭上眼睛，做了好几个深呼吸，终于骂道："我最后再忍你一次，你他妈的再做那种事情，我就废了你。"

叶炜的眼神依然没有丝毫表情，他只是擦了擦嘴角，然后说："我说了，能救你的只有我，你还能指望他吗？"

瘦猴闭着眼指着叶炜死命点头，竖起大拇指说："行，你真他妈的行，我看你能狂到几时。"说完他就别过身，不再看叶炜一眼。

冯老九瞥了一眼叶炜，只是淡淡地说："你为什么不告诉他，你那么做也是没办法，如果……"

叶炜打断了他的话："既然我们都有目的，就不要互相揭穿。至于他，我会让他活着出去，而你也有你自己的选择。"

冯老九用一种怀疑的眼神看着叶炜，说："恐怕这还轮不到你来做主。"

叶炜捂着胸口，眼神淡然中透出一分坚定，低声说："这一次，我能。"

冯老九不屑地哼了一声："那么就看你的本事了，叶家大少爷。"

叶炜看了他一眼说："走吧，接下来就该是你手里的固魂珀发挥作用的时候了。"

9：04　郭璞墓

陈昊侧过身，小心翼翼地打开防水背包，从里面拿出干衣服说："换上衣服，然后继续前进，我们没有时间烘干衣服。"

周玦也从包内拿出备用衣服。陈昊见他们开始穿衣服，便开始快速整理装备，他手里握着郭璞的白玉笏板说："根据芙蓉地图来看，郭璞墓的位置已经确定了，而且我们在坟墓的最上端，类似于金字塔最上方，而墓室肯定是在下面。还有就是这个东西，它的作用是什么？"

胖三换好衣服，把湿掉的衣服扔在边上说："但是我们不知道他到底躺在哪个位置啊？"

陈昊此时已经整理好行李，虽然拿出了衣服，但是他的背包依然鼓鼓囊囊的，他把白玉笏板和那本冒出许多黑色头发的《七人环》放在背包的最上方，说："我们不是要去瞻仰他的遗容，我们的目的是要找到那个可以解开蛊族复活之术的墓壁，而且看郭璞这样子，估计他是猜到了有今天，才会设下这一系列的局。其实他的目的不是为了困住我们，反倒是利用各种方式拦住咱们身后的那七个瘟神。"

周玦念着笏板上的文字："'正乱离方歇，逝将命驾别。潜波怨青阳，临谷虞匪歇。遗音犹暗换，儿孙复禁绝。长使冥路远，阴阳双孽结。潜波……'这首诗还有其他的暗示吗？"

陈昊说："郭璞既然有心要引导后人进入，那么一定会有提示我们的地方，现在这条路才是正确的，我们已经在郭璞墓道中了，只要往下走一定可以知道真相。"

胖三此时嘶嘶地吸着气说："但是，我一直都没想明白，那书到底哪些是对的，我怎么都觉得好像哪里出错了。"

陈昊说："错误只有靠我们找到真正的答案才能印证，现在我们知道的只有这几点：第一就是郭璞设下此局，可能是因为他算到蛊族总有一天会出大事，出现这样的七个恶鬼，所以他利用自己的坟墓设下这样的最后屏障以及最后的封印方式给我们这样的人。第二就是翠娘他们一共有六个人进来，那个多出来的人是谁？"

说完他点燃火把，火把非常原始，里面原本的油脂已经挥发殆尽。陈昊从背包的侧袋里拿出一只瓶子说："这是液体燃料，拿废布蘸一点点就可以了。"

于是他们三个人人手一支，向着墓道深处走去。走在最后面的胖三看着陈昊和周玦两人走出了些距离，便马上从包里掏出一小包密封袋子塞在角落里，并且又从身上掏出白色记号笔做了记号。他看了看前面的人，快速背上背包，三步并两步地跟了上去。

周玦皱眉问道："你怎么那么慢，还没休息好吗？"

胖三看了看陈昊，尴尬地笑道："我尿急，没憋住。"

周玦叹了一口气说："就你事多。"

胖三笑着拍了拍周玦的背，当陈昊转过身之后，他悄悄地在周玦耳边说："等会儿出了事就往回跑，我做了补给，留了一包登山绳。"

周玦一脸愕然地看着胖三，胖三则苦笑着说："我没你那么相信人，但是我相信我自家的兄弟。如果这儿真的出事了，咱们就往回跑，至少也要像顾老和老赵那样，也好过嗝屁（死）啊。兄弟，我们还年轻，不能死得不明不白啊。"

胖三拍了一把周玦："走，跟上去吧。"

两个人快速地跟上陈昊，陈昊一心都放在了找寻郭璞遗留下的痕迹上，没有注意到他们的动作。周玦看着陈昊，心里觉得非常不是滋味，就在咬着嘴唇盯着陈昊的后背时，发现陈昊的手臂好像非常不自然地抖动了一下，随后从他的手臂里伸出了许多黑色的头发。他倒吸一口气，胖三连忙问："怎么了？"

周玦再定睛一看，那诡异的黑发不单单从他的手臂，甚至从背包的缝隙里伸了出来。周玦觉得陈昊就像被一群头发缠住一样无法摆脱。但是他没有吭一声，一双眼睛依然死死地盯着墓道，不放过任何可能的线索。

此时，胖三幽幽地说道："老二，这陈昊可能已经不是咱们认识的那个流氓老师了……"

周玦心中像被石头砸开的深潭一样，他看着胖三。胖三的脸色也非常难看，他说："老二，虽然我不想打击你，但你是不是应该问问他消失的那段时间里，到底发生了什么？我觉得我们……"

周玦沉默了，他看着陈昊拼命寻找线索的背影，苦笑道："胖三，如果，我说真的如果出事了，你就往回跑，不要管我。"

胖三呆了呆，马上压低声音急躁地说："你脑子又被门板夹啦？我准备了两套工具呢，靠，你……"

周玦指着陈昊的背影说："我会和他在一起。他出去我也出去，他出不去那……答应我照顾我的父母。"

胖三还要说什么，但是周玦小跑着追上了陈昊。胖三张着嘴看着，摸着下巴叹了一口气，也跟了上去。

陈昊拿着火把照着四周，越往里走通道边缘的青苔就越少，青灰色的石板泛着暗淡的光泽，周玦说："陈哥，我怎么觉得这青石板越来越黑了？"

9：00 公主坟

此刻，公主坟内，叶炜掏出手绢，一边擦着脸上的血痕和被瘦猴揍出来的鼻血，一边看着地面说："你是不是就是从这里笔直的往前走的？"

冯老九捂着胸口说："有点儿印象，前面有一扇很大的门，门两边就是那七根铜柱，但进去之后的路非常长。"

叶炜从鼻子里发出一声轻蔑的笑声，说："这你的确不知道，如果不是因为你是尸人的关系，你可能现在还在里面转悠，估计你都可以穿越唐古拉山脉了。"

瘦猴顿了顿，叶炜抓住了他的这个反应，继续奚落道："尸人就是尸人，他们不是活人，和僵尸差不多，就像你们嘴里的殷叔一样，死死生生与外界隔绝，只要被那泥板中的血气缠住，就彻底完蛋了。"

瘦猴的额头拂过一丝阴寒，他追问道："如果我们死了，也会这样？"

叶炜又露出了那种冷笑，非常兴奋地说："当然，你可以体验各种死法，白血病、癌症、艾滋病，只要你大脑中能想得到的都可以轮番玩一遍。当你再睁开眼，你会发现你居然还活着，而周围的人都不记得你已经死了，之后再来一次，不停重复。你只活在你的死亡世界中，而外界和你已经没有关系了。多好，活着就是为了死，死是为了再一次地活。"

瘦猴同情地看了一眼冯老九，冯老九的脸色非常难看，他说："说完了吗？说完了可以继续走。"

叶炜的心情因为前面的一番言论变得好了些，他蹲下身子，用手拍着地上的石板，自言自语："但是……我有一个疑问。"

瘦猴问道："什么疑问？"

叶炜皱着眉，表情有些许迟疑，他说："按照书中的内容，他们死后是会变成尸人的，比方说第一个死掉的郎中。逃出来的三人中，乞儿和冯禄喜已经死了。虽然按照冯老九的话，冯禄喜死的时候也有怪异的事情，但是并没有复活，也没有变成尸人。这是小说与现实中的一个差别。"说完他瞟了一眼冯老九，冯老九只是听着，并没有表现出什么异样，但是拳头捏得更紧了。

叶炜笑了笑说："但是到了五年前，陈茹兰那批人又出现了死后复生的现象，就像殷叔、藏刀人那批人那样，他们是典型的尸人，这里有一个断层。虽然我不知道是陈昊有意不说破，还是他没有注意到这一点。总之，我觉得陈茹兰她们肯定和书中所遇到的人是不一样的，而最大的不一样就是那本书。归根结底，这本书里到底哪些是真的，哪些是假的？"

瘦猴蹲在他的身边，若有所思地点了点头。

叶炜看着瘦猴说："那本书也是自林旭他们出来之后才有的，过去并不存在，所以不知道那个附身在翠娘身上的东西到底做了什么手脚。她让那本书成了仪式的一种契机，只要接触过那本书的人等于就完成了尸人的开启仪式，被强行拉进这个旋涡。"

瘦猴咬着嘴唇问道："那这本书到底是好还是坏？陈昊不是说，这本书给了我们危险来临的提示吗？"

叶炜摸着下巴："这本书已经不能用是好还是坏来解释了，它本身就是两面性的，一边拉着你们这票不相干的人卷进来，一边又给你们提醒和导向。但是从根本来说，这本书是错误的，它有很多地方一定与现实不符合，陈茹兰很可能就是吃了这上面的暗亏。"

瘦猴说："老二说过，那箱子里的尸体也说那本书是错的，而且陈茹兰也给出了书里的内容与现实不符的现象……"

叶炜敲着地板，忽然抬起了头，看着墓道的深处说："哦，对了，你们还记得那本书封面上的血指印吗？"

瘦猴努力地回想，他说："好像的确有。就在边角上……每一个要打开书的人都会碰到。"

叶炜就像一个猜对谜语的孩子一样笑了笑："那就没错了，那本书其实就是一个仪式的开头。血和头发都是精魄的存在，是蛊族复活之术的起点。林旭既然保存了翠娘的头发，那么保存她的血液也是有可能的。这就使我们能够介入尸人的世界，如果不这样，你们根本无法接触到蛊族的秘密。陈昊没有说错，这本书其实就是一条纽带，连接着我们和蛊族。只是它也没有什么所谓的善意罢了。"

叶炜站了起来，看着石板说："好了，和你们说这些，你们也听不懂，现在我们的麻烦是怎么能过去。再往前我们就会受到这座坟墓的影响，因为走过这条道就是明堂了。那七根柱子估计在那里。"

瘦猴和冯老九对看一眼。叶炜笑了笑，从口袋里掏出一个非常小的铅球，说完他往地上一滚，那个球就往前滚，没过多久，他们便听到了铅球撞击的声音。

瘦猴说："前面没有多少路，听着声音的间隔也就再走五分钟吧。"

冯老九郁闷地说："当初我走了很久……"

瘦猴看着蹲在地上的叶炜说："你能，你牛，请你带路。"

叶炜看着冯老九，毫不客气地说："固魂珀给我。"

冯老九警惕地问道："要用这个？"

叶炜说："当然。你如果不舍得也没事，不过后面的还跟着呢。"

冯老九恐惧地盯着回头路，心不甘情不愿地从内侧衣袋里掏出那块墨黑色的固魂珀。叶炜的眼神第一次变得非常怪异，说不上是渴望。冯老九捏在手中说："原来是那么回事……"

叶炜看了看冯老九，说："这固魂珀内的虫子其实就是蛊虫的虫母，只要这个东西在你的身上，你就不会像殷叔那批人那样被吞噬。那个女鬼是用这个复生的，那么她在蛊族的地位就太重要了，甚至高过了七宗主。那七个鬼就是七宗主，所以她倒是真的可以镇得住那七个鬼魂，也可以解释刘彧为什么会把泥板留在这里了。我觉得他们与其说是依附在泥板中，倒不如说是被困在里面来得更加贴切，不过这一切都要等看了最后的七魂壁再说。"

瘦猴皱眉问道："为什么？"

叶炜捏着固魂珀不耐烦地说："你哪来的那么多为什么？小朋友和我在一起不要问太多为什么，只要办事就可以了。"

瘦猴又想要揍他，但是被冯老九拦了下来，他表情认真地说："七魂壁呢？我只见过那七根铜柱。"

叶炜冷笑一声，也不回答他，掏出了打火机。冯老九睁大眼睛喊道："你要干吗？"

叶炜说："固魂珀不会被烧掉的，我需要一些味儿，这个味道可以使我们暂时避开身后那些怪物的纠缠。接下来，我们需要足够的时间来破局，这种宝贝我可是和你一样喜欢啊。"说完他又用手露骨地摩擦起来。

就在此时，瘦猴却拉住叶炜的手，他有些结巴："是不是我幻听了，怎么那铅球的声音还在啊？"

三人静音不语，很快他们就听到那铅球微弱的声音一直存在着，不停地发出撞击的声音，虽然很微弱，但是在那样的环境下分外诡异。瘦猴说："你这个东西有名堂？"

叶炜凝视着前方："不，就是普通的铅球，我只是想测试到底有多少距离。"

瘦猴看着叶炜，没看几秒，叶炜的眼睛又开始淌出血来。瘦猴仿佛得到警报一样，连忙回头看去，果然那古怪的铃声又从幽暗的通道内响起了。叶炜擦着眼睛，低声说："阴魂不散。"

冯老九伸出手，捂着胸口说："可以把东西还给我了吧。"

叶炜看了看固魂珀，瘦猴催促道："那些怪物又来了。"

叶炜伸手把固魂珀递给了冯老九，就在冯老九伸手要接固魂珀时，忽然从身后蹿出一个东西，体形看上去像那只失踪的黑猫，它叼走了固魂珀，快速地往墓室的深处蹿去。事情发生在电光石火之间，三人根本来不及反应。冯老九低吼一声，便随着那只怪猫冲入了墓室。

瘦猴也要追过去，被叶炜拦住了，说："现在进去就麻烦了。"

瘦猴听着后面越来越近的铃声："妈的，不进去更麻烦。"说完推开叶炜也冲了进去。叶炜拉不住他，此时身后传来了诡异的脚步声，叶炜血红的眼睛恶狠狠地盯着后面。

9：32 郭璞墓

陈昊他们进入了郭璞墓道。陈昊用火光照着墙壁，他说："这是被火烧的痕迹。"

胖三说："这里难道有火的机关？"

陈昊说："不知道。如果郭璞是有意引导别人来到自己的坟墓，那么他何必在门口设机关把我们给弄死呢？"

周玦说："说不定这些痕迹是翠娘她们留下的。"

陈昊拿着火把，火光的照射距离有限，他们只能看见深邃的通道，而墙壁上的黑色痕迹就像围绕着四周的黑雾一般绵延至深处。

周玦看着陈昊，胖三咽着口水尽量靠近周玦，陈昊低声说："来都来了，继续走。"

通道边上原本都是些类似于壁画的纹理，但是被火烧之后，那些东西都毁坏殆尽，只能从一些痕迹看出，郭璞一生的成就都被描绘在这通道两侧，就像走马灯一样叙述着郭璞的生平。陈昊忽然停了下来，看着残破的壁画说："你们看，这里好像说的就是当初我们在文献中找到的关于固魂珀记载的壁画。"

壁画里，一头鹿被人刺死，之后鹿再次复活，它做的第一件事就是用鹿角撞死刺杀它的侍卫。侍卫倒在地上，鹿就去舔他的血。而后一群侍卫把这头鹿给捅成刺猬。那头鹿身上插满了剑，倒在血泊中，还在拼命地舔着血，眼睛死死地盯着杀它的那些侍卫。最后一幅画便是那些侍卫一个一个都死了，而且都是被鹿角刺死的。

陈昊看着壁画，默默地说："看来固魂珀的确可以复活死尸，但是死尸身上的戾气会很重。"

周玦说："但是活的东西没办法被复活，只有死掉的东西才有机会啊。"

陈昊看着周玦说："所以我们只要死了就会成为尸人，还有……"

周玦看他又吞吞吐吐起来，便追问道："还有什么？"

陈昊指着壁画说："我们没有固魂珀，只要被身后的那些东西逮住，一样会完蛋。"

胖三说："但是我们现在还活着，我们都是活人啊。"

陈昊说："那些东西一直跟着我们，虽然他们没办法直接杀了我们，但是他们有各种方式可以让我们成功的上西天，老九就是一个例子。"

周玦看着壁画中的鹿说："幻觉？"

陈昊没有回答，胖三却说："我们如果完成了所谓的仪式，那七个东西会不会消失，还有，我们死了之后会不会也变成那种怪物？"

陈昊捂着手臂说："这个只有等我们成功之后才知道。"

胖三看着四周说："你说，郭璞那么牛的一个人，为什么给自己的坟墓内部装潢得那么寒酸呢？都没有陪葬品。"

陈昊说："郭璞不是帝王，再牛也是给人打工的。我估计这个地方是他以建造陵墓为名义黑下来的一块地，所以当然不可能有什么丰厚的随葬品。"

周玦大吃一惊："私吞皇帝的坟？那么夸张？"

陈昊说："否则他哪儿来的人力财力建造这个？我估计他是负责给皇帝建造陵寝，建造得差不多的时候，就告诉皇帝因为最近某些事情或者天象不合，然后这个地方就废弃了。这个废弃的地方，郭璞自然就笑纳了。"

胖三说："难怪……那么这就是一个空壳子？"

陈昊摇头，说："虽然没有随葬品，但是这里的机关和布局绝对是货真价实不掺水分的。如果不是郭璞有意让我们进入，随便一个机关就可以要了我们的命。郭璞一辈子精于术数，又和蛊族有着千丝万缕的联系，他在这里肯定有许多匪夷所思的设计。而且我感觉他好像全都猜到了，他就设计了一系列防范措施，包括我们要完成的仪式，以及……"

陈昊忽然捏着手臂，袖子内发出了绞肉般的声音，他疼得咬着牙，整个身体都撑在壁画上。周玦想去扶他，他摇了摇头说："没事，我们快继续走。这里是下沉式墓道，前面估计就是地宫的入口。"

就在此时，周玦注意到壁画上一小部分被烧毁得很严重的图案，只有一个轮廓，其他都已经被熏黑了。周玦发现，那个图案中有一团东西从一个类似动物的脑袋中冒了出来，接下去的部分被破坏得根本看不出内容来了。

胖三连忙问："这是什么意思？"

陈昊捂着手臂，道："虫母在移动……"

"什么意思？"

陈昊说："那头鹿是通过固魂珀而复活的，固魂珀中最关键的就是琥珀内的蛊虫虫母，虫母的原形在这固魂珀中，但是它的灵魂会随着复活的生物不停地移动。所以每一次被复活的生物就不再是原本的模样，而是固魂珀中的虫母了。而蛊族的术士将这东西奉若神明，但是它有一个非常大的威胁。"

胖三焦急地问道："什么威胁？"

陈昊说："茹兰在资料中曾经整理过大量关于法术反噬的内容，西方的、东方的都有。我发现她把重点都放在了关于反噬之后，施法者所遭受的痛苦上，我看了这壁画，又想到那七个怪物，我想，那七个怪物也许就是法术失败之后才变成那样的。"

胖三咬着指甲说："那么，那么就是说那七个怪物其实是法术失败才变成那样的？这和皇帝灭他们又有什么关系？"

陈昊看着他俩，一字一句道："如果刘彧就是那个复活失败的产物，会怎么样？"

周玦看着胖三，胖三咽着口水说："你的意思是，刘彧也是……尸人？"

　　陈昊盯着他们不语,推开周玦说:"我们继续走吧,郭璞在知道蜚族搞出这个东西之后,就设了这个局,用来做最后的了断。"

　　此时一声轻微的破裂声忽然响起,众人感觉到那壁画动了起来,就像那头死掉的鹿仿佛要从壁画中跳出来一样,它开始不停地膨胀。三个人害怕得往后倒退,他们发现,所有壁画的很多部分都开始像发酵的蛋糕一样隆了起来。

　　周玦睁大着眼睛,陈昊还没来得及说一句"快跑",壁画那浅浅的一层就开始龟裂,从里面涌出了大量白乎乎的虫子。虫子脱离壁画后,就集中往周玦三人这里爬。

　　那些虫子仿佛白色的黏浆一样喷了出来,数量非常大。周玦听到前面的墙壁中也发出了破裂声。

　　陈昊倒吸一口气说:"跑啊。"

　　三个人谁都顾不上去猜那壁画到底还传达了什么信息,只知道往前奔跑。两边白色的虫子不停地涌了出来。周玦的衣服不小心擦到了一团,他的袖子马上就被融出一个大洞。陈昊连忙甩掉身上的虫子,而就那么一下,陈昊的手就烂了一个口子。

　　周玦惊恐地说:"它们有腐蚀性!"

　　胖三无法说完完整的话,他一个劲儿挥动着手里的火把,陈昊推着两人说:"快走!"

　　周玦挥舞着手里的火把,吼道:"用火,那东西好像怕火。"

　　三个人疯狂地挥舞着手里的火把,那些虫子碰到火就烧了起来,散发出一种蛋白质的香味。不过谁都不会觉得那股味好闻,他们不敢停下来,一直往通道的深处狂奔。就在他们奔入墓道深处之后,洞内充满了那种古怪的气味,以及白虫蠕动的声音。忽然铃声乍起,那些虫子仿佛感受到什么刺激一样,一股脑儿地涌了出来。

　　地道内又闪出了一道亮光,在通道的深处映出一个古怪的人影,此时铃声中忽然响起了一个令人毛骨悚然的声音,就像钢铁摩擦发出的刺耳声音。

　　"到了……"

9:20　公主坟

　　与此同时,瘦猴冲进了通道。跑了没多久,瘦猴的大脑开始清醒,但是他找不到冯老九的影子。他拿着手电筒在墓道中不停地来回照,但是丝毫找不到人。他喊道:"冯老九! 叶炜! 你们人呢?"

　　他开始后悔没听叶炜的话,不过他想既然这里就一条路,那么也不会有什么拐弯,总能碰到他们中的一个。此时,他又听到了那种急促的呼吸声以及虚弱的呻吟声,他向着前方低声问道:"是不是老九? 你没事吧?"

　　那呻吟声并没有中断，瘦猴觉得那声音非常机械化，不太像人发出的。他咽着口水，让自己镇定下来。他从那些细微的声音中，辨别出这个古怪的墓室中依然有那个铅球的声音。他想就算这里真的有鬼，但是铅球已经到头了，那么他也一定能走到底。他吸了一口气，笔直地往前走。

　　通道极深，就像冯老九说的那样，他只能依靠直觉向着那铅球的声方向走去。走了很久，瘦猴发现在不远处居然出现了闪烁的亮光，他感觉那像手电的光芒。他加快速度，一路小跑地往前冲，但是越往前走，他就越觉得不对劲儿。无论他怎么走，那亮光都没有扩大，好像在不远的地方，但他就是无法到达。

　　他开始放慢脚步，终于注意到在亮光里好像不停地闪过人的影子。那些人影不停地交替，就像要互相融合然后互相分裂。

　　瘦猴知道那绝对不是叶炜或者冯老九，但是他却又停不下来。他捏着手电的手抖得非常厉害，人影晃动得越来越快，感觉像麻花一样扭在了一起。

　　瘦猴不敢前进，开始不安地往后倒退。但是无论他往回走多久，都无法走回去，依然和那些影子以及亮光保持着五六米的距离，没有缩短也没有拉长。

　　瘦猴只能停下来，机械地拿着手电乱照，仿佛通过手电的光亮来提醒老九和叶炜自己的存在，但那两个人连个影子都没见到。

　　而且，他很快就发现这是一个非常"二"的方法，因为这里只有这一条道路，又不宽，冯老九如果已经走了，也许他追不上，但是身后的叶炜也该等到了，怎么可能还没跟上来呢？他开始埋怨起叶炜来，嘴里骂道："那个死三白眼的同性恋，早知道就该多揍几下回本的，打死了都不用偿命，反正我也快完了。"

　　想到这里，他的心就更加慌乱，他现在什么都做不到，关于奇门遁甲，他完全停留在武侠小说桃花岛那段上，又没有所谓的护身符，从头到尾他是最弱势的一个，除了胖三就是他和这件事毫无瓜葛。瘦猴也委屈郁闷过，但是一直都没有表现出来，因为他知道只要他露出那种表情，周玦就会马上发现，他不想让兄弟内疚自责，他觉得这事周玦是非常难过的。

　　不知道过了多久，他觉得他自己再也走不动了，便无奈地蹲在通道当中，抬起头，两只眼睛盯着那些影子，而那亮光在瘦猴的眼里已经和死亡连在一起了。他身上带着的食物也就那么一点儿，他回头看了看，仿佛还能听到那恐怖的铃声。他觉得也许他在饿死之前，就可以成功归西了。

　　他连挣扎的力气都没有了，因为反正走也是走不出去的。他坐在通道内，想着自己普普通通的二十多年。慢慢的，他手中手电筒的光线闪了几下也消失了，在黑暗的通道中只有远方那毫无生气的亮光，以及那些纠缠不清的影子。他就像一个看客一样蹲在边上，忽然他发现身边居然还有亮着的东西，那部手机不知道什么时候居然自动开机了。

他看着那些影子，又看了看手机。他想到了冯老九说的那段录音，他想，既然要死，那么干脆就死个明白。他打开录音，接着手机里传来了非常古怪的笑声，那声音分不清男女，而且透着一股丧气。瘦猴觉得虽然叶炜已经算是不阴不阳的死人腔，但是没有令人害怕到不寒而栗，而那个声音让他有一种要缩成一团的感觉，就像一个鬼魂在叙述自己人生的最后一段话一样。

瘦猴差点儿吓得把手机给扔了。

"这里就是所谓的公主坟，刘彧成为尸人之后就干掉了所有可能让他消失的东西。他是失败品，而复活他的那七个宗主则是冤死鬼。幸好这个敬德公主撒的谎言保住了郭璞墓和最后的那道方式，通过七宗主魂珀所依附的泥板，完成最后的仪式……但是错了……我们被骗了……"

瘦猴听到这里，发现好像这的确是上一批七人之一。他忍着恐惧，继续听下去：

"还要继续往前走吗？继续也是死，不继续也是死。反正已经被耍了。我们这批人算是失败了，你还要做什么？你还能做什么？"

瘦猴咽着口水没有回答，只是听着那丧气十足的声音，接着便是阴森森的笑声，那个人绝望地笑了很久后说："蛊族的秘密，你又知道多少？你也不想想，堂堂蛊族的宗主，最后到了这样被挫骨扬灰制成泥板的地步！他们都这样了，你从头到尾只不过是一个局外人，被利用的对象。你到底要坚持什么？哈，如果你真的不怕死，那么就继续。七人环只是一个幌子，目的就是要人进来，进来送死而已！"

就在此时，手机嘟嘟响了两声，居然在这个时候坑爹地关机了。瘦猴靠着墙壁爬了起来，双脚基本上已经发麻了。他没想到，那七块泥板居然是用人的骨头做成的，难怪陈昊提到过西藏的擦擦，难怪那七个鬼魂非得跟着那些拥有泥板的人。他仿佛明白了泥板的由来。

但是，什么是被耍了？被利用？陈茹兰是被人利用的？谁利用她？那说话的是谁？他大脑中所有的疑惑乱成一团，他不能那么就死了，至少现在他非常接近真相了，现在就死那简直就是开玩笑。

他对着通道深处喊道："你到底是谁？手机里这话到底是什么意思？"

他觉得，这个时候逻辑就是狗屁，他现在就想要抓着一个人，然后告诉他所有的一切，总之他就是觉得一肚子的火，他扶着墙站了起来："有种的出来。"

依然毫无声息，瘦猴最后一根理智的神经就此崩断。他拿起手里的手电筒，发狠地往前砸了过去。忽然他听到咣当一声，像陶罐被砸碎的声音。

与此同时，那纠缠的影子也不动了。他脑子轰的一声，朝光线冲了过去，但被人从身后一把拽了回去，瘦猴一看居然是叶炜。叶炜的脸上都是血，用七窍流血来形容他此时的样子，再合适不过了。

叶炜盯着前面，喉咙里好像卡着什么东西，嘶哑地说："你在这里多久了？"

瘦猴说："我没看时间。"

叶炜拉住瘦猴，但是止不住地咳嗽。瘦猴看着他的样子，觉得好像哪里不对劲儿。叶炜抓着瘦猴的肩膀凑近他，瘦猴觉得他身上有一股非常难闻的气味，叶炜说："你刚才在和谁说话？"

瘦猴看着他的脸，那眼神非常恐怖，瘦猴刚要脱口而出的话却在嘴里打了一个弯，说："前面有一个人，但是我走不过去……"

叶炜盯着瘦猴看了一会儿，最后忍不住地咳嗽，直接从嘴里喷出了一口血。

瘦猴心想，他到底遇到了什么事，怎么成了这个样子？

叶炜虚弱地指着前面说："你往前走十步，然后往左边退回来一步，再向前走三步。你看看那光是不是改变了角度？"

瘦猴看了看他，叶炜倒在墙边说："你动作快一点，后面那群东西要跟上来了。"

瘦猴按着叶炜的指示一步一步照做，他果然发现，原来的灯光居然向下倾斜了二十度。

他朝叶炜喊道："喂，没错，是变了。"

但是叶炜并没有回答他，而是斜靠在边上一动不动。就在这个时候，瘦猴发现在那光源的边上，有一个东西在不停地滚动着。

两个女人

QIRENHUAN
七 人 环

9：55 郭璞墓

就在叶炜三人生死不明之时，周玦等人也因为壁画内的腐蚀虫，身上或多或少受到侵蚀。即使如此，他们也只能忍着疼痛拼命地往墓道深处奔去，直到他们发现虫子越来越稀少，才停下脚步。

周玦喘着气说："不是说郭璞放我们进来的吗，他这样简直就是要困死我们。还算什么开绿灯啊？"

陈昊看着四周，说："这些虫子是感受到了我们身后的东西才被激活的。否则我们一进来，这些虫子早就把我们给化了，是我们耽搁的时间太长了。"

胖三尴尬地说："是我多嘴了，那些东西死了没？"

陈昊看着身后，说："没有。他们本身就不存在生和死，而且……"

周玦追问道："而且什么？"

陈昊捂着手臂、咬着牙齿说："还有东西混进来了。"

胖三喘着气看着后面说："什么……什么东西？"

陈昊往回走了一步，眯着眼看着深处，说："不好说……但是，他居然没有受到那七个人的影响。"

周玦说："会不会是……翠娘？"

陈昊转头看着周玦，不自然地说："不知道……"

胖三拉住周玦，硬是站了起来："不管后面跟着的到底是什么东西，我们还是快点儿完成神马仪式，然后找退路撤吧。我绝对不再多嘴了。"

周玦看着前方说："但是前面没路了。"

陈昊拿着火把走到尽头，尽头是一块青石板，青石板上面雕刻着一条蟠龙，而这条蟠龙的爪子里抓着一个骷髅。他走到石板前，蹲下身体，指着通道底下说："有路的，这里有一个隔板式结构，我们需要下到下面才能进入墓室，这是郭璞墓的防护层。如果上面塌了，至少可以保证地下的地宫完整无缺。"

胖三问道："怎么下去？"

陈昊拿出自己的登山镐，周玦和胖三两人跟上一瞧，在尽头处果然有一条非常深的凹槽，凹槽最多也就不到三尺的宽度，从下面不断地吹出冷风。陈昊慢慢地把登山镐向下伸去，然后对他们说："当年翠娘她们走的应该也是这条路，下面很深，估计是通道。"说完，他把登山镐作为固定支撑，绑住绳子，便沿着那狭窄的通道滑了下去。

没过多久便传来陈昊的声音："你们快下来，我猜得没错。"

胖三扭曲着脸说："太……太窄了吧。"

陈昊在底下说："你该减肥了！你让周玦把你推下来。快，那些鬼东西还是会来的，郭璞的机关困不住他们多久，最多给我们争取时间而已。"

胖三看了看周玦，周玦朝他的屁股做出一个侧踢的动作，比画了一下说："你自己下去，还是我帮你？"

胖三哀叹一声，把所有的装备都朝下扔去，随后深吸一口气，把脸都吸绿了。他扑通朝那个凹槽跳了下去，即使如此，肚子依然有一点儿被卡在边缘。胖三吸着那口气不敢出声，痛苦地朝周玦看去。周玦二话不说，一脚踩在他的肩膀上，直接把他往下蹬。

胖三终于在周玦的一顿猛蹬之下，嗷的一声掉了下去。就在周玦把身上所有的装备往下扔，也准备跳下去的时候，发现身后居然多出一个影子，那个影子非常瘦小。

那个影子缓缓地朝他走了过来，因为火光摇曳，所以那个影子非常扭曲。周玦咽着口水，刚想回头，忽然莫名地听到了一声铃声，他的大脑中又一次出现了那个女子的脸。那个女子的脸上充满了寒气，开始变成一种死灰色。他突然感觉到一种没来由的恐惧和威胁，他不敢回头，直接往下面跳了下去。

幸好高度并不高，而且陈昊在下面接住了他。他跳下来后，就对二人说："上面好像有一个人……"

陈昊说："人？"

周玦说："对啊，个子非常小……"

胖三拉住两个人说："不管了，跑路吧。"

陈昊朝上面看了看，上头一片漆黑，但是周玦觉得在那黑暗中的确有一双眼睛，透过缝隙在盯着他们，那双眼睛有种说不出的阴森。周玦心头一紧，赶紧催促两个人说："走，我们快走。肯定有人！"

陈昊的眼神此时也说不出的古怪，他看着缝隙停顿了几秒，然后说："走！"

此时，在三个人的前面是一条非常长、非常窄的道路，而且这依然是一段下坡路。陈昊看着手表说："十点二十分，我们的时间不多了。"

胖三喘着气说："这羊肠小道要跑到什么时候啊？"

陈昊看着上方，原本不是很高的高度，现在几乎看不到顶，只有这狭小的空间和极深的通道，三个人心中那种压抑的情绪被无限激发。他们都害怕身后的那些东西，所以只有拼命地往前跑，一口气都不敢喘。

胖三是当中最吃力的，他的体力已经明显透支。他摇摇晃晃地跑在当中，一开始还会不死心地追问陈昊很多问题，但是到后来他也不再问了，而是机械性地跟着跑，头发都被汗水浸湿了。周玦垫底，他觉得这种道路根本不像一个墓穴，甚至怀疑这里根本就不是郭璞的坟墓。

周玦总觉得身后有什么东西跟着他，但是当他回头时，身后依然是一片漆黑。在这样的狭长小道中，三个人，三把火，其他的都是未知。

陈昊忽然停了下来，走在当中的胖三一头撞上他的背包，他抬头问道："怎么了？到头了？"

陈昊指着边上说："墓门。"

10：46　公主坟

瘦猴发现那转动的东西原来是一个陶瓷的盖子，被他的手电打飞了出来，已经碎成了好几块。他的注意力被这些陶罐吸引了过去，因为光线太暗，他只能感觉到这里摆了数量非常多的陶罐，而他的手电只是砸中了其中一个而已。

瘦猴回头喊了一声叶炜，但是叶炜一动也不动地靠在通道边。他觉得不对劲儿，连忙返回去。他摸了摸叶炜的脸，叶炜的脸上都是血，血干了之后非常粗糙。瘦猴推了他好几下，但是他都没反应。瘦猴心惊了一下，低声喊道："喂，叶炜？神棍？三白眼？

同性恋？"

瘦猴颤巍巍地摸了摸叶炜的鼻息和脉搏，吓得整个人往后退去，他发现叶炜居然死了……

他没有想过叶炜会死，或者说，他没有想过叶炜会就这样死了。看着这样一具尸体，他害怕得几乎无法思考，仿佛下一秒他也会死。

他疯狂地冲了过去，抓住叶炜吼道："叶炜，你给我醒醒！你他妈的不能现在就死啊！"

叶炜毫无生气地倒在地上，任由瘦猴把他摇成了拨浪鼓。瘦猴跪在他的边上，看着眼前的这具尸体，彻底傻眼了。就在这个时候，那些罐子里发出了非常闷的响声，就像在玻璃瓶内放爆竹一样。

瘦猴惊恐地看着那些罐子，而那束光变了颜色，成了一种非常怪异的淡黄色。

瘦猴觉得自己进退无门，身边是一具刚刚死了的尸体，而前面的路也不知道有什么东西在等着他，至于身后，那七个怪物还堵着，等着和他"合体"。

他咬着牙，把叶炜的背包和手电都拿走了。他看了看叶炜的尸体，觉得就那么扔在这儿不太人道，毕竟好几次都是这个人救了自己。

瘦猴叹了一口气，拉住叶炜的胳膊，趁人还软着的时候，把他的外套扒了下来，然后盖在他的脸上。瘦猴又抽出一包烟和一包火柴说："哎，虽然我很看不惯你，但是毕竟咱们处了那么久，你就那么翘了。我也没什么好送你的，这包烟就当给你路上解闷用吧……"

他想了一下，又说："如果我也挂了，记得留半包给我。"

就在他转头要走的时候，忽然听到一声有气无力的骂声："把衣服给我拿开。"

瘦猴几乎是瞬间跳了起来。叶炜探出头，拿掉脸上的衣服，非常痛苦地说："得去找老九，他可能有危险。"说完他还没忘记地上那包烟，直接揣进口袋里。

瘦猴愣了一下，叶炜痛苦地站了起来，他说："再不快点儿，就被他得手了。"

瘦猴问道："谁啊？"

叶炜捂着胸口推开瘦猴，跌跌撞撞地走到那些陶罐面前，他说："那个罐子是你打碎的？"

瘦猴点了点头，叶炜冷笑道："干得好。"说完他一脚踩到其中的一只陶罐上，接着瘦猴就听到更加沉闷的声音。叶炜看着那束光说："阴阳顺逆妙难穷，二至还归一九宫，河图之阵，好阵！"

瘦猴心中有一万个纳闷儿，叶炜的确停止了呼吸，怎么又活了，难道他也是尸人？还好现在他至少不用一个人来面对，而且叶炜还算是一个行家神棍。

叶炜连续踩了好几只罐子，最后那束光变成了非常妖异的红色。就在叶炜想要继续踩的时候，他又咳嗽了起来，指着最右边的陶罐说："你去敲碎它。"

此时身后那种古怪的血气再一次侵入，叶炜的眼睛又在淌血。瘦猴生怕这样下去，就算是一个血库都不够他流的。

瘦猴猛地一脚，于是所有的陶罐都砰的一声碎了开来，而那束光线居然变成了白色，照出了一条道路。叶炜说："走，这条路是正确的。"

瘦猴说："那老九呢？"

叶炜捂着胸口，一边走一边喘气说："不知道，也许他现在已经在铜壁前了。但是我希望他没有在。"

瘦猴继续问道："那只猫是怎么回事？"

叶炜扶住瘦猴的肩膀，说："你最好不要多问，问多了死得快。"

瘦猴看着叶炜的眼睛，叶炜的眼神非常可怕，瘦猴无法把这张脸和平时笑得和白痴一样的脸重叠。叶炜加重了手上的力道，随后说："陈茹兰的手机呢？"

瘦猴看着他，警惕道："你问这个做什么？"

叶炜拉近瘦猴，瘦猴瞬间就感觉到他散发出一股非常古怪的味道，就像香灰混杂着血气。叶炜说："我到底要说多少次，你才肯相信我，我说了，我不会害你的。"

瘦猴也顾不上颜面，从口袋里摸出了那部手机。叶炜拿在手里打开了，说："留言，最后那条留言你听了吗？"

瘦猴点了点头，叶炜忍不住笑了出来，再也没有说下去，他拉着瘦猴继续往前跑。瘦猴不知道为什么，觉得这个叶炜有点儿不对劲。

当走到看不见白光之后，他们就来到了老九所说的那处有七根柱子的墓室。

叶炜颓废地倒在门口，不停地咳嗽，简直就像要把内脏给咳出来一样。他看着那七根柱子发呆，对着瘦猴轻声说："先到这里，我走不动了。那七个要通过那个阵法，需要一段时间。"

瘦猴点了点头，觉得叶炜再撑下去，估计差不多也挂了，他几乎抱着听遗言的心态坐在他的身边。

叶炜看着那柱子说："泥板是用七个人的骨骸做的，那七个人中有一个人就是我们叶家的祖先，他也是七个鬼之一。"

瘦猴愣了一下，说："你果然是……"

叶炜从口袋里掏出瘦猴的那包烟，拿出一根点了起来，指着柱子边上的壁画说："那个公主，不对，是族母，是唯一用固魂珀复活的尸人，其他尸人都失败了。"

瘦猴问道："为什么？"

叶炜看着瘦猴，说："本来我也想不明白，后来看到固魂珀我就明白了。因为固魂珀内的虫母只有一个，虽然它会移动，但是如果它一直留在那个尸体内，那么固魂珀就没办法继续使用第二次。只要是通过虫母复活之后的尸体，就拥有其他尸人无法比拟的特质。"

瘦猴说："那后面七个……"

叶炜说："那七个人自然不死心，他们认为一定还有其他的方法可以达到和固魂珀一样的效果，而他们选择的对象让他们一千多年之后万劫不复。"

瘦猴看着叶炜，叶炜又开始不住地咳嗽，他一边咳一边冷笑道："刘彧啊，他就是那个七个人的试验品，但是明显也失败了，而且失败得很彻底。"

瘦猴不再提问，只是默默地听着叶炜讲述着一千多年前的事情。

叶炜低声说："当年前废帝刘子业荒淫无道，但是疑心极重，三番五次想要杀掉刘彧。其实在一次家宴上，刘彧的确喝了毒酒，回去就死了。刘彧的胞弟建安王刘休仁的门客中就有蛊族方士，而七大宗主需要一个试验品，这个试验品必须有王气。他们一拍即合，果然成功地让刘彧复活了，并且通过族母，帮助刘彧杀了刘子业后称帝。但是，他们都知道刘彧是一个失败品，早晚是要魂飞魄散的，而且他们拥有控制他生死的能力。呵呵，这世界哪儿有什么不漏风的墙啊！就在刘休仁被赐死之后，蛊族就第一个倒霉了，全族人被杀殆尽。我们叶家因为外戚是皇族，所以留下了唯一的血脉，但是被迫改姓，而其他族人都被杀了。我们原本不姓叶，我们姓郭……"

瘦猴睁大了眼睛，看着叶炜，叶炜咳得更加厉害，瘦猴说："你们……你是郭璞的后代？"

叶炜苦笑道："只是分支而已，说起来，我们算是和他血缘最接近的一族了，但是我们不能姓郭。本来族母是不死的存在，但是刘彧忌惮她的能力，又想到他们随时随地可以让他死，所以便把族母的肉身封在了铜棺玉池之内，由镇魂铃守着……而那七个宗主被挫骨扬灰，一同殉葬在这坟墓内。因为他们生灵还在，而共同的执念只有完成那失败的仪式，所以他们想要复仇，又想要完成祖先未完成的夙愿。辗转至今，就成了这般样子，只会一直跟着摸过泥板的人，把他们当作试验品，一而再再而三地杀人，然后融入自己的血气之内，化为自己的养分，增强自己的戾气。他们成了彻头彻尾的怪物，但是又无法完成所谓的仪式，其中就有我们的先祖。而小说中那笏板中'遗音犹暗换，儿孙复禁绝'说的便是我们。"

瘦猴看着叶炜，问道："这就是你所隐藏的秘密？"

叶炜掐灭了烟头，一边咳嗽一边痛苦地站了起来，说："当我看到固魂珀的时候，我就明白了，虫母又移动了……那一千多年前没有完成的仪式，在几十年前成功了！"

10：30 郭璞墓

周玦顺着陈昊的手看去，他们发现在这极狭窄的通道尽头居然是一扇非常高的门，俯瞰着渺小的他们。

胖三的舌头伸到一个匪夷所思的长度，他道："这……"

陈昊说："这才是郭璞墓真正的墓门。"

周玦用手试了试，但怎么都无法打开，他问："这怎么打开？就我们三个这点儿力气，连一毫米都推不动。"

陈昊蹲下身，说："不可能，你们看……"

三人蹲下，陈昊从门缝里面拉出了一条红腰带，说："这是翠娘他们留下的，既然在里面，估计他们应该进入了。"

胖三嗤之以鼻道："他们都是高手，一个乞儿就顶我们仨了。"

周玦不服气道："那也只是高手，你以为是超人或者奥特曼啊。你让高手来推一下试试看，你以为是徐克的电影啊，宝典在手，天下我有？"

胖三被呛得没话说，陈昊不理睬他们，死死地看着大门，说："齿轮原理。茹兰在资料中提到过，墓室大门有一套非常复杂的机关，启动的东西却可能非常小，比方说一块玉……"

胖三和周玦都糊涂了，陈昊抬头看着门，走到门的边上，然后说："我一直都想不明白，那块白玉笏板到底有什么作用……看来是这样的。"

他取出了白玉笏板，在门的右侧有一个和笏板大小相近的凹槽，当笏板放入其中，凹槽就忽然弹了起来，随后凹槽后面出现了一根非常粗的铁链。

胖三说："这就是机关？那块笏板就是开启大门的钥匙？"

陈昊的眼神中闪过一丝狠劲儿，他对着两人说："一起拉！"

周玦推了一把胖三，胖三看了他一眼，周玦说："该你出力的时候了！东方不败。"

胖三还想要继续说，但是周玦一把把他推过去，胖三瞪了一眼道："你也别偷懒，岳不群！"

于是三人铆足了劲儿，像拉纤似的拉动着铁链，大门发出了非常夸张的响声，开始慢慢地被推动了。

就在大门被推开一条缝隙的时候，周玦发现里面居然有一个人站在门口，惨白的脸狰狞地看着他们。

胖三吓得第一时间放开手里的铁链，周玦骂道："你妈的连死人都怕啊，拉到底啊！现在放手，我和陈昊怎么拉得动啊。"

胖三仔细一看，发现的确是一个死人。但这个死人非常年轻，他死的时候保持着一种极度的恐惧，而且那么长时间里，尸体居然没有一丁点儿腐烂，依然维持着一个非常古怪的姿势。周玦感觉到这具尸体不会是平白无故地出现在这里的。

陈昊说："他应该就是刘飞。"

三个人无暇顾及，只有拼尽全力拉铁链。门终于被打开了，三个人面对着这具尸体，心中说不出的怪异。而刘飞的手一直都挡在前面，像要阻止他们进来一样。周玦心中奇怪，他到底为什么会摆出这个姿势？

就在众人进入大门之后，刘飞的尸体忽然朝他们倒了过来。周玦首当其冲，他连忙挡住尸体。当他摸到尸体的时候，他发现这具尸体居然还非常柔软。

周玦说："太古怪了，尸体居然是新鲜的。"

胖三没听明白，啊了一声。周玦急着说："这尸体死了有几十年了，但是居然还没有腐败，没腐败也就算了，居然还那么软。人死了五六个小时就会僵硬了呀，更何况他？这不会是僵尸吧？"

陈昊把尸体放平，说："不知道，但是刘飞为什么最后会死在这扇门里？按道理，依他的能力，他完全应该活着出来。"

周玦看着陈昊，陈昊看了那尸体三秒，然后蹲下去开始解刘飞的衣服。周玦愣愣地问道："我们需要他的衣服？"

陈昊说："不，我想看看他是怎么死的。"

周玦觉得有些尴尬，说："你不会想要解剖他吧？好歹是前辈啊，留个全尸吧！"

陈昊没有回答，此时刘飞的上半身已经被陈昊扒干净了。他非常瘦，皮肤白得可怕，简直就像白纸一样，可以清晰地看到青色的脉络。

陈昊说："奇怪，他没有任何外伤的迹象，也没有中毒的迹象，就像平白无故地停止了心跳，然后就死了……"

周玦说："他会不会是被那七个怪物给弄死的？"

陈昊非常为难地摇着头，龇牙道："这还不好说……"

就在此刻，胖三喊道："哥们儿，快过来！"

陈昊快速地把衣服盖在刘飞的身上，转身去找胖三，发现胖三居然已经走到很深处了。看样子，他发现刘飞的尸体没有危险，就开始关注其他东西了。

胖三招呼一声，周玦两人立马跟上。他说："你们看，这里什么壁画都没有，就一幅女人的图，难道是郭璞的老婆？"

周玦和陈昊对看一眼，同时说道："祠堂内的那幅仕女图？"

胖三那次没跟去，所以他不知道。周玦大概地和他说了一下，他歪着脑袋说："那就不对了，你们想想，如果说这图是翠娘，那么你们没想过吗？翠娘这姐们儿不算太老吧，而且他们来这儿，难道还有闲情逸致给这娘们儿画一张像贴在这里，还画得那么好？"

陈昊看着壁画，摸着边缘说："这是……蛮族的族母，也就是那个公主的画像。另外，还有一个可能。"

他看着周玦说："翠娘和她长得一模一样。"

周玦愣了一下，看着陈昊，陈昊则继续注视着这张仕女图。图中的女子手里拿着白玉笏板，神情非常落寞。他忽然想到那个在幻觉中出现的女子，她们长得一模一样。

周玦喃喃道："我……见过她。"

陈昊和胖三一愣，周玦道："我在林子里见过她。"

陈昊不自然地摸着背包，说："你见过她？"

周玦自己默默地念道："难道说，原本固魂珀中的虫母转移到了族母的体内，她得以复活。当初我们也看到了，固魂珀里面只有一条虫子，所以我猜只能复活一个人。那么族母复活了，那个固魂珀肯定就没用了，至少没有复活的作用。而后翠娘被复活了，她成了第二代族母，她体内有着公主坟内族母的所有记忆。"

胖三敲着脑袋说："没错，就是这样的。但是有一个问题啊，老二，那个翠娘一开始没有像后来那么……"

陈昊继续说："他们进入了那个荒村，从那之后翠娘才不正常的。而那个荒村内，男尸和女尸阴阳互换的法术，其实就是蛊族复活尸人的法术，使得翠娘体内的虫母彻底苏醒了。她领着林旭来到了原先藏有固魂珀的地方，引导他找到固魂珀以及郭璞墓。但是也许她自己都不知道仪式其实一分为二，需要同时进行。"

胖三说："原来是这样的。那么其实我们走到现在，都是这个族母，也就是所谓的蛊虫虫母搞的鬼？"

陈昊没有回答，只是看着周玦，等他继续说下去。

谁都没有想到，就在他们推理的时候，本来躺着的刘飞尸体忽然站了起来，无声无息地站在了胖三的身后。

胖三回头就发现那尸体头上还盖着衣服向着他，他吓得一声惨叫，把周玦和陈昊都吓了一跳，胖三张着嘴喊道："诈尸啊……"

胖三几乎瞬间就跳开了，但是刘飞的速度更加夸张，他一把就抓住了胖三的背包，直接把他拽到了地上。胖三这一摔，差不多人就糊涂了。

周玦也慢了一拍，不过他好歹抓住了胖三的脚。但是刘飞的力气大得出奇，几乎连周玦也往外拖了。陈昊一把拉住周玦的手臂，胖三哀吼道："快救我啊，别松手啊！"

周玦觉得手上的血管都要爆了，仿佛这只手臂都要被刘飞扯断了。他只能咬着牙说："你他妈的快把那包给脱了啊，他只抓住你的包啊！"

胖三仿佛才想到这个关键问题，他连续动了好几下都没成功，最后干脆双手一缩，犹如缩骨功般退了出来。除了胖三，两头都因为惯性飞了出去。

胖三连滚带爬地拉住周玦，说："诈尸了！"

周玦被那么一撞，摔得浑身都疼，而刘飞则整个人弹了起来。他们发现，刘飞的眼睛一直盯着陈昊，那眼神非常凶煞，根本不像是一个死人的。

陈昊挡住两人，说："大家小心，他好像……"

陈昊还没说完，刘飞又要冲过来。此时门口传来了那古怪的铃铛声以及血气，胖三和周玦同时喊道："又来了！"

而刘飞浑身一抖，站直了，转过身体朝门口奔去。所有人都听到他嘴里叫了一声："你总算来了！"

陈昊皱着眉说："这么久了，他居然没死！"

周玦震惊道："几十年了，还维持那样没死？"

陈昊说："他刚才好像喊了一句'你总算来了'，难道……"

胖三连忙抱起背包，冲回两个人的身边说："别管了，他们没一个是善类啊。跑吧！陈哥，接下去路在哪儿啊？"

陈昊转过头看着那幅壁画，说："你们看，壁画中的人物手里拿着白玉笏板，她的姿势是指着右边的。我们继续，现在时间已经不多了，我们再耽搁下去估计就要完了。而且后面估计比刘飞还狠。"

就在三人一窝蜂地冲入右边的通道内时，就听到门口传来非常恐怖的笑声，那声音就像锯子锯钢筋一样，随后便是一声撕心裂肺的惨叫。下一秒，刘飞的头就整个被扔了进来，刘飞还保持着愤怒的表情，死死地瞪着三个人。他最后的眼神落到陈昊身上，从人头中只挤出一句："快跑……"随后，整个人头都开始发黑，从他的气孔内流出了许多液体和虫子。

陈昊看着门口，焦急地催道："快！快跑！"

周玦此时发现，画中女人的眼睛好像改变了位置，原本朝右边凝视的眼睛忽然朝向了正面大门。最令人惊讶的是，从她的眼睛中流出了许多虫子，那些虫子发疯似的朝大门拥去。而周玦在那爬满虫子的壁画后发现，女人的眼珠子仿佛在转动，就好像活的一样，不停地注视着四周的动静。

周玦还来不及看仔细，陈昊一把就把他拉住了，他拉着周玦拼命地往右边的大门跑去，一边跑一边嘴里默念着什么。而周玦的脑子里无法抹去壁画中那个女人最后的眼神，那个眼神仿佛是在悲悯一般。

与此同时，陈昊的手臂已经缠满了头发，几乎看不到他的手掌了。

陈昊最后疼得实在受不了了，再也抓不住周玦的手，他咬着牙，仿佛是祈求般自语道："再撑一撑，求你再撑一下……马上就要到了……"

周玦在这狂奔的路上根本没有时间问他，跑在最前面的胖三又发出了绝望的叫声："这怎么过去啊？！"

最后的承诺

QIRENHUAN
七　人　环

11：10 公主坟

陈昊三人被逼到绝境，与此同时，叶炜终于也带着瘦猴到了公主坟那七根铜柱前，并告知了他关于七鬼和蜚族族母的往事。

叶炜费劲地想要撑起身体："现在我们必须进入真正的墓室，那里才是我们的终点。咳咳，我本以为可以在这里截住冯老九，但是他完全无视这里的机关陷阱，甚至没有打破那些陶壶就直接进入了，看来还有一条捷径。现在我们也只有碰运气了。"

瘦猴皱着眉头说："那只猫到底是怎么回事？"

叶炜推开了瘦猴的手，说："那只猫是我们老太太养的……"

瘦猴盯着叶炜，叶炜却低着头，瘦猴啧了一声，说："好了，不想说就算了，那么我们怎么办？咱们接下去干吗？"

叶炜惊讶地抬起头，他本以为瘦猴会继续追问，但是没想到到了现在这个地步，瘦猴居然选择了相信自己。瘦猴缩着脖子，摇着手说："你别以为我是相信你，我只是不想再节外生枝了。"

叶炜笑了笑，恢复了以往那种云淡风轻的口气，他看着七根柱子，说："既然如此，那么我们快走吧。在老九进入之前赶到，或许他还有一线生机。而最坏的打算就是放弃他……"

瘦猴想要反驳，但是他想着老九的现状，不知道为什么，他居然也认同叶炜这样的想法。

之后的通道在叶炜的带领下走得非常顺利，再没有出现过什么机关或者阵法。瘦猴纳闷道："老九说，他进入这里还走了很多冤枉路啊。"

叶炜调整了一下手电筒，他一进入这里就开始心不在焉，他说："那是因为我打破了它原先的阵法模式，怎么解释呢？就好比我拔掉了一台机器的电源插头，然后这台机器就瘫痪了。这道理非常类似。但是，我总觉得老九一直都在撒谎，而且非常高明。"

瘦猴似懂非懂地点着头，忽然停了下来，叶炜问他怎么了。

瘦猴指着前面说："瞧！有陈茹兰的记号啊。"

此时瘦猴发现，在通道的尽头是一个巨大的洞，看样子是被人硬炸开的，在破墙的边缘有一排用记号笔写的字。

瘦猴用袖子擦了擦："仪式失败，施者必死。"

最后的那个"死"字并没有写完，他是猜测出那是什么字的。他回头看着叶炜，叶炜的眼神非常古怪。他看着这几个字，不停地动着嘴唇，还骂了一句"畜生"，但是瘦猴听不到他后面在说什么，只是从他的眼中看到了一种深刻的痛苦。他闭上眼睛："茹兰是无辜的……"

叶炜走过瘦猴的身边，继续往前走。瘦猴看了看那字，又看了看叶炜，说："这是什么意思？"

叶炜说："真相，不用再费心思多问了，只要进去就会知道。"

他停顿了一下，像说给自己听一般，低语道："我是为了纠正叶家的错误才来的。"

没走几步，他们又听到了一声非常刺耳的叫声，瘦猴甚至无法分辨这声音到底是不是老九的。而就在那撕心裂肺的吼声后，从墓道深处传来了非常古怪的猫叫声，声音非常微弱，但每一次响起，瘦猴就觉得手心冒汗。

叶炜脸色变得非常阴沉，好像那几个字给了他非常大的打击。他默默道："继续往前跑，这里还有一条道通向深处，他们触动了机关，我们时间不多了……"

叶炜也感到了那只猫的反应，他痛苦地从口袋里掏出了一个锦囊，递给瘦猴。瘦猴不明所以，叶炜低声朝他耳朵只说了两个字："保命。"

瘦猴不明白地看着他，叶炜却没有再回答，捂着眼睛。瘦猴感觉到身后那些东西又跟来了，拉着叶炜继续往里跑。

最后那段路根本就不是什么墓室，越往里跑，他们就觉得越古怪，周围都是石堆，仿佛这里是一个天然的山洞，毫无人工的痕迹。瘦猴纳闷那些富丽堂皇的享堂后面居然是那么原始的山洞，这公主又不是人猿泰山，怎么会放在这种地方？

这原始的山洞里，周围还有各种不知名的草，长得非常茂盛。

叶炜说："这种草叫作鬼灯。别靠近它们。"

瘦猴问道："为什么？有鬼？"

叶炜尴尬地咳嗽了一声，说："不，有毒……"

这条路走到最后，几乎可以用无路可走来形容。四周都是葫芦状的鬼灯草，这些草仿佛活的一样，只要一闻到人的气味，它们就像一张嘴一样不停地开合，里面露出了非常妖异的红色花蕊。四周弥漫着一种让人非常不舒服的香味，这种味道很容易让人产生死亡的恐惧感，就像葬礼上使用的香烛和鲜花混合的气味一样。

瘦猴捏着拳头跟着叶炜继续往里走，但是越走他就越害怕。他发现，在他心中那种求生欲望和对死亡恐惧感的交替下，他简直无法正常走路，虽然他知道活下去的可能性非常渺茫，但是到了这里之后，他开始真正对死亡产生了恐惧，那是一种由内心深处钻出来的害怕。不想死的念头和生存的渺茫，就像刀子一样不停地划着他的脑子。

瘦猴的呼吸声非常急促，叶炜也注意到了他的异状，只是淡淡地说："退回去必死无疑，你只有放手一搏。我说过，你的命格是极阴的，所以我才让你选择这里。如果换作周珙，他无法忍受这些鬼灯草的丧气。"

瘦猴看着他，叶炜的脸非常苍白，血痕使得他看上去很恐怖。他的眼睛已经分不清楚到底是眼珠还是眼白了，全部都血红。瘦猴握着手里的锦囊，咬着牙说道："我知道，我不会拖你后腿的。"

叶炜破天荒地拍了拍他的肩膀，柔和地说："没事的。"

瘦猴闭上眼睛，狠狠地点着头，对抗着内心的那份恐惧。

叶炜顿了一下，但他还是没有停下脚步。此时从洞内传出了非常凄厉的笑声，那声音是一个女人发出的。

瘦猴感到这声音很陌生，看着叶炜说："难道真的有人比我们早进入？"

叶炜冷笑着说："的确，早了五年。"此时除了落水声敲打声，便是刺耳尖锐的猫叫。

瘦猴实在忍不下去了，一个箭步冲了过去，身后的叶炜没有拦住他。忽然从里面蹿出了一个东西，瘦猴定眼一看，居然是那只黑猫。那只猫身上的肉已经掉得差不多了，只有那个猫头还完好无损。猫的嘴张得非常大，露出了满是血污的獠牙，眼睛都充血了，它恶狠狠地盯着瘦猴看，瘦猴还能感觉到它的热气。那只猫忽然发现了叶炜，呜咽着朝他挪动着，眼睛失去了刚才的凶狠，变得非常凄苦。

此时叶炜做出了一个令人无法理解的举动，他单手捏住猫头，一把把它拎了起来。他捏得非常紧，猫血被他挤得满手都是，就像一条蔓延的血藤一样。那只猫一开始还在挣扎，但是没过几秒，脑袋一歪就断了气。接下来，叶炜又做出一件让瘦猴做梦也想不到的事情，他仰头就把猫头的血往自己的嘴里挤，贪婪地喝着猫血。

同时，身后那古怪的铃声和血气再一次翻涌，那七个怪物终于还是跟了过来，他们就像动物一样地爬着，身上还粘着许多红色的血肉，初看之下还以为是红色的棉花，而那些肉则像有生命一样不停地蠕动着。

11：10　郭璞墓

就在瘦猴和叶炜真正进入公主坟深处时，跑在最前端的胖三大声喊道："看！"

周玦和陈昊往前一看，发现前面密密麻麻地立着许多石碑。石碑密集到几乎没路可以让他们走，除非他们是真的武林高手，可以踏着这些石碑往前跑。但是那些石头被磨得非常尖锐，就像石头做的刀尖路似的。

周玦回头望去，那铃声已经消失了。他不太明白，一转头，那黑色的人影几乎就在他的面前出现，周玦差点儿被那血气给熏死。他连忙往后退，被陈昊一把拉住，那群黑色的人就这样站在他们的面前，而他们已经无路可退了。周玦在接触到那黑色怪人的一瞬间，感觉到自己的肌肉就像有意识一般地被那怪人吸引过去，如果不是陈昊拉住，他觉得自己就要分散开了。他抱住自己的手臂，惊恐地发现手上的表皮居然掉落了一大块。他捂着手臂，脸色惨白。周玦说："我们……我们会被他吸走。他会吸走我们身上的血肉。"

此时，胖三忽然喊道："有路的！有路的！你们看那里！"

胖三指着那些石壁中一条非常不起眼儿的缝隙。周玦差点儿没被气死，说："你妈的，连我都挤不进去，把你剁碎了塞进去？"

但是已经容不得他们再作思考了，再犹豫下去只有等死的份儿。陈昊第一个跳了下去，当两个人以为他会砸在石头上被磕死时，他居然好好地站在石碑的中央，他说："快跳，往我这里跳。"

胖三和周玦对看一眼，身后已经容不得他们犹豫了，胖三也感觉到了那种古怪的吸力，他觉得自己的身体就像要分裂了一样疼痛。两个人眼睛一闭跟着跳了下去，之后他们发现，跳下去的地方正好是一块空地，虽然面积不大，但是足够他们站立了。而别的地方纵横交错，石壁的四周还非常缺德地被磨得很尖锐，如果一下子跳不好，脑壳直接像鸡蛋一样碎裂。

而胖三就是那个运气稍微差一点儿的，他的左手背被石碑边缘划了一道非常深的口子，连肉都翻出来了。

胖三疼得眼泪都流出来了。周玦看着四周石刀丛林一样的环境，根本就是从一个绝境跳入了另一个绝境。

胖三惊恐地抬头看着上面，说："我们怎么过去？翠娘她们成功了吗？"

陈昊看着石壁，说："我们必须找到正确的路，否则就会被困死在这里。"

胖三说："这里的石头边简直就像刀刃一样锋利，我们怎么才能走出去啊？难道真的把自己当土豆削了？"

此时，周玦又一次感受到那股压迫的血气，当那七个怪物接近自己的时候，他就会感觉到无比的疼痛。慌乱中，他手中的手电筒不小心敲到了石壁上，石壁发出了一声非常清脆的声音。

陈昊猛然抬头，默默道："莫非……"

说完他也拿着手电筒敲击着石壁，石壁发出了不同的声音，他惊道："这是磐石！"

陈昊连忙又敲打了四周的石壁，果然传出了各种不同的声音，像古代的编钟一样。陈昊说："《山海经·西山经》有云：'小华之山……其阴多磐石。'郭璞曾注：'可以为乐石。'所以说，这里的石头可以演奏不同的声音。"

周玦说："那又怎么样？"

陈昊看着四周，又敲打了几下，说："这是阵法，以阴阳五行为原则，五行演化为五音，原来如此：磐石五音阵。"

陈昊快速地敲打着石壁，石壁的声音就像编钟发出的响声，而声音回荡在这空间中的回声非常悠远。

周玦说："我们怎么凭这个找到出路？"

陈昊皱着眉说："五音分别是宫、商、角、徵、羽，代表着五行——土、水、火、金、木，而其中宫乃五音之君、商乃五音之臣，二者之间的关系犹如阴阳，相辅相成。我们只需要辨别好音律之间的关系便可，得了，跟我走吧。"

陈昊带着周玦二人七拐八拐绕在这石壁之中穿行，说来也怪，居然真的让他们走出了一条羊肠小道。陈昊时不时地敲打着石壁，但是他敲的次数非常有限，走了很久也就只敲了四下而已。

胖三说："我们干脆一路敲过去吧。"

陈昊瞥了他一眼，指着石壁说："这石头的音波除了代表五行，还代表人体内的五脏，如果使用过度，会对内脏造成伤害。"

胖三连忙捂着胸口，而就在此刻，陈昊因为和胖三说话而转错了弯，他的背包被尖锐的磐石划出一个口子。令人无法相信的是，在陈昊背包的最深处居然露出了一张人脸，人脸露出一种非常阴森的笑容。

周玦没想到会看到这一幕，吓得叫了起来。而陈昊也知秘密被发现，一下子脸色煞白。此时，从背包的口子内延伸出许多头发。陈昊闭上眼，知道事情瞒不下去了。

胖三吓得连忙从陈昊身边跳开，指着陈昊说："你……你……"

陈昊默默地放下背包，他一直都低着头，所以看不见他的表情。周玦感觉此刻的陈昊比身后那些鬼魅更令他不寒而栗，他是什么时候带着那头颅的？

陈昊的动作非常缓慢，就像一个行动障碍者一样。他不敢抬头看任何人，从背包中掏出了一个女人的头颅。头颅已经风干了，皱巴巴的皮肤根本看不出年纪，如果不是从那些长头发分辨，周玦二人根本看不出那个头到底是男是女。

陈昊非常小心地捧着这个头颅，小心翼翼地拨开乌黑的头发，这张女人的脸就朝着周玦和胖三。他抬头看着二人："她，就是翠娘。"

陈昊话音刚落，石壁就发出了非常不安的声音，远处的石壁开始爆裂，就像有人在堆放炸药一样，而那血气也朝他们这个方向蔓延而来，血气中还传来了一个令人非常不舒服的笑声。

"原来你找到了她的尸首啊……"

11：35 公主坟

瘦猴倒吸一口气，叶炜一口喝干了猫头的血，而猫头也被叶炜捏得变了形。瘦猴恐惧地看着他的一举一动，不自然地往后退。叶炜斜眼看了他一眼，一把把他拉到身边，咧着嘴朝他笑了笑，牙齿上都是猫的血。那一刻他和那只猫仿佛重叠了一般，瘦猴觉得他的眼睛像极了那只猫。叶炜把猫头像肉骨头一样扔在一边。

他诡异地说："别怕，他只是想让我活得更久一点儿罢了。"

瘦猴惨白着脸，几乎连说话的声调都变了，说："他是谁？"

叶炜露出一个非常古怪的笑容，拉着瘦猴往前走。瘦猴发现叶炜的力气比以前大了许多，完全没有了之前那种虚弱的感觉，仿佛那些猫血给了他力量。他们很快发现，在鬼灯草的尽头是一个非常古怪的池子，池子是由一整块巨大的玉石打造而成的，里面还有水。在水的四周密密麻麻的全都是鬼灯草，一有人靠近，它们就喷出黑色的烟雾，这和之前的倒有些不一样。

老九此时头朝地趴在池子边上，看不出到底是生是死。瘦猴想要跑过去看个究竟，被叶炜一把拉住，他指着周围说："你贸然进去，结果就和他一样。"

就在瘦猴要发话时，他听到边上忽然传出非常诡异的脚步声，从身后通道的深处，走出来一个人影。

瘦猴看到那人的一刹那，以为自己看到了鬼。来人瘦得几乎只剩下一把骨头，根本看不出人形来，并且还挂着和叶炜一模一样的古怪笑容，眼中毫无生气，他的样子更像一个鬼魂。他的头发几乎都脱落了，只有零星的几绺儿挂在脑门前。他没有任何装备，穿着一身黑色的衣服，从头到脚，只有脸惨白得像白蜡一样。他手里没有手电也没有火把，仿佛一直都在这里一样，只是看到有人来了，出来串个门而已。

那人行走得非常缓慢，瘦猴觉得他走路的方式很像娘娘腔。那人走到他们的面前，开口道："你还是来了，我等了你很久。"

叶炜说："我是来纠正你的错误的，看来我还是来晚了一步。"

那人咯咯地笑了起来："你指的是鬼珀吗？呵呵，那东西已经被那人扔到池子里去了，猫没能阻止他。"

他继续说："真正的铜壁就在这池子下面。"

瘦猴疑惑地看着两个人，叶炜的手一直抓着他的胳膊，不让他离开半步。那人朝他们走近了些，瘦猴发现他走得慢，是因为他的脚非常小，就像古代的女人裹了小脚一样，并且还穿着一双寿鞋。近看才发现，他真的瘦得只剩下皮和骨头，手臂比竹竿还要细，用移动的骷髅来形容他再合适不过了。

"骷髅"说道："作为一个叶家的鬼童，你很称职。"

叶炜从鼻子里哼出了笑声，但是没有回话。那个人继续说："怎么样？最后我完成了承诺，把那只猫给干掉了。你现在自由了，大哥，该你完成承诺了，还是你想让你身边的这位小兄弟代替你？就像我让陈茹兰代替了我一样。"

瘦猴睁大了眼睛："你是那个已经死掉了的叶斑？"

那人头一次看着瘦猴，不过眼神满是轻蔑，他说："我们不是见过一次面吗，你怎么忘记了？"

瘦猴的大脑飞快地闪过那次火车上的情节，那人看到他的表情哈哈地笑了起来。那人说："陈茹兰是一个聪明的蠢女人，用这个词形容她再合适不过了。不过叶炜啊叶炜，你同样也是一个笨蛋啊。"

叶炜同样笑着说："只要后面的七个鬼魂还在，你和我们一样危险，有什么好得意的？你以为你把魂珀附在那只猫的身上，就能再躲过一次死劫？别忘了，现在这里没有玄猫给你移魂了，你以为你还能继续在这个地方待多久？你也只是一个半死人罢了。"

叶斑深吸一口气，好像真的在认真思考这个问题，最后他笑着说："你知道陈茹兰最后是怎么死的吗？"

叶炜说："我知道。"

叶斑阴暗地笑着说："那墙上的字吗？哼，姓殷的老头儿最多也就是安葬了陈茹兰，躲在角落里生不生死不死罢了，现在估计已经彻底完蛋了。而我则是置之死地而后生。"

叶炜看着叶斑说："你也好不到哪里去吧，一个人像一具尸体一样躲在这里，利用那只猫来控制一切。如果不是我看着那只猫到现在，你早就死了，没有那只猫，你和尸体没区别。"

叶珽大笑起来，说："不如说无法摆脱吧。作为叶家的鬼童，你没有办法杀掉叶家的任何一个人，哪怕那只猫只有我的魂珀，你也没有办法它，除非魂珀回到我身上。"

瘦猴看着叶珽，意识到这个人居然这么变态地躲在这个坟墓里五年！五年里，他就不吃不喝？那么现在，他到底是活人还是死人？瘦猴已经无法理解这两兄弟到底是什么样的存在了。

叶炜倒是一脸无所谓，只是非常注意四周的变化，指着老九说："那个人怎么办？"

叶珽哦了一声，说："一个无关紧要的人。不对，应该说是两个无关紧要的人。"说完非常邪恶地看了瘦猴一眼。

叶炜说："他必须出去。"

叶珽又笑了出来，说："出去？哈哈，那么你代替他喽？"

瘦猴根本听不懂他们到底在说什么，不耐烦地问道："你们到底他妈的在打什么哑语，你们告诉我，老九到底怎么了？"

叶炜着急地朝瘦猴走了一步，但是瘦猴马上警惕地往后退去，忽然他感觉肩膀剧痛无比。瘦猴朝后看去，发现其中一个黑色的人居然将一只手搭在了自己的肩膀上。他连叫的力气都没有。

而原本趴在池边的老九抖了起来，三人看向冯老九，此时从冯老九的嘴里发出了女人的笑声，那种笑声就像一种阴冷的呼唤。

11：40 郭璞墓

就在瘦猴生死一线之时，陈昊手里的那颗头颅也让周玦和胖三大吃一惊。胖三拉住周玦，周玦则不停地往后退。此时，从石头堆里面又走出了一个人，这个人居然是已经掉落崖壁的林旭。

林旭背着手，看着陈昊，而陈昊手里的人头忽然睁开了眼睛，死死盯着林旭。林旭露出了一个非常古怪的笑容，说："我们又见面了，三位。"

陈昊看着林旭，说："其实翠娘最后没有尸体，她只剩下了这颗头颅，而这颗头颅里的灵魂一直都在等你。"

林旭说："我猜到了，因为那个老头儿的多事，使翠娘的尸体被陈茹兰的尸体替换了。这是一个大麻烦啊。"

周玦问道："你不是已经掉下去了吗？"

　　林旭笑了笑，说："陈昊这小子太精明啦，不这样，你们一路上遇到的那些事情，我就必须解答，有一个错误就会被你们提早发现真相，这对我不利啊。"

　　林旭虽然一直都在说笑，但是眼神一直都没有离开过那颗头颅。

　　陈昊说："通过五音阵，应该就到郭璞墓的中心了吧？我们已经没有多少时间了，午时一过，我们所有人都要死。"

　　林旭摇了摇头，说："不，死的只有你们，我还会继续活下去，然后把那本书继续流传下去，等下一批所谓的七人来，就像我放弃了陈茹兰那批人一样。"

　　林旭朝他们三人走了过来："你们是要浪费时间等我告诉你们真相，还是抓紧时间给自己争取活下去的机会？"

　　陈昊看了一眼手里的人头，说："你以为你掌握了一切？"

　　林旭眯起眼睛看着头颅，有所顾虑地说："我只是想要完成最后的仪式而已，和你们的目的是一样的。"

　　陈昊冷笑道："一样？不一样吧。你每次都会让无辜的人卷进来，代替你抽这个生死签。你觉得你这么做是不是太不要脸了，林大爷，或者该叫你虎子？还是，乔三七的传人？"

　　周玦听到陈昊说出那个名字的时候，还没意识到什么，忽然他想到虎子就是书中第一个死去的大汉，那个带着众人进入古墓避难的盗墓贼。他不是一开始就死了吗？怎么他是虎子，那么……林旭又是谁？

　　周玦彻底被搞蒙了，胖三听得半边脸更是不停地抽搐，他们完全不能理解。林旭笑得肩膀都在颤抖，他说："好，好，好小子！那么，你现在的选择是什么？浪费时间，还是抓紧机会？"

　　陈昊看了一眼周玦，说："我们的目的是活着出去，你既然来过，那么就不用我们再冒险试验了，带路吧，高人。"

　　林旭哈哈大笑，拍了拍离他最近的周玦的肩膀。周玦看到他忽然眼神一厉，下一秒就感觉有一把尖锐的东西顶着自己的脖子，而自己的手也被死死地反扭在背后。

　　陈昊皱着眉头，说："你想要怎么样？"

　　林旭依然谈笑风生，但是他的表情非常险恶，他道："我说过，我想要完成这个仪式，你手里的那个头颅对我来说是一个威胁。只要仪式结束，本来的死局就会重新洗牌，而且通过研究，我已经知道了使蛊虫复活的正确方法。只要那七个鬼魂消失，我就可以重新制作仪式，而且绝对不会再失败。现在把头颅给我毁了！"

　　陈昊阴冷地说："你也是蛊族的人。"

　　林旭听到这句话，又笑了起来，说："不，我只是想要控制生死罢了，无论是我自己的还是别人的！"

胖三煞白着脸对陈昊说："这人疯了，他疯了！"

陈昊说："他早在几十年前就已经疯了。"

林旭虽然口口声声说对这个头颅没有了忌惮，但是他始终死死地盯着那颗头颅。林旭眯起眼睛，放低声音道："快，毁了那个头颅，否则我就杀了他。"

陈昊缓慢地抬起翠娘的头颅，忽然身后那鬼魅般的血气又蔓延开来，而就在林旭把注意力放在身后的那一瞬间，周玦一肘猛击向林旭的腹部，林旭没想到周玦会来这招。胖三乘机把手里的火把朝林旭的脚扔去。周玦想要挣脱，但是林旭依然牢牢地抓住他，尖锐的匕首已经把周玦的脖子划出了一道口子。陈昊眼见林旭要对周玦痛下杀手，一个飞身朝林旭扑了过来。林旭根本看不出已进入古稀之年，灵活地一个侧转，陈昊便扑了个空，但这给周玦争取了时间。周玦乘机连忙一猫腰，从林旭的手里挣脱出来，朝胖三靠了过去。林旭还想要抓周玦，却被陈昊挡住。

林旭看到陈昊怀里的头颅，那些头发像蛇一样向他扑来，他没有贸然靠近，眼珠一转道："好，好小子，你不肯毁掉她的头颅，早晚会坏事。现在不是内讧的时候，那些东西已经极度不安定了，他们想要血和肉。"

陈昊冷冷地看着他，开口道："你走在前面。"

胖三看了一眼林旭那种阴狠的眼神，不安地看着周玦说："把那老家伙的手给绑起来，否则不知道他还会阴谁呢。"

11：40 公主坟

瘦猴感觉自己的肩膀像被斧子劈了一样疼痛，那个怪物的手陷入他的肩膀，血瞬间淌了出来，流出的血迅速被黑衣人吸收了。

瘦猴根本来不及挣脱，他倒吸一口凉气，以为自己差不多就要挂了。但是冯老九的身体突然抖动了起来，从他的嘴里传出一种非常古怪的语调，随后身体缓慢地向着池子里滑了下去，就像池底有什么东西把他一点一点往下拖一样。此时，叶炜的眼睛又开始大量流血，但是他根本管不了这些，对着瘦猴大喊："锦囊！快！打开它！"

瘦猴想到揣在口袋里的袋子，急忙扯开袋子，里面的粉末瞬间撒了出来。就在那一秒的时间里，瘦猴觉得像过了好几分钟，他感到疼痛似乎消失了，取而代之的是一种麻木的感觉，肌肉像瞬间被冷冻了一样。他无法站立，往后倒了下去，叶炜连忙扶住他。同时，冯老九整个人扑通一声，掉入池子中。

那些黑衣怪物中带头的那个像迷失了方向一样，不停地打转，嘴里念着和冯老九念的一样的词，其他怪物也无法前进。就在这个时候，瘦猴看到黑布后面那些怪物的脸。

他们根本就没有五官，连脸都不能算，只是一堆腐肉，那些腐肉不停地蠕动，里面还有许多虫子。他不知道这些怪物是靠什么发音的，但是他很清楚一点，如果要和那些怪物融合，他宁可自焚算了。

叶斑一直都在边上看着，死死地盯着池子里的动静，好像冯老九这一掉下去，就会发生什么事情。叶炜就趁这个时机，尽量拉开了他们和黑衣怪物的距离。瘦猴觉得浑身都像冰冻了一样，他不明白那粉末到底是什么，胡乱地指着那堆怪物。叶炜淡淡地说："那是叶家祖先的骨灰。七鬼中有一个是叶家的祖宗，这东西对他还是有点儿作用的。"

瘦猴这才明白了叶炜的用意，估计那玩意儿就那么一个，否则叶炜不会到现在才拿出来。瘦猴看着叶炜，叶炜只是苦笑着说："的确就这一份。"

此时，一直活在这里的叶斑依然气定神闲地看着他们，但叶炜还是能从他的眼神中感受到一丝焦急，仿佛他也在害怕着什么。冯老九的出现对他来说是一个变数。

叶炜忽然明白了什么，露出了一个嘲讽的笑容，说："你也等不了了吧，已经没有下一个五年了。"

叶炜在套叶斑话的同时，也在不停地调整自己的位置，并且时刻注意黑衣怪物的动静。那些黑衣怪物在接触到骨灰后，动作越来越缓慢，最后干脆彻底停止了动作，就像七尊怪诞的雕像一样。

叶斑也注意到黑衣怪物不再动作，他朝池子看了几秒说："对于我们来说，生和死有什么区别，只要能有意识存在下去，就算是一堆腐肉也能活下去。这五年，我一直都睡在这里，但是你们外界的一切我都知道。"

叶炜冷笑着说："的确一切都很好，我只是非常恶心你利用一个女人来完成这样的仪式，而且你还失败了，叶家的脸都被你丢尽了。"

叶斑瞪了他一眼，不过没有继续说。瘦猴这个时候也稍微缓过神来，他看着池子，舌头还有些麻，说不完整话。

叶炜没让瘦猴靠近池子，对叶斑说："当初你想要完成这个仪式，得等到最后的步骤，所以主动参与七人，极力怂恿陈茹兰冒这个险，但你还是失败了。现在我们必须阴阳同时进行，如果再失败，你没有第二个五年可以等。到时候，你和那只黑猫都得见叶家的祖先去。怎么样，是你赌不起，还是我赌不起？"

叶斑捏着拳头，恶狠狠地说："那么，你准备怎么样？别忘了那个诅咒，只要触动仪式，失败了就是魂飞魄散，连变成尸鬼的机会都没有。你是要自己上，还是让你边上的这个小子干？"

瘦猴抬头看着他，叶斑扭曲着脸，大笑道："这就是所谓七人环最后的秘密，明白了吗，小子？其实所有的一切都源自这不能确定成败的仪式，失败了就彻底完蛋，而活着的人则可以继续尝试。你有这个勇气去赌吗？"

叶炜说："我赌。"

瘦猴看着他，叶炜说："我答应过陈昊，我会负责到底。"

叶珽闷笑道："失败了呢？失败了的话，你这个最完美的鬼童也会完蛋。叶家那些老头儿损失可就大了！"

叶炜看了一眼叶珽，只是淡淡地说了一句："你真可怜，陈茹兰那么相信你，你却一直都在利用她，你这种人和禽兽有什么分别？"

叶珽笑着说："这没办法，其实陈茹兰什么都猜对了，但是最关键的地方她出错了。她信错了人，不只我一个，还有一个人也对这里非常感兴趣，他比我更加用心良苦，布局更深。"

瘦猴问道："谁？"

叶珽冷笑道："陈茹兰的导师，那个姓马的老头儿。他提供了各种现成的材料，包括泥板的去向，但是他没有提供固魂珀，所以我们只能来到公主坟，并打算在这里完成仪式。而他没有直接参与进来，一直都是我们在冒险，这个人比我更阴险！"

叶炜皱着眉道："但那个老头儿已经死了。"

叶珽愣了一下，回想着五年前的情景："不……不会那么简单，老头儿非常狡猾，他很会利用人心，他利用了陈茹兰，还包括我。此外，他知道更多关于七人环的事情，他提供了很多消息，比我们叶家的道行还要深，他不会轻易放手的。"

瘦猴问道："那么郭璞墓呢？"

叶珽停顿了很久，若有所思地说："他提到过，但是……当我们真的来到南京之后，他就不见了，所以之后我们的判断发生了巨大的错误。我们都认为当初七人环中那些人没有成功，是因为他们被郭璞墓这个迷雾干扰了，真正的仪式应该还是回到起点，在公主坟开展。但是直到我进来之后才发现，一切都被人算计了，他给我们的信息有误，而他的目的是困死我。所以我隐瞒了这件事，看着陈茹兰去送死，然后便假死于此，通过那只黑猫向外界发出信息。"

叶炜说："也就是说，当老头儿发现你也入伙之后，他就认为你们这一批人不够理想，所以他就放弃了你们，并没有告诉你们所有的线索？"

叶珽点着头，忽然脸色大变。本来在水里的冯老九不知何时居然爬了上来，而他的眼睛并没有看着他，而是死死地盯着那七个犹如枯木的怪物。

叶珽也不敢大意，但是身后那些黑衣怪物开始骚动。它们发出低鸣，随后身体开始腐烂，从里面涌出了许多血肉，血肉向着池子蔓延开来。

叶炜拉住瘦猴，凑近他的耳边说："如果有什么万一，记得往北跑。"说完他又塞给他一袋锦囊。他捏着瘦猴的手说："记住，不到万不得已，千万不要打开，否则就没有第二次机会了。"

瘦猴说:"不是没了吗?"

叶炜笑了笑,没有说话。瘦猴捏了捏袋子,发现不是粉末,而是软的东西。他发现叶炜的手臂居然出现了一个很深的洞,血不停地往外流。他看着袋子口的血迹,再看看他的手臂,想要说什么,但是怎么都说不出口。

叶炜笑着看了瘦猴一眼,没有说什么,他朝冯老九缓缓地走了过去。瘦猴想要拉住他,但是怎么也使不上力气。

叶炜面对着冯老九,此时的冯老九已经彻底失去了意识。叶珽在边上说:"他现在已经完全失去意识了,我操控玄猫的时候,他就跟着跑了进来。原本我以为他是来追固魂珀的,但是我发现,他知道这里所有的机关和位置,他……"

叶珽还没说完,从冯老九的身后忽然伸出一只手,那是一只女人的手。女人的手里紧紧地握着那颗固魂珀,那七个怪物发出撕心裂肺的吼叫。

11:40 郭璞墓

胖三和周玦把林旭的手反绑在身后,林旭没有挣扎,只是冷冷地说:"别浪费时间,接下去,你们中的哪一个来完成仪式?"

陈昊看着周玦和胖三,一言不发地走到周玦身边,对着林旭说:"我想要确认几个问题。首先那本书是你写的,里面的确有翠娘的头发,但根本不是为了纪念她,你也没有受到控制,而是利用虫母的精魄让这本书成为蛊族尸人仪式的开启道具。如果我猜得没错,你们原本的七人都知道这个秘密,只是你们需要一个外人,来冒险做这个试验品,启动最后的仪式。所以现实中真正的林旭已经死了,而你李代桃僵,继续着这个骗局,用翠娘,不,是蛊族族母的头发作为引子,编入书中,制造了这一本鬼书,以此来不停地吸引着无辜的人,为的就是完成你所谓的仪式。这就是你的目的。"

"林旭"看着两个人,说:"没错,原先我引他们进入公主坟就是为了完成最后的仪式,但是没想到失败了。第一个死的就是郎中嘎子,他的死亡给我们提了一个醒,失败了就会死人,所以,我们还需要一个外人,这个人必须什么都不知道,而且必须替我们完成这一切,林旭就是最好的人选。当然,如果成功了,我也会想办法把他干掉,所以他必定要死。"

"你太自私了!"

"林旭"冷冷地瞥了周玦一眼说:"乔三七因为无意中得到了固魂珀以及蛊族的秘密,将半辈子的心血用在了这上面,他就是为这个秘密而活的。我也一样,只要知道仪式的最后方式，成功了，那我就是蛊族新一代，也是唯一的大宗主，和郭璞一样的成就！"

陈昊冷哼一声，嘲笑道："你以为你是谁啊？好了，接下去如果我猜得没错，进入古墓中的所有人都同意再找一个人当试验品这个方式，包括乞儿，包括冯禄喜。他们或者觉得这样是正确的，或者被逼无奈，总之他们的确一直都保守着这个秘密，并且配合着你完成这个谎言。不过……中途的确遇到了些麻烦，刘飞好几次都想说出真相，所以你们果断地在最后放弃了他，把他关在了墓室内，而墓室内的机关以及蛊虫使他假死，直到刚才你才结果了他的性命。当然，最大的意外应该是翠娘，她居然在断气之后又活了，所以你只能选择装死，然后跟在翠娘和林旭身后，监视着他们的举动。魁六爷他们则提前出发，给翠娘安排阴阳尸气的互换，测试她体内是否有虫母，同时利用翠娘带着林旭他们找到了乔三七的尸体以及他所盗的固魂珀。翠娘因为受到了虫母的影响，一心想要完成仪式，解放所有蛊族怨灵，你们也正好利用了她这一点。但是没想到仪式还是失败了，不但施法者林旭暴毙，你们也砍下了翠娘的头颅，把她封在祠堂中，施下奇门遁甲之术。直到五年前，殷叔抬出了茹兰的尸体，可当他到祠堂时，受到了翠娘的控制，把茹兰放入棺材中，而那个头颅被他安置在了阴阳道内，最后被我发现，才会发生现在这种情况。"

虎子用一种疑惑的眼神注视着陈昊，说："这些都是你猜的？"

陈昊朝他看了过去，虎子愣了一下，仿佛发现了什么，第一次对陈昊露出了恐惧的表情。陈昊却冷笑道："还有一点，我一直没有想明白。"

虎子说："什么？"

陈昊说："你和马教授到底是什么时候串通起来的？马教授又知道多少这里面的秘密？"

虎子停顿了好几秒，忽然哈哈大笑道："马教授？没有什么马教授，林旭、虎子、马教授其实都是同一个人！那就是我！"

陈昊眯着眼，虎子诡异地一笑，居然用马教授的声音说道："小昊，金石学可是一门严谨的学问。"

陈昊怔了怔，周玦和胖三彻底傻眼了。胖三连忙说："我们看到过马教授的尸体啊！"

虎子哈哈大笑道："李代桃僵的把戏罢了！这种雕虫小技对我来说还不是难事。当年我也是假死骗过了林旭那傻小子，而今要找一具尸体代替也很简单。本来，如果茹兰没有带那个男人来的话……我会告诉她正确的方式，让她完成仪式。"

陈昊铁青着脸，压低声音说："就因为这个理由，你就骗了茹兰，让她去送死？"

虎子恶狠狠地说道："我不能让我这一辈子的心血在这节骨眼儿上被别人抢去。当我见到那个叫叶珽的小子时，我就知道，陈茹兰必须被放弃！"

陈昊捏着拳头，手里的头发像钢筋一样勒着他的手臂。胖三插嘴道："但是现在，你还不是让叶炜进入了！他也是叶家人啊。"

虎子不屑一顾地看着周玦说："那个人？他根本就不是一个活人，最多就是一个鬼童而已，根本不足为惧，我有十几种方式可以让那个家伙变回死人。"

虎子朝空气嗅了嗅："快走，那些东西又来了，它们是通过人的生气以及蛊虫的气味来跟踪的。"

11：50 公主坟

冯老九的身后伸出了一双手，他翻着白眼，看上去像被什么东西附身了，他忽然整个人跪了下去，身后居然站着一个女人。这个女人垂着双手，低着头，头发漂散在池水中，就像无数条水蛇。

而他们看不清女人的脸，因为她戴着一副非常古怪的面具，面具的样子像一种昆虫，嘴巴非常尖锐。

那些从怪物身上溶解开的血肉发疯似的朝池子涌去。叶炜没法往前走，叶珽此时也非常焦急，说："原来他跟进来的目的就是这个。他第一次进来的时候，就被虫母控制了。"

瘦猴说："不对，虫母不是已经移动到翠娘身上了吗？那么这里应该只是一具尸体啊。"

叶炜和叶珽为之一怔，他们忽然意识到了什么，朝瘦猴看去，瘦猴也瞪着他们。

叶炜说："老九的祖父当年把固魂珀又扔回了公主坟！"

叶珽也惊吓道："没错，如果说翠娘已经死了，或者尸体不完整，那么虫母肯定会急于回到固魂珀中！"

叶炜滴着冷汗说："但是没有启动仪式，就算有固魂珀，族母也不会复活。"他看着叶珽说，"而你们那一次失败的仪式虽然没有解决七人环，却误打误撞让虫母和族母得到了初步的同步。所以当老九再一次进入的时候，他遇到了完成一半仪式的族母。"

话还没说完，那些血肉就围在了女人的身边，形成像一朵肉莲花一样的东西。女人依然一动不动，就像一座雕塑。

叶珽说："老九早就被这个族母控制了……他说过，他是为了一个女人而来的……"

瘦猴张着嘴看着眼前的一切。叶炜忽然发现了什么，说："但她没办法离开这个池子！"

瘦猴满头大汗，说："那些肉为什么要聚集过去？"

叶珽说："七宗主奉族母为尊，族母有着他们梦寐以求的东西，也就是虫母。如果他们融合了，我们就算利用郭璞的阴阳封魂法也不一定成功脱险。也就是说……"

叶炜一个箭步蹦了过去，但是那些肉马上就像有感应一样，阻断了他的路。

瘦猴看了一下手表，几乎叫着说："只有五分钟了！"

但是在这朵"肉莲花"的半尺范围内，只要他们一靠近，血肉马上就会攻击，任凭叶炜、叶珽两兄弟再怎么有能耐也无可奈何。瘦猴低头看着手表，指针每移动一次，他的心脏就会骤停一次。

11：50 郭璞墓

就在同一时间，周块三人以及被捆缚双手的虎子终于来到了郭璞墓的主墓室。整个墓室被建成了天圆地方的格局，墓室顶部布有七星九曜，而四周则绘着山脉。

胖三道："那么牛逼？画了喜马拉雅山？"

陈昊说："这是昆仑山脉。"

虎子冷笑道："郭璞乃风水大家，而昆仑山则是一切龙脉之根源。他无法把自己葬在昆仑神山，自然会在自己的墓室绘上昆仑山脉。"

周块走在这里面，莫名地看到一种源源不断的生气，还感觉到这里居然有一股非常缓和的风，也不知道是如何形成的。而除此之外，墓室内居然没有任何随葬品。中央是一个巨大的八卦，地面就像铺了马赛克地板一样，被分割成大小大概在一个手掌尺寸的方形，而每一个格子内都有一段文字，有的是一段看不懂的符号。

陈昊看着地板上的符号，惊叹道："这每一个符号就代表着世间万物中的一个单元，相连起来便是一个整体，一化开天，二生四，四生八，八卦成，天下同。这里的地面就是八卦易经。"

他们小心翼翼地走到郭璞墓的中心，那里停放着一具巨大的铜棺，简直就是皇帝陵的级别。棺材四周有许多圆圈，周块数了一下，一共有二十五圈。

陈昊解释道："这二十五圈分别是：最里层天池、先天八卦、后天八卦、地支十二位、坐家九星、二十四星名、地盘、四时节气、穿山七十二龙、五家五行、透地六十龙、平分六十分金吉凶、正计百二十分金、人盘、天纪盈宿龙、天盘、缝针百二十分金、地缘归藏、二十八宿界限、天元连山、人元周易、浑天星度五行、浑天星度吉凶、十二宫次并分野、禽星界位。这是太极二十五层相。"

胖三看着四周，却又不敢乱动，说："那七星铜柱呢？咱们不是来瞻仰老先生的遗容的吗？"

虎子像煞有介事地说："当然，只不过郭璞把这最关键的七星铜柱设在了自己的棺椁上。"

周玦三人对视，他们本以为七星铜柱会摆放在墓室的边上，或者某一间享堂内。没想到，居然会在郭璞的棺椁上。

虎子看着棺椁说："这就是郭璞的过人之处，他把七星铜柱的仪式直接和整个坟墓的风水命脉联系在一起。而这里控制所有太极二十五转轮的运动，只要这里一动，棺椁周围的二十五转轮也会动，对外面的阴阳道以及公主坟都会产生影响。一步错，步步错。五行五常，七星运生，七星运死！这里就是终点。"

就在陈昊伸手从背包中拿出那四块泥板时，他的呼吸越来越急促，周玦还没把手搭在他肩上，他就一头栽倒在地上。从他的手臂内伸出了许多头发，他痛苦地扭曲着四肢，背包被他摔在了地上，头颅以及那本《七人环》都掉出来了。那些头发像水蛇一样缠绕在头颅上，把头颅包得严严实实的，从那本书内也蔓延出了黑色的头发。

陈昊闭着眼，满头都是冷汗，他喃喃道："再坚持一下……再坚持一下……"

但是没多久他就不再说话，像晕过去了一样。胖三拉着周玦说："陈昊怎么了？在这个节骨眼儿上他不能出事啊……已经到最后了！"

周玦颤抖地拿手去试探他的脉息，陈昊却冷不丁地笑了一声。陈昊缓缓地睁开眼睛，朝虎子冷笑道："虎子哥，你可好啊……"

虎子警惕地倒退。那些头发不停地钻入头颅的七孔，原本风干了的脑袋此时呈现出一种灰黑色，脸皮开始冒起水疱，头颅开始非常快速地腐烂，就像书中乔三七的尸体一样。而那本《七人环》的绞线也因为黑发的散尽，散了开来，这里又有风，书页被吹得到处飘。四块泥板则静静地躺在地上。

陈昊的眼神非常阴冷，周玦心里虽然焦急，却也无能为力，他不知道陈昊怎么会变成这样。

虎子不停地往后倒退，看上去虽然镇定，但是眼神显得非常恐惧。他低声问道："翠娘……"

陈昊嘻嘻一笑，说："翠娘已经死了，虫母也回到了敬德公主的身边，我只是一个想要讨回公道的冤魂而已。"

虎子的眼神有些苦涩："是为了林旭？"

陈昊的眼中露出了深刻的恨意："为了所有被你害死的人。"

虎子的眼里流露出一种说不清的神色，冷哼道："别忘了，最开始你也答应找一个陌生人来当替死鬼，当时你怎么不反对？"

陈昊痛苦地别过头去。

虎子摇头道:"翠娘,我不想让你冒险啊,所以当你阻止我们让林旭启动仪式,我才错手杀了你,但是我依然保存着你的首级,为你建造坟墓,为你画了画像……我……"虎子忽然眼神一冷,双肩一抖,绳子就松了。他朝陈昊猛冲了过去,手里不知道何时捏着一把匕首。

胖三吓得没了动作,周玦眼见虎子就要刺向陈昊,一个猛扑,虎子的匕首直接刺进了周玦的体内。陈昊睁大眼睛喊道:"周玦!"

虎子抽出匕首正要朝陈昊扑来,陈昊见周玦倒地,发疯似的朝虎子冲了过去,两个人扭打在一起。胖三抱着周玦的身体,从包里掏出所有的纱布按住他的伤口,但是血依然不停地涌出。

胖三发现周玦的血液居然不停地向着门口流去,他转头一看,那七个怪物已经跟到这里了……

11:55 公主坟

瘦猴朝叶炜喊道:"还有五分钟!得想办法!"

叶炜臭着一张脸,抬手拿着三块泥板说:"那么你来?"

瘦猴急着说:"我也过不去啊!"

叶珽说:"族母还不能离开那池子,那些东西想要吸收她!"

叶炜盯着女尸,摇头道:"不,他们做不到,因为老九把固魂珀扔进了池子,他们无法靠近,僵局了!"

叶珽咬着牙,拼命地盯着池子四周,忽然说:"可恶,偏偏这个时候出这种事!"

叶炜一步一步地朝池子靠近,他从腰间拿出了一把匕首,划开了自己的手掌。叶珽见他这般动作,喊道:"你想干吗?"

叶炜看了他一眼,说:"破阵。"

叶珽大笑道:"用自己的血?傻大哥,你不准备活着出去了?"

叶炜停住了脚步,重复了一遍叶珽的话:"活着出去?"

瘦猴不知道叶炜和叶珽说这话到底是什么意思,但他觉得叶炜这一次是抱着必死的决心往前走的,他的眼神和老九的一模一样,那是一种解脱。

瘦猴冲上去说:"叶炜,虽然我们相处的时间不多,我也不知道你到底是人还是什么?这都不重要,重要的是现在我把你当兄弟,我希望你能活着出来。你他妈的不要做董存瑞!"

叶炜手里的血不停地滴,还没滴落到地面,马上就被池子内的肉莲吸走了。叶炜一把推开他，继续朝前走。叶珽站在身后说："如果你觉得心有不安，你可以代替他。"

叶炜停下脚步，说："闭嘴。"

叶炜看着池子中的族母，她的面具忽然掉落在水里，头发遮住了她的面容。叶炜发现，她的皮肤非常光滑，丝毫没有老化的迹象。

叶炜闭上眼睛，抬脚踏进了池子。原本已经沉到池子底下的冯老九猛然跃水而出。

冯老九一半的身体已经被肉莲所化，半边脸已经只剩下骨头，他用一只眼睛环视着四周，最后把目光放在瘦猴身上。他脸上的肉不停地往下掉，他动了动嘴，但是声带已经坏了，喊不出话。

瘦猴看到他这样，几乎要一步冲过去，却被叶炜拦住。冯老九艰难地伸出已经是骨骸的右手，指向叶炜。

叶炜的眼神中再也没有那种讥笑讽刺的笑意，他头一次用一种近乎崇敬的眼神看着老九。他朝肉莲缓缓走去，只要那肉莲花有动作，老九就发疯似的扑上去，扯开那些肉。

瘦猴忍不住大声哭道："老九！"

叶炜没有因为老九的动作而停下脚步，老九替他挡出了一道缝隙，并指了指下面。冯老九喊不出话，但是叶炜明白他的意思，他让自己快点儿，因为他也撑不了多久了……

11：55 郭璞墓

陈昊和虎子打成一团，虎子毕竟是老江湖，他利用陈昊刚刚恢复意识，手脚不灵活，占据了上风，眼看陈昊就要被虎子干掉。周玦捂着自己的肚子，指着边上的铲子说："去……去帮忙，别管我！"

胖三看着已经跟来的七个怪物，又看着周玦的血像牵引线一样被七个怪物吸引，说："不行，不管你，你就会被那些鬼东西给吞了！"

周玦看着陈昊，用尽全力推开胖三，说："去帮他啊……"

胖三被他一推，直接倒了出去。他哎了一声，抄起边上的铲子就冲向虎子。

周玦想朝陈昊的方向爬过去，无奈他伤得太重，如果不是靠着意志撑到现在，他早就晕死过去了。

胖三朝虎子抡起铲子就是一下子，但是虎子的灵敏度丝毫没有因为年龄而减弱半分，他一个侧身闪到边上，保持防守的姿势，看着陈昊和胖三。胖三紧握着铲子，对陈昊说："老二，他伤得很重啊！"

陈昊朝边上看了过去，那黑衣怪物马上就要逮到周玦了，而他则昏死了过去，身上的血全部被身后那些怪物所吸收。同时，翠娘头颅上的头发又冒了出来，也朝周玦蔓延而去。

胖三见状大骇，又冲了过去，费力地往前拖着周玦，尽量和那些东西拉开距离。但是胖三太慌乱了，他根本使不上力气。陈昊也要冲过去，却被虎子挡住。

陈昊看着他说："如果他们死了，我绝对不会完成仪式。"

虎子恶狠狠地说："你就不怕死？"

陈昊看着周玦和胖三说："不是所有人都像你那么自私。"

陈昊说完一把推开虎子，冲到周玦身边，胡乱拨开了那些头发。他们两个人费力地把周玦拖到棺椁边上，陈昊同时飞快地抄起那四块泥板，转头看着虎子。他指着老头儿说："你要是再玩花招，我就杀你了。"

周玦艰难地睁开眼睛，但是他看什么都是模糊的，分不清眼前这三个人谁是谁，只是感觉到一双手摸了摸他的脸，随后便抽离了。

周玦明显感觉到有一束头发已经伸入他的伤口里，就像光滑的蛇一样。但是他叫不出来，只是觉得有东西侵入了自己的身体。

他的脑子里回荡着一些陌生的镜头，男人痛苦的眼神、挥舞的砍刀……

在公主坟那头，老九费力地支撑起了所有的肉莲，叶炜的身上也出现了许多伤口，但是他丝毫没有在意，快速地沉入水底。他发现女尸站的位置就是那七星铜柱的正中央。她默默地站立着，身上有一根非常粗的链子，这根链子的中段横穿她的心脏，一头连着铜壁的中心，另一头却不知道连在哪里。

叶炜蹲下身体，果然，他猜得没错，那些肉块没办法沉入水底，仿佛这水成了一层天然的隔膜。整个圆形池底就是那巨大的铜壁，四周是二十五个太极相生圈；中间是一层接着一层的圆圈，每一个圆圈都对应着一个符号，囊括了时间万物的根本；当中便是阴阳两极的天池。

叶炜憋着一口气，开始手上的动作。

同时，陈昊也转动了第一层。他们把手里的泥板按照顺序放入凹槽中，而其他的凹槽瞬间消失了，取而代之的是原先的图案和纹路。就在这样做的一瞬间，他们同时感觉看到了过去的情景。

六十多年前，一个年轻人在被逼迫的情况下转动了这些机关。他回头最后看了一眼那个女人，女人哭着喊着让他放手，最后他朝她笑了笑……

五年前，陈茹兰在生与死的选择下，发现自己错了。她绝望地看着躺在正中央的女尸，闭上眼睛转动着已成定局的错误……

而就在陈昊转动机关之时，那七个怪物以及疯狂扭动的肉莲，像机器失去机油一样停止了动作，所有人的心都提到了嗓子眼儿。

胖三看了一眼手表：11：59，还差 50 秒。

但是现在没有办法催促，谁都不知道，在阴阳道的另一头，瘦猴他们到底有没有开始仪式，所以一切都是未知数。至少在这 50 秒内，一切都是未知。

50 秒，陈昊闭上眼睛，脑子里闪过很多人的脸，陈茹兰、翠娘，所有人，还有周玦。他呼了一口气，感受着当年林旭的思绪，那种对未知的恐惧和不舍的痛苦，如今他也能感同身受了。

48 秒，他们同时把所有的符号位置都看了一遍，大脑中对照祠堂石壁的记载。这个石壁积累了太多人的生命和牺牲。

45 秒，叶炜按照泥板的顺序，把所有的符号都整理到适当的位置。而此时，忽然从上方掉下来一样东西，叶炜发现是一个头骨，冯老九尽了最后的一丝力气，替他撑住了那肉莲的腐蚀。

40 秒，先是天干地支的对应，随后便是七块泥板中七个符号的复原。陈昊念道："第一位，贪狼复位。"

35 秒，叶炜念道："第二位，巨门复位。"

25 秒，陈昊念道："第三位，禄存复位。"

15 秒，叶炜念道："第四位，文曲复位。"

10 秒，陈昊念道："第五位，廉贞复位。"

5 秒，叶炜念道："第六位，武曲复位。"

1 秒，陈昊念道："第七位，破军复位！"

所有人在这一刻都屏住呼吸，翠娘头颅内的头发像忽然受到极大的刺激一样，发了疯地蔓延开来，并朝虎子冲了过去。虎子连忙往后退，他手里拿着貌似可以克制住头发的符箓，所以那些东西都没办法近身。但虎子没有想到的是，身后的周玦猛然推开了胖三，从胖三手里夺过那把匕首，刺入了他的身体。

虎子无法置信地转过头。周玦抬起头，居然在笑，笑得凄苦万分，流着眼泪说道："虎子哥，你走不了……"

虎子朝后倒了下去，马上就被那头发吞没。周玦扔掉了匕首，朝四周看了最后一眼，随后便又昏死过去。一束头发从他的手臂内散了出来，胖三连忙抱住周玦，朝陈昊说："陈哥！成了，我们快离开啊！"

但是陈昊一动也不动，苦笑着摇头："我走不了，如果我移动，这里就会崩塌。这是那口诀的最后一环……"

此时叶炜也明白了这一点。他抬头看着水面，可以清晰地看见从女尸的下巴上落下一滴泪。

叶炜笑了笑："你在为我们伤心吗？为我，还是为老九？还是为了五年前的那个女人？"

瘦猴见状道："他们成功了，快救他出来啊。"

而身边的叶珽阴冷地笑着说："救？哈哈！看来，他不可能出来了。这启动仪式失败的确会让人速死，但成功之后，他便是机关之一，动则失败。明白吗？叶炜是替你去送死的，无论是否成功都得死！"

瘦猴不住地往后倒退，叶珽看着他哈哈大笑，随后头也不回地向外冲了出去。瘦猴看着水池，此时老九的身体已经彻底没了，而叶炜也始终没有冒出头，池面漂浮着肉块。瘦猴朝池底喊道："叶炜！"

叶炜并没有回应，但瘦猴听到外头叶珽的一声惨叫。他猛然转过头，但什么都没看见，只听到洞穴的外头开始不停地落石头，山洞内也开始崩塌，洞顶开始掉下许多石头。

此时，女尸嘴里开始不停地念道："九九归一，五行无终，七鬼同殁……七魂同殁……"

水中那朵肉莲花缓缓地沉了下去，女尸也沉到了水底。瘦猴躲着掉落的石块，很快石头就把瘦猴和那池子彻底隔开了。此时，他只听到叶炜非常轻微的声音："快走……"

在郭璞墓，陈昊也是无法动弹。而那七个怪物渐渐化为了血水，顺着地面上的凹痕消失不见，仿佛从未出现一样。

当七鬼消散之后，郭璞的棺材也开始不停地往下沉。陈昊无法摆脱，只能跟着一起往下落。他最后看了一眼周玦说："快走！"

周玦捂着肚子，摇着头说："来不及了……"

陈昊看着周玦的伤口，闭上了眼睛。外面水波滔天，此处很快就会被玄武湖的水淹没。陈昊睁开眼，对着胖三喊道："胖三，带他走！带上他！别让他死！"

周玦没有力气反抗，他无力地推开胖三，朝陈昊伸出手。胖三一把抓过他的手，扔下所有的行李，只背起周玦，朝陈昊看了一眼，便不再回头。周玦在胖三的背后开始哭，他无声地呜咽，像抗拒，像无奈，但是他无能为力……

胖三忍着眼泪，抽泣着说道："老二，我带你出去啊。你撑着点儿，你要撑住啊，不能……不能……死啊……"

周玦闭上眼睛，他不再听、不再想，他很累，累得已经哭不动了。

瘦猴一边躲着石块，一边拼命地搬动石头，但无论怎么搬动都无济于事，而他自己的左肩也被石块砸得根本无法用力。他躺在石堆边，用尽最后的力气朝里面喊道：

"叶炜！"

　　而石头的缝隙里面，再也没有声音。瘦猴捏紧了口袋里的锦囊，咬着牙爬了起来。他朝石堆最后看了一眼，然后向着出口蹒跚而去。他发现一路上都是石块，叶珽居然被石头砸死了。最古怪的是，那只原本已经死了的黑猫死死地咬着他的腿。石头疯狂地往下落，叶炜、叶珽都被石头埋了。

　　瘦猴的耳畔又响起了叶炜最后对他说的话："朝北面跑……"

　　瘦猴拼命地跑，根本无视不断掉落的石头。就算被砸死了，他也认了，这样就可以和那个用命保护自己的人永远地在一起。而他出去，也永远不会忘记一个叫叶炜的人，那个人用自己的命救了他，哪怕那个人根本无视自己的生死。

　　但是，他更羡慕活生生的人。

第二十九章

尾 声

QIRENHUAN

七 人 环

三年之后，墓园。

周玦站在两座坟墓之间，放下一束白菊，默默地注视着那两块墓碑。

每次来，他都会带上一束花以及一包烟，然后在这里把整包烟都抽了，对着墓碑诉说着所有可以说的话，就像对着久违的朋友一样。有的时候，说着说着，他自己也会笑、也会哭。

胖三借来了一个盆，在里面烧着纸钱，烟熏得这个胖子不停地流泪，他还在那里不停地祷告着，希望老天保佑他找个女朋友。

周玦蹲下来也烧了两张，他回想着三年前的一切和后来的事情。那时，胖三几乎用尽了所有的力气把他背到入口处，而那里已经涌入了大量的地下水，所有蓄水池都满了。幸好胖三事先准备了绳子，逆流往上爬。如果不是中途遇到了不放心他们的李放，也许他们两个也会葬身于这地下玄武湖之中，同所有的秘密葬于地下。

后来他们才知道，李放其实一直都暗中跟着他们，但是他不知道这里面有那么错综复杂的关系，他只是不放心。也多亏了这个实在人，他们才能获救。瘦猴也很凄惨，身上有多处致命伤，左肩粉碎性骨折。他几乎是拼了命一路朝北奔，并且找到了当年虎子所挖的墓室盗洞，才躲过此劫。他出来之后，也被搜救人员及时救起。

此后，他们在医院里躺了一个多月才出来。医生表示周玦带着这样的伤口绝对会死，根本没有生还的可能，最后他居然被救活，医生只能说那是一个奇迹。而周玦自己明白，那个伤口全拜最后翠娘那绺儿长发所赐，它们充当了缝线，起到了止血的作用。

他看着墓碑上的照片，笑着说："陈哥，告诉你件事，我也开始研究民俗学了，虽然不怎么精到，倒也在报纸上登过豆腐块儿大小的文章。嘿嘿，是不是够你含笑九泉了呢？"

他抽了一口烟，看着天空说："你放心，我会好好地活，一直都会好好地活，连你那份一起。"

说完他就捏灭了烟头，拍了拍裤子，对着胖三说道："别烧了，不是不让烧吗？"

胖三嗫着嘴说："不烧，他们在下面吃什么啊？老九那么挑食的一个人……"

周玦无奈地摇头，又掏出了一包烟，放在墓碑上面。

接着，他对着边上老九的坟墓说："老九，我知道你喜欢安静，吵到你了。我也给你带了好东西，豆沙包，排了好久的队呢。"

他把一袋子豆沙包放在了边上，然后看着站在远方的瘦猴。瘦猴自那以后，比过去还要沉默寡言。他站在叶炜的墓碑前，没有说什么话，只是看着墓碑上那张了无生气的照片，仿佛想从这双眼睛中看出什么似的。

周玦朝瘦猴走去，瘦猴问道："完了？"

周玦嗯了一声，三个人朝公墓的出口走去，此时天上开始飘起了小雨。就在他们离开之后，一只手居然拿起了周玦放在墓碑上的烟。他点燃之后吸了一口，嘿嘿地笑了一声："豆腐块儿大小的文章就能让我含笑九泉？不过倒记得来扫墓上坟，也算有良心，你说对吗？"

边上的人依然以毫无波澜的眼神看着远去的三人，不过眼神中多了一丝温柔。他说："是出乎我的意料。"然后，转过头看着那抽烟的人说，"也出乎你的意料，不是吗？"

抽烟的男人说道："你指的是我们还活着这件事？"

另一个男人从那包烟中抽出一根，说道："也许吧……"

"想个办法，吓吓他们。"

"会被吓死的，你不心疼？"

"你不心疼，我就不会。"

"哈哈，试试看，走，去找他们。"

（全书完）